鬼神劫

景斌 著

陕西出版集团
太白文艺出版社

图书在版编目(CIP)数据

鬼神劫 / 景斌 著. — 西安：太白文艺出版社，2010.11

ISBN978-7-80680-912-9

Ⅰ.①鬼… Ⅱ.①景… Ⅲ.①长篇小说-中国-当代 Ⅳ.①I247.5

中国版本图书馆CIP数据核字(2010)第209583号

鬼 神 劫

作　　者	景　斌
责任编辑	韩霁虹
封面设计	乐　途
版式设计	可　峰
出版发行	陕西出版集团 太白文艺出版社 (西安北大街147号　710003) E-mail:tbyx802@163.com Tbwyzbb@163.com
经　　销	新华书店
印　　刷	西安力顺彩印有限责任公司
开　　本	787毫米×1092毫米　1/16
字　　数	360千字
印　　张	20.25
版　　次	2010年11月第1版第1次印刷
书　　号	ISBN 978-7-80680-912-9
定　　价	34.00元

版权所有，翻印必究
如有印装质量问题，可寄印刷厂质量科对换
邮政编码 710016

陕西省重大文化精品项目
西风烈·陕西百名作家集体出征

主　办：陕西省委宣传部　陕西省新闻出版局
　　　　陕西省作家协会　陕西出版集团
承　办：太白文艺出版社

编委会：
主　任：胡　悦
副主任：刘　斌　薛保勤　雷　涛　陈建国
委　员：吴丰宽　禹鸿斌　齐雅丽　张　炜　党　靖

评审委员会：
主　任：陈忠实　贾平凹
委　员：肖云儒　李　星　畅广元　李国平　韩鲁华　刘炜评
　　　　段建军　杨乐生　王芳闻　冯希哲　韩霁虹

陕西风起千秋
笔军集结
再剑辉煌

庚寅夏 平凹

陕西省作家协会主席贾平凹题词

导 言

陕西省委宣传部副部长、陕西省文联党组书记　刘斌

　　陕西厚重的历史文化孕育出了一代又一代的文学大家。杜鹏程、柳青、胡采、李若冰等老一辈作家是陕西文学的奠基者,路遥、陈忠实、贾平凹铸造了新时期陕西文学的辉煌,陕西文学对中国文学有着举足轻重的作用。自1993年"陕军东征"引起全国广泛关注和好评之后,作为文化大省,陕西作家已经形成了整体优势,但还没有摆脱各自为战的格局,没有形成陕西文学创作的浩大声势。

　　鉴于此,遵照省委常委、省委宣传部部长胡悦同志的指示,由陕西省委宣传部牵头,省委宣传部、省新闻出版局、省作家协会、陕西出版集团联合主办,由太白文艺出版社承办的"西风烈·陕西百名作家集体出征"的陕西省重大文化精品项目,就是希望通过三四年的时间,筛选陕西本土作家原创作品,推出能够展示我省文学创作水平的优秀作品,形成"文学陕军"的品牌,带动我省作家进入新一轮的创作热潮。

　　实施项目带动发展战略是省委、省政府根据全省发展实际,着眼于加快文化、经济长远发展做出的重大决策。当前,陕西文化产业发展已进入了一个新的发展阶段,省委、省政府对文化产业的重视程度是前所未有的。大力扶持原创性的"大戏、大剧、大片、大作",使我省的文化精品生产水平持续稳步提高。省委宣传部决定对"西风烈·陕西百名作家集体出征"这个重大文化精品项目从政策、财政上给予一定的帮助和支持,就是为文化资源和文化产业搭建桥梁,编织纽带。

　　文学即是人学。一个民族的复兴,首先是人文的复兴。陕西经济的腾飞,离不开良好的人文环境和氛围。我们推出"西风烈·陕西百名作家集体出征"这个宏大的文学工程,就说明我们有勇气、有能力、有信心把陕西文化大省的文学资源转化成新的生产力。

陕西省作协党组书记、常务副主席　雷涛

　　去年这个时间,和省作协的几位同事在一起闲聊,话题由陕西作家是否存在"断代"现象扯到了有无希望使文学陕军再次勃兴。当时有人直言,陕军有望"二次东征"。我不主张用"东征"一词,因为它有对兄弟省市同行们的不敬之意。但我渴望陕西文学再度辉煌,当然也包括大量新人新作的涌现。

闲聊中有人提出可否以"集体亮相"的方式推出一批作品，主要是长篇小说和报告文学。这个话题当时只是说说而已，但当我们把这个想法和太白文艺出版社交流并向省委宣传部领导汇报时，得到的赞同和响应都是热烈的。这就足以使人感到这是一个只要想干事、能干事，就能干成事的时代。

作家和出版方到底是一种什么样的关系？我想，不论是在过去的计划经济时期，还是在现在的市场经济时期，都应当建立互信互爱、密切合作的战略伙伴关系。"西风烈·陕西百名作家集体出征"这个项目有了省委宣传部的肯定和支持，就有了整个社会和媒体的关注；有了和太白文艺出版社的"联姻"，我们就搭建起了文化资源和文化产业的桥梁，这样可以集结更多更好的作品，做最广泛的宣传、最大化的市场，不光要出成果，还要出效益以及影响力。这对促进陕西文化事业和文化产业的大发展大繁荣具有深远的现实意义。

为了将这个项目做好，我们一方面要继续争取上级部门强有力的支持，另一方面要加大媒体的舆论宣传，在全国营造更加浓厚的关注陕西文学创作的氛围。更重要的是，要动员社会力量关注和支持这项工作。

对文学创作者也应提出更高的要求。要积极创新文学观念、内容、风格和流派，从生活实践中丰富素材、提炼主题、鲜活语言、捕捉灵感，创作更多生活气息浓郁、底蕴丰厚，有一定的精神高度和艺术感染力的原创性文学精品，为广大群众提供一场文学盛宴。

中国作家协会副主席、陕西作协名誉主席　陈忠实

在"西风烈·陕西百名作家集体出征"的新闻发布会上听到这项前所未有的文学图书出版计划的基本思路时，一个作家从我的记忆深处浮泛出来。

他年轻时穷困，穷困到不惜冒险参与海盗行径。但他突然发生了良知反省，产生了想写小说的欲望，而且这欲望强烈到不可压抑，急切到刻不容缓，他便逃离了海盗团队，栖居在海边小镇一个小屋里写起了小说。写成一部小说后，跑了几家出版社，没有一家出版社看中，但他痴心不改，更加专注于新的小说构思和创作。终于有一部小说得到了一家出版社老板有点勉强的认可，决定出版。他喜不自胜，拿着说不清是稿酬还是版税的10美元酬金，到当铺把自己的一辆自行车赎了回来，再把剩下的几美元全部买成最粗劣便宜的面包，堆在屋子里，潜心进入下一部小说的写作。到面包吃完的时候，他又把那辆自行车送到当铺里，换几美元再买粗劣便宜的面包，继续他的长篇小说写作……直到他走红并响亮于美国文坛，直到他的作品被众多出版社预约、抢购，甚至高价收购，这样，一个享誉美国乃至世界的伟大作家终于铸成不朽。他就是杰克·伦敦。

在"西风烈·陕西百名作家集体出征"即将启程的庄重而又令我鼓舞的仪式上，我想到杰克·伦敦如果是在当代中国陕西，肯定会进入"西风烈"图书出版系列，而且完全可能早几年就破土而出。因为"西风烈"出版工程的决策，正是基于目前中国文学图书出版现状做出的。任谁都能看到，文艺书籍的出版呈现着一热一冷的现象，名家的作品成为抢手货，本省难得留住,多数流向省外出版社出版;而众多尚未成名的青年作家,写出的作品却少有人问津,出书成为普遍性困难。这是实施市场经济运作的出版业必然发生的现象。而"西风烈"出于发掘、扶植和培养有才华有潜力的新一代陕西青年作家,整合陕西作家整体实力的主旨,出版工程不是只盯着知名走红的作家。

面对"不相信眼泪"的图书出版市场,能够做出这样大气魄大动作的出版工程的决策,无疑出自一种富于远见的大思路大眼光,是为着尚未破土而出也尚未成名的陕西的"杰克·伦敦"们铺桥修路的,也就是为着陕西未来的文学事业的灿烂前景的。

陕西被认为是文学重镇。中国"十七年文学"有陕西作家的重要建树,新时期文艺复兴以来的当代中国文学,也有陕西作家不同凡响的声音。在当代文学界,尤其是陕西文坛的各界读者群体,似乎都在关注陕西文学的未来,更偏重于30岁以下的青年作家的成长和前景。能引起各方各界读者的关注,深以为幸,也是一种催发的力量。在我看来,这个"西风烈·陕西百名作家集体出征"出版工程的实施,便是最务实的扶植青年作家成长发展的举措。得着这样有力的扶持,陕西的青年作家将减除杰克·伦敦当年的苦苦挣扎,能够缩短破土而出峭立未来中国文坛的时间,不仅创造陕西文学的新风景,也将成就中国文学别具一格的景观。

我为进入"西风烈·陕西百名作家集体出征"的作家庆祝,并期待好作品不断出现。我对项目的创立者和实施者诚表钦敬之意,你们的思路,你们的用心,都是为着神圣的文学事业的。

著名文化学者　肖云儒

"西风烈·陕西百名作家集体出征"属于叫人眼前一亮、拍案而起的大点子。这是陕西文学队伍的一次大的展示,也是陕西文学创作的一次大的策划,还是陕西文学出版的一次大的行动。面对着这个行动,很多人会很自然地联想起以前陕西的几次文学出征,包括六十年代柳青、杜鹏程、王汶石那一个群体在全国的影响,获得了"陕西是中国文学重镇"这样一个称号的回报;包括九十年代的"陕军东征",强化了陕西是文学大省的这种威望和力量。

这一次行动和上两次出征相比,有很大的不同。上两次陕西文学出征,基本上是陕西文学创作力的展示;这一次出征是策划力、创作力、营销力、执行力的综合展示。上一次的出征还停留在文学生产传统的循环圈内,也就是"作者——出版社——读者"这样一个传统的三维循环圈内;这一次出征已经进入了"作者——策划者——出版者——营销者——读者"整个一个市场经济时代文学生产的大的良性循环圈,我觉得它是非常有意义的。这一次这个行动,基本上是策划和创作同步,但是策划先行。它策划意识之强烈,对资源组合的观念之强烈,包括创作资源、出版资源、党政资源、市场经济的资金资源的组合,还有它形成品牌的带动能力等等,标志着陕西文学生产力进入文化产业的一个良好的开端。所以,这次行动在陕西的文学史上和出版史上都具有一个转型的意义。我唯一希望的是,把这个输血型的行动转化为造血型的,更新资金,融合资金,使文学产业链能够更快地提升。

居住在天国的并不一定是神
居住在人间的并不一定是人
居住在地狱的并不一定是鬼
　　　　　——刁永泉《断想》

年轻漂亮的谷子成了寡妇,这是村里人根本没有想到的事。

那年,王家堡闹鬼,整个村庄在看不见的压抑中乱成一团,从早到晚,男男女女老老少少,像丢了魂儿一般,说不清是恐慌还是落寞。有心的人从诸多反常现象中找出了根源,说那是动了太岁爷头上的土,不然一头滚溜圆的犍牛,走得好好的怎么就跌入城壕一命呜呼?村头他三婶家的孩子,昨天还活蹦乱跳的,过了一夜,就让阎王给招去了。看看,这都是些啥事儿?说这话的人是谷子的公公、王南原的爹王多劳。他这么说有他自己的由头,去年冬天,有人在土场里挖土,一镢下去,土没挖下一块,高崖上却闪出一道白光,一抬头就钻进天边黑云里了。后来,村里便接二连三地出事。

王多劳没有说自己儿子暴病身亡的事,只念叨生产队里的那头牛和别人家的孩子,他是要以避重就轻的口吻倾吐自己心里的不快:

"哎,我的天神爷呀!"

旁边听王多劳说话的人很多,却都假装没有听见,将头扭到一边,看天的看天,看地的看地,没有一个接他的话茬。放在以前人们不敢,以前王南原没有死,当着西坡大队革委会主任,不看僧面看佛面,人们只能顺着主任他老爹的话往下溜。眼下他们不再需要迎合,不再需要低三下四了。说得扬眉吐气点,腰杆总算挺直了一回:闹鬼,还不是因为王多劳的儿媳?要不是她那个丧门星,平静的小村子咋可能出现那么多的奇事怪事?

大家将村里近一段时间发生的事与曾经在人们面前不可一世的谷子连在一起。

"简直就是个鬼!"有人往地上吐唾沫,牙根儿咬得咯咯响。

"简直就是个鬼!"更多的人重复着那句话。

唾骂和议论的蔓延并非空穴来风,说起来全是谷子自己招惹的。

那是一个黑漆漆的夜晚,夜幕严严实实地将村落遮盖了,瞬间变得阴沉。谷子心里更阴,她这些天懵懵懂懂,几乎连最喜欢打扮的习惯也改变了。她恍恍惚惚地步进自己的小屋,给刚死去的男人上了三炷香,对着墙上王南原依然黑着面孔的照片看了

看,悲悲凄凄地抽泣了一阵,然后就到后院里去拢麦秸秆了——王家堡的人冬天用麦秸烧炕,麦秸比别的柴火柔,燃烧后火屑持续时间长,暖暖的,不会烤着燎着让人难受。因此,一年里烧土炕需要的麦秸秆便很实用地在自家的院子里堆成一个垛。

谷子推门进了后院,朦胧中发现麦草垛后闪出一个黑影。黑影一出现就没有躲避,在麦秸周围绕了一个小圈后直直地站在谷子面前。这一站差点没将谷子的魂牵走。她颤巍巍地向后退了一步,身子挨紧墙壁,歪歪斜斜地跌在地上。她一手按住墙壁,另一只手挡着脸,放着胆子用余光瞅过去。黑影的脸扯得好长好长,像王南原的爹时常披在肩上的褡裢,鼻子不是鼻子嘴巴不是嘴巴,没有一点人样儿。谷子用双手捂住眼睛,发出了一声野鸭般的尖叫。黑影上前要扶谷子,谷子的胳臂甩了一下,傻了似的蜷缩着,窝在墙旮旯里。黑影向后退了一步,最终说话了。黑影说他就是王南原,想谷子想得没办法,就匆匆赶了回来。还说他浑身冷得不行,需要在热热的土炕上暖一暖。谷子不信,打着哆嗦问:"你不是死了吗?"王南原说:"是死了,阎王听说我有一个漂亮女人,不忍心,给了一夜假,让我回来再亲热一回。"

谷子迟疑了一下,觉得做了鬼的王南原怎么说也够可怜的,也就信了。她却仍旧捂着眼睛,不敢看王南原已不再是人的那种模样。她或者是吓傻了,也不说话,背着身鬼使神差地回到自己的房里,将平铺在炕头上的被子扯开,慢慢地躺下去。

黑影跟了过来,伸手去摸谷子,却摸出土炕的冰凉,就转身到后院里抱柴火。这样的动作谷子熟悉,王南原活着的时候每天都由他烧炕,谷子几乎没有动过手。今夜,谷子像往常一样静静地在一旁看着。黑影动作娴熟,将一拢麦草胡乱塞进炕洞里,划了根火柴点燃,用一把蒲扇扇了扇,就急急地挤进谷子的被窝。这也是谷子早就习惯了的。谷子像是在梦里,不敢相信眼前这一切都是真的,但她希望不会有错。那样,她就能知道阴间里的一些事情,比如自己的男人住在什么地方,吃些什么,那些填进肚里的东西叫不叫粮食,变成了鬼还会不会想女人等等。但她还没有来得及问,已经走进了男女之间的那种事情里。事后她回忆了一下从开始到结束的过程,总觉得与往常的感受不大一样。以往王南原虽然贪,贪过之后便呼呼大睡,今夜王南原有些特别,不但没有蒙头大睡,却在片刻之间重复了一次,没过多久又重复了一次,而且还哼哼唧唧地像唱歌。以往王南原事后总会紧紧地抱着她,问一声感觉怎么样。眼下他没有这么做,他一直让她的前胸对着墙,而他仅仅在身后拢着。按理谷子或者会感到不习惯,但谷子害怕,一直静静地躺着,根本不敢同阴间的丈夫多说一句话,一个夜晚就这么稀里糊涂地过去了。

等谷子第二天早晨睁开眼睛,黑影不知什么时候已经离去。

谷子穿好衣服,突然记起昨夜发生的事情,目光都直了。到底是在梦里还是真真切切的事情?她想再验证一次。她下意识地用手摸了摸自己的下身,那种说不清楚的

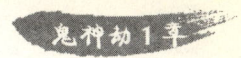

惊恐就又增加了一层,不管从哪个角度分析,她都无法否定已经存在的事实。

她"扑通"一声跪在王南原的灵堂跟前,扯着哭腔说:"南原呀,你这个死鬼,既然忘不了我,咋就丢下我去了呢?你这个死鬼……"

谷子到这时候才真正伤起心了。她抹了一把眼泪,王南原去世前的情景就又出现在她的眼前。那天,苏大脚的儿子天助将王南原从外面背回来,说是人从大队回来没说几句话就倒在他家门口。谷子惊讶地问:"出门时还好好的,咋可能突然出这么大的事?"天助说:"现在不是问这问那的时候,得赶紧救人。"谷子点点头,就慌手慌脚地忙开了。好在天助的母亲苏大脚过来帮忙,他们的胆子也就正了许多。

苏大脚按她自己的办法为王南原祛病。

她二话没说,让谷子和天助将王南原放平,解开上衣扣,拿过来一个枕头垫在他的脖子下。谷子和天助一一照着做完,她便进了厨房拿起一个青瓷碗,盛了满满的一碗水,去厨房拿来三根筷子,用手在王南原胸前画了几圈,将筷子伸进水里蘸了蘸,哗哗啦啦往王南原肚脐上一淋,说了声"南来的神,北去的鬼,让我们的主任轻松些吧……"就将三根筷子直直地竖在了水碗里。

筷子真在水中立了起来!用王家堡人的话说,是将鬼牢牢地定在那里了。谷子毛骨悚然,正惊得不知说什么好,苏大脚说话了:"看来你男人还真遇着了小鬼,你快去厨房拿点吃的,让小鬼吃饱,好送它上路。"谷子应了一声,跑出去拿了一个白馍,三下两下掰成碎屑,一点一点撒在门口。这时,苏大脚向远处瞅了一眼,用木棍画了一条斜线,斜线指向院外,有点像是给鬼指路的样子,然后用尽浑身力气,一把将三根筷子打落在地。筷子落地的时候蹦了几下,苏大脚用双手向外一拨,吹了一口冷气,对谷子说,鬼已经被她赶出去了。

做完送鬼的事,苏大脚喘着粗气,走到谷子面前说:"好了好了,你让他好好睡一觉,醒来就没事了。"

谷子松了一口气,拉过来炕上的被子,正要给王南原盖上,突然愣住了。王南原的肚子鼓得厉害,疙疙瘩瘩的,像一条布袋里装满了土豆。谷子过去摸了摸,很硬,像砖头瓦片似的,摁都摁不下去。她记得丈夫半年前就说肚子里有东西,她为他摸过几回,摸完开了一句玩笑,说又不是坐月子的婆娘,咋可能有东西?谷子压根儿就没当回事。没想到肚里的硬块长得那么快,半年下来就将肚子撑得不像肚子的样儿。谷子弄不清丈夫的昏迷是不是与这些怪物有关系,可面对这种奇异现象,她还真生出了惧怕。

王南原在炕上躺了半天,到了下午,日头转到了沟崾里,人却仍旧昏迷不醒。谷子伸手去动他的头,头像一只西瓜似的向里滚动了一下。谷子觉得不大对劲,吓得向后退了一步,额上顿时渗出冷汗。她不敢怠慢,转身就去找苏大脚。

苏大脚正在自家院子里抡着一把菜刀剁猪草,见谷子进来,赶紧迎上去,问王南原是不是好些了。谷子说:"倒不如前半晌了,你快去看看吧。"苏大脚说:"不可能,我费了多半天的劲,咋可能啥作用都不起?"苏大脚虽然说得很肯定,心里却一阵阵发毛,她对她那种祛病的办法一点把握也没有。

以往苏大脚为巴结谷子,没有少费心思,到了现在,这种巴结依然有增无减。她在打自己的小算盘:在全大队十一个小队的女人堆里,就谷子活得滋润,村里出外串乡做编竹活儿的男人们,在外辛辛苦苦,挣了几个钱,买得一两样女人用的东西,却不敢给自己的老婆,一定要拿了送给谷子,他们为的是下一回还能得到大队的照顾,顺顺当当挣点油盐钱;妇女们偶尔上街,少不了捎个发卡彩绸什么的孝敬谷子,同样有一个目的,为的是队里能分配轻松的农活让她们干……这些获取,谷子从来没有动过嘴,可村里的人全都心知肚明,谷子是谁?大队革委会主任的"太太",怎么可能让她自己说出来?像苏大脚这样精明的人,当然明白人与人交往的奥秘,时间长了,关系也就拉得近了。有了这种关系,遇了事自然不好意思后退。苏大脚二话没说又跟谷子去了。

苏大脚走进谷子家,向土炕跟前凑了凑,对着王南原端详了一会儿,说:"赶紧拿些麦草过来!"

等谷子从后院将一捆麦草抱进屋里,天助叫过去的两个人也到了。一个是生产队的会计铁算,一个是小队长向北,他们都是王南原的铁杆兄弟。灾难面前见真情,这是紧要关头,紧要关头自然少不了他们的冲锋陷阵。苏大脚用自己动不动就会闪一下的眼睛给大家说事,她这会儿仅仅让眼睛轻轻地一转就把什么事都说清了。她从身上掏出一盒火柴,"哧"地一划,将身边的一堆麦草点燃,示意会计铁算、小队长向北将人抬到火上烧。两个大男人愣了愣,见苏大脚义无反顾,就将人抬了过去。人在火上晃,火在身下燃,折腾了半天,王南原的棉衣被烤焦了一小块,他们的手也让火熏得黑乎乎的,却依然没有动静。谷子心疼,说:"能不能停一会儿?"苏大脚摇摇头。苏大脚满脸是汗,一喘一喘地说:"不看都到了啥时节,哪里敢马虎?"苏大脚是要以战天斗地的英雄气概来搭救王南原的性命。

时间一分一秒地过去了,王南原却始终没有醒。糟糕的是先前王南原的腿和胳膊还软溜溜地摇摆,经他们手忙脚乱地一阵折腾,王南原浑身渐渐变得僵硬,像一根直直的木头棍子。在整个烘烤过程中,苏大脚一直跑前跑后,一会儿紧闭双目,一会儿双手合十,像是丢失了什么,又像是要索取点什么。然而等她再次睁开眼睛,神情却完全变了。具体地说是当她将手放在王南原鼻孔上的时候出现的变化。她最终让三个男人将王南原放在炕上,自己头一个溜出了谷子的家。

谷子到这时候方才明白,王南原还是离她而去了。

谷子昏睡了三天，等再次醒来，她的男人已变成坳地里的一个土冢。土冢不低也不高，冢上飘着几根柳枝挑着的纸幡，摇摇晃晃，将谷子的心摇成一团乱麻，连村里的气氛也摇得怪怪的。

突然出现的意外，将好端端的谷子拉进了悲痛之中。然而，偏偏在这时候她与阴间的丈夫有了那么一次不知是真是假的隔世狂颠，怎么说都给谷子的心上笼罩了一层雾霭。在一段时间里她一直懵懵懂懂，使劲回想都无法弄明白究竟是怎么一回事。她需要倾吐，需要亲近的人帮她辨别真伪。她出了门一转身就进了隔壁铁算的家，吞吞吐吐地将那夜遭遇的事说给了铁算的老婆花二秀。花二秀在谷子的讲述中一直瞪大了眼睛，她不可思议，人死了变成鬼了还能干那事，这在王家堡从来都没有听说过，在花二秀的娘家花家堎也没有听说过。到底会是怎么一回事？花二秀不明白。但从那天以后，花二秀却一直觉得像是有人跟在她的身后，要将她也拉进那种怪事里。夜里她往炕上一躺，只要铁算向她身边一靠，她就会产生一种鬼怪缠身的感觉，马上将身子紧紧缩成一团。铁算莫名其妙，问，花二秀就结结巴巴地说了。铁算觉得稀奇，又将话传给了另外一些人。这样一来，整个村子便弥漫起了说不清道不明的鬼气。

也就在这时候，有人在土场里看见了一道白光。没过几日，生产队的牛掉进城壕里，村头他三婶的孩子接着也夭折了。

村里之所以阴气越来越重，还有一个不可忽视的原因，那就是苏大脚的家事起了推波助澜的作用。苏大脚一生有三个孩子，两男一女，现在最小的那个女孩也长到了十一二岁，成了一个大姑娘。而苏大脚呢，虽然已年过五十，眉毛仍然弯弯的，嘴唇抹了些红帖子上的那种红，年龄就开始往小里走。她将自己的这种"年轻"说成是神给的，她甚至说他们全家都是神保佑着一步步走过来的。这话一经说开来，王家堡的人就都信了：他们一家，若不是神护着，能有今天这样的光景？她的故事因此也就被人们传扬着，感慨着。

苏大脚十八岁生养孩子，第一个是男孩，分娩的时候大出血。接生的是后村的刘妈，七十好几的人了，耳不聋眼不花，算是方圆几十里最有经验的接生婆。她看了看无法收拾的摊场摇着头说："不光孩子活不了，恐怕大人也保不住。"说完，无奈地走了。刘妈走后不久，孩子却安然无恙地生了出来，而命在旦夕的苏大脚昏睡了几日，也奇迹般地挨了过来。对于这种转危为安，苏大脚没有别的解释，只说是老天保佑的结果，因此给孩子取名天助。天助长到两岁，苏大脚又怀上了，这一次妊娠反应更大，什么都不想吃，只想吞咽南边土壤里的板板土，吃了一块还想吃，不几天，竟将一抔泥土全都咽了下去。这种习惯继续了一段时间，到了来年的阳春三月，该分娩了，却生下一个像雪花一样白透了的女孩。孩子的眼睛是蓝色的，一出世就滴溜溜地转。这可吓坏了苏大脚，也吓坏了他们一大家人。咋会得了这么一个怪物？苏大脚紧闭着眼睛，不愿再看

第二眼，对丈夫说："快把她处置了吧，我一看见就恶心。"丈夫也觉得扫兴，半夜起来，将孩子抛进了村西边的树林里。

　　三年过后，苏大脚再次怀孕，秋末分娩，依然是个一白到底的孩子，只是将上次的女孩变成了男孩。苏大脚这回不敢再糟践孩子了，她怀疑自己可能前世作了什么孽，老天爷是要用这种方式惩罚她。她于是就又想起了怀孕时梦里常常出现的幻景：满山遍野的雪花，纷纷扬扬的，落着落着就到了她的身上，落着落着她的心就开始发凉了。丈夫王二拐在炕下添了一捆一捆的柴火，被子都烤煳了，却依然暖不热她的身子。这能说是偶然？她想，这种白或者早就根深蒂固地长进心里，推不掉抛不去，于是也就认了。她将孩子当成了恕罪的对象，毫不犹豫地起名：地保。大儿子叫天助，她是要老天去帮助他；二儿子叫地保，她是要大地为他铺展一条生存之路。

　　苏大脚将白孩养大，孩子奇特地争气。他力大无比，干起活来像头牛，仿佛天生就不知道什么叫累，小小年纪就与成年人干一样的活儿，这也算是苏大脚一家的福分。苏大脚自从留养了白孩，自信已经跨过了一道鬼神设置的坎儿，也就不再恐慌了。几年后，事实证实了她的揣测，苏大脚的第三个孩子出生，一切正常，也就宣告了厄运的终止，苏大脚因此更加相信阳间阴间那些说不清楚的事情，动不动总用神来解释她及她家里的一些遭遇。她的丈夫王二拐本来不拐，突然拐了，是因为一次大的事故。那一年，王二拐去百里之外的深山砍柴，不小心从几丈高的悬崖上掉下来。按当地人的说法，从那么高的石崖上落下，即使再硬的命，也不可能生还。王二拐却创造了奇迹，他只断了一条腿，却保住了一条命。这样的事情没有在别的人那里发生，单单在她男人王二拐身上出现，苏大脚就有说头了。她说是神救了她男人，只有神才有这种超人的本领！她感天谢地，逢人便说："神就是神，你诚心诚意地供奉它，它就能时时保佑你平平安安。"

　　苏大脚的渲染和谷子家发生的事凑在一起，小小的村落就不再安宁了，大家都在心里盘算，怎么才能将小鬼赶走，让能带来福祉的神灵关照这块世代繁衍着王家堡村民的土地，那样，他们或者就永远避开了厄运。

　　然而，美好的愿望并没有成为现实，村里的阴气越来越重。人们时时如履薄冰，谈虎色变，像是被一根绳索紧紧地套住了一般。发展到后来，只要日落西山，东家西家的，就都早早关紧了大门，躲在屋子里不敢出来。特别是孩子和妇女，即使遇了明月高悬的傍晚，也身居小屋，依然连头都不敢向外伸探。到了深夜，西北风一刮，呼儿呼儿起哨子，外加村口大树上那只猫头鹰凄惨的鸣叫，许多人即使醒着，也常常将头蒙在被窝里，大气不敢出一声。村庄因此死气沉沉，像是临了阴魂不散的乱人坟。倘若这时候野猫野鼠在屋檐上动一下，人们就再也没有入睡的情绪了。

　　村里难以入睡的还有两个人，一个是刚死了丈夫的谷子，一个是不知道该怎么将神鬼之事进行到底的苏大脚。

王南原变成鬼之后与谷子亲热的事,在谷子那里虽是个稀里糊涂的谜,但她回想起来,仍有种苦中带甜的味道。王南原活着的时候整天跑得不着家,谷子想干啥家里缺点啥王南原从不放在心上,夜里进行男女之事也像是坐在台子上讲话,虚虚假假的,品尝不出一来一去里的那种甜蜜和温馨。难道只有阴间,才让王南原感受到了失去后的缺憾,懂得了扯不断理还乱的感情?

谷子闭着眼睛想,越想越委屈,她对王南原的撒腿而去耿耿于怀,心里泛起了重重叠叠的埋怨,怨完了,倒很希望王南原的死是假的,那样,她与丈夫就能重新过以前的日子了。她的这种期盼显然已经没有可能。退一步说,人没有了,哪怕能与"鬼"约会,也比一个大活人突然灰飞烟灭要强,起码能得到王南原对她的那份体贴,心理上也算获取了一点安慰。她刚刚这么一想,马上又摇起了头。她很矛盾,她怕看见王南原恐怖的脸,也就是那天看到过的那张脸。王南原的脸怎么可以变成那么个样子?黄泥一般,硬邦邦的,没有表情,没有知觉,与其这样,还不如……谷子越想心里越乱,恐惧也就越来越多,她最终关紧房门,蜷缩成一团,窝在炕角里发起了抖。

苏大脚在自己的屋里思维更活跃,想得更多。她开始意识到发生在村里的事绝不是一件小事,足以引起全村人的警觉。也就是说,以前神呀鬼呀的,只是她揣测和自我制造出的幻象,现在却变得千真万确,无可置疑。鬼都搅得人们坐卧不宁了,咋可能坐视不理?苏大脚在王家堡被人戏称为"女侠"。穷乡僻壤的,能摊上这个"侠"字,足见她对村里大事小事所起的作用。苏大脚一直具有的"阶级责任感"到了目前这个紧要关头更是激奋高亢:必须站出来,快快地将小鬼们驱逐干净,包括人死了却依然缠着谷子的王南原,这样,才好对村里人有个交代。她按照祖上传下来的驱鬼方式,第二天就去城背后的土壕旁砍了几根桃树枝,用这些枝棍削了十八个小木人,围着村庄,从东向西钉了过去。走到谷子家门口,苏大脚特意找了几个粗一些的,绕着门外的小路一连钉了三个。

苏大脚的行动,也算为村里做了一件人人喝彩、个个称赞的大好事。在别的人那里是不可能有这种勇气的。据说弄不好不但驱邪不成,还会引鬼上身,损了人身上的阳气。苏大脚不在乎,她说她有这个把握,虽不敢肯定手到鬼除,起码让村里平静下来是不成问题的。苏大脚做完了这些事,功臣般摇摇晃晃地在村里走,逢人便说:"不会有事了,桃木橛子都钉了,鬼呀怪呀的不会再来了。"苏大脚说这句话的时候一直看着谷子,好像是对谷子说,已经做了鬼的王南原同样不会例外。谷子没有说话,也没有向苏大脚表示赞同还是反对,只将头低了一下。在她的心里,拒绝还是接纳,至今还没有最后确定:任凭苏大脚施法吧,她怕造成王南原来去的不便,到时王南原真要回来,七挡八挡的,找不到一条顺畅的道儿;不让苏大脚那么闹呢,村里人惶恐不安,到时怨恨

还不全都抛到自己的身上？

　　谷子没有猜错,没隔多久,王南原又回来了,出现在谷子面前的依然是她第一次看到的那张脸,长长的,一点表情也没有。谷子心里犯嘀咕:那么多桃木橛子,王南原究竟是怎么躲过去的？谷子想了半天,好是生疑:是苏大脚的功力不够,还是王南原的本事太大？谷子傻傻地愣了半天,端详了半天,发现眼前的王南原个子好像高了一些,拖她的那只胳膊也粗壮了好多。她正要问个究竟,那种不容推辞的搂抱已将她挟了起来,她像只小鸡似的被挟过前院,跨过屋门,顺顺当当地到了炕上,又顺顺当当干完了要干的事。这一回王南原没有说给阎王爷请假的事,只说他会经常过来,让谷子像以前那样享受男女间的那种好。王南原说话的声音很低沉,像嘴里塞了什么东西。在谷子的记忆里,王南原从没有这么说过话,她猜想,或者到了阴间,面孔变了,声音也就跟着变了。

　　谷子按照自己的习惯,在完事以后摸着王南原的身体。她很早就听人说过,人与鬼的区别是一个热,一个凉。她摸到的王南原浑身热乎乎的,身上明显滚动着汗珠,她觉得奇怪,一只手很自然地移到王南原的隐秘处。她记得他那里有一块胎记,记上有几根特别长的汗毛,轻易就能捏在手上。可她将他的下身摸了个遍,却什么也没有摸着。她怔了一下,马上生出一个可怕的念头。

　　难道他不是王南原,而是另一个进错了门的……

　　她记起王南原开玩笑时对她说过的一句话:"你男人是有记号的,这记号就是商标,哪天摸不着了,肯定就是假冒伪劣。"当时谷子只管哧哧地笑,没往心里去。眼下还真验证了王南原的那句话,心里也就疙疙瘩瘩起来。她怕恐慌中摸错,又伸过去另一只手,两只手扩大了范围搜寻了一遍,还是没有。

　　她知道出问题了,懊悔至极。懊悔让她怒火万丈。

　　她不知从哪里来了一股力量,蓦地坐起来,顾不得穿衣,绕到土炕的另一头一把拉开了电灯。那男人惊了一下,没想到谷子的动作如此敏捷,慌乱中摆着手,像是阻止,又显出了万般无奈:"你知道,人变成了鬼最怕见光,你就把灯关上吧。"谷子瞪了他一眼,眼泪马上从眼眶里涌了出来,她抽泣着说:"你,你,你不是……"说着将炕沿上的笤帚抛了过去。笤帚砸在那人的头上,那人双手捂着脑袋,慌乱无措:"咋能不是?"谷子用被子拥着自己的胸脯,哽咽着说:"你没有……"

　　那人没听懂谷子的话,正要做些别的掩饰,却被谷子猛不防冲过去,一把撕下了他脸上的面具。这种突如其来的举止瞬间揭开了事情的真相,王南原也就不是王南原了,却真真切切地变成刚刚当了大队革委会主任没几天的单眼罗。事情一下子糟得无法收拾。

　　单眼罗其实比谷子还小两岁,也就三十岁左右的样子。他至今没有娶亲。他没有娶亲的原因西坡大队几乎每个人都知道,那就是家穷人丑德行差。但他不这么看,他有一套搪塞别人的理由:方圆几十里地就没有真正值得他爱的女人!

王南原当大队革委会主任的时候,单眼罗是副主任。王南原曾领着他到自己家里来过几趟,祸便惹出来了。那时谷子就看出了单眼罗眼睛里暗藏的一些东西,她曾对王南原说不要再让这个人到家里来了,王南原当时好像答应了一声。奇怪的是,后来情况完全变了,变得让谷子不知道该说什么好了,单眼罗竟将比他大不了几岁的王南原叫起了干爹,这事不光谷子想不通,几乎西坡大队十一个自然村的村民都想不通。

谷子终于明白过来,单眼罗能干出这样的事情可以说冰冻三尺非一日之寒。她两眼冒火,浑身发热,包括脸和脖子,滚烫得都快要燃烧起来。她胸口隐隐作痛,牙关咬得咯嘣嘣地响,恨不得一嘴将眼前这个恶棍咬死。她知道王南原的父亲王多劳就睡在她隔壁的房里,只得压低声音骂:"你……你个丧尽天良的东西,将王南原叫干爹,我就是你干娘,你你你……你不是人……"单眼罗见再遮掩已全然无用,顾不得穿衣服,"扑通"一声跪在地上,一句话不说,只管一个劲地磕头。

这时,隔壁屋里传出了"哐哐哐"的咳嗽声,谷子赶紧将亮着的电灯拉灭。

二

　　谷子这些天足不出户。按村里的风俗,她得老老实实地在家守孝。显然,王多劳的家规也不允许她到处乱跑:"南原当大队干部年数不少,把人得罪扎咧,咱这时候在人眼前晃,不是找着挨骂?"话是这么说的,做起来却很难,谷子在村里晃悠惯了,也就是说炫耀惯了,一时间憋这么久,不光心里不舒服,身体也会生出异样。这是明摆着的事,一个漂亮女人的一举一动,其实就是让人看的,有人欣赏,才好活出滋味。偏偏谷子又多了些炫耀的资本,模样俊,身段柳枝儿一般,你让她怎么憋得住?谷子少不了时不时地扶在坍了一个豁儿的墙头上向院外张望。

　　外面的天地空空荡荡的,缺了许多东西、许多事儿,当然也缺了谷子的身影。她的眼睛从院墙的一个破裂处游荡了过去,就再也牵不回来了。季节到了这时候,冬已经很深,天依然没有落雪,地上的尘土积得很厚,被风吹动,一会儿抛撒一股,给本来就不很明亮的天地一种弥漫。

　　往地里运粪的马车一辆一辆,走过去又转回来,灰尘随着轮子的转动飞扬,将田间过冬的麦子弄得脏兮兮的,看不出它本来的面目。而村子里的树木已经落光了叶子,直直地在冰冷的气候里挺着。房舍院落同样无遮无挡,给人一种凄凄惨惨的气象。这是谷子眼睛里的风景。谷子在墙豁旁看了一会儿,心乱,转身回到自己的屋子。

　　屋里光线暗,几乎辨不清墙壁的颜色,几样看起来精心揩擦过的家具却透出了微弱的光亮,在不大的空间显露着一丝半点的活力。那是王南原前些年添置的,为的或者正是那种闪亮。在王家堡,王南原是唯一玩弄高雅的人,他需要什么,就想着法子添置什么;想将它们放在哪里,就一定要放在哪里,从不让谷子随便移位。他对自己的嗜好有一个解释:"走南闯北,啥事没经过、没见过?做大官的,家里的东西都这么摆置!"谷子懒得计较。谷子打心眼里对这些摆设犯嘀咕,比如整整齐齐的屋里干吗放一块石头,还要将它供起来?更奇怪的是,每隔一段时间还要给石头洒一次水,说是要让它吸收营养。费那么大的工夫,能将石头浇活了?然而,小队长向北和会计铁算却连连点头,大加夸赞,说那才叫高雅哩,只有城里的斯文人才动这种心思;有了这样的摆设,才真正像个有学问的人。

谷子"哧哧"地笑出声:"有学问?连小学都没读完,算哪门子学问?"向北摇头,铁算也摇头,王南原就更将头摇得厉害。他们觉得这是个不能用书本衡量的问题,书本上的知识学得再多,能让全大队上千上万的人听你的?

谷子另外一个不理解,就是王南原总将一些没用的东西往家拿,比如写着"战天斗地"字样的旗子和用了一半的墨水瓶,以及画得露了白的复写纸和没有芒的秃笤帚等等。她知道这些都是大队从不向外乱扔的东西,虽然破烂了,但毕竟是个物件,有点总比没有强,也就懒得多费口舌。可她就是不知道王南原将它们拿回来究竟做什么用。王南原解释说等吧,等有了孩子,等孩子上学了,或者放学了拿着笤帚扫地,就用上了。谷子问:"那旗子呢?"王南原说:"旗子代表他(她)爹,亮眼着呢,多威风的一样家当。"谷子再没有话说。谷子一直想要孩子,眨眼三十好几了,最终孩子没有等来,王南原却蹬腿走了。

谷子走进屋子四下瞅了瞅,没有心思收拾王南原留下的东西。屋里任意一样什物都无法重新提起她的兴趣:人走如灯灭,什么都没有了,存着那些破烂有啥用!但她没有准备抛丢,毕竟是王南原生前用过的,用心保管,也算留下了一个念想。她这么一想,就去翻王南原的手提包。手提包为合成革面料,黑黢黢的,早就失去了光亮。这是王南原一直握在手上从不离身的一样东西。有一回谷子收拾屋子,准备将它挪个地方,刚刚拿起,王南原就惊慌失措地夺了过去,说里面装了公社刚刚下发的机密文件,不能看,就是老婆也不可以。现在王南原撒手而去,机密也就只能由谷子来处理了。

谷子随手将提包拿了过来,打开,见里面还有个小包,小包里是一个封面上画着层层梯田的笔记本。王南原文化程度不高,平时很少动笔动纸,这一点,王南原曾不止一次面对村里人吹过牛,说他上了台讲话,不光不带稿子,就是一口水不喝连续讲三个小时连个"栗子"都不吃。王家堡的人将讲话结巴叫吃栗子。王南原的意思是说,他简直就是出口成章的天才,根本不需要在纸上写写画画。王南原既然平时一个字不写,揣着个笔记本干啥?

谷子心生好奇,将笔记本翻开。果不其然,笔记本里除了一道道浅蓝色的横格子,一个字也没有。谷子翻了翻,在最后几页纸里发现了一沓照片,有男人的,也有女人的,上面不同程度地都做了记号。

她一张张窥看。她最先认出了其中的三个男人。一个是总见了她翻白眼的胡子刘,已经有些年纪了,力气却不减当年,脾气也大。据说他年轻的时候当过土匪,解放后被关了好几年,受了不少苦,最终却仍没能改了先前的倔强,一点小事不合意,就对着大队干部瞪眼睛,为这事没少挨过批。单说去年春上那回,王南原就没给他好果子吃。那天,谁都不知道王南原要整治他。人们到了会场,胡子刘还乐呵呵地在一旁给

大伙讲酸故事,就是男女之间加盐调醋的那些事。他一声低一声高的,说得满嘴淌白沫。后来,大会开始了,王南原先让人读了一份上级的文件,随即将话题转到胡子刘身上,声音就高了,语气就硬了。再后来,四块土坯架在了胡子刘的头上。

另外一张照片上的人叫铁匠李,这个人比胡子刘柔弱,却又柔弱得有点过火,以致在王南原给他分配工作或者教训他的时候会突然变成呆子,傻傻地站着,一点表情都没有。这是王南原最反感的一类人:"有话就说有屁就放,死猪不怕开水烫呀,拿这种态度让谁看?"铁匠李不紧不慢地辩解:"没有让谁看。"王南原因此火发得更大,说:"你呀你,真个是狗肉不上台板的东西!"

还有一位,竟是王南原的干儿子单眼罗,这三个男人的头上分别都有一个"×",与布告里要枪毙的人名字上的"×"一模一样。谷子想不明白,如果说王南原对胡子刘和铁匠李没有好感而画了"×",单眼罗可是他生前不离左右的亲信,还拜了干亲,怎么也归了这一类?难道王南原早就知道单眼罗不是个好东西?

笔记本里同时夹了几张女人的照片,打眼看上去长得都很标致,大体可分为两类:一类照片的右上角打了对钩,陌生得很;一类什么标记也没有,却有那么点似曾相识。其中一个很像铁匠李的女人大翠。王南原是大队革委会主任,人前人后怎么说也是有身份的主儿,他偷偷地掖着女人的照片干什么?

谷子很想追根寻底。谷子说不出理由地琢磨着这些闹心的事。

谷子趁公公王多劳不在家,蹑手蹑脚地走到大门口,小心地将门拉开一道缝。她看见迎面走来了几个女人,脸上全都布满了阴气,欲低头又低得不怎么彻底,似看远方又显得目光游离。种种奇怪的迹象让她心存疑惑,她忘记了自己身上还有重孝,一把将门拉开,对着外面的女人打起招呼:"嗨,今儿个是去运粪还是锄地?别忘了给我带把荠荠菜回来。"她们似乎向她这边看了,好像又没有用了正眼,仅仅一个睥睨就过去了,没有人接她的话茬。谷子心里一冷,转不过神来——以前不是这样,以前只要她站在家门口,就有女人笑容可掬地过来,与她天上地下地笑谈,尽管谷子时常冷热多变,却不会翻脸,礼多人不怪,有人尊着念着还不是好事?今天咋就变了?村里女人们的反常,在谷子心里顿时积起了一大摊失落。

谷子正要闭门回到屋里去,胡子刘从麦草垛后面跳出来,动作相当敏捷,将谷子吓了一跳。她怀疑胡子刘早就站在这里,专门等她出现。谷子没有理他,转身走她自己的路。胡子刘一个箭步蹿过来,拦住去路,说:"还在神气是不是?放下臭架子吧,也不看看现在是啥日子!我早知道会有这么一天的,终于等来了,狗日的南原他做了那么多天理不容的事,总算老天报应了,我得对着老天放几声雷子!哈哈哈……"

胡子刘站在谷子家门前的一块石头上,双臂张开,目光对着树枝遮窄了的天空乱喊乱叫，整个身体都禁不住地晃荡起来。谷子被突然出现的阻挡弄得措手不及，张着嘴一时不知道说什么好。谷子的慌乱，并不等于她失去了理智，她很想给胡子刘一个响亮的耳光。她下意识地已将纤嫩的手臂伸了出来。她曾经用过这种动作，像一阵风，在不顺眼的关头，在不顺耳的时候，猛然刮过去，让天地旋转。尽管这不是她做姑娘时就有的性格，可哪种脾气不是环境造就出来的？

她最终还是没有发作。她知道今非昔比，王家堡已不是原来的王家堡，她也不再是原来的谷子，只好默默地扭转头，装做什么都没有听见。糟糕的是铁匠李也突然出现了，他来得更迅猛、更直接，一露面就亮出了整个意图："等了你好几天了，夫债妻还，今儿个也让你尝尝受糟践的滋味！"

谷子有几分明白了，王南原得罪的人，要由她面对了。胡子刘和铁匠李就是首先跳出的两个人，他们看样子是要将往日受的气全撒在她身上。谷子让自己慌乱的心镇定了一下，强打精神，端出以往的架势："南原到底咋惹你们了，要发这么大的火？"木讷的铁匠李将眼睛一瞪，一去往日的胆小怕事，突然像变了一个人，扭着头死盯着谷子嚷："你们一个锅里搅勺把，你男人干的事你能不知道？别猪鼻子插葱装洋蒜了。"胡子刘在一旁帮腔："你说说，村里那么多女人整天都低着头，你为啥走路总看天？"谷子一愣，觉得胡子刘说得没错，她走路就是那么个样子，这也招人嫌了？她细细想了想，发现事情并不那么简单，人家说的一点不错，她以前不是那样，她以前是个腼腆的姑娘，见了生人都会脸红。

谷子第一次接触到这么棘手的问题。那种所谓的变化会不会真与自己的男人王南原在大队革委会当主任有关？谷子开始反思自己。这些年，王南原的行为是张狂了一些，可他再张狂，除了一个锅里吃饭一个炕上睡觉，怎么风光怎么潇洒跟她一点关系也没有，咋可能影响到她，以致在人们的脑子里画上讨人嫌的印痕？谷子摇了摇头，摇完了又点了点头。她不得不承认，她的许多举止，确实都因王南原而起，说起来不能全怪王南原，也不能全怪她自己。平日里，那么多人拥着捧着她，想着法儿讨好她。高一个辈分的，不知从什么时候与她称起姐妹；同辈的，在特殊的场合竟唤她姨或婶了，而且动不动就将那些天上掉馅饼的好事往她身上推。就说记工员怀安吧，别人每天傍晚都得拥拥挤挤地围在大槐树下记工分，接受怀安一遍遍毫不客气的询问。比如干了什么活，在哪里干的，与谁在一起等等，像审查罪犯似的。但谷子不用去，怀安会拿着笔拿着印到谷子家里去，笑笑地把需要记的和不需要记的工分全记在手册上。

这或者正是她慢慢将头昂起来的原因——人在忘记自己的时候，眉就会向着天上翘，鞋掌子都能在大地上点拨出踢踢踏踏的神韵！

不就是将头昂得高了些吗，招谁惹谁了？可这话又能向谁讲呢？事情既然已经到了这等地步，只能自认倒霉了，谁让她是王南原的老婆呢？她将身体靠在门前的一棵

树上,用一种防止腹背受敌的方法做了个招架的姿势,理亏词穷地说:"你们说怎么办吧。"

这一句话说得胡子刘和铁匠李愣在一旁了。他俩面面相觑,刚才还憋着的劲儿像突然被针刺破,眨眼瘪了下来。胡子刘看了看铁匠李,铁匠李也看了看胡子刘,用眼睛商量对策。他们将两颗脑袋习惯地靠近,两肩相贴,眼珠子在不同的眼眶里开始旋转。一根烟的工夫,仍没有结果,胡子刘自己倒先急了,将头扭过来,对谷子说:"你等等,我们得合计合计。"谷子淡淡地哼了一声,眼睛里填满了不屑一顾。

过了片刻,胡子刘将铁匠李拉了一把,去了不远的一个旮旯里,唧唧咕咕半天,才又回到谷子身边。胡子刘说:"我们商量好了,你的态度不错,对你也就优惠点吧。你男人往我头上放了四块土坯,我就在你的头上放一块,也让你知道知道,他王南原有多狠……"铁匠李见胡子刘说得停不下来,在一旁耐不住了,打断了他的话,说:"我也优惠,南原睡了我老婆一年半,我就睡你一次总算可以吧……"

谷子没想到这两个歪男人会说出如此下作的话,怒火攻心,眼睛鼓得圆圆的,手指在胸前来回摆动,像是要跟他们讲道理,僵持了半天,却一句话都没说出来。然而,想不到的事情还是发生了,谷子突然四肢发抖,身体像虾一样蜷在一起,嘴边开始吐起白沫。胡子刘和铁匠李见状,怕出了人命,追究下来要他们承担责任,二话没说,拔腿就跑。后来有人看见,谷子盘腿打坐在她家的门道里,像庙里修行的尼姑,双手重叠,平平地放在双腿之间,嘴里说着含混不清的话。大意是,她从很远的山村嫁过来,到这个堡子原打算好好活人,没想到落了这么个下场,真是老天不睁眼呀!

几句本来普普通通的牢骚话没什么深奥的含义,然而经村里的人一加工,那些话就变味了,成了"她是山上下来的大仙,到村里就是要管阳间的事,没想到鬼怪遇了一堆!有老天爷施法,她不信治不了它们"。这样一来,议论随即四起:谷子究竟怎么了?莫不是因为死了男人伤心过度,突然疯了?

这事引起苏大脚极大的兴趣,她专门上了一趟谷子的家,一定要问个明白。谷子说:"就晕了一下,根本没有说什么。"苏大脚不信,引导着问:"晕是晕,会不会在晕中与神呀仙呀的商量了一些事情?哪怕只说了一句。"谷子摇摇头。苏大脚继续穷追不舍:"是不是有种暗示?"谷子依然摇头。谷子越是这样,苏大脚越往邪处想。谷子没办法,她急着脱身,干脆说:"你说啥就是啥吧。"

谷子的这句话一出口,王家堡就又多了话说,那是苏大脚煽惑的结果。苏大脚逢人就说:"这回不怕鬼怪了,咱村有了神仙,大神仙呢,知道咋回事吗?嗨,是专为治小鬼来的。"苏大脚的话谷子听到了,烦得直摇头,却不去辩解。辩解更多的时候会雪上加霜,谷子有谷子的主意。谷子听了铁匠李关于王南原与他老婆的事情,像吃了一只绿头苍蝇,心里很不是滋味,她暗自盘算,一定要弄清王南原背着她究竟都干了些什么。

她独自琢磨着王南原留给她的疑惑，没有听公公王多劳的劝告，在她的男人死去一个星期后走了出来。

谷子用了三天时间，拿着照片走遍了西坡大队十一个小队。她将照片托在手上让年长的女人们认，几天下来，还真有了眉目。照片上打钩的和没打钩的五个女人中，除一个是本村铁匠李的老婆大翠外，其余全是外村的女青年，有几个她见都没见过。

谷子最先来到了大翠家里。

谷子的突然出现，将大翠吓了一跳。大翠正在院子里剥包谷，见谷子匆匆而至，一阵惊怵，差点将包谷粒倾在地上。大翠将谷子看成了没有死去男人的谷子，怯怯地问："你……你有事呀？"谷子苦笑一声，说："我想向嫂子打问一件事。"大翠一个惊怵，差点歪在地上。以前，大翠从没有听到谷子叫过她嫂子，今天一句生疏的称呼，让大翠感到别扭，她赶忙摆着手说："不不不，你有啥事只管吩咐，只要办得到，我不会含糊……"谷子说："你想到旁处去了，我今儿个本只想跟嫂子说说心里话，说说咱们女人间的事情。"

大翠放松了一下，慢慢地将手里的活儿搁下，呆呆地看着谷子。谷子没有遮掩，将大翠的男人铁匠李前天所说的话重复了一遍，然后直截了当地问大翠与王南原之间到底有没有那事。大翠见谷子将事情说得有鼻子有眼，再不好搪塞，就将起因和经过述说了一遍。大翠说完泪眼汪汪地加了一句："若不是你男人要拆了我娃他爹的铁匠炉子，我咋可能干出那种不顾脸面的事？"

谷子蹙了蹙眉，突然就有了记忆。那年县里来人检查工作，说是要彻底割掉资本主义的尾巴，王南原冲锋陷阵，一定要抓了铁匠李这个典型，后来过去了两天，要抓的典型却变成了另外的人。现在回过头去一想，方才明白了其中的原因。

谷子闭了一下眼睛，没有再问下去。一个人认死理要走的路，拦是拦不住的，况且，她一直被王南原蒙在鼓里。

谷子用一种负罪的表情盯了大翠一阵，蹒跚着离开了。

她神志恍惚，却一刻都没有停歇。她这时候的心不让她停歇。

她鬼使神差地到了那个叫油房坝的村子寻找另外一个女人。那女人叫荷莲还是胡蓝她没有搞清，她其实不需要弄清楚，她只想从这个女人身上知道应该知道的事。叫荷莲还是胡蓝的女人听谷子说明了来意，只是伤心地痛哭，一把鼻涕一把泪，一个字都不肯讲。谷子也哭，谷子的哭不是受了另一种哭的感染，而是自己为自己难过：这一辈子咋就遇了王南原这么一个不要脸的货！难道人的一生真的得认命？

那女人没想到谷子也会哭得如此伤心，愣了，心一软，将自己与王南原的事和盘端了出来。

那些年每个大队都在成立文艺宣传队，宣传队里除了吸纳能够吹拉弹唱的男人，

特别青睐那些长得漂亮的女人,叫荷莲还是胡蓝的女孩很自然地就被王南原看中了。选拔过程需要经过两道手续,一是负责宣传的村干部要初审,觉得没有问题了,填一张写着家庭出身及社会关系的表,再呈到大队领导那里进行终审。在严格的挑选中,履历表起着至关重要的作用。贫下中农是革命依靠的力量,即使自身条件差点,还可凑合,"地富反坏右"是专政对象,子女一律不得抛头露面。这样一来,出身富农的荷莲或者胡蓝便没有被选中。名单到了王南原那里,王南原寻了半天都没有找到那个叫荷莲或者胡蓝的名字,心里纳闷,就让选中的人全都站在院子里,排成"一"字队形,一个个辨认。王南原从这头走到那头,看了一遍,折回来又看了一遍,突然问:"怎么差了一个?"大家愕然,说:"不就要二十个人吗?再数也是二十个,一个不少,怎么就差了呢?"王南原说:"不对,上午到我办公室来的那个女孩咋没到?"有人皱皱眉头,终于想起来了,说是第一轮就被淘汰,并将淘汰的理由说了一遍。王南原想了想说:"要看阶级出身,但又不能唯成份论,重在表现嘛。"他这么一说,那个叫荷莲还是胡蓝的女孩就又被选进来了。

开始排练那天,王南原亲自来到排练场。他进了屋,大家正在分角色,分完了问王南原看行不行。王南原没有发表具体意见,只说了一句话,他要负责排练的人将《红灯记》里的铁梅交给叫荷莲还是胡蓝的女孩演,临走时强调:"这是组织的决定。"大家知道叫荷莲还是胡蓝尽管身段不错,可没有嗓子,根本不是演英雄人物的材料,可革委会主任说了,钉子就是铁,没有更改的余地。

从那以后,王南原总跟文艺宣传队的人一起加班。演员白天下地干活,只在晚上排戏,王南原也就放弃休息,一直等到夜深人静戏排完,送叫荷莲还是胡蓝的那个女孩回了家,自己才慢慢踱回王家堡。那些日子谷子常为王南原回去得晚唠叨,从来都没有想过王南原却是出去干那种见不得人的事情。

又过了大约五六个月,戏没有排成,叫荷莲还是胡蓝的女孩却被换了下来,理由是上面有精神,宣传队也要清理阶级队伍,那女孩属于清理对象,没办法,这是立场问题,只能另换一个。这件事发生后不久,从下到上起了议论,说是王南原搞大了那个女孩的肚子,没法收拾,只得找借口将她赶走。更让谷子不能相信的是,另换的那个铁梅,就是王南原笔记本里画钩的第三张照片上的女人……

谷子来来回回跑了一大圈,腿上像挂了根锁链,实在走不动了,脚一歪,重重地倒在路旁。她累了,说得真切点,是心累了。心累得让她连支撑生命的身子骨都不想要了。她每遇一个女人心就沉重一次,到现在浑身都像拖了块石板,眼睛也开始充血了。她总算明白了应该明白的事情,但这还远远不够,她需要的是透彻,是糊涂中的清醒!她的手上,还有几个没打钩的女人没有走访,这在她看来是不能缺省的环节,她还要继续跑下去。

三天之后,谷子自己给了自己一个答案,那些画对钩的是王南原已占有的女人,没画对钩的虽没有受到伤害,却早成了王南原圈定的猎物。从谷子掌握的材料看,倘若王南原不死,这些女人迟早都要受了王南原的伤害。这是谷子不愿面对的事实,然而谷子在王南原死后却不得不面对,谷子因此就成了再也直不起腰身的谷子:"这个挨千刀的,做下丧尽天良的事情,早该死了!"谷子在悲愤中诅咒,在懊恼中挣扎,在负罪中痛苦。她乱麻一般的思绪在昏天昏地里做梦似的游荡,把魂儿都荡得七零八落了。她很想将它们找回来,却又不知道究竟都丢失到什么地方了。

她回到家中,一把将王南原的灵位打翻在地,学着村里人平时开批斗会喊口号时常用的动作,让举高的手臂重重地摔下,然后狠狠地踩了几脚。她没有想到虚伪的体面背后会存在那么多的腌臜,更没有想到她就是这种腌臜肌肤中的寄生虫。她又一次放声哭喊,声音里夹杂着愤怒,夹杂着无奈和屈辱。趴在墙头看热闹的人听到了她的哭,却没有听清她嘴里叫喊的内容。抽着旱烟,前院后院转圈儿的王多劳也没有听清,谷子自己似乎同样没有听清。她一直哭到深更半夜,才慢慢地睡了过去。

第二天,她红着眼睛,一大早就去找苏大脚。

三

　　苏大脚其实不叫苏大脚,只因苏大脚的那个时代女人个个以三寸金莲为美,唯她露着一双不合时宜的大脚,才有了这么一个绰号。她的真名叫什么,在王家堡几乎很少有人记得,即使老一辈人本来有点印象,大家都叫她苏大脚,叫得时间长了,真正的名字也就淡了,没有人再唤了。苏大脚是个不大安分的女人,她的不安分从做孩子的时候就已经开始。三岁那年,母亲就张罗着为她缠脚。母亲每天早晨把她从被窝里拽出来,第一件事就是将宽宽的布带里三层外三层地缠在她的脚上。母亲的手劲很大,缠一圈就咬一回牙,咯咯嘣嘣的,仿佛要从她厚厚的脚面上攥下一块肉来。她疼得哇哇叫,母亲却丝毫没有迁就的意思,过一会就来一句:"忍着!再不使劲裹,就该长成大脚了,到时看谁娶你?"母亲严厉的训斥出于疼爱。用现在人的话说,是为苏大脚的前途着想。苏大脚没能受得了那种疼痛,总在母亲走后偷偷地将脚放开。后来母亲遭人暗算自寻短见离开人世,没人再约束她,因此也就落了一双大脚。

　　苏大脚的男人王二拐是个竹篾匠,十三岁去河湾镇一家名叫"蒋记竹器行"的铺子里学手艺,三年扫地,三年做饭,三年破篾,三个三年熬下来,才将竹篾活儿学到手。接下来又干了几年,待出徒的时候,已是二十七八岁的大男人了。

　　王二拐在竹器铺里没有少吃苦。那种长期蹲在地上操持的活儿,弄得他背驼了,腰弓得像一根弯曲的树枝,手指也变得粗短,远远伸过来,仿佛摊在地上的鸭掌:"没办法,想学手艺嘛,就得这样。"王二拐的师傅是位厚道人,看着王二拐的样子,心存内疚。特别让他过意不去的是王二拐老大不小了还未娶亲,这事也就成了做师傅的一个心病。不孝有三,无后为大,师傅一直为王二拐的婚事奔忙。好在邻村姑娘苏大脚的脚太大,还没有找到合适的主儿,条件低,经师傅从中撮合,竟成了。

　　又过了两年,师傅不忍心再让成了家的徒弟为他干活,就将王二拐叫到屋里,往手里塞了五块大洋,说:"本事是自个磨出来的,你自己出去闯吧。"王二拐感激涕零,一定要再留几年,师傅不肯,师傅有他自己的规矩,一旦徒弟成家,就毫不犹豫地鼓励他们走自己的路,以便更好地养家糊口。王二拐也知道做徒弟的不可能跟随师傅一辈子,便回到村里办起了自己的竹篾铺。谁知运气不佳,竹篾铺刚办起,就遭到连年战乱。更可恨的是当地的土匪,三天两头骚扰,让他没有省过一天心。

　　也就在那年春上,柳树刚刚吐絮,王二拐将地里的农活安顿停当,就同新招进的几个徒弟在自家的小铺里忙活开了。这年的生意还算好,他们编的竹篮,由于工艺细,样子美,结实耐用,不用上市,就被十里八乡的乡亲们抢购一空。为了多赚几个钱,王二拐每天都干到很晚,恨不得将夜晚当白天用。谁知,一夜一夜地点灯熬油,挣得几个子儿,却招来了土匪。土匪将王二拐绑在门前的一棵大树上,脚下堆满了干柴,要用火烧出他的钱财来。王二拐不愿拿,说铺子刚刚办起,花销大,还没有到赚钱的时候。土匪不信,说不给钱也行,那就将王二拐的女人带走。王二拐当然知道,自己的女人落到土匪手中会是什么结果,心软了,刚准备将压在炕毡下面的那几个铜板拿出来送给土匪,苏大脚出现了。苏大脚像一位临危不惧的勇士,扯着尖利的嗓子喊道:"钱一分没有,你放了他,我跟你们去!"土匪被态度生硬的苏大脚给怔闷了,还没回过神,她的一双大脚就"嗵嗵嗵"地迈过来,惊得土匪个个瞪圆了眼睛。

　　土匪毕竟是土匪,他们为的是钱,钱没有得到,不可能连威风也丢得一点不剩,他们吃三喝四了一夜,分文未得,最终还是将苏大脚带走了。苏大脚一走,王二拐不好做人了,村里上上下下起了议论,说王二拐猪狗不如,简直不是男人,危难时刻为了保全自己,连老婆的性命都不顾! 王二拐向人解释:"不是那回事,绝对不是……"村里的人不听,村里人仍旧骂他猪狗不如。王二拐委屈地哭,哭得像死了爹死了娘。哭着哭着觉得像是有人在他头上轻轻地拍了一巴掌,扭头看时,却是苏大脚。他顾不得揩擦满脸的泪痕,上前紧紧地将她拢到了怀里。

　　那天夜里躺在土炕上,王二拐与苏大脚亲热一毕,怯怯地问:"土匪把你咋了?"苏大脚用被子捂着嘴"哧哧"地笑:"咋也没咋。土匪也是人,他们一样怕死,我说我要找机会让人弄死他们,他们害怕就放我回来了。"王二拐不相信苏大脚的话,还要追根问底,苏大脚将脸拉得好长,不理他了。王二拐想,毕竟人回来了,人回来比什么都好,他也就闭了嘴,咽下了藏在胸口的疑虑,不再提伤感的事情了。

　　然而,王二拐在土匪面前不怎么男人的做法却仍旧流传于大街小巷,王二拐从此在村里人的眼里变成了窝囊废,而苏大脚却成了女中豪杰。尽管乡亲们并不知道苏大脚在土匪窝里究竟干了些什么。

　　也正是这样一段经历,给苏大脚后来的生活带来了厄运。在乡间批斗会如火如荼、蓬勃开展的日子,她成了另外一个活靶子,突然就遭到一帮年轻人的围攻。他们开口就嚷:"你同土匪头子是不是搞破鞋? 不然,他们怎么可能放你?"苏大脚说:"啥破鞋不破鞋? 连家里几双好鞋也让土匪扔进火里了,不然,我男人腿上脚上能留下那么大的疤?"火气极盛的小年轻们继续嚷:"我们不问你男人,只问你咋回来的? 是不是骑了

土匪的骡子?"苏大脚摇摇头,说:"不,是走着回来的,我有两只别的女人没有的大脚!"苏大脚说到她的脚,极兴奋的样子。

一帮年轻人拿她没办法,将王二拐唤了去,让他说是怎么回事。王二拐接连被折腾了两天两夜,受不住了,见了人就哆嗦,最终还是说出了他许多年来一直积在心里的疑惑:"肯定出过事,不然土匪又不是她二叔,咋可能放她回来。"那帮年轻人一听有门,让他在一张纸上签了名,盖了指印,就把他放了。后来那帮年轻人给苏大脚做了一个大牌,上面写着"打倒破鞋苏大脚"几个字,让她挂在脖子上站在八月的太阳地里。苏大脚额上流着汗,嘴上却哼着别人听不懂的小调——就是后来只要出了点什么事就能从她嘴里听到的那种调儿。有人说是在念佛经,也有人说好像是说神神鬼鬼的事,反正她脸上并没有苦恼、沮丧的表情。她的举止,让许多人跷了好一阵大拇指。后来,那些"运动健将们"或者怀疑苏大脚真的有什么超人的本领,怕有一天遭到不测,就不敢再对她使手段了。

苏大脚回到家,收拾屋里的东西。王二拐进来了,王二拐跪在苏大脚面前,一把鼻涕一把泪地说好话。说他不该胡说八道,说那是他一时糊涂,嘴里吐出的不是人话,说着说着,就在自己脸上捆,"噼噼啪啪"的,像打谷场上的连枷飞舞。苏大脚为这事生了几天气,生着生着也就笑了,说:"算了算了,你就是那么个鸡屁股里没有长硬朗的软蛋,把你生吃了活剐了又有啥用?"

苏大脚遇事越忍让,在人们眼里的形象越高大,村里的人只要有什么事,少不了常去找她。而她呢,也就来者不拒,帮得了忙的,帮不了忙的,她都肯出面张罗。就说谷子的男人王南原吧,明明病得不轻,却不肯上医院,偏偏要找苏大脚。这种找大约在王南原去世前一年就已经开始。王南原之所以相信苏大脚能将他的病治好,是苏大脚说给他的那几句话起了作用:"我家男人遭了土匪没事,我的儿子天助烧窑塌了方没事,你知道为啥吗?是因为有神护着。"

王南原也想让神护一护,自然也就靠上了苏大脚。王南原是革委会主任,平时威风得像门上张贴的尉迟敬德,突如其来的病魔却让他惶恐不安、不知所措。他不可能抛下眼前的一切住进医院。他有他藏在心里的秘密,大队革委会主任这个角色瞅的人实在太多,他们动不动就想给他使绊子,盼望他随时栽一个跟头早早腾出位子,好让他们也过一过呼风唤雨的瘾。就说单眼罗吧,干吗无缘无故地唤他干爹?醉翁之意不在酒呀。至于别的人,就更明显了。他去水库游泳,有人将上游的闸门打开,要让大水冲他到大河里去喂王八;他喜欢春天里去野外踏青,有人就将一条毒蛇放在了他的脚下……这样的事情他张口能说出一大串。他不愿暴露自己的病情,他怕别人趁机算计他,向他掀起更猛烈的攻势。

他因此想到了苏大脚所说的神。他更相信苏大脚有那个能耐。

王南原常常在夜深人静的时候到苏大脚家里去,去了就躺在苏大脚煨热了的炕头上,让苏大脚一面用她自己的方式查问是哪方小鬼缠了他的身,一面慢慢地按揉他长在肚子里的许多硬疙瘩。苏大脚都快六十的人了,不管身体受了受不了,只要王南原到家,她从来都没有怠慢过,或者是因为王南原的身份,或者是因为苏大脚的感恩,即使累得满头大汗,也会将她要做的事情做得一丝不苟。这让王南原感动,也就说了一些藏在心底,连老婆谷子都没有告诉过的话,他问苏大脚人死了会不会转世,会不会变驴变马变猪变狗。苏大脚愕然,问他怎么突然说出这么怪的事情。王南原也不解释,只是继续问:"你只说会不会吧。"苏大脚压低嗓门神秘地说:"当然会了,你想想,如果不,做好事与做坏事还不一个样了?"王南原仅仅问过苏大脚那么一次,以后就再没有提出过类似的问题,苏大脚因此也就没有将这件事放在心上。奇怪的是从那以后王南原到苏大脚家去的次数越来越少,去了总是情不自禁地发抖。苏大脚问怎么了,他说冷,冷得都想钻进火堆里去。

王南原临死前去苏大脚家的几次,有点像知道自己将要不久于人世似的向苏大脚说了一些莫名其妙的话:"婶,你是长辈,说话有人听,你能帮我个忙吗?"苏大脚从来没有听见王南原叫过她婶,尽管算起来王二拐与王南原是不出五服的叔侄,但这样的称谓除了在王南原的童年时代,这十几年她还是第一次听到,显然有些生疏,有些不大习惯。可她不能拒绝,拒绝就生分了,不那么像回事了。于是赶紧回答:"你说吧,你婶子记着你的好呢,眼下不是讲'忠于'吗?我也讲,我说的是对你的忠……"王南原摆摆手,说:"不是那回事……我这人性格不好,得罪了胡子刘和铁匠李,咋说呢,我不是成心想整他们,占着茅坑不能不拉屎呀……你瞅机会对他们说,就说我王南原对不住他们,今世欠的债,下辈子想着法子再还……"苏大脚不让王南原说下去:"算了算了,你还别说这两个人,一个侹头一个蔫熊,你整治他们是为他们好,没啥,没啥!"王南原苦笑一声,很懊悔的样子:"过了,真的有点过了……政策那么规定,你说咱还能咋办?"

苏大脚想不明白,以往做什么事,连眼睛都不眨一眨的王南原咋会变成这般模样?说真的,在王南原将土坯架在胡子刘头上的时候,她也在心里骂过他是一个混世魔王,骂他不得好死。面对一大堆妇女,王南原使劲踢铁匠李裆部的时候,她同样骂过类似的话。今天,当王南原将话题扯到这两个人身上,她突然意识到事情本来就不能全怪了他。

苏大脚琢磨着该怎么安慰王南原才好。一转身,发现在大队砖场干活的大儿子天助站在眼前。天助见王南原在自己家,将要干的事放在了一边,急急地跑过来,打断王南原与母亲的谈话,说:"大队砖场的人都在偷偷议论,说有人告了你,好像是油房村的一个女人。你看要不要弄个明白,让嚼舌头的人上上批斗会!"王南原摇摇头,摇完了头又摆了摆手,一句话都没有说,无精打采地坐在门槛上。

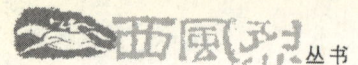

苏大脚从王南原的举止中看出了蹊跷。以前王南原不是这样,以前他要干什么或不干什么,都在一念之间,从不顾忌,今天却神情惶恐,看来一定心里有事,会不会与天助所说的事情有些关系?苏大脚猜不透,她欲做出个不在意的样子,以摆脱已经出现的难堪,最终却没有能够。她无措地转身去了厨房,拿起王二拐刚刚蒸熟的红薯,挑了一个又大又红的递给王南原。王南原接了,瞅了瞅,没有吃,又放回斗箕里,转身要走。走了几步,却重新倒回来,向苏大脚使了眼色,要她出去。苏大脚迈过门槛,到了他身边,他迟疑了片刻,最终神秘地将一叠钱塞到苏大脚手里,说了油房村一个女人的名字,托苏大脚将钱送过去。苏大脚莫名其妙,揣测传言一定是真的,尴尬地躲开王南原的目光,想说点别的,可嘴里像填了块棉团,被死死地堵住了。

王南原精神萎靡,跨出大门,差点摔倒在地上,幸亏天助眼明手快,上前扶了一把,才不至于跌下去。

苏大脚还是慌乱了,这种慌乱始终没有让她找到确切的原因,是关于王南原的传说让她产生了恐惧,还是王南原的病情让她起了担心?她一时说不清楚,烦恼也就纵纵横横地涌入胸口。这样一来,苏大脚就不再是那个胸有成竹的苏大脚了,她心虚得像做了见不得人的事,畏畏缩缩,恨不得将自己掩藏起来。在这段时间,她还真想到胡子刘或铁匠李那里去一趟,替王南原解释解释,可又一想,她也是损过胡子刘和铁匠李的人,一时撕不开脸皮,也就将事情放下了。

过了两天,苏大脚又看见了王南原留在桌子上的钱,方才恍然大悟,知道她还有一件大事没有做,就匆匆去了油房村。她好不容易打听到那个姑娘,村里人说好像是去坳地干活了,她就坐在路旁草滩上等。一直等到中午日端,姑娘才从田间的小路上懒懒地走过来。苏大脚在村里人的指认下,匆匆上前,说明了来意,要将钱留下,却被姑娘摔在地上踩了几脚,然后对着钱吐了几口唾沫,悻悻离去。

姑娘反常的举止,引来了许多人的好奇,他们都是与姑娘一起下地劳动的伴儿,看到这种情景,不知道这个老巫婆怎么就得罪了他们村里的人,一个个恶狠狠地舞着农具逼苏大脚说个明白。苏大脚何尝不想说明白,可她不敢,那是王南原的秘密,说出去,不光影响王南原的声誉,她也就将全家人往后的日子给搭上了。她搪塞了几句,拔腿快快地逃离。让苏大脚庆幸的是,她迈开一双大脚,油房村的人竟没能赶上。

回到家里,王二拐问她怎么了,脸色那么难看。苏大脚喘着气不吭声。儿子天助也过来问,苏大脚还是没有吭声。他在心里琢磨,本来好好的,什么事也没有发生,怎么就自己吓唬起自己?难道是神在暗示,王南原真要遇到什么灾祸了?要说,她一直都在为王南原祈祷,为王南原开脱,在神面前也算替王南原说了许多好话,神难道真的无动于衷?她这么一想,心里更害怕了,难道神知道她并没有用了诚心,而采用的仅仅是一种敷衍与搪塞?太可怕了,看来,神确实是欺不得的。

苏大脚闷闷不乐，动不动就给自己的老头王二拐发脾气，少不了摔碟子摔碗，仿佛王二拐出出进进老碍着她的事情。王二拐嘴里嘟囔："又是哪根筋不对了，说变就变？"王二拐声音很低，他不敢高声，怕苏大脚再生发出异常的举动。他回忆了一下过去的苏大脚，就觉得更奇怪了，他在土匪面前出卖了她，她没有恼，又在批斗她的那帮愣小子跟前说了她的坏话，她还是没有恼，眼下，能是啥事搅得她坐卧不宁？！

苏大脚像是看出了王二拐的心思，狠狠地瞪了他一眼，拿了裂出一个豁的黑老碗，舀了些麸子，到后院喂猪去了。

四

谷子准备去苏大脚家的时节，下地的社员还没有出工。向北站在村子中间的那棵槐树下使劲撞击悬在半空中的一小段钢轨，"咣咣咣"的声音惊动了树上的一群麻雀，麻雀"扑啦"一下腾空飞起，各自恐慌地四散而去。声音同时传遍了村庄的各个角落。向北敲完了，坐在树旁的一块石头上抽旱烟。谷子看见，下意识地止住了脚步。她不愿看到他，一转身，就在池塘旁的小庙后面躲起来了。

向北是王南原看上眼的人，是王南原让他做了王家堡生产队的队长。

王南原之所以器重他，一个最直接的原因就是向北听话，只要王南原布置的事情，他说一不二，一点不带马虎。用向北自己的话讲，对上面布置的工作，"没有困难要上，有困难克服困难也要上"。比如批斗胡子刘，他能在王南原一声令下的时候冲过去，劈头盖脸来几个响亮的巴掌，这样的气势，再坚硬的头颅也得乖乖低下去。一个回合过后，待下一回合批斗别的什么人，他又会使出同样的招式。久而久之，有人竟私下里给了他一个绰号，叫他"铁巴掌"。

向北常到王南原家里去，去了也就见到了谷子。向北是单身汉，父母死得早，他一直一个人过日子，四十好几了还没有婚娶，见了女人难免会脸红，难免会莫名其妙地生出窘迫，加上王南原身居高位，他多少有那么点胆怯，自然矜持客气，总喜欢用村里人惯用的习俗称呼她："他姨"，也就是孩子他姨的意思，仿佛他本来就有一大堆儿女似的。后来谷子知道是对她的尊敬，对她的讨好，也就默认了。谷子那时候看向北，大不了是个摇旗呐喊的"老小孩"。

今天的感觉却明显不同，她仅仅看了一眼向北就由不得自己心里发虚。她想退回屋里去，却来不及了，许多人听见敲响的钢轨声已陆续走出了家门。向前吧，向北依然坐在那块石头上，她不想与他碰面。她正在犹豫，一阵指桑骂槐的声音传了过来：

"村里闹腾了这么长一段时间，到现在都弄不清谁是人谁是鬼，唉，看来人还是得做人事，要不然，做了鬼都不是个好鬼！"

"三十年河东，三十年河西，阴间有六道轮回，阳间原来也有呀。"

"呸！闲得穷转悠，如今不是从前了，躲奸溜滑的，到年底看她喝西北风？"

谷子吃了一惊，扭头看时，池塘那边三三两两的人正往南坝沟里走，间或有人向这边看看，继续说些不中听的话。谷子进退两难，赶忙弯下腰身，假装揩拭裤脚上的泥土。摸了一阵，弹了一阵，站起身，硬着头皮继续向前走。

向北抽完一袋烟，盘算着村里的男女劳力差不多都已经动身，就将烟袋锅对着鞋底磕了几下，斜着别在腰上，拿起早就立在树旁的锄镢，准备到坳地里去。刚一转身，却看见了谷子。向北惊了一下，手脚慌乱地将头扭到一边——他原本不想那么做，看在王南原对他信任的份上，也不可能那么做，可他做出来了，他的动作连他自己都被吓了一跳，别扭得浑身极不舒服。

而谷子呢，见向北发现了她，本来将问候的话已经放在唇上，要吐出来的，是向北瞬间地扭头将它憋了回来。她的脸刷地一下红了。想不到她一直印象不错的向北也会这样。她的头嗡嗡地响，耳边像有一群黄蜂在吼。她由不得自己的用了小步跑起来。她绕过一片不大的树林，眼眶湿湿的，她伸手摸了一把眼泪，坐在一个小树桩上喘气。她不想再去苏大脚家了，世态炎凉，她不知道去了苏大脚家是不是也会遇到同样的眉高眼低。她正要退回去，一只狗从耕田家里冲出来，对着她张大嘴巴狂吠。她记得耕田家的狗没有这种本事，它在以往许多日子里并不是活蹦乱跳的狗，从不大声吼叫，即使用棍子敲打，它也是像小老鼠似的吱吱地在喉咙里叫几声。难道人一旦倒霉了连狗都要跟着过来欺负？

谷子顺手捡起一块小石头，正要与狗拼命，苏大脚出现了。

苏大脚从自己家很深的门道里端了盆污水，顺势泼出去，刚要拿着盆子回家，见状，大呼小叫地跑过来，将狗赶到了树丛里。这是王南原死后这七八天里苏大脚第一次见到谷子，便将盆子放在地上，急急地走到谷子跟前，一把拉住了谷子的手。谷子两眼通红，眼泪又一次潸潸而下，像遇到亲人似的偎着苏大脚的臂膀久久不肯离开。

苏大脚抚了抚谷子的头，心里同样一阵酸楚，一句话都没说出来。过了好一会儿，见谷子平静下来，苏大脚才将她领到自己家。

院子里，苏大脚的二儿子地保在劈柴，见谷子满脸泪痕，放下手里的活儿，上屋拿了凳子让她坐，拿了毛巾让她擦脸，做完了这些事情，就又到一旁劈柴了。

苏大脚知道谷子心里苦，在院子里坐了片刻，便拉着她进了屋，想好好劝劝她。谷子面对苏大脚，闹心的事顿时像潮水一般涌动，于是，便一五一十地将胡子刘和铁匠李怎么用言语侮辱她，她怎么在村子里听到风言风语，怎么看见像躲瘟神一样躲着她的那些女人，一口气倾倒了出来，倒完了自己为自己伤心："你说，我得罪谁了？他们干吗与我过不去？"

苏大脚默然。苏大脚嫁到王家堡，一晃已经好多年，在这个越来越糟的环境里生活,她能不了解大家心里的憋屈?小能积大,王南原当大队干部的时间太长了,上任后连着干了十几年,日积月累,事情能少了?打个比方,倘若将人们的积怨看做地保在院子里劈的柴火,那么,一天积存几根,十几年也该有个大垛子了。苏大脚心里明白,大家心里憋屈一点倒不要紧,要紧的是憋屈一旦变成仇恨,就成涛浪了,冲谁不冲谁,就不是她苏大脚能说得清楚的了。苏大脚很想将话题向别的地方引一引。

"天助他们砖场出了事,你知道吗?"苏大脚继续说她自己觉得能说的事,想尽量讲得精彩些,"窑烧着烧着砖块飞起来,大约有两丈多高。那阵子大伙正吃过中午饭在窑口侧面的一棵大树旁下棋,头挤着头,像一窝猪抢着吃食,飞起来的砖头砸在人堆里,当场倒下几个,听说现在还在医院抢救呢……"

谷子愣了一下,没有接苏大脚的话茬。

"本来这事发生后单眼罗得赶紧想办法,他是新任的大队革委会主任,他不管谁管?可你猜怎么着?他吃饱喝足,跑得连踪影都不见了。"

最近发生在西坡地区的一些事情,谷子略有耳闻。她的男人王南原死后,单眼罗迫不及待地跑到油房村生产队让队长为他宰了一头猪,叫来一帮自己的弟兄美吃了一顿,把剩余的半扇猪肉送给了公社革委会的头头,因此也就顺顺当当地坐了西坡大队的第一把交椅。单眼罗上任不久,大改以前的穷酸景象,他除了东家西家窜着吃喝,还为自己收拾了一间别致的办公室,仿照城里旅馆的样式,隔出一块地方,支起一张大床,没事的时候,一个人躲在里面睡大觉。

谷子将听来的话与砖场突然发生的事连在一起,就更来气了。倘若说她的男人王南原招惹了人,引来了怨恨,现在人没有了,他们该扬眉吐气了吧,该事事顺心了吧,咋还出那种邪事?

谷子本来可以幸灾乐祸,一听到单眼罗这个刺耳的名字,就又想起了前些日子单眼罗装扮成王南原的鬼魂祸害她的那件事,马上咬牙切齿,忍无可忍地来了一句:"他不是人,是鬼!"苏大脚看了谷子一眼,莫名其妙,正要问个究竟,在院子里劈柴的地保说话了:"砖场出了事,单眼罗说那是南原哥做了鬼之后来捣乱,他管不了鬼的事,应该给南原哥坟上多钉几个桃木橛子。"

"干你的活儿去!"苏大脚见地保将话说偏了,教训了一句,过来劝慰谷子,"你别听孩子的,他知道啥?尽瞎扯。"苏大脚本来是要避开谷子的伤心事,可被儿子一搅和,话题绕了一个大圈,又回到了王南原身上。谷子从一开始心里就不高兴,地保的话像是火上浇油,又激起了她对丈夫王南原的怨恨,说:"都不是什么好东西!"

苏大脚像是猜出了谷子的心思,有些手忙脚乱,起身拿起桌上放着的热水瓶,要给谷子倒水。瓶是提起来了,可一倒却浇到了炕沿上。苏大脚尴尬一下,欲说些别的话,或另做点别的事情,转身发现谷子颤抖病又犯了,而且比以前看到的要厉害得多。

谷子的颤抖完全处于一种不加修饰的自我本能,如果让正常人学着做,起码那种颤不会如此强烈,也不会汗流满面。这让苏大脚突然就想起发生在自己身上的事情。

那年苏大脚刚刚十岁。

那年她正在自家很漂亮的四合院里与下人捉迷藏,管家满头大汗跑进来,嘴里夫人夫人地喊,一进院就跌倒在花坛边的过道里。苏大脚的母亲听到喊声跑出来,问发生了什么事,管家喘着气说:"老爷……老爷他出事了,快逃命呀……"管家还没有将话说完,一队人马冲进来。这些人个个手里拿着土枪,二话没说就对着管家扣动了扳机,管家的头被打裂了,鲜血和脑浆流了满地。苏大脚的母亲看见眼前凄惨的情景,晕了过去。苏大脚那时还不大懂事,恐怖的气氛将她吓蒙了,吓傻了。在她的记忆里,她就像谷子现在一样,一个劲儿打战,连牙关都磕得梆梆梆地响。或者正是这打战救了她,母亲被抓走了,院子里的所有人全被抓走了,只她一人躺在地上,半醒半寐地承受着眼前发生的一切。后来,有人将她的父亲抬了回来,父亲胸脯中了数弹,前胸稀乎乎的,像不很整体的马蜂窝。过了一天,母亲的尸体也被送了回来,据说是撞在大狱墙上寻了短见。村里的好心人将苏家十几口人的尸体掩埋了,苏大脚也就成了孤儿,她后来的日子是在隔壁大伯家过下来的。从那时起,动不动就会颤抖的毛病落下了根。村里的人因此也便常常议论,说这种颤与神的下凡或者有些关系,不然,苏大脚不会说出那么多稀奇古怪的话。但苏大脚心里清楚,根本不是那回事。按她自己的想,她还真愿意见见神,她知道如果自己一旦沾上了神的光,日子也许能好过些,失去父母后压在她身上的痛苦也会少一些。她愈是期盼,却愈是失望,到头来什么也不曾看见。这是留在她心里唯一一件遗憾的事情。

她在迷茫的岁月中慢慢熬,一天一天,一年一年,冬去春来,她渐渐大了点,偶尔从知情人那里知道,父亲整年忙碌在外,口头上说是做买卖,其实根本没有什么生意,而是拉了一帮人做土匪。父亲是这帮人的老大,白天,他们与下地的农人没有区别,到了晚上,却一个个凶神恶煞,干着打家劫舍的勾当。这种"生意"不需要本钱,心眼一歪什么就都来了,全凭心狠手辣。这样一来,苏家没有几年就成了当地显赫的大户,不光有车有马,还盖了前庭后楼的一个四合院。这都是苏大脚记不清楚的事。后来略略记事了,家里却发生了那么大的变故,如此惨不忍睹的场面,苏大脚隐约有点印象,可一直不愿提起。她宁肯让它烂在别人的肚子里,也不愿凄凄惨惨的场面在她脑海里重现。因此,她在伯父家长到十七岁出嫁,都没有打问过,也没有听人再提起过。

奇怪的是她出嫁后的那年冬天,关于父母的事却慢慢露出了头。那是一个昏暗的傍晚,有人找到王家堡来了,说他是苏大脚父亲的至交,找苏大脚是要来帮她的,后来就见面了。那人从褡裢里拿出银元,往苏大脚手里塞。苏大脚不要,说你要不说出你到底是干什么的就让人把你送到衙门里去。那人没有办法,就说了。那人说他也曾当过土匪，是苏大脚的父亲在一次危难中救了性命，他来找苏大脚没有别的意思，就是要还还恩人的情。那人还说了苏大脚的父亲的一些生活习惯和为人。他讲到苏大脚父亲的时候颇为感慨，说苏大脚的父亲在一帮兄弟中威望很高，只要是吃那口饭的，一听到苏大脚父亲的名字都会崇拜得五体投地。

这一年王二拐已学艺归来，在村里办起了属于他们自己的竹篾铺。苏大脚的日子虽不怎么富裕，也算有了依靠，她没有接受来人送给她的钱，她呆呆地瞅了他半天，想在他身上再找找父亲的影子，却失望了。她其实已记不清父亲的相貌，瞅着只不过是为了了却自己的夙愿，瞅罢，便离开了。就因为这么个原因，后来王二拐遭了土匪，她才敢挺身而出。她是成竹在胸才那么做的。

苏大脚知道，土匪有土匪的活动范围，平川里的土匪与山里的土匪不同，山里的土匪或占一个山洞，或凭借天险，长年累月生活在"山高皇帝远"的无人之地，图的就是大碗喝酒，大块吃肉，不踩点不"干活儿"，不杀人越货从不轻易下山。平川的土匪几乎与老百姓分不开，没有躲的地方，因此，他们白天下地，夜里以黑布遮面，出来抢人抢物，谁人谁匪几乎无法分清。

苏大脚是夜里被劫持走的。土匪们个个蒙着脸，捂着苏大脚的眼睛转东转西绕了一圈后将她带到了一间马厩里。苏大脚虽说脚大，模样儿却也端庄，土匪们心里痒痒，关了门七手八脚地上来动苏大脚的衣服。苏大脚像女侠一般大吼一声："慢着，我有几句话，说完了你们再做畜生也不迟！"苏大脚不紧不慢，一板一眼地说出了她父亲的名字，问周围的人知道不知道。土匪们一听怔住了，他们弄不明白一个女流之辈咋就晓得老祖宗的名字，惊得瞠目结舌，赶忙追问其中的缘由，苏大脚说她就是他们老祖宗的女儿。土匪们开始不信，问了许多关于苏大脚父亲的事情，苏大脚对答如流，土匪也就信了，他们不但没有难为苏大脚，还将许多首饰送给了她……

苏大脚看见谷子颤抖不止，不知怎么，竟将埋藏在心里连她的男人都没有告诉过的事说给了谷子。她安慰谷子说这种颤并不见得是坏事，她的颤就曾救过自己的命。苏大脚这时候格外上心，有经验之人述说经验的那种自信，也有遭受挫折之后回味挫折的真诚告诫。她在一旁怂恿着，鼓动着，唯恐谷子突然停歇下来。

从谷子痛苦的表情看，她很想控制自己的那种颤。她一直咬着牙，嘴唇已明显渗出了点点血迹。她的那双眼睛到这时候已不大像眼睛，倒像两粒发黄的杏子嵌在白瓷盆上，鼓得圆圆的。她心里有好多好多话，她指着自己的嘴让苏大脚看，苏大脚说她明白，她会想办法让谷子把要说的话说出来。

谷子在屋子里痛苦地折腾了大半天，苏大脚终于有了主意。她急急地打开了一个悬在炕头上的箱子，小心地拿出一个用黄锦缎裹着的东西，将它摊在不大的桌面上，一层一层地取掉外层包裹，露出一尊小小的佛像。她先对着佛像磕了几个头，然后将它

供在桌子的最响亮处,点燃三炷香,接着便是一阵没完没了的参拜。拜完了问谷子:"你现在觉得咋样?是不是有种轻飘飘的感觉?"

谷子点点头,谷子说她犯这种病已经不是一次两次,犯了就觉得浑身发轻,像坐在一朵云上,或者一片树叶上。谷子说这句话时口齿不清,黏黏糊糊的,像嘴里含了东西。苏大脚说:"对,你说得对,你说得太对了!"苏大脚简直都有些激动,拍着大腿喷着唾沫星子指指点点。

苏大脚让谷子腰身挺直,自己伸出一只手在谷子的眼前画了一个弧,引导着说:"想想很久很久以前,或者做了一个梦……那里有一个人,站在云里?坐在莲花坛上?她让你向前走,你就到了人世间,你在她的手指上翻腾……上来了,下去了,像绣球在高高的天上滚……是那样吗?"谷子经苏大脚一指点,真的有那种感觉了,便在喉咙里呢喃:"有了,有了,一跳一跳的像只猴子,很轻很轻,脚都到半空里去了。"

谷子迷迷糊糊,听着苏大脚说给她的每一句话,像是在荒野中遇到了指路人。她在迷惘中向前走,一直向前走,许多幻影如叶片一样在眼前飘飞,她像一个在山坡上挖野菜的小姑娘,挖一棵就放在篮子里,再挖一棵还是放在篮子里。而这时候的篮子就是她疼痛欲裂的大脑。在那里,有童年时代她跟着母亲在田间挥汗如雨、辛勤劳作的图景,也有结婚之后依靠丈夫王南原风光整个西坡大队的热烈场面……慢慢地,她果然张嘴说话了,她的语气同样带着颤抖:"南原在那里等着我……他不是鬼,鬼的眼睛里放着绿光……他没有,他的眼睛很亮,一眼就看见了我……我也看见了他,他长了两只雪白的翅膀……没有做坏事,都是别人给编的……一句实话也没有……"

苏大脚惊喜万分。在以往许多日子里,她自己也曾想达到这样的效果,她用心努力过,后来在村上挨批斗,又试着努力了一次,结果让她很失望,现实给她的除了痛苦,却是渺茫和虚无。现在,她在谷子身上看到奇迹,就知道问题出在哪里了:是修行不够呀。她一本正经,毫不犹豫地跪在谷子跟前,闭着眼睛,嘴里念念有词。后来,她干脆跑到外面去,叫了一些与她年龄相仿的老姐妹们,一起进屋,一起跪在谷子面前。

谷子没有睁眼睛,也不知道在她的身边发生了什么事。她这会儿已经清醒了许多。她在一半清醒一半迷糊的状态里想自己的事。她知道自己一旦走出梦境,身体又会回到无边无垠的荒凉之中,她为推不开的荒凉放声痛哭。她之所以哭是因为到了眼下,她怎么想以前的美好都没有用了,王南原做了那么多的缺德事,摆在她面前的将永远都是还不清的孽债:"救苦救难的观世音菩萨呀,你在哪里呢?你指给我谷子一条路吧……"

苏大脚听了谷子的话,对身旁跪着的老姐妹说:"看样子不是玉帝那里管的大神,是个刚刚修成的小仙,说不定也缺钱花呢,就为她烧点纸钱吧。"苏大脚说着就拿了纸,用火柴点燃,对着谷子焚烧起来。

　　谷子隐约感到了一阵热,睁眼看时,好几个人正面对她跪着,而且还烧着纸,不知道出了什么事,急忙抹了一把脸,问:"这是干啥?"苏大脚说:"你你你……你过来了?"谷子说:"啥过来不过来的,我根本没有去过别的地方。"苏大脚又对着老姐妹们嘀咕了几句,才一改刚才的虔诚,慢慢站起来,说:"好了好了,终于亲眼看见了,原来是这么个样子。"苏大脚的话说得很含糊,一帮老姐妹们却听得明明白白。

　　谷子不解地问:"看见啥了? 到底看见啥了?"

五

单眼罗与王南原的矛盾由来已久,这事从单眼罗做大队团支部书记开始就初见端倪,西坡大队的人个个看得清楚,只有王南原被蒙在鼓里。单眼罗从什么时候起了异心,还得从他曲折的身世谈起。

单眼罗不是他现在的爹罗根有的亲儿子。

罗根有早年在郴州古道上牵着骡子驮枣儿,每次出门,一来一去至少也得一个多月时间。他有一头身材不怎么高大的骡子,白色,力大,耐力也强。用罗根有的话说,看一头骡子能驮不能驮,不是看体积大小,关键是看膘色,膀子上有肉,就是了不起的好驮手,只要你将驮子架在它身上,它就会在你前面跑起来。罗根有年轻的时候大部分时间在骡子的身边度过。驮枣儿毕竟是小本生意,一年辛苦下来,除了养活老母,几乎没有什么节余,也就没有钱娶亲。他唯一品尝女人滋味的机会,就是卖了枣,去田家庄李寡妇家里过一夜。李寡妇有两个儿子,死了丈夫后生活断了来源,罗根有到她那里去也有周济的意思。后来,李寡妇的公公为了钱将李寡妇改嫁到了很远的二郎弯,李寡妇不忍心罗根有一个人孤单地生活下去,狠了狠心将二儿子过继给了他。李寡妇的二儿子就是后来的单眼罗。

单眼罗原来的名字叫二虎。罗根有在失去李寡妇的日子里,总对着山那边的二郎弯一遍遍地看,远方的山上有一棵叫不出名的大树,坠了长长的枝条,乍看起来,很像李寡妇的秀发,再看,又像是慢慢地向他这边走。他满心欢喜,恨不得一抬脚赶到那座山上去。后来,他还真去过一趟,到了跟前一瞅,树还是树,才知道由于距离太远,看走了眼。也是他思念之情浓烈,加上李寡妇的名字叫山喜,为了留个念想,干脆将二虎的名改成了罗望山。

光阴如梭,眨眼望山一天天长大,名字却没有叫出去,原因是,他有了一个让人一提起就不可能忘记的绰号:单眼罗。

这个绰号里包含的是一个不平常的故事。

罗根有将不到一岁的儿子抱回自己的村子胡杨店,宝贝一样捧着护着,大凡有好

吃好喝的，自己舍不得享用，总要拿给儿子。村里别的孩子身上能穿的，他赤着脊梁也要让自己的孩子穿舒服，穿暖和。

记得那年夏天，有个孩子手里拿了一串冰糖葫芦，儿子哭喊着要，他没有钱，等去邻居家借了，卖冰糖葫芦的已离开多时，为了满足孩子，他硬是跑了十几里路，去远离村庄的河湾镇买了拿回来送给儿子。事与愿违，一种过分的溺爱和娇生惯养管大的孩子，长到十几岁就不把他当一回事了，罗根有不能说更不能骂，即使孩子做错了什么事，他也不敢说一句责备或训斥的话。

罗根有的迁就，促使了儿子性格的变异。罗望山长到十六岁，顽劣的性格愈是明显，像是中了哪门子邪，不分白天黑夜地竟玩起枪了。用村里人的话说，那叫"顺眼眼不开，邪眼眼比马蜂窝都稠"！歪事全让他一个人摊上了。

罗望山的枪是自制的，用他自己的话说，只有聪明人才能制造出这么好使的东西。造枪的过程并不复杂，拿用过的子弹壳做枪筒，在一根弯弯的树枝上掏一个洞，将八号铁丝曲成鸡头一样的扳机装上去，然后填上火药沙子，然后扳动扳机，枪就能打响。这种枪虽打不死狼虫虎豹，但小一点的麻雀鸽子却不在话下。他因此有了自豪。他的自豪就在于村里别的孩子还真想不出这样的点子。这样一来，人气便旺了，孩子们一群一群欲凑到他身旁看，他不让，说谁要真感兴趣，回家拿一个蒸馍过来，他就让谁摸。艰难岁月里，没有人愿意拿馍让他吃，也就没有人能走到他身边去。

村里年长一点的人见罗望山玩枪玩得上劲，好心上前劝阻，说："那种东西不是啥好玩意，弄不好会惹麻达，可不敢整天摊在那上面。"他们这么劝是有血的教训的，他们说刚解放那阵子就有不少人玩枪，可也有不得要领的，玩到后来就有自己将自己结果了的。罗望山听了老人们的话，眼睛瞪得像两颗铜铃，一跳三尺高，高着喉咙骂："你们这是咒我哩，咒骂别人那是吃了猪圈里的屎了，迟早不得好死！"呛得这些人个个目瞪口呆，悔恨不该操那份闲心，到头来竟落了个自找没趣。

"人狂没好事，狗狂挨砖头"，这是村里人挂在嘴边的一句话。罗望山最终应验了乡下人的这句俗语，在一个冬天的傍晚出了事。那天，天空飘着点点雪花，西北风擦黑儿刮了起来，从东往西像是扫街道，村落瞬间暗得彻头彻尾，树木和什物也都变得模糊了。罗望山一个人站在坍了一个豁的城壕边上全神贯注地玩枪。他先往枪筒里装一层火药，放进去几粒沙子，接着又装一层火药，拿起一个小小铁棍慢慢地往实里捅。他每捅几下，就眯着眼睛对着枪管看一看。也就在他第二次捅完将眼睛对在枪口上的时候，枪"嗵"的一声响了，他顿时满脸血浆，右眼和右半个脸变成了红色。

他开始并没有感觉到疼，只觉得一只眼睛里出现了一轮红红的太阳，一闪一闪的，在天边很远的地方慢慢放大，不多一会儿，红红的太阳就变成黑色的了。他将手伸了一下，想捉住这个圆圆的东西，他在眼前抓了一把，却什么也没有抓着。他于是腾出左眼,定神看时,满手都是血。他吓得号啕起来。他捂着那只受伤的眼睛飞也似的往家跑。村里的人看见了,都觉得奇怪,从来都不在人面前示弱的罗望山突然大喊大叫,有点不大正常。后来人们见他捂着血糊糊的脸,就知道是什么事了。说:

"狂,看能狂出个啥样子,还不是将眼环打炸了?"

"不知天高地厚的东西!不吃点'生蜂蜜'不知道狼是麻的。"胡杨店的人把遇到厄运叫吃生蜂蜜,把棕褐色的狼叫麻狼。

罗根有远远地看见儿子哭喊着跑过来,知道事情不妙,迎了过去。到跟前一看,儿子满脸是血,竟分不清哪是眉哪是眼了。他被吓傻一般,也跟着哭起来,顿时半个村子嘈杂一片。罗根有没有经历过这种事,慌了手脚,不知道接下来该咋办。好在罗根有的叔伯哥哥罗根宝在场,找了一辆架子车将罗望山送到了卫生院,才算平息了乱乱混混的一场事。过了十多天,等罗望山再出现在村子里,脸上多了纵横缠绕的纱布。又过了十多天,纱布揭了,右眼成了一个混沌不清的黑窟窿。村里的人见了,或摇摇头,或嗟叹一声,虽嘴上什么也没说,心里却已应验了"人狂没好事"那句话。

按说,出了这么大的事,罗望山也该长长记性了,然而却没有。罗望山不但没有吸取教训,相反骂村里那些老人,说他的遭遇全是那帮老不死的给咒的,骂完了,又将矛头转到养父身上,骂养父罗根有没有给他买一支好枪,才导致他出了那样的歪事。这样一来,便激怒了村里的人,大家气不过的时候,就骂一句:"狗日的单眼,别太张狂!"后来,你一句他一句,单眼单眼地叫得人多了,便没有人再唤他的真名了。起初,大家在背地里喊,喊着喊着就抢在面上。罗望山肯定心里不悦,可事后细细一想,觉得也没有什么,单眼就是单眼,别人不叫不等于那只坏了的右眼会变好,也就不那么计较了。这是罗望山唯一大度过的一次。再后来,可能是因为十一个生产队里的单眼不止他一个,大伙就在单眼后面加了一个"罗"字,既区别了这一个单眼与另一个单眼的不同,又叫响了他的姓,倒也合情合理。从那以后,他的大名就不那么时兴了,而传遍十一个生产队的绰号却越来越响。

单眼罗的这段经历在西坡一带无人不知无人不晓。

后来,单眼罗所住的那个小村胡杨店,竟有人为他编出了歌谣。歌中道:"家在田家疙瘩庄,来到胡杨找亲娘,一找找了个野汉爹,喝着凉水就干粮。"

罗根有很早死了爹娘,是个命苦的人。他是在舅舅家里长大的。长大后一直孤苦伶仃地一个人过。后来他收养了单眼罗,总算有了个说话的人,他们相依为命,生活的拮据可想而知,那种喝着凉水就干粮的栖惶日子伴随了他们二十多年。然而好日子赖日子都是日子,凑凑合合也就过来了。罗根有最头疼的就是儿子伤了一只眼睛,眼看三十多岁了却娶不上媳妇,两代光棍昏天黑地地滚在一起,引来的必然是别人的揶揄和嘲弄,这是罗根有觉得最没脸见人的一件事。单眼罗也正是因此有了心理上的不平

衡，他闲暇的时候常常会想，他也是人，怎么就活得不像个人的样子？他将不如意的境况全怪在养父罗根有身上：倘若罗根有像别的男人那样有本事，自己讨不到老婆也就算了，怎么可能连他的事也给耽误到现在？两代光棍，在人面前晃来晃去，还有什么尊严可言？

　　罗根有最大的癖好，就是每天从早到晚将左手食指塞进鼻孔里来回旋转，这是他久而久之形成的习惯，他不抠鼻子不舒服，一抠心气也像是顺了。这让从小跟着罗根有长大的单眼罗也染上了同样的毛病。而单眼罗的那种抠似乎更绝，更有特色，他将右手的小拇指当钻，旋着进去，迅速地搅几下，然后拿出来，再重新放进去。他一搅一咧嘴，像鼻子里有个什么东西马上要拽出来，只是外面的地方不够大，无法施展，才这么慢慢腾腾的。这样的举止，谁见了都觉得恶心，很容易加深人们对他的厌恶。他试着改，可咋改都改不了。越来越多的鄙视压得他喘不过气来，他开始向罗根有使性子，使到厉害处，开口就骂，骂罗根有上辈子作了孽，将晦气全转到了他身上，骂罗根有是一只红屁股猴子变的，身下有火，不然就不会颠着跑着到处给他丢人现眼。骂到后来，还嫌不解恨，就动起了手，多少次罗根有被他打得钻进柴房嗷嗷叫。

　　王南原去胡杨店下乡，一个偶然机会，遇着了单眼罗打他爹，王南原没有去劝，在一旁看了一阵，听了一阵，就觉得这事不能全怪单眼罗，理由很简单，又不是亲生的，过不下去让他滚蛋不就完了？罗根有听罢王南原的话，哭诉道："你说得对，我早就不想要这个儿子了，养他还不如养条狗，狗吃饱了还给人摇摇尾巴呢。"王南原诡秘地一笑，笑声里全是奚落："你这么说，那我要了。"王南原的一句笑谈，却让单眼罗上劲了，他马上对着王南原跪下，说："我其实早不想当他的儿子，主任有意，我情愿做你的儿子……爹，我这里给你磕头了。"单眼罗说着，眼眶里挤出了眼泪。王南原哈哈哈地笑起来。王南原瞅了一阵，无意地点了点头，转身走了。

　　王南原的点头是习惯性的，革委会主任的职责不是摇头就是点头，时间长了，让他做别的动作已不大实际。一个有身份的人，体现出的魄力不过就是点头、摇头，点头是一种气魄，摇头也是一种气魄，这在王南原看来属于硬功夫，一天两天练不成，十天半月见不了功，需要下定决心，排除万难，才有可能争取最后的胜利。王南原面对单眼罗之所以点头，是觉得好笑，儿子也能随便做，这在他看来，就像两块石头相互斗仗，奇怪得都让他不知道该表什么态好了，那种点头也就自然而然地流露了出来。

　　这便是麻烦的开始，引火烧身的开始。

　　那天，单眼罗寻到大队，在人多的地方拦住了王南原，甜甜地唤了声爹，说他想在大队找点事干。王南原被单眼罗的呼唤惊呆了，咋真的叫起了爹？他比单眼罗大不了几岁，怎么可能收留这么大的一个儿子？

　　在场的许多人投过来不解的目光：王南原的老婆至今没有怀娃，王南原再风流，也

不可能在外面有这么大的一个儿子！人们很想知道这声呼唤里的离奇故事，一个个睁大了眼睛对着王南原看。而王南原呢，本来就很诧异，加上大家的目光，顿时生气了，上前就是一个响亮的巴掌，说："一个野种，想得也太美了？我要你做儿子，楼上麦包里还没有攒下喂你的粮食哩，滚一边去！"王南原没有理他，进屋干他自己的事情。等到中午，王南原出门，发现单眼罗仍在那里跪着。他吃了一惊，问："你怎么还不走？是不是想上批斗会了？"单眼罗说："上什么都行，我就是要做你的儿子。"

好在这时候没有人跟过来，王南原过去拽，单眼罗硬扛着，他的条件是，王南原不答应他就不起来。王南原没有办法，说："没见过你这么个死猪不怕开水烫的，起来吧，就算我答应了，不过不能叫爹……"单眼罗急了，说："我跪着就是要叫你爹的，不让叫，你答应的是啥？"王南原"嗨"了一声，无奈地骂道："你这龟孙子，我还没将话说完呢，你急着喝汨水？我是说不准你叫我爹，可没说你不能叫我干爹呀？"

单眼罗见王南原让步了，赶紧喊了一声"干爹"，从地上爬起来，说："你已经答应了，就得给干儿子有个表示？"单眼罗说着将手伸过来。王南原想想也是，轻轻地在单眼罗脖子上捆了一把，从身上掏出一张皱巴巴的一块钱扔过去。单眼罗从地上捡起，吹了吹上面的灰尘，看样子是嫌少，嘴撅了一下，又将右手小拇指旋进了鼻孔里。王南原簇了簇眉，没说话，有点讨厌地扭头走了。

单眼罗与王南原扯上关系，他渴望得到的东西随着荒诞的称谓也就慢慢变得实惠。他一有时间就到大队去，恳求王南原给他找个事情做，说是大也行小也行，他一定会干出个样子让王南原看。王南原推辞不过，让他去大队砖场干活。他待了两个星期又回来找王南原，说人家都知道他是王南原的干儿子，干那么苦的活儿别人笑话。王南原没好气地说："轻松事倒有一样，被我干了，你能成得很你来干？"单眼罗听出王南原是在损他，摆着手说："不不不，我哪有那样的能耐，谁都知道整个西坡大队只有干爹能干革委会主任这活，别的人他先人坟里就没有那道脉！我真的是怕人家笑话，才又来找干爹的，也是为了干爹的面子嘛。"王南原心软了，没好气地骂了一句难听话，就让他到大队的医疗站去帮忙。

大队医疗站只有一名"赤脚医生"，这是公社的规定。进医疗站的是位二十刚出头的女孩，叫秀娟，去县医疗培训班学习了两个月，谈不上医术，只会看着药瓶上的说明给病人开药。她是油房村人，看样子已尝过男女之事的甜蜜，瞧人难免要用了风骚女人的眼神轻轻地瞟，这样的眼神让已经三十出头、从未沾过女人的单眼罗有种动不动就能飘起来的感觉。用单眼罗的话说，有样东西总能让他一次次地伸手，就是远得抓不到手上。单眼罗在医疗站干了段时间，就耐不住了，恨不得马上得到眼前的大美人。他一改又馋又懒的恶习，早出晚归，脊梁上都长了眼睛，殷勤得仿佛秀娟养熟的一条狗，动不动就对着她摇尾巴。他每天到了医疗站，第一件要做的事就是将秀娟的桌子

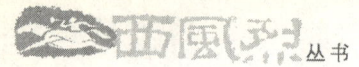

擦得干干净净，然后站在门口傻呆呆地等，一直等到秀娟进来，他才回到自己的位置上。

业务方面，单眼罗什么都不懂，他也没有想懂。到医疗站来，他原本图的是轻松，见了秀娟之后想法却完全变了，他渴望很快熟悉每一种药物的性能，渴望瞬间把药瓶上写的全记在心里，那样，他就能得到秀娟的赏识，他要获取的或者很快就能获取。因此，他几乎是看着秀娟眼色在做事。更多的时候，秀娟不吭声，秀娟只要一个眼神过去，他一定能将需要的东西拿到她面前，或者帮她将该处理的事情处理好。慢慢地，秀娟倒觉得单眼罗不错，是个能理解同事、眼睛里有活儿的热心人。

这年秋天，天下起了连阴雨，天上盖着阴，地下蒙着雾，路上的泥泞阻住了去田间劳作的脚步，眼前的雨帘挡住了人们站在屋檐下远眺的目光，都快将人的心捂霉了。又过了几天，初露容颜的晨曦刚刚从高处放下一点灿烂，没待两个时辰，雨又淅淅沥沥地下个不停，而且刮着阵阵西风，将人顿时抛进了冰冷之中。那天秀娟进了屋一直躲在靠墙的柜子跟前，靠着墙旮旯御寒，嘴里不时地吐着冷气。她过一会儿就搓一下手，叹一声"天真冷"。她的话像是对单眼罗说的，说一次就向那边看一眼。单眼罗听见了，目光刚一闪烁，心就开始制造涛浪了。心将眼睛变成荡漾的池塘，而秀娟就是池塘里一朵绽放的彩莲，随风婀娜飘动，随风传递扑鼻的芳香，比以往更生动，更迷人，简直就像仙女下凡！他看着看着，手又在眼前空抓起来，他无目的地抓了一阵，到后来竟慢慢站起身，一步一步向她走去。

秀娟没在意，以为像往常一样，单眼罗要过来帮她什么忙，不但没有反感的情绪，相反不自觉地用了她那种特殊的目光瞟了单眼罗一下，事因此也就惹出来了。她哪里知道，单眼罗一碰到那种目光就会心慌意乱，眼下被阴沉沉的天为他创造的阴沉沉的环境一笼罩，更忍不住了。他不知从哪里蹦出的邪劲，疯狂地扑了过去。他的力气太大，几个不怎么连贯的动作将满屋子的什物撞得噼里啪啦乱响。当他紧紧地抱住秀娟，在她身上乱抓乱摸的时候，秀娟念了一条与这件事毫不相干的毛主席语录："我们都是来自五湖四海，为了一个共同的目标，走到一起来了……"然后说出了她要说的话："你难道不知道我是王南原的人？"

这句话如晴天霹雳，将单眼罗震住了。尽管单眼罗费了好大的劲撕开了秀娟的衣服，但最终什么事都没有干成，他突然觉得王南原就站在他身边，对着他的脖子一下一下使劲捆，脖子于是就僵直了，后来身体也僵直了，下身却像个沉睡的孩子，怎么唤都唤不醒来，好事也就这么半途而废了。

第二天，单眼罗仍旧早早地上工，仍旧殷勤地为秀娟擦桌子抹板凳，表面上看上去像什么事都没有发生，心里却像猫抓一般，一刻也安静不下来。不久，王南原还是嗅到了一点气味，将他叫了过去，也不明说，只是一个劲地问他这几天都干了些啥。单眼罗是个没记性的人,早将那事给忘了,说:"整天上工下工,什么事都干,没有闲着。"王南原问:"上工的时候就没别的想法?"单眼罗说:"上工也就扫地擦桌子,然后给病人取药,不会想别的事情。"王南原见他装模作样,不往要紧处说,"啪"地对着桌子捶了一拳,说:"你别装糊涂,你将好事都干到你干爹头上来了,你给我滚回去,别在这里丢人现眼!"王南原这么一骂,单眼罗什么都明白了,低着头再不敢说一句话。

单眼罗离开了医疗室。王南原一句话就把他扫地出门了。

单眼罗坐在胡杨店的城壕边上哇哇地哭,有点伤心的样子,嘴里嗫嚅着:"饱汉子不知饿汉子饥,东村西村谁家的女人你没尝过,哪晓得别人身子贴着冷炕边的滋味?你家自留地里的麦子黄了,都知道让我帮着去割,这事咋就不让我沾边?"单眼罗哭着哭着一只手碰在硬硬的石头上摔疼了,于是咧着嘴发出了一声声怪叫。他怨身边的石头势利,寻着找着与自己过意不去。怨到后来,还是明白了,王南原其实就是这块坚硬的石头,即使不动声色,同样能伤及别人。他这么一想,便将一口窝囊气深深地埋在心里,脸上,却出现了阳光一般灿烂的光芒。他之所以一反常态地能从痛苦中跳出来,是他在王南原身上看到了希望:王南原凭什么要啥就能有啥?还不是因为当着大队革委会主任?没有这层老虎皮,王南原最多是只夜猫,这里那里寻着机会偷吃,哪有可能对了全大队的人吆三喝四!?单眼罗觉得他现在最需要干的事情就是取得王南原的信任,那样,他想什么就能成什么,要什么或者就能得到什么。

单眼罗心里有了主意,仅剩的那只左眼更亮了,更能看见事情了。王南原想干没有干或者欲干而不好出头干的事,单眼罗全看在眼里,屁颠屁颠地奔波,最终全都落实在轰轰烈烈的行动上。单眼罗虽回到了自己的生产队,可三天两头仍往大队跑,他有他自己的打算,他要办一两件漂亮的事情让王南原看看,他单眼罗不是孬种,不是只会吆吆喝喝的"闲锤子",而是为王南原冲锋陷阵的忠实干将!他还真如了愿,前些日子经他操持的一件事情,就办得相当出色,深得王南原的赞赏。

那天,当人们将胡杨店地主分子马天佑家的东西抄到大队的时候,站在人堆里的单眼罗突然看懂了王南原的心思,办法也就来了。他急急地跑到疯婆子海海娘跟前,骗她说海海没有死,是被大队干部藏了起来,现在就在大队的一个屋子里圈着。疯婆子一听,顾不得穿鞋,光着脚跑到大队院子里哭喊,一定要大队干部将她的儿子交出来。王南原正在屋子品茶,听到外面的哭喊声,走了出去,说海海早在一年前就被土场里的冻土砸死了,咋可能在大队里藏着。疯婆子不听,上去就要抓王南原的脸,别的人急急忙忙上来阻拦,瞬间,院子里乱作一团。也就在这时候,单眼罗偷偷地溜进屋子,将要办的事情办得妥妥当当。

太阳刚刚落山,单眼罗出现在王南原的家门口。他原打算天黑一点再进去,那样,模模糊糊、朦朦胧胧中他的一举一动才会更诱人。他等了一会就耐不住了。是一种有

了翅膀就想飞起来的耐不住,是看到了好处马上就想将它拿到手上的耐不住。他小心地将王南原家的门打开一道缝,想看看王南原是不是已经回家。他刚将头一探,就看见了一位漂亮得让他吐涎水的女人,她虽比医疗站的秀娟矮一些,可脸庞像刚刚画出的那般鲜嫩,鼻子是鼻子眼睛是眼睛的,看一眼,都能让他发晕。加上那柳枝一样的身段,随着脚步婀娜地一个摇摆,顿时让他将一张本来就很大的嘴巴张得更大。他不知道那就是王南原的老婆谷子,傻呆呆地盯着,一时竟忘记了自己在什么地方。

谷子在院子里晾衣服,转身,莫名其妙地看见一双贼溜溜的眼睛,吓了一跳,正要喝喊着将他赶出去,单眼罗已经走到了他的跟前。她说时迟那时快,从地上捡起了一根防身的棍子,一抡就举到了手上。单眼罗不管这些,伸着舌头,一句话不说,笨拙地欲重演大队医疗站里的那一幕。他将手刚刚伸出去,王南原推门进来了。

王南原的出现,让单眼罗如梦初醒。他摇了摇懵懂的头,赶忙从身上掏出一个纸包,打开,从中拿出王南原在大队的桌子上瞅了好半天的那几样东西,说:"这几样不错,都是正经货,我一拿到手就赶紧往主任家里跑。"王南原斜了一眼,那些让他曾经心动的东西马上贴在了他隐隐发烫的胸口,在那里上上下下地蹦跳。而单眼罗这时候也就成了承载这些"宝贝"的工具,顿时不怎么碍眼了。

三个金戒指,两个银碗,一个闪闪发亮的银项圈,这几样东西刚从马天佑家里抄回来就一直牵动着王南原的眼珠子。他喜欢它们,喜欢得心里直痒痒,恨不得一把拢到自己怀里。然而不行,那么多眼睛盯着,他根本无法下手。桌子上还放了一些别的什物,诸如书籍茶具屋里用品之类,他没有看上眼,他最眼馋的,也就这几样,单眼罗竟将它全拿了出来。单眼罗怎么对他的喜好摸得那么准?

王南原一高兴,在单眼罗肩上拍了几下,说了声"好样的",就将东西拿到屋里,小心地收到一只不大的木箱里。而外面呢,谷子仍怒目死盯着单眼罗,恨不得一个眼神将他摁到地缝里去。

自从谷子做了大队革委会主任的老婆,她从来都没有遇到过这么色胆包天的男人。但她不会将眼前的事说给王南原,她知道王南原心眼小得像针尖,说了反而会引起王南原多心。她悄悄地将自己的不快吞咽进肚里。

刚才,单眼罗被王南原的突然出现吓出了一身冷汗,好在有惊无险,他反应还算快,没有露出马脚。他同时也看到了谷子对他的态度,尽管没有弄僵,却还是想到了脱身。这时,正好串乡的货郎在门外吆喝了几声,他急中生智,向屋子喊道:"干爹,我要去货郎那里买一斤盐,你忙,我该走了。"

谷子在一旁忍不住"哧"地笑出声来,年龄这么大的一个人咋可能将王南原叫干爹?王南原哪辈子积的德,说有儿子就有了儿子?这么说来,她就是这个人的干娘了?看上去他已经三十好几,咋可能⋯⋯刚才,他向屋里对王南原那么一喊,她脸上就已经火辣辣的了,她不知道这个男人真要对她喊起干娘来,她会羞成什么样子。后来,谷子还是自己给了自己一个解答,这又是一个自愿犯贱、喜欢往人家裤裆里钻的男人!谷子从骨子里看不起这样的男人。

单眼罗为王南原干了那件偷鸡摸狗的事情,王南原态度大为改观,几天后,他再次将单眼罗抽到大队,让他当了大队团支部书记。尽管这样,单眼罗依然心存嫉妒:王南原有位像天仙一样俊俏的女人,还要在外面吃野食,胃口也太大了,人心无底,看来王南原他娘的真是跌进女人窝子里了。为这事单眼罗好长时间饭吃不香觉睡不甜。他的养父罗根有见儿子整天不开心,心里着急,问到底出了啥事,单眼罗往地上吐一口唾沫:"啥事?你得问你自个!"单眼罗言下之意是,只因养父没本事,给他找不到媳妇,才落得自己这么一个孤苦伶仃的样子。罗根有不知道单眼罗的心思,照儿子说的,坐在烂了一半的门槛上对了自己的心问,问了好多天,仍没有问出个根根茎茎,又不好再惹儿子生气,便不再吭声,怨天怨地地自己对了自己叹息。

单眼罗在心里盘算的事情,像钉子一样钉在自己的脑海里,慢慢地,就像田里撒下的种子,发芽了,长叶了,开花了,结果了。可这种果子不是一般的果子,是浓浓的仇恨。单眼罗有了恨,人就变了。他虽然仍旧像往常一样喊王南原干爹,但喊与喊已有了本质的不同,起码多了一些排泄毒素般地诅咒:当革委会主任?这种肥差起码不能让王南原一个人占着,得轮一轮,得让他也干个一年半载,也好借着显赫的位置沾沾女人的味儿!后来,他突然醒悟,世间根本没有人无缘无故地愿意把香喷喷的饭菜捧过来让别人吃,所谓希望,就得把想的过程变成事实!他知道王南原不可能傻到那种程度,他要达到目的,只能让王南原身败名裂。他这么想的时候总会将美好的未来与谷子连在一起。自从他上次见了谷子一面,就觉得别的女人不再重要了,包括医疗站的秀娟。他在脑海里将谷子与秀娟做了比较,发现问题就出在眼睛上,尽管秀娟的眼睛有钩人的光芒,可总缺那么点晶莹、缺那么点灼热,不像谷子,接触一下马上就能将人熔化,让人在迷迷糊糊中找不见自己。一段时间,他满脑子是谷子的影子,都有点走火入魔了。谷子的那双眼睛简直就是一把钩子,即使在梦里同样钩着他。他实在忍耐不住了,就偷偷地爬到谷子家城壕背后的树杈上,苦苦地瞅着院子看。他知道,只有谷子去后院上茅房的时候,他才有可能看得更真切、更仔细,那样,他就可以窥见谷子解手时白白的屁股,以及势如破竹的撒尿姿势。他越这么下作,越不能自拔,火烧火燎地恨不得从树上跳下去。这就更坚定了他搞垮王南原的决心,在他心里,只要能爬到主任位子上,王南原能得到别的女人,他就能得到谷子。

他开始周密筹划。他花了半年时间研究王南原,讨好王南原。效果还算明显。他先将大队革委会副主任职务搞到手,又花了半年时间,弄清楚了所有与王南原有瓜葛的女人。他连哄带骗地让那几个女人在他写好的揭发材料上按了指印,然后拿着那几张

纸片儿，硬着头皮去了公社。公社革委会副主任杨金贵听了他的反映嘻嘻地笑，说："你小子是不是吃饱了撑的，给人家胡乱栽赃是不是？没事回家靠着墙根晒暖暖去！"他被赶了出来。他悻悻地站在墙根上想了想，就觉得是自己太肤浅了，与公社干部不沾亲不带故的，凭什么让人家为你说话？他脑子一开窍，就将自己一年来积攒的三块五毛钱从土墙窑窝的瓦罐子里拿出来，上街买了一杆金尖的钢笔，一个带塑料皮的笔记本，两瓶从来都没有尝过是什么味儿的罐头。他拿着这些东西再去找杨金贵，杨金贵的态度马上变了，答应秋后一定让王南原上批斗会，再不行就撤了王南原革委会主任的职。

单眼罗为之心动的是杨金贵的最后一句话，他听了先是一个振奋，接着便不失时机地加了一句："对，就是要撤了，不然贫下中农不答应！"

谁知，王南原在单眼罗还没有完全使出招式之前就突然死了。这真是老天的安排，王南原从病重到死去，仅仅三两天时间，这让单眼罗高兴了许多日子，他终于可以大大方方地实施向谷子进攻的计划了。

六

　　王家堡的秋收是带了诸多麻木和懒散展开的。这种情绪的萌生显然与整个村子里的气氛有关。许多人走路低着头，只看自己的脚尖，有那么点小心翼翼的架势。他们知道一个村子从东到西钉了不少桃木橛，他们除了胆怯，真想看一看是不是有鬼怪被死死地钉住。他们能这么想，是因为生产队那头牛所引起的风波。

　　牛跌进壕里，被人们抬上来的时候脊梁上有两三个深深的洞，看上去像是被人用刀子刺了一般。大家都在生疑，说一定得查一查那个给牛用刀子的人。这时，就有人出来解释了，说那不是刀子刺的，是鬼怪的利爪抓的，鬼怪毕竟是鬼怪，厉害着呢，一抓一个窟窿，抓的次数多了，牛背自然会被弄得稀巴烂！这样的解说是不是符合事实，很快就没有人再质疑了。其实答案并不重要，重要的是人们可怜的肚子一年里都见不到一丝肉沫儿，更现实的希望是能尝一尝肉的味道，别的什么便都被忽略了。

　　剥牛皮煮牛肉的活儿是单眼罗直接委派的人。单眼罗虽不是王家堡的村民，可这么大的事情，在西坡大队近几年的历史上算是第一遭，即使将牛一口一口咽到肚子里去也要以阶级斗争为纲，做到立场坚定，作风过硬。其中道理很简单，牛的跌死显然不是阶级敌人蓄意破坏，那么，这事自然就是人民内部矛盾了，既然是人民内部矛盾，就得通过革委会的会议，将具体的原则和方法定下来。于是，大队革委会的扩大会议便在王家堡的饲养室里召开了。召开前小队长向北组织了锣鼓队，轰轰烈烈地敲了一场，才算正式进入主题。有人提议，说是煮牛肉的事虽由王家堡的几位基干民兵承担，但大队干部为这事费心熬神，分配时必须有份。向北站出来告艰难，说一个生产队那么多人，就一头牛，本来就分不了多少肉，大队干部一参加，事情就更不好办了，看能不能不参加。向北将"不伸手"说成了不参加，是为了不得罪外村的那一大帮人。然而在座的全都不同意。他们说以后再跌死了牛大队干部就来个高姿态，不过这回不行。向北执拗不过，站在一旁只管挠头。

　　后来会议进行表决，一个上午的讨论最终达成了一致意见：大队干部与王家堡的社员享受同等待遇。

煮牛肉的那天晚上,皎洁的月光给村前村后洒上了一层白,厚厚地铺展开来,看上去很有些瘆人,让人抬脚迈步都会生出几分胆怯,唯恐不小心将那种白踩出缝隙来,囫囵地把人吞没了去。围着大锅的三个强悍小伙劈好了柴,开始剁肉,开始烧水,将一根根硬柴填进大约四五尺口径的锅下。硬柴是生产队库房里拆下的破旧门窗,本来打算明年春上在地里搭庵房时再用,但煮牛肉在先,也就顾不了以后了。他们将这些事基本干完,坐在一边用麦草火熬起罐罐茶。熬好了,各自倒一碗,慢慢地喝。茶是粗叶子的砖茶,价格便宜,后味有些苦,但能提神。牛肉不好熟,见炖就得一个整夜,小伙子们要用一碗一碗的苦茶提起精神,来应对一夜的困乏。

他们喝足了,间或站起来到旁边的树林里去小解,或者向前走几步,再向回走几步,昂头看天上的星星。时间一长,他们就觉得有些倦了,但不能打盹,单眼罗说了,这也是一场阶级斗争,斗争的对象是锅里横七竖八的牛骨头,能否战胜,对他们不能说不是一个考验。三个小伙子记住了单眼罗的话,一丝不苟地完成着大队革委会交给他们的任务。

半夜时分,牛肉终于有了一股香味。味儿从热气腾腾的沸水中扬起,慢慢扩散,从头顶到脚心,像是穿透了一般,给人难以抵挡的诱惑。他们已很久没有这种体会了,彼此时不时地扭过头去,悄无声息地舔一舔嘴唇,让扑面而来的香在舌尖上停留一阵,蔓延一阵。他们需要这种享受,就像困倦的时候需要美美地睡一觉,饥饿的时候需要痛快地吃一顿,任何力量都不可能抵挡得住。然而,扭转头的一瞬,又免不了要在心里念一遍"斗私批修"。在他们看来,即使一闪念的想法,也不能让它在这个节骨眼上生根。

过了一会儿,风起了。风是从高处灌下来的,呼地一下,随即又呼地一下,将人的心推着向后移。他们或站着,或在一旁蹲着,全都向火这边拢,心那边就开始打鼓了,其中一个说:"你知道牛是怎么死的吗?不知道了吧,可我知道,它根本就不是跌进壕里摔死的。"另外两个似乎非常反感这种探究,怒目而视,不让他胡说八道:

"皮肉痒痒了?你只管煮你的牛肉,不该说的别瞎咋呼!"

"你狗日的得是还嫌肚子里的油水没有刮尽!?"

"再胡咧咧把你放在锅里煮!"

那个刚刚多嘴的小伙一怔,没想到同伙的言辞这么尖刻,愣了一下,就不敢再说话了,但各自的胡思乱想却并没有停歇,他们在回顾前半天发生在单眼罗身上的一系列反常举动。

按单眼罗的习惯,一大早是不出门的,他有睡懒觉的嗜好。他夜里像夜猫子一样乱窜,睡得晚,早晨自然起不来。再说,做了大队革委会主任也就有了自主权,不用下地,迟起来早起来对他一点妨碍都没有。单眼罗的这种毛病是王南原死后才有的,王南原活着的时候他不敢,他得早早地去大队向王南原报到。然而牛出事的那天他却起得很早,东边才刚刚露出一丝光,他就到了王家堡,来的时候身后还带了两个民兵,腰里系了武装带,肩上背了上了刺刀的半自动步枪,像是要抓什么人似的。开始,他没有进村,一直在坡梁上转悠。后来,太阳升到一杆高,他不见了,两个民兵却喊起来,说牛跌进壕里摔死了。这样的过程多少有些怪,牛是生产队的人牵出去的,怎么第一个发现出事的人会是大队的民兵?会不会与单眼罗有某种难以割舍的关系?

三个小伙无言地在心里追寻着自己很想知道的答案,又不敢相互交流和猜测,虽然心不在焉,看上去却又专心致志。也就在这时候,让他们意想不到的事情发生了。一阵紧似一阵的夜风掠过,突然从墙外飞过来一块巨石,足足有碗口那么大。巨石不偏不倚,正好落在煮牛肉的大锅里。滚烫的汤水溅起一人多高,扬扬洒洒地落在他们的身上脸上,烫得他们唉哟唉哟躺在地上打滚。接着,拥过来几个人,却是先前跟在单眼罗身后的那几个民兵。后来,小队长向北被叫过来,还有别的一些社员,大家手忙脚乱,急着救人,给烫伤的三个小伙脸上身上浇凉水,浇完拿来一些獾油,帮着往伤口上抹,抹完将他们一个个扶回了家。大家将锅里煮肉的事早抛到了脑后。

等一切事情安排停当,向北急急地赶回来再去看那口煮着牛肉的大锅,锅已经不成锅的样子,锅底破出一个大洞,所有的汤水全都漏干了,而且,满锅的牛肉也不翼而飞,锅里只剩下一个牛头和几根带不了多少肉的牛骨头。向北大失所望,看了一阵后竟从血红血红的眼睛里挤出了一行老泪:"全村人都知道一黑了几个人在煮牛肉,天明却尝不到牛肉味,向大家咋说呢?锅叫石头砸了,牛肉该不会也让砸没有了吧?话再说回来,即使牛肉被砸烂了,能连个渣儿都不剩?"

站在一旁的民兵搔搔头,歪着脖子说:"这事也太怪了,依我看八成又闹鬼了,你们想想,深更半夜的,石头从哪里来?肉没长腿,咋突然就没影了,不是闹鬼,谁有这么大的能耐?"民兵的话一落,在场的人马上浑身起了鸡皮疙瘩,个个不敢久留,找了借口,说是出来得急,头门忘了锁,得赶紧回去,于是,你或者他转身从人群里挤出,头也不回地进了自己的家。只有向北没有走,他独自一人在这口破了的大锅周围百思不解地转悠。

第二天,向北让人另换了一口锅,将牛头和剩下的几块骨头放在里面重新煮了半天,煮出一锅浑浑浊浊的汤,给每家每户各盛了一瓢,然后站在土堆上,将夜晚闹鬼,天上落石,牛肉不翼而飞的事向社员们做了解释。有人当场表示质疑,说绝对不是闹鬼,鬼怎么知道王家堡今夜煮牛肉?肯定有人做了手脚。提这种问题的仅仅是一少部分人,更多的人则半信半疑,天上地下地胡乱猜测,将堵在胸口的恐惧和吃不上牛肉的遗憾带进包谷地里:

"王家堡真是多灾多难,这是造的哪辈子孽哟?"

"连牛的事都掺和,不知道后面还会生出什么麻烦,不请人捻弄(请人来捉妖缚怪

怕是不行了。"

"怎么捻弄？我看，这鬼那鬼，搞不好全是人闹的。"

"可不能这么说，宁可信其有，不可信其无嘛，咱连人都得罪不起，何况鬼哩！"

人们话里有话，挖一根包谷秆儿，就直起腰来说一会话，态度有那么点消极，全不像是在地里干活，倒像在戏台子下谈闲。气得向北在一旁开骂："全是死货呀，一响午连这么一小块地都整不完，还像个庄稼人吗？要想图轻松就到大队里去干事，像罗主任那样去铺排去享福，到那时，你就是屎把瓮日破了我也不会管……"

向北正骂得起劲，刚一转身，单眼罗却站在身旁，吓得他脊梁上顿时渗出冷汗。

单眼罗盯了向北一下，虽没有发作，可很快将向北的举止与死去的王南原联系上了。向北是王南原重用的人，从上任的第一天他对他就没有什么好感，究竟是哪一点不合他的意，他说不清楚。不顺眼常常是一种感觉，会突然生发出来，与错与对没有直接关系，这一直是单眼罗藏在心里的处事方略。他曾经这么筹划，向北倘若老老实实，他也就不计较了，任其自生自灭，到一定的时候再换下来，人也就不需要他去得罪。没想到向北竟然在背地里说他的坏话，自己寻着往泥坑里跳，简直就是老鼠舔猫的屁股，没事找事！单眼罗这么一想，马上表现在脸上，他冷笑了两声，没有说一句话，就悻悻地离开了。

这些天，单眼罗在十一个小队轮流巡回。以前大队干部没有那么做过，现在除了他之外别的干部也没有那么做。谁愿意好好的办公室不坐到野地里去招惹太阳？单眼罗却很乐意那么干，而且辛辛苦苦地坚持了好多天。公社革委会副主任杨金贵知道了，在全社大会上表扬了他，说他是能将阶级斗争抓到田间地头去的好典型，要求每一个大队都要向他学习。单眼罗乐滋滋的。他一举两得，既以别开生面的形式赢得了上面的好评，又为拔掉眼中钉肉中刺寻找着一切机会。向北是碰在枪口上的第一个人。向北这个不识时务的家伙，在单眼罗还没有想用手段的时候自己撞了过来。

向北回到村里，心慌得像猫抓。他知道闯了大祸，一直思量着该用什么方式去弥补和化解。他几乎盼着单眼罗能再到王家堡来，那样，他就能瞅准机会替单眼罗做点献殷勤的事情。第二天，单眼罗还真去了，他一时惊慌失措，想好要做的事竟没来得及做，于是就跟在单眼罗的身后，像只尾巴一样来回摇摆。单眼罗烦他，说："你该干啥就去干啥，老跟着不怕我放臭屁？"向北说："不不不，你是大队的领导，算是方圆几十里的知名人士，我跟着是沾光哩，就是放了屁也不是臭屁。"单眼罗说："我要到玉米地里屙屎，你也跟着？"向北将头歪了歪，无奈地傻笑。单眼罗顺势钻进了玉米地。

单眼罗从这边钻进去，从另一边钻了出来，没想到正好碰到了胡子刘蹲在豌豆地里偷豆荚，见单眼罗出现在他面前，假装解手，慌乱地将裤腰提了几下。单眼罗在他屁股上踢了一脚，说："装什么装？嘴里还嚼着呢，那是装得住的事情？"单眼罗这一脚，将掖在胡子刘腰间的豆荚"哗哗啦啦"踢下来，散了满地。单眼罗蹲下身去，捡了一把，拿出几个放在嘴里，品了品，点了点头，说："你狗日的老这么恐怕不行，得干点儿正经事，也学学汪汪叫的大狗咋样？"胡子刘听了单眼罗的话，吃了一惊，自己算什么东西？何况动不动会干点坏事，惹出点乱子，怎么可能被单眼罗拾到眼窝里？今天这是交了哪门子好运了？胡子刘激动地点了点头，说："罗主任真是抬举我，只要你不批斗我我就叫你爷了，哪里还敢学着大狗叫？就当个不起眼的小狗算了。"

在西坡大队，人们一直将生产队里大大小小的干部叫大狗，将放下一摊，提起一吊的村痞二流子叫小狗。胡子刘之所以甘愿做小狗，是因为王南原好多年前就将他划入了那个行列。他在单眼罗跟前，依然不敢坏了规矩。

单眼罗显然也想到了这一点，"哈哈哈"地笑起来，笑完了，问："王南原批斗过你几次？"胡子刘用左手摸着脖子，尴尬地说："五次，不多不多……是我不争气。"单眼罗又笑了一下，问："那么，你让我批斗几次？"胡子刘没想到单眼罗会问这样的话，浑身微微颤起来，结结巴巴地一句话也说不出来——木轮大车二三十斤重的挡板上绑了细细的铁丝，挂在脖颈上，头上再顶四块土坯，再强悍的汉子也难以支撑，胡子刘尝够了那种滋味，他一听到"批斗"两个字浑身都会像针扎一样的疼。

胡子刘的表情很复杂，他向远处看了看，发现豌豆地旁有一片红透了的高粱，高粱的穗头上跳着一群麻雀，唧唧喳喳地叫，胡子刘做了个驱赶的动作，扬起胳膊，有意识地向高粱地边一步步挪动。他向前走了几步，见单眼罗没有再说话，也没有赶过来，竟低一脚高一脚地跑起来。

回到家中，单眼罗说的那些话仍旧让胡子刘惊慌失措，他脑子里一直弥漫着批斗会那惨烈的场面：一浪高过一浪的口号声，一个个挥舞不停的铁拳头……几天来，他神魂颠倒，连吃饭都显得草草了事。

胡子刘的老婆奇怪，王南原死了，没有人再欺负她男人了，为这事，她高兴，胡子刘更高兴。胡子刘睡梦里好几次都在唱秦腔，唱那些经过他加工过的戏文："王朝马汉一声叫，你把相爷尿咬了，咚咚锵，咚咚锵……"吵得老婆一惊一乍，成夜睡不着觉，咋突然又心事重重了？当天夜里，待孩子们睡熟了，她凑到胡子刘跟前问："咋咧？是不是被狐狸精一个狐媚娇眼看得不会走路了？"胡子刘的老婆说的是谷子。谷子的趾高气扬让哪个女人都不会舒服，她也不会例外。她一直都在怂恿丈夫。

胡子刘将老婆推到一边，不耐烦地说："女人家知道个啥，滚一边去。"老婆说："你这死不下的，要给我说啥了，恨不得割了头往里灌，你不愿意听了，就是这么个熊样子？"胡子刘说："你就缠人得很，省点事行不？我都快熬煎死了！"胡子刘说着，从炕上爬起，披了衣服，坐在院子的石头上。

胡子刘是个粗人，到了院里不是要想什么心思。他坐了一会，没什么事可干，随手

拿起几粒小石子向门口的笼子里扔。他将那只笼子假设成单眼罗，将手里的石子当成锐利无比的武器，他要用自己的努力将单眼罗击垮，让单眼罗像王南原一样突然得病，突然从他的眼睛里消失。谁知那一个个小石子不听使唤，他一遍遍地掷，一粒都没有掷进去。他在模糊不清的夜幕中待了好长一段时间，将单眼罗的面目像过电影一样浏览了一遍又一遍。他本来是要从中找点有用的东西出来，以应对可能发生的突变，可是未料，他什么都没找到。后来，他实在困得不行了，才又钻进了老婆的被窝里。

过了几天，胡子刘好不容易将单眼罗的事忘记，王家堡的一次社员大会又将他的心提到了嗓子眼里。那天的会向北没有出面通知，是由会计铁算逐家逐户传过来的。铁算对所有的人说："大队罗主任说了，今晚一个人都不能缺，缺了不但不给计开会的工分，还要倒扣二十分。"胡子刘怯怯地问："罗主任也参加？"铁算说："那可不？罗主任的口气很硬，看样子又要出点事情了。"铁算的语气中夹杂着幸灾乐祸。

胡子刘差点吓坐在地上。这个单眼罗，比王南原的手腕还硬。王南原看谁不顺眼了，起码要过一月半月才使点子，单眼罗连一个星期都没有过去，就要刀下见菜。看来，单眼罗早有预谋，要将他打入十八层地狱了！胡子刘的眼泪忽地流了下来。胡子刘在走进会场前的一刹那自己安慰自己：咱身膀子硬，不怕，忍一忍也就过去了。胡子刘将眼睛一闭，狠狠地咬了咬牙，一步半步地向人堆里挪去。

会场上已经来了许多人，人们全都围在挂着一小截钢轨的大树下。这是王家堡固定的开会场所，只有天下雨的时候才挪到饲养室去。饲养室与这棵大树紧挨着，外面是一个积着麦草垛子的土场，有人已提前将二百瓦的电灯泡挂在了场边的树杈上。虽然露天地里的灯光不怎么亮，但每个人脸上的表情还是看得见的。年长的男人，已开始一锅一锅地抽旱烟，年纪轻的女人，围成一堆，间或说说家里缺吃少穿的那些烦心事儿。胡子刘没有向人多处挤，一个人坐在大槐树下遮着光的一面，将头埋得很低很低。

向北早早地到了，他向树后的胡子刘看了一眼，突然就觉得晚上的社员大会一定同这个人脱不了干系，就洋洋得意地在树身上磕了磕烟锅，故意惊动了一下胡子刘，然后开始清点人数。这是他长期形成的习惯，确切地说是原革委会主任王南原让他那么做的。他将人数清点一毕，走到坐在一把太师椅上养神的单眼罗身旁，说："人到齐了，罗主任你看是不是先学习学习毛主席语录？"单眼罗点了点头。

往日，向北总在这时候将语录本交给计工员怀安去念。怀安初中毕业，有文化，念起来顺溜，语调也好听。向北要去找怀安，却被单眼罗叫住了，说："你是生产队队长，你念。"向北没办法，只得将语录本打开，一个字一个字往下凑合。向北没有上过学，仅识的那几个字还是1958年扫盲时记下的。他念得磕磕绊绊，将许多字都念错了，譬如将"热忱"念成了"热沈"，将"精神"念成了"清神"。实在凑合不下去，就跳着段落往下走，将个毛主席语录念得走了样，有些意思都反了。这正是单眼罗需要的效果，他忽地

站起来,说:"停下停下,有这么念语录的吗?是不是要蓄意破坏人民群众的学习热潮?"向北说:"不是,绝对不是,有的字我不认识……"单眼罗反问:"不认识?为什么不刻苦学习?毛主席说过,'虚心使人进步,骄傲使人落后',难道你要做骄傲的人?"

向北还要说什么,单眼罗摆了摆手,制止了。单眼罗随口说了声:"安排下面的事情吧。"会场上的气氛马上紧张起来。大家知道接下来的事情绝不是争论争论,或者批评批评的事情,而是要来真的了,这是近一年来大会小会共同的特征。单眼罗这一句话一落,躲在树后的胡子刘就更像急着逃命的兔子,竖起耳朵,慌乱得连脚都梆梆梆地敲打起地面。也就在这时候,单眼罗点了胡子刘的名。

胡子刘机警地站起来,向亮着灯的地方走了几步,自觉地低下了头。这些全是他以前做过的动作。胡子刘心里明白,在紧要关头,只有这么做才有可能避免更加猛烈的唾骂和殴打。坐在四周的人们也跟着紧张起来,他们有的将头扭到一边,怕看见自己不愿看见的场面,有的干脆站直身子,做出一个呼喊助威的架势。胡子刘的动作以及更多人的机械反应,将成竹在胸的单眼罗弄懵了,他好半天才从眼前的骚乱中清醒过来,提高嗓门说:"不是不是,都坐好了,胡子刘你也坐下去。"

单眼罗费了好多口舌才将大家的情绪稳住。单眼罗说他对大家的阶级觉悟十分钦佩,有这样的革命群众,何愁阶级敌人不能消灭,革命不能胜利? 单眼罗说着说着就将话题转到了一件大事上,他向大家宣布了一条任命,他说,经大队革委会研究决定,胡子刘任王家堡生产队的队长,至于向北,大队有新的安排。

这一宣布像晴天霹雳,不光全村的社员没有想到,连胡子刘自己也没有想到。咋可能会这样呢,胡子刘算什么东西? 倘若与地里的庄稼比,别的人全是长了颗粒的,而胡子刘则是高粱地里的霉穗子,玉米地里的荒秆子,不结瓜果的空蔓子,根本提不到人面前来。即使要将向北换下来,村里那么多人谁顶上去不行,为什么偏偏要挑了他?

单眼罗没有解释,单眼罗很长时间都在与死人王南原作对。尽管他在稠人广众之中依然称王南原为干爹。

七

胡子刘对着镶在墙壁上只有手片那么大的一块破镜刮胡子。

胡子刘的头发很稀,可胡子很硬,嘴巴周围乱七八糟拥挤了一大堆。胡子刘像除草一样不想放过它们。他对着厨房恶狠狠地喊了一声老婆,他让老婆端一盆水过来。老婆说在家里又不是开会,吵着嚷着像挨刀子。胡子刘瞪她一眼,没有说话,只管拿起一块肥皂往脸上抹。抹着便想,现在的胡子刘已不是以前的胡子刘了,他要让自己彻底变一个样儿,包括陈旧了的那张脸,包括沙哑而干裂的声音。

他在屋里耐着性子做自己想要做的事情。其实,他是要用一次认认真真的修饰抛丢自己不愿意保留的一些东西。胡子刘总觉得自己的形象太差,差得一照镜子就让他寒碜。他长得像老爷庙门前立着的石狮子,矮头矮脑,龇牙咧嘴,加上秃顶,却又长了络腮胡子,皮肤黑,被村里人称做"黑鬼土匪"。身体的憋屈与遭遇的猥琐,造成他心理上巨大的压力。他曾经带头辱骂过小队、大队和公社的干部,说他们个个都是吃煤灰长大的,从心到肺都是个黑,还不如他这个当过几天土匪的黑脸人善良。胡子刘的这些话传得很快,几乎嘴皮一动,干部们立马就知道了。为这事,公社革委会主任指示,罚他去修梯田的工地干半个月的活,一个工分也不许记。受了惩罚的胡子刘不服气,扬言说他要用他那身烂棉袄揩干一帮坏熊的油老瓮。他很有力气,但不愿将力气出给生产队,说那样不划算,不如用在老婆身上,还能图个痛快。长此以往,他成了王家堡头号坏熊,要不,出身贫农的他,咋会一次次挨批?有人劝胡子刘收敛收敛,改改脾气,别往茬口上碰,胡子刘不听,说脾气那玩意儿又不是一件想扔就能扔掉的东西,已经刻在脑子里了,总不能拿着镢头一点一点往出挖吧?

那都是以前的事了,现在胡子刘站出来要"治理天下"了,就觉得以前太不应该。为了防止在他当队长的时候有人出来捣乱,他一直都想得到一套像王南原对付他那样的办法,以备今后对付别人。

他从当队长的第二天就开始培养那种骂人的能力。他当然不会骂老婆也不会再骂他自己,他没有那么傻。他那么做仅仅是为了练习一种本领,一种想要的时候突然就能拿在手上的本领。他估摸着真要碰上了不顺眼的,怎么将一句句不堪入耳的话抛过去,砸得眼前的人抱头鼠窜。他试着将猪狗牛驴以及它们的祖宗们全都拿出来,以作为攻击和抵御的武器。他以前嘴里也出脏话,可总是对着鸡对着狗,真要对人了,一点心理准备都没有。

他将与自己一直能说得来的铁匠李叫到家中,炒了两个菜,打开一瓶酒,吃好喝足了,借着酒劲骂道:"你这狗日的,你大爷做了官你也不来祝贺,反倒让我好饭好酒招待你这姑娘养的,你是不是早就习惯了给人当孙子,才这么笨头笨脑的?"胡子刘从嘴里倾倒这些话的时候声音并不大,颤颤悠悠的,像是对自己说。铁匠李却听得明白。铁匠李觉得奇怪,胡子刘请他喝酒,怎么骂上了,莫不是早就设好了局,成心与他过不去?铁匠李这么一想就来了气,瞪大眼睛也开始还击:"你算什么东西,当官?不知将老婆让单眼罗睡了还是给什么人塞了黑拐(行贿),弄了这么点事,就以为成了王家堡的人球树根,动不动就骂人呀?少来这一套,也不撒泡尿照照!"铁匠李骂着,将嘴抹了一把,扬长而去。

铁匠李好几天都想不通,咋会这样呢?他是胡子刘在王家堡最要好的朋友,在胡子刘挨批的那几年,他常常等到会散了偷偷地溜进胡子刘家,拿着治外伤的药,给胡子刘往受伤的部位涂抹。那阵子胡子刘疼得厉害了也骂,骂自己,骂老婆,一股脑儿,不提名不道姓,完了也就完了,再怎么邪乎都不会伤及别人,今天却指着他的鼻子骂了,骂得那么难听,他着实有点受不了。胡子刘这是吃错了什么药?

而胡子刘也在怨,他怨铁匠李不懂他的心。他进行的其实是一次小小的试探,他要在铁匠李那里练练胆子,结果一个回合竟败下阵来。在他的印象中,铁匠李到什么时候都不会向人发火,更别说面对的是他这个新任队长。铁匠李没有成全他,足见他这个刚刚上任的生产队长当得还不硬朗。这是他初次实施威风的尝试在朋友那里遭受到挫折之后的想法。他的失落大于收获,但决心还是硬硬地下定了。

他不愿意这么下去。心里一急,突然想起了以前那些不愉快的事情,他要将威风再次使在失去威势、无力抵抗又让他极度仇恨的寡妇谷子身上。他最忘不掉的是他屡遭批斗时所受的侮辱。在那种场合里,不光王南原站在台子上扯着嗓子喊,谷子也夹在人堆里与一帮年轻女人交头接耳,脸上露出观看马戏表演一般会心的笑,好像被人们整治的不是他胡子刘这个人,而是一条癞皮狗。后来,谷子轻佻的笑和自己的痛便同时留在了他的眼底,成了一根根尖利的钢针,一看见都觉得是在刺他的肉。胡子刘第一次别别扭扭地在大树下敲响了一小段破钢轨,眼睛一翻就将目光投到了谷子家的门口。

谷子家的大门半掩着,谷子正拿了草帽往外走。

这是谷子葬了丈夫之后第一次出工。谷子从胡子刘的吆喝声中知道今天妇女要干的活儿是在庙台南边的棉花地里打杈。给棉花打杈是庄稼地里比较轻松的农活,因此便成了妇女的专利,一年也就短短那么几天,工分不低,又能接受到野外的凉风,女人们常常为这种活儿争先恐后。王南原活着的时候,只要谷子下地,这活不用说少不了她。而别的什么人要到棉花地里去,得由谷子私下里挑。这是王家堡的潜规则,谷子一直充当着不是妇女队长的妇女队长,女人们全得在她的眼睛里找位置。而她呢,总要挑三拣四,把与自己对脾气的人拢成一堆,再通过向北将她们集结起来,与谷子一起浩浩荡荡地下地。

谷子从家里走出来,就又想到了常常与她在一起的那几个女人。二秀、莲莲,还有冬梅,起码这几个总是喜欢往她跟前凑的。她出了门往西瞅,一眼就瞅见莲莲和冬梅了,她喊了一声,她们没有转身,她又喊了一声,莲莲回头看了看,却不再是原来的目光,满脸全是陌生与冰冷。

谷子莫名其妙,正要赶过去,胡子刘拦住了她的去路。胡子刘瞪了她一眼将头扭到了池塘那边,冷着语气说:"给闲地里拉粪去!"

胡子刘一句话就将谷子与别的女人严格地分开了。

胡子刘说这句话的时候脸色非常难看,像钻了一回鸡窝刚刚探出头,黑风罩脸,纵看横看都不怎么平坦。胡子刘接下来便是骂。有了铁匠李与他对骂的教训,他这一回的骂变得更像自言自语:"狗日的破烂货,还想张狂是不是?没门!舒服够了就得坐洋锉,咱慢慢走着瞧!"谷子听出是在骂她,刚刚还美好着的感觉马上无影无踪了。她如梦初醒,瞬间像跌进了冰窟里,从身体到灵魂冰凉冰凉。她知道今非昔比,自己已不是也不再是以前那个谷子了,尽管她在任何时候都没有给别人使过坏。

她彻底抛开了幻觉,回到了眼前残酷的现实之中——王南原死了,自己没有依靠了,没有依靠的女人,怎么可能不受别人的气?谷子这么一想,也就仿照着自己曾经见过的倒霉女人的样子,遵循胡子刘的指派,拉着自家的架子车,到饲养室的粪圈里装粪去了。

胡子刘远远看着谷子的背影,又一次将眼睛睁得老大老大。他不大相信以往在人们面前从不低头的谷子会如此顺从,这说明他确实已不是先前挨批时的胡子刘,却突然变成了可以呼风唤雨、无所不能的胡子刘了。他有了这样一种特殊的感觉后昂着头在地里转了一圈,这边那边装腔作势地安排了一番,然后提着腿迈着"八"字步回到老庙台上的破庙旁,坐在风力很畅的过道里乘起凉来。

那是供着关羽关老爷的庙殿,里面长满了树。院子正中那几棵是松树,看上去已有了些年代,一搂粗细,树梢儿高得需要人昂着头向上瞅。胡子刘以前曾多次来过这里,来了只是尿一泡尿或屙一堆屎,就走了,从没有拥有过今天这样的好心情。他有几次是逃到这里来的。王南原一声令下,几个小伙扑过来,要将他堵住,他从自家的后院墙上翻过去，没有地方躲，就到了庙里，一声不吭地藏在被人们供奉着的神像身后，却从来都没有仔细观看过院子里的一草一木。

今天他看了，而且一抬眼就觉得很新鲜，单说那高高架在松树尖上的乌鸦窝，就让他一遍遍地看不够。那么细的一个枝儿，托着大大的窝巢，在大风中来回晃荡，仿佛马上要掉下来，晃得他起了担心。他站在树下一个避风的地方等了好半天，欲听一听窝巢落地的那种响，看一看窝里会不会有一大堆小乌鸦被摔死。过了一阵，又过了一阵，除了自己的目光不停点地跟着树枝晃动，却什么也没有等来。

他下意识地将眼睛闭了一下，哈哈大笑起来。高处的窝巢晃晃悠悠，虽然摇摇欲坠，却没有跌下来，这说明什么？说明事情往往就是在摇摇晃晃中成气候的！如今他当了队长，虽也有人不服气，盯着咬着，想将他还没有暖热的板凳挪到一边去，那简直就是做梦娶媳妇，尽想好事！他到现在总算明白，其实队长这个位子就像头顶的乌鸦窝，看上去不怎么稳固，可只要树枝不断，再大的风也不可能将它摇下来。而单眼罗就是托着他的那根树枝，他得紧紧地贴着，永远都不离开。他对自己要求并不高，只希望能做了头顶掉不下来的那个乌鸦窝。

他直起身，走到那棵松树下，欲看得再仔细一些，体会得再深刻一些。他刚仰起脸，一堆乌鸦屎不偏不倚掉在头上，"啪"地一下散开来，弄得他头发里，眼眶周围到处都是。他揉了揉眼睛，向身旁的砖头台上跳了一步，骂道："见鬼了，他娘的实在见鬼了，高高兴兴出门没想到能碰到这种瞎尿事！娘的，肯定是那帮坏熊咒的。"他一边骂一边从地上攥了一把蒿草，抢着甩着擦脸上的污物……

单眼罗从胡杨店出来，在坡上无目的地走了走，吸了口新鲜空气，就去大队了。大队不大的一间办公室里照旧坐了那么几个人，见他去了，个个装模作样地干起自己手头的事。单眼罗知道那些虚假的掩饰中都包裹了什么，也不揭穿，他甚至喜欢大家这样，不管怎么说，那些人的神态里毕竟流露着对他的畏惧和尊重。他因此也就笑了笑，翻着摆在桌上的一张报纸。报纸头条是一篇"反帝反修"的文章，报心有一幅画，画中有一位漂亮的女人拿了一支大笔，做出一个很诱人的书写姿势，弄得单眼罗心里颠颠簸簸的，马上又想起了谷子。自从那天谷子揭去了他脸上的伪装，将他赶出来，到现在少说也有一个多月时间，他这时候想起谷子实际是想干男女之间的那种事了。在他心里，整个西坡大队十一个生产队所有的女人加起来，都没有谷子有味儿。

他当了大队革委会主任后，虽然血糊糊的右眼让许多女人望而却步，可仍有不少人托媒婆向他提亲，也有拐弯抹角找到养父罗根有那里去的。他们图的无非是能填饱肚子——管他几只眼呢，有了这门亲，干活轻松，工分来得容易，粮食也不用发愁，一门亲事，能救了全家人，谁不愿意干！于是就出现了蜂拥而至的局面。单眼罗却一个都没有应允："要说就给我去说谷子，我不嫌她是寡妇。"罗根有急了，颤颤巍巍地说："眼

下找到咱门上来的好多都是黄花闺女,哪个不比谷子强,你咋就想不明白呢?"单眼罗瞪了养父一眼,也不答话。他从懂事那天起,就没有将罗根有的话当过事。他有他自己的主意。

他去了几趟谷子家,每次刚到门口就被谷子的公公王多劳挡住。王多劳只重复那一句话:"猪狗不如的东西,谷子是你的干娘呀!"

单眼罗不以为然。单眼罗想谷子了,首先排斥的就是这句话。什么干娘?哪有这么年轻的干娘?人有时就那么怪,知道不能干的事偏偏要干,不可能达到的目标却非得要死要活地去试,单眼罗就属于这一类人。他管不住自己。压根儿也没想管住自己。他出了大队没有向别处去,却径直到了王家堡。他到村里走了两个来回,最后停在谷子家的门口。饲养员大杠子喂罢牲口出来透气儿,看见了,问主任找谁。单眼罗说找谷子。大杠子告诉他谷子正在饲养室里起粪,起完了要运到地里去。单眼罗听罢,脸色马上变得冷酷无情,怎么能让他的女人干这么重的活儿?他猜测这一定是胡子刘使的坏,便三步并作两步往饲养室里赶。去饲养室要经过老庙台,单眼罗上了一排台阶,正要绕过关帝庙,却听见了胡子刘从庙里传出的骂声。单眼罗的气忽地就上来了。他已经听说了胡子刘难为谷子的事,正要找胡子刘算账,没想到却碰上了。他黑着脸走了进去。

胡子刘站在空旷处,仍旧没有目标地叫骂。单眼罗从身后走过去,在他脖根上狠狠捆了一把,说:"你狗日的刚刚活舒坦了,又唎唎着在骂谁?"胡子刘一转身,见是单眼罗,马上结结巴巴地解释:"骂,骂……树上的乌鸦,它给我拉了一脸。"单眼罗看了一眼,笑得弯下了腰,笑完了,又将面孔冷下来,说:"拉得好,像你这东西,该!我问你,你咋让谷子干那么出力的活?你不知道她是我看上的人?"胡子刘说:"知道知道,可你不晓得,她仗着王南原的威势,心都野了,不把她调教顺了,我怕主任不好使唤。"单眼罗说:"少给我灌迷魂汤,快把她给我叫来。"胡子刘应了一声,匆匆跑出了庙门。

单眼罗刚才一阵急走,身上出了汗,便坐在一个斜着长出去的树枝上,将衣服扣子解开,用衣角呼啦呼啦扇凉。过了好一阵,还不见胡子刘回来,就在心里骂了一声,站起来,直直地向庙殿走去。

如今庙殿里已没有了神像,早在几年前"破四旧"时就被单眼罗他们给搬掉了。

那次活动是在王南原的安排下,由团支部组织实施的。作为团支部书记的单眼罗自然得运筹帷幄,当时与他同去的一共有十三个人,其中一个女团员最先在塑像的左腿上挖了一镢。过了两天,那个女团员突然躺在炕上不能动了,医生的诊断是下肢瘫痪,瘫的竟也是左腿。这下就有话说了,有人传言,说是这位女团员得罪了关老爷,关老爷让她坏了一条腿,那是对她的惩罚。而从巫婆们嘴里说出的话就更让人结舌:要想让腿好起来,除非重塑关老爷的真身!

这怎么可能？"破四旧"运动刚刚进入高潮,从上到下人人争先恐后,口号是:砸烂一个旧世界,建立一个新中国,怎么可能反其道而行！况且,巫婆是牛鬼蛇神,岂能允许她们蛊惑人心？所有的人几乎全都义无反顾。结果,女孩没过半年就在疼痛的挣扎中死掉了。接着,传言像火一样在村里燃起来,越燃越激烈,到后来,村里人竟绕着庙台走,唯恐再出了什么事情。特别是到了晚上,去那里的人更为稀少。单眼罗嘴上说不怕,实际却再没有走过这一条路。

　　他上到庙台上的时候,脑子被谷子的身影全部占领,因此,在跨入庙门的一瞬几乎将前些年发生的事情忘得一干二净。进了庙门,他第一眼看见的便是大殿。大殿的门已被风雨蚀得四分五裂,然而,里面熟悉的环境还是提醒了他,让他看见了至今依然散在地上的泥塑碎片。他禁不住打了一个冷战,刚才还满脸汗珠的他顷刻失去了温度,像进入了空寂的冷冻室,浑身忽地就冰凉透底了。

　　他向后紧退了几步,差点歪在深深的台阶下。

　　他转身欲走,身后"刷刷刷"地响,像是有人跟随,瞬间生出天旋地转的感觉。他不敢向身后窥看,出了门径直钻进旁边不远的饲养室。饲养室里没有人,加上灰暗的光线照不到屋子的深处,他抬起的脚便不知道该怎么迈了。也就在这时候,堆积起来的粪块将他挡了一下,他打了个趔趄,倒在马厩里。一头往日总也歇不下来的老叫驴正在槽上吃草,被单眼罗这一跌吓了一跳,猛然从嗓子眼里挤出愤怒的一叫,尥起后蹄,就是一个响亮的蹶子。这一蹄子非同小可,正好踢在单眼罗的脸上,半边脸顿时被揭掉了一层皮,鲜血呼呼啦啦涌出来,模糊了眼睛,模糊了鼻子和嘴,不一会儿,连脖子也变成红色的了。

　　单眼罗疼得哇哇叫。叫声传出屋外,站在棱坎上钩着眼睛寻找谷子的胡子刘听见了,反身赶回来,将单眼罗放在架子车上,飞快地拉到大队医疗站。医疗站的赤脚医生秀娟见是单眼罗,心里一怯,战战兢兢地用碘酒擦了擦血迹,说是医疗站处理不了,让胡子刘与大队的一干人尽快将单眼罗送到公社卫生院去。

　　第二天,等单眼罗再次出现在人们面前,却变成了只能看见眼睛和嘴巴、被纱布包得严严实实的陌生人。

　　这事钻进苏大脚的耳朵里,她先是一愣,接着,就急急地到了谷子家。她问谷子:"单眼罗被驴踢了,你知道不知道？"谷子说:"事后才知道的,踢了就踢了,说不定咱们啥时候也会被驴踢呢。"谷子说得很平静,苏大脚却听得不耐烦了,"哟"地尖叫一声:"看看看,这么值得高兴的事咋就一点反应都没有？那还不是神为我们做的主？你想想,要不是神,谁敢有这么大的动作？"

　　谷子仍旧很平静,丝毫没有要接苏大脚话茬的意思。过了一会儿,苏大脚干脆贴在谷子的耳门上"叽叽咕咕"地悄语起来。苏大脚表情亢奋,听得谷子一会儿皱眉,一

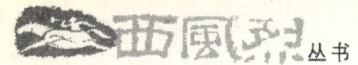

会儿摇头,像是要让她做什么亏心的事似的恐慌不安。

谷子从摇头到点头,从伤感到流泪,情绪一直处于恍惚状态。苏大脚明白,谷子是在重新选择她自己要走的路。这条路究竟在哪里,她不知道,谷子更不知道。

她们从傍晚到深夜,你一句我一句,一直聊了很长一段时间。

苏大脚与谷子长谈后的第二天,村里就有了更奇怪的传言,说王家堡出了那么多莫名其妙的事,都是小鬼闹的,而小鬼需要神仙来降,神仙下凡,总得借助人,谷子说不定就是神仙要借助的那个肉体。人们摆的是现象,拿出的佐证却是:单眼罗心术不正,对谷子不安好心,才遭到了报应!

传这话的人有他自己的理由:倘若谷子不是神仙附身,怎么可能说抖就能抖,还那么厉害?这可不是装的,不信,自己去试试?再拿单眼罗被驴踢的事来说,以前许多人都遇到过,大家却没有受伤,偏偏单眼罗受伤了,这能说不怪?

单眼罗听到了,脖子上的青筋绷得老高,他站在人多的地方骂:"简直是放屁,我找谷子,与神仙有什么关系?这叫求婚,书里电影里出现得多了,能有错?"单眼罗虽这么说,心里却怯得不行。他细细回忆了被驴踢前后的一些事,确实鬼使神差,多年都不曾去关帝庙,那天咋就去了?难道真的是神将他引到那里去的?

单眼罗被驴踢之后,躺在大队那张用门板支起的大床上养伤。这是单眼罗自己要住在那里的,他说那是他战斗的地方,一个革命战士受点伤算啥,肩上担负的革命重担却时刻都不能忘记。胡子刘听见了,感动得老泪纵横,一直守在单眼罗身边不离左右。就这,胡子刘还嫌不够,动不动就会过去讨好:"那天真要是我在场,罗主任你就不会受伤,我会冲上去,像邱少云、黄继光,用我的命换你的命!"单眼罗说:"比错了,驴踢了就踢了,还不至于要人的命。"

胡子刘这阵子很勤快,他要用积极的态度来报答单眼罗的知遇之恩。单眼罗让他当队长,他还没有干一件孝敬单眼罗的事情,在这个关键时刻,他一定不能怠慢。他跑出跑进,拿点这拿点那,唯恐有什么疏漏。后来,干脆将嘴贴在单眼罗耳边说:"村里人全是胡说八道哩,那天我骂了谷子,神咋没把我怎么样呢?罗主任你放心,等你情绪好点,我把谷子给你拽过来,神要惩罚,让它惩罚我!"

放在往常,单眼罗也许就点头了,可今天他摇了摇头,说:"你不要胡来,一定不要胡来,得让我好好想想。"单眼罗不愿放弃谷子,又怕神灵真的怪罪下去再有个差池,心里极不踏实,因此也就生出了一大堆烦恼。他听到了流传在村子里的风言风语,加上关帝庙曾经有过的教训,也曾有过放弃的念头。他对自己说,神这档子事可不是闹着玩的,人常说,宁可信其有,不可信其无,人总不能眼睁睁地往沟里跳吧。再说了,守着十一个生产队,像样的女人多的是,为啥非要在谷子这一棵树上吊死?医疗站的秀娟就是一个不错的女人。如今王南原死了,他当了革委会主任,秀娟不可能不买他的账。

　　单眼罗自己给自己寻了一个阶梯。他在心里几乎已经将秀娟当成了他的人。谁知在换药的时候,他试着往秀娟身边靠了靠,却一点感觉都没有,还或多或少生出了一些厌恶。他终于发现了问题所在,秀娟在很早以前就把他的兴趣打掉了,具体地说是他曾在医疗站帮忙的那段日子,秀娟用王南原那张王牌一推就将他掷到了九霄云外。至于别村别的女人,就更不值得一提了。

　　单眼罗注定是要死在谷子这个洞穴里的一只小兽,他没有被谣言吓倒,他决定在伤好以后继续去做自己的事情,不达目的,决不收兵。

耕田在地里骂牛。

犁在他手里扶着,犁偏了或者斜了,他总将责任推到那头全身黄透了的老牛身上。牛也就莫名其妙地遭了殃,承受着他的鞭子或者一阵很下流的漫骂。他甩下去的鞭子带着响,"叭"的一下,牛就得提起屁股向前颠。再"叭"的一下,牛就抬起脖子,拼命地哞叫一声。牛对人的反抗仅仅如此。至于从耕田喉咙里滚动而出的恶狠狠的辱骂,更是难听得无法入耳,他会将最不上眼的动物一个接一个拿出来让它们充当牛的祖宗。比如他骂黄牛是驴日的,骂牛的种族中没有一个好种,骂着骂着,一不小心连自己也绕了进去。

这只是耕田骂牛的开始,骂到后来,耕田就不再采用这种低级的方法了,而是一边唱一边骂,例如唱《周仁回府》:"怒冲冲骂严年贼太暴横",唱《打镇台》:"皮鞭打,气得人满腔怒火",都是咬着牙从喉咙里挤出来的。唱到拖音处,或轻或重,总要咳嗽一声,清一清嗓子,然后再接着唱,听起来完全不像骂牛,倒像是一位秦腔艺人对戏文的品评和解读。今天却不大一样了,他满脸黑风,唱骂出的词句有点恶声恶气。

胡子刘在地头转,听见了,觉得不大对劲,牛毕竟是牛,听不懂人言,骂一骂无妨,可耕田的话绕来绕去,听起来咋像是骂人呢?

胡子刘假装撒尿,侧着身又听了一阵,就明白了,耕田这老狗分明是在骂他!这是胡子刘突然听了一句"昨儿夜里没做好梦,一大清早就碰见鬼了"的话后得出的结论。胡子刘早就看着耕田不顺眼,倚老卖老,见谁都想哼一鼻子。特别是在他倒霉的那些年,耕田没少对他翻白眼。单眼罗宣布他当队长的那天,耕田同样没有拿正眼看他。这让他生了一肚子气,他那会儿就下了决心,非得整治整治耕田不可,只是一直没有找到机会。早晨他分配男劳力去犁地,突然发现了耕田,心就又横在仇恨里了。他没有让耕田去涝池边上犁茬地,却将耕田派到坳底里去犁苜蓿。苜蓿根在地下纵横交错,犁扎进去别说牲口吃力,就是人扶一天犁也会双臂酸痛。耕田这老鬼是不是心里不痛快,借着牛在撒气?

胡子刘这么一想，流了一半的尿水也便在他的愤怒中蹦起来，像起起伏伏的喷泉。他欲发一次大火，却怎么也找不出发火的理由。耕田毕竟是在骂牛，一没有提他的名，二没有道他的姓，一旦相互发生冲突，到时一定会有人说他欺负老汉，火也就只能烧伤自己了。但他又不甘心，在耕田身边走过来走过去，转了半天圈，最终还是将满腔的怒火压了下来。

第二天一大早，胡子刘去大队找单眼罗。

胡子刘进了大队院子，从门缝里看见单眼罗正心不在焉地斜靠在床边上抽烟，嘴里叼着被西坡人叫做"满山跑"的羊群牌烟卷。这种烟八分钱一盒，便宜，好抽不好抽不说，拿在手上倒挺像回事。单眼罗要的就是那个派。他抽烟似乎不是为了抽烟，倒像是与烟玩，抽一口便吐出一道直直上绕的烟雾，然后死盯着傻呆呆地看，直到烟雾在空中消失，直到第二口再从嘴角旁升腾。

胡子刘猛然推门进去，吓了他一跳："没规矩，进门也不敲一敲！"他死死地瞪了胡子刘一眼，没好气地来了一句。胡子刘却在心里说，咋啦，难道还要像孩子见老师一样喊一声报告？但胡子刘不傻，他不可能在单眼罗面前说那样的话。他端出个赖不兮兮的笑脸，说："我有重要情况汇报，急，惊着你了？"单眼罗一听有重要情况，来了兴趣。在西坡大队，"情况"是约定俗成的专用名词，作为大队干部，自然"情况"越多成绩越大。单眼罗刚当了革委会主任没多久，很需要一连串的"情况"为他开路。当胡子刘说出这个词的时候，单眼罗马上从床上跳了下来。

胡子刘于是将耕田如何在地里借着骂牛骂队干部的事说了一遍，说完了，问单眼罗能不能给耕田开一次批斗会。单眼罗蹙了蹙眉，不乐意地说："你以为想批谁就能批谁？得研究审批！"胡子刘说："还不是你一句话，前面王南原批我咋就那么容易？"单眼罗又瞪了胡子刘一眼："你知道个屁，哪年的老皇历了，能管用？得动动脑子！不是我不愿批他，他是贫农，根红苗正，没点破茬，咱不是寻着往茅坑里钻？"

胡子刘说："主任说的是，可就是胸口的闷气出不来，憋得整夜睡不好觉。"

单眼罗还是没有说话，眼睛盯着墙壁上的一条毛毛虫，仿佛毛毛虫也正在帮他寻找思路。胡子刘等着，一阵阵心里发毛，眼珠子不停点地在眼眶里转，突然又冒出了一句："嗨，耕田的话绝对有问题，他骂牛是野种，那不明明是糟蹋你吗？"单眼罗最忌讳别人说他是野种，脸刷地一下就红了，顺手给了胡子刘一巴掌。他这时候的愤怒似乎并不在耕田那里，而在胡子刘说话的语气上。他在桌子上狠狠地砸了一拳，对着胡子刘吼道："滚！"

胡子刘愣了一下，马上反应过来，觉得他绝对是将话说错了，不该将"野种"这两个字拿到单眼罗面前，那是大忌讳，大忌讳不可能不招来大灾祸！他知道事情不妙，磨磨蹭蹭了半天，还是找机会溜了出去。

　　胡子刘没想到,单眼罗第二天会跑到王家堡去找他。

　　他见了胡子刘,先念了一句毛主席语录:"阶级斗争一抓就灵",然后一本正经地说:"你得好好做做工作,从立场上找问题,只要抓住问题的实质,他就是天王老子也跑不掉!"单眼罗指的是耕田,他暗示胡子刘得往干石头上钉橛。胡子刘见单眼罗没有真生气,轻狂得像只欢腾的猴子,一会儿倒茶,一会儿点烟,围着单眼罗瞎转,直到单眼罗头也不回地走出村子。

　　胡子刘琢磨了几天单眼罗的话,觉得对极了,单眼罗虽然话语不多,却像在地里拔萝卜,一下就拽出了根。"人活在世上就像时时要脱毛的兔子,提起来抖一抖还能抖不出点东西?"那是王南原在斗他胡子刘的时候说过的一句话,这句话突然蹦到他面前,他马上就有思路了。他记得耕田临解放时曾在乡公所干过几天户籍员,那时的境况究竟如何,他已记不大清楚。他想到了地主分子马天佑。马天佑是胡杨店人,解放前在乡公所当过乡约,应该对耕田有所了解。

　　胡子刘去找马天佑那天,天下着雨。他原打算等雨停了再去,可就是放不下心头的事。单眼罗的意思很清楚。单眼罗带点暗示的话说过已经三天了,三天里他一步未动,单眼罗倘若来个"不再过问",他要治耕田的那档子事岂不半途而废?

　　他不想再迟疑,顺手拿了一顶破草帽,头也不回地钻进了雨帘中。他走了一阵,没想到在胡杨店的村口遇着了马天佑,马天佑拿了一把铁锨在村旁修水渠,一锨一锨,正挑着污泥往渠边上扔。马天佑没有戴草帽,也没有披簑衣,雨水从头上脸上往下流,衣服沾在身上,显露着清瘦的骨头。胡子刘上前打了个招呼,说是罗主任叫他来调查事情,要与马天佑到避雨的地方说话。马天佑看了看来人,知道是同一个大队的,却叫不上名,也就起了疑虑,好像是说,他与单眼罗同村,低头不见抬头见,说句话方便得很,咋可能让胡子刘过来问事情?胡子刘见马天佑不动,向四周看了看没有别的什么人,就上前硬拽着将他从土沟里拖了上来。

　　马天佑呼呼地喘气,说:"再有一个时辰就完了,完了说话不行吗?"胡子刘说:"又没有人看着你,能歇就歇,我不会告你偷懒。"马天佑有点感动,点了点头,侧身站定,等胡子刘问话。

　　胡子刘拐弯抹角地说了些别的,然后将话题转到解放前乡公所的事情上,问有一个叫耕田的那阵子都干了些啥。马天佑没想到胡子刘前来是要抖腾历史,赶忙解释:"我只替别人料理了几天,没干过对不住人的事……"胡子刘摇了摇头,说:"你理解偏了,我不是问你,是问耕田。"马天佑又看了看胡子刘,战战兢兢地说:"他也没有干啥坏事,那时缺人手,他同我一样,仅过去帮了几天忙,就离开了。"胡子刘说不对,乡公所不请别人,单单请耕田,肯定有原因。马天佑说耕田识几个字,就把他请去了。胡子刘见马天佑的话不上绊,生气了,说:"你要老实揭发,才会取得人民群众的信任,不然,就等于自己往火坑里跳,知道不?这样吧,我让人写个材料,你按个指印,这样总可以吧?"马天佑点了点头。马天佑这些年来最频繁的动作就是点头。

下午,天刚刚放晴,云却继续一堆儿一堆儿地聚集,像是筹划另一场新的"攻势"。胡子刘从胡杨店回来,顾不得歇息,找人按他的意思写了两页纸,然后拿好,又一次返了回去。

这一回他直接到了马天佑的家。

他刚站在马天佑家的门道里就远远地喊:"马天佑,闲得坐在炕上磨指甲呀,快出来接受革命群众的问话!"

马天佑仿佛知道是胡子刘来了,竟没有平时那么敏捷,好半天才慢慢掀开帘子,露出多半个脑袋:"我有病,行动不方便。"胡子刘恶了他一眼,说:"不要抵赖,在革命群众面前不能说有病!"胡子刘说罢,向前紧走了几步,将手中的纸伸过去:"在上边按个指印吧。"马天佑呆头呆脑地伸着脖子,瞅着胡子刘看了看,没有吭声。马天佑是要看一看纸上所写的内容。胡子刘也不躲闪,将手里的纸片摇了几下,递过去,说:"反正我不识字,上面写的啥我也不知道,你看一看也好。"

马天佑粗粗地看了一遍,汗忽地从鬓角上流下来。说:"不是,不是那样的……不是……"胡子刘说:"什么不是不是的,你在上按个指印有啥难?管屎它是不是呢?"胡子刘说着,就有点要下硬茬的样子。马天佑"扑通"一声跪在他面前,说:"咱不能干违背良心的事,人家是啥咱就说啥,没有的事,不敢乱说呀。"胡子刘在喉咙眼儿里哼了一声,不管三七二十一,从身上掏出早就准备好的印泥,拉出马天佑的一根手指头,在印泥盒里蘸了蘸,硬按在了那两张纸页的后面。

胡子刘干完这件事情,将纸收好,出门而去。此时,从马天佑屋子里传出的,却是一阵阵无奈的叹息和一下一下在木凳上摔巴掌的声音。

批斗耕田的大会如石头上突然冒出了一株小树苗,奇怪地出现在人们面前。

会议仍旧是在晚上,由单眼罗亲自主持。

会前单眼罗像往常一样学习了一段语录,大意是:一切反动派都是纸老虎,你不打,他就不倒。接下来,胡子刘莫名其妙地喊了一声:"把国民党的残渣余孽耕田揪出来!"会场马上就鸦雀无声了。耕田这时候正坐在一块半截砖头上打盹,并没有意识到这事同他有什么关系,也没有听见口号里喊的是他的名字,就没有动。

胡子刘冲上去,一把抓住了耕田的衣领,将他拎到了人群中间,说:"装什么蒜?你这个国民党的孝子贤孙,蒙骗得了群众一时,蒙骗不了群众长久,滚出来挨批吧!"胡子刘力气大,抓的又是耕田的领子,耕田一口气憋在喉咙眼儿里半天出不来,"哐哐哐"地咳个不止。他一面咳一面辩解:"我是贫农,我是贫农!"

会场的许多人低着头,没有人站出来为他辩解。瞬间,一块早就准备好了的大牌

子挂在了耕田的脖子上。牌子是生产队饲养室坏了的半截门板,足足有二十多斤重,将耕田的脖子拉得向前猛蹲了一下。这时候,第二个议程开始了,由单眼罗代表大队革委会宣读耕田的反革命罪状:

耕田,男,现年六十二岁,解放前曾在雍城乡公所充当敌户籍员,后死心塌地投靠他的主子蒋介石,参加了国民党,成了地地道道的阶级敌人。解放后,他仍不思悔改,多次指桑骂槐,散布对我党的不满言论,诬蔑革命干部和群众……

证明人:马天佑、景向荣、王发财……

材料中提到的那三个人,全是西坡大队的地主分子。

单眼罗念得结结巴巴,萦绕于头顶的口号声却很洪亮。口号的内容无非是打倒地富反坏右之类,领头的一喊,大家都跟着响应。这是西坡大队长期形成的习惯,从王南原做主任的时候就有了这样的规矩。

耕田很想对自己的以前和现在说个明白。

他解放前仅仅在乡公所干了几天,还是去顶替别人,不可能参加什么国民党,更不可能坑害群众,这是村里许多人都知道的。至于他吃三喝四地骂牛,是他改不了的老毛病,他一套了牛犁地嘴就管不住了,就像晕车的人,别说坐车,就是看见车都想呕吐。但他没有机会解说,单眼罗不让他解说,胡子刘也不让他解说,连蹲在第一排的铁匠李和记工员怀安同样不让。大家的目光里全都添上了愤怒,看着他或不看着他,没有一丝同情和怜悯,仿佛他瞬间不是以前那个耕田,而成了一堆臭狗屎,人人都要远远地躲着。耕田不甘心,想看看一直与他关系不错的原生产队长向北是什么态度。当他将目光移到向北脸上的时候,向北却借着磕烟锅里的烟灰,很敏捷地将头扭到一边去了。耕田不死心,又去看王多劳,王多劳正望着天空数星星,好像眼前根本就没有发生什么事。耕田叹了一声,头低得越来越深。

接下来是群众发言。胡子刘先站了出来。胡子刘为了体现自己的坚定不移,自然也要喊几句口号。他第一句喊得很响亮,等喊第二句的时候,忘词了,他记得那句话好像是说要让毛主席活很长很长的时间,可等喊了前半句:祝毛主席……接下来是什么词咋都记不起来。这是个了不得的遗忘,倘若再接不上后面的话,就有点对毛主席他老人家不恭不敬了,到那时,别的什么人一个呼喊,他说不定也得挂大牌,挨批!胡子刘一紧张,瞬间憋出了一头冷汗。在这千钧一发的时刻,胡子刘急中生智,将祝毛主席万寿无疆喊成了土语:祝毛主席活个没边边!坐在夜幕中的群众听了胡子刘的口号,先是一愣,从来没人喊过这种口号呀,胡子刘怎么敢自己发明一种喊法?可又一想,觉得也对,"没边边"不也是很长的意思吗?就跟着喊起来。

这一个差错出得胡子刘心全乱了,对耕田的批判因此显得有气无力,他只是说耕田在地里如何骂牛,却很难提到阶级斗争的高度,耕田一时间也就没有能被批倒批臭。

急得单眼罗在一旁干瞪眼。

会议一直开到很晚。会议的结束,不是因为大家无话可说,而是耕田终于受不了木板大牌的折磨,晕倒在会场上。

胡子刘回到家中,怎么也睡不着,他一遍遍在炕上翻腾,将炕席磨得哧啦啦地响,气得老婆直捶他的脊梁,骂他阎王爷派了小鬼来勾他的魂。胡子刘嘻嘻地笑,说妇道人家知道个屁。还说他睡不着自然有睡不着的道理,他先降住了王南原的婆娘谷子,这会儿又治服了整天骂骂咧咧的耕田,往后谁还敢在他面前说个"不"字?老婆说你能,能就做个单眼罗那样的官让人看看,那才叫本事,当个小队长算个鸡毛!胡子刘一想也是,风水轮流转,王南原不是主任吗?可死了,单眼罗说当也就当上了,至于向北,更能说明问题,小队长当得好好的,咋突然就变成他胡子刘了呢?这就说明,摆在眼前的世界太奇妙,什么事都有可能发生。

而耕田呢,从批斗会上下来,就再也不敢昂着头在王家堡的村街上走路了。一段时间,也没有人再派给他轻松的活儿。他被大队抽去打机井。与他一起打机井的还有几个人,全是上过多次批斗会的地主分子,其中就有马天佑。耕田窝着一肚子气,上前指着马天佑的鼻子问:"你当时是乡公所的头儿,我是不是国民党你不知道?"马天佑说:"是你们村的那个人硬拉着我的手按的指印,没法子,谁让咱是地主分子呢!"耕田没好气地骂:"人家让你吃屎你也吃?"马天佑摇摇头,不再答话。耕田没办法,知道这个世道要获得啥证据都有可能,不必与马天佑较劲,也就不再纠缠了。但他心里就是不服,他堂堂一个贫农,怎么能与阶级敌人在一起干活?

他向单眼罗反映了几回,单眼罗不答应。单眼罗说:"你以为你还是贫农吗?你现在只能叫反革命!与地主分子在同一个档次上,谁也不比谁高,谁也不比谁低!"

从那以后,耕田就再也不提自己是贫农成分了。

耕田每天早晨摇摇晃晃地到了大口井跟前,又摇摇晃晃地下到很深的井下,然后一镢一镢地挖土。打井是个危险活儿,不小心就会有土块掉下去,砸得井下的人头破血流。倘若土块大,而且坚硬,弄不好连命都会搭上。耕田不怕这些,总在别的人未下井之前争着先下到井底。这到底算是一种相互间的谦让,还是故意在悲哀中折磨自己?耕田自己也说不清楚。他只想将自己的身躯严严实实地藏起来,不再面临这个说不清道不明的世界。这让地主分子们很感动。

大口井的直径大约有两米左右。井口支起一个三个腿的架子,架上捆着辘轳,人要下的时候,就在大绳上绑上笼子,让人站在上面,一点一点往下放。这是井不很深的时候他们采取的办法。再打下去,就要搭风筒了。风筒是白洋布做的,一节一节连起来,一直放到井下,井里空气稀薄,上面的风箱一拉,阵阵清风就会送下去,让下面的人不至于喘不过气来。这是西坡大队地富反坏右们的创造发明,后来被称做在战争中学

习战争,在干活中学习干活。倘若这一壮举是哪位贫下中农所为,肯定会开个全县交流大会,将不可忽视的经验传开来,然后发一张大红奖状,敲锣打鼓地宣传。可既然是五类分子瞎折腾,也就提不到显眼的地方去了。

井打到出了水,那种手工挖掘就算完成了,接下来需要钻井队的人将大钻头放下去,找七八个身强力壮的小伙子在上面推着转,一直推转出旺盛的喷涌。这是技术上的要求。为了这一目标,耕田在大口井里一待就是两个多月。在这之前,胡子刘曾偷偷地去过大口井跟前,他要看一看耕田在受了整治后是不是老实了。胡子刘到井边的时候,耕田在井下,他没有看见。他只看见了马天佑,马天佑一见胡子刘就颤个不停,连肩膀都跟着发抖,这让胡子刘很开心。胡子刘于是就想到了耕田。他在假设,倘若耕田在上面,也一定会跟马天佑一样,面对他心惊胆战。这是多么有意思的事呀,想治谁就能治谁,想干什么就可以干什么,正好应了"当家做主人"那句话。他这么一想,仿佛整个世界瞬间都要攥在他胡子刘手里了。

没过几天,井那边的活儿干完了,耕田又回到王家堡。这时已是夏收季节,胡子刘依然没有放过耕田,他指着一片旋倒的麦地让耕田去割。割麦按亩数计算工分,他压根就没有想让耕田拿到高报酬。

耕田看了看那块麦地,没说什么,拿起镰刀弯下腰就割了起来。一会儿,向北从田埂上走过来,见没有人,凑到耕田跟前说:"耕田哥,你别往心里去,不是大家不帮你,一村人都看得清楚,知道你是好人,是那帮瞎熊在整你哩,可大家又能有啥法子?"耕田听到了,却没有反应,只管一把一把向前割。向北接着说:"我还不是一样,当了好几年小队队长,让人家一句话就蹭到一边去了,你说说,我心里能没有火?忍着吧,这世道,不是老实人出头的日子。你如果觉得老弟还算是个人,就到家里去,咱哥俩好好说说心里话。"耕田依然没有说话,照样一把一把地割麦子。

耕田不是糊涂人,咋能不知道这些道理?耕田就是想不通,尽管嘴是扁的,舌头是软的,良心应该是直的、正的、没有发霉的、不会染上臭味的,说出的话做出的事咋就那么没棱没角,没边没沿?耕田最终还是糊涂了,他已经没有办法区分这个世界上的好人与坏人。他成天唉声叹气,仿佛天马上要变成一块大铁板,重重地压在他的头上。他动不动就会怪怪地叫一声。

耕田竭力克制着自己。不管怎么说,他得听胡子刘的,不然到了年底分红,随便找个借口,他就会一无所获,全家人的嘴就得高高地吊起来。他现在最怯的就是到田里去犁地,他只要将牛套在犁上,那种习惯了的骂就会禁不住地往外蹦,他怕再惹了麻烦,扛那块二十多斤重的木板。胡子刘在这件事上算是看透了耕田,知道他改不了骂牛的毛病,偏偏派他去犁地,每天都派,一天也不让他闲着。胡子刘希望他再骂起来,那样,胡子刘就又有了整治他的理由,有了享受他低着头流着汗的那种快感。

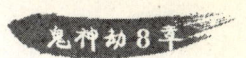

　　胡子刘还真没有想错，耕田到了地里，牛在前面走，他就又忍不住了，急得他都快要流下眼泪。他正不知所措的时候，向北出现了。向北给他拿来了一个白色大口罩，帮他戴上。这一招还真灵验，他虽仍旧改变不了骂牛的习惯，可被口罩一捂，声音便藏了起来，"呜啦呜啦"的，别人根本听不清他在说啥。

　　他对向北点了点头，眼睛湿湿的，目光里全是感激的话。

　　村里的人见了，都觉得奇怪，说耕田赶时髦竟忘了时间，人家在冬天戴口罩，他却在夏天，简直傻到家了。

九

单眼罗自从在饲养室被驴踢伤之后,尽管嘴硬,心里却总在发虚。他已经好久没有去找谷子了,原因有二:一是他正在操持一件大事,他要在很短的时间里把贫协主任这个角色换成自己人。贫协主任虽不直接参与大队的工作,大事却一样都绕不过他,叫汇报也好叫通气也罢,得时常尊奉着。去公社里说事,有时候比大队革委会主任还管用。这是从上面灌下来的模式,贫下中农当家做主嘛,谁敢将贫协主任视而不见?这样一来,贫协主任不光干预大队的日常工作,连学校、商店的事也要跟着搅和,这就不是个可有可无的角色了。单眼罗当了革委会主任后,受王多劳的制约,很多事情都不能随了他的意。比如大队砖窑扩建,本来已经定下了,可王多劳不同意,一来二去的,事情到现在都没有办成。单眼罗想,假如贫协主任不是王多劳,而是自己的人,事情不就迎刃而解了。他于是想到了自己的养父罗根有。他知道要换下王多劳得用点方式方法,单眼罗到现在还没有想出万全之策。二是人们对谷子的传言到了越来越神的地步,他得弄个明白。对于这样的风言风语,他开始不信,许多无法解释的现象一样一样摆出来,他就有点动摇了。倘若神真的扑了谷子的身,他操之过急,冒犯了,不是自寻苦吃吗?他在琢磨了好多天之后有了一个主意:谷子是关在笼子里的鸟,总有一天会捉在手上,而贫协主任的事却一天也拖不得。单眼罗决定先解决第一个问题。

那天,罗根有在后院杏树下收拾柴火。柴火是北山上的野枣枝儿。枣枝上的刺很多,而且长,不小心就扎了手。罗根有拿一根棍子按住,用另一根棍子在枝上捶,待把那些刺儿捶掉,捋顺了,然后才一把一把放在房檐台下。罗根有的举止让单眼罗不屑一顾,他冷冷地"嗨"了一声,埋怨道:"我是大队革委会主任,你整天鼓弄这些东西,不怕有人指着咱们骂先人?别这么丢人现眼了,我为你找了正经事,还是替自个壮壮脸吧。"罗根有没有反应,继续干他手里的活。儿子这种态度,罗根有已经习以为常,他早就当耳旁风了。

"咋,还要我把你像神一样供着?"单眼罗是嫌罗根有没有答话。

罗根有面对养子的欺辱虽然嘴上不说,心里的酸甜苦辣却全都品尝到了。他是为了单眼罗的母亲李寡妇才一次次忍下来的。那年单眼罗还不到两岁，李寡妇将他抱到罗根有面前说："我知道你一直都在怜念我们娘儿个，可一个跑单帮的，哪里会有那么多的积蓄，这样下去我不忍心！我想好了，就分一个孩子给你，一来你替我减了负担，二来也是个念想，你看见儿子了，也就想起了我……"罗根有就这么看着李寡妇改嫁给了别人。

后来解放了，由于家底太薄，罗根有不光自己没有讨到老婆，连单眼罗的婚事也一天天拖了下来。这不能怪罗根有不操心，是没有人到他们家来提亲，这其中也有单眼罗的原因，单眼罗太懒，又瞎了一只眼睛，许多姑娘既看不上人，又怕跟了他受罪。后来，单眼罗当了大队干部，手上拿了点事儿，三天两头在人多处露面，有人羡慕他台上台下的那种洒脱与风光，也有跑来提亲的。然而，这时候单眼罗却一根筋迷着谷子，也就将一次次绝好的机会给耽误了。

村里人私下里议论，说这爷儿俩得的是一个病，都喜欢寡妇，大概是因为寡妇有了那方面的经验，上了炕更能让男人销魂！更有甚者，竟有人背着单眼罗探究起他的身世。好事不出门，歪事千里行，人们一议论，单眼罗也就计较起来了。以前，他每次遇到不顺心的事情，老怨命不好，后来知道了自己的身世，就愈觉得是罗根有害苦了他。为这，他用了半年时间四处打听，最终打听到了生母的下落，但他仅仅过去看了看，并没有暴露自己的真实身份。他从骨子里怨恨生母，恨她将自己送给了这么一个没有本事、穷得叮当响的糟老头。后来，这种恨也就转嫁到罗根有身上了。

这些罗根有全然不知。当单眼罗像训五类分子一样教训他的时候，他总将满腹的冤屈化成填在胸口的情感，一遍遍地去想单眼罗的亲生母亲李寡妇对他的好，想去郴州驮枣子那些年她对他的照顾和怜爱。这样，怨就减弱了，恨也就没有了。

单眼罗见养父仍旧在一旁收拾柴火，不理他的茬，更来气了，咬着牙说："你聋了还是哑了？没听见我说话呀？我这回可是有好事让你干！"罗根有抬起头，四周看了看，无奈地跟儿子一起进了屋，拿出一个小木凳坐在炕前的矮柜跟前。这矮柜是罗根有爷父俩唯一的家当，是罗根有用一驮子枣子换来的。当时卖柜的人说他吃亏了，得再搭点东西，罗根有执拗不过，将自己挡寒的那件羊皮背心给了人家，才用牲口将柜子驮了回来。他看着已经褪掉颜色的柜子，深情地上手摸了一把。

单眼罗从兜里掏出一包羊群烟，自己叼了一根，递给养父一根，最终让语气缓和了一些，说："摸那干啥？我现在当主任，你如果肯帮我，别说那破家具，就是'十六条腿'也不成问题。""十六条腿"是指一套家具按腿儿算，加起来不多不少正好十六条。这是眼下人们向往的最时兴的家庭摆设。

罗根有一把屎一把尿将单眼罗养大，他知道单眼罗在正经事情上不会有啥好点子，但他毕竟等来了儿子这些年第一次与他面对面交流的机会，心里多少还是有了些

宽慰。问:"有啥事你说,我听着呢。"单眼罗单刀直入:"我想让你当贫协主任。"

罗根有一想不对呀,贫协主任不是王多劳当着吗?

前儿个下午,王多劳从大队砖场回来,在涝池边上与罗根有打了个照面,罗根有本来打算向王多劳打招呼,王多劳却将头扭到一边,摆出一个不愿理睬的样子。后来,就听见王多劳没完没了地叫骂了,好像是嫌这一窑砖没烧好,又像是说外面的什么人买砖欠了钱,每一句话都是不带情面的训斥,好像大队的事哪一样也少不了他指点,少了,马上就会出问题。罗根有很羡慕王多劳拥有的威严,恨自己活了一辈子,苦吃了不少,到头来还不如耍了一辈子二杆子的王多劳,怪不得儿子嫌弃,看来人与人还真有不可忽视的差别。后来又一想,就觉得不对了,王多劳的风光还不是贫协主任这顶红帽子给映的?如果没有了这顶帽子,说不定还不如他罗根有呢。罗根有自己给自己宽了宽心,离开了。现在儿子提出了要让他当贫协主任的想法,他自然不会反对,可凭什么换下王多劳让自己当,却成了他怎么想都想不明白的一件事情。

单眼罗说:"凭什么?还不是凭旧社会吃的苦?谁吃的苦大,谁就是贫协主任!这事你不要管,我让你做什么你做什么就行了。"

单眼罗还怕罗根有听不明白,就将自己的想法一五一十地说了出来。罗根有听了直摇头:"要说受苦,我是比王多劳多些,但我啥功劳都没有,人家解放那年支过前,还得了大红奖章,咱比不过。再说,你要我说的那些事,又不是我干的,硬着头皮编谎,会惹村里人笑话……"

放在往常,单眼罗肯定又要斥责养父一顿,然后抛下养父扬长而去。他今天没有,他压低嗓子说:"看看看,你咋就不开窍呢?这年月啥是真的,啥是假的?说得多了,假的不也就成了真的?别再胡思乱想,把事说麻缠一点就成了。"

儿子走后,罗根有一个人在屋里转圈,他被儿子交代的事情搅得坐卧不安。一辈子都没有说过多少话的老实疙瘩突然要把说话当能耐,实在不是件容易事。然而摆在眼前的诱惑却是迷人的,罗根有有点拿捏不住了。这么多年他一直被人看不起,到头来连自己亲手养大的儿子也不把他当人看。这种压抑,罗根有受够了。他当然希望以另外一种面目出现,让大家正眼瞧瞧他罗根有也是个有血有肉的人。他于是起了个大早在家练,练自己心里的"故事",练不属于他自己的那种胆量,也练一句一句需要从肚里倒出来的话语。奇怪的是,他仅练了两天,"故事"里的情节就跑进梦里,在一个叫不上名字的陌生地方将他摔碎。他在一身冷汗中惊醒,无助地一个人孤坐在炕沿上发呆。

时间不等人,单眼罗催着他。单眼罗像督促小学生完成作业那样每天检查,他几乎没有懈怠的余地。好在这样的过程很快就过去了,等罗根有第一次坐在台子上的时候除了略有点结巴,竟将一个完整的"故事"讲述得异常生动。

罗根有的第一场忆苦思甜报告会是在大队小学召开的。学生单纯,随便说点啥都能过去。这是单眼罗的话。单眼罗郑重其事地给养父交代了一番,然后将校长叫了去,说:"贫下中农不会说话,你不光要保证会场的严肃,还要在报告完了之后带头鼓掌。"校长说那是自然。就安排去了。

罗根有坐在学校院子临时布置的台子上,禁不住浑身发抖。特别是腿,连放的地方都找不到。校长见了,跑过去扶了扶,安慰了几句,然后对着台下做了一个提前约定好的手势,一阵激烈的掌声马上被唤了起来。

罗根有学着别人的样子,喝了一口水,就结结巴巴地说开了。

他的故事里有一个做买卖驮枣儿的汉子,从北塬出发,直达山大沟深的郴州。驮一回枣儿需要十五天时间,由于家穷,那汉子仅带了三天的干粮。一路上,他硬将三天的干粮吃了八天,剩下的七天一口吃的都没有了,而这一段路途荒凉崎岖,有穿不透的山野沟壑,却没有一户炊烟缭绕的人家,他饿得撑不下去的时候,去翻早已空了的褡裢,从褡裢缝隙里找到八颗玉米。他算了算时间,八颗玉米需要维持七天,一天只能吃一颗,于是,他在每天早晨将一颗玉米粒儿吞下去,其余时间只能嚼吃苦涩的野菜。他就这么一直坚持到了目的地……罗根有讲到这里眼眶里挤出几滴老泪,说那个汉子不是别人,就是他自己。还说在那个万恶的旧社会,他的姐姐和哥哥都是被活活饿死的,他到现在想起来都觉得胸口痛……

校长听得很认真。校长一直记着单眼罗的话,一定要将会场的气氛搞热烈。校长伸着脖子找机会,见罗根有结结巴巴的报告好容易有了停顿,立刻带头鼓掌。掌声一响,罗根有的兴趣也就来了。罗根有刚刚生出些欲罢不能的感觉,正准备将别的一些话也拿出来说一说,校长委派的人已过来搀扶他了,他只得从台上走下来。

罗根有走下来后一时回想不起在那么多人面前自己究竟都说了点啥,问校长:"听得明白吗?"校长说:"听得明白,听得明白,再没有这么生动的报告了。"罗根有纳闷,费着劲儿想,人家都听明白了,自己咋就不知道说了些啥呢?后来,他总算想起来了,不就是在儿子的诱导下,编了一段关于八颗玉米的故事吗?怎么可能呢?乡下人常讲,三天不吃饿死人,七天里吃了八粒玉米,竟能熬下来,谁信呢?可教师们在鼓掌,孩子们也鼓,说明了啥?还不是认可了——他们全是有知识的人,有知识的人的掌声可不是一般的掌声!罗根有这么一想就觉得儿子当了几天大队革委会主任出息了,长本事了,想把事情折腾大终于折腾大了。

单眼罗在罗根有走下台的时候,破例夸赞了几句,说养父没有让他失望,还说他让养父那么说其实也是革命需要,现在一些年轻人讲吃讲穿,都快忘本了,有了馍馍吃还嫌黑,只有用旧社会的事教育他们,才能站得高看得远,才能时刻记着世界上还有三分之二的劳苦大众处在水深火热之中,还等着我们去解救哩。罗根有虽然不懂得那么多

的大道理，但他懂得巴掌声，那么多人将巴掌拍得贼响，就说明没有错。

后来，这样的报告移到了全大队社员当中，移到了公社三级干部大会上。

再后来，县里的头头脑脑们也知道了八颗玉米的感人故事，时不时会用小车将罗根有接了去，让他在县城里吃县城里喝，吃饱了喝足了，再上台作报告，再接受千人万人的掌声。罗根有可算开了眼界，他在胡杨店待了一辈子，吃得最好的饭就是隔壁黑娃他爹死后黑娃招待村里人的那顿，用他自己的话说，肉跟锨片那么大，把上辈子的馋都解了。他做梦都没有想到，好日子说来突然就来了，他想躲都躲不开，想抛都抛不掉！半年光景，顿顿好吃好喝，没吃过的东西几乎被他尝了个遍。至于一场一场的报告，也便越做越老练。他在儿子为他勾勒的故事中加了许多细节，比如饥饿的时候怎么一步一步艰难地向前挪，怎么满腔怒火地憎恨万恶的旧社会等等。聆听的人越来越感动，每次大会下来，总有人会说："实在难以想象，若不是罗老汉真受了那样的苦，能讲得那么生动？"

罗根有的忆苦思甜很快促成了儿子的宏伟计划，那年春上，公社果然下了文件，将贫协主任的头衔从王多劳那里移到了罗根有身上。

贫协主任的变化让西坡大队的各项工作也相应起了变化，大队的那一摊子事从此便真真切切地姓了罗。一段日子里，再大的事情，单眼罗不出门就能定下了。西坡大队的群众于是有了闲言，说贫下中农的政权，掌握在一家人手里，这哪里像共产党的天下？简直就是旧社会里的地主老财在掌权！再这么下去，连大队都成他们家的了。

闲话放在这样的年代里没有人将它当闲话，首先，单眼罗不把它当闲话。他问了一位参与说闲话而后来主动前往告密的人："都是谁在下面嚼舌根，你全把他们写下来，只要能立功赎罪，你就是西坡大队的好社员。"后来那个人写了，后来许多人因几句闲话陆陆续续挨了一年的整，这是另外的话题，与罗根有的事无关。

但罗根有的日子并不好过却是他自己想不到的。

他原以为到处游走是帮儿子的忙，只要卖力，父子间长期淤积下来的隔阂就能慢慢化解，紧张的关系也会缓和。谁知，等他真的将贫协主任的权拿到手，儿子却又回到了先前的态度上。儿子不但在大队的会议上不听他的意见，回到家更是横挑鼻子竖挑眼。有几次竟对着他嚷起来："当贫协主任，凭什么？你自己能不清楚？走东串西，吃香的喝辣的，差不多也就算了，别将运气当本事，动不动就在那么多人面前逞能！"儿子的意思是说罗根有本来就是个没有本事的人，能出头露面，全是他的筹划，不管在什么时候，该起哪只脚该迈怎样的步都得有个掂量！过了一段时间，他干脆在大队的一次会议上宣布，由于养父身体不怎么好，今后开会就不用再叫了，至于贫协的那份职责，由他自己去协调就可以了。

这样一来，罗根有算是彻底看透了儿子，他背着村里的人偷偷伤心，半夜三更从炕上爬起来，一个人走到北坡高处的那个土塄上，面对模糊的远方，嘴里叫着李寡妇的名字泪如泉涌。他要将自己的心里话说给李寡妇听。

夜静得出奇，他的抽泣也就显得特别响亮。

这时，一个人影在月光下闪了一下，引起了他的警觉，他向后看了一眼，却原来是谷子站在那里。他没有想到谷子一个女人家深更半夜会跑这么远的路到这里来，更不会想到谷子也是被四面八方涌动的残酷现实逼得无奈，不知不觉走出来的。

谷子出了王家堡，径直到了王南原的墓前，一肚子苦水顿时像决了堤。她骂王南原是个没有良心的家伙，说抛下她就抛下了，全不念十几年的情分。既然那样，还不如带她一起到阴间去！谷子说着说着哽咽起来。也就在这时候，罗根有发现了谷子，谷子也发现了罗根有。

许多年前，罗根有曾经在一次险境中搭救过谷子。谷子做姑娘的时候就与他认识，他们偶然在这样的气氛里相遇，彼此心里都不是滋味。这一点罗根有和谷子都很清楚，只是不便倾吐。谷子早听说单眼罗对养父不孝，没想到儿子会将父亲半夜逼到野地里来，心里顿时多了几分伤感。她三步两步走过去，将老人慢慢扶起，说："快回家吧，这里离你们胡杨店有一段路哩，别受了风寒。再说，深更半夜的，让人看见了不好。"罗根有听着谷子的话，或者是想起了儿子对谷子的不敬，又开始抹泪，说："姑娘，望山有什么对不起你的地方，你担待一点，就算我给你赔不是了。"谷子听了老人的话一怔，单眼罗这畜生那样对待老人，老人却仍旧护着他。谷子被感动了，竟一时不知该说点什么才好。

老人在谷子的催促下走了。老人是怀着对谷子的内疚和满腹的心思离开的。

十

罗根有坐在昏暗的煤油灯下,拿起那个绣着喇叭花的烟袋傻傻地看。

烟袋平平展展地放在炕桌上。将近三十年了,烟袋一直被罗根有包在一块褪掉颜色的花布包里。他每每想起李寡妇的时候,就会小心地拿出来。

今夜,罗根有又一次将布包打开,用手抚了抚,不换眼地细细打量。烟袋上面的花朵是用大红丝线绣成的,花的周围伸着几片叶子,相互交叉,挺拔俊秀,很随意、很舒展的样子。简洁的图案经这么一摆布,红花更红,绿叶更绿,花与叶中间绕出两根蔓儿,在烟袋的周围缠了一圈,像要将叶和花捆在一起,给人一种温暖舒适的感觉。罗根有清楚地记得,这个密针细线做成的烟袋,是他过那条河沟时从李寡妇手里接过来的。李寡妇一直低着头,两只手不停地摆弄衣襟,像是那地方要蹦出一只该死的跳蚤。罗根有不敢看她,昂着头看天上的云,看一群飞过去又绕过来的鸟。他在等待一句话,可连他自己也不知道这句话表达的将会是什么意思。骡子在一边站着,有点不耐烦了,过一会儿就对着草地炮一次蹶子,或者昂着头嘘嘘地吹气,好像是说,时间差不多了,该赶路了。后来,太阳渐渐从东边升起来,一片红霞不知不觉地盖在他们身上、脸上。罗根有狠狠地咽了一口唾沫,说:"回吧,我得走了,要不,天黑就赶不到黑峪口了。"黑峪口是罗根有歇脚的第一站,其间再没有能住宿的地方。

罗根有不光担心盘山绕沟的那段路程,更有对李寡妇的爱护,他怕田家庄的人下地时看到他们,坏了李寡妇的名声。

李寡妇眼泪刷地一下流了下来。

她背过身抹了一把,长长地吸了一口气,意味深长地说:"你走了,别忘了闲着的时候向这边山上看看。"罗根有点点头,眼睛酸酸的,可还是憋住了。他转身走了几步,再回头时,李寡妇仍站在原地没有动。他对她招了招手,刚要再转身,却被李寡妇唤了回去。李寡妇从大襟衣服的斜兜里掏出一块浅蓝色的布包,打开布包,从里拿出了那个烟袋,递给罗根有,然后转身离去,眨眼消失在沟崂里。

罗根有一接到烟袋就觉得沉甸甸的,他细细看了一遍,被烟袋上绣的那朵喇叭花惊呆了。在他生命的所有记忆中,他从来都没有见过绣得这么漂亮的东西。看得出,这个精细的烟袋饱含着李寡妇每夜每夜不眠的期盼,饱含着一个女人对正常生活的渴望。他不愿将烟袋装进兜里,又舍不得马上挂在烟锅上使用,一直将它握在手心,用自己的体温暖着它,用五指的力气保护着它。疲倦的时候,就拢着它打个盹儿,思念的时候,就一遍遍地捧到眼前傻看。一天里究竟看了多少遍?他已记不清楚。夜里,他怕它丢失,干脆贴身放在胸口,与它一起进入梦中。

奇怪的是,罗根有只要夜里将它放在胸前,李寡妇的影子就会如期而至,而且总是呈现着最后一次分别时的那种情态——低着头,一朵出水芙蓉的样子。李寡妇在梦里常常对他说,尽管她的公公为了钱,要她改嫁,但她拿定了主意,一定要等罗根有攒够了钱来娶她,除了罗根有,她谁也没有看上。

桃花一样盛开的梦让罗根有格外兴奋,他甚至觉得,他其实就是活在李寡妇为他营造的那种幸福之中,这一切全是老天爷送给他的。尽管梦醒揪心的思念会更加浓烈,但他愿意走进梦里去,在似睡非睡、似醒非醒的气氛中听李寡妇对他说话,贪婪地享受自己愿意享受的那个多彩的瞬间。他曾不止一次地对自己说,那不能算梦,梦大都没有真实可言,可他与李寡妇不久之后的结合却是木板上钉钉子,敲死了的。李寡妇与他一起躺在山梁破窑洞里的时候,她发了誓,他也发了誓。他们都是乡下人,没有多少文化,不知道什么叫海枯石烂,也不知道什么是忠贞不渝,他们只拿身边的一块石头说事。李寡妇说假如那块石头不会破裂,她今生今世就一定要做罗根有的老婆。罗根有也说,只要那块石头不跑过来挡他的路,他定会赶着骡子将李寡妇驮回家。

然而罗根有心里非常清楚,李寡妇的公公心太黑,将李寡妇改嫁的砝码竟增加到了二十块大洋,而且只限了两年时间。罗根有上一回郴州,也就赚两块大洋,枣子成熟有季节性,一年按五回算,罗根有一分钱不花地去攒,才有可能在约定的时间里将这些钱攒够。李寡妇的两个孩子要吃饭,平时再添点衣服什么的,这样算下来,两年筹集那么多钱,几乎没有可能。其实,李寡妇的公公就是要用这种办法把罗根有推到一边去。李寡妇的公公盯着的是离他们家一百多里地的那个叫做二郎弯的地方,那里有一个男人,虽然五十多岁了,可人家答应给他五十块大洋。

罗根有没有懈怠,更不愿放弃。

李寡妇安慰他,说她给人家洗洗涮涮挣来的钱,够养活孩子,让罗根有只管放心地去攒他们成亲的钱。罗根有很感动,罗根有越感动越勒紧裤腰带克扣自己。以前,他在去郴州的路上,一天之内至少要吃一顿热乎乎的面条,后来开始攒钱,就再也不下馆子了,每天的口粮除了一块高粱面干粮,就是喝几口清泉里的水。同行们见他如此仔细,开他的玩笑:"罗脚户舍不得花钱,将钱揣在腰里,看样子是要讨老婆了吧?"罗根有知道大家在开他的玩笑,夸口道:"老婆早在那里放着呢,只是没工夫,等这一趟回去,

说不定就迎到家了。可钱不能少攒,攒少了,儿子到时花啥?"罗根有说着在一旁傻乎乎地笑,同行们就又接上话茬了,说:"还不知道你那玩意儿管用不管用,就谈起儿子了,不怕被踹到炕沿下一回一回放空炮……"

　　驮枣子走郴州,背井离乡,携带的是孤独,陪伴的是寂寞。越是孤独越是寂寞,同行们越想着在苦闷的行程中释放自己。大家一路上说最刺激的话,想最刺激的事,越奇越怪也就越能抛丢清冷与无聊,用他们自己的话说,那不能叫"酸",得叫寻乐子,只不过给嘴巴解解馋而已,到头来,什么怪事都不会做,什么意外的收获都不会有。罗根有没有让嘴巴"解馋"的本领,他在大家的说笑声里想自己的事:得多挣钱,挣好多好多钱,用钱实现自己的期盼。他将牲口脊背上的口袋从原来的四个增加到六个,牲口实在驮不动了,就卸下一个自己扛。在路程上,他也开始精打细算,将原来半个月跑一次的路改成十天。他自己累点没啥,有李寡妇对他的那份情在,也就扛下来了。牲口像自己的兄弟,他不忍心让它超负荷地去拼命。但这又有什么办法呢,拿自己的骡子与心上的人相比,他怎么也不愿辜负了心上人。

　　也是天不作美,这年夏初一场冰雹,刚刚挂了果的枣子被老天扫劫一空,一棵树上七零八散地剩不了几粒枣子。冰雹的袭击,让枣子成了缺欠,价格自然也就升高了。往日能买六袋的钱,眼下只能买两袋。而买回的枣子,因价格高,又没有合适的买主,放着也就烂掉了。一来一去这么一折腾,罗根有攒钱的梦成了泡影。也就在这一年的腊月,他眼巴巴地看着一架盖着红布的轿子将李寡妇抬出了田家庄,而他却只能远远躲在一个破砖窑里窥看。

　　在李寡妇出嫁的前一天,罗根有去了一回田家庄。李寡妇似乎也意识到了趋势的不可逆转,早在那口破窑洞门前等了。李寡妇说她的公公已将二郎弯的那个男人领到家,只是没有与她见面。她还说她的公公说了,若三天内再不见罗根有将钱送过去,二郎弯的那个男人就要来接人了。李寡妇说着在一旁抽泣,不眨眼地看着罗根有,盼罗根有能拿出个主意来。罗根有在窑里打转转。钱这东西不是说来就能来,需要时间,需要力气,需要更多的连他自己都想不明白的机会。他没有办法一时拥有这些,急得搓揉着双手蹲在地上,自己砸起自己的胸脯。

　　李寡妇伤心地哭了,嗔道:"你既然没有那个本事,为啥还要来找我?如今碌碡都曳到半山里了,让我咋办哩?"罗根有无言以答。过了一阵,李寡妇带点哀求地说:"咱在钱上没办法,就逃,跑得远远的,到一个没有人认识的地方去,让谁也找不到。"罗根有摇摇头。罗根有说他们祖祖辈辈在胡杨店都是老实人,不能做那种伤风败俗的事。李寡妇彻底失望了,哭得更加伤心,她终于发现,她的赌注其实是压在无能之上的,罗根有没有给她幸福的那种能力。

　　一日夫妻百日恩,李寡妇与罗根有过了属于他们的最后一夜。

第二天,李寡妇将自己的二儿子抱给了罗根有,说:"孩子在你身边,就等于我在你身边,你走吧。"李寡妇表现出了一种绝情,任凭不到两岁的儿子在罗根有怀里哇哇叫,她连头都没有回一下。

罗根有蹒跚着回到家,将孩子递给母亲,自己顺势倒在炕上。母亲见了孩子,喜出望外,问从哪里捡来的,罗根有不答,只是流泪。母亲很少见儿子这样,多少猜出了点其中的事情,也就不再追根究底。

孩子长到五岁,罗根有的母亲离开人世,一个破烂不堪的农家小院里,只剩下了罗根有与孩子两个人。罗根有是个邋遢人,连他自己的吃穿住行都管不好,更别说管孩子了。然而环境能够改变人,孩子要吃要玩,罗根有不能满足,孩子就哭就闹,弄得罗根有筋疲力尽。可这样的生活过久了,也就练出来了,慢慢地,罗根有有了耐心,积累了不是经验的经验,孩子什么时候吃什么时候喝,他都能安排得停停当当。也正是因为承受了这样的磨难,他至今想起来,仍觉得很有些对不住自己。

又做爹又做娘的日子,搁在一个木讷的男人身上,自然是件很不容易的事,罗根有常会有种撑不下去的感觉。后来,单眼罗长大了,动不动就对他发火,他后悔过,甚至想,倘若不养这个孩子,或者会有钱讨了老婆,讨了老婆,就能有自己的孩子,自己的孩子流着自己的血,也不至于养大了落了现在这么个下场!他每每生出这种想法,就又会拿出李寡妇留给他的烟袋看,看着看着便伤心,看着看着就回心转意了,觉得为了李寡妇也应该忍着。单眼罗毕竟是李寡妇身上掉下来的一块肉呀……

罗根有在绣着喇叭花的烟袋上隐隐看到了李寡妇,那个开着口的花蕊很像她的嘴,线条分明,一张一合,正对着他说话哩。他于是也就说了:"你就放心好了,我没有让你儿子吃苦受罪,在吃糠咽菜的年月,我将仅有的一点高粱面馍馍留给他,把好吃的野菜全盛在他碗里。即使到了现在,依然处处护着他,他夜里不回来,我就一直等着……"罗根有嘴里嗫嚅着,眼前又出现了他在悬崖上挖野菜的情景。

那是一个临近收麦的季节。那年冬里干旱,春上仍然没有落雨,地里的麦子只长了一拃高的个儿,麦穗小得像狗蝇头,眼看一个灾荒年迎面撞来,许多人家将剩余的一点白面藏了起来,每到紧要关头才拿出来添补一点。人们在没有办法的时候,开始向树皮"进攻"。王家堡多榆树,榆树晒干了可以磨成粉,与小麦皮或者粗糠和在一起,既能做饼,又能擀面,一时间这种东西成了大家争先恐后抢着采掘的好东西,不到一个月,全村的榆树便一棵棵全成了白色的杆儿,叶子也就由绿变黄,由黄变枯了。

开始,罗根有不忍心活活地去揭榆树皮,等他发现大家都那么干,村里的榆树已经全都被"扒光了衣服",他只能去山里挖野菜。后来,挖野菜的人也多了,近处的山上除了蒿草,能吃的野菜越来越少,他于是上到西山高高的悬崖上去采。一般人不敢去那

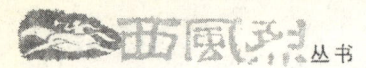

个地方,罗根有有这个胆量,尽管他站在嶙峋的石头上双腿禁不住要打战,但他为了单眼罗,从来都没有犹豫过。

他刚爬上崖去,还没有将铲从背篓里拿出,一只鹰鹞在高空盘旋了一阵,直直地扑下来。起初,他以为鹰鹞是对着他来的,从地上捡了一块石头,欲跟它拼命,谁知鹰鹞并没有在他跟前停留,而是向他身边不远的一块草滩冲去。鹰鹞在地上碰了一下,接着又旋了起来。鹰鹞二次起身的时候,嘴上叼了一只兔子。兔子重,鹰鹞飞得不高,兔子在它嘴里吱吱地叫,很凄惨的样子。罗根有最恨这种弱肉强食的行径,抡起胳膊将手里的石头抛了出去。

石头出了手,不偏不倚砸在鹰鹞的翅膀上,鹰鹞倾斜了一下,鸣叫一声,丢下嘴里的兔子,逃了。

罗根有急急地寻了过去,在草丛里发现了受伤的兔子。罗根有拢起来看了看,兔子的伤势很重,前面两只腿流着血,已经跑不动了。鹰鹞的袭击,让兔子受了惊吓,浑身颤抖着,卧在草丛中一动不动。罗根有知道,要是将它留在原地,即使鹰鹞不来,也会做了其他野兽的食物。他可怜兔子,不愿看着小生命再遭不测,就抱起来贴在自己的胸脯上。他由小兔子联想到儿子单眼罗,心里说:"怪可怜的,也是条命呀。"他用衣服将小兔子裹了裹,没有心思再挖野菜,一溜烟地跑回家去。

单眼罗那年已经二十岁。单眼罗坐在门槛上吃毛桃。毛桃很小,时令才让它长成一个"桃儿子",单眼罗就同一伙愣小子一起上山去采——地里、树上该吃的东西已被人们扫劫一空,小子们能干的,就只有上山采摘"桃儿子"了。

单眼罗嘴里嚼着,眼睛的余光却瞄到了养父。他看见了罗根有手里的兔子,一下子从门槛上跳起来,非要将兔子煮煮吃了。罗根有说:"不行,它刚刚被鹰鹞抓伤,可怜得像个找不见家门的娃娃,咱咋忍心吃它?"单眼罗瞪了养父一眼,问:"那你让我吃啥?"罗根有没有吭声,罗根有的确没有能让儿子吃的东西,也就理屈词穷地走进了屋子。"不能吃,不忍心吃呀!"罗根有在心里念叨着,想竭力稳住自己的情绪。可另一边,儿子在挨饿,又拿什么去安慰儿子呢?这事整整折磨了罗根有一个下午。到了晚上,他躺在炕上仍然不能入睡。

第二天,单眼罗迷迷糊糊地还没有走出梦境,就有一股香味扑鼻而来。他从炕上一骨碌爬起来,凑近窗户又闻了一回,确实是肉香味儿。单眼罗连鞋都顾不上穿,跑到厨房门外一看,养父正坐在灶前,一手拉着风箱,一手抹着眼泪。单眼罗不管这些,几步跨到锅灶跟前,揭开锅盖,拿起一块兔肉,吸溜吸溜地吹了几口气,就往嘴里填。直到单眼罗将锅里的兔肉吃了个光净,罗根有也没有去动一勺汤。

以受伤的兔子补养儿子,这是罗根有想了一个晚上才下的狠心。他在拿不定主意到底吃与不吃兔子肉的关键时刻,又不自觉地从半截柜里取出了李寡妇送他的那个烟袋。他对着烟袋看了几遍后就决定吃掉这只兔子，也就是说让单眼罗吃掉这只兔子。他先狠狠地臭骂了自己一顿，骂自己心术不正，骂自己假正经。骂完了，却为自己的行为找了一个堂而皇之的理由：还不是为了另一个可怜的生命？他对自己说即使那个被吃掉的兔子觉得冤屈，告到阎王爷那里，阎王爷要惩罚他，将他打入十八层地狱，他仍旧要这么做。他答应过李寡妇，他曾对她说过他一辈子都不会让儿子受委屈，眼下不正是兑现这种诺言的时刻吗？在这样的时刻，即使做了缺德事也顾不得那么多了。

他在这件事上表现出的坚定不移，或者正是因了那个绣着喇叭花的烟袋。

早晨起来，他又翻来覆去地看起那个绣花烟袋。他打算将它以及它酿造的那种久远的记忆彻底封存起来。他觉得自己不再需要这种记忆了。他这么想的时候突然就生出了连自己都说不清楚的负罪感。单眼罗变成现在这个样子，到底怪谁？难道是他没有管好？这个问题纠缠了他许多年。后来，他慢慢明白了，他将自己对女人的爱挪移到了孩子身上，这本没有错，错就错在他在这种情感里添加了过多的溺爱和迁就，以为那样做才对得起李寡妇，结果却适得其反。单眼罗不光看不起他，凌辱他，而且养成了霸道、尖钻、刻薄和不讲理的习惯。当他认识到自己的错，已经迟了，他再也没有能力约束儿子了。他现在唯一的想法就是让自己扭曲的灵魂复位，让自己面对千人万人内心不再发虚。

他在那个一次都没有用过的烟袋里装了旱烟，将它撑得鼓鼓的，然后让烟锅嘴儿伸进去，来回搅着装烟。装完了，拿出火柴点燃，一口一口地抽。他一连抽了四五锅，嘴都抽苦了，抽木了，才从炕上下来，"扑通"一声跪在地上，划了根火柴，将漂亮的烟袋连里面的旱烟一起点燃。他这样做究竟意味着什么？他没有多想，他只觉得所有的情所有的义都到了应该结束的时候，任何勉强都没有实际意义了。

他做完了这件事，不但没有觉出轻松，相反头颅沉重得都有点举不起来。他想起了被他换下来的王多劳，怪过意不去的，就一步半步地向王家堡挪去。到了王多劳的家，门半掩着，他推门进去，王多劳不在，只有谷子一个人在家。他问谷子，谷子说她公公去自留地里锄玉米了。

罗根有出了大门，隔壁铁算家的狗对着他狂吠了两声，凶凶地冲上来，差点咬住他的一条腿。铁算的老婆花二秀躲在门后看，认出了罗根有。那不是动不动就抹着眼泪，说自己八颗玉米吃了七天的贫协主任吗？她讨厌这个嘴里没有一句真话、虚虚假假的老头，狗叫的时候，她没有上前，她甚至觉得这个糟老头本来就应该遭狗咬。也就在这个当儿，王多劳锄完了地慢慢悠悠地往家走，见了，将锄头抢了一下，狗扭头看了王多劳一眼，从一旁溜走了。

王多劳没有与罗根有答话。他知道是罗根有来了却假装没有看见，冷漠地在鞋底

上磕了磕烟锅,将头扭到一边,向前继续走自己的路。罗根有赶上去,叫了声"老哥",王多劳没有理,他又叫了一声,王多劳仍旧没有理。罗根有狠劲在自己脸上扇了一把,说:"老哥呀,你也知道,咱活的不是咱自个的人,我从来都没想把你顶下来,可我没有法子呀。我来就是给你赔不是的,你爱听也罢,不爱听也罢,我都不会怪你。我想让你知道,我罗根有不是见好处都要沾的人……"

罗根有的话王多劳听见了,在心里骂:"狂什么,我现在的日子就是你以后的落头,到时不走死胡同也得跌到阴沟里去!"王多劳继续往前走,没想停下来,"你罗根有运气来了,你做你的贫协主任,谁也没挡着,可给我留点面子总该可以吧,咋就那么绝呢,不依不饶的,竟在群众大会上损我,说我倚老卖老,私下里捣乱,给你儿子下巴底下支砖,可今儿个跑过来干啥?想讨好?没那么便宜的事!"

王多劳在心里嘟囔着,只管一步一步往前走。罗根有没趣地在远处站了站,说了句"我得回去了",便沿着村西头一条水渠一摇一晃地消失在树林里。

十一

罗根有坐在主席台上向下一望，吃了一惊。台下人头攒动，黑压压一片，少说也有上千人。他将凳子向后挪了挪，做出一个若无其事的样子。他这时候内心很复杂。自从他当了贫协主任，那种轰动一时的忆苦思甜报告会却凉了下来，几乎多半年都没有开了，罗根有知道是什么原因，就对儿子说，啥事都应该有始有终，再开一次吧，就算是演完了戏最后的谢幕，今后也就不再往那事上想了。单眼罗想想也对，就答应了。

罗根有干咳了两声，没等大队的什么人为他做开场白，站起来向纸喇叭做的扩音器前挪了挪，未开言眼泪先潸潸地流下来。台下的人顿时窃窃私语，说："看万恶的旧社会将罗老汉折磨的，都做了几十场报告了仍那么悲伤，让人一看见心里就难受。"也有人说："要不人家咋能当贫协主任哩，真也罢假也罢，全都是练出来的，那才叫真功夫呢！"他听不见他们的议论，一把一把抹眼泪，抹了一阵，说话了：

"村里的老少爷儿们都清楚我解放前那点事，我就是个驮枣儿的，拿着本钱，去一趟郴州，驮回枣儿，再拿到街上卖，就是这么回事。要说这种活，比一年四季给地主扛长工轻松多了，饭也能吃个半饱。扳着指头算当贫协主任我还不够资格……可人一旦有了那种想当的念想，就挡不住了，还编出一个八颗玉米吃七天的故事，是个大笑话呀。其实，大伙心里明得跟镜子似的，根本不是那么回事……大伙给我脸，抬举我，没有把我干晾在一边，我谢大家了……我对不起大家，也对不起我自个，今儿个我将这事说清楚……八颗玉米，别说吃七天，连两天都撑不下来呀……你们说，我老了老了咋就糊涂了呢……"

台下本来就坐着几个不安分的人，见会议开着开着出了岔子，故意起哄："我们大伙都知道是咋回事，闹着玩呗，只要挣工分，不会有人说啥，你说你的，怎么说都行。"这句话让罗根有听着别扭。看来，大家从一开始认的就是工分，而不是他这个人以及被放大了的那八粒玉米。他终于弄清楚了自己充当的角色，羞得恨不得自己将自己扇几个嘴巴。他狠狠地捶了一下脑袋，"唉"了一声，眼泪又一股一股地涌出来。

单眼罗在一旁急了，在心里骂道："这老东西简直疯了！不是想风光吗？给了机

会,却要拿了七分颜色染大红。"他急忙跑上台去,将罗根有推到一边,自己扯着嗓门喊:"社员同志们,大家不要乱,今天的会议是一个意外,罗根有同志听说要给这么多人作报告,一时激动,多喝了两盅,醉了,我们还是让他下台休息吧,会议改在另外的时间进行。"一句话刚落,台下更乱,有人高着喉咙问单眼罗:"那工分呢?"单眼罗此刻已顾不得别的,随口说:"照记。"

单眼罗这么一说,台下那么多人"哗"地一下全散了。

罗根有还有一句话想说,却没有说成,心里留着一个大大的遗憾。他原本打算好好倒一倒这些年淤在胸口的苦水,让社员们听听,虽然解放那么多年了,他罗根有却依然过着水深火热的日子!他神情沮丧,一直铁青着脸,像脑袋上刚刚挨了无数下鞋底子。他跟踉跄跄向前挪,想很快回到胡杨店去。一抬脚,却撞着了胡子刘。胡子刘一把将他拉住,说:"饭准备好了,吃了再走。"胡子刘知道罗根有是单眼罗的爹,殷勤也就来得恰到好处。

罗根有被胡子刘一阻拦,也就跟随着来到大队的官灶上。此时,锅里的馒头刚刚蒸熟,笼盖打开,一股热气腾空而起,将个临时窝棚弄得云遮雾绕。灶台上放了一个大盆,盆里盛的是虽然不怎么肥却又来之不易的猪肉。据说这头刚刚屠宰了的小猪是从柳树村调运过来的,来时嘴尖腰细,毛长体小,看上去不像是猪,倒像一只小刺猬。柳树村的人说已养了一年半了,不但不长,反而越养越小,怀疑怕是得了什么病了。看见这头猪的人开玩笑,说有景,用笼子装起来,运到河湾镇去,说不定满街的人会当怪物参观呢。于是有人就拿一头猪说事了:猪也是生命,不给吃料,拿点烂树叶哄它,能长成这样就不错了。

这样一头小猪给予西坡大队的热烈场面,在十一个生产队的任何地方都不多见,因此,引来了许多看热闹的人。

胡子刘在人堆里欲进非进地走了几步,转身,客气地将罗根有让到前面。罗根有也就向前走了。他对围在门口的人点着头,那些人便让出了一条路,让罗根有先进,而他们则像门迎一般站在两旁。

罗根有没有谦让,笑了笑,有点天经地义地迈了进去。

他蹒跚着走到锅台旁,端起炊事员盛好的半碗白菜、外加一勺肉的黑老碗,从笼里一把抓了四个馒头,将房门向后推了一把,蹲下,靠着门板吃起来。大灶上的馍里夹杂了包谷面,发酵得不怎么开,硬硬的,像砖头块。罗根有以往吃两个,今天却拿了四个。他的吃相看上去很贪婪。

胡子刘见了,心里暗暗发笑。村里的人都知道胡子刘是王家堡饭量最大的一个,都没有本事吃那么多,罗根有年过花甲,难道不要胃了?胡子刘只在心里淡淡地想了一下,却没有去劝,而是走向前,讨好地对炊事员说:"贫协主任胃口好,再加一勺肉。"

炊事员也知道罗根有是单眼罗的爹，却不敢违反规定，愣在一旁了。可待他刚一抬头，正好看见单眼罗盯着他，还以为单眼罗是嫌他没有听胡子刘的话，在责怪，赶紧端着个盛着肉的勺子，径直到了罗根有跟前，往碗里一扣，随即一双老鼠眼又向单眼罗脸上瞅去。单眼罗挖了他一眼，意思是不让他给养父加菜。炊事员没能理解，以为嫌少，又过去添了一些。

罗根有只管接，全没有拒绝的意思，也不去注意别人的脸色，眯着眼睛一句话不说地靠在门板上吃。过了一会儿，坐在砖头上的，站在院子里的，填饱了饥饿的肚子，也就来劲儿了，七嘴八舌地扯起了闲话。他们不聊地里的庄稼，不说山上的树木，而谈得最起劲的内容，仍旧是放开肚皮不要命的那种"吃"：

"前些年吃食堂，虽好，吃着吃着就空了，现在隔三岔五吃一顿，既解了馋，又不会吃空，是个好办法。"

"社员也在一旁馋哩，都有人在议论干部多吃多占了。"

"放屁！当干部多辛苦，别人天下雨躺在热炕上抱老婆，咱还得操心地里的庄稼渠里的水！"

"谁再胡说八道，就让他到批斗会上说去。"

……

罗根有没有听这帮人说话，仍在一旁蹲着，像头贪吃的猪，"吧嗒吧嗒"地啃。吃着吃着，他突然叫了一声，填在嘴里的馍屑"哗哗啦啦"往外淌，接着，双腿直直地向前一蹬，身子向上跃了一下，人便固不住地往下滑。胡子刘离罗根有不远，上前一把将他扶住，问咋啦。罗根有不答，只见他两手颤抖，指着胸脯，眼睛睁得老大老大，却全是眼白。嘴里的馍屑混杂着涌动的白沫继续往外淌，人也立刻软得像一根摇摆的柳枝。

单眼罗走了过来，对着罗根有没好气地骂了声没出息，上去搀扶，刚一摸到胳膊，发现不对劲，知道事情不好，赶紧招呼几个社员将人往公社卫生院里送。

送到半路上，罗根有已经不省人事，呕吐一毕，下身失禁，拉了一裤裆。罗根有拉出的粪便酸臭酸臭，抬他的四个人同时用手捂住了鼻子。鼻子老捂着，时间长了憋得慌，可等再次松开，那种臭就又扑过来，呛得他们难以忍受。走了一程，大家说死重死重的，得歇一歇。他们就将人放下，跑到路旁的渠边张着嘴大口大口地呼吸新鲜空气，吸足了，再憋着气一步半步往前走。一段不长的路程，他们整整走了两个多小时。

到了公社卫生院，几个大夫听说是西坡大队革委会主任的父亲，全都赶过来，七手八脚地检查，慌慌乱乱地使用各种需要使用的仪器。

然而已经晚了，罗根有的胃大面积出血，人很快就咽了气。这时候大夫方才发现，塞在罗根有嘴里、将口腔憋得鼓鼓囊囊的馍还没有全部取出来。馍将两腮撑得圆圆的，整个面孔像吹大了的皮球。大夫用镊子一点一点往外夹，夹一些就将面部挤压一下，等全部将馍屑取完，足足放了一大盘。医生惊讶，不敢相信罗根有的嘴里竟能填塞那么多的东西。

单眼罗有些慌了，从人堆里挤进去，伸着脖子愣了半晌，最终沮丧地转到门道里，冷冷地坐在卫生院的木制连椅上，一只眼睛在不大的眼眶里滴溜溜地转。他心里乱得一塌糊涂，脸上的表情也就阴得一塌糊涂。

罗根有的死其实是有征兆的。从当贫协主任的那一刻开始，还是更早一些？没有人观察得那么仔细，但带点诅咒的议论早就有了。先是王多劳，他在忙后犁闲地的时候就说："别看眼下跳得欢，说不定哪天阎王爷一咳嗽，尿就日了灯了。"王多劳没有提名道姓，但谁都知道是在说罗根有。再就是胡子刘，他虽与罗家父子不在一个村里住，可有事没事的总围着他们转，也就听到了罗根有一些带着危险信号的话语。比如"人是活心劲哩，没有心劲了，还不如死了的好""缺德的事做多了，阎王迟早都会一笔一笔清算"……胡子刘同时还发现，罗根有这段时间放开来猛吃猛喝，像是要把世间所有的饭菜一下子全都填进自己的肚子里。这就是兆头，这种兆头只有单眼罗熟视无睹。

人走如灯灭，罗根有的去世对于单眼罗不能说不是一个意外。不管单眼罗平时对罗根有怎么不好，但眼下好端端的一个大活人没有了，总不是一件高兴的事。他稳了稳自己的情绪，站起来向几个束手无策的社员挥了挥手，这些人马上就弄懂了他的意思，三下两下将尸体绑在门板上，抬起来就走。

单眼罗没有叫人将养父抬到胡杨店去，而是放在大队的会议室里。他对大队的其他几个干部说："罗根有同志虽然是我的父亲，但他却是在忆苦思甜报告会上悲痛至极而失去了生命，也算是以身殉职，得开追悼会。赶紧找人将他的事迹准备准备，把材料报到公社去。"

单眼罗这么一安排，材料就写出来了。材料中，罗根有是在作报告的过程中昏倒在舞台上的。写材料的人在这一段话前加了修饰：贫协主任罗根有同志讲到他将最后一颗玉米咽下去的时候，泪如泉涌，他高声呼喊了一句"打倒万恶的旧社会"，突然口吐鲜血，倒了下去。这都是吃人的旧社会要了老贫协的命呀！材料最后请求公社革委会认真研究，将罗根有同志追认为革命烈士。

公社收到西坡大队送过去的关于罗根有的事迹材料，觉得内容还算充实，事实也够典型，很感人。只是公社没有追认烈士的权力，得报到县里去。后来，公社革委会主任专门派秘书请示县里的主管部门，问需要不需要打个报告上去。县里答复不行，说是烈士的条件必须得在某项活动中舍己救人，然后壮烈牺牲，对忆苦思甜死在台上的没有作明文规定，因此不好审批。公社没办法，便研究出了一个折中的方案，干脆给罗根有授了一个模范贫协主任的称号。

召开大会那天,台下同样拥了好多人。

大会继续放在罗根有忆苦思甜的那个地方召开。罗根有一辈子没有照过相,也就没有遗像可挂,台子中间放了一块贴着白纸的门板,上面写着"罗根有同志永垂不朽"几个大字,字迹虽然歪歪扭扭,但需要的气氛还是出来了。

台下坐的依然是先前听罗根有忆苦思甜的那些人,只是这一回他们胸前多了一朵小白花,或别在衣襟上,或连在纽扣旁,端不端正正不正的,像是孩子们随便插在粪土上吓唬麻雀的一个个小纸旗。

人们似乎依然不把这种会议当回事,三个一簇两个一堆地靠在一起说话:

"这样的轻松事咱爱干,反正工分不少,整天开都不烦。"

"送葬是要管饭的,这是老祖宗留下的规矩,不知道给不给管?人都馋了。"

"哼,凭单眼罗那德行?"

"管尿它,别人能行咱也能行……"

大会由大队副主任王家奇临时主持,一名会说普通话的年轻后生念悼文。年轻后生模仿着广播喇叭里死了大人物之后念讣告的语气,一字一句,刚将罗根有的生平念了一半,一队人马敲锣打鼓地从西边的大路上向会场这边走来,虽然人数不多,看上去却十二分的庄重严肃。队伍前面的两个人并排行进,手捧披着一绺大红绸子的金色牌子,一走一顿,像训练有素的仪仗队,把上级的意图全都走了出来。后面跟的几个人,个个脚步稳健,气度不凡,一看就知道不是一般人。此刻,站在台下对着四面八方涌来的群众指手画脚的单眼罗听见锣鼓,扭脸瞅过去,认出是公社革委会副主任杨金贵,赶忙对着舞台上念悼文的年轻后生招手,意思是让他停一停。年轻后生低着头,没有看见,继续念他的稿子。单眼罗怕冷落了公社头儿,一个箭步跨到台上,将年轻后生手里的文稿抢过去,向着会场的一角努了努嘴。

这时,杨金贵他们已经近了,单眼罗赶紧带了大队几个干部迎上去,前呼后拥地将杨金贵请上舞台。杨金贵没有急着讲话,他先让人将那面送给罗根有的牌匾挂在主席台上方,又左左右右地对着上面的字瞅了一遍,见没有什么不合适,方才站在舞台一边,向台下的人挥了挥手,念了关于向罗根有学习的决定。然后借用《纪念白求恩》里的一句话,高声说:"这是什么精神?这是国际主义的精神,这是共产主义的精神……"杨金贵讲完话,回到自己的座位上。接下来,年轻后生就又重复起那段悼文。会场这么一拉扯,整个秩序全乱了,以致在会议的最后,站在台子两边的一男一女竟将准备好了的几句口号忘得干干净净。

单眼罗将这桩事情办下来,如释重负地嘘了一口气。他回到大队那间办公室里,里外看了看,欲喝一杯热水,壶却是空的。他重重地将壶摔在桌上,一个人坐了片刻,又在那张门板支起的大木床上躺了躺,浑身冷飕飕的,像浇了凉水。他蓦地从床上爬起来，出了门往家走去。

　　大队离胡杨店不远，过一条沟就到了，最多需要十几分钟时间。然而他今天却走得很慢。到家的时候，西边的太阳已被夜幕扫荡得余光全无，变得暗淡了。他推门进去，一股冷气迎面扑来，像有根锋利的锥子在刺他的脑门。他定了定神，发现住了三十多年的院子突然陌生了，像是走进一个恐怖冷漠的冰窟。他站在远处没有动，逡巡着将院子里的树木砖块石条土坯略略瞅了一遍，目光最终落在屋檐下挂着的一排农具上。那是罗根有用过的农具，是罗根有将它们擦得锃亮了挂在那里的，可它们或者从此就要生锈了，锈得与黑乎乎的墙面没有区别了。

　　单眼罗看着看着打了一个冷战。尽管气候才刚刚到了秋上。

十二

  王家堡跟别的小队一样,被一种郁闷而沉重的气氛笼罩着,人们内心积淤的哀怨也就从嘴边跌下来:"苦日子咋就没个头呢?老天爷不长眼呀!"乡下人不懂多少活人的大道理,但能从一件件不如意的事情和一个个稀奇古怪的现象中体会出熬煎,体会出了却又不敢直说,仅用了一个含混不清的代名词:"简直是闹鬼了!"
  "闹鬼"这个词越来越成了人们对苦日子的概括。
  村里人一到这时候,总习惯性地从以前开始述说:王南原活得好好的说死就死了;牛在地里走,说跌就跌到了城壕里;牛肉是煮在锅里的,说没有马上就没了;前两天,罗根有好端端的,吃着饭竟咽了气……奇事怪事一个接着一个,能说没有鬼?
  人们的恐慌与提心吊胆连在一起,神情就恍惚了,不大自然了。许多人看人开始用起余光,看完了快快地收回来,仿佛目光里都会埋了陷阱,一不小心,跌进去就再也上不来了。年岁大的,抽着浓浓的旱烟叶子,凑在一起叹息,说现在的王家堡实在不像以前的王家堡,以前这里可是个了不得的地方,大明的时候就出过宰相,到了清朝,举人少说也有三四个,眼下成了这么个样子,不是鬼怪闹的,还能拿什么去解释?话外之意,虽没有人细究,却人人心领神会。
  向北这几天没着没落的,出了门就听见大家的议论。他平日里直来直去,东家长西家短的事从来都进不了他的耳朵,他这时候却也掺和上了。他担心的已不再是自己,而是村里的事情村里的人。胡子刘当了多半年队长,地里的庄稼就不像庄稼的样子了,就说麦子吧,这里一根,那里一枝,穗儿小得像蝇子头。早包谷虽然出了苗,可黄兮兮的,宛若得了病的孩子。这都是土肥不足的原因,谁管呢?胡子刘整天跑得连人影都见不着,哪里会操这个心?再说单眼罗吧,不知道哪根筋有毛病,总看着向北不顺眼,只要开会,常会点着名训斥他,说他阶级斗争观念不强,顺着资产阶级反动路线走了一程,现在走不成了,仍不死心,时刻都想反攻倒算。向北知道单眼罗说的资产阶级反动路线是指王南原,这些,他都能忍受,唯独一样事让他放心不下,不知道究竟该怎么处理才好:单眼罗一直打谷子的主意,一个羸弱妇人,紧要关头怎么对付得了膀大腰

圆的坏男子？向北越是担心越觉得自己不能袖手旁观，说不定什么时候一斜脚就到了谷子家的院墙外面。

苏大脚这几天正为自家的事熬煎，时常会自言自语地骂："该给谁烧香呢？该拿啥去送瘟神呢？老天爷呀！"王二拐听出来了，知道她在骂谁，带点埋怨地说："你不是有驱鬼的本事吗？咋不知道站出来使使法？"苏大脚没好气："他们也别得意，我迟早会想办法驱驱村里的邪气。"王二拐摇摇头："算了吧，你一个妇道人家，管那么多麻缠事干啥？"苏大脚不愿意了："我可以忍，可孩子们呢？天助在砖窑上受欺负，你看着心里好受？地保呢，他那么小，却要像大人一样干活，你不管，我还心疼呢！"苏大脚说着，流出了眼泪。王二拐见她伤心了，打住，一个人一瘸一拐地到了院里。

这时，苏大脚的大儿子天助进了屋，满脸沮丧地对苏大脚说："大队已给我下了通知，不再让我在窑上干了，我在大队的砖场干了七八年，说回队就回来了，我的脸往哪里搁！"苏大脚一听，晃了晃身子，差点歪在墙上："天啦，这死不下的鬼东西还是抓住咱们了，天杀的瘟神呀！"

天助在一旁也亢奋起来，说："娘，你不要管，我现在就去同那狗日的拼命，我就不信他能一手遮天！"天助说的是单眼罗。

苏大脚摆摆手，说："孩子，胳膊拧不过大腿，你耕田叔就是活生生的例子，他的脾气那么倔，还不让人家给整蔫巴了……"

天助没有听母亲的劝告，从屋檐下拿了一把锄头，就要撵到大队去。

天助刚一出门，没想到迎面碰上了背着手从村东转过来的单眼罗，天助满腔的怒火向着喉咙眼里涌了一下，头发丝儿也跟着竖了起来。他满以为单眼罗面对他这样的态度，一定会恶着眼睛劈头盖脸地臭骂他一顿，然后想个歪点子整治他。然而，单眼罗却并没有发作，单眼罗出乎意料地摆出一个很大度的样子，晃着笨拙的脑袋，嘴边露出一丝硬硬的微笑。这是天助没有想到的意外，在他记忆中，单眼罗除了公社干部和死去的王南原，很少对人笑，更别说面对的是被他从砖窑上赶回去的天助。

天助愣了一下，怒不可遏的神情顷刻变成了恐惧。

他由不得自己打了一个冷战，身子也跟着软塌塌的，像突然抽掉了骨头。他手忙脚乱地做了一个掩饰的动作，将锄头抢到肩上，摆出个要下地的架势。

他的掩饰是做给单眼罗看的？显然不是那回事儿，可南辕北辙式的效果还是莫名其妙地出现了，这让他非常懊恼。他甚至觉得自己太没有骨气，太不像个男子汉。后来，单眼罗走了。他却傻了一般瞅着单眼罗的背影，一屁股坐在草丛里。他突然意识到，自己的魂儿却原来早被单眼罗攫了去，留给他的除了一个空空的躯壳，就是像风一样只会飘荡，不会站立的妥协和懦弱。

天助在草地上坐了一会儿，将目光又一次投到单眼罗的背影上。他恨死单眼罗了,恨得多次在睡梦里将单眼罗击倒在地——他用了一根粗粗的木棍,手起棍落,单眼罗就不得不跌在地上,或倒在泥潭里。梦醒,他常常失望,他知道自己根本没有那样的勇气。

他自卑极了,沮丧地蹲下身去,自虐般地掐住自己身上的一块肉,眼看着那地方一点点红肿起来。

单眼罗抛下天助向西一直走去,走到谷子家门口停了下来,转身向后看了看,径直到了谷子家的院子里。谷子没有下地,是胡子刘将这一消息通报给单眼罗的。谷子究竟为什么没有下地,胡子刘说是病了,单眼罗不信,估摸着一定是受不了累而找的借口——胡子刘一直给谷子重活干,这一点村里的人全都看在眼里,单眼罗不可能不知道。单眼罗一想这是个极好的机会,就撇下大队的事,快快地赶到了王家堡。

谷子的公公王多劳不在,单眼罗因此也就胆正气盛。他没有像往常一样去敲谷子的门,只是向屋内探了探头,便挤了进去。他进屋一眼就看见侧身躺在炕上的谷子,心里顿时涌出了一阵痒,浑身紧绷绷的,像瞬间吃了一口炸药,有种欲爆欲裂的感觉。他张开手臂,蹑手蹑脚地挨过去。

"我是从天上来的,玉皇大帝派我下来救苦救难,小鬼快快躲开,不然就将你们打入十八层地狱,让你们永世不得翻身!"

谷子并没有动。单眼罗的出现她不可能知道,嘴里却突然冒出了这么一句话,吓得单眼罗都快没了魂儿。看来,神仙附了谷子身体的传言并不是人们凭空捏造,起码让他信了,而且信得有那么点心惊胆战。

单眼罗的汗珠从两颊滚下来。他嗲的一声蹲坐在地上,顷刻手脚都不大听使唤了。

单眼罗转身欲逃,发现刚才一个坐蹲,脊梁挨着了王南原的灵位,恐惧就又增加了几分。他双手合十,上下摇了摇,斜着身子急急奔出来。谁知出了门竟被一块半截砖头挡了一下,差点栽一个跟头。他的耳边一直响着谷子说的那些话,眼睛里却是王南原那张铁青的面孔。他没有敢在谷子家的大院里停留,提了提掉了的鞋子,拔腿跑了出来。他一直跑到村边无人的树丛里,才放开胆子擦了一把汗。

其实,在单眼罗进屋的那段时间,谷子并没有觉察,她在发高烧,神志不清,什么也不知道。后来知道了,就更明白了苏大脚贴在她耳朵门上所说的那些话的用意。苏大脚是要她用另一种不合常理的方式,拿出点让人们震撼的威力治一治村里的"鬼",以搭救自己,也搭救村里别的人。

那天谷子一时接受不了,说:"我根本没有那个能耐,南原生前得罪了那么多人,人家还想找我报仇呢,我怎么好反过来治别人。"苏大脚说:"不对,你借的是神的力量,神为你撑腰,你怕谁!"苏大脚蛮有把握地鼓动着谷子:"我年轻的时候就想当'角儿',

想做个神的弟子,可修炼不够,与神还是隔了一道沟,跨不过去呀。你不一样,一闭上眼睛就来了,可不能放走了这么好的机会。"谷子摇摇头,说:"是气的,我从小一气就会那样。"苏大脚不让她那么讲,挤眉弄眼了半天,告诉谷子不可乱言,得想好了再说。谷子蹙了蹙眉,没想出别的,又摇了摇头。苏大脚将嘴一瘪,说:"唉,我说你呀,咋就那么不开窍? 你再想想!"苏大脚见谷子不答应,干脆伏在谷子的耳旁直接说出了窝在她心里好久的话。

谷子琢磨了一阵,觉得苏大脚的话多少有那么点道理。就说单眼罗吧,这段日子没有少纠缠她,几乎隔三岔五会将她堵在家门口或者散工的路上,不是拉拉扯扯,就是用污秽不堪的话语挑逗她,侮辱她。而远远看见的人却不敢近前,也没有人愿意过来帮忙。可自从苏大脚将一顶"神冠"戴在她头上,单眼罗就有顾忌了,不敢明目张胆地来找麻烦了。更奇怪的是,有几次单眼罗看见她,竟远远地绕道而去。

谷子心里清楚,什么神呀鬼呀的,压根与她无缘。但发生在自己身上的颤抖所引起的哗然,却给了她一个启示:为了保护自己,同时为村里的人尽点微薄之力,借一借"神"的威力又有什么妨碍呢?

苏大脚诚恳的态度感动了谷子。这段时间,谷子一有空就到附近邻村去,找那几个她以前从来都没有交往过的姐妹。她们都是王南原曾经祸害过的女人,只因与王南原有过那种事,名声一下子跌进了深谷,年龄相仿、条件较优的男人们也就不大愿意娶她们了。她们最终变成了别人挑三拣四的女人,有的嫁给了比自己年龄长几十岁的老光棍,过着极其艰难的日子;有的被夫家抛弃,一个人孤孤单单地住在城壕边上的破窑洞里。谷子知道了她们的事情后,流了不少眼泪,她立誓要将她们帮到底。她听了苏大脚的话,心里一亮,觉得或者这正是一条她愿意走的路,就答应试一试。这让苏大脚忍不住流下了眼泪。

谷子是个软心肠的女人,见苏大脚哭了,自己也跟着抽泣。

这是两月前发生在苏大脚与谷子之间的事。

现在谷子想起来,心里依然忐忑不安。她躺在炕上所说的那些梦话又一次起了作用——屋里只有她,单眼罗却没有敢放肆,如果说这是神的力量,那不也算一种自救吗? 再说,她有她要做的事情,有她需要照顾的人,有她放不下的牵挂,这是她下了决心要实现的愿望,她不希望半道里终止。

谷子在炕上躺了几天,终于觉得有了点气力,就坐起来,径直去了苏大脚家,想让苏大脚同她一起出去散散心。

进门,苏大脚正坐在院子的石头上一边纳鞋底,一边为儿子天助的事发愁。孩子还没有娶亲,说啥也不能再拖了。以前在大队砖场干着,名望好,媳妇的事或者要好解决一些，现在回到队里，谁还能看上他这么个老实疙瘩？苏大脚心烦，本来也想到外面去走走，听谷子这么一说，也就答应了。

下午，太阳一杆高时，她们结伴出了王家堡。她们走了一阵，刚要跨过水渠，到对面堤埂上去，迎面却走来了向北。向北没有要跟她俩打招呼的意思，神情有些惶恐，走几步就向后面看一眼。

苏大脚上前拦住了他，开玩笑说："鬼勾你的魂呀？这么火烧火燎的。"向北没注意对面走来的人，差点踩着苏大脚的脚。他赶紧止步，机械地向后一倾，说："再别提了，喝凉水都硌牙，没法说呀。"苏大脚蹙了蹙眉，问："出啥事了？"向北不说，向北向右跨了一步，准备快快地离开。

谷子奇怪，向北平时还算稳重，没有原因，不可能闷头闷脑地傻撞。谷子没有去追问，她脑子里想的是别的事。

也就在这时候，远处跑过来一群年轻人，有男有女，个个手里拿了语录本，边走边比画，眼看就冲到谷子她们跟前。苏大脚拽了一下谷子的衣袖让谷子看。谷子突然就将这些人与向北的慌张逃窜联系到了一起，于是紧走几步，到了向北跟前，推了他一把，意思是让他躲到包谷地里去。向北摇了摇头，双手捂着脸，蹲坐在地上。

"闯祸了？"苏大脚这时也意识到事情的不妙，随口问了一句。其实不用问，一个人在前面跑，一群人在后面追，不是闯祸，不可能出现这样的阵势。

向北见苏大脚一定要问个明白，呜呜地哭，说："没啥吃，折了队里几根高粱穗儿……要知道这样，就是饿死也不会伸手。"向北哭着在自己脸上扇了一把，失去理智地摇着头。

向北折生产队高粱的事本来没有人知道，刚折完的那天，他在去大队供销社买煤油的路上碰到了单眼罗。向北刚一抬头就发现单眼罗看他的眼神不大对劲。以往，单眼罗见了他不是横眉冷对，就是说些不三不四的话挖苦他，眼下却只用眼睛盯，盯得他浑身麻麻的，像爬满了毛毛虫。向北不怕任何难听的漫骂和侮辱，就怕不动声色的算计，这就好比，前者是对着墙壁抛石头，砸着砸不着的，一目了然，而后者倒像什么怪物钻进人腹中攫心肝，一下子能将五脏六腑搅得乱七八糟。他经不起这种贼眼审视，怕得手脚都没了搁的地方。

"做什么坏事了就自己说，省得揭在你面前不好看！"单眼罗的态度非常严厉，一开口就没有给向北留余地。

向北听罢单眼罗的话心乱了，这不明摆着吗？单眼罗如果不知道他折生产队高粱，怎么能将话说得这么肯定？是谁给单眼罗汇报了？向北刚一想，就有答案了，那天他将折来的高粱藏在衣服下面，本来很瘦的胸脯鼓起了一个包，走到涝池边上，被王多劳碰上了，王多劳好奇，凑过来问："吃啥好东西了？忽然胖了一圈，莫不是偷着吃耗子

肉了？"王多劳心不在焉地说着，眼睛却像一双钩子，使劲钩着往他衣服下面看。这么说来，单眼罗的态度绝不是没有根据，肯定是王多劳告了密！对，不会有别的人，他出了高粱地唯一见到的就是王多劳。

他胡乱猜测着，却不知道单眼罗是在诈他。

他结结巴巴，连一句简单话都说不到一起："没……真没……有……"单眼罗摆摆手，说："算了算了，今天不说了，毛主席教导我们，敌人再狡猾，也逃不过好猎手。事情有事情在，你明天再来找我。"向北也学习过毛主席语录，好像毛主席他老人家没有说过那样的话，又不好问，也就算了。可他想问另外一个问题：他的事情为什么不让现在说，非得要拖到明天？还没有等向北想好怎么表达自己的意思，单眼罗已经走了，而且脚步果断，简直就像给他的事情做出了肯定的结论。

向北回到村上，将单眼罗问他的那件事向王家堡小队会计铁算说了一遍，铁算狡黠地一笑，问："你到底偷了没偷？"向北本想如实告诉铁算，迟疑了一下，却将要说的话咽了回去。向北是个老实人，说了谎，马上就表现出了不自在，颠三倒四的，嘴像被藤蔓缠住了一般。铁算哈哈大笑，说："行了行了，我又不是那些王八蛋，追问你那么多干啥？但我得告诉你，即使有事儿，也不能说，说了就等于自己往火坑里跳，别傻乎乎的！"向北想想也是，第二天，就去了大队，找到单眼罗，说自己什么事也没做，老天可以作证。说完，就要离开，却被单眼罗叫住了。

单眼罗早窥出向北心里有鬼，只是不知道向北隐瞒了什么，扭着头盯看了向北一阵，突然问："你能让民兵搜一搜你的家吗？"向北听说要搜家，急了。一搜，藏在灶房案板底下的那几穗高粱不就被搜了出来？他小声辩解了一下，老老实实地蹲在一旁不吭声了。这就更让单眼罗觉得不正常。单眼罗不再与向北磨牙，向门外喊了一声，一位毛手毛脚的小伙跑了进来。单眼罗向小伙子布置了一番，小伙很快从外面集结了一帮男女，欲跟在向北身后去看个究竟。向北知道坏事了，出了门低着头在前面快快地走，民兵们紧随其后，弄得向北像热锅上的蚂蚁，好赖想不出个逃生的办法。

谷子并不知道发生在向北身上的事，但她知道向北是一个好人，这个评价王南原在世时谷子就已经有了。墙倒众人推，后来谷子家里发生了变故，许多人欺负她，但向北没有，向北虽帮不了谷子什么忙，却从不去坏她的事，这一点谷子一直都记在心里。一定得救向北，这是谷子这时候唯一的念头。她看了看向北，又看了看很快到了跟前的十几个年轻人，眼睛向天上翻了一下，马上出现了一种前所未有的神态。她先是两只手颤起来，接着浑身也抖个不停：

"噢嘘……这里有一条宽宽的河，也有一架深深的沟，没有领得神的通行证，若要向前迈一步，不是腿断，就是臂折。噢嘘……向北你走吧，没有你的事，这是你前世的造化，不过还愿是少不了的，记住，到了明年忙后，去五里外的十字路口烧一匹纸马，一只纸羊,事情也就完了。噢嘘……"

谷子突然从嘴里蹦出的话,让站在她身边的苏大脚震惊,苏大脚欲说点什么,马上又终止了,她看着谷子,顿时毕恭毕敬。

西坡大队几乎人人听说过单眼罗被神惩罚的事,也隐约知道好几次惩罚好像都是通过谷子施展出来的,但在这之前,或者只能叫传说,可今天十几个民兵亲眼看到了,平时那种如狼如虎的劲儿也就没有了。他们止住了脚步,眼看着向北走远,却没有一个人敢追。他们簇成一堆,低着头,唯恐做了神的谷子抓住自己。

这时苏大脚在一旁说话了。苏大脚先向谷子作了个揖,然后跪下,对着谷子念念有词,然后再站起来,放大了声音说:"就饶了这些不懂事的孩子吧,我会替他们还愿的。"苏大脚说完这句话,扭过头去,对着那十几个人喝道:"还不快走?等着遭报应是不是?"那十几个人听了苏大脚的话,拔腿就跑,瞬间逃得无影无踪。

待十几个人走远,谷子才喘着气停下来。她脸上的表情并不好看,有恐惧,也有说不清楚的忐忑和后怕。苏大脚则不同,她放开嗓子哈哈大笑,笑完了,也不再往这事上扯,仅说了一句:走!

谷子的举动为向北赢得了时间,向北回到家,将几穗高粱扔到了枯井里,心才慢慢地平稳下来。

十三

谷子下狠心要抛丢心里的烦事恼事,其实与她的一次巧遇有关。她碰到了一个人,一个她十几年都不曾忘记的人。

那天谷子去坳地里锄玉米。

她在板结的硬土上挖了一上午,浑身骨头都快要散架了。王南原活着的时候,别说让她干这种吃力活,就是让她陪着别人在太阳地里待一晌都不大可能。没有人敢使那个胆子。王南原这棵大树即使到了后来慢慢枯萎,依然庇护着她。这一切全都来得不知不觉。当她最终意识到了某种不由自主的改变,已经晚了,王南原那块招牌还是害了她,以前稀里糊涂赚来的便宜,这阵子终于变成了别人的报复垒在她的头上,她已感觉到了浑身的沉重。

她就这么一路想着伤心的事,一步一步向家里走。

她在迷惘中听见有人唤她的名字。这呼唤是温柔的,带着几分腾跃和跌宕,听见了心都会跟着跳那么一下。但她很快平静下来,下意识地将瞬间出现的感觉推开。她连想都没想应该会是怎么回事。在她看来,这种呼唤随着丈夫的死已经死去,不可能再出现在她的耳边。

她没有理睬,继续走自己的路,还没走出两步,又听到了一声。这声音与刚刚那一声似乎已有了本质的不同,顷刻间让她找回了很久以前的记忆。她激动了,兴奋了。她忘掉了疲劳,从身体到意识振奋了一下,抬头看时,真是她娘家村里的山河。他们曾经是要好的朋友。

谷子记得,小的时候,他们常去河边玩,玩起来就忘记了回家吃饭。到了傍晚,倘若家里人不去找,他们绝不会停下来。他们玩的花样很多,最常见的是蹲在土堆旁捏泥人泥马,捏好了摆成一排,比谁捏的泥人俊俏,比谁捏的泥马背宽腰圆,一比就将谷子比下去了。为这事谷子哭过鼻子,谷子一闹,山河就将自己的泥人泥马全堆到谷子面前,让她随便挑随便选。谷子经山河一哄,就不哭了,真的在山河的泥人泥马堆里拿几个,然后嘻嘻地笑。

接下来,他们会纠集一群孩子凑在一起过家家,仿照村上的习俗,以蒿草为材料,立木盖房;以碎砖破瓦为机具,支锅搭灶,然后从结婚的那个环节开始,认认真真模仿。他们先折两根树枝,分别由四个小孩用肩膀各扛着枝条的一头,花轿就算做成了。然后去倒垂的柳树上采些柳絮,系在"新娘"头上,让花轿上下忽悠忽悠地闪起来。谷子最喜欢充当新娘,谷子当了新娘就让山河当她的男人。山河有些害羞,躲躲闪闪,让谷子村西村东追赶,追到了,谷子就假装生气地在山河胸前抡拳头……

谷子见了山河,少年时期一桩桩往事全涌到了眼前。她傻呆呆站着,像是身旁的时间也定住了,人也就成了凝固了的雕像。她对着山河瞅了半天,看了半天,眼泪在眼眶里闪起来。是激动,是委屈?说不清楚。是渴望,是埋怨?同样说不清楚。

从年龄的变化到情感的转移,眼前的山河都不再像以前的山河。他的脸庞微微泛黑,眼睛也没有小时候那么有神,两只手变得粗大,肩膀很随意地低垂下来。

在谷子的心目中,山河是另外一个样子,一个让她见了就能心潮澎湃的样子。而站在谷子面前的山河却让她感到陌生。她赶忙上前,说:"好久没见,咋在这里碰到了你?"她一时找不到合适的话语,一紧张,将问候的话说得有点外气。

山河有几分窘迫,勾着头强笑一下,说:"去给人打家具了,准备回去。"山河说着,故意将肩上背的工具耸了耸。谷子这才发现山河身上沉重的行囊,便帮他卸下来,放在旁边的一棵大树下,然后用疑惑的目光看着他。

谷子很想知道,山河原本不会木工,咋给人打起家具了?可又一想不对,她出嫁都快十年了,山河在这十年里究竟干了点啥,她不可能知道得一清二楚,也就没有问。然而,谷子还是想起往事了,十多年前,正因为山河没有手艺,才造成了他们难以结合,各走一方的结局,这是谷子一直都觉得遗憾的一件事。

那年,有人跑到谷子家提亲,提亲人所说的男人正是山河。

当时山河已长成了大小伙。在乡下,男女间的羞涩,从十五六岁就已开始,虽然他们同在一村,却不大好意思光明正大地见面。他们只能在下地干活之余,远远地盯着对方看。那时谷子心里就已经有了山河,山河皮肤白,说话慢声慢气,既稳重,又老实,用村里人的话说,让他干啥事都不会出了差错!谷子打心眼里喜欢。后来,随着时间的推移,他们彼此有了好感,有了某种说不明白的激情感应,竟在每天晚饭后,忘记了疲劳,各自站在自家门口,盼着另一方的出现。当然,这种窥看总是有由头的,比如先看树上的秋蝉,然后再将头扭过去。慢慢地,在谷子眼里,山河成了她认识的男人中最优秀的一个。她在梦里好多次都重复着小时候过家家的情景,地点好像还是那个长着枣子刺的土丘背后,可不同的是,在热热闹闹的气氛中,山河每次都紧紧地抱着她,抱得她的脸滚烫滚烫,抱得她的心都快要蹦了出来……没想到梦想成真,竟有人这么快就到家里来提亲了。

  去谷子家提亲的是米兰大婶,她刚一进头门就扯着嗓子嚷:"谷子她爹,你真是上辈子积了德,有福哟,天大的好事我给你送到家里来了。"谷子爹正在后院的土墙上晒旱烟,见来人了,站起来,向前院走去:"啥好事?我这一辈子还没遇过好事哩,你说说,看能不能让我高兴高兴?"米兰喷喷喷地将嘴唇磕了几下,将山河他娘要她来提亲的事说了一遍,说完跷着拇指加了一句:"这可是百里挑一的娃,千万不能错过了。"

  谷子爹是看着山河长大的。山河自小懂事,人又长得精干,一米七五的个子,走路抬头挺胸,模样儿英俊,加上平时从不惹是生非,腼腆、勤快,在谷子爹的眼里,确实是个不错的小伙子。可谷子爹却最终摇了头:山河就知道在队里吃蛮力,别的啥活都不会干,又没有一门手艺,这样的男人吃苦一辈子,到头来仍旧缺衣少食,拿啥让自己的女人享福?他不愿谷子跟这样的男人去受罪。当然,也有另外一个原因,那就是谷子长得太出众,谷子爹将她看成了摇钱树,他要用她换点家里需要的东西。

  谷子知道了这件事,气得躲在房里几天不出门。父亲劝解说,他这么做全都是为了女儿好,哪有亲生父亲不为女儿着想的?谷子不好直接说非山河不嫁的话,又想不出更好的办法应对,只能一天天地憋着一肚子闷气往下推。而山河这边呢,听说谷子爹拒绝了他,急了,瞅了一个散工后的傍晚,大着胆子将谷子截在大槐树下。山河问:"是我配不上你?"谷子说:"不是,我哪会有意见?是我爹嫌你没有手艺。"山河说:"手艺可以学,你等着,我学成了再来提亲。"

  谁知,没等山河学成手艺,就有人抢先一步了。这回提亲的是王家堡的王南原。谷子爹一听未来的女婿是大队干部,年龄虽大一点,但有权有势,又答应给他翻修房子,心就动了。谷子爹没有问谷子的意见,就将婚事定了下来。当天,他们还定下了结婚日子——秋里收了包谷就红红火火地办事!

  过了些日子,也就是玉米挖回家,麦子播进地的时节,王南原果真操办起婚事了。谷子一直被蒙在鼓里,等大轿抬到门上,谷子才知道了结婚的事,哭着死活不上轿,说她不愿嫁给王南原,她喜欢山河,要嫁就嫁给山河。父亲没有答应,父亲叫来几个街坊邻居,硬将谷子塞进轿里……

  往事如烟,虽然以前的事情在谷子脑里已不怎么清晰,眼下见到山河,依然面带尴尬。她说话的时候一直低着头,山河也一样,像是彼此仍处在初恋的那段日子里。过了一会儿,山河问:"过得还好吗?"山河不知道谷子的丈夫已经死去,见她满脸疲惫,忍不住关切地问了一句。

  山河的问话让谷子顿时跌进悲伤中。她很想对山河说说发生在她身上的事,包括丈夫生前在外面做的那些丑事,却没有张得开口。在她看来,女人的自尊就是脸面,永远都是需要珍重的。她将本来已经涌出来的眼泪硬憋了回去,说:"好着呢,庄稼人嘛,怎么凑合也是一辈子。"

山河从一开始就觉得谷子不大对劲,听了她的话,全清楚了:谷子过得不快活。山河吸了口气,将眼睛闭了一下,说:"不管发生了啥事,人总得把人活好,不能自己跟自己过不去。就说我吧,灾难也是一个接着一个,老婆死了,小女儿也没有了……"山河说得无心,谷子却听得有意,她怔了一下,说不清是诧异还是坎坷的生活在她身上产生了共鸣,急切地问:"你说啥?"

谷子的娘家在峪岈村,她一年少说也要回去一两次,怎么就没听说过山河的遭遇呢?她伤感了一下,转瞬内心深处却起了某种微妙的共鸣。她是爱山河的,这种爱尽管分隔两处可始终都没有淡过。福兮祸所伏,祸兮福所倚,山河死了妻子,终于不再属于别人了,这与她失去丈夫在客观上有了碰撞,而碰撞是不是还能溅出火花?这是谷子此刻唯一从胸口蹦出的一个疑问。山河没有注意谷子的神态,也就寒暄了几句,欲告别谷子而去。

谷子恋恋不舍,一心想让十多年后突然的邂逅深情点,长久点。她干脆将话题扯到了童年时代。她与山河一起回忆了捏泥牛泥马时的快乐,回忆了把带壳的豆荚放在瓦片上烧,烧熟了争先恐后抢着吃的喜悦。说着说着,谷子忍不住将话题绕到了父亲拒绝山河的那件事上:"其实那会儿我心里只有你,谁知没有缘分……"山河说:"我也一样……后来我去学木匠,等学成回到村上,你已经出嫁了。"山河很平静,好像是在叙述别人的故事。但他们还是有了伤感,话刚刚点到痛处,彼此就又沉默了。

偶然的相遇给谷子快要枯干了的心枝添上了嫩叶,一种新的心潮澎湃出现了。谷子虽对山河的遭遇倾注了同情,但山河送过来的信息却让她彻夜难眠。这或者也算是老天的安排吧——山河死了老婆,她偏偏死了男人,这种巧合倘若不是天意,怎么能同时落在一对旧恋人身上?再说,谷子已那么久不曾与山河见过面,王南原的事刚刚放下,心里的悲戚刚刚消解了一点,咋就在这时候遇见了呢?

谷子心乱得像一团麻,怎么理都理不出头绪。

谷子不知从哪里得到消息,说山河到她们大队胡杨店干活来了,这是谷子求之不得的事情,她忍不住想去看看。胡杨店是单眼罗的村子,她怕到时候单眼罗趁机又找麻烦,就借着去供销商店,把苏大脚也拉上了。

苏大脚一直跟在谷子身后,苏大脚发现谷子今天的脚步迈得很快,怎么追都追不上,就生气了,说:"年轻人有能耐,你走你的,我不去了。"谷子站住,殷殷地一笑,说:"早去早回嘛,我考虑的还不是你,你要给一家人做饭,误了,儿呀女呀的,还不都要骂我?"苏大脚也笑了,说:"你今儿个不对,急得都要跳崖了,恐怕不单单是去商店吧?"谷子停下脚步,依然给了苏大脚一个笑,没有回答。待苏大脚到了谷子跟前,谷子一把挽起苏大脚的臂腕,亲热地与她一起走起来。

谷子走了一阵,扭身看时,单眼罗竟紧紧跟在她们身后。

是偶遇还是单眼罗闻风而至,谷子和苏大脚不可能知道,因此也就没有理,只管走自己的路。

她们刚走到胡杨店的村口,迎面过来了一队敲锣打鼓的人。队伍里有男有女,虽然年龄不尽相同,但腰里全都系了武装带,威威武武的,个个摆出居高临下的架势。他们显然不是附近村里的人,要是,单眼罗即便不认识每个具体的人,也肯定明白是怎么回事。单眼罗原地转了两圈,瞅了好半天,却依然稀里糊涂,不知道究竟是些干什么的。

单眼罗见他们盛气凌人,便向前迈了一步,拿出平日里对社员的态度,将脸一黑,准备给他们一个下马威。结果人家却先说话了:"最高指示发表了,你们咋还这么悠闲地四处乱转,不知道学习呀?"话音落处,一个女青年站到了队伍前面,用不很标准的普通话念一句,要谷子、苏大脚、单眼罗也跟着念一句。单眼罗猜测这支队伍很可能是公社组织的,不然,不会连他都被拦在这里。

单眼罗自从当了大队干部,动不动就让别人念语录,背"最高指示",还没有人敢命令他,眼下遇了这帮"愣头青",觉得太失面子,就生气了,说:"咋啦?不知道我是谁是不是?我告诉你们,我就是西坡大队革委会主任罗望山。那种读读念念的事我遇得多了,用不着你们逞能,都给我滚!"

单眼罗的话将这些人说愣了。他们走了那么多村子,说啥大家便跟着迎合啥,没有一个人敢站出来拒绝,这个人吃了熊心豹子胆了,就不怕上纲上线?这样一来,队伍里就有人站出来了,说革委会主任有什么了不起,还能大过革命"造反派"?迎头痛击单眼罗的是一个男青年,他说话的语气里夹杂着风,夹杂着雨,像响雷,又像呼喊口号,从喉咙里扯出一根硬硬的钢丝,向四周拽拉,然后高高地扬上去,有种要将什么捆起来的感觉。单眼罗继续不依不饶,笑了笑,说:"你们这帮小子,经冬了还是过夏了?就想在我面前耍大刀,得是昨晚做了好梦了?"

队伍中的另一个看样子是个头儿,听了单眼罗的话不依了,他没有说话,只将手挥了一下,几个男青年就冲了上去,揪住单眼罗的衣领,一把将单眼罗摔在地上。随即,年轻的男女们全拥过来,拳头像雨点似的落在单眼罗的脸上身上。单眼罗哪里挨过这种打,片刻鼻子里流血,脸肿得像个圆圆的大馒头,浑身上下不少地方有了青块。打完了,那个刚才挥手的盯着单眼罗看了一阵,见他仍旧扭着头,不服气的样子,突然提高嗓门说:"若再不老实,我叫你断胳膊断腿!"

单眼罗在巨大的武力攻势面前软下来。这种与革委会主任身份不相符的遭遇放在没人的地方他认也就认了,可暴露在熟人面前,特别是他追求的女人面前,就有些尴尬难堪了。

谷子站在不远的一个地方，虽不是有意观看，眼里却流露出轻蔑，很有些幸灾乐祸。苏大脚的行为更为张狂，她将嘴撇了又撇，都快斜到耳根上去了。她似笑非笑地摆出一个不屑一顾的样子，好像还说了一句什么话，声音虽然不大，却能刺得单眼罗浑身发抖。单眼罗了解苏大脚，她的嘴简直就是传话筒，只要在她面前发生的事情，过不了夜就能传遍街街巷巷。他羞得满脸都在滴血，恨不得马上在这些人面前消失。

放在往日，他肯定会在短时间内发动手下的民兵，将对方打得抱头鼠窜，或者跪下来求饶，而他定会若无其事地坐在椅子上，一根接一根地抽烟卷，让南来北往的外乡人观看事情的开始、发展和结局，以赢得人们的敬畏和夸赞。今天，他没有来得及施展这样的威风，那伙人就离开了。他看了看苏大脚，又看了看谷子，仅仅说了一句"哼，走着瞧，看谁断胳膊断腿"，就怏怏地溜进村子。

谷子被眼前的情景弄出了振奋。她最近一段时间里的思虑终于得到了证实——单眼罗并非像他自己吹嘘的那样，天不怕地不怕。单眼罗平时蛮横，骨子里却有同平常人一样的怯弱和无奈。表现在他身上就是欺软怕硬，只要你堂堂正正地站在他面前，那种正直人身上具有的不亢不卑便会将蛮横挡在门外，让人们看见他逃避与妥协的一面。

在谷子生活经历中，她从来都没有遇到过这么让她高兴的事情。她将眼睛鼓得圆圆的，突然就把手里的东西向地上一扔，傻了一般盯着单眼罗哈哈哈地大笑起来。

苏大脚吃了一惊。谷子的大笑对苏大脚来说，简直就是个意外。

苏大脚有一个习惯，动不动会将她看到的事情往虚幻的地方扯。谷子笑了，谷子笑得与众不同，苏大脚心里马上就有了疑问："是不是又到'那个地方'去了……"苏大脚常说的"那个地方"是跨越了人的想象，被神占领或支配的领地。谷子以前是否常亲临"那个地方"，尽管她矢口否认，苏大脚却持肯定态度。苏大脚记得，每到关键时刻，从外地请来的"角儿们"就会用冷漠的语气说出许多稀奇古怪的话，让人觉得诧异或者反常。谷子今天笑了，而且放声大笑，这同样是一种反常。她很想弄清这两种反常究竟是不是一回事。但她怕犯忌讳，没有敢问，她只是在谷子的那种举止中打了一个重重的问号。也许这就叫天机不可泄露吧。这等事情，单看表象不行，得凭自个儿细细琢磨！

谷子畅快地笑了一阵，突然从苏大脚的眼睛里发现了蹊跷，问："咋啦？用这么奇怪的眼光看我？"苏大脚向前一步，慢声慢气地重复着自己以前说过的那句话："是不是……到了那个地方？"谷子说："没有的事，什么这地方那地方，你咋老往邪处想？我要有那本事，也不在王家堡待了，早飞到天上去了。"

谷子停了停，知道苏大脚又要将她偶然的一个举动往神身边靠，哭笑不得，说："我知道你是好心，恨不得让我一夜之间成了神，我在没有办法的时候顺着你的意思做了，

效果不能说没有，可咱今儿个把话往明处说，神在哪里呢？它真能救咱们，能治那些坏熊，我也就不用再受那份要命的煎熬，不用看别人的眉高眼低了。可你也不想一想，有可能吗……"

在乡下，许多人对鬼神的事永远处于一种迷惘状态，不可能弄得清清楚楚，苏大脚也不例外。但她不愿承认。按苏大脚的描述，神在她那里是具体的，能看得见摸得着的——神不光自己能来去自由，还能在别人遇难的时候突然站出来，让更多的迷途突然通畅，让封闭的隧道突然亮出一扇被打开的门。

她用自己的言行引导谷子。她甚至把人迈向神的过程划分成了三个步骤。第一步不是神，但必须假设自己是神，这一步苏大脚早就给谷子设计好了。第二步接近神，却在神的领域里徘徊，所作所为都由不得自己，只能任凭神去指令，任凭神去驱使。这种状态苏大脚说她已经在谷子身上看到了，只是谷子感受的不怎么明显而已。第三步是人和神的交融，也就是说，人想干的事情，神马上就能帮人实现。苏大脚对谷子的定位是在第二步与第三步之间。她给谷子下了一个肯定的结论，说谷子已经是神的人了，神就是糊涂和明白之间的一个影子，驾驭着人和万物，却不可能告诉人们它到底是啥样儿，生活在哪里，究竟会什么时候走过来等等。谷子之所以进不了角色，正是因为太在乎人与神之间的界限了。

苏大脚心里的这些渠渠道道全是从老一辈人那里听过来的，包括人害了病用一碗水三根筷子去驱鬼，包括在村里钉桃木楔子，包括人死了在地上撒上炕灰看鬼留在上面的脚印。苏大脚一辈子都盼望能成为代表神灵的"角儿"，直到老了还没有能够，很有几分遗憾，然而遗憾中的欣慰就是她发现了谷子，她相信谷子一定能。这样一来，迟迟早早的，不是谷子常常拉苏大脚做伴，而是苏大脚的一根线儿牢牢牵着谷子。苏大脚就像一位急着让徒弟出师的师傅，有点心急火燎：

"单眼罗受了那帮人的损，活该倒霉，这是最好的机会，如果再不给他点'砝码'，不借机在千人万人面前教训教训这个坏熊，咱跑到胡杨店干啥来了？"苏大脚到这时候依然认为，谷子赶到胡杨店来是忍受不了单眼罗的屡屡欺侮，要用"神"的方式当着胡杨店的村民将单眼罗的卑劣行径亮出来，臭一臭这个无赖，以解心头之恨。

谷子没有告诉苏大脚来胡杨店的真实意图。

谷子到这里其实只是为了说一句话。她要告诉山河自己的一段婚姻经历已在天灾人祸中彻底结束，到现在已经没有了任何牵挂。然后说出她一直藏在心里的想法：与山河结婚，像小时候过家家一样过一辈子。谷子到胡杨店之前，本想将自己的意思说给苏大脚，让苏大脚也帮帮她。然而最终却没有，她怕苏大脚说她不守妇道，是个不安分的女人，就胡乱找了个借口，游着荡着过来了。

谷子对胡杨店不熟悉。她进了村刚走了几步，一只大黄狗蹿了出来。狗对着她们狂吠,锋利的牙齿露在外面,一叫向前跃一下,像是要将人连同骨头都吞下去。谷子下意识地蹦了一步,躲在苏大脚身后,两只手紧紧抓住苏大脚的衣襟。苏大脚侧了一下身子,从地上捡起一块石头,掷过去,狗却没有停了吠叫,相反比刚才的声音更响。苏大脚正要拽着谷子后退,山河从生产队的仓库里走出来。

　　山河是三天前来到胡杨店的。山河来这里是要给胡杨店生产队做柜子。

　　山河出了门远远看见谷子,三步两步赶过来,问:"你咋到这里来了?是走亲戚还是……"山河没有把话说完,就从谷子脸上得到答案,急急地将说了一半的话打住。他知道谷子到这里是看他来了,便立刻涨红了脸,掩饰着说了几句别的,笑笑地请谷子和苏大脚到他干活的屋里去。

　　苏大脚看了看山河,又看了看谷子,还是从他们两人的眼睛里发现了秘密。怪不得谷子非要到胡杨店来,原来是约定好了的。如此看来,谷子真正的意图应该是在这个男人身上。苏大脚欲说几句挖苦或者取笑的话,单眼罗却在那条狗的身后出现了。他指着山河问:"你是干啥的?咋跑到我们胡杨店来了?"单眼罗问得莫名其妙。单眼罗明显不满意山河与谷子在一起。

　　"一个外乡人,有什么资格将手伸到西坡大队的地盘?严格地说,这也算一种阶级斗争新动向,谁知道你到这里会不会破坏抓革命促生产?"单眼罗嘴里咕哝着那些不搭边、又极其伤人的话。

　　山河平素脾气温和,虽不知道有几分凶相、肿着面孔、鼻梁和面颊带着伤的男人是干什么的,但他明白,自己出了门就是下苦,不应该与人争争吵吵,便点着头解释道:"是你们队长请我来打家具的,刚刚把料下齐,还没有凿铆哩。"单眼罗说:"我问的不是这个,你说说,你家是啥成分,我看你适合不适合干队里的活儿。"山河说:"是队长非让我来,又不是我找着要来,我也不知道适合不适合。"山河的这句话激怒了单眼罗,他随口骂道:"队长算什么东西,我叫他当他就是队长,我不叫他当他还不如一条狗!"单眼罗说着指了指站在一边终于止住了狂叫、嘴里呼呼喘气的狗。

　　单眼罗刚刚受了一帮陌生人的殴打,一肚子的气没地方出,好容易有了发泄的机会,便不容分说,将火全倾山河身上。单眼罗骂着,径直冲到山河跟前,一把抓住山河的衣领就要撒野。

　　山河若是西坡大队的人,也许会忍受了单眼罗的侮辱和摆布,单单山河不认识单眼罗,就不可能理他的茬儿了。山河抬起手臂甩了一下,将单眼罗伸过来的胳膊拨到一边。这时,队长赶过来,队长远远地就对着山河喊:"你个狗日的,敢对我们革委会主任无理,你不要命啦?"

　　山河愣了一下。山河不知道这位横着说话的人是西坡大队革委会主任,一旦知道了,也就怯了。他清楚,在这么个人生地不熟的地方与人搞僵了对自己没有好处,就拉了一把谷子,示意让谷子跟自己到做家具的屋子里去。单眼罗看见了,马上明白了谷子急着往胡杨店赶的意图,顿时酷劲大发:"你算什么东西,竟敢在光天化日之下与我争女人?得是活得不耐烦了?"他怒气冲冲地跑过去,挡住了他们的路,对着站在一旁惊慌失措的队长喝令道:"让他马上滚!"

苏大脚走向前去,劝道:"算了算了,一个出门下苦的人,哪句话说得不合适,担待担待也就过去了。"单眼罗按了按刚才被陌生男女打伤现在仍旧隐隐作痛的双颊,转身瞪了苏大脚一眼,说:"担待?你以为你是谁?站出来放狗屁,是不是骨头痒痒了?"苏大脚在整个西坡大队虽是个不大注重面子的女人,却从来没有被人辱骂过,何况骂得那么难听,苏大脚忍不住了,双手颤抖起来,接着腿也颤抖。苏大脚终于明白,像谷子一样的那种抖不光是神给的,而更多的时候是邪恶给的,惊怵给的,是自己不想要,却总会莫名其妙地落在头上的倒霉给的!

苏大脚看了一眼谷子,眼睛里涌出了一行老泪。她再也没有勇气站在这个畜生面前。她在心里痛骂了单眼罗一顿,扭头离开胡杨店,向王家堡走去。这时胡杨店的队长按照单眼罗的指令,已将山河的工具摔到了屋外。山河见状,问:"这几天的工钱呢?"单眼罗说:"工钱?什么工钱?你在我们这里吃在我们这里住,到底谁应该给谁拿钱?!"山河见单眼罗不讲理,提起行李就走。谷子也不敢停留,看了看山河,又瞅了瞅苏大脚,最终还是紧赶了几步,随在苏大脚身后离开了村子。

谷子清楚,这时候若真跟山河过去,单眼罗马上就能以她勾引野男人的罪名,组织一场批斗会,让她身败名裂。这几年,动不动被人冠以"破鞋"的坏名声,拉出去游街的女人不止一个两个,致死人命的也不是没有。在西坡村就有一个。一位女孩掉进水沟里,被同村青年看见,跳下去抱了上来,就这么点事,竟逼得女孩上了吊。

谷子空跑了一趟。这一趟,她不但没有能与山河好好说说心里话,反而害得山河到手的活儿没能干成。谷子心里很不是滋味,她打算另找一个机会,到山河家里去,把自己藏在心里的话全都亮出来。

而单眼罗这边,遇了这场事,就更有了担心,山河已经与谷子走到了一起,如果再没有实质性的措施,煮在锅里的鸽子就要飞了。他不愿看见这样的结果。在这一段时间里,他虽没有停止过与别的女人的往来,但在他看来,那仅仅是游戏,游戏结束了也就完了,不可能在别的女人身上尝到谷子的那种滋味。他越有这种感觉,越是欲罢不能。他于是萌生了一个更执著的想法:搬家。他要将自己胡杨店的那个家搬到王家堡去,在那里时刻守着谷子,决不让别的什么人捷足先登!

十四

　　单眼罗要搬家的消息引起了村里一大堆人的议论。自古西坡周围的人就恋家,一天三顿饭只要有一碗面糊糊喝,就不愿抬屁股。因此,搬家也就成了人们的忌讳,谁家日子过不下去,或者遇了大的变故,无立锥之地了,才打这种主意。细细算起来,方圆几十里地,人老几辈子,挪过窝的只有两户。一户是民国十八年遭年馑,从外地来的那个要饭的人家。他开始住在王家堡南庄城壕的窑洞里,后来,日子稍稍好过了一点,就在城壕边上盖了几间厦房,算是近距离地搬了搬家。另一户不是自己要搬,而是组织安排让他搬。1958年大跃进,上面看中了他家的院子,要在院子里支炉子,炼钢铁,就被硬性搬迁到王家堡来了。单眼罗没人逼没人赶,咋就动了这种心思?

　　王家堡的人更担心的是,以前单眼罗只是偶尔来村里转转,邪事歪事就出现了不少,虽不能说样样是单眼罗亲自所为,起码与他有关,这一回搬过来,还不要了大伙儿的命!大家早知道单眼罗的邪乎劲,私下里议论:"不知谁家的女人又要遭殃了。"而这时候,也就有人为自己的家庭安全担忧,说:"将眼睛争大点,别不小心让耗子钻进家里来!"

　　单眼罗为自己搬家的事召开了一次大队革委会会议。会上,大家你一言我一语,从无产阶级高风亮节上肯定了单眼罗的气度,说:"王家堡都有人装神弄鬼了,乱成这个样子,确实到了该整治的时候,罗主任迎难而上,进驻这类生产队,无疑是对革命群众的鼓舞,对牛鬼蛇神的致命打击!大快人心,我们应该拍手叫好。"也有人从阶级友谊的高度认识这一问题,说:"再怎么说前任革委会主任王南原也是自己同志,他不在了,留下一个老人和一个女人,连自留地里的活儿都不好应付,罗主任具有革命同情心,处处想着群众,要积极去帮助他们,这是全大队人都应该学习的榜样……"

　　胡子刘那天破例列席了大队的会议。胡子刘是王家堡生产队队长,王家堡要接受一户这么重要的人物,他肩上的担子很重。他不好在官高一级的大队干部面前多讲话,一直躲在靠窗户的一个旮旯里,摸着长出了硬茬儿的络腮胡子,琢磨着在什么时候说些什么话合适。当大家把赞美的话全都说完了,他蓦地站起来,说:"领导们说了那么多,我作为王家堡的队长,千言万语汇成一句话——坚决拥护,热烈欢迎!"

习惯上,人们是将"千言万语汇成一句话"送给伟人作为口号或致辞前的修饰语,比如"千言万语汇成一句话,祝毛主席万寿无疆"等等。胡子刘突然将它用在单眼罗身上,会场的人全懵了。大家都在思考同一个问题,到底合适不合适?下面该如何表态?说用的地方不对吧,伤了主任,人家不高兴怎么办?可又一想,话本身也不是太离谱,主任虽不是伟人,却管着全大队几千口人,也算举足轻重的人物,平时人们全都仰着头看他,话语上过头一点也没有什么不好;说胡子刘用得确切吧,又觉得太夸张了,自从村里人喊出那句口号,从没有谁把它往一般人身上用过,就是对县里省里的领导也没敢用,一旦传出去,会不会犯路线错误?大家正在犹豫,单眼罗忽地站起来,他不想让大家挖空心思地琢磨那种怪问题,说:"一句话算个屁!关键得看一个人的心……我这人也不是吃干饭的,最大的特点就是说一不二,我下了的决心,就不会改变!"

会场的人糊涂了,不知单眼罗究竟要表达什么意思,也就不再去天上地下地揣摩,却将话题扯到一些琐碎的事情上:

"到时我们都去祝贺,吃白馍,喝烧酒,弄得热热火火的。"

"那还用说,给主任搬家,恐怕一辈子也就遇这么一次!"

"主任到了哪里,哪里的风水肯定好,王家堡的人有福呀。"

"不能说'风水',那是资产阶级思想!"有人在一旁纠正了一句,大家就觉得连闲话都不怎么好说了,便停下来,各干各的事情。抽烟的,使劲往烟锅里塞烟末,宛若是要将烟袋里的旱烟全都填了进去;靠着门板蹭痒痒的,眯起眼睛,动一下就歪一下嘴,舒服马上就灌满了全身。还有一些人,什么事也没有,就将衣兜翻个底朝天,从中拿出几张毛票子,数一遍再数一遍,像是一定要数出自己的满意来。

胡子刘没有跟着别的人瞎嚷嚷,他在想自己应该做的事情。他盘算,将怎样在很短的时间里盖起一座排排场场的房子,以取得单眼罗的好感。那样,他或者就更能得到单眼罗的赏识,让已经有了的靠山变得更坚硬,办起事也就随心多了。盖房子究竟需要多少钱?胡子刘在一锅锅抽旱烟的时候已经算过了,八根粗大的柱子,十六根檩条,一百多个小椽,加上土坯砖瓦,少说也得五千多块,下了这个数,房子就不是主任住的了,只能适合他这样的人住,咋好意思交差?这些钱从哪里来,明显成了大问题。单眼罗不会出,生产队又没有那么多的积蓄——他前两天听会计铁算说,生产队账上就剩下一毛七分钱了,这可咋办呢?

"老刘呀,我知道你有办法,两个月吧,时间拉长一点,你老刘就不那么为难了。"单眼罗在胡子刘想心思的时候,猛然说出了自己的意见。

单眼罗从没将胡子刘叫过"老刘",突然一叫,胡子刘一下子精神振奋了,他从地上跳起来,想都没想,说:"这是革委会对我的信任,保证完成任务!"胡子刘的声音很高,

把屋里的人惊得全竖起了耳朵。既然胡子刘已经表了态,别的人就不能无动于衷,他们于是异口同声地表示,在工程进展中需要人手的时候,他们一定会参与进去,争取早日把房建起,让罗主任为王家堡带去阶级友情。

胡子刘回到村里,刚绕过那口大大的涝池,咧着嘴哼念了几句戏词儿,一不小心却把单眼罗要搬到王家堡的事给念了出来:"小的们,给我鸣锣开道,罗望山主任快马赶来,还不列队迎候……咚咚锵,咚咚锵……大老爷搬家到王家堡,街街巷巷齐恭迎……咚咚锵,咚咚锵……"

王多劳此刻迎面走过来,听见了,将插在嘴里的烟锅杆拿下来,一上一下摆动着质问:"他要搬到咱村?你答应了?你不知道他是啥人!?"王多劳是个爱管闲事的老头,听着不顺耳的事总要追问到底。

胡子刘愣了一下,随说随编的词立马打住了。胡子刘怕王多劳,村里的人几乎都知道,原因很简单,他其实怕的是王南原,现在王南原死了都快半年了,他王多劳有啥资格在人面前耍威风?胡子刘反应过来了,也就自己给自己壮了胆:今非昔比,都成了队里的干部,就不能再受王多劳的窝囊气。

"你说他是啥人?!你不知道西坡这么大的一块江山在罗望山手里?"胡子刘言下之意王南原已经死了,王南原骑在人们头上作威作福的日子一去不复返了:"你要知道,我们拥护罗望山就是拥护革委会,拥护革委会就是拥护共产党,拥护毛主席……"胡子刘出口就将话说得大了,抬得高了。

"呸!"王多劳向地上吐了一口唾沫,穷追不舍地说:"代表共产党毛主席?你狗日的将屎盆子往党和伟大领袖身上扣,是不是皮松得奄拉拉的,等着人皮遭你哩。"王家堡的人将整治叫皮遭,胡子刘从小就知道,到了现在都一把年龄了,回想起来,一辈子沟沟坎坎的确实没有少被人皮遭,因此,这个词儿一旦从话语中蹦出,就像一根银针刺过来,听见了皮肉都觉得疼。王多劳的反问将胡子刘给震住了,他分辨不清随意喊出的那些话是不是错了,歪着头一个人琢磨。

向北从西边的小路上走过来,见王多劳跟胡子刘吵,站在不远的一个地方看热闹。后来,铁算、铁匠李等一群一群社员从地里陆陆续续收工回来,到了他们跟前,也都站住不动了。最远的地方站着耕田,他年岁大了,加上胡子刘批斗他时那种凶狠留给他的记忆,本不打算掺和,可见大家都没有走,也就止住了脚步。

胡子刘见来的人越来越多,怕被王多劳这鸢巴老头给"将"住了,在群众面前失了体面,马上改变了态度,佯笑道:"我刚从大队开会回来,有一项任务需要贯彻落实,我正在向多劳叔征求意见。完了,还要在社员大会上公布哩。"王多劳见胡子刘把话题倒过来,也就不再扭着不放,随口说:"大家都来了,是个啥任务你就说说,让大伙听听,看是给王家堡造福呢还是制祸哩。"

101

别的人也跟着说:"就是嘛,有啥好事,也让大家的耳朵享享福。"

胡子刘卖起关子,说:"有位大人物,要常住咱村了,你们说算不算天大的喜事?"向北问:"什么大人物,说出来看我们认识不认识。"胡子刘看看别的人,没好气地斜了向北一眼,说:"革委会主任要搬到咱村来住,要将咱村搞成抓革命促生产的典型,到时说不定许多人都能上北京,见咱们的伟大领袖毛主席哩。"胡子刘说得很神秘,眉间流露出十二分的自豪。他说完这段话,停了停,又补充了一句:"是大队革委会研究决定的。"有人马上接上了话茬,说:"谁出钱?"胡子刘说:"都傻了是不是?能让主任掏钱?咱王家堡也不是那种不讲情意、钻钱眼的村。"王多劳这时候从人堆里挤到前面,问:"到底谁出钱?该不会让每家每户摊吧?你是知道的,五六年了,王家堡能耍起这种架势的人能有谁?那可不是一笔小开销!"胡子刘笑了,胡子刘这一回笑得很爽朗,说:"我早知道你们个个都小心眼,这事不要大家操心,你们的钱你们装好,我不会要一个子儿。"

胡子刘出了门,叫了几个青年,一大早就到老庙台上去了。在这之前,他对几个青年人进行了一番培训。说是培训,其实只是在高粱地旁坐了半天,让看田禾的碎娃他爹到瓜地里端了两个西瓜,也不用刀切,三下两下用拳头砸开,每人递过去一块,说:"吃!"

后生们早对村里的西瓜垂涎三尺,刹工的时候常对了一大片扯蔓的瓜地看,恨不得喉咙里伸出一只手。但他们没敢妄动,他们领教过胡子刘的厉害。他们知道,弄不好会白白地吃一顿拳头。没想到胡子刘这会儿却不声不响地将一个个大西瓜拿了过来,大家于是也就高兴了,傻笑着看队长,揣摩着队长肯定又有艰巨的任务要他们去完成。这种犒赏以前有过,今年春上与柳树村打架,胡子刘就招待过他们,只是那个季节没有西瓜,而是将西沟坡上散种的菠菜每人装了一袋。他们随即也就冲锋陷阵了。他们都愿意拥有这种机会。

胡子刘先不说事情,让大家放开肚皮吃,吃到中途,他让碎娃他爹又去摘了一次。后生们吃着吃着也就放开了,说:"还是队长行,说吃西瓜,能让人吃得肚皮滚圆!"别的人也在一旁称赞,说:"吃完了总得干点啥吧,不然心里怪不得劲的。"胡子刘说:"不忙不忙,时间早呢,拾粪不在三更起,等着。"

过了大约半小时,胡子刘让其中的两个人去饲养室里搬梯子,他领着其余的一伙人,向老庙那边走去。

进了庙,胡子刘说:"先溜房上的瓦,然后拆房,不能损坏一砖一木,记住了?"胡子刘布置的任务让大家诧异,老庙多少年代了没人想到要拆它,胡子刘怎么突然生出这样的念头?他们隐约记得,以前好像有人动了动神像,就遭了报应,这会儿要拆庙,不是寻着往凶险处走吗?后生们怯了,一个个向后退。胡子刘上来对着其中的一个就是一拳,说:"看那熊样儿,怕?你知道拆它干啥?是给大队革委会主任盖房子,你们好赖也得掂量掂量,权衡权衡!"后生们一听给主任盖房子,也就不敢说啥,不拆也得拆了,得罪了神或者报应在以后,得罪了革委会主任,眼下这一关都难过!

梯子搭在大殿的屋檐上,左右各支一把,斜着贴上去,像拴在房子上的两只钩子。胡子刘说:"先上去四个。"顺着梯子也就爬上去了四个。站在房顶上的人踩着瓦走了几步,脚下咔嚓咔嚓响,声音闷闷的,像是要倾倒,没有平时上到自家房顶上那么平稳,心里便七上八下地打鼓:会不会天长日久,木头里钻了虫子,不那么结实了?或者是庙里的关老爷在施什么法,不让动它的屋舍?

胡子刘在庙院的一棵大树下乘凉。他怕什么鸟再将屎拉到头上,抬头仔细地看了,觉着没有危险了,才双腿八叉着坐下。他让下面的人拿了几根长长的椽子过去,倾斜着立在房檐上,然后让上面的人将瓦顺着木椽溜下来。胡子刘在一旁指手画脚,语词强硬,像一位指挥官在临战布阵。上面的几个年轻人不敢怠慢,照着去做,不一会儿,往日还算端庄的老爷庙便尘烟飞腾,狼藉一片。

有人找到了苏大脚,说了胡子刘拆庙的事,苏大脚坐不住了,去找谷子,说:"这一回你一定要帮忙,不然,好好的老庙就被瞎熊给祸害了,到时王家堡得罪了神灵,日子就没法过了。"谷子不愿跟她去,谷子说:"咱不能去,你又不是不知道胡子刘的凶劲儿。"苏大脚说:"我联络的人多,胡子刘的老婆都参加了,到时你再'下来'一次,吓唬吓唬他们,我就有话说了。你放心,他不会将你怎么样。"苏大脚说的"下来",是让谷子把胡子刘怯火的"神"给请回来。

谷子听说村里的人都去了,怕大家数落她,也就去了。

谷子并没有打算要请什么"神"。

到了庙台上一看,所有的人都傻眼了,老庙除了四面的围墙,砖头瓦片以及柱子檩条全都摆在地上。胡子刘正躺在西边一个弄道的石条上睡大觉。

前往庙台上的人看到了这种局面,也就没有必要再去劝阻了。大家在一起闲站了一会儿,陆续向村里散去。在王家堡,人们已习惯了多一事不如少一事的处事方略,他们原本就是来看稀奇的,稀奇中没有了稀奇,他们也就没兴趣了。苏大脚却不同,她曾在关老爷面前许过愿,那是她生了白孩子之后的事,她要神保佑她不再生那样的怪胎,保佑全家避开灾祸。她答应每年春暖花开的时节给神灵来添香火,一直添到她死为止。前两年,庙里的塑像被单眼罗领的人搬掉了,她只能在空庙里点烛点香,眼下连庙都没有了,岂不违背了对神的承诺?苏大脚准备去找胡子刘,要与他说个清楚。谷子急急地过去,拦住了她,说:"庙已经没有了,找一找还能再盖起来?"苏大脚被谷子拽了回去。苏大脚说:"我就不信了,我一定要想办法让关帝庙重新立起来!"

给单眼罗要盖的房子选在离涝池不远的地方。这个地方离谷子家只隔一堵墙。

　　胡子刘表面上说这是一块空地，又向阳，是个好地方，可心里却打他自己的鬼主意。他最清楚单眼罗搬家的意图，他是揣摩着单眼罗的心思去做的。那天单眼罗过来看了，说这个地方他很满意，在村正中，谁家有个什么事都能看见，看见了也好随时帮帮大家。后来就开始夸赞胡子刘了："我没有看错人，老刘不错。"胡子刘将这句话带回家，夜里偎着老婆时仍旧念叨，以致把男女间的那种事都干得有始无终。

　　那天谷子出了家门，发现她家旁边在盖房子，摊子摆得很大，一般人根本架不起那个势，便起了疑心。她去问铁算的老婆花二秀。花二秀左右窥视了一下，见没有什么人，说："还以为你知道呢？是单眼罗要将家搬到咱村来！"谷子说："他在胡杨店住得好好的，咋看上咱村了？"胡杨店与王家堡相比，从环境到位置，都要优越一些，舍优逐劣，谷子对这样的搬家百思不解。花二秀说："你傻呀，他是要……"她本想说那是要打你谷子的主意，话到嘴边，却没敢吐出来。

　　花二秀怕话说多了惹事，惴惴不安，最终还是找了一个借口，说是要出门办事，就将谷子打发了。在谷子眼里，花二秀以前不是这样，以前花二秀与谷子闲聊，絮絮叨叨，没完没了，总是谷子不耐烦时花二秀尴尬地离开。今天的反常，让谷子突然就有了一个危险信号：会不会是单眼罗为了她使出的坏点子？后来她去找苏大脚，最终还是从苏大脚那里证实了自己的担心。

　　苏大脚说："怎么样？想老老实实做人行吗？得为自己想想了！"谷子在这么多的事情面前终于懂得了一个道理：人遇了厄运，逃从来都是逃不脱的。她突然就觉出了活人的艰难和可怕，一只手拍着身旁的凳子，呜呜地哭起来。苏大脚过来将她抱在怀里，一句话不说，眼眶也渐渐湿润了。

　　谷子哭了一阵，突然抬起头，说："以前答应你这答应你那，心里总放不下，今儿个我啥都清楚了，为了我，为了咱村受欺负的那些人，你让我咋办我以后就咋办！"苏大脚却慢慢地摇头，摇了半天，也拉起了哭腔，说："孩子，委屈你了。"

　　大约过去了半个月，等谷子再站在门前向西瞅时，房子已经开始立木——屋子的框架已全部搭建起来，四面的墙壁也相应垒高了。

　　盖房期间，前来干活的人很多。胡子刘定了工期，一定要让主任在月底前住进去。按这个日子，就剩下二十多天的时间，二十多天，要不是伏后的太阳猛，怕是晒都无法晒干。胡子刘因此也就没黑没明地催着干。

　　出乎胡子刘意料的是这些从庙里拆下来的木头，大多有了虫眼，特别是椽子，拿不好就从中间直直地断了。这样一来，木料明显不够，木工们找到他的门上，问他该怎么办。胡子刘说："别急，让我再想想办法，明天一定答复你们。"胡子刘想了一夜什么办法也没想出来，就亲自到了工地，让大家将断了的椽子用细麻绳捆起来，稀里糊涂地举上房去。有人看见了，小声对胡子刘说："倘若让主任知道，就不得了了。"胡子刘说："有啥

办法,总不能到你家房上抽椽子吧。再说了,咱们不讲,他还不蒙在鼓里?"

后来这些椽子全都用了上去。胡子刘站在下面看了看,心里不踏实,特意找来了几个年轻力壮的,各人端了一盆和好的稀泥,泥中加了些黄色颜料,将椽子统统涂了一遍。打眼一看,不光麻绳的痕迹被遮挡了,椽子也有了光亮,像新的一样了。

单眼罗也来看了看,看完了不住地点头,称赞胡子刘能干。胡子刘呢,也就更显得殷勤,对单眼罗说:"门口光秃秃的,按王家堡的习俗是立两只石狮子,有钱人家的大些,钱少人家的小些,也有不立的,咱咋办?"单眼罗想了想,现在不兴石狮子了,可不立点啥空荡荡的,看上去不是个事儿,可一时又想不起来到底立什么,就对胡子刘说:"你看着办吧,不过,得讲点无产阶级觉悟。"

胡子刘为这件事想了几天,还跑了一趟城里的亲戚家——人家见多识广,参谋参谋,说不定会帮他出一个更好的主意。结果却一无所获,城里人不知道乡下房子的格局,根本说不出个子丑寅卯。胡子刘回来,站在新房门前左左右右地转,转了一回又一回,终于突发奇想,有了一个满意的方案。他于是急急地去了一趟河湾镇,在那里找了一位被乡下人唤作"神笔"的画匠,在门两边的墙壁上画了两幅画。画面上是两个带着红袖章的红卫兵小将,手里各拿了"红宝书",向着远方挥舞,像是欢迎,又像是冲锋陷阵。

只是笔触老了一些,画出的人物,像年下贴在头门上的两个门神。

十五

苏大脚的二儿子地保在晾晒麦子的大场上拉二胡。胡琴传出的声音悲戚伤感,像是哭诉一段凄惨的故事。

地保的皮肤先天"与众不同",无形地与正常人拉开了一段看不见的距离。他没有上几天学,就跟大人下地了。他周围的人从一开始就没有把他当正常人,给了他许多揶揄和嘲弄,"白头娃"这个不雅的绰号,也因此传遍了村里村外。他的自尊从此丧失殆尽。他不再愿意与人交往,常常一个人出入,一个人在坡沟上玩,回来,一个人傻傻地待在村落旁的树丛里看天上的云,或者像杀鸡似的玩弄他手里的那把二胡。

二胡是他自己做的。那天,他跟随苏大脚去了一趟河湾镇,在镇上看见讨饭的瞎子老汉一面拉二胡,一面唱曲子,引去了许多观赏的人。瞎子老汉身上所具有的神奇和风光让他流连忘返。苏大脚要走了,过去拽他都没有拽动。地保亲眼看见,大家听完瞎子的一段曲子,拿出钱来,慷慨地掷到瞎子身旁的盘子里。苏大脚也掏了两个硬币,还说了一些赞叹和同情的话。地保没有注意母亲的举止,地保的心思全都集中在瞎子的那把二胡上:这东西太神奇了,只要来回一拽,美妙的声音就能着了魔似的不知从什么地方飞过来,像是给眼前这块不大的街面上放了糖,让人们永远都甜在其中。他欲拨开人群挤进去。他这一挤吓着了周围看热闹的人,他们没有见过白成这样子的孩子,加上他有一双像兔子一样的红眼睛,他们个个惊诧不已,纷纷离他而去。

人们对地保的这种揶揄地保早就习惯了,他没有在意。他向瞎子跟前挪了挪,想继续倾听那种奇妙的声音,可瞎子却停下来了,问:"你咋一来就将我的客人赶走了?"地保结结巴巴了半天,说:"我没有……没有将他们赶走。"瞎子哈哈地笑了一阵,就猜出了其中的原因。瞎子眼睛看不见,感觉却出奇的好:"喜欢这玩意儿?"地保回答:"噢。"瞎子就把二胡递过来,让地保看。地保用手摸了摸,反过来正过去看了一遍,就觉得不那么神奇了,不就是一个木头筒子上蒙了一块蛇皮吗?这样的木头在乡下处处可见,砍一截树,将它掏空不就成了?至于蛇皮,也不难找,上一趟山也就有了。地保十岁那年,就到后山上捉过蛇,捉了削去头,将蛇皮倒扯下来,套在赶牛的鞭杆上玩。另外就是马尾毛,生产队虽没有马,但有骡子,偷偷地揪一些骡子尾巴上的毛倒是挺容易的事。

瞎子从言谈中听出地保还是一个孩子,感慨地说:"爱就去学,学点啥总比啥都不学好。"这其实也是地保突然萌生的心思。他从一站在瞎子对面,就有了这种想法:倘若瞎子不会拉那么动听的曲子,能挣下这一堆钱?地保在艰难的境遇里难免要想到他的以后。

从镇子上回来,地保就开始做自己的二胡了。他将自家后院里的那棵一把粗细的香椿树用斧子砍倒,然后找了把锯子,"吱吱啦啦"地锯。母亲苏大脚在屋子里纳鞋底,听见响声,抬头看时,见儿子在砍树,便呼着喊着跑出去,可已经迟了,香椿树顷刻躺在了墙根上。苏大脚怨骂:"你这败家子,砍什么树不行,咋单单把香椿树砍了?"地保不说树的事,只说二胡。地保说他就是要做一把跟瞎子手里拿的一模一样的二胡。苏大脚拿他没办法,孩子毕竟是一个可怜孩子,该让时还得让,况且树已经倒下,不可能再站起来,也就嗟叹着回屋了。

地保锯了一截约三寸长的木头,用刀子顺着圆心一点一点地挖,挖了两天两夜,才挖出一个不大的空心洞,尽管凹凸不平,但形状总算有了。后来又进行了几天的修整,木头筒儿也就变得光滑了,好看了。

蛇皮得从蛇身上扒,没有蛇出没,再有胆量也是白搭。地保好几天都没有上工,用了心思去对面那座大山上寻找。苏大脚为这事生气,说:"老不去挣工分,到年底喝西北风都怕要硌牙!"地保说:"一天就拿人家五分工,是一个劳力的一半,划不来,耽误几天也少不了几个工分。"苏大脚说不动地保,让父亲王二拐管儿子,王二拐嘻嘻地笑,说:"学手艺就得摊本,就像我学竹篾匠,还得三年扫地三年做饭呢,少几个工分算啥?"苏大脚说:"好,你是让他耍欢哩?你不管,我也不管,看你这宝贝儿子能出息成啥样子?"苏大脚其实在心里也是放纵儿子的。

地保在山里转悠了三天,终于在最后一天发现了一只青蛇,镰把一般粗细。蛇爬在一棵榆树上,将树枝压得忽忽悠悠地闪。他试着向前探了探,蛇就向后退一退,树长在崖上,斜着伸出去,他拽过来一根树枝,欲将蛇慢慢拉近。树枝太细,快到跟前的时候,"叭"的一下断了,蛇受到惊动,缩成一团,离得更远了。他从地上捡起几块石头,抛起来砸,砸了几次没砸着,于是再寻石头,继续砸,有一颗终于砸着了,蛇"哧"地一声溜到了石缝里,只能看见尾巴,却再也砸不着了。

他扫兴地回到家,一眼瞅见挂在房檐上的猪尿泡,灵机一动:蛇皮能发出声音,猪尿泡与蛇皮的薄厚差不了多少,说不定也能呢。他搬过来梯子,爬到了屋檐下,将猪尿泡卸了下来,用水泡了泡,抚平,往圆形的木柱上一蒙,然后找来一根棍儿做成琴杆,在杆上打了孔,装上旋钮,拿两根母亲打了蜡的丝线,往旋钮上一拴,再将早几天准备好

的骡子尾巴毛穿好,燃一块松香滴在木筒上,二胡就算彻底做完了。他举高了左右端详了半天,便学着瞎子的样子一推一拉,结果,还真出了声音。

地保的制作,也算一样小小发明,在贫瘠落后的乡村从没有人敢这么想,也没有人试做过,于是大家就传扬开了,说别看地保不识字,又是个十几岁的孩子,简直就是神童。这样一来,就有人私下里揣摩,好好的孩子白成这样,弄不好是因为他浑身上下都是智慧,将个好端端的人憋成这样了?树的营养过剩会长杈,涝池里的水多了别的物质会一股一股地冒泡儿,说不定地保与营养过剩的树、多了别的物质的涝池一样,要释放点啥呢?

而地保呢,也就将自己心里的渴望看重了,每天下工,总要提着自己制作的二胡到麦场上去,在那里找一个最高的地方,坐了,"吱咛吱咛"地拉,哪一天都不曾终止。拉着拉着,他发现自己从弦上弄出的声响与瞎子老汉的不大一样,瞎子老汉能把流水声、鸟叫声以及风雨的淋漓声全都唤过去,让它们在弦上流动,在弓间穿梭。而他释放出的声音,不是石头的相撞,就是驴子的嘶鸣,太难听了。他去了几次河湾镇,让瞎子老汉指点了几回,再拉起来,就显得柔和多了。

地保的举止,让王家堡的男男女女几乎全将目光投到了他身上,他们不再用蔑视的眼光去看他,相反却有了羡慕,觉得地保至少是一个能人。谁家孩子不听话,或惹了麻烦,做了什么错事,家长就会用地保做例子,嗔骂:"不争气的东西,也不看看人家地保,没上过学干啥都能干出个样儿来,咱是缺胳膊了还是少腿了,咋就熊成那样?!"一时间,地保成了王家堡人人嘴边常常念叨的人物了。

这天傍晚,地保仍旧坐在打麦场上拉二胡,天助过去了。

天助转着转着就到了打麦场。

他被大队砖场赶回家后,傍晚收了工一直用寂寥的散步排除自己心中的不快。他心里搁着事,几乎每天都要出来走一走。到了场上,他远远就发现了弟弟。他本不想让弟弟看见自己闷闷不乐的样子,可既然到了,也就不再回避了。

地保看见哥哥,知道哥哥的心思仍在砖场的那件事情上,就将二胡弓子收起来,说:"不去就不去,不就是几毛钱的补助吗?想想别的法子,说不定比砖窑上挣得还多哩。"天助说:"能有啥办法?眼下这日子,人家不让你活,你就得死!"地保听罢,气跟着也就上来了,他在嗓子眼里哼了一声:"管天管地,还能管住拉屎放屁?我给你找活儿,绝对比你以前的事顺心。"地保说着,将嘴贴在哥哥的耳朵门上嘀咕了一阵,哥哥就用惊奇的目光看他了。哥哥想不到,弟弟小小年纪,能有这么多的鬼点子。

天助按照弟弟的意思,第二天就去了竹篾厂。

天助的父亲王二拐在那里当厂长,是王南原那会儿任命的。王南原说:"竹篮子编好了供销社收购,每个五毛钱,挣的钱全部交生产队,由生产队给每个人每天补助一毛钱,你看行不行?"王二拐想了想,地方是现成的,生产队一间仓库闲着,搬几只小凳就可以,人也不成问题,只是补助比砖窑上要少一些,但总比在田里背日头强,就答应了。不久,竹篾厂也就跟大队砖场一样,成了人人削尖了脑袋往里钻的地方。后来,王南原去世了,胡子刘当了王家堡的队长,胡子刘一上台就夺了王二拐对竹篾厂内部人员的管理权,重新规定,进厂的员工不经他批准,任何人都不得私自决定。王二拐见儿子天助要来,难为情了,他担心胡子刘会找麻烦,问天助队长同意了没有,天助遵照弟弟的意思,说:"不同意我敢到这里来?"父亲听了儿子的话,也就不再说什么。谁知没过多久,有人将天助到竹篾厂上工的事说给了胡子刘,胡子刘将眼睛翻了翻,觉得天助无法无天,太不像话,竟敢不经他同意就跑到竹篾厂去上工,再不治一治,谁想干啥就干啥,他这个生产队队长也就成了聋子耳朵样子货了。

  胡子刘气势汹汹地赶到竹篾厂,责问这到底是怎么一回事。天助乜斜了他一眼,反问道:"你大还是大队革委会主任大?"胡子刘说:"当然是革委会主任大了,可这和你到这地方来有啥牵扯?"天助说:"怎么没有牵扯?我先前在大队企业干,现在到了村上,自然得进村上的企业,就像人犯了错,降一级也就不得了了,还能让人家没个活路?"胡子刘想了想,觉得有一点点道理,然而单眼罗是什么态度,却不能含糊。他正要再问,天助从身上掏出了一张纸条,说:"你看看这个就清楚了。"天助没有说那纸条是单眼罗写的,也没说纸条上写了什么,胡子刘不识字,却不愿在众人面前出丑,接过纸条,摆出个正经八百的样子,颠倒着瞅了一阵,像是看懂了,点点头,什么话都没说就走了。后来,单眼罗看见天助出入生产队的竹篾厂,心里不悦:"我打下去的人,怎么又在小队里干起了轻松活?"可他没有追问。竹篾厂不是大队的企业,属胡子刘的职权范围,而胡子刘毕竟为自己搬家的事出了大力,他不愿在这时候直接站出来搅和。

  这件事情的成功,地保在哥哥天助眼里突然高大了许多,天助打心眼里佩服还未成年的弟弟,佩服得都有些嫉妒了,他甚至想,弟弟的聪明稍稍让他具备一点,说不定就不会被单眼罗无缘无故地从砖场挤回来,这让天助想起来就觉得惭愧。人常说,一心不可二用,天助破着篾子,又想着心思,问题也就来了。他刚将刀子插在竹子上,突然一滑,左手大拇指忽地一下流出了鲜血。他将篾刀往地上一扔,像猴子燎着了屁股,尖叫着跳起来。王二拐闻声赶来,见儿子将手砍了,气得咧着嗓子训斥:"你看你能干啥?在砖场你待不下去,到这里你刚拿起刀就砍伤了手,你就是这么个没用的东西!"

  父亲训儿子,怎么训斥天助都能接受。可手受伤了,多半个月干不成活儿,却让他再次陷入了尴尬境地。他整天端着胳膊,在家与竹篾厂之间游荡,消闲得像没事人一样。这下胡子刘总算逮住了机会,他冲进竹篾厂,大吼道:"厂是你们家的?一家两个人待在里面不说,一个还偷懒不干活,你们爷俩是人球树根呀?"

天助曾受过单眼罗类似的辱骂,今天又遭到胡子刘的凌辱,气不打一处来,往日憋在胸口的愤怒忽地全涌到了头上。他将受伤的手指举起来,指着胡子刘的鼻子,说:"你……你……你……"天助结巴了半天,就是说不出一句完整的话。而胡子刘这边,三个月的队长生涯让他耍足了威风,这段时间已没有人敢在他面前说个"不"字,他见天助指手画脚,就觉得奇怪了。他不允许任何人对他视而不见,上前,伸手对着天助就是一巴掌。这一巴掌正好扇在天助的脖子上,火辣辣地疼,差点将天助打跌在地上。天助没想到胡子刘敢动手打人,一下子蒙了。过了片刻,他才像只猛兽似的扑过去,嘴里胡乱叫骂着,抡起握在右手上的篾刀,用刀背对了胡子刘拍过去。

这一拍正好碰在胡子刘的肋骨上,胡子刘被打疼了,"嗷"地叫了一声,捂着肚子逃了。他出了门,径直跑到大队,哭着将刚刚发生的事情告诉了单眼罗,单眼罗听说胡子刘被天助打了,像遇到喜事似的放开嗓子笑起来,笑了一阵,咬了咬牙,终于说出了他一直憋在胸口的一句话:"好机会终于自己跑过来了!"

单眼罗将天助从砖场弄回去,仅仅是事情的开始,许多人都不知道其中的缘故,可单眼罗自己心里最清楚。早在一年前,天助的"前程"就在他那里打了死结,那时天助只听王南原的话,从不把他放在眼里,他就已经不满意了。但真正的症结却不在那里,问题是天助太不识相,寻着找着往单眼罗的枪口上撞。

那天,天助去大队送报表。他知道大队会计在后院办公,进了门便一直往里面走。到了后院一看,会计的那间屋子上着锁,没有人。他想,也许到主任那里汇报工作去了,就向前院的那排房子走去。这排房子像后院的一样,也都锁着,只有单眼罗那间办公室虚掩着门。他探头从门缝里望进去,里面亮着灯,桌上摆放着杂七杂八的文件和报纸,看样子单眼罗并不在屋里。他在门外转了转,打算坐在门口的屋檐下再等一会儿,直接将报表交给单眼罗,这样,他就不用再跑一趟了。

他等了一阵,仍不见单眼罗回来,就有点耐不住了,起身欲走,准备改日再来。他刚一转身,屋里却传出了一种奇怪的声音。他侧耳再听,是那种似痛非痛、似痒非痒的呻吟,时而还夹杂着小猫小狗的嬉闹,夹杂着器皿的摩擦。他不知道屋子里发生了什么事,不自觉地走到了窗户跟前。

窗户是"田"字形的那种,不算大,匀称地排列着纵横交错的木格,木格上贴了白纸,把里外隔了出来。他慢慢将头靠过去,让耳朵挨着窗纸,那种声音就更加刺耳了。他在手指上蘸了唾沫,对着窗纸小心地捅出一个洞,一只眼睛挪了过去。他刚瞅了一眼,便什么都明白了。他将眼睛使劲闭了一下,一种龌龊的场面顿时变成无法掩饰的图景,透过纸洞向他的眼底扑来。他感到恶心,扭身从院子里跑了出来。

事情大致是这样的:

单眼罗自从假扮死去的王南原,从谷子身上尝到了女人的那种好,一发而不可收,胸窝里整天像猫抓似的，这些天又没有遇到迎合他的女人，早就受不住了。他借大队其他人检查农田基本建设的机会，自己一个人偷偷躲在屋子里手淫，以解多日之馋。他将外屋办公桌上放圆珠笔、铅笔以及小刀的小竹筒倒空，里面塞了烂报纸，拿它做自己发泄的对应物。他一连"挥洒"了几次，正兴奋得不能停歇的时候，听见了院子里的响动。他下意识地一惊，系好裤带跑出来，一看，一个刚刚跨出大门的背影正向砖场那边跑去。从背影看，他已猜出是天助了。本来，天助这时候的出现就已摊上了是非，躲还躲不及呢，谁知天助却没能管好自己的嘴，竟将这事告诉了砖场的许多人。单眼罗的下流举动因此也就成了人们茶余饭后的笑料，大家动不动就将它拿到大庭广众之下开玩笑，说："拿个竹筒，还不如在一个蒸馍上钻个洞舒服呢，那样，就不至于伤了家伙！哈哈哈……"妇女们在地里干活，说起来，笑得更是前仰后合："不如在炕坯上挖个洞，塞上棉花，更像那么回事，嘻嘻嘻……"后来，事情越来越糟糕，一传十十传百的，不久，便传到了单眼罗的耳朵里。单眼罗恼羞成怒，恨不得将天助一刀砍成两半。

单眼罗将天助赶回家，那仅仅是第一步，在单眼罗看来，老鼠叼木锨，大头还在后头哩，不给天助点颜色看，他绝不会罢休。加上天助的老娘苏大脚前些日子在去胡杨店路上又给了他难堪，他心里的刺就长得更长了。因此，当胡子刘前来报信的时候，他很快就有了另一个思路，他不同意胡子刘发动民兵去整治天助的方案。他说："你是猪脑子呀？没有治人的能耐，用别人的手挠痒痒算啥本事？你只管跟我走，用心学着点！"单眼罗将胡子刘领到了公社卫生院。卫生院的院长是他的表叔，他上前嘀咕了几句，然后让胡子刘将来时准备好的两盒烟和几块锅盔馍递过去，事情就算办妥了。单眼罗说："要想旗开得胜，就必须这么干！"胡子刘不知道"这么干"指什么，但还是点了点头，很坚决地表示了赞同。

院长接了烟和锅盔馍，心领神会。后来，干脆将手在空中摆了一下，做出了一个引导的手势，将胡子刘引进诊断室。

胡子刘一直被蒙在鼓里，两只眼睛滴溜溜地看着单眼罗，想从单眼罗那里找到答案。单眼罗正在进行自己的一系列计划，早将胡子刘这么个大活人抛到脑后。等院长将要干的事干完，把几张写满文字的纸交到单眼罗手里，单眼罗站起身就走了。单眼罗将胡子刘一个人丢到卫生院的连椅上。

胡子刘急急地赶出来，问单眼罗是怎么回事，单眼罗说："回去只管在家歇着，不要上工，也不要在外面走，你是个病人！"胡子刘将眼睛鼓得圆圆的，想说他没有病，他只是挨了天助一刀背，胸脯稍稍有点感觉，出了竹篾厂的门就已经不疼了。可胡子刘不敢说，胡子刘只能对着单眼罗点头。

县里的公安局来人了。

王家堡的村民开始不知道是公安局的人,他们先看见了一辆吉普车,乡下人很少见到这样的汽车,更别说在偏僻的乡下小村了,便跟着车跑,车停下来,他们也就停下来,凑到跟前看热闹。后来,车上下来了几个穿制服的人,他们就有些怕了,退到远处偷窥。公安人员下了车没有去别的地方,直接冲进竹篾厂,将天助拖了出来。这时候大家才突然发现,天助手上戴了一副明晃晃的手铐。

天助平时老实得像一只猫,能犯啥事呢?王家堡的人全在猜测,就是猜不出到底犯了啥法。天助出了门也犯糊涂,他没有偷没有抢,更没有与谁家的女人有过不正当的关系,咋就大祸临头了呢?天助哭喊着,一定要公安人员告诉他。公安人员很严厉,说:"你打人,造成了伤害,你自己不知道?!"天助想了想,打人?在西坡大队十一个生产队,他是最软弱的一个,能打了谁?天助想了现在,又想了以前,死活想不出个道道来,就说他没有打人。公安人员说你不要狡辩,说着,就将他一把推进车里。

后来,天助的事由大队革委会派人向每村每户的社员传达。去的人说,最近发生了一起反革命报复事件,实行报复的人是天助,被报复者是王家堡的生产队长胡子刘。胡子刘被天助打断了三根肋骨,算是重受害,天助要坐监狱了。事情发生在竹篾厂,作为厂长的王二拐包庇自己的儿子,造成很坏的影响,经大队研究,竹篾厂从今天起关闭,原有人员一律下地干活,不再发给一毛钱的补贴。

胡子刘听到了这个消息,吃了一惊。他慢慢地撩开自己的衣服,摸了摸肋骨,一条一条在胸前整整齐齐地排着,没有断裂一根,他又使劲按了按,没有疼的感觉,咋能说断了三根呢?可单眼罗说断了,他就不敢说没断。他怕有人听到他断了肋骨的事跑过来看,向窗外偷偷地窥了窥,见没有人到院子里来,赶紧喊了老婆一声,让老婆给他拿件旧了的白衫子过来。老婆拿来了,却是一件泛黄的半截袖。他接过衫子,三下五除二,撕成绺儿,紧紧地绑住自己的胸,随即躺在炕上,用被子严严地盖住了身子……

再说苏大脚一家,出了这等事情,一下子乱成一团,哭天号地地闹腾了两天,最终知道哭闹毕竟不会起什么作用,就拿出了积攒的全部钱物,托人到县里去找熟人活动。过了几天,去县里的人将拿去的钱花了个干净,沮丧地回来了,说一个熟人都没找着,试着去了几趟公安局都被挡在门口,根本见不了人。苏大脚听罢,气得晕了过去。

王二拐独自一人坐在门道里一句话也不说。他一直在怨自己,儿子到竹篾厂去,他要是硬把儿子赶走,也就不会发生后面的事情。现在竹篾厂不让办了,他是个残废,地里的出力活干不了,往后日子可咋过呢?王二拐想找街坊邻居商量商量,他一瘸一拐地走了东家走西家,没有一个人给他出主意,跟他说心里话。然而更让王二拐奇怪的是,不管到了谁家,谈不了两句话,人家就推说有事,要将他打发出来。他知道大家在怕单眼罗,怕单眼罗知道了给自己穿小鞋,就不再走动了。他将苏大脚唤到跟前,说:"咱们在一起过活了几十年,我是个啥事都干不了的废人,靠你靠惯了,眼下又不能

再干竹篾活,看样子要让你受苦了……"苏大脚不让他那么说,高着嗓门道:"你到底要说啥?你这个死鬼,没见我都要急死了吗?"苏大脚走进屋子,看啥都不顺眼,恨不得将屋里的东西全都砸碎。王二拐傻呆呆地在院子里站了一会儿,心依然安不下来,就又站到家门口,远远地向北看。他这时候的眼睛里,除了儿子的影子,什么都没有。

  王二拐思前想后,将这几年挨过来的日子在脑子里过了一遍,就更觉得自己是个累赘,活着不如死了的好。一个好端端的家眨眼变成这个样子,他却无能为力,只能袖手旁观,这哪里是一个男人的所作所为?他都快恨死自己了:如果那条腿好着,他这时候就可以去想办法,去论理,去拼命,反正不会死人一样待在家里。他这么一想,自己就又对自己生起气来。他对着高处那个织成一个圈的蜘蛛网瞅了一眼,突然站起来,拿了根棍子将它捅了个稀巴烂,然后将棍子抛到墙外,自己走到后院,从墙缝里拿出藏了许多年,总怕狗呀猫呀叼去吃掉的老鼠药,进屋倒了一杯水,趁苏大脚不注意,一口吞了下去。

  苏大脚忙乱了一阵,到屋里拿毛巾,发现王二拐倒在脚地,上前扶时,却已不省人事。苏大脚跑出大门,呼着喊着,找来几个叔伯弟兄,用门板做了担架,快快地将人抬到了公社卫生院。医生们见有人中毒,支起仪器检查,向嘴里插了管子开始洗胃,折腾了多半天,才将王二拐从阎王那里拖了回来。

  这一连串的事情弄得年纪小小的地保也像丢了魂儿,这里站站,那里瞅瞅,不知道该到卫生院里去照顾父亲,还是去看守所里搭救哥哥。后来,他从母亲的一句话中受了启发。母亲在想不出办法的时候对着天喊:"天神爷呀,你难道要毁了我们全家吗?你若再这么无情无义,我就到庙里去闹,让你们那些在天上享福的也不得安生!呜呜呜……"地保一听,对呀,他们能上下串通坑害哥哥,他就能到人多的地方去寻找援助,让大家都听一听,究竟是谁理亏,是谁做了伤天害理的事,不信天底下就没有主持公道的人!地保找了一个合适的日子,谁都没有告诉,一个人拿了自己自制的那把二胡,到县城里去了。

  到了县城,他从路旁卖菜的老乡那里打听到了公安局的具体位置,就去了。到了公安局门口,他找了块砖头,往屁股下一垫,摆开阵势,像河湾镇上瞎子乞讨那样拉起了二胡。也许是因为地保得了瞎子真传,他竟将二胡玩弄得非常老到,拉出的声音多少已有了那么点调儿,加上他在肤色和长相上与众不同,很快围上来了许多人。他见过来的人越来越多,便将二胡弓子收起来,开始向人们述说自己家的遭遇,当他说到哥哥被冤枉的事情的时候,气愤地揭开了其中实质性的内幕:"我去过胡子刘家,我在胡子刘的胸上摁了一把,胡子刘没有说疼,像断了三根肋骨的人吗?"

十六

地保已在公安局门口坐了五天。

前两天,许多人赶过来是为了看热闹,他们不是对二胡的音韵感兴趣,而是没见过这种长相的孩子。白就白吧,咋可能生了像兔子一样的红眼睛?他们里三层外三层地围着地保,没有人听他的诉说,只将他当稀罕看。地保心里很不好受,干脆将眼睛闭起来,不去看那些在他面前窃窃私语的人。他心中隐隐作痛的时候就将二胡拉得特别响,让他自己都觉得像有一根银针刺进了胸脯。他什么都不去想,只有一个念头,那就是搭救哥哥。

后来的三天就不同了,首先是地保的不同,他不光用拉二胡的方式集聚人,也采取了以情动人的方法。他边拉二胡边流泪,将个红红的眼球哭得更红,这其中除了策略之外,更多的是情感的真实流露。他已在县城里待了不少天,再待下去,身上仅有的几块钱也就花光了。那是母亲从牙缝里省出来塞给他的零花钱,母亲从没有给别的孩子钱,地保在外面受歧视,她一想起心里就难受,说不定什么时候就悄悄地往他兜里塞钱了。地保将这些钱攒起来,本来是要买一把像样的二胡,现在却全都拿出来用在哥哥的事情上。他不能一无所获,这或者更是他流泪的原因。地保的眼泪还真起作用,许多人不再用戏弄的目光看他,他们郑重其事地凑到他跟前,耐心地听他讲哥哥的不幸,听完了就对着那道大铁门骂,骂制造事件的人丧尽天良,骂公安局的人助纣为虐。这样的呼声一起,公安局急了,派了两个便衣夹在人群里听了听,回去作了详细汇报,局长就坐不住了。

局长问谁抓的人,办公室说不大清楚,好像是刑侦小组组长李文革出的警。局长阴着脸派人将李文革叫过去,问他是怎么回事。

这些年拘一两个人本不算什么大事,大队都能随便采取行动,公安局相对也就闲了一点。李文革好不容易碰到了一次抓人的机会,二话没说,就带着几个人去了。等他将人铐了回来,方才发现许多取证的环节都没有进行,办了件稀里糊涂的案子。但事已至此,李文革不愿自己的名誉受到损坏,就没有补作详细的调查取证。现在局长问他,还以为要表扬他,高兴得忘乎所以,本来很简单的抓人过程也就变得复杂曲折了:"别看那家伙言语不多,狡猾着呢,他就是不承认自己打伤了人,我们将他抓起来一审,他才说了实话,看来,没有无产阶级专政,坏人就不可能放下屠刀,立地成佛……"李文革满嘴唾沫星子乱溅,恨不得把它演绎成一段富有传奇色彩的故事。局长一直没说话,局长憋了半天后"嘭"地拍了一把桌子,说:"你知道你闯了多大的祸吗?一帮人在公安局门口起哄,弄得满街道的人骂我们,你还有脸在这里吹?你说说,到底是咋回事?"

　　李文革被局长的问话吓得不轻。前些日子,一帮年轻人冲进公安局,说是县里经济、文教等大权全都掌在革命群众手里,公检法怎么可以逍遥法外?勒令限期交出公安局的印章。局长怕的就是这个,躲在办公室一直不敢出门。现在,又有那么多人守着公安局的大门闹事,祸端是他李文革惹的,出了乱子还不得由他李文革承担?局长刚才严厉的训斥已经说明了这一点,他不可能不紧张。他一面擦着额上的汗,一面敷衍了局长几句,急急地跑进号子,假装落实问题,搞了半天乱七八糟的笔录,然后说:"放你,并不等于你就没有事儿,回去要继续接受大队的批判和监督。"说完,将天助推出了大门。

　　天助出了公安局的门,远远就看见了弟弟。弟弟正在人群中拉二胡,拉一阵便停下来讲一阵他的事情,讲一阵又接着去拉。二胡声音凄凄惨惨,传得很远很远。弟弟身旁围了许多观看的人,他们有的对着弟弟点头,有的不由自主地也抹起眼泪。

　　天助一下子明白了。他原以为他从一开始就不承认自己打伤胡子刘,公安局的人拿他没办法,才将他放了,现在他才清楚,是弟弟高一声低一声的鼓动和哭诉救了他!弟弟小小年纪,却敢独自一人来到陌生的县城,而且直接与公安局较劲儿,城里人也未必会有这么大的魄力呀!

　　天助一个大步跨过去,二话没说,将弟弟从街道旁的台阶上扶下来,泪水刷地一下就挂满了双颊。地保也哭了。地保用拳头轻轻地捶打着哥哥的胸膛。他们哥俩紧紧抱在一起,痛痛快快地哭了一场。

　　地保忘不了向周围的人致谢,他说他这一回要给大家拉一段欢快的曲子,让大家也分享分享人世间团聚的喜悦心情。他重新调了调弦,用手拨弄了两下,就拉了。他拉得很专心,时而将弓子抬得高高的,时而让身子跟着二胡的旋律摆动。围着场子的人不停地鼓掌,不少人跷起了拇指夸赞他。

　　地保丝毫没有怯场和做作的表情,专心演奏着。他奏出的声音很好听,这让天助异常惊讶,他们虽然在一个门里出出进进,在一个锅里搅勺把,却是第一次听弟弟拉出这么动听的曲子。天助以往没用心听,有两个原因,一是不愿听,二是没心思听。他被单眼罗从大队砖场赶回来,心情本来就不好,加上自己总觉得在人面前抬不起头,也就没有了那份闲心。另外,他压根没看上弟弟用猪尿泡做的二胡,加上弟弟一字不识,他

不相信弟弟能学会那玩意儿。今天他算开了眼界,他发现弟弟不光脑子好使,简直就是个音乐天才。

从县城到王家堡三十多里路,他们哥俩徒步往回走,待回到王家堡,太阳已经落下了山。下地干活的人或扛着锄头,或扶着木犁,正向村子这边走来。走在前面的是赶着牲口的耕田大叔,他看了天助一眼,先是一阵喜悦,接着,向四面看了看,就又板起了面孔,低着头赶牛。紧跟耕田身后的是向北。向北看见天助,睁大眼睛愣了一阵神,随即喊起来:"天助回来啦,天助回来啦!"下地的社员听见向北的喊,全都怔住了。他们没想到天助能回来。他们知道,被公安局带去的人,别说回来,至少还不蹲十年八年大牢?可天助就是回来了,这是千真万确的事实,由此而引发的震惊就愈显得激烈亢奋。

村里人围过来,问事情的经过。天助说是弟弟地保搭救的他。大家不大相信。待他们略略回忆了一下,最终还是有点信了。地保以前每天吃过晚饭都要坐在打麦场上拉二胡,最近却没有听到二胡的声音;以前下地干活,动不动会有人拿地保取笑,这一段时间却没人再提起他。这说明地保确实没有在村里。倘若天助说的话是真的,他们就更想不明白了,地保怎么可能有那么大的能耐?但谁都没有去追根究底,他们明白,近似于喝倒彩的举止,一旦被单眼罗知道,将会有更多的人被牵连进去。

一直躺在炕上装病的胡子刘,听说天助被放回来,一屁股从炕上坐起,骂道:"什么鬼点子?让老子在炕上窝了这么长一段时间,屁事没有顶,还落得个浑身不自在,简直是吃饱了撑的!"胡子刘只能对着老婆发火,胡子刘不敢将这些话说给单眼罗。当时单眼罗执意让他这么做,他就在喉咙里嘀咕过:"让一个大活人天天躺着,等于把一根细绳子绑在脖子上,不疼不痒地勒人哩,能受得了?"单眼罗说:"受不了也得受,不给狗日的天助点颜色,他就会骑到咱们头上,你喜欢别人在你头上拉屎拉尿?再说了,躺着睡觉有啥不好?工分拿着,一天抱十回老婆都没有人管,多好的事!"

开始几天,胡子刘倒觉得挺舒服,吃了睡,睡了吃,无聊的时候就在老婆身上发泄,有点像神仙过的日子。时间一长,老婆就不愿意了,说家里的活儿积了那么多,胡子刘一样都不干,反要过来捣乱,哪个男人白天干那种事情,还不如到村里去骂张三骂李四呢,眼不见心不烦。胡子刘不听。胡子刘每到那种时候便心如火燎,他不允许老婆推辞。他一把将沾了两手面浆的老婆拉到炕头上,不分青红皂白,就将她压在身下。到了傍晚,他的觉正好睡醒,再没有力气干男女间的事情了,就坐在院子的石板上看星星。他几乎一天接一天地过这种日子,没几天,就撑不下去了,便透过门缝偷偷地往外看。他恨不得长上翅膀飞出去。以前他受王南原欺负的时候没有这种欲望,他甚至觉得那时要有这么个机会反倒好了,那样,他就可以躲开瘟神们的批斗,不再承受精神的凌辱与身体的摧残。现在不同了,他不需要再躲别人,而是别人都在躲他。他已好些天没有骂人了,喉咙痒痒的,像钻了毛毛虫。他骂人骂顺了,到这会儿似乎已经有了瘾,一天不骂都觉得不舒服,况且是过了这么多天呢!现在天助回来了,躲着藏着哼哼呀呀地装病还有什么用?!

　　胡子刘不想再忍受,一把将院门拉开,太阳哗地射在他的身上、脸上。他揉了揉发酸的眼睛,刚要骂邻家的一只狗,却遇到了单眼罗一双锋利的目光。他忘了单眼罗已经是王家堡的人,就住在离他家不远的一个地方,随时都有可能出现在他面前,以为单眼罗是冲着他来的,刚刚还直着的腰板顷刻弯了下来。他先笑了一声,然后解释:"天助被放回来了。"单眼罗板着脸,将他推到门道里,说:"你简直是猪脑子!这么出去,说明啥?不就在告诉人们你在装病陷害天助吗?到时候,你能管住别人的嘴?让人把你吃了还差不多。"

　　胡子刘看了半天单眼罗,还是没有想明白。

　　他的这种不明白,有一半是装出来的,他不愿再受那种豢养动物一样的禁锢。他只盼着走出自家的院子。单眼罗生气了,说:"这是往自己的狗头上套链子,自己将自己捆死了却不知道是咋回事,愚蠢,实在愚蠢!"单眼罗让胡子刘继续装下去,要装得跟真的一样:"他回来了又怎么样?公安局不管他,大队难道就管不了他?"

　　天助不知道这些。天助从县里回来就直接进了家门。

　　他三步两步跨进自家院子,正好与迎面走来、有几分憔悴的母亲苏大脚碰面,他抛下手里的几件破衣服扑了过去。苏大脚"哇"地哭出声来,上前紧抱着儿子的头,一把一把抚摸着:"我苦命的儿呀,你能回来,那是神灵保佑了你啊!"苏大脚说着,将儿子拉进堂屋。堂屋正对面放了一张桌子,桌上有一个黄胶泥制成的菩萨,菩萨的周围供了用面做的各种果品,有桃子、石榴、苹果、香蕉等等,还有纸马、纸羊。靠桌子的边沿上是一个黑乎乎的香炉,炉中的香火依然燃烧,对着屋脊释放着缕缕青烟。

　　苏大脚将儿子天助拉了一把,一定要他跪在菩萨面前。

　　天助没有动,天助指着站在一旁一直没有说话的弟弟说:"什么菩萨保佑?要不是弟弟过去,别说回家,人家还真说不定会怎么折磨我呢!"

　　苏大脚一愣,扭头看了看地保,才突然意识到二儿子确实已好几天没有在她身边了。这些天她没有心思想地保,王二拐住了医院,天助又被公安抓了,她心里放着的只有这两件事,早把地保丢到一边去了。眼下她听天助一说,才意识到亏欠了地保,心疼地又抱住了二儿子,凄凄惨惨地哭了一场。

　　第二天天助从炕上爬起来,收拾好欲带的东西,准备去卫生院看望至今没有痊愈的爹。

　　天助开始并不知道爹为他的事喝了药。昨天,地保只讲了父亲有病住院的事,没有将病情说得那么清楚,他总以为父亲年轻时落下的哮喘病又犯了,便没有太在意。

夜里母亲告诉了他实情,他就再也躺不住了,非得连夜去卫生院看望。母亲说太晚了,卫生院说不定已经关门了,明天吧,明天一大早就去。天助也就不再说什么。可他心里不是滋味,他清楚,是他害了父亲,他若不到竹篾厂去,就不会发生与胡子刘的事,父亲自然会安然无恙地继续在竹篾厂当厂长,怎么可能住进卫生院?

天助看望父亲所带的东西是苏大脚准备的。苏大脚知道,王二拐由于腿疾,一辈子都很悲观,孩子们也不大喜欢跟他交心,这是一次让王二拐亲近孩子的好机会,就让地保陪着哥哥一起去。她要孩子们与自己的父亲好好亲热亲热。

苏大脚早晨起得特别早,一起来就钻进厨房给老头子做好吃的。这些天来,为了救儿子,她将该花不该花的钱花得一干二净,想给老头子买点水果都不方便了,只好团了一块面,在案板上擀成一个个小圆,在锅里倒了油,炸起油饼。在乡下,在苏大脚这样的家庭里,这已是最可口、最好吃的东西了。

天助拿着母亲做的油饼,与弟弟一起走出了家门。他们没有走大路,一出门就绕到城壕背后的小路上。这条路近,跨过眼前的那条沟就到了。路上,地保问哥哥:"单眼罗要是继续找事咋办?"天助摇摇头说:"不会,公安局都将我放了,他有啥理由再给我找事?"地保说:"胡子刘的骨折本来就是装出来的,可你回来了,他却没有闪面,这里面肯定还有事情!"天助想想也是,装病是为了整他,他没有被整成,装还有什么用?人家能继续装,必然有新的来头。天助这么一分析心就慌了,但他没有表现在脸上,他不愿让弟弟跟着为他担心,说:"管他呢,是福不是祸,是祸躲不过,走着看吧。"他们于是就不再说话了。他们在"嚓嚓嚓"的脚步声中一直往前走。

不出他们的预料,新的意外果然出现了。

在天助弟兄俩从卫生院回来的路上,一帮人挡住了他们的去路。天助看时,为首的正是大队革委会主任单眼罗。他今天换了身不大合体的军装。军装不是正儿八经的那种绿,却是前些天公社供销社向外卖的民用布,比部队的正式军装要黄一些,看上去有点像电影里国民党士兵穿的衣服。而单眼罗却感觉不错,抬头挺胸,加上胸前别的那个大像章,威风也就摆出来了。

单眼罗只是站着,没有说话,第一句话是由他身旁的一位女青年说的,她叫春香,看上去还真有点春意盎然的样子。然而一说话,味儿却全变了,与那个具体人的差距也就拉开了。她没有笑的习惯,脸像一块铁,瞅一眼都能冻得目光缩回去。她用眼白看了一眼天助和他的弟弟,说:"挺自在的嘛,人还在炕上躺着呢,公安不追查责任,革命群众不会也不管吧?"天助说:"我就使了那么点劲,又是用刀背,不可能把人砸伤。若真的砸伤,到医院里去看,乡里乡亲的,我能不管?"

天助的这句话说出失误了,单眼罗马上接过话茬,说:"好,现在就去看!"天助窥了单眼罗一眼,没办法,只得跟在后面。地保心想坏了,哥哥答应了去胡子刘家,单眼罗的阴谋就已经得逞了,急得不住地跺脚。果不其然,事情从邪处出来了,天助和地保到了胡子刘家一看,胡子刘仍旧躺在炕上,一声紧似一声地呻吟。单眼罗为了证实胡子刘确实骨折,故意将被子撂起一角,扒开胡子刘裹着绷带的胸脯看了看。

天助疑惑不解,像在看守所里否定警察询问一样摇着头,嘴里不住地说:"不可能,不可能……"但却没有一个人听他辩解。

这样一来,天助走出了看守所,又被大队给带走了。在大队里,单眼罗与天助进行了一场没有外人参与的谈话。单眼罗将两天来一直坐在大队房檐台上的天助叫过去问:"你知道你为什么落了这么个下场吗?"天助回答说:"不知道。"单眼罗又问:"一个人活得不耐烦了,会去做怎样的蠢事?"天助本来想回答这个问题,可想了几种答案觉得都不确切,就又说:"不知道。"单眼罗拍了一把桌子,喝道:"你以为你是共产党的地下交通员是不是?一问三不知的,到我面前逞强来了?娃你想错了!我会让你明白,也会让你老爹老娘也跟着明白!"

单眼罗就是要教训教训这个不知好歹的家伙,让他管住那张不干不净的嘴。单眼罗依然想的是天助向人们散布的他那些见不得人的事情。他一直在心里骂:"我玩弄我自己,你操哪门子闲心?简直就是驴槽里探出个马嘴!自己找着往粪坑里钻,还嫌臭,怪谁呢?"单眼罗不会将心里的话说出来,天助也就只能在闷鼓里活受罪。

天助在大队待了两天,单眼罗对着他发了两天的火,觉得再发已提不起兴趣,就将他派到燕子嘴工地上去了。燕子嘴正在修一条通往深山里的盘山公路,离王家堡很远,少说也有四十多里地。天助背起铺盖,拿着一把大洋镐,一干就是多半年。

十七

　　王多劳这几天头疼病又犯了,疼起来常会躺在炕上打滚。

　　谷子一大早用架子车将王多劳拉到河湾镇。她没有进镇里的医院,而是去街面的小巷里找了位老中医。这是她娘家的一位伯伯告诉她的,说是老中医能治各种疑难杂症,许多人经他治疗,全都好了。谷子相信伯伯的话,找到老中医家里,让他给王多劳号了号脉,顺便抓了两服汤药,回来就开始煎熬。

　　王多劳的头疼病已不是一天两天,从儿子死去的那天就开始了。当时儿子王南原被一些人从苏大脚家扶回来,在家仅仅躺了两天,突然就听见了儿媳的哭喊声。他知道事情不妙,上前去托儿子,一托吓坏了,儿子浑身冰凉,手臂已经不听使唤。他将两根手指放到儿子的鼻孔上试了试,就不得自己地颤抖起来。儿子不知什么时候已经断气了。王多劳一屁股蹲坐在地上,"哇"的一声下去,半天听不见第二声。

　　后来王多劳醒了,后来他就得了头疼病。

　　王多劳看了几回医生,吃了不少药,本来,病情已得到了控制,谁知这几天又犯了。王多劳这次犯病的过程很蹊跷,前一天还好好的,去了一趟大队,回来就双手捂着头,"哎哎呀呀"地叫。王多劳的老伴死得早,他这一辈子就守了王南原这么一个独苗儿,王南原的死,让他受到致命的打击,他常常一个人坐在门道里抽旱烟,几乎不再与人说闲话。他的脑子里总也丢不掉儿子的影子。

　　谷子一直对公公很好,即使后来她知道了王南原做过的那些丑事,依然没有改变。她一日三餐,做好了饭总端到王多劳的屋里去。王多劳清楚地记得,儿子死去的当天,他晕过去,醒来发现谷子站在他身边,好像对他说要伺候他一辈子。那是他在迷迷糊糊中听到的第一句话,他一直想证实谷子的那句话是安慰还是发自内心的真实倾吐,可还没有来得及验证,让他恐惧的事情就出现了。

　　那天他去了大队。

　　他已好久没去过那个地方。从不当贫协主任的那天起,他就发誓不再跨进那个院子一步。他没有想到单眼罗会叫他过去。早晨,王多劳刚披了衣服准备下床,一个不

认识的年轻人就到了家中。他没有直接到屋里去,只向谷子转达了单眼罗的意思就走了。谷子进屋将来人所说的话学给了王多劳,王多劳蹲在炕上骂:"狗日的,这时候想起了我,他有啥脸面跟我说话?我不去!"

王多劳清楚,单眼罗绝对没安什么好心。他能将自己的贫协主任撸掉让他爹当,其用心显而易见。从那时候起,王多劳就没有给过单眼罗好脸色——单眼罗能有今天,还不是儿子王南原为他修的路?再没有良心的人,也不该接二连三地找茬,单眼罗却从来都没有停止过对王多劳的侮辱与欺负,放在谁身上也不可能没有气。王多劳因此也就将来人的话当成了耳旁风。下午,又有人到王多劳家里来了,这回来的是大队革委会副主任刘二娃,刘二娃黑着脸,一进门就叨叨开了:"你以为你是谁,连领导的话都可以不听?反了你了,你现在就跟我走!"王多劳没办法,就去了。

大队院子还是以前那个老样子,两块废铁板焊接的铁门半掩着,透过门缝,看得见院子里丛生的杂草和开会留在那里当凳子的一大堆半截砖头,若不是门口挂着"西坡大队革委会"的牌子,谁都会以为这里是废弃了的养鸡场。

刘二娃在前面走得紧,王多劳有点跟不上。王多劳其实是故意拖延时间。他猜不透单眼罗葫芦里到底卖的什么药:罗根有死了,贫协主任的角色真没有合适人了?王多劳扳着指头算了算,全西坡的贫下中农,没有谁比他受的苦更大,贫协主任除了他又能有谁?当这个念头在王多劳心里一闪,他随即又骂了自己一句"没有记性"。他知道,单眼罗若有那样的心肠,就不会半道里将他换下来。

王多劳进了院子停住了脚步,从脖项上抽出烟袋锅,在鞋底上磕了两下,一边走一边往烟锅里装旱烟,目光却斜到了那扇贴着白纸的窗户上。他透过模模糊糊的窗纸已经看到了单眼罗那个干瘦的头颅,好像晃了几下,然后停到了一个什么地方,是那种伸长脖子窥视的姿势。王多劳顿时忐忑起来,下意识地将脚步放慢了一点。

刘二娃将王多劳推了一把,王多劳向前一扑,将一条腿甩了出去,而另一条腿却仍在门外。这么一扭,他差点跌在地上。王多劳瞪了刘二娃一眼,正想说几句难听的话,单眼罗站到了他面前。

单眼罗很热情,拉着王多劳坐在办公桌跟前的凳子上,爷长爷短地唤了几声,将一杯热乎乎的茶水端过来,递到王多劳手上。

单眼罗做完了这一切,发现刘二娃没有走,脸黑了一下,意思是让他出去。刘二娃向后退了一步,却站住了。刘二娃知道单眼罗的习惯,喜欢在拷问村民的时候动不动就喊民兵,单眼罗如果到时候喊起来,没有人在跟前,不就失了革委会主任的威严?他因此没有敢动,他是在等待单眼罗确切的指令。单眼罗又盯了他一眼,问他还有事吗,他摇摇头,不知所措地向四周看了看,就知道是什么意思了,随即转身走了出去。

屋子里剩下了单眼罗同王多劳两个人。单眼罗对着王多劳呆看了一阵,突然眼睛

里闪着泪花说:"实际上我是很感激我干爹的,没有他,就没有我的今天,这一点我心里明得像镜子。你也知道,干爹活着的时候得罪的人多,偶尔不做做样子也是不行的……有对不住你老人家的地方,就担待点吧……"王多劳在心里骂:狗屁,做什么样子?做样子能做得连你爷爷的贫协主任也撸到一边去?

单眼罗说了一阵,见王多劳不插话,一直用疑惑的目光窥看他,突然就假装起伤感了。他从门后拿过来毛巾,在脸盆不多的一点浑水里蘸了一下,横着竖着抹了两下眼睛,说:"……也怪我鬼迷心窍,为了照顾我爹的情绪,把你换了下来,谁知他没有那个福气,早早走了……我这几天老想这事,觉得对不住多劳爷你对我的疼爱,今天把你叫来,就是想与你一块商量商量这事儿。"

王多劳突然一个振奋,站了起来。从他内心讲,他希望能重新回到贫协主任的位置上去,那样,他就不用再去看别人的眉高眼底,先前已经有了的派头又能拿到手上,确实是件他情愿干的好事。但他想了一下,马上便冷静了下来。单眼罗是什么人,他曾对儿子南原就表示过忠诚,说他不光要孝敬南原,还要孝敬南原全家,可后来呢,南原刚把他提成革委会副主任,他就开始在下面捣鼓!王多劳这么一想,竟自觉不自觉地摇了摇头。

单眼罗以为王多劳怀疑他的诚心,向王多劳跟前走了一步,说:"真的,我咋可能在多劳爷跟前说谎话?"王多劳在单眼罗再三再四的表白下,也就说了心里的话:"你今天能叫我一声爷我已经满足了,当不当贫协主任不打紧,可我确实想过,论苦大仇深,西坡十一个小队没谁能超过我,当着也没他谁说的啥……不过这事究竟咋办,你自个拿主意,我的态表得再好,人家公社也不会算数。"单眼罗说:"至于下来咋办,你不用操心,我有办法……不过,多劳爷生活怪艰难的,我想……想照顾你,你……看行不?"单眼罗说到这里一狠心,终于将关键的一招拿了出来,"你看,我将叫'爷'改做叫'爹'咋样?"

王多劳吃了一惊,"爷"这个称呼自从南原死后单眼罗就没叫过,今天刚喊了一声,为啥立马要变做"爹"呢?王多劳觉得奇怪,结结巴巴地说:"咦,人家都知道你将我儿子叫干爹,现在又将我叫爹,不怕村里的人说三道四?"单眼罗分辩道:"我还没有将事情说清楚,你就急了。是这么回事,我是想,你一辈子也不容易,等过几年你老得不能动了,还不得有个给你端屎端尿的?谷子是个女人,干这些活不方便,可我干挺合适,你不愿意?"王多劳说:"不是不愿意,是没有那个福分。"单眼罗说:"咋没有那福分?假若你将谷子嫁给我,那不就名正言顺了?"

王多劳终于明白单眼罗的用意了。单眼罗将他叫到大队来,根本不为贫协主任的事,而是要以贫协主任为诱饵,钓他那只傻鱼。这怎么可能?先不说谷子同意不同意,倘若真那么做了,辈分不就全乱了?这在乡下是件大逆不道的事,是被千人万人骂八

122

辈子先人的事,咋可能行得通?

王多劳不说话,王多劳一直用双手抱着头。

单眼罗没有注意王多劳的表情,他只想着自己的事。他这时候又拿出了惯用的伎俩,将头扬得高高的,眼睛看着房顶上的一根根檩子说:"这是多好的事啦,谷子还年轻,即使人家不提改嫁的事,做老人的也该考虑呀,你总不希望谷子守一辈子寡吧?再说了,与我结了亲,贫协主任的帽子又能戴在你的头上,你福也享了,风光也风光了,多好的事情,真的就想不明白?"

王多劳仍旧双手抱头。

单眼罗耐心地等着,他希望能从王多劳嘴里得到一句肯定的话,可是没有。这让他突然就不耐烦了,眼睛鼓得溜圆,说:"还有一条路,那就是权当我前面的话没说,你明天就到燕子嘴工地去修路。这叫公事公办,你看着办吧。"王多劳差点从凳子上跌下来。王多劳知道燕子嘴,也知道那是怎么的一个环境。他已七十多岁的人了,脚手不灵便,加上长期有病,怎么可能去深山里爬高下低?他的头嗡的一下,半天缓不过劲儿。过了好一会儿,才从喉咙里挤出一句话:"我做不了主,我得……得问问谷子……"

王多劳离开大队后,单眼罗独自一人哈哈地笑起来。王多劳最终还是软了,王多劳软得让单眼罗感到很舒服。这个办法是他坐在老庙台上吃着红薯时突然想到的。那天,他从红薯地那边走过来,手里拿着刚从地里刨出来的生红薯,用袖口擦了擦,坐下来慢慢地啃。啃着啃着不小心一块掉进坡底下的黄鼠洞里,他急急地跑过去,用手去抓,手太大,进不了洞口,他于是从树上折下一个枝儿,慢慢地掏,一下一下,终于将红薯掏了出来。单眼罗扒拉了一下上面的土,一口吞进肚里的时候,突然高兴了。他将这一过程与获取谷子这个人连在了一起。王南原死了,他对别的女人索然无味,他唯一看中的是谷子。可三番五次的,谷子就是不依,将家搬到了谷子家的隔壁依然无用,这便成了他的一件头痛事。他一天得不到谷子,就一天寝食难安。现在不用发愁了,他掌握了一种"借助"的技巧——掏取红薯借助的是树枝,得到谷子借助的是王多劳。可见,人还是能想出绝妙的办法。

单眼罗听说谷子对公公一向孝顺,夏天为王多劳找阴凉,冬天为王多劳烧热炕,什么事都没有马虎过,而且始终没有怨言。这样知冷知热的儿媳妇,即使公公死扛着不同意,儿媳也不忍心为了自己让公公到工地上去受罪。单眼罗的苦肉计一经施展,不出所料,王多劳果然无法再跟他抗衡,向他吐出了一句模棱两可的话。这是一个好的开端,单眼罗因此又向目标迈进了一步。

在返归的路上,王多劳向前走一步,向后看一眼,仿佛丢失了东西一般。

王多劳心里很不是滋味,他真希望眼前突然出现一口深井,他一闭眼跳进去,那

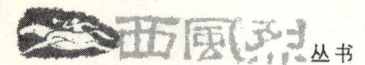

样，或者就得到了彻底解脱，谷子也就不会为这件事为难了。谷子是个好孩子，自从进了他王多劳家的门，到现在七八年了，累事苦事遇了不少，可谷子牙缝里从来没有露过一句埋怨的话。儿子一命呜呼，按常规儿媳妇的心早不在这个家了——现在又不是旧社会，年轻女人改嫁成了天经地义的事，怎么可能守得住？王多劳也打定了主意想让谷子改嫁，他试探了几次，谷子却没有那个意思。有一回，谷子竟跪在他面前说，她一定要为王多劳养老送终，决不会丢下老人不管。王多劳听了很受感动，说："孩子呀，你也不容易，有你这句话就够了，该咋办就得咋办，做公公的怎么能违心地让你受一辈子苦！"

王多劳其实就是被自己的那句话给闹的。

让谷子改嫁是他的主意，可要他去劝谷子嫁给单眼罗，他心里十二分地不同意。单眼罗是什么人？他不是不了解，连从小屎里尿里拉扯大自己的养父都不知道孝敬，真要与谷子结婚了，受罪的还不是谷子？王多劳不愿把儿媳往火坑里推。可狗日的单眼罗出了绝招，倘若拒绝了单眼罗的要求，他就得到燕子嘴去修路，这不光是出苦力的事，更是受侮辱、丢面子的事。西坡大队近几年向外派工，哪有像他这般年纪的人？他这么一想，顺势歪在了塄根上，头像破裂了似的疼痛难耐。

王多劳迷迷糊糊中看到了儿子南原。南原似乎不像以前的南原了，穿了一身朴素的淡黄色衣服，走路很吃力的样子。他问儿子要干什么，儿子说他欠了别人的债，要去给人家做苦力偿还。王多劳想了想不大对劲，现在是新社会，贫下中农当家做主了，怎么还要到受煎熬的日子里去？他正要问个究竟，刚刚出现在脑子里的画面模糊了。他左顾右盼了半天，方才看出了点门道，这不就是人们常说的阴间吗？儿子死了，死了的人到了另一个世界或者仍然有做苦力这么一说，但他不愿意自己的儿子受那样的惩罚。这是他最放心不下的事情。他曾在神像面前祈祷过，他说他宁愿自己死后八辈子都不超生，也要让儿子到了另一个世界平平安安。到底出了什么问题？儿子咋可能遭那样的罪？他吃力地呼喊，他让儿子领着他，去寻一个说理的地方。他还说他就守了儿子这么一个独苗苗，不能让儿子吃苦，他要替儿子分担点儿事情。儿子不等他，在前面飞也似的奔。他生气了，流着泪骂，这一骂，却将自己弄醒了。他一看，自己却原来躺在自家的炕上。

王多劳被人从野外抬回来，谷子就守在他的身边。炕沿上还坐了另外两个人，一个是向北，他与王多劳是本家，听到王多劳晕过去的消息，就赶来了。另一个是苏大脚，她是谷子叫来的，尽管她自己家里也遇了不幸，可谷子硬叫，她也就来了。苏大脚继续施展她自己接神送鬼的方法，拿出一个黑老碗，碗里盛了水，捏三根筷子，很认真地将筷子立在水里，然后一把打倒。

王多劳一直在说胡话，喉咙里咕隆咕隆的，像有一只弹球在滚动，滚了很久仍旧听不清说了些啥。后来向北"多劳叔多劳叔"地在一旁叫,叫了半天,王多劳才慢慢睁开眼睛,问:"我不是在……在大队吗,咋……咋……又回来了?"向北说:"你倒在半路上,被好心的人给抬了回来。"王多劳艰难地咳了一声,又问:"是谁?"向北没敢道出姓名,用手比画了一下黑色的陶罐,又比画了一下自己的胳膊,意思是说,是那些带了黑袖章去坳地里挖大口井的人。王多劳听了,使劲摇头,很不满意的样子,好像是说,倒也就倒了,怎么被"黑五类"们给抬回来了呢?受了这么大的一个恩惠,让村里的人看见了,还不说三道四?向北看出了他的担心,安慰说:"他们抬回来没停就走了,其实谁也没有发现。"王多劳这才闭上了疲惫的眼睛。

王多劳从发病到现在,都过去了好几天,还是下不了地。饭也吃得很少。谷子知道公公喜欢吃鸡蛋酸汤泡油饼,就去邻居花二秀家借了两个鸡蛋,点一把麦草火,推开加了油的千层饼,在锅里一转,快快地做好,将碗端到公公面前。公公只说他没有食欲,不想吃。公公刚说了一句,眼泪就又流了下来。

谷子看出来了,公公有心思,就问:"到底出了啥事,你说出来,说不定我会为你出个主意。"谷子的初衷是想安慰安慰公公,谁知正好说在王多劳的痛处,王多劳哇地哭出了声,说:"孩子,你还是找个你愿意的人家吧,别因为我耽误了你……"谷子说:"爹,我不是对你说过吗?我不嫁,你那么大的年纪了,我怎么能丢下你不管?"王多劳只管摇手,说:"傻孩子,你啥都不知道,啥都不知道呀!"谷子从老人的话里听出了蹊跷,追着问:"到底出啥事了?"

王多劳又咳了几声,扶着炕墙慢慢坐起来,战战兢兢地说出了单眼罗如何不怀好意地逼他,如何用燕子嘴修路的事要挟他等等那些烦心的事,说完了,痛心得直砸自己的脑袋:"孩子,你自己想办法吧,只要你不受罪,爹老了,活到这个年岁上,即使死了,也不冤!"谷子笑了笑,说:"我还以为是啥大不了的事呢,爹你别怕,他下一步要是再逼你,你就答应他,就说我同意了,让他来找我。"

谷子突然说出这种话,吓了王多劳一跳,以为她气糊涂了,拍着炕边喊起来:"你这孩子,你不知道单眼罗是什么人呀?"

谷子怎么能不知道单眼罗的为人?谷子算看清楚了,在这个世界里,想躲躲闪闪地寻安生根本没有可能,单眼罗对待他们的态度就是例子。单眼罗这一回拿出了他最毒的一招,在他那里,早就没有了善恶之分、廉耻之别,只要他想做的,不管怎么伤天害理,他都会狠着心去干。这样的人存在一天,村子里的人就会遭殃一天!这不是谷子今天才想到的事情,她已为这事煎熬了许多个白昼和夜晚,眼下公公重新提起来,她就再也不愿回避了。她劝公公:"你不要管,有他叫娘的时候。"

王多劳后悔极了,他完全可以不说出发生在他与单眼罗之间的事情,将所有的话都憋在心里,烂在心里。咋就没有把握住呢?他在心里骂自己实在是老糊涂了,想不

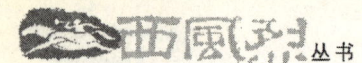

清事理了,一不小心就把什么都露了出来。那是将人往火坑里推,接下来可怎么去收场?乡亲们倘若知道是他从中作祟,还不咒死他了?人活多少岁也得死,与其在熬煎中受罪,还不如现在就结束了这条老命。

　　王多劳一连好几个晚上睡不着觉,他有心了结了自己的生命,又怕乡亲们将自己的死因强加到谷子身上,让她往后更不好做人。有心依了儿媳谷子吧,觉得对不住谷子,对不住死去的儿子,更对不起自己的良心。到底咋办?正在他绞尽脑汁、无计可施的时候,单眼罗的人又一次走进了王多劳的家。

十八

  胡子刘在家里待了一段时间，还不见单眼罗给他口话，心就不是心了，倒像是深秋里放糖了的火罐柿子，软在土炕上，连肠肠肚肚都快要流了出来。更像吃了药饵的耗子，躺不了几分钟就要从炕上爬起来，满院子毫无目的地乱窜。他伸长脖子向外探一探，唯恐外面有什么人在走动。他不怕社员看见，他怕的是单眼罗，倘若单眼罗像鬼一样突然进了院子，他说不定会吓得尿了裤子。他答应过单眼罗，就是躺得脊梁上生了疮也不会再动。这话说起来容易，一旦真躺的时间长了，就不好坚持了。他从仰着躺换成侧着躺，又从侧着躺换成靠紧墙壁斜坐着，可不管怎么换，始终都不舒服。

  他今天在院子里转悠的时间比以往什么时候都长，几乎进了屋在炕边上坐一小会儿就又到院子里来了。他一遍遍地喊老婆，让老婆为他当侦探，老婆说："中午还吃不吃饭了，让我来回这么折腾？是不是打算把嘴吊起来？"胡子刘见老婆有怨气，也没有好言语："别说两个月，你躺二十天试试？"

  胡子刘实在躺不住了就对着老天发誓，说即使让他不当王家堡的队长，他也不能再那么躺了；即使从今往后不让他睡女人，他也不受那份难以忍受的洋罪了。他一直想不通，这哪里是在教训天助？明明是在整治他自己呀！天助大不了流点汗，可他煎熬的是心！

  他走到用碎砖块垒砌的后院门口，那里有他一天挨一天放在鸡窝上用来计算天数的柴火棍儿，过一天就放一根，像游子计算回家的日子，一根一根都饱含了漫长的等待。今天，他到了鸡窝旁又忍不住地数了一遍，就觉得心里的数字远远大于堆积起来的数字。单眼罗曾对他说过，伤筋动骨一百天，一定得装到那个时候。可柴火棍儿堆积的数字表明，才刚刚两个月零三天，再数都不会多。他失望地闭上了眼睛。

  胡子刘实在耐不住了，就指着自家院子里的那棵榆树骂，他骂它弯弯曲曲尽长不顺溜的枝，横里竖里都不是个好材料。骂它不高不矮本来就没有啥尿本事，只会绕着墙根转弯弯，动不动就把倒霉事给引来了。前一句与院子里的榆树还多少有那么点联系，后一句纯粹是指桑骂槐。胡子刘这时候不可能骂耕田，也不可能骂死去的王南原，

他实际上在骂单眼罗。在这两个多月时间里,他躺在炕上没事,反复将单眼罗与王南原做了比较,得出的结论是,两人都不是什么好东西!王南原可恨的一面是让他不大不小上了五次批斗会,上完也就不管了,他可以继续扭头,继续对着天对着地谩骂。单眼罗虽让他当了队长,可两个多月窝在炕上所受的罪加起来,就好比上了六十多场批斗会,说起来比王南原还要浑!胡子刘这么一想,忍不住又骂起来。

他骂得很解馋,抡着胳膊踢着腿,像是有一个固定的目标。他这么一煽乎,惊动了正在下蛋的母鸡,老母鸡咯咯咯地飞起来,叫声比胡子刘的谩骂更亢奋。胡子刘不服,将胳膊又抡了一下,要给它一点颜色看。鸡被激怒了,跳起来,对着他的脸抓出了一道血印子。老婆看见,急忙赶过来,要给他抹红汞,他将她的手拨到一边,心里的火顿时发大了:"你好,都是你的好,把你男人啄死了你就高兴了!"在胡子刘看来,这简直就是老婆使的坏。鸡是老婆养的,老婆每天给它食吃给它水喝,百般娇惯它,它才有了抓人的力气,不是老婆的错能是谁的错?

胡子刘不会服气。他是王家堡的生产队长,将人都能一个个治得服服帖帖,何况一只鸡?他眼珠子一转,决定杀了这只鸡。他自己不想动手,他要学一学单眼罗的那种派,凡事使个眼色别人就能心领神会。他于是就对着老婆实践了一次。老婆却没有动,他又使了一次,老婆还是没动。他不可思议,就用一只手作刀,另一只手做出捉鸡的样子,认真地比画了一遍,老婆看着愣神,还是没有看懂是什么意思。胡子刘生气了,二话没说,向那只老母鸡扑过去。胡子刘这时候已经顾不得装病不装病的事了,只想看着抓伤他的那只鸡突然躺在他的脚下,连哀鸣的机会都没有。

老婆这回看懂了,鬼哭狼嚎般地追过去,拽着胡子刘的衣袖不放松,说:"没有了老母鸡,你给我下蛋呀?你一袋一袋抽旱烟,钱从哪里来?"胡子刘说:"我就是不抽旱烟,也不能让一只烂熊鸡不服管教!"老婆说:"管教?你管教得了谁?"胡子刘冷笑了一声:"你不知道?耕田、谷子、向北……哪个逃出了我的手掌心?"老婆说:"算了算了,再别卖你的乌马长缰绳了,只有你才逃不出人家手掌心哩。还不如一只鸡,鸡至少能飞过院墙,可你嘴硬,走到门外面让人看看……"

老婆的话激怒了胡子刘,他便不再与她磨牙,冲进厨房,拿出一把明晃晃的菜刀,挥着嚷着满院撵鸡。老婆没办法,坐在门道里放声干号起来。几个多事的老人,平时不下地,听见了,觉得奇怪:胡子刘病了,在家躺着,这时节胡子刘的老婆哭喊,是不是人死了?感叹之余,相互转告,便约了你或者他,将胡子刘家的大门推开一道缝往里看。这一看不打紧,胡子刘的秘密暴露了。胡子刘能在院子里撵着鸡跑,哪来的病呀?这话虽然没有人说,但老人们往胡子刘眼前那么一站,等于什么都说了。他们点着头作出一个尴尬的笑,说:"队长的病好点了吧,我们几个一直说过来看看,到今儿个才抽出点时间。"胡子刘哼了一声,故意问:"你们又不上工,啥事忙得咋就抽不出时间?"几个老人无言以答,你望望我,我看看你,脸上的皱纹一上一下抽动,笑也就不像笑的样子了。

胡子刘其实这时候早已忘记了他装病的事,一转身竟使唤上了老人。他向他们作了暗示,意思是让几位老人从门口包抄过来,把鸡拦住。老人们哭笑不得,也就将两只手摆开,赶着鸡往里面走。胡子刘弓着腰,等母鸡快到跟前,一个鹞子扑食,张着臂向老母鸡压下去,老母鸡没能逃得脱,扯着嗓子叫了几声,就被胡子刘掐住了脖子。胡子刘从窗台上拿起菜刀,在石头了蹭了两下,就要往鸡脖子上搁,几位老人见他将心思全用在杀鸡上,没有工夫顾及他们,方才悄悄地溜了出去。

老人们的见闻,过了两个时辰就成了王家堡村民议论的焦点。田里锄草的,梁上施肥的,到了歇响,全都围在一起,为天助抱打不平:"没病就是没病,为了坑害别人硬装着,这简直就是雪地里埋死人,雪化了,还不露了馅儿?"

"人到世上是积德行善来了,少做点缺德事,死的时候才不会学牛叫!"

"瞎事做多了,说不定哪个夜晚鬼就要到他家炕头上掐他的脖子。"

……

村里一时间风言风语四起,顿时给王家堡的空气里注入了另一种味道。

这些不大好听的话到了单眼罗耳朵里,一听就知道骂声不仅仅对了胡子刘,肯定也有他的份。天助与胡子刘的事是他一手操纵的,要平息人们的议论,他不出面看样子是不行了。中午吃过饭,他在刚盖起的新房里睡了一个午觉,起来,绕过几棵槐树,就径直到了胡子刘家的门前。他一把将门推开,胡子刘果然蹲在墙根上拔鸡毛。胡子刘见单眼罗来了,先是吃了一惊,单眼罗迟不来早不来,偏偏在他与老婆吵了架,没有人替他放哨的时候推门而入,让他有点措手不及。但他很快镇定下来,将鸡举了一下,马上就有了词儿:"罗主任来了,我揣摩着你肯定这几天要到家里来,这不,早就在这里杀鸡等候。"

单眼罗吃了一惊,胡子刘能随机应变地说出这么一番话,可见胡子刘在他面前已开始学着耍花招了。倘若胡子刘将这种习气继续下去,也许很快就会不服管教,变成另一个他琢磨不透的胡子刘。他在思考这种变化的可能性,没有去理胡子刘,却走到抹泪的胡子刘老婆跟前,问这到底是怎么一回事。胡子刘老婆将上午发生的事向单眼罗说了一遍,单眼罗却嘻嘻地笑起来,说:"不错,不错,有点像我的脾气,能折不弯,鸡欺负咱,咱就跟鸡较劲儿,人不老实,咱就跟人摔跟头。像我,像我!"

胡子刘见单眼罗夸他,给鼻子上脸,说:"我没有诳你,你来了就不要走,咱一块儿吃鸡肉。"单眼罗伸出舌头在嘴边舔了一下,说:"那还用说?不过,我过来可不知道你在杀鸡,我是听到别的话不放心,赶来了,"单眼罗接下来便说出了他的担心,"我给你再三叮咛过,三个月后再出门,你咋就管不了自己呢?"胡子刘说:"不是我出去,是那帮

老汉撑过来的。我没想到他们会坏事。"单眼罗带着训斥的口气说:"没想到?你没想到的事多着哩,这么下去,连我都要为你背黑锅!"胡子刘见单眼罗说不高兴就不高兴了,哀求道:"我实在受不了了,你就想个别的办法,我一天都撑不下去了。"单眼罗说:"撑不下去就不硬撑,你说你准备怎么走出你们家的大门?"胡子刘以为单眼罗生气了,故意拿话堵他,怯怯地低下头,说:"那就硬往下扛呗。"

单眼罗将眼睛狠劲闭了一下,很不满意地骂了一声娘,说:"你咋就这么蠢?那几个老头将你的'笼笼'全卖完了,到这时还硬扛有什么用?"王家堡的人把传扬别人的丑事叫卖笼笼,单眼罗用这句话,是说胡子刘傻得不透气。胡子刘见单眼罗真的要他出门,高兴地拿出烟锅让单眼罗抽烟。单眼罗抽了一锅,说:"你明天就下地,但走路不要太快,给人一种病刚刚好的感觉。到晚上开个社员会,讲讲阶级斗争新动向,顺便敲打敲打那几个年岁大的,但不能过分,他们毕竟都是长辈,得罪了连他们的儿子、孙子都要站出来跟你较劲。"胡子刘点点头。胡子刘终于在老头子们的歪打正着中得到了"解放",他真想在单眼罗走后唱一曲"解放了,天亮了"的歌。

胡子刘走出自家大门的那一瞬,天格外明亮,一棵棵树木看上去也巍峨挺拔了。他手搭凉篷向远处看了看,田里的早秋已经高高的了,塄旁的蒿草也不再是绒绒的黄、嫩嫩的绿,而成了深黛色。狗日的日子像飞一样!他在心里说了这么一句,试着让舌头在口腔里转了一圈,嘴里涩涩的,很像刚刚嚼过了草,失去了往日的光滑。他知道需要说的话已有些日子没有说,需要骂的人同样许久没有骂,心里浓浓地起了点失落,脚步马上就加快了。

这是一片留着来年种麦子的闲地,地里的土疙瘩很大,胡子刘没走几步鞋子就磕掉了,他对着一块土疙瘩踢了一脚,干脆将鞋脱下来提在手上。他要到棉花地里去,棉花苗刚刚出芽,紧要的是得赶快松土。他远远地听到了一伙妇女的嬉闹声。他虽没有看见那里的人,这嬉闹却已证实了他的判断:这帮嘴上不长毛的破烂货根本就没有好好干活!胡子刘急不可待,他要到那里去给她们点颜色看——胡子刘早就忘了,在女人们集成堆的地方他从来都没有占过便宜,女人在嬉闹中常常轻易就能把他"拿下"。

胡子刘提着两只鞋突然站在女人们面前,还真将她们给唬住了,刚刚无节制的嬉笑戛然而止。可沉默仅仅滞留了几秒钟,就被一句酸溜溜的话闹得沸开了锅。说话的是铁算的老婆花二秀,她刚到秋地里尿了一泡,回来就见大家不吭声了,接着便看见了提着鞋子的胡子刘。她对胡子刘反感极了,一瞅见就犯恶心。她一直想找机会戏弄戏弄他,今天总算找着了,便提着嗓门说:"胡子队长看样子好长时间没上老婆炕了,连鞋都怕来不及脱,这是棉花地,不是你家,这么多女人,真要一齐上没准就把你抽干了。"女人们随即哈哈大笑。不怕羞的几个老女人,听了花二秀的话,一拥而上,冲到胡子刘跟前就要扒他的裤子。胡子刘曾经有过这么一次遭遇,不过那次是在碾麦场上,男男女女的人很多,他在几个男人的帮助下才没有闹出难堪。这一回却不同,这一回是在野地里,而且没有前来帮忙的人,胡子刘就有点怯了,欲转身逃走,可又一想不行,装了两个多月的病,今天刚刚露面,就心甘情愿地败下阵去,还不让人背地里笑话?

胡子刘正在犹豫,女人们已经动起手来,抱腰的抱腰,扯腿的扯腿,三下五除二就将他摁倒在草丛里。这时有人也就向前解他的裤腰带了。胡子刘的裤腰带是一截榆树皮。几根榆皮条子像辫子一样拧在一起,粗粗地一系,仿佛半山腰上拴了一圈铁链。女人在家里做针线,解扣缝扣习惯了,真可谓手到擒来,没多大一会工夫,胡子刘的下身就赤裸裸的了。女人们将他像面袋一样的内裤扔到了树权上,拉着光着屁股的胡子刘在女人堆里转。女人们哈哈地笑,你或者她也就说出了让胡子刘更加脸红的话:"还以为胡子队长怎么了不起,原来才那么大一点东西,连一只老鼠都喂不饱哩。"

胡子刘用了吃奶的劲,甩开她们,蹲坐在地上,双手捂着下身,动都不敢动一下。这时有刻薄的女人便开始挖苦:"胡子队长说啥也得站起来,鼓鼓劲,让那玩意儿也像堂堂的队长,我们大伙也就服了。"

"胡子队长的脸今天也没有往常那么黑了,是怕一不小心跌进女人的裤裆里吧?"

"……"

棉花地里的闹剧一直进行了一个多小时,女人们也就放下手里的活儿,连说带笑地轻松了一个多小时。后来,大家在妇女队长的催促下锄地去了,胡子刘才飞快地跑到树跟前,用一块坚硬的土疙瘩,将裤子从树梢上打下来。

在女人们与胡子刘嬉闹的这段时间里,谷子也在棉花地里,可她没有上这边来。倘若她的丈夫王南原活着,与男人打闹的事情肯定少不了她,或者这种闹会由她发起,由她将酸溜溜的"导火索"点燃,但她今天向这边看都没有看一眼。她知道是胡子刘过来了。胡子刘是什么东西她心里明白,她不会凑那个热闹。她这时候一直在想单眼罗纠缠威逼王多劳的那件事。单眼罗在谷子面前接二连三地受挫,一点便宜也没有占到,就在王多劳身上打主意,这是让谷子犯难的一件事,一个七十多岁的老人,怎么可能承受得了精神和体力的双倍威逼!她宁肯受苦受累,也不愿看见公公可可怜怜、度日如年。谷子因此而闪出一个念头,那就是临危奋争!她自己对自己说,怕其实是藏在人心里的枷锁,人一旦让步了,它就会紧紧地锁住了手脚,让人永远都无法挣脱。

谷子一下一下锄着棉苗旁边的杂草,一遍一遍分析着蜂拥而至的迷惘与烦恼,她将这边发生的事情全当了耳旁风。

胡子刘一进棉花地就看见了谷子,他用双手捂着下身的时候眼睛更离不开她。奇怪的是,瞬间他却少了许多对谷子的厌恶。他看了一眼谷子下身的那个东西就不由自主地鼓胀起来。他在心里说这阵子不能胀,那么多女人盯着,他得顾及身份,摆出个坐怀不乱的样子,可他就是管不了自己的下面。他一直将双手捂在那里,女人过来拨都没有拨开。他第一次发现谷子绝顶的俊秀，整个棉花地里的女人加起来都没有谷子的模样儿俊，怪不得单眼罗连黄花姑娘都不要，非要抓着谷子不放，原来在男女的事情上，诱人常常是一种感觉，它一旦钻进心肺里，想抛都无法抛掉。宁吃鲜桃一口，不吃毛栗半背篓，单眼罗会享受呀，单眼罗他娘的就是比他胡子刘精到得多。胡子刘这么一想，就将王南原批他的事全忘了，眼睛里只剩下了晶莹剔透的谷子。

胡子刘事后回想起来，他裸着下身能在棉花地里当着那么多的女人坚持一个多小时，全是谷子的作用。谷子让他将蒙辱变成了一种陶醉和享受。

胡子刘好不容易脱了身，往坳地里一拐，却看见耕田和另外几个社员在土场里挖土，他没有吭声，像鬼似的轻轻走过去。

耕田在土场里挖了一阵土，刚坐下来休息，胡子刘就站在了他的面前。

耕田看了一眼，奇怪了一下，不是说胡子刘被天助打骨折了吗？才两个月，咋可能好得这么快？耕田最不愿看到的就是胡子刘，两个月来，胡子刘不在，他放松多了。他不用再担心有人偷听他骂牛，他甚至可以随心所欲地对着牛或者骡子宣泄一通，把它们的祖宗三代搬出来损也不会有人干涉，相反还会引来喝彩，说他的语言犀利语调亢奋若用在人身上会直击对方的胸口以至对方晕过去。耕田笑笑，耕田说不敢，没有往人身上用都惹出了麻烦，真用，就非死不可了。耕田在快乐中曾经偷偷诅咒，他希望胡子刘的病一直不要好。

胡子刘竟然那么快就好了，这意味着耕田的舒适日子到头了，又要回到先前那种压抑中去了。他本来想向胡子刘打个招呼，半天却没想出应该说的话，就傻傻地只是看着。胡子刘眨巴了几下眼睛，说："没见过还是咋啦，这么看人？"耕田被胡子刘这么一问，呛得更没有话了，低下头，站起来继续挖土。胡子刘见耕田这样，心里极不舒服，蓦地就来劲了："我又不是狼虫虎豹，咬人是不是？老躲着？教教你学好都不乐意，那我这个队长还咋当？"

与耕田一起挖土的社员赶忙过来劝："胡子队长，你的病刚好，别动气，动气骨头愈合慢，好得也就慢。"这句讨好的话，胡子刘却听出了别的味儿，他额头上的青筋一蹦，骂道："你说了个啥？我动气？你咋不说说你们这些'二百五'都是些啥货色？动不动与我怄气，我不发脾气能行？"

胡子刘骂完土场里的人，算是出了棉花地里那口恶气，觉得舒服多了，也就忽略了一个最要紧的问题：他是认认真真装了几十天大病的人。他正在兴头上，于是离开土场，若无其事地往另一个坡梁上走去。

他跨过一条小渠，转身发现渠里的水清澈见底，比吃的井水还洁净，就蹲在渠边，洗起了到现在还沾着棉花地泥土的双手。他无意间从清凌凌的水面上看见了他那张被鸡抓出一道血印的脸,就觉得太丢人了:咋就带着伤疤到女人堆里去了呢?不知道的人还以为干什么缺德事被人抓伤的。胡子刘狠狠瞪了水里的那个他一眼,捡起一块石头,扬臂一甩,将石头抛了出去。渠水溅得老高,弄得他满脸满身都是。他骂了一句脏话,转身要走,发现苏大脚怒气冲冲地站在他面前。

　　苏大脚的儿子天助受冤枉的事苏大脚一直记在心里,况且儿子现在继续受苦,她几次都有与胡子刘拼命的想法。没想到一出门给碰上了,就一个箭步冲上来,一把将胡子刘胸前的纽扣撕开,问:"折了的骨头在哪里,指给我看看!"胡子刘没想到苏大脚如此胆大,敢在队长面前耍歪,毫不犹豫地一把将苏大脚推开,说:"我没有骨折又咋啦?我就是要整治你儿子,罗主任也要整他,你又能咋样?"胡子刘说完,扣上衣扣正要离开,苏大脚扑过来,一把抱住了他的腿,哇哇地哭喊起来。许多在地里干活的社员停下手里的活儿向这边看,有的干脆寻了一个位置,站在了高处窥视。胡子刘向前挪着脚步,苏大脚也就被拖着一点一点地移。有胆大的社员已不再顾及后果,指手画脚地骂开了。胡子刘一句都没听清,但不友好的表情却被他看见了,也就不得不软下来,低着头对苏大脚说:"行了行了,把你儿子从工地上换回来还不行吗?"

十九

谷子从娘家回来,天已经接近黄昏。

自从王南原去世以后,她很少回到峪岈村去。

农村讲究多,年轻女人死了丈夫一年内不能回娘家,说是会带了晦气,对娘家的大人小孩不好。谷子怕自己的亲人受到伤害,即使想念父母,仍没敢走那条通往娘家的小路。也怪日子太冷清,除了苏大脚,昔日的伴儿先后弃她而去,加上接二连三地受到单眼罗、胡子刘的欺负,连个倾诉心思的对象都没有。虽然王多劳对儿媳颇有同情,但毕竟是公公,家里又没有别的人,她因此不便将心里话拿出来。女儿最愿意倾诉的对象还是亲生父母。谷子就这么狠了狠心还是回到了峪岈村。

中午日正端的时候,谷子的哥哥下了工,沿着村口渠边的小径往家走,一眼就看见了谷子。他先是一惊,以为自己眼花了,揉了揉眼睛,再看时,却就是妹妹。他慌得像发现了一只垂涎三尺的饿狼,也不与妹妹打招呼,快步走回家中,"咣当"一声放下肩上的农具,急急地将事情告诉了父母。

谷子一直低着头走路,并没有发现哥哥。

等她顺着熟悉的那条路走到自己家的门口,门却关着。她敲了敲,没人应答。她凑着门缝向里瞧,屋门同样关着,只有几只鸡在院子里一来一去转悠。她揣摩着父母哥嫂或者下地还没有回来,就坐在门旁的石头上一边用手绢扇凉,一边等。等了大约一个钟头,她抬头看时,日头已偏到西边去了,她觉得不大对劲,问隔壁走出家门的伯叔弟弟,伯叔弟弟说谷子的父母哥嫂收工后早就回家了,不可能没有人。伯叔弟弟便过去帮谷子敲门,敲得门环"哐哐哐"地响,还是没有人应答。他说:"不对呀,我看见他们回来的,咋可能没有人?"于是便继续敲。过了一小会,屋里还真有了动静,接着,门"吱咛"一声开了,谷子的哥哥一到院子就问:"谁呀?"谷子的伯叔弟弟回答:"是我,狗剩。"谷子的哥哥听说是自己的堂弟狗剩,松了口气,从后院走到前院,左右瞅了瞅,问:"我妹走了吗?"狗剩说:"没走,你们在屋子里,咋不开门呢?让谷子姐一直站在门外。"谷子的哥哥听了狗剩的话,机械地将腿向后拉了一下,可已经来不及躲闪,谷子还是从门缝里看见了他。

谷子的哥哥尴尬了一下,说:"妹,你一年的守孝还没有满,咋敢一声不吭地回来,不怕村里人说闲话?还是回去吧。"

谷子顿时明白过来,她在家门口待了那么久没能进屋,原来是家里人拒绝她呀。她的眼泪刷地流了下来,她很想对哥哥说,她心里太苦,只想找亲人诉一诉,希望哥哥能让她见父母一面。她试着将嘴张了张,却没有说出来。她这时候只喊了声爹,喊了声娘,就重重地跌坐在地上。

她喊爹喊娘的声音很大,两位老人肯定听见了,却没有应答,屋子里也没有响动。狗剩呆呆地站在一旁,不知道该怎么劝慰谷子,过了好一阵,才从地上扶起谷子,欲将她领到自己家里。

谷子没有跟狗剩去。她掸了掸身上的灰尘,向那个虽然破烂,但留着自己童年记忆,留着父母对她的溺爱的小院鞠了一躬,转身就往王家堡走去。

一路上,她心不是心肺不是肺的,腿脚虽一下一下向前迈,却觉不出那是自己身体的一部分。她头颅沉重,目光游离,瞳孔里全是些乌七八糟的东西,有纷纷杂杂的委屈和凌辱,更有这段时间里累积起来的不顺心,一时间憋得她喘不过气来。

她在朦胧的幻觉中看见了母亲,也看见了父亲和哥哥。那是一幅幅清晰可见的图画——她在母亲的脊背上躺着,伴着母亲沉重的脚步,随着蜿蜒起伏的山势,摇晃着,颠簸着。母亲豆大的汗粒从脸上滚下来,她挣扎着要下来,母亲不让,母亲说山上长满了枣刺,弄不好会刺伤了手脚。那时她虽然很小,但能从话里听出母亲对她的呵护和疼爱,她将小手伸过去,小心地揩擦着母亲脸上的汗珠……而父亲却是从很远的一个地方赶回来的,手里拿了几粒新鲜的桑葚,一根高粱甜秆儿,进了屋就把它们塞到了她的手上,笑笑地看着她,等她将一粒桑葚填在嘴里,他才满意地转身离开……还有哥哥,尽管比她大不了多少,在村里却是个顶天立地的男子汉,谁要欺负她,哥哥马上就能站出来,与人家拼个你死我活……他们今天都怎么了?

在婚姻大事上,本来她喜欢的人是山河,是父母看上了王南原的地位,硬将她嫁到了王家堡。王南原活着的时候,父母巴不得每天将女儿女婿请到峪岈村去,他们要谷子和王南原回去,是要在村里人面前露一露势威,让人们知道,他们家有一个当革委会主任的女婿,村里大大小小的好事顺其自然地都该有他们的份。事情还真按他们的想象发展了一段时间,峪岈村的人给足了他们面子,便宜或多或少也就占了一些。现在王南原死了,为他们遮风挡雨的墙倒了,先前坚强的依靠也就没有了,难道连女儿也不要了?

谷子急急地走着,突然被一根树枝挂了一下,袖口扯出了一个小洞,她止住了脚

步,向路旁一看,那根张牙舞爪的洋槐枝正对着她,像是一个面目狰狞的魔鬼,用"蛮横"拦住了她的去路。她旧怨新怨加在一起,顿时怒火万丈,弯腰从地上捡起一块石头,正要对着洋槐砸去。也就在这一瞬,她看见快成熟的麦地里有一个被推动的旋涡,微微摇晃着,像乘了风,随着麦秆的起伏一点点扩大。这种现象只有两种可能:一种可能是有人在偷生产队的麦子,趁着夜幕降临藏在麦地里,甩动着锋利的镰刀;另一种可能就是遇到了狼,狼在天黑的时候常会钻进麦地里打滚,伺机吃那些野獾、野兔之类的小动物,弄不好也有可能伤及过路的人。谷子吓坏了,拿在手里的石头与她的胳膊一起颤动。她想将石头抛过去,又怕真的是狼,一旦反扑过来,她就没命了。但石头不能扔,扔了,狼真到了身边,拿什么抵挡?她小心地转过身去,抬着轻轻的脚步,打算快快地离开。

她刚迈出脚步,就听到了一个女人的声音。女人说:"日子要是能过得下去,我也不会到麦地里来干这种事情,你就多加点钱吧。"

女人的语调里带着作出来的娇柔和哀求,像是抿着嘴在说话。谷子浑身抽搐了一下,马上就知道是什么事了。而且能判断出龌龊的事情正在激烈的进行之中,不然,麦地里的旋涡就不会跟着扩大。谷子一直没有听见男人的声音,听得见的,只是男人像猪拱食一般的哼哼。过了大约十几分钟,女人又说话了:"你慢点呀,一点都不知道怜惜别人……死鬼,我刚才说的话你到底听见没有……"

女人这次说话的语调大大地吓了谷子一跳。那不是铁算的老婆花二秀的声音吗?怎么可能是她?

谷子听人说,花二秀的娘家爹得了怪病,一年四季蜷缩在炕上不能动弹,在炕上吃在炕上屙,花钱如流水,亲戚朋友街坊邻居没少帮忙,到头来依然入不敷出。铁算当着生产队的会计,好赖也是个有头有脸的人,生产队里除了队长,就属他风光,队里的油水不可能不沾一些,咋会逼得老婆干这种营生?

事情说起来,依然免不了曲曲折折。

花二秀为了老爹的病,吃了多少苦,受了多少累,铁算从来都不过问,仿佛花二秀家的事与他一点关系也没有,这正是花二秀非常痛心的一件事。其实,这种不冷不热的态度,从结婚那天,花二秀就发现了。花二秀在唢呐声中走下花轿,被人扶着跨过火盆,迈过新房的门槛,坐在铺着苇席的土炕上的时候,她就感觉到了这一家人对她的冷漠。按村里的习惯,此刻会拥进来一群孩子嬉闹,抢吃炕上散落的花生、大枣和莲子。结婚的当日将这几样吃食放在一起,取的是"早生贵子"的意思,一般人家都不会忽略这个环节。然而,花二秀既没有看到散在炕上的这些东西,也没有等来嘻嘻哈哈的孩子。她一个人一直坐到听见有人收拾锅灶,才知道前来吃酒席的人早就散了。

这期间铁算没有进屋,也没有去高粱秆围起的席篷下招呼客人。他坐在灶火里一声不吭地帮母亲拉风箱,拉出来吧嗒嗒,推进去哐当当。母亲站在锅跟前下面条,锅溢了,母亲让停一停,他继续拉,母亲就骂了:"鬼把你的魂牵走了?咋遇到高兴的事高兴不起来?"铁算流着泪,也不说话。母亲又骂:"你是让福给烧的,多俊的一个媳妇,咋就提不起你的劲儿?"铁算一声不吭,依然吧嗒吧嗒流眼泪。

到了晚上,花二秀放下做姑娘的羞涩,招呼铁算过去睡觉,他不搭理,身体扭到一边,坐在炕沿上装模作样地看书。花二秀凑过去一看,不是什么有意思的连环画或者故事书,却是一本没有了封底封面、卷曲不平的旧皇历。她将书夺下来扔在桌上,他就又从桌上拿起来;她过去再夺,他干脆站在地上,离她远远的了。花二秀在这种生活中过了两个多月,直到铁算有次喝醉了酒,她才让铁算靠近了她的身子。

后来的许多日子里,铁算依然对花二秀不感兴趣,即使干男女间的那种事儿,也是草草架势,草草收场,像完成任务似的,没有让花二秀满足过。花二秀到现在都不知道,铁算的异常举止,其实是有原因的。

铁算与花二秀结婚完全出于无奈,铁算心里压根就没有花二秀,他真正喜欢的是铁匠李的女人大翠。

大翠与铁算同队不同村,铁算在王家堡的北庄,大翠在王家堡的南庄,南北二庄中间隔了一个大涝池,涝池边上有片树林,他们的故事就发生在那里。

那天铁算从河湾镇回来,想到树林里尿一泡。他刚准备解裤子,就被身后的一双手紧紧抱住了。铁算扭头一看,不是别人,正是南村的大翠。大翠是大队宣传队的重要人物,演《智取威虎山》中的小常宝,一招一式,虽与专业剧团差么一点,却同样能赢得千人万人的喝彩,这或者正是因了她身段的端庄,脸蛋的俊俏。那几年,铁算常常去大队看戏,去了其实就是为了看大翠。看完了便站在戏台后的一棵大树下等大翠卸装,然后再与她一起回家。起初大翠没有往那种事上想,琢磨着反正都是一个村的,天又那么黑,两人结伴而行也没有什么不好,就依了。后来大翠发现,铁算在路上总拿树桩吓她,说前面好像有一个黑乎乎影子,正在那里左左右右地晃。铁算每次怪模怪样地向路边一指,大翠因害怕总会扑过去紧紧地抱住他。铁算要的就是这种效果。他轻轻地在她头上抚摸,在她的身上抚摸,嘴里假装说些安慰的话。这种一惊一乍的事情多了,大翠就有了别的一些感觉,她终于在铁算又一次制造的惊恐中,对着将手慢慢移到她胸前的铁算给了一个重重的巴掌。

铁算因此便说了实话,铁算说他非常喜欢大翠,发誓一定要娶大翠做媳妇。铁算的表白惹得大翠哈哈大笑,她说:"咱是一个村的,虽然不是同一个宗族,可论辈分你得叫我二姑,咋有这种可能?"铁算说:"狗屁辈分,都是人胡叫哩,你不当回事,我不当回事,管别人屁事。"大翠想想也是,虽然乡下"父母之命,媒妁之言"的习俗还没有被打破,但她是宣传队的人,起码要时髦那么一点点,怎么会受一些旧习俗的约束?她对着

铁算点了点头。或者正是她的点头撞了祸，那天，铁算终于将她抱进了密密的高粱地里……

自从有了那一回，大翠终于发现男女之间再没有比干那种事舒服了，因此便常常萌生一种控制不住的冲动。后来，那种控制不住阴差阳错，竟被王南原轻易地驾驭了。王南原没有动太大的心机，只说了一句话就将大翠吸引到了他的身边。王南原对大翠说，听说县里的剧团要招人，得经过大队推荐，只要他说一句话，事情也许就办妥了。大翠向往城里人的生活，听了王南原的话，毅然抛开铁算，一头扑进了王南原的怀抱。

王南原那时已经娶了谷子。王南原却更喜欢吃"野食"，整天与大翠黏在一起，如胶似漆，难分难舍。没过多久大翠怀孕了，这可紧张坏了大翠，她跑到大队问王南原怎么办？王南原说："这事你问我有啥用，你自己身上的事，自己想法解决不就完了。"大翠又问："县剧团的事呢？"王南原说："以前确实有那么一回事，人家突然改变了主意，说是不要农村娃了，我也没有办法。"从大队回去，气得大翠两天没有吃饭，母亲问她哪里不舒服，她不说，只是流泪。后来父亲也问，她就不耐烦了，粗着嗓门喊："我想结婚！"

父亲被这一声吓得从炕沿上跌下来，没敢再说话，一个人转到院子里去了。

大翠躺了两天，突然出了门，在村外去了一遭，回来，将村里长得最寒碜的铁匠李领到爹娘面前，说："我说过我要结婚，男人已经选好了，就是他。"爹看了看铁匠李，浑身固不住地发抖，说："你……你……你，你找谁不行，咋偏偏找了他？"爹怎么也没有想到女儿会作出那样的决定，气得牙关咯咯咯直响，一句完整的话都说不出口。大翠不愿意正面回答父亲，仅说了一句话："我怀了他的娃娃。"

未婚而怀孕，在王家堡这样的小村庄，这种事情简直比烧杀抢掠还要丢人。大翠的爹怕村里人听见他们的吵闹，将不好的名声传出去，让人指他们的脊梁骨，大骂了大翠一通后，急急地将铁匠李拉进屋子，说："那种话可不能随便乱讲，到底是不是真的，你说一说。"铁匠李见大翠的爹一定要问个水落石出，慌了。他记起了大翠早晨说的话，大翠说她被人糟蹋了，怀了孕，如果铁匠李不嫌弃，她就嫁给他。铁匠李知道自己长得丑，加上家里的条件又不好，能有这样的艳福，已经求之不得了，便满口答应："我不管那些，我什么都不管。"就这样，大翠将铁匠李拽到了老爹面前……

铁匠李扭头怯怯地看了一眼大翠，大翠的眼睛里放射着一缕锋利的光芒，就像战争年代里革命者盯看叛徒，一看就把铁匠李看得心惊胆战了。他赶紧点了点头。

没过多久，大翠真的与铁匠李结婚了。

这件事在整个王家堡引起了轰动，人们纷纷议论，说这才叫一朵鲜花插到牛粪上哩。铁匠李听见了，也不与人争不与人吵，他只关心一件事，就是给自己老婆肚子里下了种的那个男人是谁。他一遍遍问大翠，大翠就是不说。铁匠李非要知道，说："你要是再不肯说,我就要动拳头。"大翠哈哈哈地笑,说:"你真要有那个胆,也不会活得这么窝囊!说实话怎么了?你还能吃了我。"大翠于是就说了实话。那几年王南原当大队革委会主任,铁匠李没办法出那口恶气,最终还是将怨恨埋在了心里。

铁算眼看着大翠与本村丑男人铁匠李成了亲,心痛得像有人割了一刀。铁匠李算什么玩意儿,人丑,除了打铁,几乎屁事都不会干。而他铁算就不同了,既有文化,又长了一个体面的小白脸,哪点比不了他?竟让他捡了个便宜,娶了王家堡最漂亮的女人!铁算不服输,瞅着机会继续同大翠来往。后来虽有人给他介绍了花二秀,他的心却仍旧在大翠身上。他将自己平时攒下来的钱全给了大翠,花二秀连买一尺鞋面的钱都没有从他那里拿过,更别说贴补她的娘家了。花二秀眼看着父亲一天天受罪,她实在想不出别的办法,只得拉下脸皮跑到郊外干起那种"拦路卖色"的勾当……

谷子不可能知道这么复杂的事情。

谷子蹑手蹑脚地向前走了几步,绕了过去,不知是对自己满腹哀怨与不快的发泄,还是对腌臜下贱之事本能的厌恶与愤恨,她将手里的石头抛了出去。石头砸在不远的麦地里,"嘭"的一下,麦浪形成的旋涡里顿时失去了响动。谷子也就傻傻地站在一旁盯看了。过了一会儿,花二秀慢慢从麦地里探出头。她刚抬头,就发现谷子一双眼睛死死地盯着她,她没有办法再蹲下去,下意识地收拾了一下衣服,从麦地里走出来。

花二秀落魄的影子,沉重得像一个挪不动的石夯,一下一下砸着快要成熟的麦地。谷子见状,刚才的埋怨突然消失了。谷子从花二秀身上看到了女人的不幸,看到了她死了丈夫之后接二连三遭受的侮辱,很想上前扶着花二秀一块走,可花二秀根本没有向这边看,也没有要理谷子的意思,谷子只好自己走自己的路。

谷子没有想到,就是这件事,造成了她与花二秀之间不可调和的矛盾。

两天后一个晴朗的早晨。

花二秀趁谷子不在,去了谷子家。

王多劳这几天身体刚刚好了些,坐在门道的阴凉处乘凉。花二秀远远地走过去,亲热地叫了一声叔,就殷勤地站在他的身后为他捶起背。她一边捶一边说着王多劳爱听的话,听得王多劳咧着嘴只是笑。

谷子尽管对王多劳很孝顺,从早到晚管他的吃管他的喝,称得上无微不至,但毕竟是自家人,久而久之也就习以为常了。花二秀与王多劳不过是邻居,能过来为他捶背,让他十分感动。他笑了一阵,还是停了下来。他觉得奇怪,这几年花二秀几乎一次都没有去过他们家,即使儿子死了她也没有烧过一张纸钱,咋这会儿来了呢?王多劳略略一琢磨,就觉得一定有原因,便问:"你得是有啥事哩?"

花二秀摇摇头,说她啥事都没有,只是想过来与老人说说话,为他解解闷。花二秀

说完，又加了一句："不过，说说村里的一些怪事也不是不可以，不知道你乐不乐意听？"王多劳仍旧在笑，没有表态。王多劳当贫协主任多年，曲里里拐弯弯的事经见多了，花二秀哪里瞒得过他的眼睛。可他毕竟老眼昏花，怕这些精得能上天捉雁的孩子要笑他，停了好久，才说："乐意不乐意的，年岁大了也就没啥喜好了，你想说啥就随便说。"花二秀于是停下了捶背，凑到王多劳跟前小声说："你家儿媳妇要飞了，你恐怕还不知道吧。"王多劳脸上仍旧露着笑，说："年轻轻的，是我让她找人家，是我让这孩子早早飞，这是好事呀……"花二秀打断了王多劳的话，说："不是，不是！她不是要离开咱王家堡，是要在你家里吃你的喝你的，逼着你走，然后占你的房子。"

乡下人最看重的是房子，特别在王家堡，许多人辛苦了一辈子，大不了给儿孙们盖三间厦房。也就是关中流行的一边倒的土房子。底子薄一点的家庭，即使苦一辈子也盖不起那样的房子。花二秀算是抓住了问题的实质。王多劳听了她的话，心动了一下，但马上就摇头了，他不相信谷子会那样。谷子不止一次说过要养活他一辈子，眼下，为了不让他上工地做苦力，都违心地准备答应单眼罗的求婚，咋可能赶自己出门呢？

花二秀看出了王多劳的心思，马上过来圆场："你想想看，论长相谷子是咱王家堡数一数二的俊女人，咋看得上那个斜皮愣眼、只有一只眼睛的单眼罗？她是看上人家的权了，她要借革委会主任的势威赶你走。"王多劳想了想不是一点道理都没有，他竭力反对谷子与单眼罗的事，谷子干吗要迁就这么一个坏熊？不就是去燕子嘴修路吗？大不了死在那里，可倘若将单眼罗"请"进家门，往后日子可咋过呢？

花二秀见王多劳情有所动，马上有了更刺激的话语："他们早就黏在一块了，在合伙骗你哩……"

王多劳摆了摆手，不让花二秀再说下去。

王多劳摆手也有让花二秀离开的意思。花二秀尴尬地笑了笑，转身走了。

王多劳看着她的背影，想狠狠地骂几句，骂她一个年轻女人，不知道安分守己，骂她不好好操心自家的事，跑出来嚼舌头……他在心里确实这么骂了，可等骂完，花二秀说的话还是在他心里翻腾起来。他一直对自己说不可能，可就是管不住地总要往那不好的地方想。是啊，王多劳毕竟老得都快动不了了，他不可能不想自己的以后。

王多劳夜里躺在炕上，眼前浮现出许多可怕的画面，画面里有他孤苦伶仃的影子，也有天塌地陷的场面。他这时候方才发现，他以前劝谷子改嫁的话并不是出于诚心，他那么说无非是要安慰谷子。他怕的其实正是这种结果的突然出现，更怕谷子以种种理由抛弃他。这样一来，花二秀的话便又要在王多劳的心里颠三倒四地滚动了。他联想起谷子回娘家的那件事，他不知道谷子在娘家受到的冷遇，只觉得谷子这些天确实变了，变得对他有点冷漠了。难道花二秀说的话是真的？无风不起浪，没有的事情，花

二秀为啥要说?她就不怕生出是非造成不可收拾的后果?

王多劳与谷子固守着的这个残缺不全的家就这么生出了变化。

当然,它与另一件偶然出现的事情不无关系。

那天王多劳从村外回来,刚迈进家门,就发现单眼罗在谷子的屋子里。要在以前,他早扯着喉咙赶单眼罗走了,有了花二秀的话,他多了一个心眼,悄悄地躲在柴火堆里想看个究竟。他没想到这时候谷子的屋门"吱咛"一声闭上了,接着便听到了下面的对话:

"你说吧,到底什么时候才跟我结婚?"单眼罗有点低声下气。

"啥时节你像个人了再说。"谷子的话很生硬。

"王南原活着的时候满世界与女人胡搞,你为啥还要孝敬他的爹,干脆把他赶出去算了。"

"啥时节你像个人了再说。"

"你咋老说那么一句话,不会说点别的,比如咱们结婚后你想不想出去游一游,现在城里都兴这个。再就是将王多劳赶出去之后,他那个屋子做成会客厅你看行不行?城里人全都……"

"啥时节你像个人了再说……"

王多劳听着听着突然浑身无力,顺着一捆高粱秆溜了下去。

他醒过来的时候仍旧躺在自己的那个土炕上,炕在他的脑里不停地打旋,像在磨道里跑着转圈。他慢慢地睁开眼睛,发现谷子一个人站在临炕的脚地,心里顿时涌出了怨愤。谷子在王家做了七八年媳妇,他虽然没能给她什么好吃好喝好穿的,但好赖也是她的公公,为啥要将他扫地出门?!他伤心地流出了眼泪,他不停地对着黑乎乎的天花板摇头。

其实,谷子并不知道王多劳怎么就晕在柴火堆里。单眼罗与她说了几句话,就被她赶走了。她估摸着该做中午饭了,就去院子里抱柴火,刚到院子就发现了公公,她赶紧将他拖到炕上,请来大队的"赤脚医生",为他打了一针,见没有大碍,才去厨房里做饭。她将饭做好后就一直站在公公面前等他醒来。

谷子见公公终于睁开眼睛,问:"到底咋回事?早晨还好好的。"公公没有回答她,强撑着身子坐起来,说:"咱们还是分开过吧,省得谁连累谁。地一共两亩五分,你种一亩三,我种一亩二,房子嘛你住你的,我住我的……"

谷子听了一半公公的话,就听不下去了,赶忙说:"爹,你是被谁气成这个样子,咋说出了这样的话?咱不是商量好了吗?我要养活你一辈子!"

王多劳说:"我已经拿定主意了,你再说也没有用,等我好一点吧,等我好一点了就请族里的人来说话。"

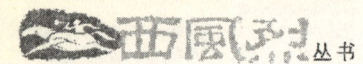

　　乡下人在财产上发生纠纷,常常叫族人出面平事儿,他们将这种形式叫"说话"。谷子面对公公的异常态度愣住了,公公咋会有这种想法?难道她做出了不孝敬老人的事情,将老人逼的?谷子这么一想,"扑通"一声跪在地上,说:"爹,我有什么做的不对的地方,你训我骂我都行,千万别说这种话,你这么说,我心里滴血。"王多劳说:"孩子,起来吧,爹不怨天不怨地,怪爹命不好,就这么定了吧。"

二十

布谷鸟叫了一些日子,地里的麦子就从青黄变成了杏黄,从杏黄变成了金黄。村里下手早的人家,已忙中偷闲,开始收割自家自留地里的麦子。生产队肥少地薄,麦子黄得更早,眨眼打麦场上垛起了好几个大垛子。人们到了这时候才真正进入了龙口夺食的紧张阶段,主要精力自然得放在生产队。乡下人对待粮食,就像对待供奉着的神,对待自己的祖宗,谁也不愿意看着粮食散落在地里。这样一来,大家就不能不以社为家了,他们暂且将自留地的活儿放了下来,心甘情愿地往生产队的地里走。

王家堡的人祖祖辈辈在泥土里刨,有的是收庄稼的经验,他们白天忙完了,晚上偷闲也就将自家的麦子收回去了。村里这些年几乎家家都是这么过的。王南原活着的时候,这事不需要谷子操心,王南原同样不用去操心,有人会到他家的自留地里去,三下两下将麦子割倒,悄没声息地运到谷子家的前院里。现在谷子没有了男人,以往的那种"不用操心"也就一去不复返了,她只能一个人去地里拼命。

傍晚,谷子出了门,径直走到柿子树下的那块麦地里。

月光依然很淡,虽高高挂在天边,流在地上却缺乏光亮,像披了一层灰蒙蒙的雾障。谷子在生产队的地里忙了一天,浑身像抽了筋,一点气力都没有。但却没有办法,自留地里的麦子已开始掉颗粒,不好再拖,得赶紧收回家去。

生产队划分自留地有个原则,谁家的树在什么地方,就将地分到什么地方。树歇秋,树越大,树下不长秋庄稼的面积就越大。而麦子除了成熟得晚一些,却生长得特别茂盛,密密的一片,比别处的长势都要葳蕤。糟糕的是,厚实的麦秆经不起夏风吹刮,一刮,麦子就旋倒了,毡子似的铺展在地上。这样的麦子割起来费劲,谷子一把一把将它们扶起,然后才能下镰。谷子刚将脚下的麦子拢起,一只老鼠"吱"地叫了一声蹦到她胸前,吓得她蹲坐在麦茬上,浑身一紧,汗珠顿时爬满了额角。

谷子索性将镰刀扔在地上,心里的那种酸楚又上来了。她将近一年来挨过来的艰辛日子回忆了一遍,就发现了男人的重要,男人简直就是罩在女人头上的一重天,能给女人看不见的阳光和雨露。王南原虽没有将一颗心全给了她,那种本能的庇护还是有

的。平时不怎么留意的庇护只有在没有了庇护之后才能感受得充分。

在暗淡的月光涂抹过的麦地里，除了偶尔一丝丝轻风，天与地，树木与麦田，一切都落入无声的宁静当中，像跌进深深的谷底。谷子从地上慢慢站起来，看了看四周，满腹的委屈，却寻不到一个倾诉的对象，本来已有的痛就又增加了一层，她突然双手捂着脸抽泣起来。眼泪潸潸而下，不一会儿便湿了双手。

麦子却还是要割的，公公王多劳一时半会下不了地，若不及时将麦子收回去，来一场雨，麦穗就要出芽。即使不下雨，麦子成熟到一定时候，麦粒也要脱落，那样，辛苦了一年，到头来只能眼看着好端端的粮食在风里雨里折损。谷子这么一想，就又拿起了镰刀。然而还没等她下镰，麦地的另一头却传来了窸窸窣窣的声音。

这让谷子很是诧异。

她细细地听了一遍，声音确实是从自家自留地的另一头传过来的。

她没有钱请人给她搭帮，眼下更不可能出现王南原在世时有人过来献殷勤的情景。她抬头凑着白色的月光瞅过去，见一个影子向她这边移动，尽管将麦地弄出了沙沙沙的响声，移动得却不紧不慢。谷子睁大眼睛又看了一阵，心里一怔，从黑影的形态看很像山里跑下来的野羊，可又不能确定。野羊乱蹦乱跳，行动没有规律，眼前的影子却按部就班，起落行进，都像是在割麦子，难道……她由此联想到苏大脚所说的关于阴间的事，联想到自己的男人王南原，是不是他不忍心冷眼看着她一个人受苦，从很远的地方赶过来帮忙了？这么说来，王南原的良心还没有泯灭，这或者是阎王对他的教化吧。谷子激动了一下，正要赶过去，单眼罗先前冒称王南原鬼魂糟践她的一幕又出现在眼前。她打了一个冷战，怯怯地问："是谁在地里？"

那影子听到谷子的询问，慢慢站起来，看样子是对着她这边看。过了片刻，影子轻轻地回了一声："谷子大嫂，是我。"向她这边走过来。

谷子突然发现那个影子很像苏大脚的小儿子地保，又觉得不会是，地保还是个孩子，再说，他们家的事也不少，都在那里摆着，不可能跑过来帮她的忙。也就在这时候，影子那边又对着她唤了一声"嫂子"。这一声谷子听清楚了，确实是苏大脚的儿子地保。她抹了一把流在额上的汗，问："兄弟，你咋来了？"

地保走到谷子跟前，一只手拨弄散乱的头发，另一只手拿着镰刀，过了好一阵子才说："别人家的麦子都收完了，只有你家的还在地里长着，我就来了。"地保有点不好意思，说完就又要到他刚才拉开茬口的地方去割麦。谷子愣在一边，瞬间不知道说些什么才好。她透过阴晦的月光营造出的朦胧，呆呆地看着这个十五六岁的孩子，心潮无法再平静下来。

地保仅仅在皮肤上与正常人有那么点差异，却引来了村里村外许多人的歧视，人们动不动拿他取乐子，仿佛不很舒坦的日子里只有用这么一个人开开玩笑大家才能勉勉强强舒坦一下。按村里人的思维,这样的孩子也只能干干体力活,在无人的地方放放牛运运粪,人面前压根就没有他站立的位置。人们甚至连出门都不愿让他跟着,嫌丢人。谷子尽管不会那么绝情,可见了地保心里同样不那么舒服。好在她与地保的母亲苏大脚关系不错,没有像别的人一样在地保面前做出过分的事,但平时却常常不自觉地躲避,甚至不愿过多地与他说话。让她想不到的是,这么一个让她看不上眼的白孩子,却在她最困难的时候出现了,而且是过来帮忙的,这件事放在谁身上都不会无动于衷。

谷子向前紧走了几步,赶上地保,从脖子上取下一条白毛巾,抬起胳膊去揩地保脸上的汗。尽管她并没有看清地保脸颊上到底有没有汗珠,但揩擦却相当认真,仿佛是对了自己的孩子。揩完擦完了,将毛巾顺了顺,执意搭在地保的脖子上,说:"别太累,能干多少就干多少,不急。"地保傻傻地笑,没有说话,用大拇指在镰刃上试了试,走了。谷子这时候也就来了力气,先前的腰酸背痛减轻了许多。她学着男人们的样子,在手心里吐了一口唾沫,使着劲儿抡起镰刀。

她钻进旋倒的麦地中间,从里向外,顺着倒伏的方向转着割,麦子的茬顺了,割起来快了许多。她一个晚上连头都没有抬一抬。她心里只有一个想头,那就是拼命,那样,地保也许就能少干一些。她甚至忘了,二亩多麦地,即使地保不是孩子,是个全劳,与她加在一起,也未必能够割完。谷子割了一阵,感到肚子里空荡荡的,像许多猫爪在里面掏。她直起腰吁了口气,方才想起傍晚屋子里的事。

下午收工后,她疲惫地从生产队的大田里走出,手上提着镰刀,一步半步地往家走。进了门,见公公王多劳扶着门板站在那里,她刚要问问病情,没想到王多劳先说话了。他看样子非常生气,说:"麦都快落在地里,你咋就不管呢?即使要嫁人也得把庄稼收回来。"公公的话莫名其妙,谷子愣住了,她哪里想嫁了?这几天老说这件事的人不是公公自己吗?咋这会儿反过来往她身上推呢?

按常理,年轻女人死了丈夫,迟早都是要改嫁的,谷子却不敢多想这种事情。女人最看重的是情感的专一,是得到男人的一颗心。谷子回想了一遍她自己的男人王南原,便不无失望地摇了摇头。王南原没有给她这些。王南原表面上对她关心体贴,背地里却与那么多女人发生了不该发生的事情,这让她想起来就觉得天昏地暗。这是男人固有的本性,还是王南原本身的堕落?她一直在思考这个奇怪的问题。即使到了今天,她同样没有弄明白。但她从她的婚姻中得到启示:男人总是捉摸不透、捂暖不热的东西!他们表面上顶天立地,私下里都干了些什么谁又能知道呢?改嫁,谁能说得准再找一个就不是王南原那样的人?

她把自己的经历当成了教训,她不愿再提改嫁的事。

当然,她不愿改嫁,也有王多劳的原因。王多劳已经那么大的年纪,在世上活一天

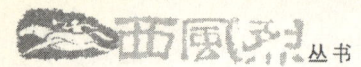

就得让他舒坦一天,而这个家除了谷子再没有别人,她能忍心抛下老人走吗?王多劳在气头上说出了让谷子难以接受的话,谷子心里很不是滋味。她想解释,她很想说清楚她答应单眼罗的真正意图,说清她那么做完全是为了救王多劳。她更想解释,单眼罗这个无赖一气之下什么事都有可能做得出来,如果单眼罗发起狠,到时她连搭救王多劳的想头就都没有了。谷子在院子里站了片刻,却没有说一句话,拿着镰刀就往自留地里走。她刚出了门,突然想起王多劳还没有吃晚饭,就又退回去,急急忙忙为老人做了一碗拌汤,馏了两个热馒头,一句不吭地端进屋子,放在炕沿上,才又走了出来。刚才她肚子一阵咕噜,方才记起,由于公公那些话的刺激,她心里不痛快,竟忘记吃晚饭了。

谷子在地上蹲了片刻,不愿再回想那些烦心的事,对着月亮摇了摇头,抡起镰刀继续"嚓嚓嚓"地向麦子砍去。

地保割到了谷子身边,突然站着不动了。在月光并不皎洁的田地里,谷子一抬头,竟被他吓了一跳。谷子赶紧站起身,说:"累坏了吧?时间不早了,快回家,你娘说不定早在院子里等你了。"地保摇摇头,突然冒出了一句让谷子预料不及的话:"嫂子天黑了一样很好看。"地保说得很随意,谷子却听得不好意思了。自从王南原死后,已经没有人这么夸赞她了,以前说这种话的人很多,大多都是那帮女人们。她曾在这句话里陶醉过,也对着镜子端详过。她发现自己确实很漂亮,被人夸赞就更觉得漂亮。然而,夸赞随着王南原的死很快就消失了,连她往日要好的姐妹也再没有说过类似的话,她怀疑自己未老先衰,再也提不起来了。她没有想到这个在人们眼里很丑的孩子却说了让她感动的话。她一时不知所措,竟下意识地将地保抱了一下。

地保向后退了一步,从谷子的怀里挣脱出来。

地保虽然丑陋,可脑子灵得出奇,他从谷子不经意的一抱里窥出了谷子内心的空虚和寂寞,说:"谷子嫂,你真的很美,像画上的人一样。美不是人说出来的,是打小长的。"谷子笑了笑。谷子的笑里填充着满足。或者是夜晚的原因,地保没有看见,也就继续说他要说的话,"嫂子长得好,心也好。"

谷子想说,一个孩子说好有啥用,村里那么多人都不拿正眼看你,早把你压到地缝里去了,还会有出头之日?可谷子没有说,她把心里的话变成了一声没有底气的哀叹。哀叹表露出了她这一段时间里的烦闷。王家堡的人大都相信命运是老天早就制定好的,以前谷子没有想过这个问题,现在想了,就觉得不是一点道理都没有。王南原活着的时候她是一个样子,王南原一死却成了另一个样子,这能说不是命?

地保到谷子跟前来不是累了想歇一歇,也不是为了对谷子说一句恭维的话,他是要告诉谷子,麦地的西北角上还有一个帮谷子割麦子的人。地保到了谷子跟前说了一大堆闲话,把正经事倒给忘了,现在想起来,就急急地叫了一声嫂子,抬起胳膊向西边指了指。谷子弄不懂是什么意思,以为地保指自己的家,就说:"快回快回,我再割几把也就回了。"地保说:"我不是那意思,地里还有别的人。"谷子倾耳一听,果然没有错。

公公病得拄着拐杖走路,不可能到地里来,她从村东到村西一个一个人挨着排了一遍,觉得都不大可能,干脆放下镰刀,拉着地保一起向那边走去。她和地保绕过柿子树,跨过高高的塄坎,就看见那个人了。那人没有注意有人在看他,弓着腰杀着跑镰一板一眼地向前行进,远远眺去,简直不像是在田里下苦,倒像民间艺人在表演古老的舞蹈。一看就知道是把庄稼活儿的好手。

谷子此时的激动已管不了自己的行为,她像个小伙子似的从塄坎上跳下去,直直走到那人跟前,一看,却是向北。谷子很想说几句感谢的话,一时哽咽,声音在喉咙里滚动,却没能倾倒出来。

向北见谷子站在他面前,窘得一时没有话说,只管嘻嘻嘻地笑。地保见状,觉得再站在那里不合适,有点显摆自己的嫌疑,就回到自己拉开的茬口上继续割麦了,留着谷子同向北在那里说话。

向北一直对谷子有种特殊的好感。向北父母早早过世,他从二十几岁就一个人生活。王南原当大队干部时让他做生产队队长,图的就是他没有负担,一身轻,能随叫随到。后来王南原死了,村里许多人将多年的积怨全转嫁到谷子身上,他那时就想从队长的角度去帮帮谷子,仅仅为了报答王南原对他的器重也应该那么做。可他最终没有,他抵挡不了来自四面八方的闲话,他怕有人说他在寡妇面前有非分之想,怕不怀好意的人随便找个借口将他当了多年的队长撸下来。他有意无意地躲着她,整整躲了几个月。

他的行为并没有让他躲开厄运,到后来队长的位子还是没有保住。他很后悔,后悔自己不该冷落谷子,因此,心里一直放着一份对谷子的亏欠。

向北对谷子的好感还有另一种不能启齿的原因,他从没有沾过女人,他一见到谷子浑身就发热,甚至滚烫,到后来,简直连人都快要燃烧起来。起初,他没有将问题向那方面引,他对所有女人都胆怯,从来不敢正眼去看她们的脸。王南原活着的时候常唤他到家里去,去了吃呀喝呀的,从来不分你我。一次偶然机会,向北在接谷子端上来的饭菜时看了谷子一眼,这一眼算是闯下祸了,这一眼让向北以后再遇着谷子,那种说不清楚的灼烈马上就会出现,他一点办法都没有。

王南原当主任那会儿,他每每有了这样的冲动就急急地闭上眼睛,然后一遍一遍在心里痛骂自己,以驱赶不可告人的邪念。他记得王南原曾经问过他:"一个大男人家,怎么在说话的时候老迷迷糊糊?"每到了这种时刻,他总要打一个激灵,快快地将残存在内心的炽热赶出体外去。后来,王南原死了,他的那种反应愈是激烈,他几乎一想到谷子便心慌,一提到谷子的名字就会按捺不住。他最终发现,他已离不开谷子了。

那或者就叫推之不去的暗恋吧。他知道自己不管年龄还是长相，哪样也配不上谷子，也就从不往那种事情上想。

向北毕竟也是男人，而男人所具有的本能自然会时不时地在某些场合出现。比如在长长的冬夜，在一个个理不清的梦幻里，谷子的影子总会驱之不去，一而再、再而三地折磨他，他想不出别的办法，每到夜晚来临，他就会做一个假设，让一只枕头挨着身体，他在假设中把枕头当成谷子，让它陪伴他进入梦乡。这种办法还真管用，除了迷糊中他会亢奋地搂着枕头耍一阵欢，倒少了先前没完没了的挂念，也算是安抚激情的一种有效方法。但向北从来都没有要占谷子便宜的想法，用他自己的话说，他那样做仅仅是让自己一颗不能安稳的心安稳片刻。

然而，向北一旦从那种梦幻境界里走出来，又常常会产生一种自责，他觉得他对不起谷子，谷子是多好的一个女人，他怎么能偷偷地在睡梦中侮辱她？向北将自己的行为看得越龌龊，心里就越不好受，他决定抛弃一切杂念，好好为谷子做点事情。当然是干那些能让谷子过得舒适的事情。

那天他从村口那条路上走过，偶然发现各家自留地的麦子基本都快收割完了，只有谷子家的麦子还长在地里，他就有了想法。他原打算在吃过午饭歇息的时候到谷子家的麦地割一会儿，也好减轻一点谷子的负担。可又一想不妥，太显眼了，他怕引起村里人没完没了的嚼舌。再说，午饭后的时间太短，干不了多少活儿就得上工，来回折腾，又不划算，就将时间选到了晚上。

他刚一进谷子家的麦地，发现谷子也在地里，就有点不自在了。他原本打算悄悄地过来干活，干完活再悄悄地走人，不让任何人知道他到这里来过。谷子的出现让他迟疑了一阵，他不知道该不该在这种情况下继续留下帮忙。他想了想，最终还是找了个偏僻的位置干起来了——麦子已黄到了颗粒上，不能再拖，他顾不了考虑别的。再说，天黑洞洞的，谷子未必就能发现他。

没想到他只割了一小块，就被谷子发现了。

他有点尴尬地站在谷子面前，嗫嚅道："再不能拖了，得赶快收回去……"向北的话虽然说得不那么清晰，可谷子听出了其中饱含的同情，她忍不住叫了一声"向北哥"，心里就更乱得像一团麻了。

谷子清楚地记得，向北一直都在有意无意地躲着她，而且躲得让谷子很不舒服。她知道向北这么做是为了避嫌，向北早就被单眼罗划入了王南原的线上，生分一点对向北和谷子都好。但她想不通的是，既然躲着，为啥还要来帮她割麦子？难道是为了报答那次在路上她为向北解围的那点恩？谷子这么一想，就觉得大可不必。其实那次帮忙她并不是完全为了向北，她讨厌那些狗仗人势的小人，她治他们纯粹是出于一种义愤。

谷子于是说："向北哥，你不用这样，不就那点小事吗，值得老记在心里？"谷子的话说得向北丈二和尚摸不着头脑："啥小事？我没有为了什么小事呀？"谷子正要解释，向北想起来了，他急得简直就像有人在指控他罪犯，捶着胸说："哪跟哪呀，不是那回事，绝对不是那回事……"向北将话说了一半，戛然而止。他不能继续往下说了，他能说他心里放不下谷子吗？能说他帮谷子是为了获取情感的安慰吗？

向北不想再多说什么，他这时候甚至希望谷子快快地离开，更不要追问他的动机。他零乱的思维已没有再招架的力量。他赶忙弯下腰身，重新抡起镰刀，一大片麦秸秆上立马又出现了匀称的"嚓嚓"声。

这声音在寂静的夜晚传得很远很远，在谷子的心里荡得很深很深。

二十一

花二秀失落极了。

她在麦地里的那件丑事被谷子撞见后她便一直夜不能寝,昼不思茶饭,整天像丢了魂儿一般闷闷不乐。她除了上工,不再到别人家去串门,常常一个人坐在矮矮的门槛上想心思,想着想着就不由得慌乱起来。

咋就被一个同村的人给撞上了呢?按花二秀的思路推下去,谷子知道了她的事,也就意味着全村的人都知道了她的事,铁算也不可能例外。这么小的一个村庄,啥事能瞒得过村里的人?何况是见不得人的丑事!花二秀因此将恨移到了谷子头上——那天,若不是谷子从地头走过,事情就不会败露,事情不会败露,她的心就不会如此恐慌不安。要说怨恨,自然应该怨恨扫把星一样的谷子:一个没有男人的寡妇,满身都是晦气,有什么资格拿别人的事说三道四!

花二秀并不清楚谷子是不是已经传播了她的丑闻,但怨恨却无法避免地种下了。

怨恨最终总会变成不分青红皂白的报复,这几乎是俗世间常见的固定规律。也算是天赐良机,花二秀遇到了这样的机会。昨夜,她发现了一件让她得意忘形的事情,谷子家的麦地里竟然有两个男人帮谷子收麦子,这说明啥?不就说明谷子与两个男人有不正当的关系吗?在人人挨饿的艰难岁月里,没有人无缘无故地愿意干帮别人割麦子这等吃力活儿,谷子家的地里却有人干了,而且是在夜里,这就绝不可能是一件平常事。

谷子家自留地里的情景是花二秀无意间看到的。

花二秀晚饭做了一锅糊汤,丈夫铁算蹲在房檐台上喝了一碗,肚子里咕噜噜地响,接着就开口大骂:"干了一天吃力活,回到家让人喝糊汤,你心瞎啦?"花二秀这几天正憋着一肚子气,见丈夫向她发火,气不打一处来,对骂道:"就你这么个死人样子,想吃啥?喝西北风都没有人送过来!"花二秀满腹委屈,骂完,哇哇地哭起来。

花二秀之所以觉得委屈,是因为家里确实没有了太多的粮食。

王家堡是个穷村,大家的日子都不怎么富裕,可别人家的男人收了工回到家总是

为吃为喝想法子。比如挖些榆树根，晒干了砸成粉，用箩子过罢，掺在高粱面里吃，好赖能将高粱面做成面条，也增加了一些需要补充的分量；还有人去田里掏老鼠洞，从一个个鼠洞中挖出被鼠嘴叼过的粮食，拿回去补贴不足，口粮也就不那么紧张了。开始，耕田的几个儿子干那种事，一个洞里都能掏出二十多斤粮食。后来全村的人都掏，就铁算不去。铁算说他好赖也算是个文化人，又是队里的会计，吃老鼠嘴里剩下的食儿让人笑话。这样一来，也就只有铁算家的粮食缺口大。眼下虽到了夏收季节，可新麦子还没有碾打，陈麦子早已颗粒不剩，不喝面糊糊又能吃啥？

　　铁算平时就不怎么待见花二秀，又在火头上，哪里受得了老婆的窝囊气，将碗摔在地上，站起来就捆了老婆两巴掌。花二秀没想到铁算会对她动粗，哭着跑出家门。她原打算抛下丈夫孩子回娘家，走着走着却顺着一条小路绕了回来。迎面是她已经好久不曾光顾的涝池，几个小孩正在池塘边上玩耍，嘻嘻地笑。几头牛贪婪地喝水，喝着喝着就将脖子扬起来，舒舒服服哞叫一声。花二秀好久没有享受过这样悠闲的环境了，说起来全都因为铁算那个死鬼，将家弄得不像个家的样子，到现在连锅都快揭不开了，还在人面前耍威风！花二秀骂着骂着就突然有主意了，为什么一生气就要回娘家呢？她从牙缝里挤出了一个"不"字，索性席地而坐，在塘边上一把一把攥着蒿草泄私愤。后来，她对着早早挂在天边的月亮瞅了一阵，将铁算在心里骂了几句。一直挨到夜幕将天地填得黑黢黢的，觉得再待着没意思的时候，却突然听见了谷子家麦地里的动静。

　　她探头看了看，看不清，便好奇地弯着腰走了过去，睁大眼睛瞅了个仔细。待她弄清了地里的情况，刚才那种悲伤便一下子消失殆尽，她的男人铁算也就被逐出了思维，代之而来的全成了复仇的冲动。她蹑手蹑脚地蹲守在麦地边上，凑着微弱的月光看了一阵，就在心里笑了。帮谷子割麦的原来是向北和地保，这么漂亮的一个女人，说山穷水尽就山穷水尽了，连找男人都找的是两个丑八怪。向北一脸麻子，年龄往五十上奔，老女人们见了都摇头，更别说年轻少妇了。至于地保，就更可笑得让人忍俊不禁，他除了全身雪白，红红的眼珠一转都能吓死人，何况还是个不懂事的孩子，谷子怎么连这样的人都不放过？

　　更让花二秀深信不疑的是，谷子竟然傻傻地站在向北身后，看着向北割麦子，这种丧眼的关系，还能怎么解释？肯定是野男人！就谷子的长相和年龄，她肯定看不上向北，可如今下架的凤凰不如鸡，不找向北又能找谁？这或者与她花二秀对待男人的态度有些相似，她不就是为了钱进了麦地，偷吃起"野味"了吗？谷子死了男人，无依无靠，不降低身价又能怎么样？至于地保被谷子拢在怀里，虽找不出合适的理由，也就不用费那个脑子了。不管三七二十一，总算抓住了谷子的把柄。既然把柄握在她手上，就必须针锋相对地来那么一下，造成她与谷子有隔阂的假相，谷子再出去编造她，也就没有人信了。

花二秀回到家里，觉得心里舒服了许多，铁算给她的那个嘴巴也就忘了。她进了厨房将剩在锅里的两碗糊汤喝了个干净，转身躺在炕上蒙头大睡起来。铁算误以为老婆仍在生他的气，靠过去拉她的肩膀。老婆没有动，老婆呼呼地打鼾，铁算才知道她真的睡着了。他瞅着老婆看了半天，突然生出了男人的那种欲望，一把将她的衣服扒了个精光，让自己的身体重重地压了过去。

第二天清晨，花二秀起来得很早，胡子刘刚将挂在树杈上的一小段钢轨敲响，她就站到了庙台上。胡子刘不怀好意地瞟了她一眼，问："你男人将你早早地弄醒了，是不？"胡子刘将那个"弄"字说得很重，含了酸溜溜的味道。花二秀听出来了，却没有恼，讨好般地笑弯了腰，说："只有你才那么弄你老婆哩，别人没那个本事。"胡子刘见花二秀接了他的话茬，跟烟就是火，往花二秀身边蹦了一步，一把抓住了花二秀的手腕，说："我现在就来做个样子让你看，你撑得住就别跑。"花二秀挣脱胡子刘，笑着躲到不远的土崖上，与胡子刘一声高一声低地又嬉闹了一阵，等社员们全都出门了，才停下来。

胡子刘与花二秀闹了半天，说不清楚的欲望得到了满足，也就格外开恩，给花二秀派了个轻松活，让她同队干部的家属一起到早秋地里去间苗。

花二秀到了地头，见那些平日里嘻嘻哈哈的女人们全绷着个脸，像谁不小心动了她家的灶神爷，个个鼓得若一根生葱，心就又乱了。要说，女人堆里从来都不是那种悄没声息的地方，她们咋就突然以这样的态度对她呢？她这么一想，心里咯噔了一下：莫非是谷子将她的丑事早就告诉了她们？花二秀忽略了毒毒的太阳也能将爱说爱笑的女人们照得蔫巴下来这一事实，自己将自己克算得心神不定。

花二秀的脸红了一下，一个人在一边去间苗了。

她干了一阵，就改变了主意，站起来假装活动了一下腰身，瞅着太阳说了一些不咸不淡的话，然后凑到几个年龄轻一点的女人跟前，开始吊她们的胃口："你们知道河湾镇最近发生的事吗？嗨！简直要笑死人了。"女人们听了她的话，你看看我，我看看你，半天才反应过来，问："啥事呢？该不会又有人被抢了吧？"

河湾镇离王家堡十几里路，不很远也不很近，镇里时不时发生的抢钱抢物的事常常会传到村子里来。一段日子，王家堡的人一提起河湾镇就发怵，就胆怯。特别是女人，即使有了空闲的时间，也不再提逛街的事情。

花二秀说不是，河湾镇有头牛生了个五条腿的牛犊，听说多余的那条腿长在肚子上，看上去像携了杆吓人的"枪"。女人们知道花二秀说的那枪指的是什么，却没有人点破，便全都抿着嘴无声地笑，说："什么狗屁事儿，谁管它像什么玩意哩，与人又没有啥关系。"花二秀说："你还别说，人也有新鲜的呢，可不在河湾镇，却在咱们王家堡。"

"是不是你男人与你的那点花花事？"女人们在地里干活，除了畏惧太阳的毒晒，也想让自己快活一点。到了这阵子，花二秀的"主动出击"打破了刚才暂短的僵局，更多

152

的人也就跟了过来。

花二秀见时机成熟,轻松地将话题引到了谷子身上,说:"你们猜一猜,死了男人的女人想那种事了会怎么样?"女人们一听花二秀又要说女人的事,兴趣便愈是浓了。女人天生爱议论别人的家长里短,花二秀不失时机地在早就安放好的导火索上划了根火柴,火也就燃起来了。花二秀接下来便加盐调醋地将那夜她看到的事说了一遍,但她没有说具体的人,也没有提及啥事都不懂的地保,她怕影响自己刻意制造出的故事的效果。

这些女人中,好几个都曾经是被王南原整惨了的人,胡子刘的老婆就深受其害。王南原整治胡子刘也就罢了,王南原不该在骂胡子刘的时候骂她,而且是那种有损女人自尊的骂:"……你们一家都不是好东西,你老婆就是一头老母猪,脱了裤子放在街道上,都没有人去日,你信不信……"胡子刘的老婆至今依然记得王南原骂人时那恶狠狠的样子。三十年河东,三十年河西,世事终于转回来了,天阴完了总会晴,谁能想到她男人竟当了队长,这是老天开了眼,让她也要在村里金贵一把!胡子刘的老婆听到自己的男人当队长的消息后说出的第一句话就是:咱也整整别人,享受享受横着走路的舒坦。

这是去年秋里的事。

眼下胡子刘的老婆见花二秀将矛头指向谷子,兴奋地效仿着男人们的样子拍了一把大腿,说:"会怎么样?还不是找野男人,那么标致的脸蛋,一年半载不见点荤,咋可能憋得住!"胡子刘的老婆张着大嘴惊天动地地笑,仿佛谷子的事本来就已经成为王家堡的一道风景,不让村里大人小孩睁大眼睛看个明白简直是天大的遗憾。

别的女人这时候也就放下了手里的活儿,凑过来听花二秀讲,一个上午,大片的包谷地被激烈而又低俗的气氛缠绕着。莫名其妙的满足、嫉妒之后突然产生的心理平衡,全都拥挤在这里,把一块长着幼苗的土地弄得沸沸扬扬。她们终于看到,曾经风光一时的美人儿到了现在,像一面坍塌的土墙被洪水冲进了荒滩,成了再也拢不到一起的一堆污泥,正在一步步滚入浑浊的激流之中。

几天后,关于谷子的闲言碎语迅猛地传遍了村子的角角落落。

这样一来,谷子雪上加霜,瞬间浑身沾满了臭鱼烂虾的味道。在村里,人们只要远远看见她,就会一个个躲得远远的,像是她得了什么传染病。谷子纳闷,想不明白究竟出了什么事,后来知道了,气得两天水米未进。她原本与花二秀并没有什么利害冲突,两人的关系还算不错,花二秀的男人铁算当会计,就是谷子硬让王南原给办的。当时王南原不同意,说铁算傻呆呆的,见了人连一声招呼都不会打,能将钱呀粮呀算到一起?谷子说她不管铁算是不是会算账,就是看在花二秀的面子上也得当。就这么,铁算当上了。至于平时,谷子更是与花二秀形影不离。一年到头的,只要谷子没事,总喜欢到花二秀家去,去了两个人便钻进屋子里,不叽叽喳喳地说笑一个上午决不会罢休。她们要聊的话题无非两个方面,用她们的话说,也就是吃吃喝喝、钻钻被窝的事,说完了就笑,笑完了又说,哪一回她们都是嘻嘻哈哈分手的。

到底哪里出了问题?

谷子想了几天,最终得出了答案:绝对是因为花二秀麦地里的那件事!

谷子也知道,那种事情,若被别人撞见,肯定会当新鲜事传出去,可她没有。是因为她们平时的关系,还是因为她目前非常糟糕的处境?或者两者都有?事后,她除了对花二秀的同情,根本没有当回事,过了一天就忘得一干二净了。现在谷子想起来,觉得很痛心,友好关系首先应该经得住风吹雨打,怎么能在紧要关头不分青红皂白,将污水往别人身上泼?谷子苦恼了一段时间,没有要去解说或者沟通的意思,在她看来,一个人的生存更重要。她用了更多的时间在想她自己的以后。

这事被地保知道了,他毅然改变了收了工去麦场拉二胡的习惯,却重新选择了一个地点,那就是谷子家门口的那块大石头。地保每天坐在那里,一声不吭地演奏瞎子阿炳曾经演奏过的那首悲悲切切的《二泉映月》。村里的有心人看见地保拉到动情的地方,眼角总挂着晶莹的泪水,就过去说了:"两根弦上流出的全是水,湿漉漉的,把人的心都快浇透了。"也有人说:"不要整天玩弄那玩意了,一声一声的,简直就是往人胸口上捅刀子!"地保听见了,却没有停,二胡的声音里更多了一些凄凉。

天渐渐黑下来,向北走到地保面前,默默地站了很久,临走时摸了摸他的头。那种轻轻地抚摸里饱含了浓厚的无可奈何与痛心,将该说却没有说的话全包了进去。地保的眼泪也就又禁不住地流出来。

向北早就听到了村里人损谷子的那些难听话。他光棍了一辈子,虽然也怕这种事损坏自己的名声,可到了这时候却有点奋不顾身。一个懦弱的人突然生发出的执拗,让许多人都没有想到。他从内心深处产生了一个倔强的念头:进了油菜地就不怕穿黄!他决定站出来,索性就去帮谷子,看谁能将他怎么样!他真的那么做了,他不光为谷子家割了麦,还帮她将麦子碾打一毕,晒干,一斗一斗装进了楼上的粮仓。谷子不让他干,谷子说那么多眼睛盯着,个个都像鳖瞅蛋,还是避一避好。向北说:"避什么,我愿意那么干,气死那些狗日的才好哩。"

向北坚持了一段时间,村里的一些人又开始嚼舌头了,说,像向北这样的人去跟谷子好,用城里人的话说是癞蛤蟆想吃天鹅肉,现在看来,天鹅肉还真让癞蛤蟆给吃着了,明眼人一看就知道,人家都亲得快成一家人了。

这话传到单眼罗耳朵里,他鼻子眼窝不受活。谷子不是答应他了吗?别人怎么敢吃他的"过水面"?他将曾经殷殷勤勤帮他办这件事的大队革委会副主任刘二娃叫过去,问究竟是怎么回事。刘二娃说他不知道,他现在就过去问一问。单眼罗阻止了,单眼罗说这一回得他亲自出马,他还说他就不信马王爷会长了三只眼。

　　自从单眼罗将家搬到王家堡,在他与谷子这件事上确实方便了许多。他拿了一把蒲扇,慢慢摇着,一斜脚就到了胡子刘家里。天热,胡子刘正躺在他家过道的一张凉席上睡觉,见单眼罗来了,一骨碌从席子上爬起来,怕单眼罗训斥他上工偷懒,结结巴巴地解释:"从地里……刚……刚回来,一躺下就……就睡着了。"单眼罗知道他在撒谎,偏着头笑了笑,算是没事了。单眼罗侧身躺在胡子刘刚才躺过的地方,说:"你去将向北叫来。"胡子刘想了想,说向北早晨被他派到河湾镇买叉把筶帚去了,还没有回来。单眼罗一听生气了,说:"这类人以后不能让他走东走西!"胡子刘点点头,可心里却在想,向北不是地富,拿啥理由不让人家走东走西。胡子刘心里的想法没有躲过单眼罗的眼睛,还没等他琢磨透,单眼罗就看出了他心里的渠渠道道,"他不是地富,可他是坏分子,'黑五类'中的第四类,我说不能由着他就不能由着他!"胡子刘点点头,一连说了好几个是,进屋端了杯放了白糖的开水,急急地给单眼罗摆在面前,方才放稳了那颗横竖都在跳动的心。

　　单眼罗在席子上躺了一会儿,无意间抬头,发现谷子从西往东走过来,他蓦地爬起来,鞋子都没有穿好就往外跑。

　　他出了门整了整衣服,做出一个稳重的样子向谷子打招呼。谷子看了他一眼,没有理他,只管走自己的路。单眼罗笑笑地跟了过去,像跟屁虫一样紧随不舍。凑巧的是,花二秀这时端了一盆洗脸水,正准备去后院里倒,透过门缝,远远眺见谷子走过来,灵机一动,马上改变了主意,就不准备到后院去了。她端起水盆走到门道里,她要让这一盆污水为她出出憋在心头的恶气。她瞅准机会,见谷子走近了,开了门"哗"地一下将水泼出去。这一泼没泼在谷子身上,却倾了单眼罗一腿一脚。花二秀知道闯祸了,赶紧将大门关上,一溜烟似的跑进了自己的屋子。

　　单眼罗无端地被人泼了一身水,正要发作,可一想不行,谷子在前面,他得表现出一副大度的样子,也就搪塞了一下,不再吭声了。

　　单眼罗紧跟谷子是要找她谈一谈,既然说好了要做他的人了,就不能再在外面与别的男人来往,他是大队干部,那样做是给他脸上抹黑,不能再继续下去。另外,还得定定办嫁妆的日子,以及迎亲的时间,事情总得提前有个准备吧,一天一天地往下推,推到什么时候是个头呢?

　　谷子见单眼罗死皮赖脸地跟着,心里慌得不得了,但她装出不慌不忙的样子,一直顺着涝池边上的小路往前走。她无目的地前行,是要用时间,在慌乱中想出个应对的主意。她为了救王南原的父亲,避免老人到深山里去受罪,用了一条缓兵之计。然而远水还是没有能解了近渴,事情到了现在这个地步,也就应了"躲得了初一,躲不了十

五"那句话,不管怎样说她都需要想出个两全其美的办法。但她看清楚了,有用的办法其实是放置在烈火中、飘游在海水里的,要拿到手上让它发挥作用实在不是一件容易的事。

谷子心里乱极了。

她走得很快,堤埂上的蒿草拍打着她的裤角,将脚踝刷得红红的。偶尔一根枣刺会挂住衣服,她却顾不得去卸,任凭刺儿将衣服划出一道道口子。过了村东头的那条水渠,眼前出现了一片茂密的洋槐林,谷子止住了脚步。村里来这地方的人不多,她怕去了那里遇到不测,于是站在渠与密林间的空地上一动不动了。

也就在这一瞬,她头脑中的一个念头又蹦到她的眼前:单眼罗自从上任之后,一直没有停止他的作恶。他与王南原使劣的形式虽然不同,但人们受到的伤害却始终没有减轻。王南原专拣不好说话的人整治,而单眼罗却对诸如向北、耕田一类的善良人下注;王南原最多也就上上批斗会,单眼罗的手段则更缺德、更残忍,动不动就会"株连九族"。受害的人有苦难言。然而,单眼罗却对谷子出奇得好,他心里不管酝酿着多么邪恶的计谋,只要看见谷子,那种脓包马上就会破灭,一举一动仿佛都会变成清澈见底的水,平静得泛不起一丝涛浪。

难道这枚山里的核桃就需要她这只榔头砸着去吃?

谷子这么一想,就有了主意。她等单眼罗到了她身边,故意问:"你做你的事,老跟着我干啥?"单眼罗嘻嘻地笑,说:"你迟早都是我的人,在一起走一走说说心里话怕啥?"谷子说:"有啥可说的,与你说还不是找着让人戳脊梁骨、挨骂?"单眼罗将唯一的那只眼睛瞪了一下,说:"谁吃了熊心豹子胆了!?"谷子见时机成熟,马上借题发挥:"你再这么将坏事做下去,别说戳脊梁骨,说不定死了会被人掘了坟墓。王南原不是例子吗?你咋还跟着他学?"单眼罗见谷子连自己死去的男人都端出来打比方,心里舒坦极了。这能说明什么呢?不就说明谷子对他的以后很在意吗?单眼罗不是愚笨人,单眼罗听了谷子的话,激动得都有点管不住自己了,挥着拳头蹦跳了一下,说:"你说吧,你要我怎么样,我就怎么样;你要我做什么,我就做什么,这样该可以了吧?"谷子见自己需要说的话终于通过单眼罗的口说了出来,心头舒展了一下,但她还不放心,又加了一句:"你说得好听,谁知道你办得到办不到?"单眼罗表示一定能办到,而且发了誓,说他以后如果不听谷子的,谷子让他怎么死他就怎么死。

谷子松了一口气,但她马上又觉得胸口憋得慌。尽管单眼罗是个善于走歪道的人,可她用这种手段达到目的,从小到大,还是第一次。她究竟怎么了,难道连做人的准则也不要了吗?谷子很懊恼,可她找不出别的更好的办法,因此也便心慌意乱。她敷衍地说:"走着看吧,你今后做到了,再谈那件事也不晚。"

谷子说完,转身头也不回地向村里走去。

二十二

　　王家堡表面上平静如水,人们的内心却悄然发生着奇妙的变化。

　　最突出的表现是,人们虽然依旧将神神鬼鬼的事挂在嘴上,但先前的那种恐惧似乎减少了许多。村里人闲暇的时候,三个一堆五个一群开始议论,议论到后来,竟将焦点全集中到谷子身上:谷子不是一般的谷子,她或者就是一个什么神哩!

　　谷子没有听到议论,她默默地上工下工,回来,进了家门就不再出去,一心一意地照顾王多劳,或者干她手上没有干完的针线活儿。即使偶尔有事去串门,也是直入直出,根本没有去注意人们投向她的那种怪怪的目光。

　　傍晚下了工,谷子远远就看见花二秀了。花二秀满脸春风。谷子知道,因为麦地里的那件事,这几天花二秀的脸吊得二尺长,恨不得将一把刀子插在她的胸口,而今儿个咋说变就能变了?谷子正在生疑,花二秀已经走到她跟前,花二秀掩饰着自己的尴尬,唤了声妹子,忸忸怩怩地把手搭在谷子的肩上,说:"看妹子这身衣服多合体,把个美人儿穿得更加俊俏了。"谷子说:"哪呀,几百年的旧衣服,要样子没样子,要颜色没颜色,都该扔了。"花二秀说:"千万别,要扔,就送给嫂子,让嫂子我也烧摆烧摆。"谷子知道花二秀无话找话,应付了几句,也就走了。谷子刚走出没多远,竟迎面碰上了胡子刘。胡子刘先是怪叫了一声,接着像个奴才一样弓着腰站在她面前,说:"要出门是吧?是不是到河湾镇?去吧去吧,我给你假,算是给队里办事,工分照记。"谷子被胡子刘突然从喉咙眼里冒出的话吓了一跳,啊啊呀呀地搪塞了几句,赶紧离开。走了一阵,回头看时,胡子刘依然咧着大嘴在那里殷殷勤勤地傻笑。

　　谷子一直都没有弄清这到底是怎么一回事。

　　而在单眼罗那里,人们却突然发现,他简直像变了一个人。他的一举一动有了明显的节制,竟出乎人们意料地做了一大堆好事。一件是大槐树下那块常常开批斗会的地方突然像池塘里的水一样变得平静,村里再没有人半夜坐在炕头上为第二天挨批的事胆战心惊,也没有人像做贼一样四处打听大队干部近期会有什么行动。另一件就是,单眼罗对村里人的态度发生了前所未有的变化,见了人不再竖鼻子瞪眼,却动不动会笑笑地送过来一些问候,像是真的脱胎换骨了一般。人们掐着手指算了一遍近两个月来的日子,惊讶地发现,王家堡这块阴沉了好几年的天终于露出了一丝光亮,把人的心都抚得舒展了。

这种发现让地主分子马天佑以及"国民党残渣余孽"耕田暗暗高兴,他们不知道老天爷咋就睁开了眼,让他们有了喘息的机会。

马天佑破例寻了一个晴朗的日子,从胡杨店出发,去了一趟七八年都不曾去过的河湾镇,花了一毛二分钱打回了二两烧酒,让老婆做了一盘炒土豆丝,独自一人坐在月光下品饮。一口浓浓的酒香下肚,那种强烈的刺激一闹腾,胃里就有了排山倒海的声音,脑里也就泛起了很久以前那股停不下来的涛浪……

那是一个月光明媚的夜晚。马天佑与家人在四合院的弄道里赏月,父亲随口吟了四句诗:"高处月徘徊,情临危时明,祸至他年楼,呼吸也是风。"父亲吟罢,面有惆怅之色。马天佑自幼苦读私塾,也算是识文人,他从诗句中觉出了父亲对世态的嗟叹,又觉得不可思议。家大业大的,后槽拴着两头膘肥体壮的骡马,圈里又有四头黄牛,车是车轿是轿的,哪能说危就能危了?谁知没几年,父亲诗句里的那个景象却真的出现了,马家很快败落,瞬间片瓦全无。具体地说就是那场土地改革运动将他的家举高了抛到了地上,以致摔得灰飞烟灭。从那个时期开始,接下来的互助组、合作社、"大跃进"、人民公社,到后来的"文化大革命",没有一天让他轻松过。他想到这里,眼泪刷刷地流下来。他没有去揩,他要让自己在压抑了多年之后真正地放纵一次。他将喝剩的酒全倒进杯子里,一仰脖,饮了个干净。不一会儿便醉了。放在年轻的时候别说二两酒,就是二斤也未必能将他放倒。时过境迁哟,人老了,又多年没有了喝酒的机会和习惯,终究没能撑下来。他醉成了一摊烂泥,嘴里唱着喊着,把这些年心里淤积的不快全喊了出来,吓得老婆从屋里跑出来,一把捂住了他的嘴,将他拖进了房里。

耕田年纪大了,又不像马天佑那么灵光,没有反应过来究竟发生了什么事,就一个劲琢磨:单眼罗这是吃错了什么药,能在最得意的时候停下来?这恐怕不能算是好兆头,泰山好移,秉性难改,单眼罗不可能突然要变成一只羔羊吧?他一定又在耍什么新的花招。耕田静静地观察,更加小心谨慎,他怕自己管不了自己的又骂起牛来,让单眼罗抓了把柄,干脆将一个圆圆的核桃噙在嘴里,拒绝了与一切人的攀谈,也拒绝了跟那些不会说话的畜生的交流。

村里人发现耕田两颊鼓鼓的,以为害了什么疮,问他是怎么回事,他只管摇头,一句话都不说。人们揣测他一定病得不轻,说得去医院看一看,他仍旧不吭声。过了些日子,耕田没有从单眼罗脸上看出破绽,也没有看到"山雨欲来风满楼"的不祥征兆,正准备继续探究,单眼罗却主动到了他跟前,说:"耕田叔,你今后想怎么骂牛就怎么骂,谁要敢给你找事,你给我说。"耕田被单眼罗的这句话吓了一跳,谁给耕田找事?表面上是胡子刘,实际上还不是单眼罗？除了单眼罗,谁又忍心与一个老头子过不去？耕田的许多话在胸口憋着,不说,嘴上虽然哦了一声,心里却更胆怯了。

眨眼到了另一年年初,春天的树木春天的花草在耕田的眼里慢慢长起来,耕田终于发现单眼罗说了一句实话,而这句实话像暖烘烘的阳光,真实地洒在耕田的身上,让耕田着实高兴了好几天:单眼罗说变就能变过来,该不是受了神仙的点化,或者换上了另一颗心,人不再是先前那个人了？

这不只是耕田一个人的疑虑,也是西坡十一个生产队很多村民的疑虑。

单眼罗看见了人们一双双奇怪的目光,也不去理会,只管顺着他认定的那条路走。什么神呀鬼呀的,他都可以不放在心里,可谷子这边的事却一刻也不能马虎！谷子已经答应他了,等他活出个人样来,就跟他谈婚论嫁。他将这句话牢牢记在了心里,即使做好人做起来不那么自在,他依然憋着。他要一直憋下去,直到谷子成了他的人。

他一反常态,不再整天守在大队里,也不去别的生产队检查工作,更多的时候与王家堡的人一起下地,做大家都觉得根本不是他那种人愿意做的事。比如在壕里挖土,得先掏出一个槽子,然后将镢头别在里面,一点点地撬。单眼罗没干过那活,一镢下去,像大锤砸在石上,除了溅起点土沫,却没能撼动结在一起的硬土。单眼罗重新拿起镢头,继续抡起来往高高的壕壁上抛。他一连抡了好几下都没能挖下一块,汗水却像豆粒一般从他的两颊流下来。他吁吁地喘气,却没有要歇的意思,鼓足了劲儿又将镢头抡下去。

这些年社员们从来没有见过单眼罗这么卖过力,心里的怕也就来了,他们不敢让他累着。他们知道,单眼罗的脸说变就变,一旦真的变了,将个"什么什么分子"的帽子抛过来,到那时,也就卖了骡子骑山羊,不划算。于是,大家便凑向前去讨好,说:"这活不是干部们干的,你在旁边只管看,我们的劲头也就足了。"也有人装一袋烟递过去,说:"主任受累了,吸一袋烟顺顺气。"单眼罗以前从来都不抽这种烟,他抽的是纸烟,尽管牌子少不了是价格低廉且被人们唤作满山跑的"羊群",但只要将烟卷往手上一拿,干部与社员的身份也就区别开了。单眼罗今天却没有拒绝,竟然笑了笑接上了,这让更多的人看到了机会,纷纷挤过去,挖空心思地说几句好话,不知不觉地也就显得亲近了。

单眼罗并没听他们说话,他一边抽旱烟,一边站在土壕顶上,向着远处张望。

土壕里的人看见单眼罗心不在焉的样子,知道人与人还是隔着心的,怕最终有了什么闪失,就在心里盼着他快快地离开——他们平时干活的时候喜欢吼着骂着,随便惯了,倘若单眼罗在场就不自在了。耕田的例子早在那里摆着,他们胆怯的是哪句话一旦说到邪处再招来祸端。

还好,单眼罗站在高处向西边的那块田地里看了一阵,丢下他们到别处去了。大

家不约而同地将目光移了过去。他们没有敢爬上坡梁，而是藏在树丛里伸长脖子偷窥。一窥就窥出了秘密，单眼罗没有去社员干活的坳地里，而是远远地看见谷子从梁上走下来，急急地赶了过去。他们一下子便明白了：

"听说单眼罗看上谷子了，这么俊俏的一个女人，咋可能……"

"谷子死了男人，没有依靠，单眼罗想要了，能逃得脱？"

"听说了吗？单眼罗这段时间装出一本正经的样子，不敢再干坏事，是怕谷子收拾他！"

"真的？"

"那还有假，单眼罗在谷子面前乖得像只兔子，连个大声都不敢出！一窝降一窝嘛，像他这样的男人，就得女人去整治！"

"单眼罗是什么人？要想得到村里哪个女人都不是啥难事，那么劣的蛮货都被谷子治服帖了，可见谷子绝不是一般女人。"

从那天以后，类似的议论便成了人们时常挂在嘴边闲聊的家常话。

这些话很快传到苏大脚嘴里，她高兴得不得了。迈着一双能踢飞一路尘埃的大脚，前院后院转了几圈，然后出了门，趁天还未黑钻进了谷子家。

谷子那会儿刚刚散工回来，正在厨房里做饭。公公王多劳在他自己的屋子里嚷起来，说他口渴，渴得舌头都快要卷起来了。谷子提起壶倒了一碗水端进去，公公喝了一口，说太热了，热得都快要烫死人。谷子拿来一把扇子扇了扇，再端过去，公公又说将天上飞的地下落的灰尘全扇进碗里了。

苏大脚走进谷子家的时候，王多劳正在屋子里对着谷子摔碟子摔碗，见来了人，将头一转，扭到墙根睡去了。苏大脚也不打扰，蹑手蹑脚地走到谷子跟前，贴在她耳门上悄语了几句，就将她拽了出来，说："那么大年纪的人了，能活几天？你不要跟他计较，他说啥是啥不就完了。"谷子淡淡地笑了笑，说："老小孩老小孩，老了的人还真像小孩，我不会生他的气。"苏大脚知道谷子心里委屈，却不愿说出来，就更觉得应该安慰安慰，便拉她坐在院子里的石头上，抚着她的头，像对待自己的孩子，说："整个王家堡，就你能耐下这个泼烦，谁也比不了你贤惠。"谷子摇摇头，说："别再夸了，放在你身上也会这么做。家家都有一本难念的经嘛……"苏大脚听了，不再说什么，就与谷子一起进了厨房。

苏大脚走到灶跟前，帮她在锅里添了两瓢水，划根火柴，将一把麦草塞进灶底下，一下一下拉起了风箱。

谷子顺手在瓦缸里挖了几勺白面，又掺了些高粱粉，用水和了，在案上团成团，三下两下擀开，用刀切细，下到锅里，做了一锅汤面条。谷子先给公公端了一碗，然后盛了一碗让苏大脚吃，苏大脚说吃过了，谷子也不再让，狼吞虎咽地吃下一碗，开始刷锅洗碗。她知道苏大脚这时候来一定有事，吃完拾掇完，就跟苏大脚走了出来。

　　她们没有到远处去，出了门绕过横在眼前的王家照壁，便站在铁匠李家的外墙旮旯里说话。苏大脚说："我一直有件事想求你，就是张不开口。"谷子惊讶了一下。在谷子看来，一个王家堡同住了那么多年的邻居，求谁都可能有用，唯独求她这个死了丈夫倒了势威的寡妇一点用都没有，就说："不对吧，啥事能用上我？"苏大脚说："没错，有件事还真得你出面。"苏大脚说这件事办下来，就是救了他们全家人的命，她一辈子都不会忘，一定要拿重礼答谢。谷子越听越糊涂，也就与苏大脚开起玩笑，说："什么重礼？大不了去自留地里扳几个嫩包谷棒，拿回来煮着吃。"苏大脚说："咋啦？连包谷棒都看不上呀，真是身价高得够不着了。"谷子嘻嘻地笑，说："别绕了别绕了，再绕我都要糊涂了，就说是啥事吧。"苏大脚见谷子追着问，琢磨着事情或者已经八九不离十，就郑重其事地说："我的大儿子被罗主任弄到山里去修路，一晃已经半年多了。儿子究竟在那里怎么样，我心里一点底都没有，你给罗主任说说，让我儿子回来。他如果觉得面子上下不来，就给批个条子，让儿子避避，到乡下去串乡，这样，也不会失了他的势威……"苏大脚说完了，目不转睛地看着谷子的脸，好像谷子就是救苦救难的观世音菩萨。

　　苏大脚以往从没有将单眼罗叫过罗主任，今天叫了，显然是顾及到了谷子。谷子苦笑了一声，心里泛起了说不清楚的酸楚，这算怎么回事呢？本来恨之入骨的人，却被理解成有那种暧昧关系的一对，她难过得真想放开喉咙大哭一场。但她还是忍住了，这一段时间，她总是一次次忍着许多事，忍着忍着，也就有了属于她的那种应对，有了连她都惊讶的智慧。比如对待单眼罗，她能日复一日地躲吗？不能躲就得有个办法，而办法怎么才能有效，在她这里也就成了一件放不下的大事。

　　谷子要让单眼罗心甘情愿地听她调遣，这是她最近刚刚想出的应对策略。她将目标定在了阻止单眼罗干坏事上。单眼罗祸害了那么多人，现在依然在祸害，这样下去，她必然也是被祸害的一个。她于是用了模棱两可的话稳住了单眼罗。谁知苏大脚却由此生出了误解，提出了让谷子为难的请求，谷子一下子方寸大乱，不知道究竟该怎么办了。

　　苏大脚是谷子在王家堡最能说得来的长辈，大事小事又常常帮她，苏大脚既然将事情摆明，她就有点不大好推辞了。

　　谷子不会主动去找单眼罗，单眼罗却处处在寻着机会往谷子眼睛角里钻，单眼罗的这种见缝插针，正好给了谷子一个机会。中午，单眼罗刚出了家门，就在涝池边上碰见了谷子。单眼罗第一句话便是："你看我最近表现咋样？"谷子翻了他一眼，没有回答他的问话，直截了当地说出了苏大脚家的事："你把天助给弄回来，给他批个条子让他去串乡。"单眼罗愣了半天，猜不透谷子咋就操心起别人的事情，而且是苏大脚那个多事的儿子，心里很不舒服，张口"那……那……那……"地结巴了半天，再定神看时，谷

子已经远远地离开了。

让谷子没有想到的是,过了两天,天助竟从山里回来了,手上还真拿了大队准许他出外串乡的条子。

王家堡一带,自古都有串乡的习俗。所谓串乡,就是手艺人挑着担子,到远离家乡的一些地方去干活。只是这种干与平时的干不一样,是一个乡一个乡地串,因此,方圆几百里地的人全都将他们称做串乡的。

天助准备好了自己的竹篾担子,要出发的时候在村口的小路上碰到了胡子刘。胡子刘一怔:天助咋回来了,莫非是偷偷地逃回来的?他这么一想,马上黑下了脸:"你狗日的得是不想活了,敢不吭不哈地跑回来?"胡子刘显然不知道天助回来的奥秘,一开口就没有好言语。天助心里明白,他只要说出单眼罗的名,胡子刘也就没啥可说了,但他心里积着一口恶气——眼前这个赖皮狗害得他出了那么多苦,他不可能好言以对,便冷冷地说:"我就回来了,看你能把我怎么样!"说完,昂着头走了,气得胡子刘站在一旁喘粗气。

天助的归来,对苏大脚来说简直就像久旱遇甘霖,算是天大的喜事,她高兴得都有些忘乎所以。她前院后院转了一圈,恨不得寻一面锣鼓擂着庆贺庆贺。可她不可能那样做,她怕好事一旦声张大了,出现不必要的麻烦。她噔噔噔地跑到自己的老头王二拐跟前,喊着告诉了儿子的事。王二拐自从被胡子刘从竹篾场赶回来,一直闷闷不乐,加上腿不得劲,下不了地,只能躺在家里自己对自己生气:以前在竹篾场,不管天晴天阴,每天都是十分工,即使天助、地保不怎么干活,一年下来,他们家的工分也是全村最高的,分粮分钱,自然不会少,日子比起别的人家要滋润得多。可现在不同了,他没有了工分,一家人的生活眼看就要出问题,他苦恼得恨不得用头去撞身边的土墙。谁知在这时候老天有眼,让天助回来了,而且拿到了出外串乡的路条,谁有这么好的心?

王二拐听了苏大脚的话一骨碌从炕上爬起来,迈动拐着的一条腿站在地上。这是他几个月来第一次下地,他浑身一下子来了力气,对苏大脚说:"家里不是还有一瓶酒吗?你拿过来,让我抿一口。"苏大脚也高兴,就去拿了。苏大脚顺便去厨房里切了盘生萝卜丝,端到王二拐面前。王二拐喝了一口酒,吃了几口菜,继续追着问事情的根由。苏大脚就放低了声音将她求谷子帮忙的事说了一遍,说完叮咛道:"你可不能嘴贱,把它给抖弄出去。"王二拐本想说那自然,可话到了嘴边却停住了。他在想一个问题,这么多年了,没看出谷子是那种人,丈夫死了才刚刚一年时间,咋就这么快与人勾搭上了?王二拐这时候也就忘了谷子为他家办的好事,在心里一遍遍诅咒起来。

王二拐没有听苏大脚的话,无意间将谷子帮天助说情的事透漏给了去他家串门的铁算。其实铁算不是单纯为了串门,他去时拿了自家没有底的背篓,要王二拐为他补一补。王二拐的手艺就是编竹,这些年谁家的竹篾用具坏了,都拿过来让他修,他干那种活儿简直都称得上是一种享受。他将篾子破好,然后在脚底下踩着一转,接着拿起刀具,叮叮当当一敲,就成了。也就在这么一个过程里,他们拉起了话。

铁算先赞叹了一番王二拐的手艺,接着便说起了村里这一段时间里的变化:"你可能还不知道吧,单眼罗这些日子像变了一个人,据说是遇着鬼了,鬼到他面前一站,就轻轻松松地把他给治了。鬼是个好鬼,对他说如果今后再干缺德事,就把他的皮剥下来挂在树枝上。当时单眼罗就吓得尿了裤子,答应再不做亏心事了。"

王二拐哈哈地笑,笑出了一个诡秘的样子。

铁算以为王二拐不相信他说的话,瞪大眼睛说:"真的,有人看见了,吓得尿了一裤裆的人就是单眼罗。"

王二拐说:"你知道那个鬼是谁吗?就是王多劳的儿媳妇谷子!可事情不是你说的那么个情况,现在这世道,鬼却不一定是鬼,人也不一定是人啊!"接下来,王二拐就将谷子怎么为他家天助求情的事说了一遍,话语中,明显流露出王二拐对谷子的贬低。铁算好奇,问:"他不是老欺负谷子吗?谷子怎么能跟他站在一条线上?"王二拐说:"怎么不可能,单眼罗是什么人,能放过她?再说了,没有男男女女的那种关系,人家能听她的?"铁算一想也对,就觉得肯定是那么回事。如今这风气,别说谷子,就是村里再硬气的汉子,不向权势低头,恐怕也不会好过。

谷子为王二拐家帮了忙,王二拐怎么还用贬低的口气说她?铁算回到家中,想了两天都没有想明白,就将自己心里的疑虑告诉了老婆花二秀。花二秀一听是谷子与单眼罗的事,顿时浑身发软,问:"这么说来,谷子与单眼罗已睡在一个炕头上了?"铁算说他也不清楚,但听王二拐的口气,八九不离十。花二秀将手从和了一半的面团里抽出来,战战兢兢地说:"以前只是听人胡说,现在看来是真的了,都怪我,背地里嚼舌根!把谷子得罪了。谷子私下一戳弄,单眼罗能轻饶了咱们?单眼罗要给人找起事来,要命哩!"

花二秀听了男人的话,心里七上八下的,一夜都没有睡好,像是有一个磨盘重重地压在她胸口。她一会儿翻一下身,哀叹一声,埋怨一声,却都是对了自己。好不容易挨到第二天,她在上工前就早早地出了门,一头钻进胡子刘家。胡子刘不在,听说前一天就去河湾镇拉酒糟去了。胡子刘的老婆正在家洗衣服,刚刚将一桶水倒在木盆里,见花二秀进了门,很有些不高兴。胡子刘的老婆自从胡子刘当了生产队队长,脾气愈来愈大,到了现在,即使她一个人独处,同样会板着一副面孔。

花二秀笑得咯咯的,像一只刚下完蛋到处炫耀的母鸡:"嫂子洗衣服了,让我来吧。"花二秀说着,挽起袖子就往木盆跟前靠。胡子刘的老婆也不推辞,顺手从旁边拉过来一条凳子让花二秀坐,花二秀坐了,拿起衣服就洗。胡子刘的老婆将脸扳了一阵,

觉得过分了,就问:"你今儿个咋有时间到我们家来了?"花二秀哟了一声,说:"看嫂子说的,嫂子是什么人,还不得常常念着,我能不来看望?"胡子刘的老婆心里明白,花二秀没事决不会到他们家,但没有说,只在脸上摆出了一个不大像笑的笑。这样一来,花二秀就觉得要说的话必须说了:"你知道的,我这人是刀子嘴豆腐心,不小心就把人得罪了……"胡子刘的老婆听着话语不对,以为对她刚才的态度发生了误会,赶紧说:"不不不,咱姊妹们都是一样的脾气,不存在谁得罪谁。"花二秀说:"我不是说你,是说谷子。"胡子刘的老婆一听,刚才的笑立马打住,说:"得罪就得罪了,一个寡妇,你怕她干啥?"花二秀说:"你还不知道吧,她是罗主任的人,得罪了她还了得!"

花二秀这么说是要胡子刘的老婆帮她的忙,让胡子刘在单眼罗面前说几句好话,不要给她难堪。胡子刘的老婆听了花二秀的话,心也就虚了,说:"前些日子你说谷子与向北有那种事,说了也就说了,现在又说跟罗主任有一腿,你可不能乱讲。"花二秀说:"我知道,肯定不敢乱讲。"胡子刘的老婆不情愿地思考了半天,才慢腾腾地说:"你回吧,都快要上工了,待你大哥拉糟子回来,我给他说说看。"

胡子刘的老婆打发走花二秀,想,自己的男人能当了队长,是单眼罗的抬举,现在花二秀得罪了单眼罗的心上人,还要她男人去说情,说难听点那叫老鼠舔猫的屁股,没事找事。哪有那么傻的人!她知道,到时一旦话说得不对胃口,单眼罗怪罪下来,将她男人的队长撤了,就再也没有猴耍了。弄不好,又得在队上出蛮力,傻子才愿意那么干呢。她下意识地摇了摇头,就将这事抛到耳朵后头了。

过了几天,没想到事情竟从反面传扬出来,一时间妇女堆里起了新的议论,说谷子简直就是个贱货,刚死了男人就受不了了,竟同自己的干儿子串在一起。还说是花二秀亲眼看见的,把王家堡的人算是丢尽了。这些话传到花二秀的耳朵里,花二秀的肺都快要气炸了。她猜测可能是胡子刘的老婆说出的,知道她弄巧成拙,想放事,却踩了一脚烂泥,将气全生在自己身上。于是哭哭啼啼了一个上午,最终还是病倒了。

苏大脚听到了风言风语,知道这事一定是从自己的老头那里漏出去的风,气得回家痛骂了王二拐一顿,骂到恨处,竟将一个面缸举起来摔在地上。

二十三

王家堡要给神打轿子,这一消息一时间传遍了土塬上的角角落落。

后来,奇怪的行动在繁忙的农活中沉寂了一阵子,随着接近年节时分,突然又野火春风般地漫遍了整个村子。

这股风是从苏大脚家里刮出来的。苏大脚家的房子虽然并不宽绰,但她硬是挤出一间,在那里偷偷摸摸地干了起来。这期间,单眼罗跑过来干涉过,公社的什么人也阻止过,她都将他们搪塞过去了。苏大脚用她自己的话说:"包括关老爷在内的许多神仙,在这场'横扫一切牛鬼蛇神'的日子全被搬掉了,而且拆了庙殿,早就无家可归,这么下去,神咋可能有兴趣操咱们的心?"

这件事究竟怎么生发出来,而且瞬间变得如火如荼,村里的人说法不一。

按苏大脚的描述,简直就是一个稀奇古怪的故事。她说她那天亲眼看见谷子在自家的房檐台上跌了一跤,爬起来便坐成菩萨的模样,一只手平放在胸前,另一只手直对眉间,嘴里念念有词,好像是说她被一帮说不清身份的人毁了家,至今流浪在外,需要一个栖身之地,要世间的善男信女们为她想想办法。谷子说这些话的时候,泪流满面,像是她自己的房子被人拆了似的。后来她的身边围了许多人,大家细细盘问,谷子竟然能说出许多天上的事情,比如玉皇大帝、王母娘娘等各路大仙的起居和道行,能说出连村里老人们都不知道的许多仙界的故事。这样一来,大家就不得不信了:能说出这种话的人绝不是谷子,谷子没有那方面的知识,她平时说话的语气也不是这么个样子,眼神更不对。谷子是远近知名的美人儿,咋会让眼睛鼓成两只大大的铜铃?另外,举止也完全与往日不同,这种无意间流露出来的表情和动作,谷子别说自己做,就是见都未必见过。于是大家断定,一定是神又借了谷子的身子过来了,而且这回不是一般的神,而是菩萨。

村里的人为了证实苏大脚的话,去问谷子,谷子缄口否认。许多人就怀疑了,说这事也许与谷子没有关系,是苏大脚一手煽乎起来的。苏大脚亲口说过,她这几年家事不顺都是因为不专一,既敬神又敬鬼,结果,神的事情没有办好,鬼那里也没有落下好。

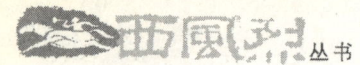

相反,鬼怪们老是找着机会捣她的蛋。就说王南原吧,她曾一遍遍乞求索魂的小鬼,可小鬼没有理,该将王南原拖走的时候还是拖走了。后来儿子天助受了胡子刘的陷害,她又去乞求,乞求到最后却什么作用都没有起。她算是看清楚了,与其求鬼,还不如祈求神来得灵验。天助能从山沟里回来,就是神显的灵。苏大脚说到神的时候,总要有意无意地看看谷子。即使谷子不在,她也要对着谷子家的大门口瞅一瞅。在她看来,神在王家堡,已成为不能不信的事实,她就是要为神制造一所舒适的屋子。

开始,苏大脚只是想用自己家存放在木楼上的碎木头,制作一个类似死了人用纸糊成的"官轿",在村西的十字路口烧了以了结心愿。谁知干着干着就收不住了,而且形成了规模。如此兴师动众,看来一定有些另外的原因。持这种看法的人私下里议论,说这件事好像与单眼罗有点关系。依据是,单眼罗曾经到过苏大脚家,单眼罗听说谷子在那里就赶过去了,这一点许多人都能证实。单眼罗在这之前不大喜欢去苏大脚家,说起来自然是因为积怨太深,苏大脚的老头为生产队办起的竹篾厂就是单眼罗一气之下给解散的,后来天助的遭遇也是单眼罗一手策划的。单眼罗仅有的一只眼睛里从来都看不见苏大脚和她的家人,更别说去苏大脚家串门了。然而单眼罗还真去了。单眼罗去过苏大脚家之后,苏大脚第二天就到处宣称,她要给神打轿子了,而且要打那种像模像样的轿子。这么分析下来,苏大脚的一举一动就很可能是单眼罗指使的。

人们的议论,只能说明一个问题,王家堡乃至整个西坡大队的村民都在关注打轿子的事,大家心里已经放不下这件事了。这段时间,那些年老体弱的老女人们总围着苏大脚转,她们每天早晨早早地过去,在提前垒好的神坛旁点上香,磕头,然后像"早请示、晚汇报"那样低着头对神说一些事情。她们各自要说的话显然不同,有为儿孙祈福的,也有希望自家自留地里多打粮食的,更有为了能尝到一星半点肉沫儿在心里悄悄念叨的。当然,希望这病那病快快离开自己身体的女人们也在其中,她们一跪下就从身上抓些想象中的东西往外扔,虽然什么也没扔掉,心里还是异常地舒服。她们跪地大约十几分钟后,估摸着将对神的虔诚倾倒得差不多了,便不约而同地相互搀扶着站起来,向着泥垒的三角形祭坛拜上几拜,然后帮木工们拿拿工具,收拾收拾屋子,或者挤到苏大脚跟前,问一问接下来应该干点什么。

苏大脚成了王家堡的忙人儿。她操心的似乎已不仅仅是打怎样一个轿子的事,她得为两个木匠的吃饭想办法、拿主意。开始,木匠与苏大脚一家在一起吃饭,加几勺面加几棵菜也就够了,没有感觉有什么太大的负担。等过了几天,就发现问题了,瓦缸里的面粉像铺在地上的积雪遇了暖融融的太阳,一截一截往下落。不到一个星期,平时一家人一个月的粮食没几天就吃得差不多了。这么算下去,轿子做不起来,她家的粮食就得告罄。这怎么行?离明年夏天收麦时间至少还有七八个月,一家人怎么挨得下去。王二拐和苏大脚年岁大了,少吃点也就少吃点,二儿子地保正在长身体,说什么也不能亏了他。

苏大脚在夜幕覆盖的院子里傻呆呆地站着,一个人苦思冥想。她抬头望着高深莫测的天空,那地方除了几颗眨眼的星星,整个天空死了一般,冷漠寂寥。她很希望那些星星们能对着她闪几下,那样或者就能从它们那里窥视到有用的主意。显然,苏大脚在万般无奈的时候也曾想到过放弃,人以食为天,肚子咕咕叫,哪有心事想别的?她的这一念头仅仅闪了一下就打消了。她突然发现那是对神极大的不敬,也是对自个脸面的折损。她在年龄相仿的一茬女人中威信不低,她说出的话做出的事从来没有半途而废过。倘若这事呐喊了一阵突然夭折,面子搁不住事小,神灵怪罪下来事大。究竟应该怎么办?她很希望神能给她一个办法。她知道大凡神都住在高处,因此,出了屋子就一直对着天空看。

苏大脚在星星与星星的缝隙中看到了一颗流星,流星在天边划出了一道弧,随即散落在远方的山脊上,将山的一块地方照出光芒。这一照倒让她有了思路,她想,为什么就不能用和尚的办法到别的一些地方去说道说道,讨一些粮食回来给木匠们吃?天下求神拜佛的人多的是,他们在神与人之间常常会毫不犹豫地选了神,只要张口,说不定会满载而归。苏大脚兴奋地从院子里走出去。

她在门外碰着了铁匠李的老婆大翠。

大翠是个喜欢管闲事的女人,见苏大脚急急忙忙,估摸着绝对是有什么事情,就问:"婶子这么晚出门,有啥事呢?"苏大脚止住脚步,才知道她其实并没有想到村街上来,是兴奋纵容她出了门。苏大脚哦哦了两声,准备转身退回去,却突然站住了,莫名其妙地问:"如果神让我们干一件事,你愿意干吗?"大翠被苏大脚的话说愣了,停了半天,才说:"神?谁敢跟神过意不去?嘿嘿嘿……我知道婶子近来忙着给神打轿子,我这几天抽不出空,没顾上过去,婶子你别见外,有什么需要我做的事,你吩咐,我能帮就一定帮。"苏大脚一听,来劲了,像大翠这种女人,在王家堡还是有号召力的,弄不好能影响了一大片——大翠的男人铁匠李比大翠大十几岁,大翠心里一直不平衡,加上她人长得俊秀,脾气也就慢慢地大了,时常对着自己的男人发火。时间一久,没准儿什么时候会将火发到别的人身上。起初,大家不接受,免不了会吵起来,时间长了,都知道她是那么个脾气,也就原谅了。倘若这么倔强的女人对神都那般虔诚,别的人岂有不跟着迎合的道理?苏大脚的兴致一起,说:"我不需要你帮啥忙,我是说假若神要从你碗里分点东西出来,你肯给吗?"大翠回答:"肯!"苏大脚拍了一把大翠的肩膀,说了声好,就进屋睡觉去了。

第二天,苏大脚家里聚集了一堆老婆婆,她们是为神上了香之后被苏大脚叫过去的。其中也有年轻女人大翠。苏大脚破例拿出了她藏在柜子底层的一小包茶叶,用三根指头捏了小小的一撮,放在大号老碗里,倒了开水,然后一碗一碗地端到姐妹面前,

招呼着她们喝。这在乡下是一个不算小的礼节,谁家的儿子娶媳妇,谁家盖了新房要搬家,或者某某人的老爹老娘寿终正寝,才有可能这么讲究一次。眼下苏大脚却如此慷慨,这让一帮女人们非常感动,她们你看看我,我看看你,不知道苏大脚葫芦里卖的什么药。年龄长一些的,就说了:"娃他婶,你有啥事就对大伙说,都不是外人,这样铺排姐妹们受不了,再说心里也没底儿。"话落处,别的人也就跟着"叽叽喳喳"地说开了。

苏大脚不紧不慢,胸有成竹地向不大的木桌跟前靠了靠,说:"嫂子、妹子,喝茶就是喝茶,我是诚心,别见外。咱都是一个村的,有事也不瞒大家。你们也知道,自从两个木匠到了我们家,吃呀喝呀的,我管前管后,到今儿已是第十天了。队里给咱的口粮每年都缺一豁子,再增加两个能吃饭的年轻人,家里眼看就要断顿了。再说,咱给神打轿子,是为了保村里的一方平安,算是公事,叫姐妹们来,是想让大家与我一起想想办法。"苏大脚说到这里,大家难免要天上地下地猜:苏大脚是不是要将两个木匠的吃饭问题摊在她们身上?即使这样,为村里办事,倒也应该,只是得回去跟老头子说说,通了,才好做打算。眼下每家每户都缺粮,对吃喝谁都不可能不计较,不提前打个招呼行不通。大家正在心里揣鬼胎的时候,苏大脚一句话就将事情挑明了,"不是要大家出粮,而是要大家出力。"

苏大脚接下来将自己的打算说了出来,她要大家像寺院里的和尚那样到各村各户去"化缘"。这种形式虽然人人熟悉,但多年已经没有人提及,即使寺院里的和尚也被赶到乡下劳动去了。她们怀疑不一定管用。苏大脚说肯定不会错,拿王家堡来说,谁家没有一本难念的经,大家都希望神能帮一把,哪能干瞪着眼睛当瓜熊?姐妹们想了想有道理,最后决定,就先在王家堡试一试。

一大早,她们就开始了前一天商量好的行动。

苏大脚领头,她们从村东头三虎家开始。三虎爹到自留地里给刚露头的小麦上粪去了。三虎娘在家,见是苏大脚和一伙老姐妹,以为大家要约她去朝山——对于上了年纪的乡下女人来说,最具诱惑力的事莫过于朝山。她们到山上不是为了游山玩水,而是要到山顶上的庙里去,在那里许愿,在那里说她们平时不好拿出来的心思。等再回到村里,她们马上就会感到浑身舒坦,精力旺盛。

三虎娘放下手里的活儿,迎过去,满脸带笑地说:"啥时走捎一句话就行了,还需要你们全都过来?"苏大脚听三虎娘这么一说,知道误会了,解释道:"不是去山里,是来求你帮忙的。"三虎娘一脸狐疑,问:"出啥事了?"苏大脚就将如何请人打轿子,如何管木匠吃饭,如何入不敷出等等一些乱七八糟的事情说了一遍,希望她能兑点粮食出来,以解眼下燃眉之急。三虎娘早几天就知道苏大脚家里的事情,只是没有过去凑热闹,她听了苏大脚的话,点了几下头,二话没说,就到自己家的木楼上舀了满满一大碗麦子,倒进了苏大脚提前准备好的一个布袋里。

出了三虎家的头门,她们接着往下挨,不一会儿就串了十几家,庆幸的是没有一家不往口袋里装粮食,她们很快就将能装一斗多麦子的袋子装满了。苏大脚非常高兴,吩咐大家将粮食抬回家,又拿了新布袋到南村挨家挨户地去讨。这一天她们的收获非常大,算下来足足讨了两袋麦子,相当于生产队一年分给每个人口粮的一半。这么一来,她们就有经验了:为啥粮食来得这么容易,还不是向外伸手的都是些上了年纪、平时从来都不给人张口的老太婆?倘若换成年龄轻一些的,恐怕不光讨不到粮食,被人训斥一顿也有可能。

偶然的收获让苏大脚思路大开,她将尽心尽力为神操劳的六个老婆子分成三个小组,每个小组两人,分别派到临近不同的三个村去化麦子,派出去的人早出晚归,中午饭也就在外面蹭了,到晚上回来的时候,最不行的,也能讨到将近半袋麦子,好一点的每人能扛回来一袋。苏大脚一高兴,让帮忙的所有人连同木匠,都在她家上了灶。这样,原来小小的锅灶不够用了,她便找人在前院重新堆了一个,锅也换成了大号的,碗筷买回了一捆,真到吃饭的时候,前院后院、门道走廊,全坐满了人。

村里精明点的老人,也就在苏大脚的动员下加入了进来,男的女的都有,"队伍"瞬间增加到了十多个人。苏大脚成了没有人任命、没有名分的大总管。她指挥着每一个人干着那些不尽相同的事情。老婆子们继续出外"化缘",老头们帮木匠备料、打扫卫生,整个院子比大队革委会还有秩序。这期间也有下地归来的许多壮劳力偷偷地倚着苏大脚家的大门看,看着看着就羡慕了:这里的人海吃海喝,连干面都享用上了,可他们在地里累死累活干一天,回去还不是稀汤刮水的饭食,连一碗稠一点的汤面条都吃不上,怎么能不眼红?他们也想加入,可没有资格,一是胡子刘那边不允许,二是苏大脚不接纳,他们只能叫花子站在饭店门口——给眼睛解馋。

谷子这段时间常常到苏大脚家里去。

她不属于老太婆堆里的人,也没有要加入的意思。她平时得按天下地干活,她下了工以后才能过去。当然,偶尔也有例外,一斜脚说不定什么时候就到苏大脚家里了,胡子刘不可能看不见,可他只能翻白眼,却不曾直接干涉。他怕单眼罗劈头盖脸地大骂。这段时间他动不动就挨损,已有了许多教训,特别在谷子的事情上,他简直就像一头瞎眼骡子,抬腿都不知道该怎么迈步了。

苏大脚对谷子的喜欢不光是因为她从谷子身上看到了神的影子,更重要的是"情投意合",苏大脚心里想的,往往也能得到谷子的支持和拥护。自从谷子死了男人,苏大脚为谷子的事情没有少操心。谷子在感激苏大脚的同时,苏大脚一些莫名其妙的观点也就慢慢地同化了她,她一直都在被动和迷惘中过日子。

苏大脚一生迷在鬼神的事情上。苏大脚也知道谷子对自己的喜好不感兴趣,却不

愿轻易放弃她。原因很多,其中最重要的原因就是谷子太像苏大脚心目中的神了。苏大脚要借用她的举止和言行来呈现神制造出来的境界,就不得不在她身上下工夫。苏大脚从观念到行为一点一点灌输,甚至硬将一些现象变成神的事情强加在谷子身上,促使她越陷越深。比如谷子在悲痛或者愤怒时出现的颤抖,苏大脚将它说成是神的降临;谷子无望的愣神,苏大脚说是神在下界前对替身的选择,等等。反正只要谷子有一个动作,苏大脚就能相应地拿出神的一套来解释。谷子为这事反感透了,本想摆脱烦人的桎梏,彻底远离苏大脚,走一条能让她解脱的路。可离开了苏大脚,村里那么多陌生的目光在诋毁她,她又能与谁为伍呢?人是最怕寂寞的活物,谁都不会在冷漠中坚持很久。谷子也一样。

也就在谷子半推半就、犹豫不决的时候,谷子看到了一个让她至今想不通、却又非常真实的现象。

她在苏大脚的纵容下,自从沾了那么点"神"气之后,村里包括胡子刘在内的几个曾经扬言要实施报复的人竟收敛了他们的行为,不敢再欺负她了,连单眼罗都像只玩蔫了的老猫,不得不怕她三分。就说单眼罗向她求婚的那件事吧,为了救公公,她仅仅说了一句含混不清的话,单眼罗就死心塌地地顺着她的意思往下走,而且一改往日的顽劣蛮横,别别扭扭地学起了做人。要是没有"神"的威力,单眼罗能那么顺从?谷子就这么从神神鬼鬼的事情中悟出一个道理:人一旦丢失了良心,丢失了先人的德行,把人不当人活了,只有神才能出来帮人做那些有益的事情,只有神才可能让一些不该发生的灾祸不再发生!

谷子是被苏大脚叫过去的。

苏大脚虽然表面上精力旺盛,可毕竟是快六十的人了,一天下来腰酸腿疼,还真有点支撑不住。苏大脚叫谷子过去,是要谷子帮她一把。当然,在需要的时候,也盼望谷子能替她说一两句"神"话,好让她在这么大的"工程"面前永远立于不败之地。谷子苦涩地笑了笑,没有接受。她到苏大脚家最现实的想法就是扯一扯闲话,散一散心。憋在她胸中的烦事恼事太多——单眼罗的软缠硬磨,公公王多劳的百般猜忌,还有一个寡妇常常堵在胸口说不出的憋屈……这些事情,谷子除了给苏大脚说,再没有能够倾诉的地方。苏大脚劝她,苏大脚说神就在咱们身边,咱只要好好地侍奉,就有后台了,到那时事事顺心,高兴还来不及呢,有啥烦的?苏大脚就这么将她摁在一条横在门口的木凳上。

谷子坐了一小会儿,眼睛向屋内斜了一下,就看见了堆积起来的麦子。她顿时来了兴趣。她家架在木楼顶上的那几个麦袋,与苏大脚屋里的相比,简直就是九牛之一毛。苏大脚咋会有这么多粮食?谷子想问个究竟,这时候几个老女人走进院子,她们肩上扛着沉甸甸的尼龙袋,一进院就嚷起来:"今儿个跑远了,真把人累坏了。"苏大脚见了,赶紧迎过去,从她们肩上放下袋子,倒了茶水端过去,说:"神看见了,神肯定看见了,都记着哩,说不定什么时候就给你们带去了好运。"大家似乎相信了苏大脚的话,笑容从皱皱巴巴且疲惫不堪的脸上滚下来。谷子恍然大悟,苏大脚家的粮食原来都是借着神的"力量"讨回来的!

谷子从心里生出羡慕。她略略回忆了一下,就觉得自己这一生都是在对粮食的渴望中度过的。在娘家,她度过了三年自然灾害期,那段日子,她除了每顿喝一勺稀得照得见人的包谷糁子,便是糠菜,一年四季都见不到麦子是什么样子。后来与王南原结了婚,生活稍稍有了好转,麦子有了一些,可哪一年二三月间都得断顿,要不是国家的那点救济粮,村里不知有多少人早就变成鬼了。谷子到现在仍然记得,在揭不开锅的一些日子,王南原放不下革委会主任那个臭架子,总是她用麸皮到三十里外的上官村去换包谷。

上官村靠河,是水浇地,粮食与架在干塬上的王家堡相比要好得多,他们需要麸皮做醋、喂猪,周围许多村里的农民常常拿了麸皮到上官村去。这么一兑换,上官村的人也觉得划算,三斤麸皮才换去一斤包谷,可三斤麸皮经过发酵,与高粱、大麦等原料一配制,做出的醋少说也有几十斤,一斤按八分钱算,也能挣好几块,足够买几斤肉呢。这样的交易,算是周瑜打黄盖,一家愿打,一家愿挨,最原始的兑换方式也就在动不动就"割资本主义尾巴"的背景下展开了。谷子就是在那里看见了完全不同的两种装粮工具——她家用小小的布袋,而人家却用席子卷起来的大仓。现在她看见了苏大脚家这么多的粮食,心动的劲儿不亚于前些年看见上官村家家户户的粮仓。她下意识地站起身,在屋子的麦袋旁转了一圈,突然就愣在那里不动了。

苏大脚在一旁心知肚明,走到谷子跟前说:"从今儿个起,你就在我们家上灶吧,这是给神化的缘,你是神的弟子,你最有资格吃这些粮食。"谷子摇摇头,谷子想说她不是神的弟子,她不能吃这些粮食,可鼓了半天劲儿没能说出来。苏大脚在一边察言观色,早就窥透了谷子的心思,不容分说,就将谷子拽到了大伙正忙着做饭的厨房里。

这天,谷子还真在苏大脚家里吃了晚饭。

她先回了一趟家,给公公做了碗扁豆面片,看着公公吃了,才又返回到苏大脚家。后来饭就上来了,虽然也是面条,可面条跟面条不同。苏大脚先给谷子来了一老碗干面,面条几乎溢到碗沿上,香喷喷的,她刚吸了一口气就全将它们吸到了胃里。在乡下,这种口福只有在春节到来之时才有可能享受一回,但一定得在客人聚集的那天。在苏大脚家里却随时都能吃到,谷子偷偷地惊讶。她一连吃了两碗,吃罢,一下子就生出了感激之情。她当着那么多吃饭的人情不自禁地说:"太好了,真的太好了。"

谷子是说饭的味道。可苏大脚不这么理解,苏大脚对大伙说:"听见了吗?她可是沾了'神'气的,她都说'太好了',这比大队干部说的话分量都要重,咱们怕个啥?如今

咱不要谁管咱的吃管咱的喝,'大跃进'吃食堂那阵子都没有这么舒服!"旁边的人也跟着附和,说就是的,大队干大队的,生产队干生产队的,咱干咱的,谁不妨碍谁,眼下谁的事红火,还不明摆着?

谷子没有反驳。她第一次面临了一个巨大的诱惑,她面对苏大脚,面对诸多对神的崇拜者,心里突然涌出了一个奇怪的念头,她决定融进这个她到现在依然说不清楚是赞成还是反对的群体中。她需要从身体到灵魂的那种保护。

二十四

地保反感母亲在家里干那些神神鬼鬼的事情，进了门就开始踢桌子摔板凳。苏大脚过去数落说："咱家在生产队里是个啥地位你不是不知道？你爹让人家从竹篾厂赶回来，你哥被人弄到山里去修路，要不是你谷子嫂帮忙，到现在都回不来。你谷子嫂的力量从哪里来的？还不是神给的？真是榆木脑袋，不开窍呀！"苏大脚说完这些话就躲到一旁抹眼泪去了。她将自己的伤心藏着掖着，不想让村里的人看见。她心里发虚，盲目地做着自己刻意要做的一切，又不知道最终会是什么结果。她在鼓励别的人的时候显得慷慨激昂，可一旦一个人独处，总会产生莫名其妙的后怕。她知道，虽然有"神"庇护，别人暂时不会与她过不去，可明年呢？后年呢？她一点也估摸不准。她只能对自己说，挨一天算一天吧，只要老头和孩子们不受罪，就是有一天她倒了霉，也决不怨悔。

地保不知道这些，嘴里嘟囔着转到了城壕边上。他在那里看树上的鸟儿或者捉拿地里的黄鼠，这些生灵们在忙碌地奔波，为了生存？为了饱腹？他看着看着觉得母亲也像这些小动物，把爱呀恨呀的一大堆东西全丢了，而将所有的希望集中到了过日子这个最简单的需求上。人难道仅仅是为了活着？地保没有念过书，心胸却并没有被世俗的尘灰覆盖，他还是感觉到了当一个人不能左右自己的时候，身体与心灵那种双重的疲惫和无聊。然而满村子的人都那样，他地保一个毛孩子，有什么入天钻地的本事，能将这种局面改变了？

地保这么一想就觉得实在不应该与母亲生气。

他在村外溜达了一会儿，将以前熟悉的沟沟坎坎看了一遍，正要回转，却发现胡子刘扛着一袋麦子从城背后的墙壁上翻过来。墙太高，胡子刘落地的一瞬"嗵"地一声摔得很响。胡子刘没有看见地保，一边揉着屁股一边自言自语地骂。胡子刘究竟骂自己还是骂别的什么人，地保离得远，没听见，但他可以确定，胡子刘是从他家后院里跳出来的，而且一定是偷了母亲她们讨要回来的麦子。

放在以往，地保不会轻易让胡子刘走掉，可他今天没有惊动胡子刘。在他看来，他家里的粮食无非也是偷来的,只不过偷的方式有些特殊。胡子刘是避了人偷,而母亲派出去的人却是明目张胆地偷,偷了还让人心甘情愿!

地保悄悄地躲起来。他趴在草丛里,一直看着胡子刘将那袋粮食从自家后院的墙上扔进去,嘴里哼起咿咿呀呀的小调,无事般地消失在西边城壕的豁口旁,他才从草丛里站了起来。

地保心里很不好受。

他不是为了那袋麦子。他从胡子刘的行为中看到了大家都不怎么好过的日子。胡子刘肚子饿了有胆量去偷,村里更多的人本本分分,拿啥去填肚子?

生产队的仓库里确实存了点粮食,可那是等着年末分红时留给社员们唯一的家底,上面盖了印,谁要动了,绝对得蹲大牢。从这个角度讲,地保并不怨恨胡子刘,他甚至觉得,家里既然有了那么多的粮食,就一定得同大伙一起享用。

他将他的想法说给了母亲,母亲先是一怔,后来就有点动心了。苏大脚出身卑微,命运多舛。从小救苦救难的侠义故事听得不少,加之又是个热心肠的人,平时张家李家的事,只要谁求到她跟前,她从来都不推辞。这几年虽然她的家事同大家一样不顺,但她心善,遇事从不推诿,三说两不说就掺和进去了。比如谷子家的事,她就是不知不觉搅进去的。尽管谷子的男人王南原活着的时候对苏大脚一家不错,可与王南原关系不错的人多了,别的人却都没有她陷得那么深。后来,王南原死了,许多人反过来要在谷子身上报复,她却始终如一。王南原再坏,毕竟死了,与死人较量,起码有点掀下坡碌碡的嫌疑,苏大脚从不干那种事。时间久了,也就形成了她自己的处事原则。她知道儿子也是为了村里的人着想,称赞了几句,答应让她想想再说。

没过几天,这种近似于旧社会吃大户的阵势果然在王家堡拉开了。那是一个月后菩萨的轿子打好之后举行的"开光"仪式。村里人帮苏大脚在打谷场上搭了一个戏台,菩萨的轿子连同轿里的塑像一起放在高高的戏台上。塑像的两只眼睛被无数根银针封着,像刺猬的脊梁。村里前来观看的男女老少对着它个个肃然起敬,将眼前的观音看得比自己祖上传承下来的先人还要重。小孩子就更小心得可以,他们没有见过眼睛里长刺的人,对眼前这个像人又不像人的泥塑多少有那么点怯。平时喜欢疯来疯去、无拘无束的嬉闹也就收敛了,他们一个个躲在大人身后,眼睛死盯着塑像不肯移开。

戏台对面,是用帆布搭起的一排宴席大篷,四面开着,桌上碗筷一一摆齐,还真有样板戏《智取威虎山》里座山雕大摆百鸡宴的阵势。地保满脸笑容,在戏台和宴席大篷旁转了几圈,拿起了自制的那把二胡,坐在戏台后边的一个高坡上拉起来。地保拉的什么曲子大家不知道,悠扬绵长的声调却能将人们带进深远的回忆之中。过了片刻,地保突然将二胡弓子一顿,换了一个欢快的调子,大伙就跟着曲子的奔腾和跳跃到了另一个境地。那里虽也有徘徊和张望,却是蓬勃向上、激烈欣喜的情景。这时候也就有人说话了:"别看地保是个娃娃,可心里清楚得很。"地保听到了,微微一笑,继续拉他的二胡,一直拉到鞭炮叭叭地响起来。

宴席开始前,苏大脚让谷子走上台去,将泥塑菩萨眼睛上的银针一根根拔掉。谷子不愿意去。十里八乡的来了那么多看热闹的人,大队、公社的干部也夹杂在中间,谷子嫌过于抢眼。苏大脚走到她跟前,悄声道:"你知道这是什么事吗?是给菩萨'开光'哩,也就是让泥菩萨在大伙面前睁开眼睛,不是菩萨的弟子,谁配干这么大的事情?"苏大脚又一次将谷子尊为菩萨的弟子,让谷子多少有那么点感动,也就去了。她走到泥塑跟前,左右看了看,还真被它给震住了,泥塑菩萨除了紧闭的双眼,可谓栩栩如生,跟真人没有什么两样。她怕了,刚伸出的手又缩了回来。她站了一会儿,重新将手伸过去,一下一下小心地拔去泥塑菩萨眼睛上的一簇银针。她拔得很吃力,这些针仿佛全扎在一块木板上,需要晃动几下才能拔出。奇怪的是等她将最后一根银针拔掉的时候,泥塑菩萨的眼睛忽地一下睁开了。这种奇特的设计吓得她胸口怦怦直跳。她慌乱了一阵,不敢再去拔第二只眼睛上的针。她回头看了一眼远远眺望着她的苏大脚,怯怯地摇了摇头。苏大脚在一旁努着嘴,鼓动着她,她不好意思走下台,便硬着头皮又打开了菩萨的另一只眼睛。

让谷子惊讶的是,当她最终打开了泥塑菩萨的两只眼睛,她面前的雕塑突然变成了真真切切的一个人,这个人并不是她一直存放在心里的那尊菩萨的面孔,倒很像她熟悉的一个故旧,不男不女的,顿时失去了刚才的那种和蔼可亲,一下子变得狰狞了。这副面孔早就刻在她的脑子里,她就是一时想不起来究竟是谁,在哪里遇见过。她在惶恐的同时认真回想了一次,最终还是没有找回丢失的记忆。然而,恐惧却一直留着,从脚跟到头顶,几乎爬满了全身。恐惧像一把锋利的尖刀在割她的胸脯。她躲闪不及,"哇"地喊叫了一声瘫在地上。

谷子的异常反应,苏大脚最先看见了。

苏大脚从谷子走上台,到谷子一根一根地拔针,她看得非常仔细,她甚至连谷子抬臂举手的每一个细小动作都记在了心里。她死死盯着谷子的时候就觉得像是要发生点事了,没想到她的猜测和预料仅在短短几分钟里就变成了现实。她突然亢奋起来,二话没说,急急地冲上台去,对着台下喊道:"大伙静一静,菩萨借着弟子的身子下来了,咱得听神的,看都说些啥事情!"敲了一阵的锣鼓在苏大脚的制止下停了,看热闹的人们一时间的熙熙攘攘也停了,大家都想知道被苏大脚"请"到村里来,将要给人们带来福祉的"神"是个什么样子,便不约而同地跪在地上,仰望着眼前不大的台子。台下瞬间变得鸦雀无声了。

谷子被苏大脚扶起,两只眼睛发直,嘴角流着口水。她只觉头晕得厉害,要苏大脚将她扶回家去。她张着嘴,一直都在表达这么一个意思。苏大脚不慌不忙,将耳朵挨

到谷子的嘴边,皱着眉头听了一阵,琢磨了一阵,突然对大家说:"神刚才讲了,说她一直想回家,现在终于回来了,还说她的家就在王家堡……"苏大脚说着将手在眼前画了个弧,向西边涝池那个方向指了指。

在苏大脚搀扶谷子的时候,她确实听到了谷子在说话,谷子也确实表达了她要回家的意思,苏大脚或者没有听仔细,一开口就变成了能给人兴奋,能让人欢欣鼓舞的言辞。这样一来,刚才还平静的台下立刻像开了锅,刚才响了半天的锣鼓也就重新响了起来,咚咚锵……咚咚锵……声音将人们带到一个神秘的世界。

单眼罗也夹在人群中间。单眼罗身后跟了两个民兵。他到这里的目的很明确,就是要来砸场子!这是公社里下的命令:革命闹到这会儿,全国上下哪个人不在认认真真地狠批牛鬼蛇神?王家堡竟大张旗鼓地搞起了迷信,必须坚决予以取缔!这一命令是公社的头儿直接将单眼罗叫过去下达的,单眼罗当场拍着胸脯表了态,就不能不管。也就在这时候,他听人说王家堡要给神开光,就来了。

单眼罗想不通,在他当了大队革委会主任的一年多时间里,大大小小会议召开了不计其数,论规模要比眼前的大得多,可哪一次会议都没有出现过这么激奋的场面,人们一个个简直就像疯了一般,欢呼着,高喊着,根本没有把他放在眼里。舞台上也不曾摆放他要坐的凳子或者椅子。他心里很不舒服,正要发作,突然发现了台上的谷子。谷子在拔泥塑菩萨眼睛上银针的时候好像看了他一眼,这一眼同样像根针,刺得他眨巴了一下眼睛,就再也不敢抬头。接下来他的感觉立马变了,他发现泥塑菩萨眼睛上的一根根银针并没有抛在地上,而是扔给了他!他的眼睛里突然就有了许多银光闪闪的东西。

他顿时忘记了他是谁,与村民一起跪在了地上。

他听见他磕在地上的额头"叭"地响了一下,这响把他从懵懂的附和中唤醒。他不是来磕头的,他到这里是有他要做的事情。这是他对自己的提醒。他欲振作精神,用了好大的气力都没能站起来。他看了看身边那两个民兵,也同他一样跪在地上,同他一样身子动了几下又将头低了下去。他浑身颤抖,突然发现他自己的身体已变得无法控制,像是被绳索捆绑着,身不由己,想干什么偏偏干不了什么。接着,他便看见了谷子瘫在台子上,接着便是一阵惊天动地的锣鼓。

单眼罗的表现让更多的人放开了胆子。他们起初发现了他还真有点胆寒,难免会联想到批斗会的那种厉害,后来看见他同大家一起跪在地上,心里也就踏实多了。他们尽情地喊闹,将压抑了许久的郁闷全都释放了出来。

这一天大家没有将单眼罗当外人,在开席吃饭的时候,单眼罗被请到里面的桌子上坐了上席。这是王家堡最看得起人的礼节,在以往的一些重大活动中,那些在村里威望很高的长辈才有可能受到这样的礼遇。

单眼罗很高兴,两手放在腿上,比他在公社召开的万人大会上佩戴大红花还要拘谨,还要庄重。后来菜上来了,每个桌上尽管只有一盘土豆丝,一碟萝卜块儿,一碗在开水里煮过的苜蓿菜。大家还是让单眼罗先动筷子,单眼罗也就动了。单眼罗吃了一口,抿着嘴嚼了几下,一股清香味儿马上跑到了胃里。别的人见主任吃了第一口,也就不再等候,七八双筷子齐插过去,将大大小小的碟子一扫而空。

与单眼罗坐在一起的都是村里有威望的老年人,王多劳也在其中。

王多劳在床上躺了多日,听说村里"吃神饭",就拄起拐杖自己走到了村街上。他站在路边,像检阅队伍一样看着一茬一茬拥来的人。向北走过去,知道王多劳气盛心躁,什么都看不惯,没有多问,搀起就往人堆里走。王多劳边走嘴里边嘟囔:"几十年都没遇过呀,这么多的人,咋来那么多粮食?"向北说:"苏大脚派人到外村讨的,一人一把,积攒起来就能装满满一瓮。"王多劳不解:"张嘴人家就能给?"向北回答:"那是神的力量。大家都信奉神。"王多劳再没有言语,满怀心思地一直低着头往前走。当他被人让到单眼罗的那张桌子上,就又摆起了"爷爷"的架势,毫不客气地夹了一口菜,先前憋在心头的话就又冒了出来:"我寻思着,我们王家堡还真是神护着的,不然,出了那么多的奇事怪事,日子能照样推着转?你们说,咱能不让神瞅一个晴朗的日子风光?"王多劳说着,眼睛却一直看着单眼罗,好像在等待他的一句什么话。

单眼罗尴尬了一下,点点头,作出一个赞同的表示,却没有开口。

过了一会儿,一大盆宽宽的面条端了上来,大家争先恐后地往自己碗里捞,捞得高垒高垒一碗,放了调料,胡乱拌几下,挑起来顺势吞一口,瞬间眼睛里的天也就变得蓝了。在人们的记忆中,正正经经吃一顿干面条的日子已经非常遥远,几乎都没有人记得起来。平时大家最丰盛的饭菜,也不过是将晒干了的萝卜叶子重新泡开,往里面放几根数得清的被榆树粉黏在一起的面条就算改善生活了。更多的时候他们吃高粱面搅团,一吃一嘴黏,像吞了满嘴的泥巴。这种食物不耐饱,中午吃罢,半下午肚子就饥了,要干重活儿,就只能将裤腰带一遍遍往紧里勒。可今天的饭菜却与往日有本质的不同,今天吃的是白面,又不是自家的粮食,不用在下锅前细细地盘算,也不用担心家里别的人没有了吃。

大家吃完一碗,马上精神抖擞,也就发起了感慨:"好吃,好吃极了,这绝对是神的恩赐,不然……"他们说着,眼睛便自然而然地斜过去,对着台子上的菩萨看一眼,他们发现,菩萨这会儿眼睛特别亮,可着劲向这边看,像在鼓励每个人多吃。他们也就一碗一碗,吃得盆子见了底,然后伸长脖子再等下一盆。

单眼罗同大家一样,也是在吃了一碗之后意气风发起来的。

他向四周看了看,一桌连着一桌伸展过去,一直到了涝池边上,将几年来默然无语的村子闹得热热火火。再看每个人的面孔,平时冰冷得像锅底,眼下却绽放出了光芒,都快要把半边天映亮了。此时此刻,单眼罗也就憋不住了,蓦地站在凳子上,拍了两下手,示意大家静一静。

放在平时,他别说拍几下手,就是在凳子上一站,秩序也得安静下来。这一回竟没人听他的。他"喂,喂,喂"地喊了几声,大家才慢慢将头转向他。他看样子有些激动,先在嘴上抹了一把,然后清了清嗓子,又拍了拍胸脯,说:"乡亲们呀,我罗望山这一辈子都没有经历过这样的场面,我虽为大队革委会主任,但在民间活动中是晚辈,大家让我坐了上席,我罗望山再不懂世故,这点礼仪还是知道的……大家能将我当人看,我就不能去做赖狗……咋说呢,咱王家堡从今儿个有了神,今后神为大,有啥事我们都听神的!"他的声音颤抖着,说完离开桌子,走到了台子那边,跪下去恭恭敬敬地磕了一个头,然后才站起来向大队的那个方向走去。

单眼罗的话惊动了在场的所有人。以前,单眼罗从来都没有说过类似的话,他的邪劲在方圆几十里是出了名的,他常常假借贯彻上级意图将坏事干到十二分上,许多人深受其害。他今天也是拿了公社革委会的"尚方宝剑"来王家堡的,来了在神面前却没能施展出威力,这在人们看来是一件不可思议的事情——除了神的力量,谁能阻止了他的行动?大家这么一分析,就更觉出了神的顶天立地,一个个对了台上的菩萨塑像肃然起敬。

胡子刘这时候鼻子不是鼻子眼窝不是眼窝,恨不得对着村里的所有人发一次火。他的这种感觉起源于人们对他的冷落。他在人堆里走了几个来回,竟像一只无家可归的野狗,没有人待见他。他后悔不该到这地方来。

他开始并没有想要凑这个热闹。他从坳地里转悠着走回村子,绕过一排杨树,跨过几个塄坎,刚到了涝池边上,就看见簇在一起敲锣打鼓的人。他以为是耍猴的来了。这半年外地一些耍猴的经常到村里来,来了就这么敲这么打,将村里的人吸引过去。乡下娱乐活动少,人们遇到耍猴的常常会抢着去看。他也不会例外。他见了猴子在锣鼓声中乱跳就来劲,就想也像猴子一样高高地跳几下。等他真的到了跟前却发现判断错了,错得无法再退回去:单眼罗咋可能与那么多社员混在一起?他再看时,单眼罗却跪在台子下面,头低得很厉害,像一根绳子上拴着的一头驴。这样的阵势让他的脚腿马上就软了,由不了自己地歪了一下,也便跪了下去。他的跪自然是单眼罗的跪引出来的,他们就像一窝猪崽,一个拱槽边,另外的也会随了过去;像泥土遇了水,水到之时,湿土干土便都跟着随波逐流。

胡子刘的一边是耕田,另一边是向北,将他紧紧地夹在中间。

胡子刘非常生气,他分明看见这两个人用一种蔑视的目光看他,而且不知道耕田还是向北,还对着他哼了一声。他在心里骂:哼什么哼?一个泥菩萨就将你们壮成这样了？别看大队革委会主任也跪着，那是给我们伟大领袖跪，我也一样，跪在哪里都一样心向毛主席！什么神？还不是牛鬼蛇神的"神"！？泥塑的玩意儿，谁把它当一回事！他这么一念叨，心火忽就上来了，他用了平时从没有用过的一股劲，狠狠地挖了耕田一眼，然后扭过头去，又深深地挖了向北一眼。

待到吃饭时节，胡子刘抛下周围的人，向单眼罗那边奔过去。他刚才只顾跪了，还没有来得及向单眼罗打招呼，怎么说也算失了礼，得补了这一课。他起身敏捷，一个箭步就跨过了横在他脚下的一条水沟。沟是过了，沟边的一堆腐草却滑了他一下，一个趔趄，他栽到了牛粪堆里。一摊牛粪，不偏不倚，正好溅在他的脸上。在场的许多人都看见了，扭过头去在一旁捂着嘴笑。他懒得理他们，站起身"呸、呸"唾了两口，用树叶擦了擦，急急地到单眼罗那边去了。

这时，单眼罗已被一帮老头儿让到饭桌上，胡子刘以为大家一定会给他这个管着王家堡的生产队长也空出个位子来，让他同大队干部同坐。这在他看来，不用叮咛也不用布置，几乎是一个约定俗成的习惯。可是没有，他在那张桌子前站了好半天都没有一个人过来理睬。他尴尬极了，用眼角偷偷瞟了一下单眼罗，单眼罗目光游离，没有正眼看他。单眼罗压根儿就没有打算用正眼看他。他很想吐几句解馋的粗话，发发怨愤，然后离开。可香喷喷的饭菜已陆续摆到桌子上，这种诱人不是一般的诱人，一来二去的，他的心态平和了，瞬间也就忘记了刚刚发生的事情，随便找了一个位子坐下，拿起筷子只管往嘴里填。他一边拼命地吃一边在心里怨老婆，多半辈子过去了却从来没有吃过老婆一顿像样的饭菜，还不及这些"巫婆神汉"，一高兴就拿出了那么多好吃的东西。他这么一想脸上顿时出现了笑容。他很想与别的一些人说说话。然而他的笑容并没有人接纳，他只好将要说的话憋回到肚子里。

村里人看样子兴致很高，他们个个吃得肚皮鼓了起来。饭饱生邪欲，他们突然就想到酒了，酒这东西到这时候咋仍没有看见呢？既然是宴席就得有酒，有酒了才能痛快，才能淋漓尽致！他们于是扳指细细地算了一遍，发现吃着饭喝着酒的那种场面已经很久没有遇到过了，要说有，还真有过一次，得追溯到"大跃进"的年月。那一年王家堡在县里夺了红旗，全社开庆功大会，不知是哪位领导重视王家堡，送来了两坛酒，说是一定要将热烈的气氛推向新的高潮。就那一次，人们饱尝了一回醉的滋味，痛快极了。回忆无疑是一种让人向往和留恋的事情，它将吃饱了又觉得缺点什么的奢望一下子举得很高，因此，也就有人仿照着干了起来。

他们吵着闹着，让内心泛起来的热浪此起彼伏。他们没有让热烈的气氛停下来，身不由己地随着高涨的情绪欢腾，跟着烂漫的激情吵闹。于是，大家端起了盛了面汤的老碗，吆喝着，呐喊着，将碗举过头顶，学着威虎山上八大金刚的样子，喝得嘴角两边往下流。他们觉得这时候碗里盛的绝不是颜色泛黄、喝起来有些苦涩的面汤，而是最

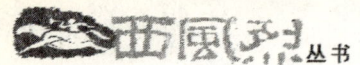

醇最香的烧酒。

这种吃喝一直延续到太阳偏了西，大家仍旧没有要离开的意思。

王家堡这天下午破例没有上工。在轰轰烈烈"抓革命，促生产"的时刻很有那么点胆大包天。但人们似乎忘记了将会出现的后果，很希望这样的气氛一直延续到太阳落山，晚上的饭也就能继续在这里蹭了。

他们有更远的设想，有更果断地建议，神对王家堡的恩惠实在太大了，对乡亲们也一样，因此，不能仅仅给菩萨打轿子，给别的神也应该打，最好将天上的地下的有名有姓的神全都供起来，那样王家堡才能永保平安。他们之所以产生这样的念头，同摆在村街上的这顿吃有很大的关系。

这种建议正中苏大脚的下怀，她向三老四少们做着揖，喜出望外地说："感谢乡亲们信任，我也是这么想的，今后就全凭大家支持了。"

大伙儿异口同声："没啥说的。"

二十五

谷子将峪岈村小木匠山河推荐给了苏大脚。

峪岈村是谷子的娘家村,谷子向苏大脚解释,山河这阵子过来,一是地里的活儿少,在家里闲着;二是她娘家哥哥托她帮山河的忙,她不能不帮。谷子还说,她的哥哥与山河关系好,知道苏大脚这里需要人,还给木匠管吃管喝,又能拿到比盖房做家具拿得还要多的报酬,就来了。

苏大脚见过山河,后来,似听非听地从谷子嘴里了解到她与山河以前的那些事情,知道谷子的话纯属借口,也不追根寻底地问,就满口答应了:"你说的人我还能不让来?其实这档子事,应该是你说了算才对。"谷子晓得苏大脚在说客气话,也晓得苏大脚从一开始就在拉拢她,装着什么也没听明白,千恩万谢了一番,看着山河将铺盖卷放进了木工住的房间里,才恋恋不舍地走了出来。

苏大脚在门口截住谷子,蛮有把握地说:"从今儿个起就不要下地干活了,你除了每天给你公公做做饭,其余的时间就到我这里来帮忙。"谷子摇摇头,说:"这怎么行?我不下地,到头来吃什么?再说,胡子刘也不同意呀。"苏大脚诡秘地一笑,说:"你咋那么傻呢,咱敢拉开场子让全村人'吃神饭',能缺了你吃?怕他胡子刘干啥?"谷子想问有啥方子让胡子刘同意,可还没等她开口,苏大脚就凑了过来,在她耳边嘀咕了一阵,嘀咕完了,将头抬起来,斜着眼睛盯着谷子看,等待谷子表态。

说实在的,谷子在王南原活着的时候就对胡子刘没有好印象,到了现在,尽管胡子刘怕得罪了谷子,惹单眼罗不高兴,偶尔会做做讨好谷子的事情,但谷子对他的印象却丝毫没有变。她早就想给胡子刘一点颜色瞧瞧,就是找不到机会。王南原整过胡子刘不假,可胡子刘的眼睛不饶人,嘴巴更不饶人,却是让许多人讨厌的。他恨谁了能将眼睛鼓得像一双牛眼,眼眶都能炸裂出一道缝。倘若骂人,什么怪话脏话都能吐出来。王南原就是烦胡子刘的那个蛮劲,才一次次地批斗他。谷子处于同情,曾劝过王南原,虽说没有起什么大作用,但一周一次的批斗变成几个月一次,也算是手下留情了。可等胡子刘得了势,没想到他不但没有从别人批斗他的事情中汲取教训,相反变本加厉,

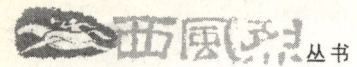

将王南原和单眼罗的瞎点子全都集中到他一人身上,不到两年,整个村子怨声载道,不少人见了他像见了瘟神,远远就想躲开。这种人,好了伤疤忘了疼,压根儿就不应该有出头之日!谷子这么一想,就觉得苏大脚说得不错,对这种人不能讲什么道理,也不能实施所谓的宽容,只能让他狼狈,让他难堪。

谷子答应了苏大脚,从那天起就一直留在苏大脚家里。

谷子帮苏大脚料理着里里外外一摊事情。

好几天了,胡子刘不见谷子下地,心里犯嘀咕:是不是单眼罗将她调到大队去了?如果是,单眼罗肯定会招呼一声,咋就没听人家说呢?这事还真让胡子刘犯了难。在谷子的事上,单眼罗早有交代:"欲擒故纵,你小子别满脑子狗屎,得灵光一点!"胡子刘一直琢磨单眼罗的这句话,至今没有琢磨清楚是什么意思。眼下,就更糊涂了:单眼罗这阵子对他有些冷淡,会不会故意不告诉他?他这么一想就偷偷到大队去了一趟,缩手缩脚地趴在大队办公室窗户上看了看,单眼罗跟往日一样坐在桌子跟前,抽着"羊群"烟包里的劣质纸烟,眼睛对着桌上的语录本偶尔翻开瞅一眼,或者时不时地脱了袜子抠脚,抠一下就咧着嘴吸溜一下。这样的举止不像谷子在屋里,单眼罗不会当着谷子的面干那种事。后来一打听,才知道谷子在苏大脚家。

胡子刘准备去看个究竟。

他刚一进门,就被脚下的一根硬柴棍子挡倒了。他的身体像一袋重重的粮食,横着摔在房檐下的砖头上。他已经是快五十的人了,加上当了队长之后繁重的体力劳动干得少,浑身有那么点僵硬,这一摔让他半天都没有能爬起来。

这是地保做的手脚。因为哥哥天助的事,地保至今窝着一肚子闷气,他一直都在寻找教训胡子刘的机会。他本来是要去门外拿硬柴。苏大脚说锅底下都空了,要地保快快地拿点过来,地保就去了。也就在这时候他看见了胡子刘。他拿完硬柴站在屋檐下,等胡子刘走近了,就将其中的一根推了过去。胡子刘眼睛望着天,没有注意脚下,也就不可能不摔倒。

胡子刘好半天才从地上爬起来。他一只手揉着大腿,另一只手扶着墙壁,一瘸一拐地向前挪,等挪到院子中央,想不到的事情又出现了,院墙外突然飞进来一样东西,胡子刘还没有看清,那东西就已砸到了身上。他顿时满身腥臭,比茅房里的那股味儿都难闻。胡子刘恶着嗓子骂了一声,看时,却是一只腐烂了的死猪崽。

其实,小猪崽从天而降也是地保托他的伙伴羊羊干的。

胡子刘接连受挫,心头冒着火,眼睛睁得圆圆的,正要对着屋子里的人发泄,苏大脚走了出来。她故意对着胡子刘打量了一番,吃惊地呼道:"原来是队长来了,咋弄成了这么个样子?"胡子刘叹了一声,说:"别提了,我今儿个算是倒了八辈子霉了,刚刚在门道里跌了一跤,浑身的疼还没有消解,又被死猪给砸了,你说说,这是咋回事呢?!"苏大脚早从地保脸上看出了蹊跷,故意皱着眉假装同情地摇了一下头,说:"咋会这样?可能要遇什么怪事了吧?咱守着现成的神,干吗不去问问,到底问题出在哪里?"胡子刘一听也对,平白无故地出这种事情,不是神在惩罚,怎么可能这么巧?他于是随了苏大脚走进置放着菩萨轿子的那间屋子。

胡子刘进了屋抬眼一看,顿时愣了,谷子也在里面。

谷子盘腿坐在"菩萨"的右侧,眼睛紧闭,双手合十,好像嘴里还念叨着什么。胡子刘忽地心里来了愤怒,暗暗骂道:好你个谷子,要不是你,我能跑到这里来?他一急,突然就忘记了谷子在单眼罗心目中的位置,劣劲一上来,便伸着长长的脖子,一步一步往谷子跟前走。按他这时候的架势,他能狠狠地捆谷子两个耳光。

胡子刘的一举一动全看在了苏大脚的眼睛里,她突然来了一句:"在神面前,还不赶紧跪下!"胡子刘被苏大脚阴阳怪气的声音吓了一跳,没有来得及考虑是不是应该跪,就顺势跌在地上。

苏大脚见状,暗自发笑,胡子刘不是很凶吗,到了"神"面前,还不得一样服服帖帖?于是便说:"对神得说心里话,你来这里到底要干什么,如果说了实话,神会为你指出一条光明大道。"

"光明大道"这个词儿苏大脚原本不怎么熟悉,它曾一次次在批斗会上出现,也就记住了。而胡子刘呢,对它更为敏感,这个词在过去许多年里曾经是别人喊给他的,他一直都想从阴沟一般的底层爬上来,到那条"光明大道"上去……眼下他听到这个可怕的词儿,就又战战兢兢地回到了以前……

他这时候已经完全失去了自控力。他一遍遍随着苏大脚的诱导往下走。

他由不得自己地想了想自己到苏大脚家来要做的事情,就觉得问题肯定出在这里。谷子上不上工需要他管吗?不上工到年底分红就得"倒挂",就分不到粮食,到时让她夹着空口袋回去,这是最捷径的治谷子的办法。人要活,没有比饿肚子更严厉的惩罚了,为啥就不开窍呢?胡子刘这么一想,就觉得自己该回去了。他对苏大脚说:"你别说,神还真灵,突然浑身就不怎么疼了,身上也不臭了,我该到地里去了。"苏大脚在心里狡黠地笑了笑,可嘴上依然严肃,说:"别忙别忙,队长过来求神还是第一次,有什么事就都对神说说,一定会消灾消难、好运不断。"胡子刘点点头,像听话的孩子,闭着眼睛,在心里又将平日里难以启齿的事情清点了一遍,检讨了一遍,检讨完了便不再去看谷子,独自站了起来,对着苏大脚点头哈腰一毕,转身就要离去。苏大脚高声在身后叮咛:"今后有啥事,千万别忘了告诉神,自个拿不准的,就过来问问。"

谷子见胡子刘吃了亏,心里暗自发笑,但她更对眼前的菩萨感激不尽,没有菩萨,即使胡子刘不整治她,被打发到一个什么地方吃苦受罪肯定是少不了的。她这时候已经笑不出来了,她没有再顾及苏大脚,而是自个满怀深情地走到了"菩萨"面前,恭恭敬

敬地跪下,恭恭敬敬地磕了一个头。

谷子从屋子出来就站在院子里看山河干木器活儿,这在她的记忆中还是第一次,谷子以前从没有这么静静地站在一旁看山河的机会,今天有了,也就如饥似渴、恋恋不舍地再也不想丢掉。在她眼里,此时此刻的山河就是她以前那个小伙伴,尽管眼前的山河已经是三十五六的成年人,脸上也没有了少年时期的稚嫩和顽皮。

她记得上一次与山河见面是在胡杨店,他给队上做家具,被单眼罗赶出了村子。那一回她就有一肚子的话要说,被单眼罗的胡搅蛮缠给破坏了,也就没有能够倾吐。谷子很想约山河到镇子里去,找一个合适的地方好好说说心里话,可一想还是不妥,谷子死了男人,而山河没了女人,这么一对孤男寡女在任何地方一站,都有可能引出村里人的闲话,谷子因此没有那么做。再后来,苏大脚突发奇想,为神打轿子,便又点燃了谷子的情火:山河是木匠,若能在王家堡干活儿,他们不就能在一起了吗?到那时别说拉一两句话,就是找个机会聊上半天,也是有可能的。谷子有了这样的想法,便故意去苏大脚家里套话儿。

苏大脚畅快地答应山河到她家里打轿子的事,让谷子高兴了好几天。明摆着,这是苏大脚为他们搭起的"鹊桥"。苏大脚以情动人的举动增强了谷子为她出力的决心。因此,谷子也就期盼着这种打轿子的事能持续得长久一点,那样,山河在王家堡待的日子也就会长久一些,她与山河之间的爱慕和亲近才有可能得到发展,最终走向他们的理想之地。这一点连整天埋头打轿子的山河都看出来了。

希望打轿子的事能够延续下来的,还有另外一些人。首先是苏大脚。苏大脚见屋子里的粮食一袋一袋地增加,心里早就有了将"运动进行到底"的想法。这是一件让苏大脚一家都得益的事情。不是没有粮吗?只要"运动"不息,粮食自然就会源源不断,这种天大的好事就像晴朗朗的天上掉馅饼,谁得到了都会在心里偷着乐。其次是村里的一些人。自从苏大脚干了这件事,隔三差五地就能摆上几桌让人们饱餐一顿,这在村里的人看来可真是欢天喜地的事,大家因此拍着巴掌赞成,说是最好月月干,年年干,一直干到千年铁树开了花。这虽是一句笑话,却表达了村里人的意愿。

这几个原因加在一起,苏大脚不大的院子也就熙熙攘攘,人气旺盛了。

苏大脚不失时机,在很短的时间里召集村里的三老四少,给神列出了一个名单。大家按照神在乡下人心目中的地位排列,先是玉皇大帝、王母娘娘、菩萨等诸神,算是坐着第一把交椅的。接下来则是关老爷、尉迟敬德、二郎神、张果老、铁拐李、曹国舅、何仙姑……这些为次,紧随其后。人们这么一排,竟列出了十几位神仙的名字。可有人还嫌不够,说二郎神都上了名单,孙悟空与他大战三百回合不分胜负,说明神法相当,就绝不能少了。再说,孙悟空敢大闹天宫,能将天翻一个个儿,何况一个小小的王家堡呢。大家觉得这个建议有理,也就在排好的次序中,又补了"孙悟空"三个字。

　　轿子不像一般的家具,几块板胶在一起铆在一起就行,轿子需要精雕细刻,需要在每块木板上琢出花纹。这种花纹得一刀一刀慢慢刻,一不小心,一块材料就好端端地废了,因此不能着急。这么算下来,一顶轿子从开工到打好,再到安顿了一个个神像,少说也要两个月时间,按这种速度计算,十几顶轿子全部做好,至少也得两年。这是一件让社员们振奋但又不愿说出口的喜事,大家各自想象着在这期间人们有可能得到的好处,就不再考虑别的事情了,个个表达着一种勇往直前的决心。

　　谷子平时在苏大脚家事情不多,加上不愿招惹更多的麻烦,也就又下地去了。尽管苏大脚说她可以不下地,并对她家年终口粮问题打了保票,她依然愿意到田里去。谷子这么做有她自己的苦痛,一个年轻女人,其实对神神鬼鬼的事情非常清楚,知道闹到什么时候都是一个空,还不如早早亮出真相的好。但她却管不了自己,到苏大脚家去的次数一次都没有少过。种种原因和期望不让她少,这就形成了矛盾,有了欲罢不能的尴尬。她曾经一次又一次地想到逃避,但她找不到逃避的路径。到田里去正是她心烦的时候自己为自己寻找的一种对迷茫的驱赶与遮掩。

　　下地与苏大脚家的事搅在一起,谷子更显得手忙脚乱。这期间,谷子偶尔也有忘了给公公做饭的时候。王多劳饿了,便站在门口大声喊谷子,要她赶紧回去。村民听见了,过去说:"不能乱喊,她给神做事,比你重要,就担待点吧。"王多劳也就不说话了,王多劳也知道,这阵子村里的人把神看得重,话说多了,说重了,谷子倒不会有啥,村里人恐怕都不会答应。他于是走进厨房独自啃起了干馍。

　　要说谷子到了苏大脚的院子,除了偶尔做做神的替身,并没有什么太多的事情,她之所以忙,是将精力全放在了山河身上。山河平时沉默寡言,见谷子去了总是笑一笑,然后低着头干活,然后听谷子对他说一些村里村外的事情。谷子与山河拉了几次话之后,终于有一天提出了自己在心里想了许久的请求:"晚上吃过饭能跟我到村外转转吗?"山河抬头看了她一眼,情有所动,竟慌乱起来,将攥着的钢锉没有拿稳,直直地磕在手上,鲜血刷地一下流了出来。谷子吓了一跳,赶紧挨过去,用嘴噗哈噗哈地吹着,一只手按住山河的伤口,另一只手从兜里掏出花花的手绢,紧紧地裹在上面。山河没有躲闪。山河只说了声不要紧,脸就开始红了。

　　山河到这时候才真正体会到重新降临到他头上的那种情爱的温馨柔美。

　　山河二十出头的时候就一直恋着谷子,谷子心里也装着他,是现实的阴差阳错将他们拆开了。自从谷子出嫁后,在山河心里,男女之间那桩子事也就死了,不存在了。尽管后来山河娶了女人,也生活了一段时间,但山河的女人没几年就在难产中早早地离开了人世,这对山河又是一次沉重的打击。从那以后,山河便一个人过着。好在山河所在的生产队格外开恩,允许他去外村干活,他的日子才一年一年推了下来。去年,

他无意间在王家堡的村口碰到了谷子,后来又知道了谷子的身世,心里的爱火方才又一次燃了起来。他像谷子一样,总想有一个见面的机会,好让他倒一倒积在心里的苦水。谁知谷子在这时候通过哥哥将去王家堡干活儿的消息传给了他,他高兴得整夜没有合眼,直到他来了王家堡,再次见到谷子,胸中的挂念才稍稍平稳了一点……这会儿谷子一双细皮嫩肉的纤手往他的手上一挨,他激动得差一点流出眼泪。

山河没有失约,提前到了城壕边的那片树林里。

山河一个人在小树丛里转了一阵,那种焦急与期盼便开始涌动,像有一股大浪在胸口翻卷,他想摁都摁不住。他在这种涌动和翻卷中使劲想一个需要马上解决的问题:见了谷子第一句话应该说点什么?那个藏在心里的秘密是不是应该找机会亮一亮?他前思后想,肯定了否定,否定了又恋恋不舍地将它再一次拿出来。他没有去注意,谷子其实早已站在他的身边。

"你……你这么早就到了?"谷子没话找话地问了一句。

山河"嗯"了一声。山河满脑子都是稀奇古怪的念头,竟然一时间不知说什么好了。他干咳了两声,想到了小时候和了尿尿泥捏牛捏马的情景,想到了过家家时头上别着花做新郎新娘的嬉闹,就问:"你还记得咱们小时候在一起玩的事吗?"谷子忸怩了一下,说:"怎么能不记得,你每次抱我的时候总是那么紧,都将我抱疼了……"

这种绝对不应该在这时候说的话,谷子刚刚一吐口,就觉得双颊火烧火燎的,很快,那种燃烧就灌满了全身。而山河呢,简直像头脑中引爆了一颗炸弹,顿时"嗡"地一下,迷惘了,懵懂了。他一步跨到谷子跟前,不容分说,紧紧地抱住了谷子,嘴里胡乱说道:"我真的很疼你,你知道吗?自从你出嫁做了别人的老婆,我就没有快活过……"

山河说着,让自己的嘴紧紧地贴在谷子的嘴上,像疯了似的使劲吸吮,久旱遇甘霖、干柴遇烈火般的,将属于他们的时间拧得紧了又紧。谷子本来还有那么点羞涩,但长期以来对山河的倾慕却没能唤醒她的理智。她这时候也像电流穿透了身体,跟着山河的节奏动了起来。他们像一台摇摆的机器,摩擦着、晃动着,让身体的每一个器官都发出了声音,像巨大的浪潮向着堤岸奔涌,接着便慢慢升腾起来,是那种气球一样飘起来的升,是揪在手上,抢着向高处去的升。过了一会儿,山河的手伸到了谷子的衣服里,伸到了谷子不愿让他伸的那个地方。谷子嘴里"山河、山河"地喊叫着,身体软得像根面条,不知道应该接纳还是拒绝。他们简直就像掉进河里挣扎的两条生命,根本不明白是在干什么。他们不知不觉走到了男女的那种事情里,直至两个身体变成了一个身体,两颗心变成了一颗心。

等他们终于冷静下来,傻呆呆地相互窥视着对方,就像瞬间在森林里遇到了怪兽,脸上彼此都出现了不曾有过的惊讶:咋就这么轻易跨过了那道坎?人呀,难道就是这么一个把握不住感情的东西？山河与谷子似乎都在追问一个被他们忽略了的问题。可追到后来，他们突然发现，一切都无法抗拒，根本就不是意志能够阻挡的事情。

山河与谷子究竟在小树林里疯狂了多长时间，只有月亮和星星知道。月亮星星在天上一动不动地瞅着，它们在这么一个偏僻的地方或者从来都没有看到过如此生动的画面，因此变傻了，变呆了。

在朦胧月光的陪伴中，谷子终于从无边无垠的情爱荒原上走了回来，她意外地发现，这绝对是前所未有的，她与丈夫王南原生活过的所有日日夜夜里都没有这样的体会，就是与王南原结婚后的第一夜也没有。山河给了她人生最美好的滋味。山河同时打捞起了一颗爱的陨星！

而山河呢，那一瞬就更变成了一只嗷嗷乱叫的小狗，他的喊叫是伴着眼泪出现的，眼泪让他明白了许多事情，比如什么是女人，什么是真正的男女之情，男女之爱。他很想给谷子说许多许多他以前的事情。包括这些年他走南闯北所受的苦，还有对谷子的爱恋。但最终还是没有能整理出思路。他只对谷子说了一句话："如果你愿意，我就不走了，即使在这里每天往山上背石头我也不走。"

谷子点了点头。谷子最清楚，这种关系千万不能暴露，起码现在不能说出去，否则，山河在王家堡就待不下去了，她也会身败名裂。王家堡有一个讲究，外村男人不得来本村勾引女人，倘若谁犯了规，轻者一顿皮鞭后会将他赶出村子，重者则要割了下身的那个玩意儿，让他永远绝了后。这种苛刻的戒律来自很久以前。据说明清一个什么年代，外籍人闹事，强奸了村里的一位姑娘，那姑娘当时就上吊自杀了，这在人们的心里积下了很深的愤恨，后来在一场残酷的决斗中村里人抓住了那个坏蛋，当场脱了他的裤子，将他给骟了，还将坏蛋活埋到了村西的老庙台上。那件事以后，族长也就立下了规矩。到了现在，虽然族长的权力慢慢削弱，可那种遗训却始终没有废。听说土改的时候村里就发生过这样的事，人们也是遵照以前的规矩处置的。这让外村的许多男人在求婚这件事上非常谨慎，即使瞄上村里女孩子了也要遵守"父母之命、媒妁之言"前往说媒，将人娶不到家门决不敢轻易动手动脚。谷子虽不是本村的姑娘，可她是王家堡的媳妇，同样不可能坏了规矩。

谷子嫁到王家堡后，最先听到的就是这个曾让她笑弯了腰的故事。谁知王南原死后，单眼罗竟装鬼对她使了坏，她本来完全可以将这件事说出去，让村里人也治治单眼罗。可她更清楚，那么做首先对她不利。"捉贼捉赃，捉奸捉双"，虽然那时单眼罗还是胡杨店人，可村里的人又没有当场拿住他，怎么说得清？再说，单眼罗当时已经当了大队革委会主任，手里有一大堆民兵，村里的人很难对他使法，如果草率地将事情捅出去，受害的只能是她。她因此便没有那么做。今夜她与山河的亲热，让她又想到了往事。山河在她情感世界里的出现，虽然也算朝思暮想，诚心所至，可她还是产生一种说不清楚的罪恶感,因此便急急地对山河说:"可不敢再这么了,要出事的。"

山河说:"怕啥?咱们又不是胡来,我要娶你,自从上次见了你我就下决心要娶你,只要你说句话,让我什么时候娶你我都愿意。"

谷子说:"不是那回事,我以后再细细给你说。"

也许是因为时间太晚的缘故,谷子急急地穿好衣服,向山河摆了摆手就走了。谷子到了家门口,门已经从里面闩了,她"咣咣咣"地敲了半天,王多劳才从屋子里走出来,磨磨蹭蹭地将门打开。王多劳这回没有说她,只是瞪着眼睛看,看得她浑身起鸡皮疙瘩。她知道这老头不是一般的老头,一定看出点什么了,想找个借口解释解释,可慌乱中竟没想出来。她"哦、哦"了两声,匆匆地跑进了自己的屋子。

二十六

  天助自从那天挑着竹篾担子出来，顺着土塬下的八百里平川，一面东村西村延续着"箍瓮盆哩哟……箍缸"的吆喝，一面做些补筐补笼补背篓的小活儿。走了整整两天的路程，离一个叫葫芦峪的村子近了，突然来了一场雨。雨与眼前这个村子正好勾起了天助早就熟悉的一个故事，那便是火烧葫芦峪的传说。据说，三国的时候，诸葛亮在这里火烧曹兵，也来了这么一场雨，浇灭了大火，救了许多人的性命。天助觉得古时候的故事与眼下他的境况有那么点吻合——他不也是在苦难中被谷子解救出来的吗？他咬咬牙对自己说无论如何都得珍惜这个来之不易的机会。

  他继续往前走，没多一会儿，风起了，雨也紧了。雨斜斜地打在他的脸颊上同时也滴在他的衣服上，虽是初春渐暖季节，却也让他感到了阵阵沁人心脾的冰凉。他打了一个寒战，远远看见地里的一个小庵房，欲过去避避，让身子骨暖和暖和。

  他紧走了几步，准备跨到杂草丛生的塄台上去。

  担子太重，他打了一个趔趄，差点滚到深沟里。他蹲坐在草滩上，出了一身冷汗。他索性把篾筐放稳，顾不得雨的浇淋，坐在扁担一端一口一口喘气。突然，他听见从不远的庵房那边传出的一阵哭喊声，声音里饱含着凄惨，流露着反抗，将他的心揪得一上一下，他蓦地警觉起来。他的喉咙里也曾制造过这种凄惨的叫喊，那是他被胡子刘诬陷，进了看守所之后面对黑漆漆的夜晚，在寂寞与无望之中仰天嗟叹而发出的哀鸣，他对这样的声音有着特殊的感应。他一听到它就忍不住地皮肉紧绷，热血上涌。他站起来，向四周看了看，认定确实是那座庵房的时候，顾不得去挑担子，双脚踩溅着泥水，飞也似的奔了过去。

  临近庵房的一刹那，他清晰地听到了粗暴的喘息声中夹杂着的淫笑，以及女人撕肝裂肺的哭喊。他突然就猜到了里面发生的事情，一脚将破烂不堪的庵门踢开，挺着胸站在了庵房里。也就在这一瞬，他愣住了。屋子里竟然是三个"二毛狗"小伙在侮辱一个女孩。那女孩披头散发，正被三个男人中的其中一个压在草堆里，一只手按着女孩的肩膀，另一只手"吱啦"一声撕开了她的衣服。另外两个看样子是在一旁放哨，见

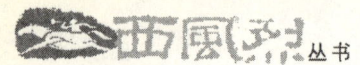

有人冲进来,将头猛地一转,瞪大眼睛对着天助恶狠狠地喊:"出去!快滚出去!!"

天助没有动。他也瞪圆了眼睛,眉毛直直地竖着,像倒插在脸上的两根木棍。

天助本能地将拳头攥了起来。骑在女孩身上的男人见有人站在他们面前,内心的怯懦让身体也有了怯懦,要干的坏事只好半途而废。他背着身子一面提裤子,一面大声训斥:"你们两个是死货啦,站着干吗?揍那狗日的!"

高声训斥的男人看样子是几个瞎熊的头儿,话音刚落,两个饿狼一般的汉子便向天助扑来,举起拳头对着天助的头颅和身体乱砸。突如其来的猛打让天助措手不及,顿时嘴和鼻子都流出了血,衣服也被撕破了好几个口子。他没有示弱,慢慢从地上爬起来,将散乱的头发向后甩了一下,抹了一把鼻子上的血,顺手捡起了地上的一块半截砖头,说:"你们要是有种就打死我,不然,就别想在这里欺负人!"

天助的架势将这三个人震住了。在他们使劣的经历中,从来都没有人能经得住一顿雨点般的拳头。也就是说,他们的拳头之下,还没有遇到过一个人会这么坚强地挺着。拳头在他们那里是冲锋陷阵的勇士,只要用上去,几乎所有的人都会抱头鼠窜。眼前的这位瘦弱男人却一直扛着,难道遇了真正的硬汉?他们用了奇怪的目光上上下下打量着这个个子不高,也就一米七不到的男人,心里开始冒起寒气。

天助眼睛里有一股犀利的光,像一把剑,向"二毛狗"直刺过去。天助拿砖头的那只手握得紧紧的,不停地上下抖动,像是马上就要抛出去。这样一个玩命的人在这么一种场合出现,无非两种可能:一是遇到了自己的亲人受凌辱,摆出一个拼命的架势;另一种可能就是受害者与他有亲密关系,毅然要过来拼个你死我活。不然,不可能孤注一掷。看年龄,前者几乎没有可能,那么,一定是后一种情况了。这些"二毛狗"其实也怕不要命的,在心里反复分析了眼前的阵势之后,骂了几句脏话,扬长而去。

天助见这些人终于走了,心劲一松,又加上刚才被那帮人一阵乱打,还是撑不住了,突然感觉到了一阵头晕。他想扶住庵房低矮的墙,将手伸了出去,却抓了空,嘭地一下栽倒在地上。等他苏醒过来的时候,那女孩抹着眼泪正蹲在他的身旁,用手绢替他揩擦脸上的血迹。女孩见他睁开眼睛,急急地向他跟前挪了挪,然后跪下,哭着说:"你为救我受了伤,我真不知道应该咋样报答你才好,呜呜呜……"天助挣扎着坐起来,强打精神,笑了笑说:"没啥,谁还没有个受灾受难的时候。"

天助嘴上这么说,心里却对刚刚发生的事情感到震惊和后怕。他从小就是一个胆小怕事的孩子,只要孩子们在一起打群架,他总会躲得远远的,从来都不敢往那种场合钻。他记得有一次上街,被外村的几个孩子拦住了去路,硬要他与同村的另一个孩子买糖给他们吃,他与伙伴身上都没有钱,没法买,那几个孩子就将他俩用绳子捆在树上。没过一会儿,与他同行的孩子借撒尿偷偷跑掉了,剩下他一个人,被人家吓唬了几句,竟吓得尿了一裤子……后来他渐渐长大了,亲眼看到王家堡南、北二村经常为地界闹矛盾,动不动男男女女的一帮人会拿起镢头铁锨站在水渠边上干仗,可他从来都没有参与过。为这事,队长扣了他的工分,他连一句反驳的话都没讲。就说从砖场被撵回来那件事吧,他好容易被村里人鼓动起来,要和单眼罗见个高低,谁知真见了单眼罗,却连腰都直不起来……这样的一个人,这么一种性格,咋可能在远离他乡的荒郊野外,无畏地出现一次让他自己都觉得惊讶的"英雄救美"行动? 天助想到这些,突然就觉得他不是他了,而成了一个站得很高的巨人,一个能让人竖起大拇指夸赞的男子汉! 他会心地又笑了一下。

天助歇息了一小会儿,浑身有了点力气,就依着女孩慢慢站起来。女孩问他的情况,他矜持地说了一些。当他告诉女孩他是位出门串乡的外乡人时,突然想到自己的竹篾担子,便说了两句告别的话,急急地走了出来。还好,担子在大雨中仍然静静地摆着,像是知道这里出了事情,需要耐心等待他的主人一样毫发未损。

天助走过去,用胳膊肘抹了抹扁担上的水,将担子挑了起来。这阵子雨来得更猛,他所处的位置离前面的村子又远,正不知道向前还是向后的时候,那女孩在庵房旁唤他,向他不停地招手,让他快快地过去。天助向远处看了看,天阴沉沉的,像要盖下来,地上泥泞难行,又没有再能够避雨的地方,也就去了。

庵房不大,容不下长长的担子,他将不怕雨淋的竹篾担子放在庵房门口,自己走了进去。女孩见他的衣服全湿了,就拢起了一堆柴火,向他要了火柴,划了一根点燃,将他让到火堆跟前。天助这时方才正眼看了一回女孩。她长得不算十分漂亮,身上的衣服也很一般,上身一件花格子粗布衫,裤子为深蓝颜色,看上去也是乡下人自己纺织的棉布。这身打扮,与一个年轻的女孩多少有点不相配。女孩一眼就看出了天助眼里的东西,也就坦诚地告诉了发生在她身上的一些事情。

女孩说她叫青蔓,是葫芦峪人,父母早年先后去世,家里剩下了她和哥哥两个人。哥哥是个勤快的小伙子,一年下来挣的工分总是村里最多的一个,加上疼她护她,日子过得还算可以。后来,哥哥找了嫂嫂,原来的那种和谐也就没有了,家里的事一样也由不得哥哥,嫂嫂只要说一句话,不管是对是错,哥哥都得百依百顺。发展到后来,屋里屋外大小事情,全由嫂嫂一人说了算。这样一来,她与那个家的关系也就变了。

那些年家家缺粮不假,但她起早贪黑下地,从没有缺过一次工,按说,劳动一年所分的口粮,一个人咋都够了。可嫂嫂故意刁难,说青蔓是靠着他吃靠着他们喝,应该早早找个人家嫁出去,不然,一天一天的,连他们也要将嘴吊起来了。青蔓不吭声,以为说说也就过去了,谁知,嫂嫂竟在吃饭的事情上做起手脚,总给她碗里舀的饭稀,而且吃了一碗就没有了第二碗。她开始以为就做了那么一点,也不计较,凑合凑合也就过去了。她怎么都不会想到,等她走出家门之后,嫂嫂却一个人偷偷钻进厨房里吃干面。事情被她发现,一气之下告诉了哥哥,她满以为这样,嫂嫂就不会再那么干了。结

果正好相反，嫂嫂将原来的暗中作祟变成了公开挑衅，不但没有收敛，更是变本加厉。嫂嫂从那以后变了一个方式，不再在厨房里偷着吃，而是拿了吃的东西到外面去，等到了歇晌的时候再吃。生产队的活杂，不可能大家每天都在一起干活，青蔓也就没有发现。过了些日子，青蔓从同龄的女孩嘴里知道了事情的真相，气得拉开架势与嫂嫂吵了一仗。从那以后，她的日子就更不好过了。嫂嫂借口说青蔓大了应该多为家里操心，于是便将喂猪的活儿压给了她。三头老母猪一天要吃一背篓青草，她下了工得再到田埂上去采……没完没了的劳作让她心身憔悴。这还不算，到后来，嫂嫂竟以给娘家妈养老需要房子为由，要她从自己原来的房间里搬出来，住到后院柴房里去。她知道这个家不再是她能待的地方，就跑了出去，寻找远房的一个亲戚。她在远房亲戚家住了几天，亲戚也就烦了，劝她还是回去。她知道老住在亲戚家也不是个事儿，只得硬着头皮另想办法。谁知就在她从亲戚家返归的路上，竟遇见了那三个流氓……

青蔓讲了她不幸的遭遇后说："你都看到了，我遇了这样的事，如果让人知道了，就再没有脸活在人世了，也不会再有人愿意娶我。你救了我，你就是我的大恩人，你能为我保守这个丢人的秘密吗？"天助点点头，说："当然，我一个外乡人，到这里来不过是为了挣两个钱养家糊口，不会说三道四。"青蔓见天助提到了他的家，便急急地打问："家里都有什么人？"天助告诉了自己的情况，青蔓突然害羞地将头低了下去，说："这样你看好不好，你就到我们村去，我帮你找活儿。"

这是天助巴不得的好事情。以前他也曾出外串过乡，可都是同村里别的人搭伴而行，从没有一个人单干过。这一回他一个人出来，走了两天，活儿没有揽着一个，正愁老虎吃天没法下爪，一听青蔓要帮他的忙，就高兴地答应了。

他们一起到了葫芦峪村的饲养室。这里与天助的家乡王家堡的饲养室基本相似，也是一个老头儿喂牛，不同的是，王家堡的饲养室南北盖着，这里的却是东西走向，而且房子是在一个低凹处，多少有点压抑的感觉。青蔓说饲养员是她的伯叔爷爷，不会不收留他，说着便领天助到了爷爷跟前，亲切地唤了一声，撒谎说天助是她远房亲戚的亲戚，想住在饲养室里，让爷爷行个方便。说完，从身上掏出一张两元钱，走近了，塞在爷爷衣兜里。那位被青蔓称作爷爷的老头儿嘻嘻地笑，没有再说什么，摆着手指挥天助将竹篾担子放在墙角，然后学着年轻人的语调说："大家都是来自五湖四海，走到一起来了，来了也是为了咱们葫芦峪的革命事业嘛，借个宿会有啥说的。"

天助意外地得到青蔓的帮助，事情顺当多了，他第一天就揽到了三个活儿，全都是青蔓挨家挨户要来的。

青蔓从这一天起像变了一个人，回到家竟心甘情愿地搬进了嫂嫂指给她的那个柴房，将房子简单收拾了一下，找出了一块能支起门板的地方，将铺盖打开，算是安顿好了自己的住处。其实这阵子她的心思已不在吃住上，她要报答天助的恩情，让天助放心地挣他应该挣的钱。而她也就闲不下来，瞅着傍晚村东村西奔跑，一跑连吃饭都丢在脑后了。

这些年生产队对外出人员卡得紧，出来串乡的生意人也便去得少，葫芦峪的村民各家各户几乎都积了不少活儿。有的背篓没有了底，有的篮子破了边，也有家里的缸或者盛水的老瓮裂了口子，漏水，需要箍起来的。这些活儿到了天助手里，都能变成美妙动听的音乐，叮叮当当地随着他的工具和竹篾在空中一转，马上就能翻新出一个完好如初的家当，花钱也不多，大家都愿意将家里不能用的竹篾器具以及大瓮小缸拿过来让他修，一时间，他的生意红红火火，要修的家什在他面前排成了长队。

白天，他怕妨碍饲养员喂牲口，就将摊子搬到了院子里。

院子里的树枝上长了繁繁茂茂的叶子，轻风一吹，沙沙地响，像有人摇着一个小小的铃鼓。野花野草也在不远的地方开艳了，突然在眼前一亮，让人的心跟着也就亮了。天助感受到了春对他的抚摸，心里热乎乎的，总像有一双温暖的手捂着。

天助手上活儿多，他也就显得特别能吃苦。早晨天刚亮起来，他在饲养室的门外来回跑十几分钟，觉得浑身有劲了，就开始干活。到了夜里，凑着月亮还要干一阵，就这，活儿还是干不完。他看到源源不断的货源，心里别提有多高兴了。这期间，青蔓时不时地会出现在他的面前，不是给他端来一碗水，就是拿些干粮悄悄地塞进他的怀里。尽管天助的吃饭常有主家来管，青蔓还是怕他饿了肚子。

眨眼十几天过去了，这一天中午，天助刚刚去一户村民家里吃过饭，坐在摊子上还没有干多少活，青蔓就到了。青蔓蹑手蹑脚地来到天助身旁，天助没有抬头，也就没有发现。青蔓傻呆呆地在他身边站了半天，见天助仍不抬头，便低声试探着叫了一声"天助哥"。她的声音虽小，天助却听得清楚，他的胸口"怦"地怔了一下，脑子里马上起了波浪一样的涟漪，手里的家具也就停住了，眼巴巴地盯着青蔓傻看，也不知道说些什么才好。在他的记忆中，从小到大王家堡乃至整个西坡大队没有一个女孩子这么称呼过他，在这个陌生得让他胆怯的地方却听到了，他怎么能不激动。他拍了拍身上的灰尘，慢慢站起来，嗫嚅了半天，方才问道："有事吗？"青蔓调皮地说："没事就不能看看你呀？不过，事还是有的，可不能影响你干活，这样吧，下午收了工，你去南边土壕里的树林旁等我。"青蔓说完，还没听见天助说同意不同意，就撒丫子跑了。

天助紧张地干了一下午活儿，等去葫芦峪村的一户村干部家吃了晚饭，竟把青蔓说给他的话忘了。这种忘说起来是有原因的。那位村干部姓胡，是个喜欢信马由缰、胡说浪侃的中年人，饭吃得快，吃完了，姓胡的硬是不让天助走，非要问一问天助的手艺是谁传的，都在哪些地方串过乡等等。天助没有办法，只得一一回答，回答完了，姓胡的又开始介绍他们村里的情况，从一群羊一头猪说起，一直说到生产队的每户社员，说着说着一高兴，竟答应将生产队仓库里存放的烂背篓破篮子全拿出来让天助修补，

还说这些活儿干下来，少说也得几个月，到时天助就成了住在他们村的老熟人了。天助自然高兴，在一旁千恩万谢，就更不好意思走开了。

他们的谈话延续到了夜幕降临，姓胡的还要说点别的，天助突然想起了青蔓的话，站起身快快地跑了出来。他没有来得及再去饲养室，拔腿就到了青蔓所说的村南边的土壕里。他远远就看见青蔓了，青蔓在树林旁转来转去，很焦急的样子。天助紧跑几步，才到了她的身边。天助喘着粗气将抱歉的话说了一遍又一遍，见青蔓并没有生气，满胸的内疚才稍稍缓解了一些。

青蔓假嗔道："你原来是个不守信用的家伙，对待你这号人，看样子得使些绝招儿。"天助将姓胡的村干部所说的话重复了一遍，解释道："不是不守信，是他的话太诱人了。"青蔓冷笑一声："好哇，人家一句话比我这个大活人还诱人，那么，你不来多好，可你咋就来了呢？"天助说："这不是一回事，我出来是挣钱来了，挣钱重要……不，你更重要……"天助刚将自己挣钱的意思吐出，觉得好像不大合适，赶紧改口，含含混混地表达完自己的意思，傻在一旁不再吭声了。青蔓呢，一下子从天助的后半句话里捕捉到了一个信息，一个让她兴奋，让她突然就如释重负的信息。她这时候同样不说话，只是抿着嘴笑，笑出一个在她看来已不是秘密的秘密。

过了大约几分钟时间，青蔓向天助跟前挪了挪，用两根手指去拉天助的手。

她的手刚刚碰到天助，天助马上像触了电，缩了一下，还向旁边跨了一步，敏捷地与她拉开了距离。青蔓顽皮地笑着，却也向前一迈，到了天助的跟前。青蔓知道，一个外乡人到了陌生的地方，是不敢轻易表露真情的，就故意做出个不依不饶的样子。她要用自己的行为告诉天助，她是真心的。

青蔓是个直爽的女孩，对任何事情从来不会遮遮掩掩，见天助仍旧无动于衷，说："我很喜欢你，从在庵房里遇到你的那一刻就喜欢，你奋不顾身地救我，在这年月能有谁情愿这么做？后来你说了家里的情况，我知道你还没有结婚，心就动了……我一个姑娘家，也不要什么脸面了，今天将话挑明，你是啥态度直接说，我也好做自己的打算……"

天助的婚事，他的母亲苏大脚没有少操心，前两年就四处张罗了，先后在附近的村里说了几个，却都是人家不愿意，理由很简单，说天助有个拐子父亲，还有个"白头娃"弟弟，名声不好。天助自然也知道他婚姻的难处，他在村里无权无势，模样儿也有些猥琐，谁愿意嫁给他！？因此也就心灰意冷了。他甚至下了决心，这辈子不再去想那种事情，像村里的向北那样，混着过下去，好赖也图个清静。青蔓的出现像在他平静的湖面上抛了一块石头，搅乱了他的思路，他开始怀疑自己的命运了。人常说，命是老天注定的，命里没有啥，你就是将头磕出血也不顶用。命里有了的东西，即使你绕着躲着，同样会像落叶一样哗哗啦啦落在你头上。天助的母亲就相信命运，她为了能让儿子有一个好命运，才为他取了"天助"这样一个名字，她希望老天能助儿子一臂之力，顺顺当当

地过下去。难道老天真的要将好事降到他的头上？

天助这么一想,就有点激动了。他甚至没有急着去想接下来的许多事情,语无伦次地开口便答应了青蔓:"不管你同意不同意,但我同意。这简直是积了八辈子德了,我看重的就是你对我的好……"天助再想不出别的言辞,他对自己的话很不满意,忍不住又道出了一大堆自己心里的想,"人到世上来是过日子的,只要能过到一块儿,没有钱能挣,没有房子能盖……我是个老实人,什么坑人骗人的事都不会干,你跟了我,我一天都不会让你受委屈……"青蔓没想到天助也像她的性格,说起话喳喳喳的,将啥都能倒出来,情有所动地向天助身边靠了靠,手又不自觉地伸了过去。

天助这回没有躲。天助让自己的手去迎接她的手。后来,他们俩相互抱到了一起,后来,他们唇对着唇,品尝了人间男男女女从不向别人透露的甜蜜。这种事情天助仅仅在电影里见过,他曾经对着屏幕骂过这些像影子一样晃来晃去的人是流氓,没想到今天却突然成了他自己的行为,他真想对着自己的脸扇几下,可他没有那么做,那种钻进心窝里出不来的好,没有能让他举起巴掌。

青蔓很兴奋,总将天助的手往一些陌生地方引,天助不去。天助不知道那都是些什么地方,从他的态度看,他也不想知道。青蔓哈哈大笑,她笑天助简直就是一个呆子。当然,她的笑里也有女人本能的欢喜——天助不是坏人,起码在男女问题上不是个坏人。这是受了伤害的女孩子特别在乎的,也是青蔓最看重的事情。她说:"咱们得对着月亮发个誓,从今夜起,我们就是一家人了,这一辈子谁也不能抛下谁。"天助当然愿意,可他还是多问了一句话:"你的哥嫂不同意咋办？村里人要将我当流氓咋办？"青蔓轻蔑地笑了一下,说:"嫂嫂恨不得我早一点从这个世界上消失,哥哥左右不了嫂嫂,他们咋可能不同意？我想好了,等你要离开葫芦峪了我就跟你走,不存在征求谁的意见。至于村里的人,不让他们知道,他们还能天天盯着我们？"

天助见青蔓要跟他的决心坚定,郑重其事地跪在地上,对着天上的月亮和星星,一个劲地磕头,一个劲地膜拜。他的眼睛里流出了泪水。他很想大喊一声,他甚至将要喊的话语都想好了,那就是,他要将自己的名字重复一遍,说一声"天助我了,天真的来助我了",然后再爽朗地笑出声。他抬头看了看青蔓,青蔓也跪在了地上,态度同样虔诚。他们相互看了看对方,又紧紧地抱在了一起。

二十七

  谷子受到全村人的敬重,从严格意义上讲就是从这个时候开始的。

  谷子那天刚从家里出来,就听见铁匠李同记工员怀安吵起来。这种吵一展开就不怎么对等,一个强一个弱,一声高一声低。铁匠李用解释的口吻说事情,怀安却高喉咙大嗓门,居高临下,不依不饶。

  他们是为铁匠李的工分争吵起来的。铁匠李昨儿个被胡子刘叫过去给骡子钉掌,炉子在饲养室的后院里,好些年不曾用,早就散架了,铁匠李必须先把炉子垒起来,然后才能打出掌子,钉在骡子的蹄子上。他从家里拿了他多年一直收藏的工具,费了整整一天的工夫才将炉子整好。他在黄土中加了头发和好泥,灌在土坯与土坯之间,然后一点点抹平,才算基本完成。炉子垒好后得让它风干,让泥巴与泥巴黏合的地方凝固,才能点火,否则,炉膛容易炸裂。铁匠李在等待炉子凝固的时候坐在一旁抽旱烟。他大约抽了两袋烟之后凑过去观看,炉壁依然软塌塌的,他估摸着还得等一段时间,就到一棵大树下的阴凉处斜躺着歇息去了。这种悠闲的情景被怀安发现,晚上铁匠李去记工分,怀安站出来说话了,怀安说铁匠李误了队里的事,不光不能记,还要从原来的工分里扣出十分来。

  按说记工员没有这种权力,可怀安咬死了要这么干:"你再闹我还要扣,直至将你本本上的工分全扣完!"铁匠李低声下气,耐着性子解说:"炉子确实垒好了,你不信咱们一起去看。"怀安不去,怀安说:"就那么大一点炉子,垒它,一个小时足够了,其他时间呢?你还不是偷懒了,磨洋工了?队里不能养着你这样的懒汉!"怀安看样子从一开始就没有摆正自己的位置,有点越俎代庖,把队长胡子刘都抛到一边去了。这让前来记工分的其他人都感到惊讶:怀安不是这种性格的人,咋突然就变成了这样?

  铁匠李始终不知道,前两天涝池边上发生的那件小事,竟把怀安得罪下了。

  那天,铁匠李的儿子金豆与怀安的弟弟怀有在涝池边上玩,他们玩的是斗鸡,也就是用一只胳膊抱着一条腿,两个人来回撞的那种游戏,斗到后来,谁将腿放下来,谁就算输了。怀有比金豆大几岁,力气也就大一些,怀有一抬腿就将金豆撞到了涝池边上的拐台上,要不是金豆机灵,一把抓住拐旁的蒿草,没准就掉进涝池里去了。这一撞,让金豆受了惊,悬在池沿上哇哇哭起来。这时,铁匠李正好从路旁过,风风火火地赶过去,从斜着伸向涝池里的柳树上折下一根柳枝,小心地伸向儿子,方才将儿子从危险处拽了上来。儿子见了父亲也就撒起了娇,一五一十地将事情的经过说给了铁匠李,随即哭得更伤心。铁匠李平时虽是个慢性子,遇着儿子的事却心急气躁了。他二话没说,飞起一脚,也将怀有踢滚到儿子刚刚掉下去的那个地方。他一时的莽撞就这么将祸闯下了,尽管他在踢了怀有之后又将他拉了上来,怀有还是噔噔噔地跑回家去,将前后发生在涝池边上的事情告诉了哥哥怀安。怀安一听火冒三丈,他好赖也算生产队里的一个小头目,尽管公社干部册上没有他,可手里握着一支笔,拿着一个窄窄的条章,就能给人记工分,有了工分,就等于送过去了钱粮,这种差事,虽然不能与队长、副队长以及会计出纳等人相比,但怎么说也应该换取一点人们的敬畏和尊重吧?他铁匠李竟这么将人不当人!

论脾气,怀安也不是那种动不动就发火的人,可这件事他却按捺不住了,顺手操起院子里的一把铁锨,冲出门要与铁匠李拼命。

怀安转了大半个村子都没有找到铁匠李。后来在村里人的劝阻下,火算是压了压,也就没有再做什么出格的事。可憋在心头的气却一直没消。他的气似乎并不在弟弟受屈辱的事情上,却在他的脸面上。他这阵子只有一个想头,就是倘若不让铁匠李认了他的火,别的什么人还不得将他看轻,也要骑在他的头上了?他一开始本想将这件事告诉队长胡子刘,让他主持一下公道,好好教训一下铁匠李也就算了,可让他意想不到的是他见了胡子刘,却没有能得到他想得到的东西。胡子刘冷冷地看了他一眼,就破口大骂起来,说他是孬种,是瓜熊,让人家欺负简直把队干部的脸都丢尽了,批评、教训有什么用?那样,还不如自己对着墙在自己脸上扇巴掌。怀安就是这么被胡子刘激起来的。

这就是后来怀安在记工分时故意给铁匠李找岔子的原因。

当时谷子将整个过程全看见了。铁匠李与胡子刘曾经合伙刁难她的事虽给她心里留下过阴影,眼前的一幕却还是让她生出了同情。小小的记工员算个啥官,也能拿起来在人面前耍威风,这种风气只要在王家堡存在一天,王家堡的日子就不可能安宁一天!谷子的这种想法几乎全村的人都有,可又有什么办法呢?队干部就像一棵藤蔓上结出的几个相似的瓜儿子,他们的蛮横并不在个儿的大小上,而在藤蔓的延伸上。蔓扯得越长,那种庇护也就越深、越广,又有谁能为老百姓这点鸡毛蒜皮的事说一句公道话呢?

铁匠李白干了一天没记上工分,不甘心,拖着怀安一定要到胡子刘那里评评理。怀安在这之前早去过了胡子刘的家,知道胡子刘对这件事情的态度,也就胸有成竹地跟着去了。他们进门的时候，胡子刘已经脱光了衣服钻进了被窝。

胡子刘躺在炕上嘴里仍嚼着一口馍，铁匠李见状，讨好地说："你吃你吃，吃完了我再向你汇报。"怀安狠狠瞪了铁匠李一眼，嫌他多嘴，意思是队长吃不吃馍不干他的事，少插嘴！胡子刘将脖子伸了一下，将最后一口馍咽了下去，抬起头，见怀安与铁匠李来了，知道是啥事，却装出很惊讶的样子，嗔道："都啥时辰了还往别人家里跑，还让人睡不睡觉了？"怀安赶忙解说："就几分钟，说完了我们就走。"怀安重新将他了解到的关于铁匠李上工时磨洋工，还要记全工分的事说了一遍，要胡子刘表态。胡子刘知道怀安的病不在这地方害，若真要说句公道话，铁匠李的工分自然不应该少计。胡子刘压根儿就没想将话茬往清亮处引，一开口就训斥起来："都是些啥鸡巴毛炒韭菜的事情？我能给你们处理这种事？这样吧，明天再说，明天我自有解决问题的办法。"怀安见胡子刘装聋作哑，心里很不舒服，可又不敢说别的，只得退了出来。站在一旁的铁匠李听胡子刘说明天再处理他们的事，满怀希望，也就回家了。

怀安和铁匠李都没有想到，胡子刘会玩一个别人猜都猜不到的把戏。

第二天下了工，胡子刘将怀安和铁匠李叫到跟前，说："你们俩一个是我弟，一个是我哥，我不好处理，偏了谁向了谁都不合适，这样吧，咱就去问神，神说谁对谁就对，说谁错谁就错。"胡子刘是要用这种方式去臭一臭苏大脚。

胡子刘一路走一路想，自从村里给神打起轿子，苏大脚一下子牛起来了，根本不把他这个队长放在眼里，他去苏大脚家吃一个大馒头苏大脚都对他瞪眼睛。一袋一袋的粮食又不是她家的，别人能吃，他为什么吃不成？明眼人一看就知道，苏大脚是有意跟他过不去！倘若苏大脚让神占领了王家堡这一块土地，那他这个队长还不成了聋子耳朵样子货？他早就发现，到了现在，村里许多人已经不服管教，动不动都要顶他几句，这样下去他这个队长还怎么当？他心里清楚，神这玩意是个虚无缥缈的东西，说它没有吧，又怕哪一天真的显灵了，他一个凡夫俗子应对不了。说它有吧，究竟是什么样儿，谁也没有见过，说不定是苏大脚拿话在那里糊弄人呢。他于是就想试试苏大脚，给苏大脚出一道难题，让神来处理怀安与铁匠李的事情。苏大脚若处理不好，或者根本就无法将神唤出来，到那时，他就以蛊惑人心为理由，向大队公社上报，将苏大脚打的轿子砸了，将人也办了，弄她个威风扫地，到时村里的人要为她说话，也就晚了。

怀安和铁匠李不知道胡子刘葫芦里卖的什么药，又不好问，只好跟在他的身后。

胡子刘进了苏大脚家的院子没想到谷子也在。谷子像他上一次遇到时的神态一样，一言不发地坐在"菩萨"身边，一副若然无事的样子。胡子刘见了，吃了一惊，心虚得像糠了的萝卜。他上一次就是因为盲目冒进，才跌伤了腰，挨了死猪，这回有了教训，正要转身退出去，苏大脚从门外走进来，说："来了不拜拜神，那可不好。"胡子刘看了一眼苏大脚,点点头说:"对对对,还说向神问点事呢,谷子在里面,不方便,我们改日再来。"苏大脚狡黠地一笑,说:"没有谷子怎么问神,神的意思不得谷子说出来?还是进去吧。"苏大脚在胡子刘身后推了一把,胡子刘也就站在了屋子中间。怀安和铁匠李随后走了进去。

谷子在怀安与铁匠李为工分争吵时就在现场,最近几天她又陆续听到了他们的一些事情,心里早就清清楚楚,刚才,她见胡子刘领着这两个人进来,知道胡子刘在想什么,淤积在心头的怒火顿时涌了上来。那么一点点小事,说几句公道话劝劝怀安不就结了,值得见火浇油、大动干戈?她这时候不知从哪里来的一股力量,喝喊道:"怎么回事?都乡里乡亲的,低头不见抬头见,上翻三辈还不是一个爷爷?能这么不顾脸面地瞎闹?你们说说,不就那么一点小事吗?孩子在一起玩,谁碰了谁谁撞了谁,算个啥事?为啥要闹得不依不饶的?工分是用来分钱分粮的,在那上面做手脚,咱心里也不安神呀!"

胡子刘听了谷子这一段话,先是一愣,接着,腿软溜溜地摇摆了几下,就直直地跪了下去。怀安和铁匠李见胡子刘跪了,随即也跪下。胡子刘的双手一直抖动着,像犯了羊羔疯。他这时候只在心里想一件事,倘若谷子不是神,她对怀安和铁匠李的事情咋会知道得那么清楚?如果说怀安与铁匠李为工分争吵是别人告诉她的,孩子们在一起玩的那件事,说什么谷子都没有机会知道呀,谷子那会儿正在土场里挖土,难道会长了千里眼顺风耳?胡子刘这么一想,就断定谷子真的在替神说话。以前村里的那个谷子他清楚,话很少,最多也就用高傲的眼睛将人瞟一下,可现在不同了,说起话来语如连珠,言清气正,假若不是神,根本不可能有这么大的气魄。

胡子刘随即自言自语地念叨开了:"观世音菩萨,你真像我心中的伟大领袖,连我想啥都知道。我明白了,天大地大,没有你菩萨大,我以后不管干啥都听你的,你说向东,我决不向西。"胡子刘说完,不敢抬头,弓着腰慢慢退出屋子。

怀安和铁匠李也一样,他们学着胡子刘,一直将腰弓到了苏大脚家的大门外。

胡子刘出了门心不是心肺不是肺的,神志也跟着恍惚起来。倘若说前一次他跪在菩萨面前,那是他对神的试探,这一次就完全不同了,他是心甘情愿跪下去的。也就是说他让一颗桀骜不驯的心跪了下去,让那个被单眼罗捧到队长位子上之后的自以为是跪了下去。他第一次发现,除了大队革委会,还有一个看不见的影子在管着他!

这时,怀安和铁匠李过来问胡子刘,他们的问题到底怎么办。胡子刘生气了,说:"还能咋办?神怎么说就怎么办嘛,咋恁笨!"怀安想了想,就知道咋办了,说:"李大哥,咱要说也没有啥过不去的纠纷,说开了也就没有气了,你今儿个傍晚将工分手册拿来,我给你补记一下也就是了。"铁匠李说:"兄弟,咱这么多年都没有红过脸,前两天吵起来,我怪后悔的,这样吧,今天下了工,我请你到我们家吃烤红薯。"

没过几天,村里人便都听说了神为怀安和铁匠李"断案"的事情,无不感慨万千,他们说:"苏大脚真为村里的人干了好事,要不然,去让胡子刘分那个青红皂白,说不定要打得头破血流哩。"也有人说:"谷子这女人了不得,都成神了,看来,老天还是长了眼,尽管她男人没做啥好事,可谷子没亏人!"当然,也有人急急地在推算下一次"吃神饭"的时间,说着说着就流口水了。但他们不管怎么说东道西,有一句话却是一致的:是神的事情照亮了一个善良能干的女人。

谷子听到村里人的话,第一次有了点欣慰感。长期以来,她虽有一颗温顺之心,可更多的时候遭到的却是现实对她的否定,温顺也就变成了积淀起来的怨愤。她虽是那种疾恶如仇的性格,可一个女人家,不可能管更多的闲事。看见不平的事,遇到可怜的人,她只能藏在心里,让这样那样的不快折磨自己。现在不一样了,用她的话说是找到了一个支撑点,一下就将她托起来了。她尽管不知道这种托到后来会怎么样,但她希望能将更多向善的力量移植到她身上。她已经享受到了人们对她的赞许,她甚至觉得自己应该坚持下去,哪怕善意的谎言中包含了更多不可告人的违心!

有了这种想法的谷子,在对待苏大脚的态度上也就发生了变化。以前她只是将苏大脚当成寂寞的时候陪她解闷儿的忘年交,并没有让心坦诚地靠向苏大脚,甚至更多的时候有那么点反感。苏大脚致命的弱点就是喜欢出风头,包括苏大脚问神问鬼的那种张扬。谷子每天围着这样的一个人转圈儿,时间一长就有点受不了了。谷子有几次将埋怨发泄在苏大脚面上,苏大脚却淡淡地一笑,全都谅解了。她后来终于发现,在苏大脚身上除了有她不可能达到的某种能力外,与众不同的热情和诚恳任何人都无法代替,这正是她缺少的东西,她要将自己放在心上的一些事情办好,就不能忽略了苏大脚这样的人。她因此便与苏大脚搅得越来越紧了。

苏大脚自然是感觉到了,也就诚心地待她。苏大脚对外人的解释却依然是,一个孤寡女人,我们不关心她让谁关心她?

这一段时间,谷子的人气越来越旺,村里大大小小的事情,再没有人去寻胡子刘分辨那种你是我非,他们总找机会到苏大脚家去,去了就让苏大脚去请谷子,说又出事了,需要神出面给调解调解。

耕田的儿媳与老伴拌了嘴,也被扯到谷子面前。

耕田的老伴一开言就哭哭啼啼,说:"不得了了,世道都不成世道了,儿媳竟敢同婆婆顶嘴,日子没法过下去了。"她与儿媳到谷子这里来,是要神帮她们分家的。谷子最近没有时间去外村看她需要看的那几个女人,心乱得很,本来不想管这些闲事。可又一想却还是接纳了:在她这里,神已在遮遮掩掩中"装"出去了,这时候拒绝,肯定露馅,到时会惹出更大的麻烦。她于是按照她们的意愿,先打了一个哈欠,接着又打了好几个哈欠,然后长长地喊了一声,然后身体跟着抖起来。这是她经过了一段思考后归纳出的一套新动作。她将每一个动作都做得莫名其妙。做完了连她自己都不知道是什么意思。接下来，就算正式"坐堂审案"了，她问："事情是怎么引起的？"

耕田的老伴一听神在问话，就抢着说："昨儿个我叫她帮我做饭，她说她这几天身上不轻松，不能动冷水。我说像你娘和我这一代人，哪里管过那些乱七八糟的破事，咱不能因针尖大一点儿不舒服，坏了媳妇上锅上灶的规矩。我就说了这么一句，她不愿意了，嘀咕说我想着法子往死里折磨她。瞧瞧，这话多难听呀，像是儿媳妇嘴里说出的话吗？我看这日子真的没法过了，呜呜呜……"

儿媳还没等婆婆将话说完，就接上了，说："这就不对了，谁不是从媳妇过来的，我还没有生孩子，在'倒霉'的时候不注意，落下个病，将自个放倒了，哪还有力气去照顾公公婆婆？说不定连给你们王家留后的大事也会变成泡影，那样的结果，难道你做婆婆的愿意看到？呜呜呜……"

谷子听了一阵子，就明白了。她将她们的话细细地品了半天，便生出感慨来。她没有婆婆，嫁到王家堡跟了王南原，娘对她的那种呵护和照管也就到头了，王南原的娘死得早，她进了王家看到的就一直是公公那张没有表情的脸，接受最多的也仅仅是王南原晚上对她如饥似渴的折腾，到了现在，连王南原的那张鬼脸也看不到了，哪里还会有什么争争吵吵的乐趣。一个连争吵对象都没有的家庭，也就死了。她打心眼里羡慕充满活力的家庭。

谷子紧闭双眼，继续唏嘘了半天，做完她觉得神应该做的一切事情，说："婆婆同儿媳本来就是老天爷赐给家里的两颗蜜桃，相互甜蜜了才能觉出甜蜜。不是一家人，不进一家门，相互都应当谅解、体谅对方才对，为那点小事，脸红脖子粗的，划不来。我听出来了，都是为了对方好，婆婆怕媳妇变懒，媳妇怕不小心坏了身子无法长久地孝敬婆婆，你俩说说，究竟谁错谁对了？打个比方吧，家里养了鸡，你们一个怕喂多了撑着，一个又怕吃不饱饿着，实在点说，两人都为了鸡好，为啥还要争争吵吵？"

耕田的老伴一想也对呀，儿媳进了门也就是自己的闺女，若是闺女偶尔不下厨房，娘能这么对她吗？耕田的老伴心里一明白，态度也就平和了，干脆站起来，走到儿媳跟前，拉了一把，说："咱们回吧。"

儿媳这时候在"神"的一段话里也悟出了点道理，女人"倒霉"的时节也没有那么娇气，说透了是将娘家惯出来的毛病用得过了，让婆婆生出了误会。儿媳这么一想，突然就觉得自己错了，正要说点什么，婆婆过来拽她，她也就顺着婆婆的意思，快快地抹掉了泪痕，搀着婆婆一起回家了。

就这么，婆媳两人面对了"神"，没有一顿饭的工夫便和好如初。她们将这一切归到神身上。她们虔诚地在自家的前院里也垒了一个神台，说起来也就几块土坯，其间空空无物，但她们说里面有神，有能保她们全家美满幸福的神。

她们于是每天点烛烧香,跪在它面前述说藏在心里的那些话。

耕田家的事很快成了村里人传扬的事。这桩事情下来,全村人哗然,他们似乎已将以前那个可怜巴巴的谷子忘得一干二净,眼前全然出现了一个让他们一提起来就惊讶就感叹就敬慕的谷子。

然而谷子却越来越恐惧。她的恐惧让她愈是想追寻点什么——大凡一件奇怪的事情突然落到一个人的头上,总是有原因的,而她做了神的替身,是她本身的渴望?苏大脚的引导?还是长期心理压抑的迸射?似乎都不是,似乎又都有那么点联系。她这阵子其实根本就没有想给自己的行为下定义——什么神什么鬼?在她心里太明白不过了,然而她却一直在走这么一条空空荡荡的路,心里难免会七上八下地晃动。

苏大脚见事情正对着她理想的方向发展,继续怂恿,说:"我早就发现了你的慧根,你就是王家堡的神,眼下终于被大伙证实了,这就好像地里的庄稼,只猜它能产多少斤不行,等粮食打在包里,就啥都清楚了。"苏大脚说着,几分得意地摇晃着,好像谷子的事也让她脸上有了光,让她一夜间成了能站在神一边说东道西的人。

谷子偶尔也会想到以后,这么糊里糊涂地往下混,等待她的将是怎样一个结果,她其实是清楚的,但她还是在心里打了一个回合,把说不清的事放到一边,什么都不去想,只干她要干的事情。她看了看刚揭开锅,冒着热气的一笼馒头,拿了篮子,上前装了好几个,二话没说,就到油坊坝找那个叫荷莲还是胡蓝的女人去了。

苏大脚知道是怎么回事,看了看没有吭气。

所有厨房里的人全都看见了,没有一个人敢吭气。

二十八

　　王家堡一下变得平静,变得温和,变得路不拾遗,这是村里的人没有想到的,也是十里八乡的人全都没有想到的。有人将这种变化依然归结到了神的身上。他们说,批斗会接二连三地开,都没将人心拢在一起,神的轿子才刚起了一个,人心就归一了,这能说不是神的功劳?这时候也就有人细细地想了,以前村里这家那家的,丢东西的不少,今天丢一个脸盆,明天丢一把扫帚,后天又有人说刚刚放在院子里的木桶不见了。人们天天睁大眼睛在提防,可到头来还是怪事百出。现在你就是将东西放在大门口都不会有人去拿。据说是不敢,神看着,谁干了什么事神都能看见,神要怪罪下来,就不是一般的怪罪,不损个胳膊折个腿,绝不可能轻易过去——这是"神"每晚在苏大脚家院子里教化人的话。

　　王家堡的变化突然就被上面重视起来,据说是公社革委会副主任杨金贵偶然发现的。有一天他经过王家堡,要去河湾镇开会,过了村口,打眼一望,却被这里的一片庄稼给吸引住了。初夏季节,天刚刚热起来,这里的包谷、高粱以及豆苗、谷苗,却已高高地长起来。他往地中间一瞅,竖看成行,横看有样,简直就同纸上画的一样。更让他惊叹的是,苗儿刚起身,就已经施了肥,培了土。这在别的村子是绝对不可能的。

　　杨金贵好奇,回去之后,专门派人到了王家堡。他要了解一下,这里的人"抓革命,促生产"的劲咋就那么大。来人在王家堡住了几天,发现这个村的人觉悟确实都很高,他们爱队如家,干哪样事都不带马虎。来人叫过去队长胡子刘问:"是不是采取了什么行之有效的办法?"胡子刘见是褒扬,来劲了,说:"是采取了办法。不采取办法不行,有些人只看重工分,根本把生产队的事不当事!"来人问究竟是啥办法,胡子刘挠挠头,却在嘴里胡支吾:"上批斗会,让他们认火,只要变老实了,就不敢了……"来人还要追问,胡子刘再也说不圆通,推说他有事,匆匆离开了。

　　来人转过身,正好碰到耕田,见他上了把年纪,就挨过去问他关于批斗会的事。耕田吓了一跳,以为多半年不曾召开的批斗会又要召开,赶紧说:"我可是老老实实干活,再没有骂过牛,也没有说过任何人的一句坏话。我以为半年不开批斗会,运动早就过去,咋又来了?你………你就饶了我吧,我真的没有做啥坏事……"来人说:"真的半年没有开批斗会?你们队长可不是那么说的。"耕田见将话说到两岔里去了,更为惊慌,扛着镢头小跑着去了坡沟那边。

先后与两人奇怪的对话,让从公社下来的那个人终于意识到了问题的严重性,急急赶回去,将他发现的一些疑点报告给了杨金贵:"一个这样的生产队,半年都不开一次批斗会,地里的庄稼却作务得那么经心,怎么可能?依我看,这不是什么好现象。上面一直说,'宁要社会主义的草,不要资本主义的苗',会不会有人想在王家堡复辟资本主义……"杨金贵听他这么一说,觉得形势不怎么乐观,连夜晚将西坡大队革委会主任单眼罗叫了去,问到底是怎么回事。

单眼罗见杨金贵态度严肃,不敢像胡子刘那样胡说,就把近一段时间王家堡神神鬼鬼的事说了出来,说完了,加了一句:"这事谁也说不准还是没有,反正挺灵的,能知道你以前做过的事,也能预测以后将要发生的事,村里的人都信,大家怕神怪罪,一个个争着学好,地里的活儿也就不要干部催着赶着去干了。"

杨金贵冷冷地一笑,心里打起了自己的小算盘,他听说公社革委会主任黄三路最近要调走,这是他升迁的一个最佳时机,谁知半路杀出个程咬金,听说县里某个头头的小舅子挤着钻着要来,弄得他坐立不安,一天三顿饭都吃不香,单眼罗这么一说,他突然就想将他藏在心里一直放不下的那件苦恼事问一问。

杨金贵没有直接说,却将要办的事情变成了一件堂而皇之的工作:"这样处理吧,我去一趟,问一问所谓的神,如果准了,咱就先放它一马,毕竟对'抓革命,促生产'有好处嘛。如果不准,马上捣毁!"

单眼罗这时还是想到了谷子。捣毁是什么意思?无非是要砸了摊子,将有关的人看管起来,或者一天一天地上批斗会。这一段时间正是谷子考验他的关键时刻,为了谷子的那句话,他已经半年都没有开批斗会了,他要以这种方式,让村里的人都说他好,那样,谷子也就轻轻松松地到手了。杨金贵刚才的话,倒吓了他一跳,他怕到时杨金贵不满意,一气之下伤害了谷子,他费了好长一段时间去努力的"房美计划"也就前功尽弃了。赶忙说:"你能不能不去,让我先验证验证行不行?"杨金贵摇摇头,杨金贵说他一定要去。说着,就开始整理行李。

在苏大脚家的院子里,那种每夜每夜的集会一直没有停止。

傍晚,人们吃罢晚饭,在麦场那边记完工分,便陆陆续续来到这里。人们去时带了小凳子,像村里偶尔放一回电影,选择了自己觉得好的位子坐下,等待那种神圣的时刻。苏大脚显得特别忙,她向四周看看,见人来得差不多了,就开始进行她早就准备好的仪式——大家自觉排成队,一个挨着一个到置放菩萨轿子和塑像的西屋里去,将香恭恭敬敬地插进面盆做的香炉里,然后跪下来磕三个头,然后再顺着次序走出去。

办完这件事情,四个年轻英俊的小伙子换上苏大脚为他们规定的服装,将衣冠整理好了,在院子里的大盆里洗过脸、洗过手,再走进安放神灵的屋子,将轿子庄严地抬到院子里。院子马上就鸦雀无声了。

轿子前面放了四个蒲团,是苏大脚托村里的新媳妇一针一线做成的,上面绣了花,却都是莲花,一瓣一瓣的,像一只只纤手,像开着又像是合着,与菩萨臀下的一模一样。再过一会儿,就会有四个"角儿"坐在那里,拖着各路神仙的腔调,说着她们要说的话。这些人全都是苏大脚从四面八方请来的高手,谷子算其中的一个,另外三个年龄要大一点,她们说话的语调里夹杂了浓浓的外地口音。

苏大脚见人来得差不多了,便直接进了另外一间屋子。等她再出来的时候,身后却多了几个人:一个穿绿褂的,一个穿红袄的,一个裹了头巾的,另外一个就是谷子。她们都是"神"将要借助的"角儿"。

谷子推推搡搡,不愿上场,说有三个"角儿",她坐在那里也是多余。苏大脚对她的表现很不满意,说:"都到啥时候了,还忸忸怩怩,要误大事的。"谷子说:"都是一个村里的人,话来话去的,不好,再说……"苏大脚知道谷子要说啥,赶忙阻止了,说:"她们算啥?也就哄哄场子,你才是真正办大事的,咋能不去?"谷子就这么被苏大脚拖了上去。人们的目光也就一下子全投到她的身上。

王家堡这一段时间里出现的欣欣向荣,全是神的功劳!这是近一段时间流传在王家堡的一句话。很有一些人认为,是神引领着王家堡的人往好处走,教人们怎么起脚,怎么迈步,怎么在艰难的日子里拧成一股绳。于是,人们便全都变成了孩子,在神的引领中重新换脑,重新学步。他们最有说服力的例证就是:人们脸上的笑容起了,人与人之间随和了,一家一家也就变得亲热了。就连单眼罗也不像以前那么谁见谁眼黑了。

他们将这一切全都归到谷子身上:"是谷子将神领过来的,是她搭救了全村人,她是一个有情有义的女人。"

耕田是最先来到苏大脚家门口的一个,但他没有进门,第一个进门的是铁匠李的老婆大翠。耕田在门口转了好半天,见大翠去了,也就随了进去。他将小凳放在了一个不显眼的地方,就一直等着谷子出现。他喜欢听谷子说话,不紧不慢的,像是在摆一样一样的东西,把它放平了放稳了,做人的道理也就出来了。他忘不掉为他专门召开的一场场批斗会,忘不掉受侮辱的一瞬他内心的痛苦与绝望。他曾想到过以一种神不知鬼不觉的方式了结生命,他甚至跑到了王家堡的先人祠堂,央求先人将他带走,让他脱离苦难。也就在他濒临崩溃的关键时刻,谷子把神领进了王家堡。没过多久,人与人之间的争斗没有了,像防贼一样防着别人的那种心态改变了,连雷打不动的批斗会也不再开了……

耕田从坐到苏大脚家的院子里就想这些事情。

邻村的人也来了不少,男的女的都有,他们与王家堡的人不大熟悉,来了往墙角上一蹲,也不吱声,目光向着四周逡巡,像是在寻找什么。苏大脚看见了,招呼地搬了几块砖头过来,每人递过去一块,让他们坐。这时,有人便在人堆里看见马天佑了,他将自己收拾得很干净,花白的胡子顺溜了,衣服纽扣也添补得整整齐齐,显得很精神。他挂了一根竹棍,一直站在房檐台上。苏大脚让他坐,他客气地拒绝了,说平时站惯了,坐着不舒服。

苏大脚见"角儿"们将要摆的架势全都摆足,就向她们暗示了一下。穿绿褂的先打起了一个哈欠。这是神走下来的先兆,只要一个"角儿"出现了这种情况,别的"角儿"就得悠着点,做出一个还没有从天上走下来的样子,在一旁闭着眼睛等,等人家将该说的话说完,自己才能接着来。这是行里的规矩,不然,就乱套了,就将有秩序的局面搞得一塌糊涂了。这是"角儿"们都懂的基本套路,没有人会坏了规矩。

穿绿褂的打了一阵哈欠,突然怪叫一声,浑身激烈地颤抖起来。她抖得频率很高,正像苏大脚说的,若不是神的作用,一般人根本达不到那样的效果。

苏大脚在一旁做出个迎接的姿势,带着命令的口气对大家说:"神下来了,大家赶紧接住!"这时所有的人便都将双手摊开,像是要一下子揣在怀里。只见穿绿褂的慢慢挥腾了几下,在蒲团上转了一圈,又怪叫了一声,就说话了:"我是王母娘娘,受玉皇大帝托付到你们这里是拯救受苦受难的人来了,王家堡昨儿个来了几个阴鬼……是从西边的土壕里上来的,在村里兴风作浪,小孩出不得门了,别让小鬼勾去魂儿……它们上了一个姓刘的身……得在土壕里钉上桃木橛子……七七四十九个……"

院子里的人马上紧张起来,不是说小鬼全被驱赶完了吗?咋突然又来了几个呢?既然缠上了姓刘的,就得细细地排一排。

刘天竹姓刘,叔叔在城里工作,他早几年就搬进城里住了,连一次都没有回来过,不大可能将小鬼领到王家堡来。另外还有一个,那就是胡子刘,肯定是鬼上了他的身!院子里顿时低声议论起来,虽然声音不大,却引起了人们的担心:该怎么办呢?是不是要放一把火烧一烧?按上辈人的说法,鬼怕火。有人出主意现在就将胡子刘叫到院子里来,驱一驱他身上的鬼气。

胡子刘的老婆怕胡子刘吃亏,蓦地站起来,正要出门阻拦,胡子刘却进来了。胡子刘将衣服搭在肩上,一走一晃地出现在人们面前。

晚饭时节,胡子刘的老婆对胡子刘说:"你到苏大脚家去看看,看谁家的男人像你,一天到晚耍大,就不怕神生气了整治你?"胡子刘明明接二连三地在"神"面前双腿打战,却在自己老婆面前不服输,说:"什么神?还不是几个臭娘们儿胡闹,有一天我非让她们看着我叫爷不可!"胡子刘的老婆说:"你别嘴硬,说得那么好,咋见了谷子像老鼠见了猫?"胡子刘摇头说:"不,不,不是那回事,你以为我怕她?还不是因为罗主任护着。"胡子刘的老婆将胡子刘手里的碗抢过去放在案上,说:"你就知道在我面前嘴硬,不管咋说,今晚得去!"胡子刘懒得再与老婆磨牙,就答应了。胡子刘这时候懒洋洋地踱过来,是为了兑现他说给老婆的那句话。

胡子刘的老婆见胡子刘撞到了茬口上,摆了摆手,意思是让他退回去。胡子刘没看懂,扒开人群挤到中间,正要说话,被胡子刘的老婆一把按跪在地上,用脑袋指了指坐在蒲团上的那几个女人,不让他大声咧咧。胡子刘将腿舒展了一下,眯着眼瞅过去,却发现了谷子一双针刺一般的眼睛,他马上像怕见光的蝙蝠,缩成了一团。

胡子刘是生产队长,人们当着他的面不敢说他身上带了小鬼,眼睛却瞅向了那个穿绿褂子的"角儿"。穿绿褂子的"角儿"就有点明白了,唏嘘了一声,将一口唾沫吐到了胡子刘的身上,嘴里念念有词:"小鬼小鬼走吧,别再祸害人了……小鬼小鬼快走吧,人们会燃起十二把火去烧你……"

一院子的人全都低着头学着"角儿",在心里诅咒起可恶的小鬼,目光却时不时地瞟向胡子刘。胡子刘气得呼哧呼哧喘气,恨不得将场子立刻砸了。胡子刘的老婆用手死死拖着他,他挣了几下都没能挣脱。此刻,另外几个"角儿"也便按捺不住,先后唏嘘一毕,将四面八方一大堆"神灵"全请了过来,院子里顿时乱成一片。

杨金贵在单眼罗的陪同下来到苏大脚家的院子。单眼罗见院子里乱嘈嘈的,伸出双手做出个肃静的手势,说:"公社杨主任难得来我们这样的小村,请大家鼓掌欢迎!"单眼罗这一说,果然有许多人拍起了巴掌,单眼罗也拍,他不停下来,别的人肯定不会停下来,这是长期来大家形成的习惯,村里人把这叫做"溜犁沟":大队革委会主任的意图出来了,村民就不可能不跟着有人拉出的犁沟走。

"角儿"们见来了公社的大人物,很有些不自在,先前本来已经摇晃得很生动的身肢笨笨地停了下来,她们赶紧又唏嘘了一下,让"神"在尴尬的局面中离去。她们的目光几乎同时去寻找苏大脚。她们希望苏大脚能在需要解围的时候适时地跑过来为她们解围。

苏大脚这几天总要在晚上给王二拐捶腿。苏大脚本来是坐在院子里的,她一直看着月亮在天上移。月亮移到高处的那个树梢上,便是她给王二拐捶腿的时间。王二拐像是腿里安放了定时炸弹,总在那时候喊腿疼。久而久之,也让苏大脚有了不是习惯的习惯,时间到了,她就会有种本能的反应。她不声不响地走了出去。她刚扳起王二拐的腿慢慢捶打了几下,就听见院子里有人高声说话。

她急急地赶了出来,见单眼罗指手画脚,吓了一跳。在这之前,单眼罗来过几回,来了像胡子刘一样,跪在那里一声不吭,今天的反常,让她还真将事情想到了复杂处。

她向"角儿"们摆了摆手，招呼快快到屋子里去。单眼罗却挡住了，意思是不让"角儿"们忙着走，只让村民陆续离去。

院子里的人见识过单眼罗使劣，从他一进门大家就有所顾忌，恨不得马上找一个机会离开，听他这么一说，呼啦全走了。走在最前面的是耕田，耕田的身体明显有点抖。耕田一直躲在墙角旮旯里，唯恐单眼罗拿他开刀。

胡子刘知道单眼罗已看见他了，不好再躲，上前嘻嘻地笑，说："随便看看，随便看看……"然后等在一边，看有什么吩咐。单眼罗没有理他，像打发别的人一样挥挥手，让他离开。院子里的人很快就走空了，只剩下"角儿"与单眼罗、杨金贵几个人。

谷子见状，最先站起来，准备随着人群走出去，却被杨金贵阻住了。杨金贵不认识谷子，却被她的漂亮和娇艳迷住了，他的目光凝视着他面前这个陌生女人，瞬间忘了是来干什么了，说："好，非常好，王家堡真是个美妙的地方，事美，人也美呀……"单眼罗心里很不是滋味，焦虑了半天，硬着头皮说："杨主任，她家里有老人，让她先回吧，咱还要问大事呢。"单眼罗说着，用眼睛示意，让谷子快走。谷子刚要迈步，却被杨金贵阻住了，说："对对对，是要问事儿的，咱就问她。"单眼罗向前一步，低着声音说："她不行，那三个才是真正的'角儿'。"杨金贵说："不，就问她。"

谷子干脆不再躲，往蒲团上一坐，倒想看看杨金贵到底要干什么。杨金贵坐在单眼罗搬来的椅子上，面对谷子傻傻地笑，却一句话都不说。苏大脚急了，走过来，说："主任有啥要问的，只管问，她可是菩萨的真实弟子，没有不知道的事情。"杨金贵仍旧笑，说："那就对了，你说说，我今天干什么来了？"谷子没好气，说："不会为村里的人来，你们这些人，心里只装着自己！"谷子的话将苏大脚说得愣在一边，人家是公社的领导，这样的态度还不找着往白火石上碰？一直站在杨金贵身后的单眼罗也不安了，他毕竟是护着谷子的，他怕谷子的话得罪了杨金贵，接下来的场面不好收拾。杨金贵却显得很大度，对着单眼罗看了一眼，放声笑了，说："对呀，说得不错，我就是问自己事情来了，老罗呀，你还别说，真有那么点灵呢。"杨金贵来了劲，将椅子向前挪了一步，说："你看我以后能干啥？"谷子说："当官呗，除了当官，你还能去地里种庄稼？"杨金贵惊讶得不得了，眼前的女人一句话算是说到他的心坎上，下一步主任这个空缺看样子非他莫属了，一高兴，竟对单眼罗说："王家堡的这场'运动'不错，是用了另一种形式'抓革命促生产'哩，别怕人说三道四，我看可以坚持下去。至于这个女人嘛，挺不错的，评个积极分子报上来。老罗你得记住！"

单眼罗应了一声，一只眼睛却瞅着谷子，有种阵前邀功的架势，嘴张了几张，很想在谷子跟前说几句漂亮话。

谷子没有看他，只管站起身，头也不回地径直向门外走去。

二十九

山河这些天像丢了魂，手里的活儿动不动就出错。

一顶轿子从设计到完成，是一项系统工程，每个环节都不能马虎，几位木工要用几天时间才能将它做下来。方案一旦形成，大家就得抓紧时间去干。山河却有些木讷，心一急往往就出了废品，不是铆挫大了，就是需要雕刻的花纹削成平面。弄得另外两个木匠在一旁叹息。苏大脚过来了好几趟，她对材料格外珍惜，村里能够使用的木料被她套购一空，这几天她已开始在临近几个村子买材料了，自然对木匠要求更严。她不愿看到他们出错，要他们小心一点再小心一点，用心去打磨。这样一来，做坏的材料也就让苏大脚心痛了，苏大脚问是谁弄坏的，那两个木匠指了指山河。苏大脚很生气，她本来想说要不是谷子说情，她这里根本就不需要这么多的木匠，但话到嘴边却变了："想家了吧？看你魂不守舍的样子，要不就回去几天，将家里的事情了一了，来了再好好干。"苏大脚这么说着，显然是想起了前几天夜里的那件事——

苏大脚见山河要出门，就跟了出来。她一直跟到城壕边上。

苏大脚是个精明人，她从下午就觉得山河神情不对劲，一个大男人，心神不定无非有两种原因：一是家里有事，等着他回去；二是自己的心里有事，横竖放不下来。山河没有说回家，却凑着黑往外跑，显然是他自己的心不怎么安稳。到底会是什么事？苏大脚虽一时猜不透，但她很想弄清楚。

当然，她跟着山河还有一个原因，那就是她怕山河人生地不熟地出了门让村里的人把他当贼抓了去。村里不久前就出现过这样的事情，外乡一个推销产品的售货员误入一户社员家中，被这家兄弟三人打了个半死，事后还送到了大队里。单眼罗不分青红皂白，叫来了几个民兵拷问了半天，才弄清了身份。这时候外乡人也就只剩下半条性命了。山河是谷子推荐的人，苏大脚收留山河在家打轿子，若出了类似的事情，她无法向谷子交代。苏大脚就是出于这么个动机才跟出去的。

苏大脚到了城壕那边，见山河进了树林，也就挨了过去。

苏大脚惊奇地发现谷子竟然也在那里。

谷子是个寡妇,山河又是外乡人,按村里的风俗,他们夜间是决不能走到一块儿的,这种事情在王家堡可能会出现的后果,让苏大脚想起来就毛骨悚然。苏大脚怔了一下,怕被他们发现彼此难堪,欲转身快快地离开。也就在这时候,让她想不到的事情发生了,山河竟然紧紧抱住了谷子。谷子在山河的怀里挣扎着,像是要脱离了他,双手又舍不下地拢着他的腰身不放,她不住嘴地念叨着什么,一句一句,牙关都在打战,比"神"下来的动静还要强烈。随即,她用嘴吞住了他的肩膀,狠劲一咬,发出了饿狼吞噬猎物的猖猖声。山河肯定感觉到疼了,却又使劲用手按着谷子的头,不让离开。过了一会儿,他将她的头慢慢扶起来,将舌头插进了她的嘴里。她"哇"地喊出了声,声音带着强烈的磁性,发出来却是"我要……我要……"的求救。山河接下来的动作更可怕,他竟脱掉了她的衣服,慢慢地让她躺在草丛里,然后他也脱得一丝不挂……

苏大脚是旧社会过来的人,在她的心目中,男女之间的事情不可能是这样子。她与王二拐做了那么多年的夫妻都没有这样过。山河与谷子这算啥?大不了小时候建立了点儿小弟弟小妹妹的感情,但还到不了同床共枕的地步,咋就敢做出这种伤风败俗的事?

苏大脚很想喊一声山河,狠狠地痛骂他一顿。她甚至将要骂的话都想好了:山河你是个男人,怎么过都是一生;谷子却不同,谷子是女人,女人是被世故的眼睛盯着,让千人万人拷问的可怜人,每一步都是踩在冰凌碴子上的,山河你难道不想让她活了?苏大脚的嘴已经张开了,可就是吐不出声音。她是因为看见了两个一丝不挂的男女的龌龊行径羞得说不出话,还是因为想起了村里不是家法的家法的那种残酷?她说不大清楚,反正她哑了,连向后退的力气都没有了。

这件事若让村里的人知道,不光山河要被打断一条腿,谷子要被赶出村子,恐怕她刚刚掀起的"造神运动"也要半途而废。

她不希望这样,更不希望满屋子的粮食瞬间消失殆尽。她在她自己脸上轻轻地扇了一把,就觉得实在不能声张,还是将不光彩的事情悄悄地熄灭为好。她突然像蹑手蹑脚、心惊胆战的小偷一样向后退去,打算将这件事烂在她一个人的肚子里。她知道,这时候稍不留意就有可能被山河与谷子发现,她慢慢地向后挪着,竟没有注意到身后那条很深的壕,一个趔趄,像顾前不顾后的笨牛滑进了壕里。她跌下去后没有敢动,静静地听了一阵,发现刚才的那种惊天动地没有了,代之出现的是一片寂静,像死一般的寂静。

苏大脚知道一定是山河与谷子有了警觉,便不顾跌疼了的腿脚,爬起来溜回了自己的家。

她回到家中,胸口依旧怦怦直跳,她将两只手全放在胸口上都捂不住。老头儿王二拐问她咋啦,出了一趟门回来咋成了这样子?苏大脚不理。苏大脚说:"你睡你的觉,少管别人的闲事。"王二拐也就不吭声了。

苏大脚躺了一会儿,觉得还是不行,就又从炕上坐起来,透过窗户,呆呆地看了一阵天上的星星,然后走到院子里,在一棵香椿树下来回转悠。过了一会儿,山河回来了,山河见苏大脚站在树下等他,心里的虚一股一股往头上蹿。他没敢对苏大脚说话,急急钻进木匠屋里睡了。

苏大脚将前几天发生在山河与谷子身上的事略略回忆了一遍,就觉得山河的焦躁不安绝对与男女间说不清楚的那种事情有关。她得想点别的法子,让山河好好考虑考虑事情发展下去的后果。她旁敲侧击地谈了想让山河回家的意思,山河却将话题往别的地方引:"大婶你就像我的亲娘,整天好吃好喝的,哪能想家呢?"苏大脚的心思已经定在那里,也就步步深入,随着她自己的意思往下说:"一个大男人家,不想家还能想些啥?你给婶子说说,让婶子也开开眼界。对了,我得告诉你,该想家时就应该想,不能只图个人痛快,将别的什么都忘了。"苏大脚将后面几句话说得有板有眼,声音怪怪的,让山河突然就感觉到其中包含了一些别的东西。

山河像是有点明白,却只是笑,装着啥也没有听懂,拿起一根木料放在凳子上用刨子刨起来。

苏大脚的话在情火燃烧的山河那里不可能起作用,山河还是找了机会与谷子见面了。山河是在苏大脚家的后院里与谷子见的面,他将谷子的袖子扯了一下,用眼睛暗示她到墙角那边的柴堆后面去。谷子向四周看了看,没有人,也就去了。山河到了那里急不可待地一把抱住了谷子,说:"这样下去我受不了,咱还是离开村子,到别处去吧。"谷子摇摇头,说:"你们手艺人,可以四处闯荡,我一个女人家跟在你身后,还不让人戳脊梁骨?"山河想了想也是,他去外乡可以给人打家具,带着个女人就成了累赘,确实不方便。他无计可施,急得用拳头砸了一下大腿,说:"我在这里实在无法待下去了,这几天老走神,活儿也废了不少,这样下去,就是我不想走,人家也会将我赶走!"

山河说着,将谷子拢过去,就要将手往她的胸脯里抻,谷子拒绝了。谷子是个心肠极软的女人,加上对山河也是昼夜牵挂,心里同样有种难分难舍的情结,但她知道在这个地方在这种时候不行。她答应山河等她想出了更好的办法,到时也就不用顾忌什么了。

其实,谷子一直都在寻找一个能够彻底解决问题的途径。

谷子到了现在脑子里依然闪现着前些日子在娘家发生的那件事。

那是她同山河在城壕边上的树林里接触后的第三天,她回了一趟娘家,她这一次回去的目的很明确,就是要公开将她与山河的事向父母说明白,取得两位老人的理解和支持。她那天出了门没有直接回峪岈村,而是绕道去了一趟河湾镇,买了一大堆东西,什么点心瓜果布料鞋袜,几乎买齐了。自从丈夫王南原死后,娘家爹娘虽然心里怜念她,却又怕沾了晦气,加上她在万般痛苦的时候回去了一次,没能进得去门,以后就没有再回去过。她买这些东西,除了讨好家人,央求父母成全她与山河的事以外,也有为老人尽孝的意思。当然,她不会忘记买一捆黄醇醇的麻花带上,那是关中农村走亲戚串邻居最实惠的礼品,花钱不多,看起来又排场,乡下人很看重那种东西。

谷子回到娘家没有直接找父母说她与山河的事。她有一个详尽的打算,如果父母同意了他们的事情,她与山河就可以马上结婚,然后将王多劳接到他们的新家,为他养老送终。这样,由于峪垭村不归西坡大队管,单眼罗也就鞭长莫及了。这件事她自己不好意思开口,便委托哥哥去做父母的工作。她将一包点心塞在哥哥手里,哥哥就满口答应了。哥哥走出院子,一想不对,山河与她同村,家里又穷,倘若妹妹改嫁到村上来,还不三天两头往家里跑?今天回来吃一块馍,明天结伙儿拿几穗包谷棒子,到时粮食缺口不就更大了?兄妹之间,即使碰到面上也不好意思说啥,还不得眼睁睁地看着吃亏?哥哥这么一想就没有向父母提妹妹的事。过了两天,在娘家住急了的妹妹问哥哥事情办得怎么样,哥哥一听慌了,结巴了两句,转身编了几句话搪塞谷子,说:"我本来昨天就要告诉你的,不好张口,就没有说……"哥哥顿了一下,显得无可奈何的样子,继续说,"人不走回头路,马不吃隔夜草,咱爹咱娘怎么可能同意?年轻时就被家里拒绝了的事,现在再撮合,咋可能转得过弯子……"谷子听了哥哥的话,拿了行李没有与爹娘告别就回了王家堡。

这件事让谷子很为难。山河的家倘若不与她同村,她完全可以不顾及娘家人的态度,堂堂正正地与山河结婚,重新过他们的小日子。她这么做了,即使父母出来反对,她也不必过于在意,父母迟早都会接受他们,她从小在父母跟前长大,她最了解他们的为人……然而山河那里看样子却一刻也等不住了,这是山河与谷子身体贴着身体的时候,山河那激烈跳动的心告诉谷子的。

她曾产生过让山河倒插门到王多劳家的想法,那样,王多劳自然高兴,单眼罗那里却一定会闹出事端,到时,整个王家堡不管有牵连还是没有牵连的,全都得挨单眼罗的整。即使单眼罗立地成佛,下不了那个狠心,在他手底下生活,要做到与山河无忧无虑地相爱,几乎是不可能的。谷子于是不再想那件烦恼的事,她或者已经预感到了不久以后她与山河情感的那种支离破碎。她现在唯一能留在心里的就是过一天算一天了。

她想,哪怕仅仅只有一天能让她与山河快快乐乐地在一起,她就决不放弃。人生难遇一知己,人生更难在本没有快乐的地方找到快乐,谷子和山河在这时候已经进入到一种忘我状态,什么艰难困苦什么激流险滩似乎都不再能挡得住他们。

正当谷子与山河总为见面的事提心吊胆的时候,他们却偶然发现了一个能去的地方——王家祠堂。这地方有点阴森,却是个绝对僻静的去处,按王家堡的规矩,出外干活的人在外边突然发生事故去世,是不能直接运回村子的,人们说那样会将晦气带了进来,对村子不利。但死在外面的毕竟也是王家堡的人,叶落归根,到头来总得在村里安葬,大家于是就想了个人人都能接受的办法,说王家祠堂在不逢年不过节的时候闲着,以后出现了这种事情,就将死人放到那里去,也好让他们的魂儿归了自家的"宗室"。这样一来,放过死人的地方人们就不愿去了,只有年下祭祀的时候,大家才会成群结队地走近它。

谷子看上它是因为这地方连鬼都不可能去。门上虽挂了一把锁,可满村的人都知道那是把坏锁。挂锁的人一定觉得这种地方挂了锁与不挂锁没有什么区别,也就不会将完好无损的东西放在那里任风蚀任雨淋。

谷子第一次将山河叫到那里,连她自己都被吓得一阵阵出冷汗。屋子并不宽敞,被隔成了里外两间,里面是族里的老辈为他们收拾出来的,每年祭祀之前,几位有威望的老年人总要在这里唠叨半天,然后按辈分按年龄在外面展开活动。山河进了屋子,还没有将腿迈出去,横竖挂起来的蜘蛛网就罩住了他的脸,他"呀"地喊了一下,却又赶紧捂住了嘴。他差点坐在地上。谷子伸出手,拍打了几下他身上的灰,拉着他继续探步向里走。他们进了里屋,简单地打扫了一下,就坐下了。谷子没有说这里是经常放死人的祠堂,只说谁都不会到这里来,山河也就不那么怕了。

祠堂确实凄冷了一点,却是绝对安全的。待他们有了那么一回体验之后,便常常过去,去了就卿卿我我地热火,甜甜蜜蜜地说话。山河怕苏大脚对他们的事有所察觉,夜晚出了门总要到涝池边上转一圈然后才绕到那里去。这种像做贼一样的勾当让山河心里不舒服,他问谷子今后有什么打算,谷子说还没有想好,等想好了再说。山河说:"这有啥想的,结婚不就对了。"谷子说:"不是没有想过,可事情并不那么简单,还需要一段时间仔细考虑。"山河猜不透谷子究竟怎么想,只能焦急地等待。

他们做梦都没想到,这种地方也会有人过来。

来的好像还不止一个人。

那天他俩在里间屋子的动静传到外面,外面的人就开始敲窗户砸门,外面的人手里举着用棉絮浇了煤油做成的火把,呼着喊着,说一定要把阴鬼捉到村里去。在这期间,有人还将一个火炮扔进了屋子。

这事说来蹊跷,第一个发现祠堂秘密的竟然是向北。

向北那天从山里割竹子回来,翻过山梁天就黑了,到村口的时候夜已经很深,他累得喘不过气来,一遍遍在心里咒骂胡子刘:村里年轻的汉子多的是,却不让他们上山,单单选了他,胡子刘这是坐在热炕上吃柿子,单拣软的捏!他骂完了,便靠在祠堂门口歇息。也就在这时候他听到了里面的声音。他知道祠堂里以前经常放死人,一惊,心

里就怯了,背起竹子拔腿就跑。向北跑回家,胸口仍在嘭嘭地跳。他想这一定是几个冤鬼无家可归,在里面闹腾哩,第二天,他就将祠堂里的事情告诉了村里人。村里人不信,说向北是在说梦话,要与他打赌,赌注是谁输了谁就给人家管一顿热窝干面。向北说行,就带着几个人趁着天黑去了。到了祠堂门口,侧耳一听,果然里面传出了声音。输了的人不服气,说这不能算,万一里面是人,不就说明向北输了。向北一想不可能呀,谁敢到这种地方来?肯定是鬼!就又较上劲了。

　　谷子听到外面的动静和外屋一声脆响,知道糟了。待她透过破碎的窗纸看见门口的一片火光,顿时瘫在地上,说:"山河,是我害了你,你快逃吧。"山河一把捂住了她的嘴,将她抱起来靠放在自己腿上,说:"你不要怕,他们或者闹腾一会儿就走了,不会有事的。话说回来,就是有事,有我撑着,他们不敢把你怎么样。"谷子说:"你真糊涂,有你不更麻烦?你走了,我随便编个谎或者就蒙混过去了,你快扒开后面的窗户逃吧!"谷子哀求着,一定要山河抓紧时间逃离,山河只好站起来,向窗那边走去。也就在这一刻,向北举着火把冲了进来。

　　为了一句打赌的话,向北原本打算先进去看一眼,然后再回答他们。倘若里面什么都没有,也就证实了他判断的正确——鬼只能听见声音而看不见影子。可当他站在谷子和山河面前的时候,一下子惊呆了。他的眼珠鼓得简直都要蹦出来。他什么话都没说,转身就往门外跑。他到了门口将手一横,挡住了所有的人。

　　大家问他看见什么没有,他不吭声,眼睛仍旧圆圆地鼓着。大家要冲进去,他就是不让。几个人将他往一旁拉,他纹丝不动,像一座山横在那里。他在门口坚守了一阵,就什么都清楚了,谷子同这个外乡青年在干男女间的那种事,这是他瞬间得出的让他非常失望的一个结论,事实顿时将谷子在他心目中的美好扫劫一空!他在心里狠狠地骂起了谷子:你怎么能这么糟践自己,要改嫁就好好改嫁,咋就干起了鸡淫狗盗的事情?我知道我配不上你,我压根儿就没想那种事,可我怜念你,器重你,你怎么能让我失望呢?向北在心里念叨了一遍自己想要说的话,眼泪不知不觉流了下来,惊得别的人全都呆了,也就不敢再向前冲了。大家用疑惑的目光看着他。

　　与向北打赌的那个人似乎看出了点什么,问:"是不是里面有人?是谁?"向北从这一声问话中清醒过来,他这么愣着不就毁了谷子吗?不管谷子在男女的事情上做得再不对,也不能眼睁睁地看着她被村里的人绑在槐树上,往她脸上泼屎泼尿。至于眼前的这个男人,所受惩罚就更难以想象。向北小时候见到过那种场面,当时他吓得躲在母亲身后,一声大气都不敢出,从那以后,他就觉得王家堡最严厉的惩罚莫过于此了。

　　向北蓦地扭转头,死死地盯着与他打赌的人,好像这屋子里的秘密那人已经知道,一瞬间要把它告诉给大家似的,顿时手足无措。

　　这时,别的人又在一旁叫喊起来,说这么多的人还害怕鬼,为啥不冲进去?说着就有人蠢蠢欲动。向北情急之下，突然有了词儿："已经……已经有人在那里捉鬼了，我们这时候不能打扰她。"站在他周围的人问里面到底是谁。向北又傻了，他蹲下去往烟斗里装了一袋烟，双手颤巍巍的，像母鸡在地上捣米。这样一来，大家就发现问题了，向北平时虽少言寡语，但还不至于遇事慌了手脚。去年秋天下大雨，家里的厦房倒塌，他都能镇定自若地将屋里的东西搬出来，怎么可能遇了这么一点点小事就怂了？是不是里面的情况比房倒屋陷还要厉害？

再说屋里的谷子，惊慌了半天，正无计可施，听见向北的那些话突然稳住了阵脚。谷子毕竟是一个聪明的女人，马上有了主意，她唤了一声在不大的空间里来回走动的山河，说有办法了。山河赶紧凑过来，问什么办法。谷子略略想了一下，说："刚才我听见站在外面的向北说，有人正在里面捉鬼，我不是被人称作神的替身吗？我们就假扮成捉鬼的，这个险也许能避过去。"山河说："不行，我是木匠，村里的人都认识，我出现在这里，无法解释呀。"谷子说："没有别的路可走，也只能这样了，你就把手竖在胸前，做一个佛的样子，我自有办法。"山河只想着逃过这一劫，也就照着谷子的吩咐做了。

大约过了半个小时，外面的向北最终没有阻住大家，许多人还是冲了进去。他们一站在屋子中央便傻眼了。里面套间并不像外间屋子那般黑漆漆一团，而是点了一盏只有在年下祭祀时才可能点的煤油灯，山河正盘腿面墙而坐，嘴里叨叨着什么。而谷子则披头散发，在地上手舞足蹈，一会儿拍一下墙壁，一会儿砸一下先人案，嘴里喊："小鬼小鬼快走开，不然我观音菩萨手下的千兵千将决不会饶了你……决不会饶了你……"

进了屋的人看到这样的场面，全都呆了，他们早听说了神在谷子身上的灵验，谁都怕神怪罪下来，一个个无趣地离开了。

三十

  天助在葫芦峪一待就是一月有余,在这期间,青蔓每天都要到他那里看一看,他一直沉浸在幸福之中,也就不觉得时间过得慢了。只是竹篾担子已空,没有了继续干活的材料,再待也是闲待,便打算这几天就回去。

  傍晚,他借着饲养室斜射出去的灯光,将一个月来挣到的钱拿出来,一点,好家伙,竟有三十多块。若用它买粮食,少说也能装两口袋。他准备将这些钱分一些给青蔓。这些天,有了青蔓对他生活的照顾,有了她挨门挨户为他拉活儿的辛苦,才有了他的这些收入,不然,即使钱挣到了,花销也不会少。

  第二天,青蔓去看他,他拿出了十块钱往青蔓兜里塞,还说出了他要回家的想法。青蔓没有收钱,青蔓说:"咱不是说好了,等你将活干完一起走吗?给我这么多钱干啥?是不是反悔了?"天助说:"哪能呢?我还怕你说着玩哩,你要真下了决心,今晚咱就走。"

  青蔓肯定地点了点头,扭头就跑回了家。

  青蔓进了哥嫂让她住的那间柴房,开始整理她散放在门板上的东西。她这时候方才发现她能带走的其实就几件单衣,一身棉衣,还都是添了补丁的。拿它们做嫁衣,实在有些寒酸,但她再没有别的东西,只得将这几件衣服叠了叠卷进包袱里。她做完了这件事之后觉得胸中空荡荡的,像冬天的西北风上了山梁,没有了遮挡。她瞬间伤心起来,这就是家吗?到离开了也不敢吭一声,到告别时都不能光明正大地走,她还留恋什么!?她恨不得马上就挨到天黑,挨到天助在大路口等她的那个时刻。

  她在屋里坐了一会儿,心莫名其妙地慌乱起来。慌乱来自她对往昔的回忆。她清楚地记得,那是她刚刚满五岁时遇到的事。那年母亲领着她去舅舅家,走到半道说她累,要坐下休息一会儿再走,可待母亲刚一坐下,打了个盹,就顺着倾斜的山坡溜了下去。她不知发生了什么事,连滚带爬跑到母亲身边,只见母亲双目紧闭,怎么唤都不吭一声。她急了,放声大哭。她的哭声传得很远很远,可就是不见一个人过来。她只得往回跑,跑到村口牛牛家,硬拖着牛牛娘往外走。牛牛娘见孩子哭得伤心,知道出了事情,就跟着走了出来。牛牛娘在山坡下的旮旯里见到了她的母亲,便使着劲儿背起,一步半步往回挪,可还没有等回到家,母亲就断气了。母亲去世后她的日子过得很艰难,牛牛娘见她可怜,没有少周济她,今天一块馍,明天一碗饭,一直将她疼爱到现在。这是她心里抹不掉的记忆,她曾多次对自己说过,长大了一定要报答牛牛一家。可现在真的长大了,却要偷偷地离开他们,她实在有点不忍心。

她想了想,觉得还有一个人得见,那就是她的好伙伴莲莲。莲莲比她大一岁,就住在她家隔壁,她们从小一起长大,这么多年从没有红过脸,更没有吵过架,谁心里不痛快,不高兴,都愿意将自己的伤心事拿出来讲给对方听。她们曾经有过约定,不管发生了什么事,都不能瞒着对方。现在她要走了,却要偷偷摸摸,不是背叛了约定,背叛了朋友吗?

她决定先到牛牛家去一趟。

她出了门碰到了林家大婶,大婶见她慌慌张张,问:"这是上哪儿呀?这么急?脸上都冒出汗来了。"她一脸难堪,觉得林家大婶那么关心她,都要离开了不跟人家拉拉话不礼貌,就停下来,说:"大婶,你一直疼我,都把我当成你的闺女,真不知道该怎么孝敬你才好……我这辈子孝敬不了你,来世一定把这个心补上……"她这些前言不搭后语的话,说得林家大婶睁大了眼睛。林家大婶一直知道青蔓过得不舒心,平时却从来都没有听她这么说过话,来世?那不是说要到阴曹地府去吗?林家大婶吃了一惊,赶紧离开了她,跑回家与老头子商量起这件事。这些,青蔓一概不知。

青蔓与林家大婶告别后径直到了牛牛家。她进了门就看见了牛牛,牛牛说他娘去坡上攫野苜蓿,说不定现在正往回走呢。青蔓一想,既然一小会儿就能回来,便坐在院子里的木墩上等。青蔓等了一会儿,眼看太阳落了山,她与天助约定的时间快到了,莲莲家却还没有去,她不能就这么辜负了朋友。她站起身在院子里来回踱,踱得牛牛心烦,说:"看样子老娘是去串门了,你明天再来吧。"青蔓心想,明天还不知道在哪里呢,哪有这个机会?却没有那么说,继续来回走。后来,夜幕慢慢地落了下来,后来整个院子就看不见东西了。牛牛要青蔓也到屋里去,青蔓没有答应,转身离开了牛牛家。

她出了门没有去找莲莲,她知道她如果再去找莲莲天助等的时间就会更长。她怕天助等不及丢下她一个人离开,就直接向坳地里的那条路奔去。不出她的预料,青蔓到时,天助已经等得在地上转圈,一见青蔓,拉着手就走。青蔓向前走了两步,突然挣脱了天助,说:"我还有一些事情没有处理完,咱们能不能明天再走。"天助听了青蔓的话,热乎乎的心一下子凉了个透,他将空空的担子摔在一旁,垂头丧气地蹲在路旁,不吭气了。青蔓见天助不高兴,赶忙解释,说她只是想推一天,没有别的意思。天助不换眼地盯了青蔓半天,眼里闪着泪花,断断续续地说:"我这人实在,没有心眼儿,你既然不同意,就应该早点告诉我,何必绕那么大弯子?你现在走回去吧!"

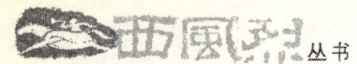

　　青蔓万万没想到，天助会将她的意思曲解，更没有想到一句话竟弄得天助泪流满面，就将她要与两位恩人做一个简短告别的想法陈述了一遍，也委屈地落了泪："你如果觉得没有必要，我现在就跟你走，你千万别那样好不好？"

　　青蔓这么一说，天助倒为难了，他摇了摇头："不是我太计较，我经见的歪事太多，实在受不了一次又一次的打击，你既然觉得不再见她们一面心里过不去，就去见。等把事办完了，还愿意跟我，就到西塬那边的王家堡来找我。"青蔓一把拉住天助的手，唯恐他跑了似的说："你想多了，我只是想见她们一面，你不愿等，我就不见了，我也没有啥可带的，咱们现在就走。"

　　他们伤心了一阵，筹划了一阵，还没有等走出几步，身后就出现了吵吵嚷嚷的声音。没过一会儿，声音渐渐大起来，接着，天助和青蔓看见远远跑过来了一群人，男的女的都有，手里好像还拿着铁锨镢头之类的家伙，挥着舞着向这边跑。天助和青蔓好奇，停下脚步想看个究竟。不多一会儿，那群人就出现在他们面前。走在最前面的是林家大婶，她满脸怒色，像在寻找什么东西似的看了半天青蔓后指了指天助，一群人随即向天助奔过去。他们一上去就抓住了天助的衣领。

　　原来，下午后半晌那会儿，林家大婶听了青蔓所说的那些话，一直坐卧不宁，她一遍遍地往坏处想，怎么想怎么不对劲，就喊过去自己的老头，问："假若有人突然对你说起来世，那人会干点啥事？"老头子一愣，说："你咋问这问题？你到哪里遇到这种人了？"林家大婶说："青蔓对我这么说哩。"老头子喊了一声"糟了"，站起来拉着老伴就要往外走。林家大婶不解，问咋啦？老头子说不好，孩子很可能要出事，不是自寻短见，就是被人给控制了。他们就这么跑了出来。

　　说来也巧，出了村正好碰到走夜路从外地回来的本村人，说他遇着了青蔓，正向坳地里的那条路上走，好像与一个外地男人拉拉扯扯的。老两口一想坏了，一定是被人拐跑了，便集聚了一帮人，拿了家伙追了过去。

　　人群里有青蔓的哥哥和嫂嫂，他们摆出一副对青蔓特别关心的样子，抢先一步到了天助面前，不容分说，举起拳头就打。他们没有敢用手里的工具，那东西一旦抛下去，不是残就是伤，弄不好要吃官司，他们没有那么傻。但激愤一旦点燃，就熄不灭了。于是，其余的人也就一个个争先恐后，唯恐拳头砸空，有的竟跳着蹦着，挥起手臂。

　　天助知道坏了，左躲右闪，终究躲不开雨点般的拳头，他的衣服被撕破了，兜里的钱也不知让谁掏了出来，递给了青蔓的哥哥。青蔓的哥哥接了钱在手心里吐了一口唾沫，一、二、三、四地点了点，装进自己的兜里。青蔓见了，说："那是人家的辛苦钱，你为啥要拿？"青蔓的哥哥说："他就不是一个好人，半夜三更将你骗到这里来，安的是啥心，村里的人都看清楚了，就你被蒙在鼓里！"青蔓本来要将她与天助一起离开的事告诉大家，一想不妥，倘若这时候把真实情况暴露给人们，她不光现在走不了，以后恐怕也很难脱身，只得将要说的话憋了回去。这样一来，天助就更是哑巴吃黄连有苦说不出了。天助知道夜幕下领着一个女孩跑出来是什么性质，只管双手抱着头，强忍着浑身的疼痛，默默地伤心。

气氛越来越亢奋。人们对着躺在地上的天助破口大骂，几乎将葫芦峪最难听的话都拿了出来。骂得口干舌燥了，方才拿起扔在一旁的农具，拖着依然喊叫的青蔓往村子里走。天助从地上挣扎着爬起来，赶上去，恳求青蔓的哥哥将钱还给他一些，不然，他就回不了家了。再说，出门一月有余，不多少带回去点钱，生产队要交的那部分交不上，一个多月的活儿就等于白干了。青蔓的哥哥冷笑了一声，说："还想要钱，你对我妹妹的侮辱，这点钱远远不够补偿费，要不是看你可怜，我早将你送到派出所，到那时就不是钱的问题了！"青蔓听了哥哥的话，骂他是土匪，是强盗，欲过去从哥哥手里抢，被哥哥一个耳光打跌在地上，半天爬不起来。

天助彻底失望了，他收拾起抛在远处的空担子，一步一瘸地向坡塬下的一个村庄走去。

这个小村叫窑庄，只有五六户人家，独独地在一个沟坳里窝着，很像用米面做成的一个大馒头。

天助走不动了，自己将自己摔在村口的一堆包谷秆上。他在那里躺了一阵，突然就觉得浑身冰冷，肚子也饿得咕咕乱叫。他扶着包谷秆站起来，去临近一户人家的门口敲门。他想讨要点东西充饥。

他敲了半天，方才听见女人说话的声音。那女人以为敲门的是她的男人，边走边埋怨："这么晚了，你这死人才回来，就不怕女鬼吃了你的心肝？"女人将门打开的一瞬，却见一个满脸是血的汉子竖在她面前，吓得差点蹲坐在地上。天助赶紧解释，说他是过路人，让人打了，还被抢走了东西，身上已无分文，时辰又快到了半夜，实在走不动了，想讨口饭吃。女人听了，站起来前前后后打量了他一遍，见不像坏人，说："你在这里等着，我给你拿吃的去。"在西塬这块地方，虽然大家都穷，但对待外面来的乞讨者却从不欺负，从不低看。女人转身从家里拿来为丈夫准备的晚饭，嘴里仍旧述说丈夫的不是："一年四季蹲在家里不动弹，今儿个上一回山，柴火没看见，倒连人的踪影都不见了，你说说，要这种男人有啥用？"天助吃着馒头，勉强一笑，却不说话。

天助吃完一个馍，浑身有了点力气，转身欲走，女人叫住了他，说："出门人无家无舍的，夜都这么深了，要到哪里去？还不如将就着在我们家柴房里歇一宿，到天明再走。"天助感动得真想给他下一个跪，说："我算碰上活菩萨了，这样吧，我就在你家的柴草堆里窝一夜，明天一大早就走。"那女人坚决不让，说那样会让邻居笑话，帮人帮到底，非得让天助去柴房里睡。天助拗不过，也就去了。

半夜里，他突然被一阵争吵声惊醒。他侧耳听了听，是一个男人和一个女人吵架，

吵着吵着就骂起来。过了一会儿，竟出现了摔盆摔碗的声音。他打了一个激灵，听见男人在骂："你这不要脸的东西，我一时不在，你就将男人招到家里，是不是同他睡过觉了？"女人"呸"地唾了一口，说："就睡过了，遇着你这么个窝囊废，跟别的男人走那是迟早的事……上山砍柴，你砍的柴呢？我知道你又去瓦渣滩赌了，你哪里来的钱？不会将我给老人买棺材的钱拿走了吧？呜呜呜……"

天助在柴房里听到主人两口子吵架喊出的话，吃了一惊。那女人怜悯他，给他吃给他喝，还收留他在柴房里休息，这是能让他永远记在心里的大恩，他自然不会忘，可她怎么能拿男女之间的事开玩笑？这不明明要将他往火坑里推吗？天助生来胆子就小，这回吓得更像一只欲逃无路的兔子。他胡乱将盖在身上的柴草拨掉，倏地站起来，小心地打开门，悄悄溜了出来。他出了门连头都没有回，一溜烟似的继续向西南方向走去。后半夜的气候怎么说也有点凉，迎面一阵冷风吹来，钻进他的衣襟下，他不由得打了一个寒战。他将衣服左右裹了裹，加快了步伐。他要快快地离开这个是非之地。

他走了一阵，突然将脚步收住了。他这么一走，那女人的一句气话，不就让男人当了真？到时候，即使女人解释说她说的是气话，那男人也不会再信了。他想了想，毅然退了回去。刚才大门是他开的，他出来后将门虚掩着，他返回时依然小心地将门推开，侧着身子挤了进去。他这回没有回柴房，而是静静地站在院子里倾听。

此时，屋里的男人和女人吵得更凶，女人边哭边骂，男人高着喉咙对骂，一高一低的骂声中夹杂着厮打。天助不愿看着主人家里再闹腾下去，过去轻轻地敲了敲门，屋里马上像刀切了一样哑然无声了。过了一会儿，才从里面传出了男人生硬的声音："谁！"天助回答："我！就是来你家柴房里借宿的那个人。"那男人一听顿时暴躁如雷，骂道："你算啥尿东西？敢敲我的门，你等着，我这就出来，看我不揍扁了你！"天助也不解释，语词同样生硬，说："我傍晚被人打了一顿，半夜被你不分青红皂白地再挨一顿，没啥，命该如此，我不会怕！"

屋里的男人听他这么一说，觉得还算条汉子，就说："你要我打你，我偏不，打了你我还怕沾脏了我的手，你滚吧。"天助说："我是要走的，但我得说清一件事，我的命不好，喝凉水都碜牙，可我不是你说的那种人。你老婆心善，是好人，我会永远记在心里。你将我不当人可以，只是不要把火发在自己的女人身上。你那样做是会后悔的！"天助说完，心里踏实了许多，出了门迈开步子向对面的土梁上走去。

他走完了后半夜，又踢踢踏踏地行了整整一天的路，行到哪里讨到哪里，虽然讨来的都是些残汤剩点，肠子也算没有饿得贴在脊梁上。

又过了一天，他才踉踉跄跄地爬上了那座梁，看到了村口的那棵大槐树。它在他的眼前摇摇晃晃，像被风推动一样，一东一西，弄得他眼花缭乱。他想找一个棍子扶着走，路旁的树全像腾飞了一般，他伸手抓了几下都没能抓到。后来，他看见了秋后的太阳,它在天边变成了淡淡的圆,直直地向他头上扣下来,他就这么什么都不知道了。

他是被弟弟地保拖回去的。他的身体很重,地保背着走,刚一弓腰就被压趴在地上。地保向四周看了看,想找个人帮忙,这时候大家正在吃午饭,坡上没有一个人,他只好自己想办法。地保既要扶哥哥,还要拿了那副担子,累得他满头大汗。后来,地保干脆将担子抛掉,只管拖着哥哥走,就这,到了家,已经日头偏西了。苏大脚见天助成了这么个样子,呼天喊地地冲过来,抓住天助胳膊一个劲地摇,摇了半天才摇出点动静来。天助慢慢张开了嘴,只说了一个字:"水。"

苏大脚赶忙端了一碗开水过来,口对着碗吸呼哈呼地吹了几下,然后将碗边对在天助嘴上,一点一点地灌。这时王二拐也一瘸一拐地走出来,问到底发生了什么事?

天助喝了几口水,见那么多的人围过来,神智渐渐清醒,"哇"地一声哭了。后来,大家就从他泣不成声的话语中听清了事情的经过。苏大脚听罢火了,喊道:"给我起来,起来!王家咋就出了你这么个'软柿子'?跟你爹一模一样!那算个啥?事情砸了,咱还有下一次,值得像死了娘死了爹一样那么嚎!"王二拐见苏大脚的训词里将他也扯了进去,瞪了老婆一眼,向地保使了个眼色,几个人便上来将天助抬到了房间里。

天助一躺下就起不来了,一连三天,一口饭都咽不下去。

苏大脚特意请谷子过来,让谷子在神面前求求情,说只要能很快好了,她愿意将原来打十二顶轿子的计划增加成十五顶,一定会多选几名神仙到王家堡来主事。谷子说这种事苏大脚比她有办法,应该是苏大脚去求神。苏大脚说她只能驱鬼,哪里请得动神,必须谷子出面帮忙才行。谷子推辞不过,知道不会顶用,又不好明说,只得照着苏大脚的意思做了。结果啥作用都没有起,到第四天的时候,天助连水也喝不进去了。

苏大脚一家正愁得像热锅上的蚂蚁,在屋里打转转,奇迹却突然出现了。那天,苏大脚正与人商量准备将天助送到医院去,家里却来了一个人,一个进了门只找天助的女人。她见天助不省人事地躺着,不顾一切地冲过去,将他的头慢慢扶起,泣不成声地说:"我是青蔓呀,我看你来了,我说到做到,我这回来了就再也不走了……呜呜呜……"

天助朦胧中听到好像有人在他的耳边说话,就觉出些不对劲了,他定了定神继续听,终于听出是青蔓的声音。他睁开眼睛看了一眼,果然没有错,就慢慢地将手伸了过去,紧紧抓住了青蔓,像是怕她再离开似的,将青蔓拉坐在他的身边。

胡子刘再次咬住天助不放,是青蔓到了王家堡之后的事。

青蔓瞅了一个日子,刻意打扮了一番,本来长相平平的乡下女孩也就花枝招展起来。她似乎是有意走出家门让人看的。她昨夜躺在苏大脚身边,听了她未来婆婆对王家堡民俗作了介绍后就决定要风风光光地张扬那么一次。

临近年节的日子,村里的人早早地忙碌起来,人们或背一袋麦子,到沟里小河边上的水磨房里去磨面,或将前院后院重新收拾得干干净净,将早就准备好的彩灯挂了起来。人们不管操持哪种活儿,似乎都为了年节的喜庆和热闹。磨面是为了腊月二十八能蒸出一笼一笼热气腾腾的小馒头,所谓"二十八,白面发",指的就是这个日子。到了这一天,家家都会紧关大门,不让生人进屋。据说是怕带进去小鬼,将好端端的白馍弄成僵硬的"鬼脸"模样。腊月二十八一过,人们便不再念叨以往那些艰艰难难的日子,只将浓浓的兴趣放在高高兴兴的吃喝上,再穷的人家也就变得慷慨了。至于各家各户收拾门前屋后,那是庄稼人土里吧唧辛苦了一年后第一次想到对生活的装饰与打扮,自然也不会马马虎虎。

青蔓掐着这个时间走出家门。青蔓在村街上一闪面,顷刻便招惹过去了许多奇异的目光,你或者他也就想了,哪里来的这么一个姑娘?看样子不是邻村的,咋突然到王家堡来了呢?他们细细地瞅,一瞅就瞅出了她的入时,她的动人,也就有人过去寻问了。青蔓回答,她是天助未来的媳妇。这话一传十,十传百,很快传到了胡子刘耳朵里,胡子刘不大相信:天助算什么东西,三脚两脚踢不出一个响屁,谁家的女子愿意往他那条深沟里跳?胡子刘一犯疑,便猴急猴急地出了家门。

胡子刘在涝池边上遇到了青蔓。青蔓不知道胡子刘是队长,以为也是一个被她打动的王家堡人,就故意停了一下,将头抬了抬,用含情的目光看了他一眼。这一看不打紧,却让胡子刘的心无节制地跳了好一阵。天助上辈子积德了?咋就碰到了这么骚的一个女人?胡子刘的感叹顿时让自己心里酸溜溜的。他狠狠地踢了一脚竖在身旁的一棵树,转身恶着一双眼睛回家去了。

胡子刘刚一进门,就看见老婆从屋里拿了一把笤帚出来扫她的衣服。他的眼睛对着她翻了一下,老婆的身影就无遮无挡地与青蔓摆在了一起,一老一嫩,一暗一明,形成了鲜明的对照。这种对照来得太突然,胡子刘顿时嘴里像嚼了一只苍蝇,恨不得连肠肠肚肚全都吐出来。他随口骂了一句:"躲一边去,丢人现眼!"

胡子刘的老婆这段日子一直让着胡子刘。以前不是这样,以前她在胡子刘跟前也强硬过一阵,比如她唤胡子刘吃饭的时候不叫吃,叫飨,那是关中人用在吃饭上的一个贬义词,通常大人骂孩子的时候才这么说,可她每顿饭都用这样的语气:"你飨不飨?你不飨了我去喂猪!"胡子刘的老婆一声喊叫就将胡子刘很随意地与猪放在一起。而胡子刘呢,慢慢也就认了。别看胡子刘平时骂骂咧咧,可老婆一旦眉毛竖起来,他连个大气都不敢出。

可现在她已不敢那么肆无忌惮了。

她心里清楚,胡子刘毕竟当了队长,成了"革命队伍中的一员",一不高兴,很有可能同她"划清阶级界限"。这是她参加了一次公社里的大会,从坐着大人物的舞台上听来的,听来了就不敢不当回事。眼下胡子刘在那么多人面前想怎么说就怎么说,想骂谁就骂谁,算是彻底翻了身,她也跟着过起了舒适日子,将人活得像个人样了,一旦真要与她"划清界限",胡子刘那棵大树的阴凉不就护不着她了?她于是做饭洗衣,处处小心,对胡子刘可谓百依百顺。但她万万没有想到,在她变得如此温顺的时候,胡子刘却得寸进尺,骂她丢人现眼。她再也忍不住了,将笤帚往地上一摔,跑进屋子里,一面用袖管抹着眼泪,一面对着屋里的家具出气。

胡子刘不理她。他心里老半天都塞着一样东西,而且这种塞就像一根粗粗的木棍,横在他的心肺之间,让他突然就有了左右拥挤,上下空旷,人不是人、鬼不是鬼的感觉。那都是天助拐来的那个女人搅的,也可以说是天助搅的,他得给天助想个招儿。他恨不得将自己每一根竖起的汗毛都变成绳索,前后左右将天助牢牢地捆住,然后抛进蛇洞里,或者狼窝里。他蹲在屋檐下眯着眼睛想了半天才想出一个好主意:天助出门一月有余,据说是串乡去了,这不就是一个很好的理由吗?天助外出并没有经过他的允许,早就犯了"队规",再说,私自出外搞副业至少也算是滋生出了一条小小的"资本主义尾巴",得磨利刀子将它与天助一起割掉!这阵子上面关于割资本主义尾巴的口号喊得很响,他这么干了,不光治了天助,说不定还能得到表扬呢。

胡子刘心里一乐,"忽"地从地上站起来,进厨房拿了一根红萝卜,拧掉叶子,在身上胡乱蹭了两下,填进嘴里,兴致十足地走到村街上。他要在这不大宽阔的街面上会会天助,他揣摩着既然天助拐过来的那个野女人能在村里炫耀,天助就不可能不炫耀。他不知道天助病了,到现在还躺在炕上。

胡子刘在村子里转了一阵,就到了庙台上的饲养室旁,他远远听见饲养室里有许多人高喉咙大嗓门在说话,时不时还爆出狂野的大笑。胡子刘觉得新鲜。在他的记忆里,这些年已很少能听到爽朗的笑声。人们吃糠咽菜的,早就没有了那种气力!

他挺了挺胸走了进去。他刚一露面,那些人的笑马上就消失了,代之而至的是一片沉寂。这沉寂放进人们急急摊开的尴尬里,就像嗡嗡转动的电磨子,突然停电,突然就出现了哑然无声。大家的这种态度让胡子刘怒不可遏,他一下子就有了一种被排斥被抛弃的感觉。想想看,一盆燃得正旺的炭火顷刻浇了凉水,瞬间屋子就冷下来了,对于需要暖意的人来说,是何等的扫兴!胡子刘是不是需要温暖暂且不说,但冷漠毕竟不是他喜欢的。他对着屋里的人挨个看了一遍,突然指着一个叫乾娃的问:"刚才笑啥?是不是私下里在议论我?"乾娃一听害怕了。乾娃最清楚私下议论队干部将会得到怎样的后果,结结巴巴了半天,最终道出了他们所笑的内容:"天助没有领结婚证就同外乡来的那个女人睡在一起,据说将一块炕坯都压塌了……"乾娃说着,又捂着嘴笑了一下。

胡子刘也不管事情是真是假,心里也就生出了好笑——竟然能弄塌一块炕坯,看来狗日的天助馋劲不小。胡子刘是王家堡公认的大力士,他与老婆的第一夜都没那么邪乎,天助竟邪乎得像牲口吃了豌豆,上了劲了!他本来也是可以笑出声的,可他是队长,队长在他看来就不能混同于一般老百姓,也就严肃了一下,不再打破砂锅问到底了。但他仍旧觉得不怎么舒服:天助招在家里的那个女人,毕竟是一个大活人,到了王家堡怎么能连个招呼都不打?如今这社会,哪有这么随便的事情?看来,天助仍有与他作对的意思。胡子刘越想越觉得天助没有将他当干部看,心里的气便一股一股地向上冒。他自己为自己做了一个假设,他在心里说倘若天助这一两天能过来给他说句好话,或者提一瓶酒,买几块点心,与他一起合计合计那事儿,他也就破例开个恩,不再追究了。

他耐着性子等了两天,又等了两天,天助始终没有过来。他隐约记得,在这几天里,他曾两次见到天助,一次在村口的大槐树下,一次是去坳地的路畔上,天助肯定都看见他了,却将头抬起来看天,压根儿就没有将他放在眼里。在大槐树下的那次,他走到了天助跟前,故意使足了劲喊了两嗓子:"上工啦——到啥时间了还不架势,是不是让老婆咬住尿了?"他那么大的声音,天助不可能听不见,可等他再回过头去,天助不知什么时候已绕到树后,走远了。

这两件事下来,胡子刘不可能不生气:见了人装没看见,这是什么行为?这简直就是目空一切的资产阶级无法无天行为!胡子刘一直都咽不下这口气。他终于在天助往地里运粪的时候阻住了天助,恶狠狠骂道:"你狗日的好清闲呀,偷偷地跑出去,回来了也不言语一声,你以为生产队是你们家的?哼,还拐来了一个女人,蔫驴踢死人,你就不是个好东西!"

天助没有吭声。天助是记住了苏大脚的话才这么做的。苏大脚前几天对儿子说，村里谁欺负咱咱都不用理，对外，咱有神护着，谁也把咱没办法；对内，咱有这么好的一个媳妇，好日子还在后头哩，不能老跟人计较。天助遵照老娘的意思，一直在一旁装聋作哑。

"听着，你得向生产队缴三十块钱的管理费，不然，到年底别想分到一粒粮食！媳妇也得清理回去……"

天助仍旧没有说话。

天助的态度对胡子刘是一个致命的回击。胡子刘哪里这般窝囊过？他的前半生是打着闹着吵着嚷着过来的，早先当了几天土匪，过了一阵杀杀打打的日子，后来解放了，该人家翻他的老底了，他却始终不愿服输装软。他生来就是个吃铁屑的人，你越是整他，他骂得越凶，眼看着头破血流了，他嘴上一句求饶的话都没有。然而，遇到这么一个怎么骂都不还口的软货却让他乱了阵脚，顷刻也就受不了了，他真想上前给天助两个耳光。他已将巴掌、伸出去，不凑巧的是肚子不争气，说疼竟突然疼了起来。他中午吃了两碗包谷面搅团，没菜，辣椒放得多，一上气，辣椒的那种厉害却先在肚子里发作了，他只好抛下天助先去上茅房。等上了一趟茅房再回来，天助早已不见踪影了。

胡子刘在心里恨了一天，最终却遏制住了自己。这是他夜里搂着老婆过了一次夫妻生活后萌生出的计谋。他发现男人其实真正需要的是女人，天助这小子瓜人有瓜福，竟轻而易举地得到了那么一个女人，他如果在女人这件事上做做文章，说不定要比捆几巴掌、罚点粮食起作用得多。他于是在村里找了几个"二毛狗"，将他们叫到家里，烤了一锅储藏了多半年没舍得吃的红薯，让这帮人吃了，然后直截了当地说："有件需要睁硬眼的事你们想不想干？"胡子刘这么问了一句，马上将好处摆了出来，"到时每人记三十个工分，顶你们干三天吃力活。"那些年轻狂汉一听有那么解馋的事，心里直痒痒，问到底是干什么，啥时开始干。胡子刘如此这般地将嘴贴在他们的耳朵门上交代了一番，交代完了说："到时候要干得利落些，谁也不能给我装孙子。"

再说天助这边，受了胡子刘一顿莫名其妙地辱骂，心里很不舒服。内向的天助回到家里胸口一直有口气不顺，便一个人躲在自个屋子里抹眼泪。青蔓帮苏大脚做好了饭，前院后院找不着天助，正要到外面去喊，天助却从屋里走了出来。他红着眼睛，说他不饿，说完就又回去蒙头睡了。青蔓看到了，知道他有心思，就凑过去，像母亲安慰孩子一样给他解闷，问他到底遇到啥不痛快的事了。天助说："这世道简直都没有好人走的路了，总想躲着，可躲到后来，啥也没躲掉，什么猪狗的气都得咱们一个接一个地受！"天助说着，向青蔓倾诉了他下午拉粪时的遭遇，苦恼地哀叹，"胡子刘见不得别人家的烟囱冒烟，见我有了你，心里嫉妒，才故意找事呢！"

青蔓蹙了蹙眉，说："那咱俩就早早结婚，到时那些存心不善的人见咱将事办了，也

就没话说了。"

天助摇摇头:"咱还没有领结婚证哩。"

"那算啥?咱们又不是包办的,还怕谁赖账?"

"不……不是,我是说……那样不合规矩,会惹人笑话。"

"这好办,咱们招待完村里人,将这边事安顿好了,我就回去补,还不行吗?"

青蔓心疼天助,怕他继续受委屈,执意要赶着紧办他们的婚事。天助虽觉出了这事有些不妥,但还是犹犹豫豫地应允了。王家堡穷,村里许多年轻人讨不起媳妇,等到了一定年龄,看看没指望了,就随便领一个外地前来村里讨饭的年轻女子做媳妇。这些女人有的未婚,有的刚刚结了婚又逃出来,她们与村里男子的结合,多是为了活命,几乎都没有正经八百地领过结婚证,有的甚至过了半辈子都上不了户口,还不一样过得很好?天助这么一想,也就开始筹办婚礼了。

苏大脚看样子更急。儿子的婚事是她的一个心病,现在要办了,高兴得她都忘记了疲劳。她知道自己的老头儿脚腿不灵便,只管自个儿忙,瞬间都成了一个转起来的陀螺,从早到晚没有个停歇的时候。苏大脚在自家的院子里搭起棚子,棚子显然没有每次"吃神饭"搭在外面的气派,这样一来,过事的人数也便被她限制了:每家只能来一个人,有老年人前往的,准带一个孩子。为这事,人们纷纷议论,说苏大脚太小气,为了迎神都能摆那么大的场面,给自己的儿子办事却吝啬起来了。苏大脚也不解释,苏大脚执意要按她自己心里的想法去做。

到结婚那天,苏大脚果然没有接纳多来的人。她的这一举动,大伤了人们的面子,让那么多人进不能进退不能退的,场面极为尴尬。这不能怪乡亲们,在人人缺吃少穿的日子里,大伙咋可能不往嘴上瞅,况且,苏大脚已在王家堡创造了奇迹,他们知道只有苏大脚才有可能让他们美美地饱餐一顿。

苏大脚在儿子的婚事上让人们大失所望。大家甚至觉得苏大脚太抠,连村里的规矩都给破坏了。谁都知道,婚宴起码得让人吃两顿,一顿面条,一顿馍菜,苏大脚却让大家吃了一顿面条,还不是纯白面,中间夹了只有王家堡才常常吃的高粱粉。有人私下里骂,说苏大脚家里堆了那么多的麦子,却舍不得让人吃,真是越有越吝啬!他们根本不知道苏大脚怎么想,更不知道,苏大脚在王家堡的人一个个都在变的时候,她自己也在跟着变。近朱者赤,近墨者黑,她的那种变却是与神交流之后出现的。她面对神灵敞开了心扉:日子实在过得不如意,家里的事一桩接一桩的,尽管打轿子不是为了自己,也不是为了她这个家,可不知不觉地却将一些私心填进去了。她在心里揭穿自己的时候,一会儿声泪俱下,一会儿又觉得更应该"狠斗'私'字一闪念"。她向神发誓:为了村里人,今后一定得正正经经地请神敬神,决不再为自己一己私利损害神的尊严!从那以后,她便将神的粮食和自家的粮食严格地区分开来。谁给神干活,便吃化缘得来的粮食；不给神干活，就不能动化来的一粒粮食。她一下子变得斤斤计较起来。

也就在大家纷纷埋怨苏大脚的时候，胡子刘带着几个人气势汹汹地冲了过来。他们到苏大脚家并不是要庆贺，而是将天助喊了出来，让他拿出结婚证。天助搪塞着，嘴里结结巴巴的，一会儿说在箱里，一会儿又说已经开好了，在公社放着，没有闲工夫去拿，说得他自己都满头冒着热气。胡子刘态度生硬，说："不管在啥地方，都得拿，不然就是目无国法，结婚就不能算数。"天助知道被胡子刘抓住了把柄，就又闷在一旁不吭声了。这时，大棚里吃了一半的村民也都停下了筷子。他们停下来并不是要看天助的热闹，而是被胡子刘的突然出现搅了局。疯狗咬人的时候还瞅个合适的机会，这帮人竟闯到婚宴上来闹腾，这叫谁看了都觉得有点过分。于是就有人劝了，说算了吧，结婚是喜事，别搞得凄凄惨惨的。胡子刘将眼睛一瞪，说："就没有阶级立场了？我今天还非得搞个凄凄惨惨不可，给我上，将这个'黑人黑户'扭到公社去！"胡子刘一声令下，随在胡子刘身后的几个人马上冲了过去，要将新娘青蔓拖走。

苏大脚闻声赶来，拦住去路，扯着嗓门喊道："你们凭啥要将她领走？做这等缺德事天地不容，你们就不怕遭报应？"苏大脚这么一喊，扭着青蔓胳膊的那个男人或者突然与苏大脚家打轿子的事联系到了一起，有点怕神怪罪下来自己受到伤害，马上松开了手。青蔓趁势挣开，跑到了苏大脚跟前。

胡子刘的心里也咯噔了一下，王家堡神神鬼鬼的事闹得那么凶，谁干了损人利己的事都会心里发毛，胡子刘也一样。但他迟疑了一会儿还是没有抵挡住自己心里的那股邪劲，眼睛瞪得像要滚出来，旁边的几个男人知道是什么意思，冲上去又将青蔓夺了回来，其情景还真像《白毛女》中黄世仁的狗腿子们抢夺喜儿的场面。

这时站在一旁像傻了一般的天助突然如梦初醒，"哇"地喊了一声，顺手拿起立在墙根上的一把铁锨，握着把儿忽地抡了起来。他将近半年来对胡子刘的憎恶全都收到了锨尖上，铁锨也就在空中呼叫起来，像发疯的天助一样，变成了横冲直撞的莽汉，向着胡子刘愤怒地飞去。胡子刘躲了一下，没有砸着。天助并没有罢休，重新抡起，尽管胡子刘在一旁警告："你这蔫驴真要踢人了？你活得不耐烦了？！"天助压根儿就没有听见，他嘴里依然嗷嗷地叫，铁锨也就跟着在空中呼呼地响。胡子刘雇来的那几个人见势头不对，趁机溜了，胡子刘也想溜，却丢不起队长的面子，仍旧在铁锨飞舞中躲躲闪闪。不巧的是，宴席桌旁的一条凳子挡了他一下，他跌了个屁股墩，倒在地上。这时飞起来的铁锨正好砍在他的胸上，"嚓"地一声，胡子刘的衣服上割出了一个长长的口子，皮肉也被拉破了，鲜血"哗"地一下流了出来。站在一旁看热闹的人见天助砍伤了胡子刘，知道闯大祸了，赶紧上前，从天助手里夺下了铁锨，将他摁在一条长凳上。另外的一些人，也就去扶胡子刘。胡子刘躺在地上，双手捂着胸口，脸上滚着汗珠，像一只弯弯的虾。大家知道坏了，一定砍得不轻，便过去了几个人将他抬到公社卫生院里。

后来从卫生院传出消息,说胡子刘这一回真的被天助砍断了三根肋骨,胸脯上箍了硬硬的一个石膏板儿,像古时候将士上战场时穿的铁甲。苏大脚一听这话害怕了,上次没有砍断胡子刘的骨头,都蹲了那么多天的看守所,这回真砍断了,还不定要遭多大的罪呢?她偷偷去了一趟卫生院,一打听,当时就吓得跌坐在地上。胡子刘确实伤得不轻,这么大的一桩子事咋可能放得下?

苏大脚回到家,什么地方都没有去,只管一个人跪在王母娘娘的塑像面前一遍一遍地磕头。这顶轿子是刚刚完工的,新和尚爱念经,新神仙常显灵,她相信经过她一手策划,亲眼看着完成的这宗神像不会不显灵,就将许多祈求保佑的话悄声说给了它。说完了,屋里屋外转了几圈,觉得还是应该做点补救的事,于是就去河湾镇的街道上买了一些东西,到卫生院看望胡子刘了。

胡子刘的老婆见苏大脚过去,母老虎的原形又现了出来,她一把抓住苏大脚的头发,骂道:"你这老不死的,竟然养了那么一个蔓货儿子,这一回我非让他坐监狱不可!"苏大脚没有生气,苏大脚慢慢拿开了胡子刘老婆的手,说:"事有事在,有理不打上门客,我来是看队长的,你总不能将我推出门吧?"胡子刘的老婆仍旧不依不饶,说:"我就是要将你这种不像人的东西推出去!将人都打成这样了,还假惺惺地来看,你滚出去!"

苏大脚遭到了拒绝,将买好的一篮子东西又提了回来,知道祸肯定是躲不过去了,便坐在院子的石板上呜呜地哭。她哭了一阵,突然就想起了一件事儿,抬起脚噔噔噔地向门外跑去。

三十二

过罢春节，眨眼到了正月初十，胡子刘才从公社卫生院回来。

胡子刘这一年的春节是在病床上度过的。这是胡子刘心里最窝火的一件事。

人们猜测，胡子刘病愈肯定不会罢休，说不定要把这个小小的村庄闹腾得鸡犬不宁！也就是说天助马上就要遭殃了，没有好日子过了。这是人们从胡子刘身上总结出来的。胡子刘从当土匪的那一日起就没有向谁示过软，尽管这几年批斗会上了那么多次，但伤害的只是他的皮肉，这回却是从骨头到精神的，也是致命的，刻骨铭心的。他不会将这种有失体面的遭遇默默地咽进肚子里去。这样一来，有人便到天助那里，劝天助躲一躲，以免遭到不测。天助摇摇头，天助说他已做好了准备，他既然敢将胡子刘的肋骨打断三根，就不怕坐牢。还说他已到号子里去过一次，再去也就不怕了。

奇怪的是在大伙儿都为天助捏着一把汗的时候，胡子刘那边却没有出现任何动静。这期间，单眼罗好像到胡子刘家去过一趟，或者是随便走走，进去也就很快出来了，没有过多的停留。后来，别的一些人也去了，这些人大抵都是为了讨好胡子刘，他们出出进进了一些时间，依然没有出现什么异常。这倒让许多好心人不安起来，他们猜不透胡子刘到底安的什么心。他们甚至盼着应该发生的事情最好很快发生，那样，或者由于酝酿的时候短，胡子刘还不至于想出更毒更歪的主意。

又过去了一些日子，天助却仍旧安然无恙，这倒成了王家堡近半月来大家闹心的一件事情，因此也就成了议论的焦点，村里人都想知道这究竟意味着什么。也就在这时候，大家发现了一个不正常的怪现象，天助打了胡子刘，而胡子刘的老婆却每天都要到天助家里去，不是中午，就是下午散工以后，一去就是多半天工夫。人们还发现，与胡子刘的老婆一前一后出进天助家的，还有那个神秘的女人谷子。这样一来，大家很自然地就将胡子刘那里的风平浪静与谷子的频繁出入连在了一起。

群众的眼睛是雪亮的。这句话是不是哪位伟人说的人们已记不大清楚，但人们知道，它还是很有道理的。大家没有猜错，事态之所以没有恶化，确实与苏大脚家那个特殊的院子有关，与不大喜欢多说话的谷子有关。

那天苏大脚从卫生院回来,在家坐卧不宁,第二天就去找谷子。苏大脚清楚,发生了那么大的一桩事,没有谷子出面,是怎么也放不下的。这段日子,村里出现的大大小小的事情只要到了谷子手上,不管有多复杂,马上就能迎刃而解。这让苏大脚感慨不已,一个女人,一个死了丈夫受了别人那么多凌辱的女人,竟然如此智慧,不能不让她感到惊讶。她相信,天助的事也一样,只要谷子出马,同样能得到妥善的解决。苏大脚到了谷子家连哭带诉,一定要谷子救救她的儿子。

谷子清楚,胡子刘是个不讲理的人,干啥事都硬三分,不可能听她谷子的,就婉言拒绝了。过了一夜,谷子却主动到了苏大脚家里,她将苏大脚拉到一边,说:"还是让我试试吧,不然,天助眼下的这个坎怕真要过不去了。"苏大脚说:"是呀是呀,他谷子嫂,我知道你是个热心肠,你尽管去试,成不成我都领你的情!"苏大脚说着,一个劲对着谷子作揖。

谷子鼓足勇气,装出一个啥事都不放在心上的样子,卡着胡子刘从卫生院回来的那个日子,手里提了一包点心,站在村口大槐树下等。她提前想好了要说的话。她的那些话并不打算说给胡子刘,却是要说给胡子刘的老婆。她要从胡子刘的老婆那里把胡子刘心头的火撤掉。

不多一会儿,胡子刘的老婆果然拉着架子车过来了,胡子刘就躺在架子车上。胡子刘远远看见谷子,就开始骂了:幸灾乐祸的东西,想看热闹?走着瞧,到底谁看谁的热闹还说不定呢!奇怪的是,他刚在心里这么一骂,再看时,却不见了谷子的影子。谷子不就在前面不远的地方站着吗,咋说消失就消失了?胡子刘正在心里犯嘀咕,再抬头看时,谷子却已出现在架子车跟前。胡子刘吃了一惊,这一惊非同小可,像从阴森的迷宫里刚刚爬出来,又钻进了另一个无法估摸的迷宫里,浑身突然就出了一身冷汗。

近一段时间,发生在王家堡的一件件若即若离的事情,让这个在硬碰硬中从来都没有服过软的倔头,心里却时不时地产生一些幻觉。他谁都可以不怕,但不可能不怕鬼神。鬼神来无踪去无影,你说它无,它或者突然就亮那么一下,你说它有,又捉拿不到手上,真真假假,虚虚实实,谁说得清楚!他心里揣着鬼胎,常常在半信半疑的须臾之间突然就面临了一种怪诞,突然就来了那么一种毛骨悚然。这样一来,谷子尽管只是绕树转了一圈,却让胡子刘生出了一连串的奇想。胡子刘急急地从架子车上坐起来,结结巴巴地说:"我……我知道……你的话就是神的话……你有啥要说的,就……对我说……"

胡子刘可怜巴巴的态度,让谷子暗暗发笑,本来想好要说给胡子刘老婆的话也就不必再说了,她将计就计,摆出巫婆们惯用的手法,半闭着眼睛,说了一堆前拉后扯的话。将那种冤冤相报何时了的道理讲了一遍,然后说了几句连她都不知道是什么意思的"神"话,就开始指点迷津,一会儿今世,一会儿前世,一会儿是良心发现,一会儿是因果报应,听得胡子刘同他的老婆全都大气不敢出。谷子的这些话其实并不高明,稍有常识的人马上就会意识到那是用来糊弄人的,可胡子刘这时候缺乏的正是辨别能力。胡子刘的老婆也一样,早在一旁将头点得像只麦芒上爬着的磕头虫。

胡子刘的老婆将胡子刘拉回家,别的什么事都没来得及干,就先到苏大脚家里去了。她进了苏大脚家的门叫了一声"婶子",就开始道歉。她说她不该抓苏大脚的头发,不该将事情弄到那种不可收拾的地步。胡子刘的老婆将话说完,就到了屋子里的神像面前,点了一炷香,默默地跪下磕头——谷子说得很清楚,只有每天在神灵面前跪拜两个小时,不光胡子刘的伤好得快,还能保证再不遭受飞来之祸。

胡子刘的老婆跪着的时候,天助也随了过去。这是谷子的安排。天助嘴里念叨着谷子教给他的词儿:"我是受南坝坳里的饿鬼驱使才那么干的,那把铁锨不是铁锨,是鬼怪勾魂的刀子,现在神已将它收了去,也就不会再危害我们队长了……我爱我们队长,我们队长是我们的主心骨……"天助一遍遍地念叨,说得胡子刘的老婆感动得泪流满面,就将天助说给神的那段话告诉了胡子刘,胡子刘琢磨了一阵,说:"有道理,是那么回事。"胡子刘的附和有他自己的理由,天助不是以前也拿篾刀砍过他吗?篾刀那么锋利,都没有砍伤人,这回一把铁锨却伤人了。可见,这一次铁锨上确实是沾了鬼气的。这么说来,就不能一味地怪天助了,鬼怪在人间作乱,他天助咋可能阻挡得了那股邪劲儿?

胡子刘这么一想,也就打了一个回合,压下了不可遏止的怒火。人常说,冤家宜解不宜结。胡子刘心里原本积淀着过多的仇恨和闷气,天助的几句话却矫正了他的思路,他于是就不再打算找天助算账了。

这样一来,谷子的身影也就日趋高大起来。

可谷子却越来越害怕,尽管这种害怕一直装在心里。

其实,谷子并没有想出人头地,也不需要超出平常女人的那种气魄与洒脱,更不需要虚虚假假的崇尚与尊重。她是平常人,她只想像平常人一样日出而耕、日落而息地过下去,是一瞬间的人生变故将她改变成现在的她。王南原突然撒手人寰,带走了属于她的平静,她只希望往后的日子在人与人冷漠的夹缝里过得顺溜一点,只希望被王南原曾经坑苦了的那几个姐妹不再承受世风带给她们的煎熬。除此之外,她没有别的欲求。

然而,她要走到自己为自己设计的那一步谈何容易,她在苦寻,在借助。她不知不觉地跌进目前这种状态之中,是苏大脚的引领,还是她故意所为?似乎已经没有追寻的必要。她现在想的,仅是怎么才能一天天地推下去。单眼罗、胡子刘,谁都知道是什么人物,在谷子那些不是办法的办法面前却一个个服服帖帖,这让谷子想起来心里就怦怦直跳。倘若有一天单眼罗与胡子刘突然发现她其实是在骗他们,后果将不堪设想,她心里明白,她的那些办法其实是纸里包裹的一团火,肯定有暴露的一天,到了现在,她已是站在火焰山上的一个人,要么将火扑灭,要么化为灰烬!

村民们不知道这些,他们在一年来出现的从未有过的平和中陶醉。他们静下来的时候难免要将现在与以前比,以前起码三天五天得开一次批斗会,你或者他谁都有可能突然被喝喊到台上去,在那里接受人们的批判。而台下的人呢,晕头晕脑地就像找不见方向的一群黄蜂,逮住谁都要蜇他个头青面肿!单眼罗是批斗会的直接掌控者,他只要走进哪个村,哪个村就得鸡飞狗跳墙,好像不那么闹腾,就显示不出大队干部的威风。王家堡生产队队长向北,地主分子马天佑,还有别的一些人,他们都没有逃过单眼罗的手掌心。再就是胡子刘,一个有血有肉的硬汉,当了几天队长,却学会了拍马迎奉承,将人活得连一点人情味儿都没有,他能找一个借口立马将耕田拉出来批斗,也能对绵得像一只羔羊似的天助处处找事,这能说是他骨子里天生就有的恶?

灾难让人们深恶痛绝。灾难中却不知不觉地出现了神的影子。神为人们驱除着横祸和痛苦,随之出现的便是大家的和睦相处,相互尊重。人们已不再面对了以前那种可怕的批斗场面,单眼罗也成了争一只眼闭一只眼的人。这些天,他有什么事了,就对着大队里的广播喇叭说,说完了将扩音器一关,算是揭过去了一桩差使,完全是那种得过且过的态度。他平时不去大队了,便跟着王家堡的村民下地,回来,就到涝池边上随便走走,从不往人多的地方去。会也召集得越来越少。

胡子刘脸上同样多了笑容。他病好之后竟然同大伙一起在土壕里去挖土,而且在歇晌的时候,拿出自己的烟袋,与大伙分着旱烟抽。

这种不急不躁的日子到底过了多久,没有人去计算。

这大概也是常理,好日子谁不喜欢过?喜欢过了就会不知不觉,就会匆匆忙忙。直到这种舒坦的日子突然又要打住的时候,人们才极不愿意地回转头,留恋地回望着飞也似的消失在岁月里的那些时间。

春天里柳絮飘飞,天气虽没有完全变暖,农活却渐渐多了起来。地里的事情,一刻也不能耽误——麦苗吸足了水分,抬头的同时,杂草不知什么时候从它们身体的缝隙里偷偷地钻出来,眨眼同麦苗长得快一般高,需要人赶紧去锄草,不然,麦苗起了身,人就下不去脚了。另外,得抓紧时间往地里运粪。麦苗是不是苗壮,颗粒会不会成熟得好,全在这个季节。胡子刘每天早早地站在那棵大槐树下,一遍遍地砸响挂在树杈上的一小段钢轨,一边敲一边喊那句催着人们上工的话。也就在这时候,他远远地看见了单眼罗。单眼罗身后领了一个背着铺盖卷的人,一摇一晃地向这边走来。

等走到跟前,胡子刘一看挺陌生,心里正纳闷,单眼罗说话了:"县里派来了驻队的同志,姓陆,你给好好安排一下。"

胡子刘点了点头，脸上的表情却很勉强。他想对单眼罗说一说困难，按常规，驻队干部进了村，不管在谁家吃饭，队里都得补助粮食，一天按二斤算，一月就得一大袋麦子。而留在库里的除了来年的种子，几乎一粒麦子都没有了，有的只是挂在房檐上、粒儿还在棒子上的包谷，咋可能将它发给社员去招待人？弄不好人家给你扣一顶帽子，说你迫害驻队干部，都能压得你趴在地上！胡子刘从单眼罗仅有的一只眼睛里看出了单眼罗不让说的那种意思，就将要说的话全都咽了下去。

他将姓陆的带到自己家，将铺盖卷放下，说他去安排住的地方，让姓陆的稍等一下，就急急地去了。他出了门紧走了几步，追上已经到了渠塄上的单眼罗，问上面不哼不哈地来了这么一个人到底要干什么？单眼罗没有正面回答，单眼罗只说每个队都得住，连大队也有两个，就不要再打破砂锅问到底了，来了听人家的不就行了。胡子刘摇头，胡子刘说啥都好好的，要这些人干什么？胡子刘总觉得上面派人下来驻队是脱了裤子放屁，有那么点多此一举。

单眼罗没有解释，斜着脸拍了拍胡子刘的肩膀，仅说了一句"好好管待"就转身离开了。胡子刘站在路口的麦地边，半天猜不透单眼罗那句话里含了什么意思。单眼罗对他每回都是命令式的口气，一是一，二是二，从不遮遮掩掩，今天究竟怎么了？他希望单眼罗走出几步后能再回来，给他一个明明白白的答案。单眼罗却没有回头，像是要急着去办一件什么事，脚步迈得很匆忙。

胡子刘也就不再考虑别的事情，转身往铁匠李家里走。

他从东往西将每家每户的情况排了一遍，最后还是决定将那个叫陆地的干部安排在铁匠李家。本来，苏大脚家也可以，有空房子，锅灶又干净，是个合适的人家，可苏大脚请了几个木工给神打轿子，将仅有的空房占了，也就不能再考虑了。铁匠李家房子虽然紧，却刚刚腾出一间，铁匠李的老娘被铁匠李在城里工作的弟弟接走了，这间屋子让驻队干部住，按说不会有啥问题。

胡子刘进了铁匠李的家，远远地喊了一声，出来的却是铁匠李的老婆大翠。大翠见胡子刘到了，以为他要干什么不轨的事，低着声音说，铁匠李到自留地里去了，马上会回来。胡子刘黑了一下脸，说："你这女人，唉！"大翠发现错了，不好意思地低下头，问："到底有啥事？"胡子刘将驻队干部的事说了一遍，说完了加了一句："就这么定了，你很快将你老娘的屋子拾掇拾掇。"

大翠早就听说驻队干部在谁家住，谁家就像战争年代的拥军模范，走起路都能将头昂起来。再说，屋里出出进进有一个干部模样的人，也显得风光不是？大翠前几年就有过这种盼望，一直没有轮到他们，现在好事到了，她恨不得一把抓在手上，随即也就应承下来，还说了一大串住在她家里的好："你知道，我是个喜欢干净的人，住在我们家不会有错。我这就去收拾房子。"大翠满脸喜悦地去了老娘的那间屋子。

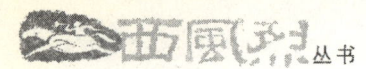

这一边，那位叫陆地的驻队干部在胡子刘家待了一会儿就急了，他走出屋子，在院里转了转觉得无聊，便出了门，在村街上无目的地踱。他一直踱到涝池边上，向涝池里抛了一块瓦片，试了试池水的深度，然后坐在池边上的一个柳树墩上看起池塘里的水。陆地属于"一头沉"干部，老婆孩子都在农村，星期天回到家免不了要下地干活，他这个脱产干部因此也就拖了一个泥做的尾巴，得时不时地到田地里去扑腾。他于是也就锻炼出了用两种不同思维思考问题的本领：一种是拿起文件看上面说些啥，他就照着做些啥；另外便是忙中偷闲考虑家里的事情，比如柴米油盐、地里的庄稼以及家里的猪鸭鸡狗等等。他盯着池塘看了一阵，突然就发现了满塘的浮萍，他从来都没有见过这么茂盛的浮萍，这是喂猪的好饲料，他家圈里的那两头猪总缺吃的，他每个星期回去都要沿坡给猪打草。他一看见这些东西就兴奋：这个涝池要放在老家的那个村子该多好，那样，他就不会整天为猪没有吃的发愁了。他想着想着就伸手抓了一把。他将抓到的浮萍放在手上端详的时节胡子刘追了过来。

胡子刘满头大汗。

按说还不到炎热的季节，胡子刘不该出汗。胡子刘进了家门找陆地，扑了个空，急急地返身出来，东头一碰，西头一撞，经过半天的折腾，心里一慌，汗也就出来了。胡子刘在涝池的二台上看见了陆地，方才松了一口气，赶过去，一把扶起他，不好意思地说："都怪我，去久了，让你坐在这么个脏地方。"陆地仍看他手里的浮萍，心不在焉地摇着头说："多好的东西。"胡子刘吃了一惊，不知道陆地说的是浮萍，还是别的什么，不敢询问，只管从裤兜里掏出脏兮兮的花布手绢，让陆地擦手。陆地没有接，笑了笑，跨了一步跳上岸来，将手来回拍了几下，重新向胡子刘家的方向走去。

胡子刘跟在后面絮叨："我给你安排了一户最干净的人家。你是县里来的干部，怎么说也不能慢待了，还好，那个叫大翠的女人长得俊，锅灶又好……"

陆地不大喜欢胡子刘说话的语调，扭头用眼睛瞪了他一下，胡子刘马上停了下来，怯怯地看着陆地，不敢再言语了。好在胡子刘腿脚干脆，紧走几步到了陆地身后，背了陆地的铺盖就往大翠家走。他的这些动作全是从单眼罗那里学来的，单眼罗对待公社干部一直都是这么个做派。

陆地随胡子刘到了大翠家，大翠的男人铁匠李还没有回来。大翠将屋子收拾停当，早早站在门口迎接。她见穿了四个兜儿的干部模样的人走过来，顾不得与胡子刘打招呼，就先到了陆地面前，嘻嘻嘻地笑出一个桃花盛开的样子，说："这位同志你慢点走，我们乡下人的院子疙疙瘩瘩的，别崴了脚。"

陆地本来想说自己也是乡下长大的，习惯了，却没有说出来。他抬头欲说的一瞬，呆了。他发现站在他面前的这个女人像从画上走下来的一般，根本不是他想象中的乡下女人的模样。他之所以得出这样的结论，是因为他首先同自己的老婆做了比较，因此便很快得出答案:简直是天壤之别!他走南闯北好多年,还没有见过这么漂亮的女人。他下意识地吸了一口气,又重新贪婪地看了一眼。这女人的穿戴虽跟乡下人没有太大的差别,但皮肤和长相却完全不同,乡下女人皮肤粗糙,两个脸蛋上总留着两块红红的"印痕",大翠却一白到底,像从面缸里刚刚捡起来的一般;乡下女人腰粗脖子短,大翠却细溜溜的,仿佛亭亭玉立的仙鹤,不光脖子修长,连两条腿都能婀娜出一个姣好的姿态。加上大翠那迷人的笑,景象便出现了,一下子钻进陆地的眼睛里,再也取不掉了。

陆地的一个眼神过来,正好被大翠接住。她莞尔一笑,作出一个特别的应答,扭头跑进屋里,麻利地为陆地打开背包,将炕席用笤帚扫了两下,把褥子平平展展地铺在席上,然后让被子顺顺地靠在炕墙一边,看上去完全是乡下新房里的摆设。陆地很满意,脸上额上的皱纹里,全是往外溢的喜悦。这时铁匠李回来了,见胡子刘和一个陌生人站在屋子里,正要询问,大翠却先说话了,大翠说:"这是县里来的驻队干部,姓陆,要住咱家,你说说,这不是抬举咱吗?"

铁匠李从结婚那天起就没有管住过自己的老婆,他不光知道她曾与前任大队革委会主任王南原有一腿,还知道与邻村一位姓黄的男人也不怎么干净。王南原是他在自家的炕上发现的,发现了也只能自个退回去,蹲在屋外的窗户底下砸自己的脑袋。事后,大翠不但没有惧怕,还威胁说,如果铁匠李敢对她不敬,她就告诉王南原让他上批斗会!他害怕上批斗会,也就睁一只眼闭一只眼了。至于后来老婆与邻村姓黄的之间的往来,铁匠李便不再过分计较:与一个野男人是那么回事,与十个八个野男人还是那么回事,你就是将她拴在手腕上,总有个上茅房的时候吧,管能管得住?

铁匠李此时此刻想到了这些乱七八糟的往事,是因为看见了眼前的这个陌生男人产生了某种说不清楚的预感。他猜想更让他丢脸的事情或者就要发生,他打心里十二分地不愿意。他将脸阴了一下,没有说什么。大翠见状,急了,上前在他的脊梁上掐了一把,他的脸上便马上露出了似真非真、似假非假的笑容。

胡子刘将陆地吃住一一安排妥当,说自己生产上还有些事,需要去料理一下,就告别了一声出去了。

陆地从县城到王家堡,走了多半天的路,早困了,胡子刘、大翠以及铁匠李走出屋子之后不久,他就斜靠在被子上睡着了。睡梦里,他依稀看见了满池绿茵茵的浮萍和总在他面前晃动的大翠,这两个本来连不在一块儿的画面,却在一种虚幻的组合中搅在一起,在他的梦境里飘荡起奇特的芳香。

三十三

麦子眨眼起了身，在无遮无挡的旷野中挤成一团，像整装待发的队伍，挑起一杆杆绿色的旗子，对着蓝天，对着远方的山山岭岭。

人们身上的棉衣也变成了夹衣，胸脯挺起，形体一下子干练了许多。

上学归来的孩子，用堆在路旁的高粱秆做出一个个风轱辘，向东，迎着轻轻飘过来的清风，在村口的小路上疯跑。

陆地也像村里的大人小孩一样，穿起了他那身已经泛白的中山装，每天早晨到城壕边上转一圈，在那里踢踢腿伸伸腰，回来，用大翠为他准备好的洗脸水洗罢脸，吃过饭，然后再去大队里开会。

西坡大队十一个生产队虽下来了十几个驻队干部，做头儿的却就陆地一个。他这一回下来有一个重要任务，就是要"对资产阶级实行全面专政"。这是县里直接压在驻队干部头上的担子。县里管事的虽然也叫革委会主任，但主任与主任不同，西坡大队革委会主任单眼罗最多也就在手片大的一块地方吆喝吆喝，而县里的主任就不同了，听说他在"六六"武斗中端着一挺机关枪，打退了以转业军人为主，精心组织的那个"敢死队"的八次冲锋，于是便得了一个绰号，叫"八面风"。这个八面风做了县里的最高"统帅"，马上就想出了一个新点子：从上到下建立民兵小分队。

这是特殊意义上的一个特殊组织，是为了将"革命运动向前推进一步"的最新举措。也是八面风从他的工作实践中总结出的经验，他说："凡是反动的东西就得打，不打，尾巴就会翘到天上去！"八面风的这一思想刚刚产生，上面就肯定下来了，说是要找一个大队开开现场会，将经验交流交流，好在全地区推广。这样一来，八面风急了，民兵小分队组建起来将是个什么样子，他到现在心里都没有谱，怎么开经验交流会？县里派陆地等人下来，就是到基层抓点的。任务起初给了公社，公社革委会开了三天专门会议，研究放在哪个大队好一些。与会的头头脑脑们权衡了又权衡，觉得单眼罗挑这个重担最为合适。单眼罗在紧要关头能迎难而上，能指到哪打到哪，能在干中学，学中干，经验自然能够很快创造出来。这样一来，"光荣而艰巨的任务"也就落到了西坡大队。

单眼罗见公社点名要让他承担这项艰巨的任务,于是豪情万丈,也就忘记了答应谷子的那些话。他又一次将自己"放大"了。

单眼罗在去公社领取任务的那天,专门换了一身褪了色的黄军褂,那是他用大队装在木板楼上的三斗麦子换来的。

那天,他正坐在院子里的半截石碑上发呆,突然从门外走进一个衣衫褴褛的乞丐,手里拿了一个粗布包袱,到了单眼罗跟前,晃了晃,神秘地说他有一样好东西,问单眼罗要不要。单眼罗没有搭理,将头扭到了一边。单眼罗是西坡大队头号人物,吃饭都恨不得昂着头,怎么可能与乞丐搭讪?乞丐笑了笑,说:"你只要看一眼,就不会对我这样了。"乞丐说着,慢慢打开包袱,那件黄军褂露了出来。单眼罗用自己的一只眼睛一瞟,正好瞟到一排闪闪发光的纽扣上,立马愣了。他怎么也不会相信,一个穷困潦倒的叫花子,咋可能有这么"时髦"的东西? 单眼罗伸手一把将黄军褂夺过去,诈道:"偷来的是不是? 你要知道,偷人家的东西是要坐大牢的。"乞丐被单眼罗吓坏了,支支吾吾,一句完整的话都说不出来。单眼罗见自己的冒诈起了作用,摆摆手,说:"算了算了,我不为难你,这样吧,把你的衣服卖给我,我也就不送你到派出所去了,你看行不?"乞丐本来让他看就是为了换口饭吃,听单眼罗这么一说,点了点头。单眼罗故意停了一会儿,伸出三个指头,意思是只给三块钱。乞丐不同意,将衣服一把抢过去,扭头要走。单眼罗变了脸色,威胁说:"你进了这个门还想出去? 你不给我卖,就得进'局子',你看着办吧。"乞丐没有办法,蹲在地上,哭丧着脸一声不吭。过了一会儿,乞丐拿出了自己的主意,说:"我连饭都吃不上,钱就不要了,你给我粮食,三斗麦子,你要是不答应,我也不要衣服了,就把它烧在你面前!"乞丐说着,从身上掏出了火柴。单眼罗慌了,赶忙过去抢过衣服,说算了算了,就给三斗麦子。说完,让人将麦子装给了乞丐。

单眼罗有了那件军褂,威风多了。人们走到他跟前,不再对着他那只血糊糊的眼睛愣神,而是将目光投到他的衣服上,直看得他浑身发光,直看得他自己都觉得自己高大无比。他将这件衣服穿在身上,两个月、三个月都不换一次。前一天,他听说要去公社领取新任务,才换下来洗了洗,洗净了又披在肩上。他遗憾的是一直缺少一根宽宽的、像真正的军人一样系在腰间的帆布皮带,因此,便缺了某种能显露身份的强悍。这是他最大的遗憾。他后来想出了一个弥补的办法,从榆树上扯下一绺皮,用小刀刮了刮,将长疯了的野藓菜采了一筐,拿回去揉成水,将榆树皮在水中浸泡了两天,再拿出来晾干,紧紧地束在腰上。一条自制的皮带虽然脏兮兮、黑乎乎的,但总算圆了他的梦。

他趁着早晨刚刚升起的太阳,大踏步地向公社走去。

他到了公社没有待多久,就转身回来了。

他站在公社革委会主任办公室的那段时间有一句话最让他兴奋,那就是:"你到时候就是你们村的公安局,公安局干啥你就干啥!"

返回的路上单眼罗一直在琢磨这句话,一琢磨就觉出分量来了,公安局是干什么的?不就是抓人的吗?这种权力一到手,也就等于枪杆子到了手,什么神呀鬼呀的,都将不在话下,就是他与谷子的那件麻缠事,也不用老等着,谷子不顺从,抓起来不就对了?单眼罗想到这里,双手在胸前搓揉着,让心肝肺都能挤出一阵阵的痒。他似乎已经看到了不久的将来他与谷子同床共枕的那种美好情景。他管不了自己地对着空旷的山坡蹦了一下。

然而,单眼罗进了大队的院子,却发现事情已经有了他意想不到的变化。先前由他担任连长的民兵连正被陆地召集在一起,整整齐齐地接受着陆地的训话。后来就有人传话过来,说西坡大队已经成立了民兵小分队,陆地亲自任了小分队的队长,单眼罗只担任了小分队的副队长。更让单眼罗不能容忍的是小分队只需要二十三个人,原来民兵连里的那些人中,与他走得比较近的全被踢了出来,原有的枪也就交了上去。这让单眼罗很不舒服。单眼罗找陆地谈,提出了两方面的请求:一是革命形势这么严峻,能不能不裁人,让所有的民兵都参加;二是将小分队的队长让给他做几天,他只要几天,等这几天完了,他就还给陆地,这样,也好固守住他在西坡群众中的那点威望。陆地很严肃地指出,人员是他一个个挑出来的,宁缺毋滥,不能增加。至于第二个问题,他的态度更坚决:不可以,革命不是请客吃饭,哪能让来让去?再说,谁担任队长,得由县里说了算,县里让他来就是组建民兵小分队的,让别的人担任了小分队的队长,不等于这个权没有掌握在自己人手里?单眼罗说他是贫农,是造反队伍内部的人,应该算是自己人吧。陆地说那不一样,内部人中照样有蜕化变质的阶级异己分子。

他们争论了好长一段时间,最终单眼罗还是在陆地那句"已经定了,就不要再费口舌了"的冷漠态度中败了下来。单眼罗没有办法,他只能在心里诋毁:走着瞧,看你怎么领着小分队往前走!

单眼罗这么想了,也就积极地去做了。他找来胡子刘,如此这般地交代了一番,然后无精打采地回到大队,躺在一年四季堆着一床脏被子的门板床上,蒙头大睡。其实他并没有睡着,翻一个身又一个身,像在床上烙烧饼,总觉得有点窝囊。一个毫无根基的外乡人,进了村就将他撬到一边去了,放在谁身上也不乐意呀!陆地拿着介绍信第一次去大队找他,他就多了一个心眼,他没有让陆地留在大队所在的西坡村,而是将他下到了王家堡。王家堡有胡子刘,胡子刘是他最信任的人,一旦陆地捣鬼,他就可以让胡子刘去"收拾",这样或者更能做得不动声色。

单眼罗尽管将整治陆地的任务交给了胡子刘,心里却始终不踏实。陆地能有啥把柄让胡子刘抓?咋可能轻松地被赶走?胡子刘却不以为然,大大咧咧地在单眼罗面前

夸下海口,还对单眼罗下了保证,说:"主任你等着看热闹就是了,要不了多久一定能将这小子治得服服帖帖,让他卷铺盖走人!"单眼罗躺在炕上翻来覆去地睡不着,他对胡子刘说的话一点把握都没有。他了解胡子刘这个人,他知道胡子刘是个嘴上把不住门的家伙。

胡子刘这一回还真有点成竹在胸的架势。他早就找准了突破口,具体地说,陆地的起脚抬步都在他的掌控之中。他甚至在心里偷偷地笑,笑陆地这小子简直就是自投罗网,也笑自己像得了神的真传,竟不假思索地将陆地安排在了大翠家里。大翠是什么人?他再熟悉不过了,他这么安排,等于已经给陆地戴上了一把软溜溜的铁铐,陆地虽然看不见,却永远都挣不脱。大翠就像一个张着口的陷阱,没有人能从她的媚眼里逃得脱。提起这事,胡子刘最能说得清楚。

事情发生在去年冬天的一个傍晚。

也就是天助砍伤他的前一天。

那天胡子刘刚吃过晚饭,急急地往外走,他的老婆在身后喊:"也不去后院喂喂猪,都啥时间了还往外边跑!"胡子刘没有扭头,胡子刘只说去开会,就消失在浓浓的夜幕中。其实胡子刘根本没有什么会要开,何况自从可怕的批斗会在"神"的威慑下收敛了一点,所谓的社员大会就再没有开过,胡子刘不可能这时候将村里的人招到一起。胡子刘的老婆管不了胡子刘,只能自己在厨房里一个人摔碟子摔碗。

胡子刘从家里出来,故意向涝池边上拐了一下,折回来径直进了大翠的家。他一大早就将大翠的男人铁匠李支到县城里去了,胡子刘要铁匠李去县城是要给电磨子上买滚子。按说,铁匠李不是管磨子的,不应该去,胡子刘说铁匠李是铁匠,在行,出去买东西他放心,就这么将铁匠李打发走了。

他让铁匠李出门有他自己的目的。前两天他在地里干活,遇着了一束奇怪的目光,那目光从大翠眼里射出,火辣辣的,一下就将他射酥软了。后来他一直琢磨这束目光,想从中寻出个好奇的答案,正好这时候单眼罗去了,看见胡子刘走了神,问他有啥心事。他挠挠头,说没有心事,只是有件事情想不明白。单眼罗问是啥事,他说是一种眼神,别人望你的时候眼睛里有一把火,那火又软绵绵的像一块棉,那是啥意思?单眼罗一听愣了,胡子刘这样的粗人也能遇到这种目光?单眼罗讥笑了一声,不无嫉妒地说:"那是草狗寻尿哩,你以为是玩儿呀?"单眼罗本想用这句话腌臜一下胡子刘,而胡子刘却从单眼罗的话中得到了他需要的东西,高兴得自己将自己都拢不到一起了。大翠长得俊,这是全村人都看得见的,要说村里的男人没有一个不对她有那种意思,可变成鬼的王南原曾经用过,身上肯定有一股晦气,许多人怕沾了她也遇到不测,没有人再敢轻易打她的主意。胡子刘本来也怕,可还是被单眼罗的那句话挑逗起来了,他竟然

忘了王南原与大翠之间以前曾经发生过的事,挡不住地用起心计来。他要趁铁匠李出外的时间去占一把便宜。

胡子刘进了大翠家的门,将大翠堵在屋子里,大翠没有呼喊,也没有拒绝,一切都顺理成章,水到渠成。胡子刘似乎在这时候听到了大翠悦耳的声音:"你是队长,你想怎么就怎么吧……"接着,"你想怎么就怎么"的话语就在胡子刘的耳边变成一片片跌落的树叶,哗哗啦啦地飘下来,直到将他覆盖,将他埋没。他挣扎了几下,将衣服全都脱到了屋子的炕沿上,又迫不及待地去扒大翠的衣服。扒完了,粗鲁地将大翠压在身下。

也就在这当儿,屋门开了,进来的却是铁匠李。

胡子刘急了,不知道该怎么办,战战兢兢地说:"等一等,快完了,快完了……"胡子刘纳闷,咋就这时候来人了呢?他早就忘记了在什么地方,也忘记了在干什么事情。铁匠李一听差点晕在地上。他虽知道老婆是个不检点的女人,也知道胡子刘自从当了队长就一直蛮不讲理,但他没有想到这种事竟越来变得越龌龊。铁匠李抡起门后的扁担,就要一阵风似的甩过去。

胡子刘挡了一下,虽不愿半途而废,可最终还是没有如愿。他的下身很快软了下来,他没有能到达他想要到达的地方,扫兴地逃走了。

后来,胡子刘以二斗半麦子为代价,与铁匠李说合,才将事情放了下来。

胡子刘有了这么一个经历,对大翠也就有了更深的认识,他知道像这样一个女人,好了他是为驻队干部配备的"暖脚壶",不好了用她做点文章,绝对是百发百中的一杆枪,打谁都能打出窟窿眼来。因此他听到单眼罗的吩咐,才敢有把握地夸下海口。当然,他积极的态度中,也包含了对陆地的反感与排斥。他从第一次见到陆地就没有留下什么好印象,陆地对乡下人总喜欢摆那种居高临下的架子,动不动说一句"是不是",而且十句话里能有八个"这个",听得人心里很不舒服。他恨不得连夜晚就将这个害货赶出王家堡。

胡子刘怕出了闪失,找到了大翠。

他没敢到大翠家里去,托人将大翠叫到坳地里的那个小庵房里,开口便说他有一件要紧的事请大翠帮忙,问大翠答应不答应。大翠以为胡子刘又发馋了,抛过来一个媚眼儿,笑了笑说:"你就不怕再出二斗半麦子?"胡子刘摆摆手,沮丧地说:"你就是金豆银豆,我也不弄了,再发馋一家人就得喝西北风,到那时,肠子还不得贴在脊梁上?"大翠哈哈哈地笑出骚动,笑出十二分的妖艳,将胡子刘的心逗得一跳一跳的。胡子刘就又忍不住了,说了一句"你这小妖精",将手伸过去,在大翠的脸上轻轻地捏了一把。这一捏,指尖顿时又像触到火箸上,便赶紧缩了回来。

胡子刘转过身去,对着不高的庵房吸了口气,让眼睛跑到庵外的庄稼地里,在那边停留了一阵,方才慢慢地平静下来。他在喉咙眼里又咕噜了一遍"你这小妖精",重新将话题引到陆地身上。胡子刘说:"你只要用对我的办法对付陆地,你就不用上工了,每天的工分照记。"大翠有点惊喜,本来想说陆地是国家的人,一身干部服,排排场场的,不给工分她也愿意干,她张了张嘴,没能说出口。现在好事重叠着到了她面前,她也就顺杆子爬了:"不知道人家会不会……"胡子刘不假思索地说:"你这骚狐狸,谁挨得过你那几个媚眼儿?"大翠在胡子刘胸前捶了一拳。大翠就这么将胡子刘吩咐的事答应了。

胡子刘这几天一直在等大翠的信儿,得到的却总是相反的信息,难道陆地这小子果然是一位正人君子?他这么问了一句,很快就否定了,单凭大翠的魅力,陆地不可能逃得脱。这是胡子刘经过一番观察得出的判断——陆地这小子看人目光游离,又讲究吃饭穿衣,绝不可能不沾荤腥!

等待的日子一天天往后推,却仍不见大翠送过来好消息。这段时间,他对陆地进行了多次偷窥,没有发现有什么反常。陆地早晨去大队,从大队回来,就一直钻进屋间里不出来,大翠看样子已经有了那种挑逗的迹象,陆地却无动于衷,依然每天抽时间到池塘边上去,去了免不了要动一动飘满池塘的浮萍。胡子刘隐约记得,陆地有几次还真将池塘里的浮萍打捞上来,在塘边晾晒了几天,雇了一辆架子车拉回了自己家。

胡子刘做梦都不会想到,这时候大翠早已与陆地混上了。

大翠不是不想将这件事告诉胡子刘,是因为陆地这边的诱惑太大,让她丢舍不下,胡子刘答应给她记的那点工分已经没有吸引力了。她不愿将事情说出去,她怕有了舆论失去陆地。陆地身上有不同于乡下男人的味道,她就是在这种味道中改变了主意。到了现在,她已开始用自己的身体护着陆地了。

那是一个没有月光的夜晚,铁匠李又被胡子刘安派到外地做铁匠活了。傍晚,大翠早早地让几个孩子上炕睡觉,孩子们不愿意,他们正在院子里玩陀螺,一鞭子抽下去,陀螺在地上拼命地转,好奇和兴趣就上来了,他们愈玩兴趣愈大,怎么叫都不愿走。大翠说再不回家她就要关门了,关了门狼跑到院子里将他们叼去了她不管,说得孩子只得收起陀螺,很不情愿地回到屋里。

孩子们进了屋大翠就给他们脱衣服,然后熄灯,然后歪在一边装着睡。孩子睡不着,也在一旁装着。过了一会儿,大翠见孩子们没有动静,就蹑手蹑脚地从炕上爬起来,悄悄地去推陆地的门。

陆地的屋门没有闩,她一推就开了。后来她才知道,陆地早就有了那种念头,心里火烧火燎的,只是不敢主动出击。他是驻队干部,一旦大翠不同意,将事情传扬出去,他不光在村里待不下去,弄不好连饭碗也就丢了。他于是只能一夜一夜地在心里想,让意念为自己解渴。没想到正在他饥渴难耐之际,大翠却自己送上门来,这简直就是

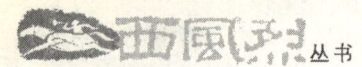

天上掉馅饼，他怎么可能不去接纳？

陆地与大翠的第一夜过得相当浪漫，他们对男女之间的那点事虽然不陌生，但彼此的身体毕竟是全新的，富有诱惑力的。大翠在进入高潮的时候竟然抓住了陆地的脊梁，将他的背上抓出了几道血印。而陆地呢，也就经历了从未经历过的天翻地覆。他几乎忘了是在异乡的土炕上，而突然觉得自己简直就是一架升天的飞机，钻进云朵里，钻进阳光里，在那里懵头懵脑地乱撞，已经没有停止的可能。他们一直在一种谁也不知道在干什么的气氛里折腾到深夜，折腾到彼此筋疲力尽的时候。

大翠记得，自己的男人干完了那事之后常常会坐起来抽旱烟，一锅一锅地抽，一直抽到大翠睡了，才又躺下歇息。陆地却不，陆地这时候是一个温柔的宠物，他会挨到大翠身边，在所有需要抚摸的地方抚摸一遍。这让大翠非常舒心。她问陆地为什么要这样，陆地说的话很哲理，他说男女之间的爱其实就体现在这时候。大翠思索了半天，没有想清楚那种体现究竟同一个人的需要是什么关系，撒着娇说："那么，你以后还能给我你说的那种爱吗？"陆地说："当然，我会将我的一半给你，包括发下来的工资。"大翠听得很意外，她本来可以再高兴一回，却偏偏打了一个寒战。她在这时候突然想起胡子刘说的话，心一下子乱作一团，目光也就不是目光，变成了一对胆怯的鸟，恨不得瞬间从陆地的视线里飞出去。

陆地看在眼里，却故意问，怎么了，是不是身体不舒服。大翠摇摇头，大翠不敢把胡子刘抬出来。陆地像是猜出了什么，又将刚刚说过的话重复了一遍，大翠就开始自己与自己斗争了。她将陆地所说的一半工资与胡子刘的那点工分做了比较，就觉出胡子刘那边太不划算了。女人每天六分工，一个劳动日八分钱，合下来还不到五分钱；陆地一月四十五块，分一半给她，一天少说也有七毛钱！她这么一算，坚定了信心，终于支支吾吾地道出了实情。陆地听罢吃了一惊，蓦地从炕上跳下去，穿好衣服就要冲出屋子。大翠光着身子一把将他拉回来，说："我要是向着胡子刘，就不会将实话告诉你，你放心睡吧。"大翠说着，又一次将陆地的衣服扒光，一把按进依然散发着男女气味的被窝里。

三十四

　　民兵小分队正式在西坡土场上亮相那天,天下起了蒙蒙细雨,小分队的成员们却已整齐地站成一排在那里等候陆地了。他们每个人都配备了崭新的枪支——棕红色的枪托,明晃晃的刺刀,扛在肩上,个个显得威武异常。

　　以前大队也有民兵,可除了为数不多的几个基干民兵可以带枪外,别的民兵只有在训练的时候才从公社里拿回几杆淘汰了的老套筒,爬在土壕里对着挂在土崖上的纸靶练瞄准,瞄到后来,最多每人发给五发子弹,"叭叭叭"地一打,就算完事了。民兵小分队里的民兵不是这样,他们的枪是固定给个人的,白天扛着,晚上还可以背回家,这让很多年轻人都很羡慕,将参加这样的组织当成了一段时间里的崇高目标,千方百计地想办法往里挤。然而谈何容易,民兵小分队对新吸纳的人员审查非常严格,不光家庭出身必须是贫农,还要像林冲雪夜上梁山那样做出些惊天动地的事情让"组织"看,看过眼了,觉得能指到哪儿打到哪儿了,才能向上面汇报,再经过一段时间的考验,然后通过会议慎重研究,方能在固定的名额范围内进行审批。这样的过程,比当生产队的干部都难,一般人根本不会向那地方想。

　　复杂的审批环节,提升了民兵小分队的神秘感。当民兵小分队的人冒着细雨在土场上接受部队训练时,男男女女的一群人总挤在淋不着雨的大树下看,看得一个个啧啧称赞。那些平时与村里的人没有什么两样的少男少女们,一旦扛着枪站在队伍里被那个军人模样的人一指挥,马上就变了样儿,简直就像电影里冲锋陷阵的英雄。

　　单眼罗也站在队伍里。他是这帮人中年龄最大的一个,动作有些迟钝,几次被军人喝喊到一边单独教练。单眼罗瞪着仅有的一只眼睛,很想发一通脾气,然而只是想了想,没敢发出来。他知道在这样的地方没人理他那一套。

　　他不愿做军人教给他的那些折磨人的动作,他想回到办公室去,好好躺在床上展展腰,养养神,但他不敢那么做。他听到军人的一句话后就变得老实了。军人说如果谁练不好,今天晚上就让他在这里练一夜!单眼罗害怕了,单眼罗只能在那里笨手笨脚地举胳膊甩腿。但他心里却一刻也没有闲着:建立民兵小分队,是他到公社领的任

务,到头来陆地却当了队长,这是怎么回事呢?他想不通。为这事他偷偷去公社问过革委会主任,主任的话说得很含混,一会儿拿着大腔说,谁当都一样,只要组建起来就行;一会儿又说,他当然希望单眼罗当队长,但驻队同志要干,他也没有办法,人家是县里的人,相府的丫环七品官,他左右不了已经形成的局势。后来单眼罗就回来了。他知道再说多少话都是白搭,还不如自个想想办法。他回到队上已经好多天了,办法没想成,陆地一句话,连他也赶到了训练场上。

既然领导也得训练,陆地咋不上阵呢?让单眼罗更为气愤的是陆地不但不参加训练,还洋洋自得地坐在训练场旁的屋檐下,一边端着茶壶品茶,一边看被雨水淋透了的一帮人在操场拼命。那神情,简直像在看一群狗在野地里撒欢。

陆地时不时地将教官唤到他跟前,如此这般地说几句话,教官心领神会,也就走过去再增加一系列的动作,练得在场的人全都口喘粗气,满头大汗。这样的训练一直在离大队不远的土场上进行了七天。七天的最后两天,村里就再没有人到这里来看热闹了,人们虽然喜欢观看那种热热闹闹的场面,却承受不了这么一群人在西坡大队本来已经平静了的日子里又一次掀起惊心动魄的动荡!

小分队实质性的工作一开始,陆地一眼就盯上了王家堡那个破祠堂。

那天,祠堂门早早就被打开了。

祠堂是收拾过了的,据说前一天有几个"五类分子"在里面干了整整一个上午,纵横挂着的蜘蛛网被扫了下来,外屋放了一张桌子,里屋还是那个坍着一半的土炕,不同的是窗户上多了几根粗粗的木头条子。木条足足有胳膊那么粗,是钉在窗棂上的,搭眼看去,像刻意设计的几组十字架。这是陆地让这么干的,说是这里要关人,关那些地富反坏右和现行反革命分子。这话说完不久,果然送来了几个,为首的就是地主分子马天佑。马天佑这一次犯的不是"反攻倒算"罪,而是现行反革命罪。是小分队里的一位民兵检举揭发的。小分队有个规定,凡是内部成员,每月必须有一次立功表现,这样一来,民兵们就坐不住了,他们每天都在各个生产队里去窜,只要发现与当下政策有悖的迹象,马上会赶回来报告给陆地,以取得"组织"对自己的信任。

马天佑不知道。马天佑以为还是前一段时间里的气氛,松弛的情绪也就表现出来了。那天散了工从地里往回走,到了半道上,他有点困了,想抽一袋烟,一摸腰间,烟袋锅忘带了,他顺手捡起一块破报纸,将附近田里枯干了的棉花叶子捏巴了一撮,准备卷一根纸烟抽。这时一个民兵走过来,一把抓住了他的手,不容分说就将他带到了陆地跟前。民兵对陆地说:"我抓住了一个现行反革命,他要将我们伟大领袖的头像化为灰烬,被我当场发现拿住。"马天佑辩解,说没有的事,他只想抽口烟解解乏,没有烧领袖的头像。民兵在马天佑头上狠狠地拍了一把,说:"你还想抵赖,你看这是啥?"民兵说着,将叠了一半的烟卷打开,果然破旧报纸的背面是一个少了一半脑袋的领袖像。马天佑顿时被吓得瘫在地上。

近一年来,所有报纸几乎每页都印着领袖像,那种属于消费品的东西到处乱扔,一不小心就会做出"对领袖不恭"的事情。奇怪的是,他偏偏出现在地主分子马天佑的身上,就不怎么好解释了,说起来也算一桩飞来之祸。马天佑这几年受尽了磨难,他连走路都小心翼翼,连睡觉都睁着一只眼,怎么能寻着往枪口上撞?屋漏偏逢连阴雨,马天佑注定是要让别人当活靶子了。

陆地却不这么认为,他说这是阶级斗争新动向,是反革命分子在不同的历史时期猖獗活动的必然规律。他将马天佑关进了祠堂里,派了几个民兵分班看守。陆地就这件事写了一篇长达几千字的汇报材料。他在材料里首先说明能抓住这个肆无忌惮的现行反革命分子,是无产阶级专政的伟大胜利,是马列主义毛泽东思想结出的丰硕成果。然后分析了萌生这种事件的阶级根源、历史背景以及现实意义。他最后写道:"铁的事实证明,县革委会要求成立民兵小分队是保卫文化大革命胜利成果的好措施、好办法。"不久,县革委会竟以小报的形式发表了陆地这篇文章,还加了按语,要求全县都要向西坡驻队干部学习。并指示陆地一定要从地主分子马天佑身上挖出他的动机来。

陆地一下子忙活起来了。这种忙火处处充溢着威风。他及时召开全大队小队长以上的干部会议,按照上级的意图讲了三点:一是强调所有贫下中农要团结起来,在这场生死攸关的战斗中勇往直前,夺取对资产阶级专政的全面胜利;二是要建立举报奖励制度,凡是揪出一名阶级异己分子,奖工分二十个,多揪多奖,奖励实行不封顶政策;三是在西坡的每个沟沟坡坡进行巡逻,发现可疑分子,及时扭送民兵小分队拘留处进行审查处理。这几项政策一经颁布,平静了一段时间的村舍顿时像钻进了一只凶狠的狼,人们一下子又惊慌失措了。特别是王家堡,自从神的力量将"鬼怪"制造的邪气压下去,人们的日子刚刚好过了一点,没想到突然又降临了灾难,降临了人们无法拒绝的恐慌,它几乎让村里的所有人全都跌进迷雾缭绕的困惑之中。胡子刘也一样,他在战战兢兢中很自然地想起了自己当土匪的那件不光彩的事情,心不由得突突突地跳起来:倘若有人将那件事再翻腾出来,陆地完全有可能将他也关到祠堂里去。

胡子刘的揣测一点都没有错,有人果然将他举报了。

那天陆地正在屋里看文件,听了反映立刻精神抖擞,站起来就去召集人。这是陆地这一段时间里最惬意的一件事,劲头马上就上来了。他到了王家堡,根本没有要与胡子刘作对的意思,胡子刘是队长,他的生活起居以及工作布置都需要胡子刘安排和照顾,他不可能将给他吃喝的人打翻在地。他处处都给胡子刘留着面子,谁知这个不知天高地厚的家伙竟然给他下套子,设了"美人计"让他钻!诚然,他确实没有躲过"美人计",但却在这个毒计中转危为安,化险为夷,还带了那么点乘风破浪,勇往直前,这

或者就叫老天帮忙吧。但他因此却看清了胡子刘的险恶用心。他时时都在寻找整治胡子刘的机会。没想到机会说来突然就跑到了他面前！

民兵们是在包谷地里将胡子刘逮住的。胡子刘在这之前听到了风声，便采取了他惯用的那种手法，躲在包谷地里假装拉屎。他见有人进来，向土坑旁挪了挪，屏住气将头缩在草堆里。他不知道民兵是从四面八方包抄过去的，一下就被按住了。胡子刘被一个从后面闪出来的民兵抓着衣领提了起来，他没有防备，裤子掉到了脚踝上，裆里的那个玩意儿滴溜在两腿之间，像扒掉了壳连在玉米秆上的一个棒子。民兵们也不管，拽着就往包谷地外面走。胡子刘急了，窝窝囊囊地将裤子提起来，喊道："你们凭啥抓人？"民兵中的一个在他的脊上给了一枪托，没好气地说："为啥抓人？铁算将你狗日的举报了，临解放那几年你是西坡最坏的土匪你不知道？！"

胡子刘听了民兵的话，顿时傻在一边。他果然在他最担心的事情上栽了。

他曾经为这事挨过王南原的整，大小批斗会上了多次，现在王南原死了，自己总见了天日，没想到好梦不长，厄运又旋着倒了回去。难道好事坏事总要这么翻来覆去地轮回不成？胡子刘这会儿气愤的似乎已不是民兵们对他的殴打，却是铁算的忘恩负义。铁算曾经跟着王南原跑，他上台后没有计较，仍让铁算当会计，还给了铁算许多实惠，铁算这狗日的竟然在紧要关头卖了他！他记得铁算在初夏口粮青黄不接的时候求过他，让他借给自己哪怕一升半升的粮食，他当时家里也缺粮，又不忍心铁算的苦苦哀求，偷偷地打开生产队的粮仓，将墙角里仅剩的一斗包谷装进铁算的口袋里。这也算是救命之恩，铁算不知回报也就算了，咋可能反过来给他下巴底下支砖？

当天夜里，陆地在批胡子刘的时候说："你以为只有你能当队长，想当的人多着呢，铁算就是一个。"胡子刘于是就明白了，铁算这只狗看见一堆热屎，就奋不顾身了。接着，陆地还是说出了憋在他胸口的话："你狗日的也太小看我姓陆的了，你以为我是三岁小孩，被你挽一个圈儿就套了进去？想玩我，还嫩了点！我告诉你吧，你设的圈套我上还是不上，都不会有啥妨碍，可我给你挽的圈子是钢丝做的，你别想逃得掉！说吧，是谁指使你那么干的？"胡子刘是个粗人，陆地一眼就将他看穿了，知道他心里根本不会有那么多坏点子，就黑着脸追问起他的后台。

胡子刘吃了一惊，知道这下彻底完了。陆地识破了他与单眼罗的计谋，就等于说他已经与陆地为敌了，陆地岂能饶了他。胡子刘想了想，觉得自己太冤，虽然他看不惯陆地，但只是想将陆地赶走，并没有要陷害陆地的企图，怎么弄或不怎么弄，是单眼罗的主意，他只将单眼罗的意思向大翠转达了一下，与他没有太大的利害关系，而由此引起的灾难却落到了他的头上，这让他非常沮丧。他甚至产生了要将单眼罗供出去的想法。但他想了想却没有开口。陆地是驻队干部，总有走的一天，陆地走了还不是单眼罗掌权，他与单眼罗中间有了过节不是寻着找着要堵死后路吗？

他这时候想到了电影《在烈火中永生》里那个叫许云峰的人物,他马上就将头顶上不多的那几根头发向后甩了一下,说他没有后台,是他自己要那么干的,他从陆地一来到王家堡就看着不顺眼。

陆地笑了笑,说:"我知道你此时此刻在仿效谁……可惜我不是国民党,你也不是什么英雄好汉,将这个问题弄明白就好办了。你知道,对待劣种,用点国民党惯用的手法也是常有的事。"陆地说着,向外边喊了一声,两个民兵冲进来,先后从屋外搬进四块土坯——就是乡下人用来盖房子的那种,个儿大,一块足足有二三十斤。陆地仅仅用目光瞟了一下,一块土坯就架到了胡子刘的头上,接着又垒了一块。胡子刘在王南原那里接受过这种"考验",他早就有了思想准备,第一块土坯上了头他就主动地用手扶住了。他怕土坯掉下来砸了脚,伤了脚面上的某根筋,人就得倒下,就得把本来具有的血气骨气一下子摔碎在地上。他不愿意那样。

然而陆地却绝不是王南原,他见胡子刘汗流浃背了也就停止了。他有种大将风度,他将县里干部特有的城府与现代攻势紧密地结合了起来。他坐在离胡子刘不远的一个条凳上,抽着香烟,偶尔看一看窗外鸟儿在树枝上的嬉闹。他是要用不动声色的冷漠将胡子刘的心理防线击溃。

陆地知道,像胡子刘这样的人,即使你用四块土坯将他压垮在地,他也不会有丝毫的怯懦。这类人最不能承受的是心理攻势,心理战术一起,所谓的硬汉也就招架不住了。陆地因此改变了应对策略。

陆地不紧不慢,一会儿跷跷腿,一会儿踱踱步,像给不懂事的孩子讲故事一般说着他要说的话。

陆地最先谈到的是大翠的一些事。比如大翠做的饭怎么可口,大翠每天将他的屋子收拾得多干净等等,说到后来总会一反常态地添加一些感谢的话:"你说说,要不是你那么有心,我能享了这种福?"陆地将那个"福"字说得很在意,让它在口腔里多停了一会,像是要反复地咀嚼,嚼烂了才肯吐出口。胡子刘斜着眼瞅了瞅,马上紧张起来。胡子刘猜测一定是那个骚女人给陆地讲了什么,或者将他们之间一来一去的事也说出去了。那件事除了大翠的男人铁匠李,村里村外再没有人知道,才没有引起大的麻烦。倘若这阵子大翠在陆地的怂恿下反咬一口,他就死定了。胡子刘这么一想,眼睛就不由得滴溜溜地转起来。

也就在胡子刘面对陆地的"疲劳战"胡思乱想的时候,陆地神秘地将头转过来,把话题转到了单眼罗身上:"据说你依靠的是你们的主任,不错嘛,后台还不小哩,是不是他让你这么干的?我这阵子不要你很快回答,我知道你能扛,那你就慢慢地扛着,我有的是时间,咱们一天接着一天熬……"

胡子刘一听陆地将单眼罗与他的事情说得那么具体,心就毛了,他一把将头上的

土坯推到一边,扯着哭腔跪在陆地面前,说:"你就别再问了,我将事情的经过全说给你还不行吗……"陆地没有理他。陆地说:"我这时候不想听,都烂在你的肚子里好了。"说完站起身走了出去。胡子刘欲追过去,两个站在祠堂门口的民兵拦住了去路,不让他挪动半步。他双手捂着脸哇哇地大哭,哭出很伤心很悲痛的样子。

他在祠堂整整被关了两天,却仍不见陆地闪面。

与他同关在祠堂里的只有地主分子马天佑,这让他很不平衡。他是堂堂的小队干部,怎么能同地主分子同居一室?而马天佑呢,这方面的事情经得多,也就习以为常了,倒是很愿意同胡子刘一起住。因为不同村,不担心面子的事,也不在乎谁再咬谁一口,相互的防备也就没有了。马天佑常常无话找话说。比如问一问王家堡年终分红的事情,打听打听村里年岁大的老人谁还活在世上等等,问着问着总要发点感慨:"真快呀,像你们这一茬人都到了这个年龄,真是光阴催人老呀。"胡子刘瞪马天佑一眼,意思是别想跟他套近乎,他与马天佑根本不是一类人,即使关在一起,他也要坚决与马天佑划清界限。马天佑看出胡子刘的动意,哈哈哈地笑,也就不再问话了。

胡子刘在破祠堂里住的这几日,最让他受不了的就是一天里的那两顿饭。民兵小分队有一个规定,不许家属往祠堂里送饭,只能吃"专灶",由小分队指派的人去做。被指派的是一个三十多岁的女人,她按照陆地的指示,将生产队扔在地头上的烂菜叶捡了回来,放在锅里添上水去煮,煮到半熟,往里面削几片放蔫了的红薯,一顿饭就算好了。

胡子刘尽管平时免不了吃糠咽菜,可从来没有尝过这种东西。更让他咽不下去的是每顿饭做好之后,民兵们总要当着他们的面将尿撒在碗里,然后端过去让他们吃。马天佑遇到这种情况总是视而不见,端起碗大口大口地往下咽。胡子刘却不能,他将碗打翻在地,趴在祠堂的窗棂上叫骂:"狗日的还是人不是人呀?往碗里尿,是人,能干出这种事情?!"却没有人理。他骂了几天肚子饿得不行,也就闭着眼睛将碗里的东西咽下去。到了第四天,陆地才又慢慢腾腾地出现了,胡子刘一见,马上跪在陆地面前,不等陆地询问,就一五一十地将单眼罗怎么让他监视陆地,怎么与他商量将陆地搞臭等一大摊事全都倒了出来。说完了还狗尾续貂般地说了一串多余的话:"你只要不难为我,我每个礼拜组织人给你家送一回涝池里的浮萍……那东西喂猪好,别人要捞,我一直没有让动……"陆地没有说话,他将眼睛闭了一下,拿起笔录就转身出去了。

陆地出了门没有走远,站在一个没人的地方独自分析问题的复杂性。成立不成立民兵小分队,那是上面的指令,他当小分队的队长,也是上面意思,单眼罗、胡子刘咋就将嫉恨记在他身上?

他在那个还算僻静的地方站了大约半个小时,将他从进驻王家堡到现在的一些事情细细地过了一遍,将村里大大小小的人也过了一遍,就恍然大悟了:他正处在风口浪尖上，他目前面临的是一场惊心动魄的阶级斗争！这是他突然想起县里的一位领导所讲的话之后得出的结论。那位领导说，世上没有无缘无故的爱，也没有无缘无故的恨，一切现象都逃不出"阶级"这个范畴。这句话一点都没错，他一想就什么都清楚了。要不然，他与单眼罗、胡子刘前世无冤，后世无仇，他们为啥要给他寻事？

陆地找出了根源立马就坚定了信念，他决定好好抓抓这个典型，将材料组织好及时送上去。只要上面派人到这里总结经验，他这个名不见经传的小人物就会一下子风光起来，到时候，说不定能很快提拔成一个部门的头头也说不定。陆地有了奋斗的目标，马上变成了另一个人，大队小队的会议召开得更勤了，措施更硬了。他每次在召开的民兵小分队大会上都要讲："这是一场对资产阶级实行全面专政的大事，大家睡觉都要睁着一只眼，绝不能让任何一个不法分子逃脱法网！"

陆地给小分队每个民兵都下达了不同的任务，但宗旨却是相同的，归纳起来是两句话："一抓到底不放松，超额任务夺红旗。"陆地在动员会上，要大家"奋战四十天，捉拿一百个"。他要求民兵们最晚得在下一月月底前将这个指标拿下来。他有一个周全的考虑：倘若下月能完成任务，材料就可以上报，现场会就可以在他的点上召开，到不了年底，说不定他的境况也就彻底变了。他在百忙中组织人力物力，提早制作了若干个小红旗，谁完成了任务就可以得到红旗一面，然后拿小红旗去小队换取工分。他将一个小红旗的价值定成了五十个工分。这在村民们看来是一个非常让人向往的数字。

单眼罗虽然仍旧当着大队革委会主任，当着民兵小分队的副队长，却早就左右不了陆地发动起来的"大好"形势。胡子刘怎么将他供出去他一点都不知道。他只是在突然的变化中感受到了一种不可逆转的失落。

接下来，陆地便不再让单眼罗参与民兵的事了。陆地说："大队的事情不少，你就安心办你的事吧。"单眼罗不愿意，问："那是为啥？"陆地说："不为啥，我不是说了吗，大队忙，不去好好管理怎么能行？"

单眼罗没有办法。单眼罗一直都在猜测究竟出了什么问题。

三十五

西坡民兵小分队的建立,让十一个生产队在很短时间里人人自危。人们不光在夜间害怕出门,就是在大白天,也像老鼠避猫似的躲躲闪闪。大家给这种现象起了一个名字,叫"地窖里的日子"。这话是王家堡的饲养员大杠子最先说出口的。生产队的饲养室是人们唯一常去的地方,每天都有一些老年人去大杠子那里凑热闹,说闲话。那天,正好碰着停电,有人就说了,饲养室不算小的一个地方,咋就黑洞洞的呢?大杠子顺口来了一句:"在地窖过日子,咋可能亮堂?"几个老人不解,问:"明明在房间,咋能说是在地窖里呢?"大杠子有点卖弄地说:"看看,不懂了吧?你们没听人说,自从成立了民兵小分队,整个王家堡像是在地窖里过日子,我这饲养室是王家堡的一个小角落,咋能亮堂得起来?"大杠子说得无意,老人们听了,出了门却当了新鲜话去传,一传两不传的,就传到了陆地的耳朵里。陆地非常生气,这么热烈的运动,被这句话一搅,顿时像在燃着的大火上浇了一瓢凉水,马上暗淡下来了。不少反感民兵小分队的人全都拿这句话说事儿,西坡瞬间出现了"群起而攻之"的态势。陆地对突然出现的逆风大为吃惊,这么下去,他完美的计划不就泡汤了?他绝不会将自己迈出去的脚步收回来。他开始追查是谁在贬低民兵小分队。

等他最后弄明白了这句话的出处,马上皱起了眉头:这么老实的一个人,咋会迎合起那些落后分子?他的思想斗争非常激烈,他打心眼里不想与一个老人过不去,也不想让人说驻队干部连六七十岁的老头儿都整。到底该怎么办,两种思想斗争到最后,还是让"一个坏人也不能放过"的意识占了上风,他决定还是得在大杠子身上开刀,来一个杀鸡给猴看,也好刹刹歪风邪气。他派出民兵昼夜不停地对大杠子实行监视,他吩咐派出的人说:"不信就找不出他点疤疤记眼,给我睁大了眼睛找!"

也是大杠子活该倒霉,偏不偏正不正在这时候惹出了祸端。

自从驻队干部到了西坡大队,陆地要求每家每户在政治上都要变一个面貌,也就是要求家家都要悬挂伟大领袖的画像,户户都要张贴用大红帖子写成的"最高指示"。驻队干部动不动就到社员家里去检查,常常弄得大家措手不及。大杠子的饲养室从来没有布置过,他见大伙儿都在风风火火地张罗,自己也就坐不住了。牛圈马圈骡子窝的,挂领袖像不大严肃,他决定买一个主席塑像回来,端端正正地放在他土炕临着的窑窝里,天天能够看到,也算是"吃水不忘挖井人"吧。

他这么一想,就抽了一天时间到河湾镇去了。

河湾镇格外热闹,初春时节,人们萎缩了一冬的心境似乎全在这时候展开来,个个眉飞色舞的样子。河湾镇街道只有一条,商店不多,卖的东西也很单调,除了社员用的农具,就是生活上少不了的锅碗盆瓢。但上街的男男女女老老少少,情绪似乎都很高,仿佛他们到镇里来不是为了买东西,而是为了散心,走过去再走回来,一个上午碰着的几张面孔都记得烂熟了,仍没有要返归的意思。大杠子也夹杂在人流中。大杠子已经好久没有来过河湾镇了,他不是不想来,是饲养室里只有他一个人,离不开。他为了上这一趟街,给耕田下了半天的话,耕田才答应替他照管一上午牲口。他算了算,时间挺紧,迈出去的脚步也就显得有了点匆忙。他准备直接去卖领袖像的那个商店,买了就赶紧回去。

他这时候突然听到有一个声音在他耳边喊,喊的不是"大杠子"而是"有奎"。他已经几十年没有听别人这么喊过他了。二十年还是三十年,他记不清,但有一点他记得很准,那就是老婆被国民党的士兵糟蹋的那个日子。二月初八,对,就是二月初八!那天老婆回娘家,经过河湾镇,就是在街西头的桥头下遭到不测的。后来老婆上吊了,后来他就一个人一直过到了现在……在他记忆里,只有老婆常常"有奎、有奎"地喊,老婆死了,就再没有人那么喊了。他向后看了一眼,一下子愣在那里。向他打招呼的不是别人,却是与他从小一起长大的伙伴拴柱。那时拴柱家里兄弟多,父母又都是老实巴交的庄稼汉,养不活他们,很早就将他过继给了河湾镇一个商人。后来解放了,私人商铺被没收,加上老婆在河湾镇遭受过蹂躏,他便很少去走那条路,也就没有再见过拴柱的面。

拴柱走到大杠子跟前,扯了一把他的衣襟,说:"这么多年没见,却一眼认出来了,你这老东西,将兄弟忘干净了吧?"大杠子哈哈地笑,他从来都没有笑得这么爽朗过。他在拴柱的肩膀上拍了一把,说:"咋可能忘,小时候咱俩偷邻村一户人家树上的小梨吃,不是还踩碎了人家屋脊上的瓦吗?那可都是你的歪点子……"

他们彼此都很高兴。拴柱将大杠子拉到自己家,倒茶煮饭,忙了个不可开交。等大杠子再抬头看天时,急了,说他只有半天的时间,回去迟了满圈的牲口没人看,会误事的,得快快地买了东西赶回去。拴柱见拦不住,说:"地方我熟,我领你去。"就给他装了一袋红薯,嘱咐他拿回去烤烤吃。

拴柱与大杠子说着话,一起来到了街东一个稍大一点的文具店。

店里几乎除了领袖的石膏塑像和各种形式的画像,没有别的商品。大杠子与拴柱一起,在眼花缭乱的堆放中挑了又挑,最后挑出一尊镀了金粉的半身坐像,问营业员多少钱。营业员说:"三块,买两个可以便宜,五块钱就行。"大杠子迟疑了半天,觉得买两个比较划算。他也需要两个,在墙壁窑窝里放一个,在木头镶制的窗台上放一个,远近两尊相对,会显得更像那么回事。他继续与营业员砍价,说:"如果四块能给两个,我就买。"营业员说:"国营商店不能讨价还价。"大杠子说:"不对吧,六块钱两个都变成五块两个了,能便宜一块,就能便宜两块,咋就不能讨价还价?"营业员没想到眼前的这位老人这么能磨,也就松口了,说:"价格是商店规定的,你这么大年龄了,我们不忍心再与你磨,就按四块五吧,少的那五毛钱我为你补上。"大杠子一听感动地点点头,说:"那就多谢了。"大杠子付过钱,将塑像接了过来。

塑像到了手上,大杠子忽然犯起难了,拴柱给他的那袋红薯占去一只手,剩下的一只手拿不了两尊塑像。他正为难,拴柱从腰里解下一根细麻绳,说:"在绳子两头各绑一个,搭在肩上不就对了。"大杠子一想这主意不错,石膏塑像易碎,这么背起来,不磕不碰,省事多了,也就接了过去。他将绳子拿在手上,对着塑像看了半天,寻找能拴绳子的地方。他最终将绳子的两头分别拴在塑像的脖子上。他想出了这么一个办法后很得意,这样的捆绑,既省了用手按着托着,又不会对塑像有什么损伤,可算两全其美。

回家的路上,大杠子一直抑制不住兴奋的心情。这回去河湾镇,不光买了需要买的东西,还遇见了几十年没有见过面的伙伴,要说算是他这些年唯一遇到的一件高兴事,他不知不觉地哼起了久违了的乡间小调。小调里说的是哥哥妹妹的事,内容他已经记不大清楚了,他索性不哼词儿,只让曾经熟悉的音调顺着舌尖滚动,随便散在他的身前身后,伴着他一口气走到了村口的那个大槐树下。

他看了看天,太阳已经高高挂在头顶。他估摸着耕田一定等得心急了,但毕竟刚刚正午,没有拖延他们约定的时间,他于是就靠在一块不大的石头上歇息。他或者是累了,一靠上去就打起盹,迷迷糊糊地睡着了。他是被一阵喝三喊四的声音吵醒的,他打了一个激灵,刚睁开眼就看见了许多人。这些人大都是民兵小分队里的强壮汉子,当然也有别的社员。他们一个个怒目而视,与他记忆中人们对待地主分子马天佑的态度没有什么不同。他问发生了什么事情,这些人并不回答,眼睛里却依然充满着敌意。也就在这一瞬,两个民兵冲上来,扭住他的胳膊就往村子里拽。他急了,怕挂在肩上的两尊塑像掉下来摔碎,叫喊着说:"这是我一年攒下的血汗钱买的,别将它打碎了。"

一个民兵见他说塑像,骂道:"你狗日的还知道打碎!那是伟大领袖的像,你竟然敢用绳子系住脖子?!"大杠子被民兵们这么一骂,突然清醒过来,对呀,那是伟大领袖,怎么敢用绳子绑呢?而且是绑在脖子上,这不是寻着让人抓把柄吗?他的身体顿时酥软了,禁不住地瘫在地上。

大杠子哪里知道,自从他说了小分队的坏话,陆地就派人对他实施了"跟踪监视"。

那天早晨,负责监视他的民兵听说他去河湾镇,早早地就堵在了村口的那条路上。他们已经找好了治大杠子的办法。他们为了做到"证据确凿",趁耕田不注意,将一头牛偷偷地牵了出来,藏到了邻村的饲养室里。他们早就设计好了一个计谋,只要用一个"擅自离开饲养室,致使队里的牲口丢失一头"为借口,就可以将大杠子轻轻松松地送到关人的祠堂里去。计划刚一定好,在实施的过程中,堵他的民兵无意间却发现了比这个问题更能致大杠子于死地的问题——他竟然用绳子拴住了伟大领袖的脖子,这不就是现成的现行反革命分子吗?他们二话没说,就将大杠子送到了陆地面前。

陆地看了看这个嘴上把不住门的老人,问他是不是恨伟大领袖,他说这怎么可能,是伟大领袖毛主席把他从旧社会里解救出来的,他不会忘恩负义。陆地摇摇头,陆地说:"倘若真是那样,你就不会做出这种事情。"他说:"我说的都是心里话,我在泥里土里滚了一辈子,从来都不会骗人。"陆地没有过多的时间听他陈述,干脆派人将他押送到祠堂里去,让他跟马天佑、胡子刘一起吃狗食。

大杠子到了祠堂一看,那里关着的已不仅仅是马天佑和胡子刘,少说也有十多个人了。他被民兵推了进去,"咣当"一声将门锁上。这一推正好将他推到了一个孩子身边。他差点倒在孩子身上。他顺手抓住了窗上的木框,才没有倒下去。

他缓了一下神,坐在孩子身边,问孩子多大了。孩子疑惑地看了他一眼,没有说话。他又问孩子为啥被送到这种地方来,孩子仍旧没有说话。旁边的另一个半躺着的中年男人听见了,瞪他一眼,说:"问什么问?到这地方来的还会背了啥好名声?"大杠子一想也对,问啥?被关到这里的,不是误入陷阱,就是被人暗算,绝不会无缘无故进来。这一点几乎是肯定的。他又回想了一遍自己,就更觉得是那么回事:绳子绑到什么地方不行,咋就偏偏拴到了塑像的脖子上呢?

在破祠堂里待了几天,大杠子终于知道了他身边躺的那个孩子的一些情况。

孩子名叫毛豆,是胡杨店人,也就是单眼罗曾经生活过的那个村。到这里之前孩子正在西坡小学上三年级。那天上体育课,老师让孩子们跑了跑步,就将他们分成几个组,安排去操场玩跳绳了。毛豆不喜欢运动,一个人跑到球场的西隔壁去玩。他看见了一个用红漆在墙上写字的人,就凑了过去。他一上学就一直喜欢写写画画,他在看人家写写画画的时候心里也就开始写写画画了。

那是一面东西横过去的墙,足足有两人多高。墙壁是用白灰刷过的,上面盖了褐红色的瓦,加上一行大大的红字,格外引人注目。

他走过去,将墙壁上的字念了一遍,那上面写的是"祝愿我们的林副统帅身体永远健康"。这句话是他刚刚在课本里学过的,虽然有些字还不怎么熟悉,但他能顺着念下来。他不知道这句话是什么意思,去问写字的叔叔,叔叔忙,没有告诉他,只对他说:"你管它是啥意思,回去好好上课。"毛豆就走了。

他走了一程，又转了回来，他很想也像那个大人一样在墙上写一写，就从地上捡起那个大人在墙上打格子剩下的彩色粉笔头，先在地上写了"忠于"两个字，这是大人们早晚挂在嘴上、孩子们一笔一画写在本本上的两个字。写完了看了看，觉得小了，便用脚蹭了几下，抹掉了重写。这一回他想写两个更大的，最好跟刚才写得不一样。他原打算继续将字写在地上，却发现在墙上写字的那个大人不见了，顿时高兴起来，他也想在墙上展示展示。他拿起粉笔，准备在那个大人写好的几个大红方块字的缝隙里写。写什么呢，他重新蹙了一下眉，马上就蹦出了两个字："打倒"。这两个字也是孩子们常常写的，比如今天打倒这个，明天打倒那个，尽管人的名字不断变更，可"打倒"这两个字却永远不变。时间一长，能在他脑子里留下深刻印象的便莫过于这两个字了。他一拿起粉笔没有多想就开始写起来。

粉笔是绿色的，被白墙红字一衬，显得特别好看。

他写完了正准备离开，刚才写字的那个大人出现了。他一出现就惊叫起来，说这么大的一点孩子简直不得了了，竟然敢在光天化日之下写这样的字。那个大人抓住毛豆不让走，说一定得到小分队里去说清楚，不然他自己就要倒霉了。毛豆吓得哇哇地哭，说他就写了两个字，不让写他擦了不就行了。那个大人说："没有那么简单的事，你写的是反动话，我将你放了，我就脱不了干系，到时候谁来解脱我！"那个大人将毛豆拽到了陆地那里，陆地跑过来一看，事实确凿，"打倒"这两个字正好写在"我们"之前，连起来念就成了"……打倒我们的林副统帅……"。

陆地第一次被这样的情景吓得发抖，他急忙叫人拍了照片，让写字的那个人写了证言，然后又取了毛豆的"口供"。

陆地问毛豆："红字之间的那两个蓝字是不是你写的？"毛豆说："是。"陆地又问："你为什么要写那两个字？"毛豆说："别的字我记得不熟，我会写的不光这两个字，还会写'忠于'，那两个字写在了地下，这两个字写在了墙上。"陆地唉了一声，说："你为什么不调过来，调过来，你就成先进了，可你偏偏不调过来！"毛豆听不懂陆地的话，就不说话了，默默地睁着眼睛看。

按说，孩子不属于这一次运动的对象，好像什么文件上提过，但出了这么大的事情，陆地有点拿不准。他急急地跑到大队的电话机跟前与县里通电话。他将电话直接打到了县革委会专案组，请示像这种情况应该怎么办。对方回答，得请示上一级领导，还是先将人关起来比较主动。陆地遵循县里的指示，当天就将毛豆送到了祠堂里。

送毛豆的仍旧是背着枪的民兵。毛豆不愿意走，蹬着腿向后倾，哭声凄惨，有点撕肝裂肺，惹得一街两行的社员全都躲在暗处看。人们在小声议论，说这么小的一个孩子懂得啥，咋能把他也弄成反革命？他们议论着，小腿也就跟着打战，他们害怕一不小心有一天也碰到刀刃上，来不及弄清东南西北就已经遭了殃。他们因此也就在心里暗自祈祷，千万别遇着想都想不到的厄运。他们甚至将自己的祈祷拿到了苏大脚家里的那些神像跟前，希望神能指给他们一条生路，别让他们踏进拔不出腿的泥潭里。

"反革命""坏分子"的队伍一天天剧增，眼看一个破祠堂装载不下，陆地筹划着准备再开辟一个地方。陆地在村里转了几天，最终看上了王家堡的仓库。陆地看上它，是因为这间大房一直闲着，空空的房子里仅仅放了一点来年做种子的粮食，只占了房子很小的一个角，改一改让民兵小分队用不会影响王家堡的任何事情。

队长胡子刘在破祠堂里关押，陆地只给铁算打了个招呼，铁算便带了人，没有半晌就将屋子腾出来了。陆地连夜晚将一部分"反革命""坏分子"转到了那里。

这些关起来的人白天统一由民兵们组织在室内干活，夜里便召开全大队社员大会让他们一个一个轮流交代问题。会议地点就放在大队的院子里。那是一个能容纳近千人的地方，晚上院子里挂起几个一百瓦的电灯泡，四面民兵一站，与抗战期间鬼子考问老百姓的场面还真有那么点相像。单眼罗面对眼前这种别开生面的情景，脊梁上不由得渗出了冷汗。他躲在大队唯一的那间办公室里偷偷地看，对着窗户在心里骂："看你们横行霸道能有几天……"这本来是样板戏里的一句慷慨激昂的台词，到了单眼罗嘴里，一念，却马上觉出了涩涩的味道。

单眼罗从窗户纸破处的一个缝隙里瞅过去，低着头站在前面的足足有两排人，少说也有二十多个。胡子刘也在其中，他的头似乎低得更厉害，这让单眼罗极不舒服，也很不满意。在王南原那会儿，单眼罗就曾经参加过批斗胡子刘的大会，那时的胡子刘不是这样，王南原的人将他的头压下去，他会马上弹起来，脖子上像装了一根很硬的弹簧。今夜他咋就将头低下去了呢？难道陆地比王南原还要厉害？单眼罗自言自语地骂了胡子刘一句，很想冲过去对他说，这是当着十一个生产队社员的面，咋拿不出一点英雄气概来！

这时候一阵震天动地的口号声响起。口号是陆地指定的人领喊的，一个男人，一个女人。男人彪悍有力，挥臂如挥一面大旗；女人故作坚毅，声音高得像野狼尖叫。他们往人群中一站，瞬间就有了那种滚滚洪流不可阻挡之感。他们就像一根火柴，一旦划着，作为禾秆的群众只能跟着燃烧。

单眼罗也曾召开过类似的会议，却从来都没有点燃过这么响的声音。他为这样的一种悬殊感到羞愧难耐，他真想出去问一问，为什么突然会反差那么大。可他略略一想就有了答案：陆地的气势是被"正规化"了的，人家从县里下来，吃着国家的饭，说话一套一套，乡下这些没有见过世面的人也就被唬住了；不像他，一辈都在这个土塬上长，千人万人谁不知道他的根、他的底！

接下来的那场"戏"更让单眼罗气愤。陆地算什么东西，论年龄比他小，论个头也不比他高大多少，竟然像古时候的县老爷一般，将桌子上的一个什么东西甩了一下，那

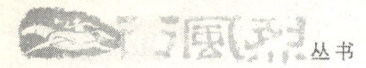

些"反革命""坏分子"们便像装了发条的闹钟,一个接着一个向外倾倒起自己的"罪行"。这是在他眼前出现的奇妙现象,是他从来都没有见过的"精彩"表演!他嫉妒极了,嫉妒的同时也就生出了羡慕,他甚至忘了陆地已经好久不怎么待见他,还真想掺和进去,也尝一尝其中的滋味和乐趣。他下意识地将嘴唇舔了又舔。

站在前排低着头像背诵课文一样交代问题的人,习惯地总要在开始说话前说一句"我罪该万死",然后才倾倒自己的问题。单眼罗从中看出了许多门道,比如像马天佑一样挨批斗次数多的人,轮到了便将"我罪该万死"说得特别响亮,像唱的一样,然后在最后一个字上拐一个弯,仿佛从高处流下来的水,脆脆地响那么一下。而第一次上场面的人就不同了,大概是因为怯的缘故,他们的声音很小,在喉咙里咕哝,甚至将那几个字的音调都说得似是而非。这是民兵们不允许的,陆地根本不用说话,民兵的枪托就上去了。于是,不清晰也就清晰了,不高亢也就高亢了。

单眼罗觉得有意思,向窗前挪了挪。他要看个仔细。他特别渴望看的是胡子刘,他不知道胡子刘应该归了哪一类。按说胡子刘曾经遇到过这种场面,应该不会感到陌生。事实却完全出乎单眼罗的意料,胡子刘竟然像摔在地上的一块软豆腐,怎么都拿不起来,声音也显得沙哑无力。这样一来,民兵们的枪托也就没有饶了他。胡子刘每被枪托捶一下,就重新说一遍。胡子刘大约说了七八遍,仍大不起声音,民兵们还要捶,陆地摆了摆手,算是放过去了。

单眼罗在屋里看得自己都脸上发烧,堂堂一条汉子,咋就没有那么点力气?这样的一个声音,不是要惹人笑话吗?单眼罗实在看不下去,站起身,狠狠地在桌子上砸了一拳。这一拳下得太重,外面的人全都听到了。一个民兵走到了陆地跟前,在陆地的耳边悄语了几句,陆地也对他说了点什么,那民兵就冲进了屋子,将单眼罗抓着领子拖了出去。单眼罗甩了一下,做出一个不以为然的样子,像平时召开大会一样干咳了两声,想对院子里的人说几句话。陆地倏地站起来,喝令单眼罗蹲下去。

单眼罗看了看四周,马上明白了,陆地没有让他坐在台上的意思,而是要他像前来参加会议的社员一样蹲在地上听。这怎么能行,他咋说也算是大队的"一把手",怎么能混同于一般老百姓?他不愿蹲。这时两个民兵跑过来,只对着他的鼻子指了一下,他就乖乖地蹲下了。他终于发现,他拗不过强悍而坚硬的命令。

他蹲得很出力,像要将肠子肚子都要散在地上。

他第一次意识到,人到了紧要关头,原来腿是长在别人身上的。

三十六

地保几乎一有空闲时间就坐在离老庙台不远的高塄上拉二胡。

他低着头,专心致志地倾听那把自制二胡一推一拉拖出来的声音。他眼睛微闭,像陷入了深远的沉思之中,又像在一个迷惘的黑暗之地寻找什么。二胡发出的声音凄惨而惊恐,若一个年迈的老妇人对着天地哭泣,又若无数个冤魂在荒漠中倾诉。他周围的一切全都被感染了。屋舍树木不会说话,只能在不怎么舒展的气氛中变得更加沉寂冷落,变得形单影只凄凉孤独;而人就不一样了,听见声音,他们马上就会同近一段时间发生在王家堡的许多事情联系在一起。大家的泪开始往肚子里流,流得整个内脏都湿淋淋地泡在伤感里。因此也就有了嗔怪,说这孩子,干点啥不行,偏偏要坐在高处玩弄那东西,让人跟着一步一步往荒凉处走。这时也就有人出来解释了,说地保的二胡会模仿,展示的全是村里人在意的那些事。前些日子地保的胡琴里释放出的是鸣叫,一蹦一跳的,像鸟扑棱棱在两根琴弦上扇动翅膀。眼下人们心里不痛快,它也就高兴不起来,因此才那么凄凄惨惨。

地保的二胡声传到谷子的耳朵里,谷子一愣,像是心里突然跌进了一块石头,好半天才慢慢地平静下来。

她懂地保这孩子。王家堡这几年从怪事百出到前一段时间有了点平静,是不是"神"的功绩暂且不说,可那种近似于"太平盛世"的平和气氛确实出现过一阵。然而好景不长,平静的生活说消失就消失了,这不光在大人们看来是一种遗憾,在孩子心里,也一样是件提不起精神的窝囊事。谷子被地保发自内心的演奏牵引着,不知不觉也走进了她的苦闷中。

她同山河那种偷偷摸摸的日子眨眼已过去了几个月。他们从城壕边上的荒草滩到寂冷阴森的破祠堂,本来就已心惊胆战,现在祠堂被民兵小分队占了,他们不得不再回到那片荒草滩上去。在这飘然若飞的一段时间里,他们不可能将每一个环节都固守得严严实实,也不可能不露出点点滴滴的破绽。她猜想,起码苏大脚会有一些觉察。她记得有一次苏大脚突然冒出了一句莫名其妙的话:"你得防着点单眼罗。"她笑了笑,

随口来了一句:"不偷不抢的,我防他?他防着我还差不多!"后来,事情过去了好久,她在一次与山河约会时突然想起苏大脚的话,就有那么点心神不定了。那天,山河紧紧搂抱了她一会儿就警惕地放开了,说:"苏大脚几次在院子里堵住我,话里好像有话。"谷子问:"她怎么说?"山河说:"她说我一个外乡人,干啥事都得想好了后果。"谷子一听还真起了疑虑,就又琢磨起苏大脚说给她的那句话。"防着点"不就是说不能让单眼罗发现吗?苏大脚怕单眼罗发现什么?谷子想了几天,终于有了确定的答案:是怕她与山河的事暴露。除此之外,她也没有啥事会让苏大脚担忧呀?看来,苏大脚不光知道她与山河的秘密,更知道她答应单眼罗是一个骗局。

至于别的人是不是看出来了,她不知道。但她晓得,世上没有不透风的墙,大凡男女之间的隐私,不可能永远都是秘密。她心里一急,又一次约了山河去了城壕边上的那片荒草地。她对山河说:"这些天民兵小分队到处抓人,抓去的人全关在祠堂和仓库里,受尽折磨,你还是离开一阵子吧,等你离开了,我就去大队开条子,咱们光明正大地结婚。"山河说:"你忘了?单眼罗是大队革委会主任,权在他手里,他早就给你摊上线了,找他开条子?还不等于把羊往狼嘴里送!"谷子想了想觉得也对,她与山河一直躲躲藏藏,就是因为单眼罗在那里挡道,否则,也不会这么捂着掖着。谷子一提到这事就生气,说:"我豁出去了,我给单眼罗摊牌,给他说清楚,看他能把我怎么样!"山河说:"那怎么能行?这显然是往虎口里钻,让我咋放心得下?"

他们在荒草地里待了一会,进行完那种云雨之事,仰望着星空你一言我一语地商量起摆脱单眼罗控制的对策。到快分手了,还是没有想出解决问题的方法。也怪山河过于迷恋谷子,说:"过几天吧,等过几天我将手头的活干完,就去城里,求在城里工作的亲戚给指点指点,人家经见得多,说不定能想出个办法来。"谷子不知道山河在城里有什么亲戚,也不去问,只是应允地点了点头。

事情往往都是这样,越临近危险越看不见危险,这或者正是千事万事中本来就存在的一个规律。也就在谷子和山河私下偷情的事少了提防的时候,想不到的意外还是发生了。事情的暴露,简直像老天安排的一样突兀而且蹊跷。

那是一个月光朦胧的夜晚,天虽然已经有了那么一点凉意,谷子和山河却一点都没有感觉到。他们像往日一样,吃罢晚饭,偷偷到了城壕边上的那块荒草地。这是第几回呢,他们没有掐指计算过,反正已经是轻车熟路,一斜脚也就来了。来了总有那么点急不可耐,有那么点风风火火,待需要亲热的事情干完,方才悄声细语地展开各自的倾诉,根本没有注意在他们之外还有另外一块天地,还有另外一个不怀好意的人。

"也就怪了,民兵小分队在啥事上都能闹腾得你死我活,咋就对苏大脚打轿子的事不闻不问?"谷子与山河说了一阵话之后,突然想起了在王家堡兴师动众地进行了快一年的"造神运动",就随口道出了她一直不解的疑问。山河心不在焉,他这时候有点意犹未尽,情绪还没有彻底稳下来,一把又将滚在一边的谷子揽了过去,亲昵了好一阵子,才说:"你没见村里人全都守口如瓶?没人给他汇报,他能知道啥?即使听到风声,看得见的只不过是表面上的轰轰烈烈,却不知道到底在干啥,也就不好下手了。"谷子说:"不对,陆地是住在王家堡的,他连大杠子说的话都调查得清清楚楚,连胡子刘怎么捣鼓他都弄了个明明白白,咋可能不知道苏大脚在干啥?以我看,他还是怕神!"山河笑了笑,山河想说哪里来的什么神,还不是谷子与苏大脚一起煽乎起来的一阵风。山河却没有说。山河一直觉得,谷子的初衷早就不在神这件具体的事情上。

　　山河打心眼里佩服谷子。一个女人,单凭她的善良和好强,不可能在王家堡这样一个古老而保守的村子里赢得同情,相反,只能被汹涌澎湃的世俗之浪吞噬。这是乡下女人的共同命运,几乎没有别的可能。然而她在苏大脚的怂恿下,借用了神的力量就不一样了,起码她活得轻松了一点,洒脱了一点。村里也相继得了益,恶人们在不得已中"放下了屠刀",相应收敛了自己——他们一旦面对神心就虚了,不知道人们常说的"因果报应"会不会突然落到自己头上,"半夜叫门"的那种虚幻也就变得可怕无比。他们不得不抛丢施恶的行为以及具有破坏性的欲望。因此而换来的平安宁静,不能说不是一个奇迹。至于别的收获,比如他与谷子的关系,是不是依靠了"神"的力量才得以发展?他说不清楚。但他相信是"神"的庇护。如果没有"神"的保护,起码他们之间的事不会那么顺利。从这个角度讲他还是希望有神,有了神做主,恶人就不敢轻易作恶,百姓也能过上没有侵扰的日子,他同样能在爱河里像一只放开手脚游弋的小鱼,自由自在地呼吸,自由自在地生息……

　　山河在一旁自言自语:"还是神好哇。"

　　谷子听得糊里糊涂,将他推了一把,他这才从自己的思绪里浮了出来,憨憨地笑出一个孩子的模样,双手再次将谷子往自己的身边搂了搂。

　　他们在乱草滩里躺了许久,抬头看了看天,发现隐约可见的月亮已经匆匆地移到了南边的天幕上,知道不能再待下去了,时间一长,苏大脚家关了门,山河再去叫,就有些被动了。他们相互手拉着手坐了起来。这一坐不打紧,突然就傻眼了,他们身边站了一个人,一个像鬼魂一样,带了过多阴气,一动不动的人。他们正要逃离,那人说话了:"都给我站住!"谷子已从声音里听出,那人正是整天缠着她的单眼罗。

　　谷子知道大事不好,却不愿只顾及自己,她担心的是山河,倘若山河被认出来,后果会怎么样她心里最清楚。她对着山河喊了声"快跑",意思是让山河离开这个是非之地。山河听见了,却没有动,山河知道,剩下谷子一个人,深更半夜的,单眼罗一定不会饶了她,弄不好谷子会受到难以预料的伤害。山河不愿对眼前的事情袖手旁观,他决定留下来,与谷子一起应对可能发生的一切。

　　其实,单眼罗已在他们身边站立了许久。

  单眼罗到城壕边的荒草地里去堵谷子，是有人给他报了信。
  谷子与山河的事，天长日久的，不可能不引起村里人的议论。不少人有意无意地都看见过他们出出进进的身影，也就今天一句明天一句地在私下里窃窃私语。人们说单眼罗简直就是屎壳郎看上了花蝴蝶，想攀高枝，根本就没有那个可能，人家谷子早有人了，还在那里做白日梦，简直就是个傻熊！后来，还真有人将真相告诉了单眼罗："你要不信，天黑到城壕边上的荒草地里去转，说不定就碰上了，到时你也就清楚了。"
  这些天，单眼罗正受着陆地的排斥和打击，没有心思考虑谷子的事。谁知到了傍晚，他一不留意，又被陆地臭骂了一顿。要说也没有为多大的事，单眼罗要求给他也发一杆枪，陆地不同意。单眼罗说他也是民兵理应发枪，陆地便生气了，事情的经过就那么简单。单眼罗心里窝火，甩着门出来了，谁知出了门神使鬼差地一走，却到了城壕边上。他在那里坐下，一个人怄气，后来，也就发现了让他吃惊的一幕。他怒火攻心，气不打一处来。他真想找一把菜刀撵过来将谷子与她身边的男人劈了，那样，或者能解解心头的恨。他在荒地里转了一圈后却改变了主意。他还是想说服说服谷子，让她回心，让她转意。可话没说几句，就发现谷子是铁了心的，谷子竟然黑着脸一点余地都没有给他留："你既然已经知道我与山河的关系，那就别做梦了，开条子让我们结婚！"
  单眼罗这一回算是彻底死心了，他像跌入深谷的一只猪仔，在嗓子眼里哼哼了几声，就僵硬在一旁。他颤巍巍地用一根指头指了谷子半天，没有再能说出一句话。他最终决定借助陆地的力量——他宁肯在陆地面前低三下四当孙子，也要出一出这口窝囊气。

  单眼罗到大翠家的时候，陆地刚刚吃过中午饭，正坐在不大的一张方桌跟前看书。陆地似乎知道是单眼罗到了，却摆出一个不知不晓的样子，待单眼罗一进门，先惊讶了一下，然后急急忙忙站起来笑着打招呼："大翠，快给主任倒水，这可是贵客哟，我来王家堡虽有了些日子，主任还是第一次来看我哩。"陆地使唤大翠像使唤自己的老婆那样随便，让单眼罗马上觉得腿脚不那么灵便了，加上陆地带刺儿的那些话的刺激，单眼罗有点进退两难。陆地不管这些，他向前拉了单眼罗一把，说："尽管我们的身份不同，可还算是同一个战壕里的战友嘛，客气个啥？"陆地说着将单眼罗让到了他对面的一条凳子上。
  他们冷坐了片刻，彼此让脸上的笑一直延续着，谁都没有先说话。
  其实，陆地早知道会有这一天，他处处给单眼罗找麻烦也是为了这一天。单眼罗终于熬不下去了，寻到门上来了，他岂有不接纳的道理。他这么一想，突然从嘴角冒出了一句莫名其妙的话："你的气色很好。"单眼罗这时候也正尴尬，听陆地这么一说，也就随了一句应酬的话："很好。"

后来,还是陆地打破了不和谐的气氛。陆地在县级机关混了那么久,又多次在复杂的工作环境中锻炼过,自然能让干涸的地方瞬间冒出涓涓清泉。他干脆单刀直入:"咱们俩就像两条细流,我早知道会聚到一起的。我是驻队干部,毕竟是要走的嘛,我走了还不得你领着干?可你得支持我是不是?不要像胡子刘,还没等我站稳脚跟,就想生事,你说说,这样的人不治行吗?"

单眼罗见陆地提起胡子刘,心顿时乱了。胡子刘做的事情,全是受了他的指派,陆地会不会知道他就是幕后的那个人呢?单眼罗越这么想,手脚越没有个置放的地方,他一会儿站起来走几步,一会儿又坐下玩弄他的手指头,一副焦躁不安的样子。陆地看得真切,怪怪地笑了一下,说:"大势所趋呀,没办法,真的没办法哟。"

陆地的笑简直就是对单眼罗的嘲弄,是对一个虚假面孔一针见血的穿刺!单眼罗再也受不住了,慌乱地说:"胡子刘做了……什么,跟我……一点关系……也没有。"陆地又笑了两声,说:"谁也没有说胡子刘与你有啥关系呀。我心里有数,不管胡子刘像疯狗一样咬多少人,你毕竟是你,大队革委会主任嘛,咋可能与别的人混为一谈?"陆地的这一段话显然是要告诉单眼罗,他什么都知道,什么都清楚,只是不计较罢了。这让单眼罗格外感动,他突然又用起了以前他在王南原跟前用过的办法,说:"我第一次见到你就觉得不一般,你宰相肚里能撑船,我是个大老粗,以前有对不住你的地方,担待点,以后你就看我的行动吧,我会像孝敬……"他本来想说像孝敬父母一样孝敬陆地,一想不大对头,陆地还没有自己年龄大,这么说出来,陆地反倒会不高兴,就赶紧改了口,"像尊重亲哥哥亲弟弟一样尊重你。"陆地笑的声音更洪亮了,说:"言重了,言重了,是兄弟,就得相互尊重,你说是吗?"陆地的这一句话,在关键时刻起了大作用,单眼罗马上从精神到皮肉全都放松了,随即说出了一大串陆地想听的话。

他们最先谈到的依然是大翠。话题是陆地提起的。

陆地这段时间,一不小心就会将带着色彩的语词用在大翠身上,这或者正是所有情人之间难以自控的一种惯性。陆地说:"你们在对待驻队干部这件事情上很有觉悟嘛,一个很朴素的家庭,人又热情,不管谁住这里,都是对革命工作的一个促进哟。就说这个大翠吧,一日三餐变着花样做饭,可算是尽心尽力。晚上,又将土炕点得温温的,不热也不冷,怎么能不让人感动?"单眼罗想说,那都是胡子刘有眼色,可一想不合适,胡子刘被陆地关了起来,再说他的好,不是自找没趣吗?于是就让舌头打了一个弯,跟着说起大翠了:"她可是方圆近百里数得着的美人儿,你看她那屁股圆得像两个熟透了的大南瓜,摸一摸,都能将手指头陷进去。再看那两个奶子,大得像大老碗扣在胸上,谁见了都……"单眼罗在野地里胡说浪侃惯了,早忘了是在驻队干部跟前,也忘了大翠与陆地的关系,差点将话丢到坡梁上去。好在他刹了闸,没有把更脏的话吐出口。

陆地的脸阴了一下，教训单眼罗说："当着全队的人，得管好自己的嘴，不能想说啥就说啥。"单眼罗拍拍胸脯辩解，说他没有向任何人透露过大翠的事情，别的人会不会说他不知道。单眼罗想说他从来都没有在外面乱讲过，一急，等话从嘴里吐出来却变了味。这让陆地非常生气，他"叭"地在桌上拍了一掌，问："你说什么？"单眼罗刚刚平静下来的情绪马上又紧张起来，他结结巴巴了半天，没能解释清楚，急得他在自己的脸上扇了两把，直接给陆地道起歉来："我不会说话，你千万别往心里去。"

陆地用眼白瞪了单眼罗一下，搪塞道："好了好了，你又没有损我。"单眼罗一听陆地不再怪罪，一面点头哈腰，一面表示，今后一定严把口舌关，不该说的，他绝对不会在任何地方说。这样，紧张的局面总算又一次平静下去。

陆地猜想单眼罗来见他一定有事，就问："你来找我，不是只为了与我谈闲吧？时间不早了，你有啥就直接说。"单眼罗在这时候方才想起找陆地的目的，下意识地将眼睛揉了揉，贼眉鼠眼地看了看陆地，也就说了。他从王南原的死说起，将他怎么看上了谷子，怎么去求婚，谷子怎么答应了他等一大堆陈芝麻烂谷子的事叨叨了一遍。他慷慨激昂，给所有的情节都润了色，说得很有几分感人，唯独没有提他以谷子的公公王多劳上工地为由，要挟谷子嫁给他的那件事。接下来，他声泪俱下地讲了昨夜他看到的情景："真让人想不到哇，她竟然不知廉耻，找了一个野男人，与他到城壕边上的荒草滩上干那事，你说说，我好赖也是个大队干部，受这样的羞辱，让我怎么出门见人？陆组长，你一定要为我做主，咱不能让人这么欺负呀，你说是不是？"单眼罗说着，用袖口去揩擦眼泪。

陆地故意问："野男人？他不是本村的？"

单眼罗说："不是。都怪苏大脚，打轿子，才让他有机可乘！"

"打什么轿子？"

"就是给菩萨、王母娘娘……还有这样那样的神打轿子，将个村子弄得乌烟瘴气。"

"我们进驻西坡后咋就没有听你说过？"

"我……我是怕……"

陆地早就知道苏大脚家给神打轿子的事，是铁算偷偷告诉他的。铁算这么做只有一个目的，就是想当王家堡的队长。他说王家堡的队长换了几茬，就是轮不到他，这回他说什么也要当。陆地答应了他，他也就告诉了陆地许多关于村子里的秘密。陆地就这么不光知道了打轿子的事，还掌握了那个从外乡来到王家堡，名义上给神打轿子，实际与谷子私下来往的木匠叫山河。陆地一直没有说，也没有采取行动。

按上面的要求，公开进行封建迷信活动，放纵牛鬼蛇神泛滥，也是民兵小分队要抓的重点工作，陆地硬是耐着性子等到了现在，说起来有两个原因：一是不光王家堡，几乎整个西坡大队的人全迷上了苏大脚、谷子等人的"造神运动"，范围之大，人数之多，

不到火候盲目出手,不但难以解决问题,而且很容易引起群众的义愤;二是他早听说了,西坡大队从每个小队队长,到大队干部,全都参与了进去,弄不好他的号令一下,却落得个没人响应,场面都无法收拾。眼下,单眼罗为了自己的事第一次公开说出神的那点秘密,而且承认他丧失了"阶级立场",犯了大错。这样一来,他要动手也就有理由了,有基础了。他对单眼罗说:"捉贼捉赃,捉奸捉双。你下去先不要吭气,继续去城壕那边监视,一旦再发现他们,马上向我报告,我有办法处治。"

单眼罗应了一声,匆匆出来了。

他出了门,总觉得不大对劲。领人去捉奸,闹到后来还不是要将谷子亮出来?男女之间的事情,最没有定数,看着没有啥希望了,弄不好说变也就变了过来,这么大张旗鼓地一弄,没等变,却早就没戏了。他实在有点不甘心,便打了一个回合,犹犹豫豫地倒了回去,与陆地商量:"只治山河,不治谷子行吗?"陆地哎了一声,说:"你这人怎么这样,事情还没进行,就担心这牵挂那的,这怎么行?"单眼罗认死理,又重复了一句他刚才的话,陆地烦了,一连喊了好几声行,说:"怪不得西坡大队问题成堆,像你这么处理问题,不出事才怪呢!"

三十七

　　眨眼到了这一年的冬天,县里又收到了陆地送上去的经验材料。革委会的几个重要人物将这份长达近万字的文字细细看了一遍,觉得不错,特别是其中的一些案例,让他们触目惊心。他们不敢怠慢,尽快贴了批办单转给了县革委会主任八面风,八面风一看拍案叫绝,他没有想到这个平时在机关里并没有什么过人之处的陆地,在这场运动中竟然表现得如此出色!上面曾三令五申强调要将干部派下去,派到斗争的第一线去,说那里是锻炼干部的好地方,现在看来,这句话千真万确。八面风随后又将材料看了几遍,当天就组织了一个由公检法参加的七人小组,去西坡大队协助陆地落实下一步实行"专政"的具体任务。

　　七人小组的全体成员在第二天就来到了西坡大队。他们的主要任务是进一步核实陆地材料中那些"犯罪"分子的反革命事实。领队的叫铁军,是刚刚从"造反派"队伍中提拔到公安战线的一名新兵。在轰轰烈烈的运动中,新兵往往有过人的老经验,是绝对不能小瞧的。这是八面风给公检法作报告时说的一句话,八面风当时说的或者就是那个叫铁军的干将。

　　铁军一进西坡大队就紧张地展开了工作。

　　他们在大队办公室里坐了一会儿,就派人到王家堡去唤陆地。

　　陆地昨夜与大翠闹腾的时间大了,第二天想好好歇一晌。一个民兵突然过来喊,说县里来人了,让他过去。陆地晕晕的,依然沉浸在与大翠"较量"的那种状态中,一听县里来了人,晃了晃脑袋,忽地站了起来。他在心里埋怨大翠"要不够"的那种疯狂,他有点不理解,大翠这女人在男女事情上咋就永远没有个满足的时候。他同时也怨自己谋划不足,材料递上去,这是他出人头地的第一步,明知道那种有分量的东西不会石沉大海,咋就不留点精力等待突然来临的喜讯呢?现在想这些已没有了用,他得赶紧到大队去,去那里迎接县里来的贵客。尽管他不知道这一回来的都是些什么人,但他隐约感觉到,一个由他亲自勾勒的西坡地区"对资产阶级实行全面专政"的蓝图即将变成轰轰烈烈的事实。

他将脸抹了两把，倒了一杯水漱了漱口，提起桌上的军用包就往外面走。他刚一出房门就被大翠拦住了，大翠娇嗔道："还以为将你放倒了呢，没想到精神头仍旧那么足。起来了就吃饭，饭刚做好，吃了再走。"陆地给了她一个笑，语意双关地说："夜饭顶饱，昨晚都吃够了，到现在还饱着哩。我得去大队。"

陆地到了大队一看，眼前七八个人全是生面孔，这些人个个正襟危坐，早在那间屋子里等他了。他先是一惊，接着胸口就禁不住怦怦地跳起来。过了约摸几分钟，他就听见了那个叫铁军的人的问话："介绍情况吧。"陆地不知道介绍什么情况。他夜里没有睡好，头脑懵懵懂懂，反应极差，瞬间竟愣在一旁不知道该说啥了。铁军盯了他一眼，马上皱起眉头：县革委会的领导都说他是个了不起的人物，了不起的人物就是这么个样子？

铁军又盯看了一眼，将刚才的话重复了一遍。陆地方才"哦，哦"了两声，机械地点了点头，像是明白了，随即从他的那个军用挎包里拿出材料，从第一页开始，结结巴巴地往下念。铁军一听，陆地念的材料与自己手上拿的一样，就生气了。铁军知道这种介绍听多少遍都没有用，便草草地结束了谈话。

接下来便是七人小组第一次扩大会议，参加人员名单中原本没有单眼罗，铁军却将他也叫了过去。铁军叫他是要他擦桌子扫地，干完这些活儿，就没有人再理他了。他一个人在办公室外面的院子里蹲着——铁军吩咐过，让他在外面等，会完后还有事情。单眼罗只好留下来。大冬天的，虽然没有落雪，但寒气逼人，他没有蹲一会儿就坚持不住了。他站起来在院子里来回跑，跑了一阵又怕惊动了屋里的会议，就再蹲一阵，一直等到会散，他才小心地向那个叫铁军的人走去。

铁军仍旧冷着脸，对他说："把七个人的住宿很快安排一下，办公嘛……就放在你们大队吧。"单眼罗想说，大队地方小，就那么几间办公室，七人小组占了，大队干部就没了办公的地方。他将嘴动了动，没敢说出来。他不知道这伙人的来头，怕一句话说得不顺招来不必要的麻烦。

从那天起，单眼罗只要到了大队，就只能在院子里打转转。

这段时间，陆地看样子也有点身不由己了，七人小组指向东，他就得向东，指向西，他自然得向西。他充当的角色瞬间就转换了，成了时时都得服从命令听指挥的马前卒。他放下往日的威风，抬脚迈步都格外小心。他最怕的是他与大翠之间的事被七人小组知道，就违心地对大翠下了"逐客令"，让她这阵子还是收敛收敛，暂时不要到他屋里去，免得七人小组发现，连她一起被抓了典型。大翠不同意，大翠怀疑陆地要赖掉答应她的那些条件，就偎在陆地的怀里哭："家里生活困难你不是不知道，孩子他爹又有病，你不接济，我就活不成了，呜呜呜……"陆地抚着她的头，肯定地说："你想多了，不管你陪不陪我,我答应你的钱都会给,你就放心好了。"大翠仍不踏实,说:"你该不会骗我吧?"陆地说:"哪能呢?你现在已经在我的身体里生了根,我能将你从心那里挖出来?"大翠说:"今夜得照旧。"陆地点点头,他们就又倒在了炕上。

又过了一天,七人小组地给陆地下达了确切任务,让他将问题严重的毛豆和大杠子带到大队来,其余的人员,由民兵小分队组织到山坡上去修路。

这是整体上的一个大变化。变化前陆地并不知道。以前,陆地为了严管这些人,规定被关押人员不得离开祠堂和仓库,只能在屋子里干活。比如剥包谷粒或者编藤条篮子等,到吃饭的时候这些人仍旧在屋里吃。陆地怕的是出现意外。据说别的一些地方就出过意外,不是人逃,就是在没有防备的情况下有人自杀。他清楚,不管出了啥意外,都不好向上面交代。眼下,铁军却要这些人到山里去劳动,理由是整天待在屋里太便宜他们了,不干点重活儿咋可能彻底改变世界观?!

陆地将毛豆和大杠子带到大队后向铁军汇报了他的担心,铁军不以为然,说:"到处都是无产阶级专政的铜墙铁壁,给他们个胆,看能跑到哪里去?"陆地见铁军不采纳他的意见,也就不再说了。

毛豆与大杠子被带到大队,分别关在两间屋子里。毛豆毕竟年龄小,又从来没有一个人在一间空荡荡、黑乎乎的屋子里待过,吓得放声大哭。大杠子听见了,隔着不大的窗户安慰:"孩子,不要怕,一会儿我就过去陪你……"毛豆的哭声却更凄惨。大杠子知道他怎么喊毛豆,毛豆都不会听见,忍不住也伤心地一把把抹泪。这时,铁军带了两个人进来了,一进来就拉开了架势。他们搬来一张桌子,两条凳子,铁军坐在中间,其余两个坐在两边。大杠子站在前面,没有凳子坐,也没有人要他坐。接着,那种不同于平时的审讯就开始了。铁军先从姓名问起,一直问到大杠子的祖孙三代,方才挨到了主题上。铁军在这个节骨眼上将桌子重重地拍了一把,喝道:"你老实交代,你都犯了哪些反革命罪行?"大杠子刚才还在想着铁军问他的那些奇怪问题,比如大杠子的爷爷,他只记得是一个留着白胡子的老人,到底是什么模样?那时他太小,没过几年爷爷就死了,在他的记忆里也就模模糊糊,怎么想都想不清楚。大杠子不甘心,县里的人既然问,就不能连面目都记不清。大杠子使劲想,总希望能给县里来的人一个满意的答复。谁知他在这时候听到拍桌子的声音,接着便是铁军的那句问话。

反革命罪行?这句话他在年轻的时候就听人说过,那时候打土豪分田地,人们对着地主老财那么喊,谁敢将这顶帽子戴在土地没有一分、房屋没有一间的贫农大杠子身上?他下意识地向四周看了看,除了上面坐的那三个人,就是他自己,再没有别人,就怯怯地问:"你们这是说我吗?我可祖祖辈辈都是贫农。"铁军讽刺地笑了一声,说:"我们不光要打倒地主富农,还要同革命阵营里的败类做斗争。你不要装蒜了,交代你的罪吧。"大杠子哈哈地笑起来,说:"我一个喂牲口的,一不偷二不抢,能有啥罪行?"

大杠子是个从不记事的老头,这几天虽被关着,早将买领袖像的那件事给忘了。

铁军见大杠子不往正题上说,向坐在身边的两个人使了使眼色,他们就出去了,不一会儿,身后跟进来了几个民兵,一上来就对大杠子拳打脚踢。大杠子抱着头哇哇叫喊,还是不知道该说什么。铁军猜测大杠子可能是真忘了,就提醒了一句:"那天你是怎么将领袖像拿回来的?"

铁军一提醒,大杠子突然就明白了,原来这帮人跟陆地一样,也是再三再四地询问领袖塑像的事,他于是就不那么紧张了。不就是拿领袖塑像的方法不对吗?要真是反革命,能将几年攒的钱全都拿出来一下子买下两个领袖塑像?他强打着精神站起来,说:"这我知道。"就一五一十地将怎么去的街,怎么在商店里买了领袖塑像,怎么用绳子绑起来拿回家的经过说了一遍,说完了强调道:"要不是拴柱出的主意,我还真不好将这种容易破碎的东西拿回来呢。"

大杠子在坦白问题的时候随口将领袖塑像叫"东西",这让铁军大吃一惊。怪不得陆地在这里能总结出如此典型的材料,原来反革命分子在明目张胆地跟革命群众叫板哩。铁军顿时火冒三丈,站起来喊了一句"打倒反革命分子大杠子"的口号,严厉斥责道:"大杠子你真是狗胆包天,敢将领袖塑像叫'东西',你不想活啦?"大杠子将眉头皱了皱,疑惑地问:"你说啥?我没有听明白。"

铁军不可能回答他的问题,也不再审问,叫人将刚刚做好的笔录拿到大杠子面前,要他按上指印。大杠子不识字,问那上面都写的啥,让他按指印的人说就是他亲口说的那些话,大杠子就按了。按完,他就又被送到祠堂里。

大杠子回到祠堂的时候正是吃晚饭的时节,去山里干活的人刚刚进了祠堂门,他们个个耷拉着脑袋,东倒西歪的,身子有点站不稳,像缺少了筋骨。大杠子这一天虽受了点惊吓,挨了几拳几脚,可与上山的人相比要舒服得多。他在心里盼望着,第二天最好还能让那些人将他叫了去,与他说领袖塑像的事,那样,他就不会上山干那么出力的活儿了。他毕竟已是快七十岁的人了。

到了第二天,却没有人来唤他,他只得跟着大家一起上山。第三天也一样,依然没有人来叫他。他就这么心里渴望着,一天挨一天地同许多人一起到了山上,拼着命干一整天活儿再慢慢走下来。他根本不会知道,铁军的一次问话,就给他定了铁案,等待他的早已是牢狱之苦……

毛豆被铁军叫过去的时间要长一些,整个过程比大杠子还要简单。毛豆总是哭,一双流着泪的眼睛让冬天的风吹得红肿红肿,眼眶已裂出明显的细纹,鼻涕也将上唇皴出两道红红的印痕。铁军没有注意这些,铁军一直在思考一个严峻的问题,他要挖一挖现行反革命与一个孩子到底是怎么走到一起的。他的方法非常简单,仍是一遍遍地问,问他能想到的所有问题。

孩子怯得不行，身体绻曲在一起，眼睛圆圆地睁着，仿佛对面藏了一只饿狼，时刻都有冲过来的可能，脸上挂满了惊恐。铁军显然不会在乎这些，他的内心有一个坚定的信念，他知道凡是阶级敌人都会使出这一招。他要"透过现象看本质"，不被任何表面的可怜现象所迷惑。

孩子的思维很单纯。毛豆听铁军说只要将事说清楚了就能回家，便答应了。毛豆不知道该说些啥。铁军问一句，他就"嗯"一声。毛豆没有细算自己究竟"嗯"了多少声，这个不大像老师提问题的环节也就过去了。让毛豆惊恐的是，到了最后却要用食指在红颜色里蘸一蘸，然后在纸上摁一下。毛豆不愿做那个动作，红得像血一样的东西，染在手指上，分不清到底是皮肤流血了，还是别的什么，让他一看见就害怕。毛豆因此躲到了墙角里。屋子也就那么大，毛豆不可能逃得脱大人的控制。毛豆被人不费吹灰之力就按倒在地上，逼着他做完了大人要他做的事情，便被两个背枪的人送进了祠堂里。他这时候心里一直在想，他终于进行完了一次比口试还要森严的考问，说不定很快就能见到爹娘了。他记得他被带走的那天，爹和娘跟着跑了很远的路，哭声都变得像狼嚎一样了，人家就是不将他丢下。这让他怀疑起父亲曾给他讲过的那个真实的故事。父亲说同他坐在一个教室里上课的那个外号叫"狼剩"的孩子，就是三年前从狼嘴里喊下来的。父亲还说在那个紧要关头，"狼剩"的父母围着狼撕肝裂肺地喊，狼或者觉得那种场面太凄惨，就丢下"狼剩"跑了。而他的父亲面对要带走他的那些人也是那么喊的呀，咋就不起作用呢？

毛豆在夜深人静的时候向挤在他身边的叔叔伯伯们提过这个问题。他们只是哀叹，却一句话都不说。他们故意将能表露情感的脸藏进模糊的夜幕中不让毛豆看见。后来，毛豆猜测这个问题或者让大人们很为难，也就不问了。不问当然还有一个原因，那就是他实在太累。以前大人们说累的时候他总不理解，现在他终于发现，累原来不在皮肉上，而在胸脯里，像一根鞭子抽打，都能听见隐隐的声音。

毛豆就这么等到一个白天，又遇见一个夜晚，一天天往下挨。终于有一天，他开始模仿课本里写着的那些英雄，用一根竹棍在满是灰尘的墙壁上画出了第一道印痕。他每天晚上都画，画的时候总背着大人。大人们知道他画的是什么，可没有一个人将它点破，他们在静静地看，一直看到将毛豆带走的那天……

那是个突然出现的情况，连铁军都有点措手不及。

临近年节的日子，县里将电话打到西坡大队的分机上。

当时铁军正在院子里的向阳处晒太阳。他将两只冻肿的脚丫子从鞋里拿出，让它们对着阳光，接受冬天里的太阳送下来的微弱的那么一点温暖。从大门外经过的社员看见了，远远地对他说，这种季节里的太阳太弱，不但不能暖热皮肤，还会落下新的冻疮。他正要找点话去反驳，这时屋子里的人出来叫，说有电话找他。急得他连鞋袜都顾不得穿,一步跨了进去。他拿起电话听筒,脸上立刻出现了严肃而庄重的表情。他接完电话,赶紧将七人小组的所有成员都找过来召开紧急会议。这一段时间,他的目光一直没有离开那架破旧的电话机,仿佛它已经不仅仅是他刚刚接受过命令的一样东西,而是即将爆炸,正在发出预警的一枚定时炸弹。后来,七人小组的人陆续都来了,他简短地传达了县里的指示:"大后天的公判大会已经批下来,上面感到震慑的范围还有点小,必须再增加一个人,说是在春节之前,各种反动势力都在蠢蠢欲动,力度越大,对人民群众过一个革命化的春节越有好处。大家讨论一下,看增加谁比较合适。"

七人小组的成员听了,很是振奋。上级这么快就批了他们要求召开的公判大会,这说明半个多月来他们的工作很有成绩。至于增加一个人,那还不容易,从陆地关起来的近百十号人里随便拉出十个,也能说出一串一串的理由,何况仅仅只是一个!这时有人就觉得太不过瘾了:为什么只要一个,拉过去一排才够味儿哩。铁军马上批驳:"什么什么?我们是放牧哩还是从山上向下搬石头,图数儿呀?要懂得上级的意图,上级的意图!"这些人听见了,一个劲点头,脸上同时出现了心领神会的表情。其实他们全都糊里糊涂,为什么要开公判会?怎么个开法?他们一点也不明白。但他们必须这么附和,否则,就不能体现对上级意图的理解和支持,更体现不了一个革命者在革命的紧要关头应有的态度。

他们扯了半天的闲话,等铁军将话题再拉回来,大家不约而同地将下一个候选人的目标指向了地主分子马天佑。理由很简单,马天佑用印着领袖像的报纸卷烟抽,不是要将领袖用火烧掉吗?用心实在太歹毒!一个老反革命分子,加上新的反革命罪行,上次的名单里就该有他,后来没有将他放进去,完全是因为革命群众怜惜他年迈体弱。这一回既然上级扩大了名额,自然唯他莫属了。七人小组于是鼓掌通过,像在众多的"造反派"中选举革委会主任那样喜笑颜开,满脸惬意。

后来便是筹备。后来便是公判大会召开的日子。

这个精密的策划过程村民不知道,被关在祠堂和仓库里的人更不知道。后来待阵势风风火火地拉开,挂在大树上的广播喇叭一响,人们方才明白,突然之间出现的紧张气氛里,肯定又有人要倒霉了,而且一定倒的是大霉。他们亲眼看见,这一回除了民兵小分队里的人全部出动,县里还来了不少穿警服的"正规军",这些人一脸的冰冷,仿佛冬天的气候瞬间变成了冰凌,全都挂在他们脸上。

那些关押在祠堂和仓库里的人一个不剩地被带了出来。大杠子走在最前面,毛豆和马天佑随后。到了舞台跟前,突然冲过来十几个警察,将民兵手里的大杠子、毛豆和马天佑接了过去,一直拖到了舞台上。剩余被关押的人排成两队,站在紧挨舞台的右前方,再后边便是各村的社员。毛豆被推上舞台,突然就看见被几个民兵挡着不让近前的父母,便"哇"地一声又撕肝裂肺地哭起来,会场上的气氛马上沉闷了,不少人低着头偷偷地抹眼泪。

此时,一阵西北风刮来,将舞台上的篷布拍得咯咯巴巴直响,像是天要倾下来。主持会的人见天气突然起了变化,也就顾不得什么议程,挥了挥手,舞台一角奔出两个人,喊了半天口号,接着就是宣判。

一个长得微微胖了点,穿着干部服装的人走上舞台,拿起一张印着铅字的文稿念起来。他究竟念了些什么,人们并没有听清楚,可大家看清楚了——几个警察模样的人冲向前去,将大杠子、毛豆和马天佑捆了起来。两老一少,在绳子勒进衣服的时候全跪到了地上,嗷嗷地喊出了声音。台下许多人不忍心看,将眼睛用双手捂了起来。毛豆的父母晕了过去。他们跌地的声音像是一堵废了的土墙,"嗵"地那么一下。好心的人不忍心再看下去,赶紧将他们抬到了医院里。

接着,大杠子、毛豆和马天佑被押上了一辆卡车,迎着凛冽的西北风开走了。同卡车一起离开的还有许多警察和在村里住了半个月的七人小组,他们义无反顾,像扔掉一块石头一样将村子抛在身后,将盖在村民心灵上的阴影抛在身后。顿时人们的头顶像有一个揭不掉的铁壳,将腊月的日子以及刮着西风的村子同时盖在一个不透气的闷罐里。

也就在大杠子、毛豆和马天佑被带走的那天夜里,王家堡的老庙台上又响起了地保的二胡声。他这次让胡琴发出的声音不仅凄惨,简直就是哭,是泣,是滴着血的嚎。他一直让那种声音流淌了一夜,他自己的泪水也跟着流淌了一夜。

三十八

铁算当了王家堡生产队的队长,这是村里人又一件想不到的事情。

就像当年胡子刘当队长一样,在大家看来,简直就是胡尿闹。于是村里又起了议论,说一个王家堡将人死绝了,也轮不到铁算头上,咋就这么没有定数呢?可上面已经决定铁算当队长了,就不可能改变,因此,人们在奇怪了一段时间后也就接纳了。其实在村里人看来,谁当谁不当的也就那么回事了。

然而悬在大树上的大喇叭却将铁算的事喊了一天,仿佛铁算就是天上忽悠悠飘下来的一场雪,必须重重叠叠地盖在王家堡每个人头上。

铁算会不会像胡子刘当年一样,不分白天黑夜地也激动那么一阵子,村里人已没有兴趣去关注。因此,等铁算出现在人们面前的时候,也就平平淡淡,悄没声息,连他自己都觉得根本不需要大惊小怪。不同的只是,铁算没有把精力放在炫耀上,却默默地干起了他多年想干而始终都没有敢干的事情。他一眼就瞅见了村里的那口井。他要在那口水井上做点自己的文章。

那是供着全村几百口人吃水的"官井"。

按王家堡人的习俗,只要给什么东西前面加一个"官"字,它的意义就变得宽泛了,也就意味着村里的人与它有了某些关联,紧密得不可分割了。比如官路、官渠、官坟等等。尽管唤作"官什么"的什物很多,可对于这口"官井",人们却少不了要与它朝夕相处。它不光在王家堡是唯一的一口水井,而且由于水清味甘,用井里的水做馍,醇香可口;用井里的水酿制香醋,放上三年五载都不会变质变味。慢慢地,"官井"也就成了人们敬重而弃之不得的生活依靠。

水井大约有二十多丈深。那么多人在这里汲水,井绳成年累月磨损,有的地方细了,不结实了,说不定哪一天就会突然断裂,将木桶掉进井里。这是"官井"旁常常发生的事情,日积月累,井里掉下去了不少木桶。尽管村里时不时会来一些专门捞桶的人,可捞一个桶要花的钱,比买一个新桶还要贵,因此,也就没有人在那件事上费神。铁算却看上了这个活儿。他在心里算了算,不说半年以前,就是近几个月,村民掉进井里的

木桶就有十几个,如果给捞桶人付一份下井的钱,将这些桶全打捞上来,让各家各户来认领,认出是自家的了,一个桶收一半下井费,这对村民来说很划算,他自己也能多中取利,一举两得,既体现了新队长为群众办了件有益的事情,又鼓了自己的腰包,可谓是无本生意。铁算在没有当队长之前就开始谋划了,几乎是昼思夜想。可那会儿没有人让他干。现在他有了这个权力,念头一闪,也就干了。

捞桶的人是铁算从很远的地方请来的,姓陈,五大三粗的,一进村就先吃了铁算三大碗棒子面搅团,心疼得铁算在院子里转着圈儿皱眉头。没有办法,姓陈的说井下冷,吃不饱就没有力气,没有力气就不可能捞上来木桶。铁算想了想也是,空下去一趟同样也得花钱,还不如让他吃饱了干得更卖力一点。

姓陈的吃了饭开始喝茶。他喝茶的方式跟一般人不一样,茶叶放得多,不光在喝,而且在吃。他让滚烫的水将茶叶浸泡大约半个小时后,便端起茶碗,连水带茶叶一起咽下肚去。饕餮贪婪之象,让站在一旁的铁算看得直吐舌头。

姓陈的做好了准备,就开始下井了。他将一条麻袋叠成长条儿,放在裆部,然后将提前打好的绳扣套在腿和腰上,拉一拉,见松紧合适了,便喝下几口烈酒,对井口的铁算说:"往下放井绳。"

铁算于是同老婆花二秀将捆着捞桶人的绳子慢慢往下放。人的分量远比一桶水要重得多,又多了下垂的惯性,掌控很不容易。铁算使劲扭着辘轳,憋得满脸通红,嘴里一个劲埋怨老婆偷懒,老婆花二秀说:"你的脸憋红了,我的脸也一样,你咋说我没用劲?"铁算说:"你要用劲了我就不会感到这么吃力。得用肚子扛住!"这时向北从井旁转悠着过来,帮了一把,才算安安稳稳地将姓陈的放了下去。

没多一会儿,那个姓陈的汉子在井下唱起来,他唱的什么调儿铁算听不大懂,但铁算琢磨着,捞桶的人能高兴地唱,说明一定有了成效,便凑着井口喊:"捞着了没有?"井下没有应答。铁算又喊问了一声,井下仍旧没有应答。铁算在井上听得见的,除了井口传出姓陈的破锣一般的喊唱,就是井壁形成的强烈回荡,没有送上来他需要知道的消息。铁算急得在一旁来回转,恨不得长了千里眼,一眼就能看见下面的动静。

铁算因此也就担起心来。他担心的事情主要在两个方面:一是倘若一个桶都捞不上,或者就捞了一两个,不光不划算,弄不好还要引来别人的嘲笑;二是即使桶捞了不少,可捞桶的人在井下待得时间太长,晚上还得管一顿饭,多了一份付出,赚头就又减少了一些。铁算生来就会精打细算。

果不出铁算预料,姓陈的从井下上来,桶是捞了不少,可已经到了日落西山的时节,铁算只得让花二秀将中午打的搅团再热一些让姓陈的吃。随后,铁算给姓陈的付了钱将人打发走,重新来到井台上。他将捞上来的木桶排在一个开阔地上,点了一遍,一共十二个。也就是说,有十个桶的钱将是他净赚的。铁算异常高兴,转身对前来绞水和凑热闹的人说:"看看是谁家的,认准了就拿走。"他的话虽说得轻松,但大家心里明白,拿了桶就得付钱,这是村里不成规矩的规矩,不会有人赖账。而铁算却显得很随和,在接钱的时候总要推辞一番,以示做了队长要为群众办事的那种姿态。推辞到后来,没有人愿意少了他。大家几乎个个心里明白,现在的铁算是当了队长的铁算,欠了他的人情,日后能还得清?

这件事办下来,人们就又开始摇头了。胡子刘当了一段队长,见谁不顺眼就整谁,在村子里弄得鸡飞狗跳墙。现在换了一个铁算,不再整人了,给人下套子的心计却避不开、逃不掉。

"铁算是个能从树杈上将猴子哄下来的货,说不定咱们啥时间就上当了。"这是村里人私下里对铁算的议论,不可能有谁说在面上。而铁算呢,自以为没有人能看出他的精到,继续蹙眉想蔓儿,将整个王家堡弄得抠抠巴巴的。

铁算第一次去那棵大槐树下敲挂在树杈上的一小段钢轨,心里怦怦直跳。前几年他一直听别人敲那东西,听见了也就机械地拿着工具下地,从来没有想过他也会去敲这个玩意儿。他的激动中显然夹杂了些许胆怯,力气用的不够大,声音也就敲得不怎么洪亮。后来,他又使劲敲了一下,声音仍不够洪亮。他不知道是什么原因,用了心计拼命想,最终找出了一个自己认为是原因的原因:大凡能将那一小段钢轨敲得响的,要么得具备足够的憨,像向北;要么得天生就劣,像胡子刘。不憨也不劣的人,骨子里积满了过多的柔弱,岂能让那么坚硬的东西发出声音?

不管他找的原因算不算原因,他还是想到了改变。他闭上眼睛默默地站在树下,一遍遍回想着胡子刘敲打一小段钢轨时嘴一歪一歪的样子,想到后来,意识就跟着去了,脑子里也就有了一个由他自己模拟出来的假设:他瞬间变成了那个头顶上没有多少头发,却长了满脸毛的胡子刘。他进入了假设状态突然就觉得浑身热热的,接着臂上的肌肉便鼓胀了,由不了自己的力大无比了。他再拿起那个铁锤去敲的时候,声音竟出奇地高昂,比胡子刘曾经敲出的还要响亮。

欲上工的社员目光"刷"地一下全投了过来。

铁算从这件事上总结出经验,便将平时总低着的头抬了起来,胸脯也挺得像支了一根竹竿子。

陆地对铁算的变化很满意,说:"还以为弯了的直不了,看来,在'无产阶级专政'面前,再软的东西也能让它高高地挺立!"铁算嘻嘻地笑,一言不发,心里却又盘算上了:原来做干部那么简单呀,不就是翻着眼睛挺着胸,自己将自己放大了却仍旧假装出一个不动声色的样子?铁算琢磨得越透,也就想得越远。他已经看到了比队长的身价更辉煌的事情。比如单眼罗的那个角色,比如陆地这样的脱产干部。

陆地一眼就看穿了铁算,阴兮兮地笑了两声,倏地就打住了。这种表情深处的功夫,让铁算佩服得五体投地,惊得他张口说不出一句话来。铁算这阵子一直在陆地身边打转转,对陆地可以说是体贴入微。陆地精明,铁算学得更加精明,两个精明凑在一起,铁算自认为自己一点也不逊色。他猜出陆地的那种笑里肯定藏了东西,就主动向陆地身边靠了靠,等待接受陆地的吩咐。铁算没有分析错,陆地果然说话了:"你刚刚当了队长,还没有做一件让组织信任的事情,我现在就交给你一个任务,你去苏大脚家……"

"去苏大脚家将神神鬼鬼的事弄清楚,然后对症下药,彻底摧毁'封资修'黑窝。"铁算听了一半陆地的话,就知道陆地要说什么,迫不及待地将另一半话抢先说了出来。他这么做是要表示他下一步对组织意图贯彻落实的坚定不移。

陆地对铁算的这种"逞能"非常反感,又不好当面说。说得太露骨了,不光会弄得对方下不了台,更重要的会暴露出自己的"妒贤嫉能"。他用眼睛静静地看了铁算一阵,然后说了一声"去吧",就让铁算尽快去办。这一点路数,铁算早看懂了,他也就不再询问,过去抓住陆地的手握了半天,然后退出来,完成自己的任务去了。

铁算当天并没有到苏大脚家里去。这几年,他与苏大脚一家的关系不错,这种关系的建立,要说是王南原那会儿打的基础。王南原之所以让铁算当王家堡的会计,苏大脚也从中帮了不少忙。她走的是谷子那条路子。那年王南原要在大队建砖场,要算一下建设需要的资金,当时铁算刚刚从县里的中学毕业,又将王二拐叫二爸,属同一宗族,苏大脚就去找谷子,说铁算绝对能行,让谷子给王南原打打招呼。后来,谷子便照着苏大脚说的给王南原吹了吹枕头风,铁算就去了。结果,铁算给算了算,王南原不光少花了许多钱,还给大队置了一大摊家当,三月两月下来,砖场建成了,王南原一高兴,就让铁算回生产队当了会计。在这期间,铁算继续用他的精明,让王南原得到了不少好处,会计的位子也就牢靠了。后来,王南原死了,大队革委会主任换成了单眼罗,铁算用同样的办法,将单眼罗的心也就暖热了。这种玩熟了的套路,让他得出了一个结论:到什么时候都不能得罪管着自己的人!眼下虽然单眼罗仍是大队"一把手",可来了驻队干部就不一样了,驻队干部是大队干部之上的干部,他不能不听。而苏大脚的提携之恩又不能不顾,他权衡了半天,为难了。

他早就听说单眼罗在陆地那里揭发了山河与谷子的事,他想再等一等,等单眼罗将山河与谷子"打翻在地",苏大脚的"造神运动"也就跟着土崩瓦解了。这样,他就不会挨苏大脚的骂。他等了两天,却不见单眼罗行动,就急了,他怕陆地追问起这边的事,没办法向人家交代,就硬着头皮去找单眼罗。他打算与单眼罗达成一个"君子协定",联合起来将那件事进行下去。

单眼罗一听生气了,竖着鼻子瞪着眼,说:"你算哪个茅坑里的屎橛子,敢在我面前逞能?我干啥不干啥,那是我的事,有你掺和的啥?你给我滚!"铁算很少受别人如此严厉的训斥,便悻悻地离开了单眼罗,准备回家。他本想将满肚子的委屈说给自己的老婆花二秀,待脚步一迈,却到了苏大脚家。苏大脚见是铁算,格外热情,说:"大兄弟当了队长,咋有空到我们家里来?"铁算听出苏大脚的话里多少有那么点挖苦的意思,也不在意,笑出个尴尬的样子,说:"随便转转,随便转转。"

　　苏大脚也不客气,张口就损起民兵小分队:"你如今当队长,也算是那个窝里的人,你说说,哪朝哪代公家养这么一群劣人?除了杀人放火,啥事不敢干?还民兵小分队呢,干脆叫国民党黑狗子队算了……"苏大脚正说得起劲,铁算却慌了,赶忙过去阻挡,他怕被外人听见,惹出不必要的麻烦。他向苏大脚摆了几次手,不让她说,苏大脚不听,铁算急了,要过去堵她的嘴,被苏大脚一把推到一边,"怎么,害怕了?我明着对你说吧,我知道你想干啥,但我得将话撂在前面,你若要学民兵小分队那一套,我不会将你怎么样,可那么多的神决不会放过你!"苏大脚说着,将西边那间屋子打开,铁算的眼前顿时出现了高低不等尺寸不一刚刚上了油漆的轿子。铁算粗粗地数了一遍,足有七八顶之多。而神的名目更是五花八门,不光有诸如菩萨、玉帝、王母娘娘这些明亮处的神像,连做猴子的孙大圣也占了一个位置,有了一顶很不错的大轿。

　　铁算以前常到苏大脚家里来,却从来都不知道还有这么一间让人见了心里难免要发怵的屋子。他被苏大脚的那句话给唬住了,心马上慌乱起来,他不敢停留,转身一句话不说就要走。苏大脚在后面继续喊:"做事要留条后路,别将事做得太绝遭了报应!"

　　铁算一口气跑回家,一屁股坐在炕边上喘息。他想不通的是以前与村里的人关系处理得那么好,咋做了队长就讨起人的嫌?再就是那些神,稍有常识的人都知道,那是无知的一帮人胡编乱凑制造出的假象,目的是要用它糊弄人,怎么会有那么多的人盲目地去迎合?铁算毕竟是上过中学的,他不可能连这样的把戏都识别不透。让他想不通的是,他尽管什么都清楚,咋就平息不了胸口一阵阵恐慌呢?

　　这时铁算的老婆花二秀从屋外走进来,见铁算脸色不大好看,问出了什么事。铁算本不想说,花二秀一次次追问,铁算没有办法,就将刚刚发生的事向她学了一遍。花二秀即刻惊恐不已,尖着嗓门说:"你谁都可以得罪,可千万不能招惹神灵呀。人得罪了,大不了挨点骂,把神得罪了,连小命可能都要丢啦!"铁算一听蹙了蹙眉,说:"这是哪里跟哪里呀,滚一边去!"

　　花二秀瞪了铁算一眼,出去了。

　　花二秀出门后铁算又开始了他的琢磨。人就是这样,糊里糊涂地一天天往下过,什么事都没有。一旦逢事都琢磨,越琢磨就越抛锚,越琢磨事情就越复杂。铁算正是误入了这样一个怪圈里。他为神的事整整想了一个下午,最终还是老婆花二秀的观点占了上风。尽管神不可能有,这一点科学早就下了定论,但人们的寄托却不能缺,就像社员对土地的珍爱,图的就是要从它的怀抱里获取粮食、获取棉花一样。一个时代假如没有了寄托,约定俗成且被许多人认同的偶像,就一定会在一种荒谬的空间里重新出现,这或者就是"造神运动"产生的基础。从这种说不清是不是学问的角度讲,铁算似乎看到了另外一样东西,那就是人们是要借助神的力量做些别的什么事情。到底要做什么呢?铁算虽一时想不明白,但他的判断几乎让他坚信,王家堡的人绝不是因为愚昧而干那种劳民伤财的事!他有了这么一个思路之后长长地吁了一口气,自己对自己说,差点上了陆地的当,若真要与那么多的村民为敌,他爬得再高,也是孤寡无助的一个可怜虫!

铁算尽管可以为了自己一己私利出卖胡子刘,出卖别的一些什么人,但他不可能同全村人作对。这是他从胡子刘身上得到的教训,也是他如梦初醒后突然产生的想法。从这一天之后,铁算每天除了敲那段钢轨招呼人上工,一直都没有到陆地那里去。

大约过了一个礼拜,陆地派人将铁算叫了过去。陆地开口第一句话就问:"事情办得怎么样了?"铁算结结巴巴了半天,没有交代清楚自己要表达的意思。陆地很不满意,阴冷着脸说:"我知道了,你在耍滑头,你说说,到底去了没有?"铁算说:"去是去了……只是……只是看见几个木工在干活儿,没有发现有啥异常情况。"陆地摆了摆手,非常肯定地说:"不对吧,据说村里曾给什么神开过一次光,全村人都被招待了,你没有去?"铁算摇了摇头,说他记不清了。陆地问他什么时候当的队长记得清记不清,陆地说你记不清了就把队长让出来。言下之意,队长是他给铁算的,假若再不听话,他就要将队长的"官帽"收了去。这显然是铁算不愿意的事,他算计了那么多年,好不容易得到的实惠,咋可能心甘情愿地让出来?铁算急出了一头冷汗,赶忙变了一种语气,说:"再给我两天时间,我还可以去看看,看清了就一定回来告诉你。"

铁算用的是缓兵之计,他一时慌乱得没辙,只得用这种办法为自己寻了一条退路。陆地没有再说什么,陆地很沮丧地闭着眼睛一直都没有睁开。他在失望中做出一个不愿再看铁算的动作,铁算也就趁机溜了出来。

铁算出了铁匠李家的门,与王多劳撞了个满怀。

王多劳的体力显然不及以前,被铁算一撞,差点跌倒在地上。王多劳颤颤悠悠地嗔怪了铁算两句,对着铁算说起了他逢人常说的话:"谷子是个好人,是个好儿媳妇,我对不起她,也对不起我那老亲家,我不该在那畜生面前服软,哪有干儿子娶干娘的道理……"王多劳是在骂单眼罗,脑子一阵清晰一阵糊涂,将短短的几句话说得拖拖沓沓。铁算将他拉到一个没人的地方,规劝道:"谷子不会傻到那种程度,他单眼罗也不可能得逞,你就不要再给别人乱讲了,说得越多,越对谷子不好,这你应该明白。"王多劳点点头。然而,待刚换了一个地方,却又开始说他逢人常说的那几句话了。

铁算见自己的劝没有什么用,也就不再去费神。

铁算被王多劳一搅和,那些让他烦恼的事情又涌了过来。他不相信自己脑子那么笨,竟连逃脱的办法也想不出。他已经到了背水一战的地步,要么,将苏大脚家的秘密以及村里人对神的崇拜全说给陆地;要么,乖乖地将队长这个官儿重新交给陆地,让陆地拿它再去笼络别的人。这两条路必须选择一条。他出了村,顺着坳里的那条小路向前走,一走就到了王家堡的"官坟"里。那里埋了几百个王家堡的先人,其中也有王南原的墓冢。他鬼使神差,一抬脚却到了坟地腹中,无措地站在王南原的墓前。他左右瞅了瞅,发现已经好久没有人给王南原扫墓了,墓冢被蒿草覆盖了一层又一层,几乎连凸起的泥土都看不见了。他下意识地跪下去,双手拔着草,眼泪由不得自己地潸潸而下。他这时候很想跟王南原说几句话,比如村里近几年来出现的怪事,比如一个人身不由己的那种苦恼。他试着张了几次口,都没能吐出一句满意的话。他继续一把一把地拔草,一把一把地抹泪。

铁算知道王南原看不见他,也听不见他说话。王南原早已变成一阵风刮走了。人本来就是这么回事,不管活着的时候多么风光,可一旦死去,也就一了百了,变成了泥土,变成了风。他愈是这么想,愈觉得活人太淡。

铁算其实是在教训自己,抨击自己。铁算面临王南原的坟墓,突然就觉得眼前的一切都是个空,便下意识地摇起了头。

或者正是因为这一回他动了真情,等回到家中,却落下了一个毛病,见了人说不说话总要先摇头,好像不摇头,他的喉咙里永远都发不出声音。发展到后来,有人没人都会摇,直摇得自己走路都站不平稳。花二秀见铁算身体突然出了问题,心里发急,想请河湾镇的偏方医生过来瞧瞧。铁算不让,说他好好的,根本没有病,干吗要请大夫?铁算越这么说,花二秀越觉得不对,还是将大夫请过来了。大夫把了把脉,讲得更悬乎,说这种病虽体现在外表上,病根却在心里,如果不及时诊治,病入膏肓,就麻烦了。铁算瞪一眼大夫,说:"麻烦就让它麻烦,我就是要摇,一直摇到我死的那天为止!"

铁算撇下医生到了村街上。

他虽然仍旧不住地摇头,但心里很清楚。他没有忘记村西边的那口池塘,也没有忘记从池塘里打捞一车嫩嫩的浮萍,派两名社员给陆地的老家送去。

三十九

  谷子与山河被民兵小分队拿住的那天,恰好是正月十五傍晚。
  按理说春节期间,苏大脚家请来的木工早该回去过年了,山河却没有走,山河见另外两位木工先后离开,就主动到了苏大脚屋里,说出了自己愿意继续留下来打轿子的理由:"我家里没有什么人,回去跟在这里没啥区别,就不想来回跑了,再说,我手头的活儿刚做了一半,放不下。"山河说这些话的时候磕磕巴巴,脸颊上时不时会挂上薄薄的红云。苏大脚一看就知道是怎么回事,也就话里有话地来了一句:"小心点,大年下的,要注意安全。"山河正在盘算他与谷子的事,没有仔细琢磨话中的含义,说:"我不玩鞭炮,也不玩焰火,你放心吧。"苏大脚叹了一声,苏大脚是为一桩阴差阳错的情感叹息。山河仍旧没有听懂,也就不再说什么。
  谷子知道山河没有回家,心里有种说不清又道不明的感激和酸楚。山河的举止,显然是丢心不下她,这让她感动得恨不得扑进山河的怀里痛痛快快地哭一场。她越是这么放不下山河,越觉得有点对不住他,她为什么就不能与山河大大方方地生活在一起呢?一个单眼罗难道就可以践踏了他们的幸福?她这一段时间几乎将后面的事全想好了,她要自己为自己找出一条路,为山河那份真挚的情感找出一条路!她于是跟山河约好,一定要在正月十五的那天与山河一起度过一个团圆的夜晚。
  谷子半下午的时节就到了苏大脚的家门口。
  谷子先到西墙脚的锣鼓场上站了一会,为自己顺理成章的串门做了做铺垫,然后问了问站在一旁观看锣鼓的天助:"这么热闹,你娘咋没有来?她在不在家里?"天助说他娘正在家里做灯笼,来不了,谷子就转身去了。谷子知道,作为外乡人的山河不可能在王家堡的村街上看热闹,很有些过意不去。大年下的,一个人孤零零地待在木工房里,多无聊呀?她这么想着,也就加快了脚步。
  谷子进了苏大脚的家门远远地就喊开了:"大婶,外面那么热闹咋就不去看呢?到啥时间了还做灯笼?做了也就亮这一个晚上,到了明儿,也就没年气了。"苏大脚努着嘴假嗔道:"你这瓜娃,咋就忘了呢?咱王家堡最讲究的是正月十五这一天,初一是小年,十五才是大年哩,尽管一个晚上,也得可着劲儿过!"苏大脚虽然将话往年节上扯,却知道谷子干什么来了,有意看了看木工房,"你看看,山河这个年过的,一个人钻在屋里也不出来,我心里呀还真有点过意不去,你来了,就帮我跟他说说话,也算没有冷落了人家。"苏大脚这么一说,谷子倒有了台阶下,也就过去,将门轻轻地掩上。

　　山河没想到谷子这时候会来,一激动,上前将她紧紧地拥在怀里。此时此刻,谷子也就软了,没有自主的力气了。她很想对山河说一声对不起,用这句话来表示自己对身不由己的处境的无奈和内疚,话在脑子里已经憋了好久,等到了涩涩的喉咙眼里,滚动了一下却怎么也吐不出来。她的泪水吧嗒吧嗒流下来,滴在山河的肩上,将山河的肩头都打湿了。山河抚着她的头,抚得那么仔细,像母亲呵护自己的孩子。山河见谷子泣不成声,他同样说不出话来。过了好一阵子,才慢慢地平静下来。山河让谷子坐在一条木凳上,竟先安慰起了谷子:"不要难过,我已经想好了,过了这个年,我就去与单眼罗讲理,不管咋说,他也不能那么欺负人吧。他如果还那样,我就去找公社,找县里!"谷子伤心地摆摆手,说:"都怪我,是我太软弱,惯出了这个坏蛋的毛病。我想好了,他若再阻挡咱们,我就死给他看……"山河一把捂住了谷子的嘴,不让谷子再说下去。山河在屋子里转了一阵,突然拿出了一个大胆的设想:"倘若去找找陆地,将单眼罗强迫你嫁给他的事说清,说不定陆地能站出来去管。"谷子想了想说:"陆地是能管了单眼罗,可如今这世道,人鬼难辨,咱也不了解他是啥人,一旦被他反咬一口,事情办不成,倒让人家有了把柄。你没看见那个姓陆的,时刻都想在干石头上钉橛哩,咱跑还跑不利索,敢往他跟前随?"山河一想谷子说的也有道理,就又显得一筹莫展了。

　　山河虽然隔三差五地同谷子见面,但在这样的特殊日子里相见,对于他们来说自然是第一遭,话也就多得像永远也扯不完的丝线。没多一会儿,夜幕就笼罩了院子,同时也笼罩了小屋。他们没有开灯,他们谁也没有想到要去开灯。他们仍旧说话,说着说着,话题就又到了他们的童年,到了他们曾经过家家做新郎新娘的那个幼稚环境里。谷子同山河都是重情感的人,彼此倾吐着真情实感的时候也就又抑制不住了,他们忘了时间和地点,像飘起来的云朵一样突然就融到一起。他们刚脱光了衣服,紧紧地抱在一起躺在一堆刨花上,屋子的门"嚯"地一下被打开了。

　　山河蓦地站起来,谷子也敏捷地拿了一件衣服堵住了胸口。

　　走在最前面的是民兵小分队的人。他们进了屋兵分两路,中间闪出了一条通道,通道中走出的不光有住在王家堡的干部陆地,还有谷子一直将她看做亲人的苏大脚。陆地很严肃,眼睛一直半闭着;而苏大脚却面红耳赤,像只耗子,不敢正眼向这边看。就在这迅雷不及掩耳的瞬间,陆地将手摆了一下,几个小伙子冲了上去,将山河压倒在地,用枪托一下一下在身上打。谷子背过身去穿好衣服,跑过去拦挡,被民兵推到一边,按在地上不让动。谷子哭喊:"都是我的错,与山河没有关系,你们放了他!"民兵们

像没有听到,继续抡着枪托。他们此刻只看陆地的脸色,没有陆地的命令,他们绝不会轻易放下手中的枪杆子。

山河一直硬撑着。

山河只想着谷子,他抱着头却仍旧对民兵们苦苦哀求:"你们放了她,这不能怪她,都是我强迫的,你们打死我都行,只求放了她……"陆地蔑视地看了他一眼,将舌头在唇边上转了一圈,猛然就想起另外一个场面。那里有一个叫大翠的女人,丰乳肥臀,想起都能让他抑制不住地浑身骚动。他目光游离,心里马上起了嫉妒。谷子本应该也是他的,怎么就与这种混子缠在一起!自古风流场上,那些为之献身的"勇士"们从来都没有满足过,在他们看来,天下女子即使全都属于了自己也不算多,何况是谷子这样的美女。陆地就是怀了这样的心态决定给山河点颜色看。他这时候不会将同情心"奉献"给山河。他破例从兜里拿出了一盒烟,抽出一根,点燃,做出个很领导的姿势吸了起来。

谷子虽被两个民兵摁着,身体无法挪动,眼睛却一直毒毒地盯着苏大脚。她分明是在问,到底是怎么回事,这帮人咋会突然撞进屋子里,是不是苏大脚告的密。苏大脚看出了谷子的意思,摇摇头,将手放在衣襟下面,对着陆地指了指。这指是什么意思?是说陆地指使她干的,还是陆地自己冲进家里,将她拉过来的?谷子弄不明白。谷子记得,苏大脚让她去山河屋子里的时候好像说了一句"你尽管放心,没有人这阵子会到家里来"的话,这说明苏大脚知道她与山河之间的关系,并向她作了暗示。眼下苏大脚怎么又与民兵一起出现在他们面前,还表现出了一种忐忑不安?这能说与苏大脚没有一点干系?谷子想到这里,猛一用力,从地上站起来,要往苏大脚跟前冲,被民兵死死地扭住了胳膊。苏大脚怔了一下,向后退了一步,趁机溜了出去。

另一边,民兵们殴打山河的枪托声仍在继续,声音闷闷的,像打在捆成一个墩的棉花包上。谷子听到落在山河身上的声音,胸口撕肝裂肺一般疼痛。她左突一下,右冲一下,像母亲看见强盗在杀戮自己的孩子一样要跟眼前这帮人拼命。这时,一直坚持着不吭声的山河尖尖地叫了一声,这叫穿过了夜幕,飞入高空,漫遍苏大脚家的角角落落,让整个王家堡都充满了悲戚和酸楚。

在乡街上游灯的,燃放烟花爆竹的,看见那么多人进了苏大脚的家,猜测可能是祭神去了,也就没有在意。在这一年多时间里,去苏大脚家祭神的人很多,大家早就习以为常,不觉得有啥稀罕了。后来,屋子里传出了尖尖的那么一声惨叫,将外面许多人的注意力引了过去,人们边走边议论,都想看个究竟。好奇也就扩大了,人们于是急急地来到苏大脚家的门口,接着便挤进了民兵们围着的那间屋子里。

陆地见群众围了上来,知道将这种事情交给王家堡的村民,要比他组织人亲自出手解馋得多,就有主意了。他虽驻队时间不长,可了解王家堡对外乡人进村干那种事的惩罚,也知道这时候倘若将山河交给村民,定能取得事半功倍的效果。他于是摆了摆手,让民兵们停下来。民兵听了陆地的话,抹着脸上的汗珠将枪收起来,站成一排,等待新的指令。陆地没有给他们什么指令,却转身面对村民说:"大家看见了,一个外乡人竟然跑到村子里干这种淫荡的事情!"

陆地的话音一落,人群中立刻起了一阵喧哗。

王家堡出了这种腌臜不堪的事,这在人们看来简直就是恶劣中的最恶最劣,他们并没有考虑要弄清事情真相,见山河被打倒在地,谷子被摁在一旁,驻队干部又为大家撑腰,便不分青红皂白,一拥而上,有几个人的拳头也就落在了山河身上。

山河自从刚才尖叫了一声后就窝在墙角上,待村民上来踢打,山河再没有动一下。后来,大家突然觉得应该让山河说说,到底是怎么回事,说清了再打也不迟,就停下来了。其中一个村民拍了拍山河,让他站起来。山河没有动,那个村民过去拉了一把,想扶一扶他。山河却顺势翻了一个身,头颅对着人们滚动了一下,平平地摊在地上。

山河满脸是血,已分不清哪是鼻子哪是眼睛。那个拽拉山河的村民一惊,怪叫了一声,躲到了一边。这时,一位有经验的长者过来,将手放在山河的鼻子上一试,顿时吓得蹲坐在地上。山河不知什么时候已经断气了。

谷子在村民拽拉山河的时候就产生了一个可怕的预兆。山河不是那种软骨头,他不可能装出一副可怜相,怎么就没有站起来呢?后来,村民证实山河确实断了气,谷子就再也忍不住了。她两眼崩裂,头顶若五雷轰击,"嗡"的那么一下,就什么也不知道了。待她重新清醒过来,已被关进生产队的仓库里。从那天起,谷子就一直哭笑无常。她更多的时候是哭,哭得像孩子一样,哇哇哇地,嘴里不停地念叨着什么。与她同关在一个仓库里的人仔细地听了,好像是叫山河的名字,又好像在喊王南原,反正模模糊糊,谁也说不准她喉咙里到底发的是什么音,嘴里究竟要表达什么意思。

村民们一直为年下里发生的这件事感到不安,尽管陆地向上级汇报情况的时候说山河是村民们失手打死的,这种说辞,虽然解脱了陆地或者某个民兵必须承担的责任,村民们私下里还是有了他们的看法:人显然是村民未到苏大脚家之前就被打死的,不然,几拳下去,咋可能要了人的命!他们这么说有这么说的依据,以前村里的人时不时也会打架,可凭着拳头从来都没有打死过人,何况,打山河的人仅仅就那么几下,根本不可能置山河于死地。

陆地听到了议论,很严肃地召集了一次社员大队,会上说:"事情过去了,就不要再说了,再说下去,影响了抓革命促生产,就得有人负责了。"这话还真管用,大家都怕变成那个需要负责的人,也就缄口不语了。

陆地和民兵小分队是怎么得到了山河与谷子在一起的消息?山河的尸体被陆地派去的人草草掩埋之后,这一疑问便在村子里引起了轩然大波。村里传出了各种不同

的说法。一种说法是陆地放弃春节回家团圆的机会,留在王家堡,除了有舍不得离开大翠的嫌疑,早就对山河与谷子的事摊上了线,不出这样的事才怪哩。

王家堡的人记得,在临近年节的一个日子,陆地召开了一次全大队超常规的社员大会,不光要求每个社员必须参加,就连放假回到村里的学生、工人也都叫了过去。这次会议只有一个议题,那就是怎么过一个革命化的春节。他在讲话中表达了三层意思:第一,他强调革命人就必须继承革命传统,以革命者的英雄气概过一个让阶级敌人感觉到心惊胆战的春节;第二,他提醒大家,虽然过春节了,可阶级敌人贼心不死,伺机破坏,大家要时刻提高警惕;第三,他说他自己之所以放弃休假,就是为了让村民们过好节日,大家在过节期间发现有什么可疑的情况,都要及时向他汇报。

就陆地的这些话分析,他或者很早就有了要在春节期间趁山河与谷子麻痹大意,将他们的事揭开来,然后给予沉重打击的打算。陆地一个言不露神色、行不敢越雷池一步的人,能如此不顾一切,没有十分把握他是不会那么做的。

这是一部分人的看法。而另一部分人则认为,山河与谷子的事能那么准确地被陆地逮个正着,肯定有人通了风报了信。大家首先怀疑的是单眼罗。道理很简单,单眼罗发现谷子根本没有要嫁给他的意思,还明目张胆地找了一个"野男人",显然被激怒了,要破罐子破摔,才将山河与谷子的行踪告诉了陆地。陆地掌握了第一手材料,方能蛮有把握地将山河与谷子堵在苏大脚家的木工房里。

还有一种说法,让人听了就更觉得很有可能。说出卖谷子的肯定是谷子最信任的女人苏大脚。持这种说法的人要稍微多一些,他们似乎已经掌握一些可靠的证据。出事的前两天,陆地让人将苏大脚叫到了大翠家里,他们是在陆地借住的那间屋里见的面,而且时间比较长,后来苏大脚出来的时候,满脸都是泪痕。于是就有人传出了话,说陆地将苏大脚叫去,是让她交代"造神运动"的始末,交代苏大脚传播封建迷信思想的罪行。本来,陆地是要将苏大脚关到仓库里去的。苏大脚苦苦哀求,陆地才给了她一个选择的机会,那就是,如果苏大脚将山河与谷子在一起的时间和地点告诉他,他就不追究苏大脚的责任了,否则,必须严办。苏大脚知道她告诉了山河与谷子的行踪,接下来将会发生什么事,她本不想将山河与谷子的约会说出去,但她怕再看见一个支离破碎的家,怕拐着的王二拐活活饿死,最后还是答应了,因此才有了山河与谷子在苏大脚家发生的那一幕。

人们之所以这么议论,显然对陆地处治谷子的做法有意见。谷子腼腆老实,这段时间为村里的人帮了不少忙,比如张家王家吵架,看起来放不下的事情只要到了谷子那里,她什么话都不用说,仅让他们给"神"上两炷香,事情就自然而然地解决了。另外就是生活环境的安稳。自从谷子与苏大脚联手,将"神"的事闹起来,村里的奇事怪事全都没有了,日子自然也就太平了。人们一回顾,觉得还是应该给谷子求求情,让她不要再蹲生产队的仓库了,便三五成群地到了陆地那里,说出了他们的请求。陆地知道在山河的事情上有点过分,便格外开恩,让民兵将谷子放了。

谷子出来后,独自到被草草掩埋了的山河的坟墓跟前守了一天一夜,她将头贴在墓冢上放声大哭,哭得一群群乌鸦只在天空盘旋却不敢下落,哭得整个天地都有点黯然失色。她有准备地将这几年放在箱底的许多心爱的东西拿了出来,一样一样摆开在坟堆旁,哭着也便烧着,好像接下来连自己都要付之一炬。这件事情干完后,她花钱雇了七八个小伙子在王家堡的官坟中给山河挖了新坟,用青砖垒砌了墓穴,然后买了一口上好的棺材,将山河的尸骨重新进行了收敛。还请了三十里外最著名的唢呐手,敲敲打打了整整三天。人们这时候方才发现,进了仓库一直神志不清的谷子,这时候却格外地清楚,她操持的那些事情,几乎样样仔细精到,详尽完美。

那天谷子在山河坟头上哭,第一个走近她的是苏大脚的二儿子地保。

他先站在树后偷偷地看,看得他的眼泪也流下了两行。他虽然还没有弄清山河与谷子的遭遇是不是自己的母亲做的手脚,但他还是从母亲的反常神态中看出了一些让他生疑的迹象。母亲突然有了傻傻地坐在门槛上发呆的习惯,特别是山河与谷子的事发生后的第二天,她几乎连饭都没有吃,一整天看着远处的山,天上的云,像高高的天空有一只快死的鸟要掉下来,像山后面突然要滚过来一股洪流,满脸忐忑的表情。地保问她发生了什么事,她摇摇头,说她心里慌,想那么看,地保也就没有在意。后来,地保从村里人的嘴里知道了山河与谷子的事以及大家对母亲的怀疑,觉得很有道理,从母亲这几天惶恐的情绪看,她很有可能做了不该做的事情。地保想不通,即使遇了再大的灾祸,也不能做那种伤天害理的事啊,况且是对待那么可怜的一个女人!这样一来,地保就对一直信任和依赖的母亲冷淡了,他觉得现在唯一能够补救的办法就是帮谷子干点事情。

谷子的情绪很坏,他不好当面去劝慰,就偷偷地跟在她的身后,唯恐她再发生意外。当他在墓地里看见谷子伤心的样子,也就由不得自己地也伤起了心。后来,他慢慢向谷子身边走去,将自己的手绢掏出来递了过去。谷子这时候方才抬起了头,谷子哭肿的眼睛几乎成了一道缝,根本看不见地保,也没有心思去揩泪。

地保面对如此惨痛的场面没有一点办法,干脆回到家里,拿起自己自制的那把二胡,随谷子一起在那个荒凉的野外制造起更悲惨的气氛。谷子用满腔的哀怨在倾吐,地保用两根丝弦在悲诉,两种声音一结合,传到村里人耳朵里的,就不是一般的飘荡了,而成了撞击。像举起大锤在石头上砸,每砸一下,都能掉下惨烈的粉末!

从那天起,王家堡的人便每天都能听到地保二胡里流出的那种如泣如诉的声音。这声音自然也被陆地听到了,开始他觉得心烦,不理也就算了。后来却生了头痛病,只要地保在村里的某个角落里操持起那玩意儿,他就头痛得大把大把地吞咽去痛片。这

样一来,人群里又出现了一个滑稽的言论,说借助过谷子身体的各路神仙见谷子遭了祸,连琴弦也被神灵控制了,要不然,那么个东西咋可能让人听了就由不得要掉泪?而它发出的声音却偏偏要让那个见谁都想整的驻队干部头痛?

　　陆地听到这种言论,心里像打翻了五味瓶,很不是滋味。半夜里,他跟大翠躺在一起的时候就将心烦的事说了出来。大翠为他出主意:"将地保也关起来,不就听不到那种声音了?听不到了头也就不痛了。"陆地一想这倒是个办法。可到了第二天一想不行,单凭地保拉二胡这件事就将人关起来,不是个理由呀,倘若县里又来了什么人问起,到时被人扣上假公济私的帽子,梦寐以求的那些好事不就跟着泡汤了?他没有将地保关进去。他于是也就总受着头痛病的折磨。

　　这声音似乎将谷子也感动了。有人看见,在她料理完山河的丧事之后,在一个太阳落了山,夜幕开始笼罩大地和天空的傍晚,谷子到了地保拉二胡的地方,一句话不说,一动不动地听了半天,然后对着地保深深地鞠了一躬。随后,她便主动地向关押人的生产队仓库那边走去。民兵们看见了,汇报给了陆地,陆地指示将她赶走,说是她再回去对村里人的情绪有影响,弄不好会激起更多人的义愤,到时因她再引出点事来,就不那么好收拾了。民兵们于是便过去赶了,可她就是不走,民兵们拉她,竟没有一个人能拉得动。

　　谷子进了关押人的仓库,孤身一人的王多劳便彻底没有人照管了。他除了每天绊绊坎坎地去做饭,还要管后院里的一头猪。猪没有了人打草,饿得嗷嗷叫,王多劳就骂开了:"你以为你是驻队干部呀,冷了有人点炕,饿了有人做饭?你这畜生跟我一样,无依无靠了,还乱喊叫什么?要喊你去对陆地喊,看那狗日的能不能给你点草料吃?"王多劳骂完,一想对呀,为什么就不能去找陆地呢?他要问问陆地,看陆地让他这么一个孤零零的老头子怎么活下去。

四十

  谷子在与一个无形的、看不见的东西较劲儿。
  这个东西是什么？究竟在哪里？她不可能看得清楚。她认死理儿，她的执拗劲儿八头牛都不可能拉得回来。她再次进了关押人的仓库后一直不吃不喝，一个人靠墙躺在狭窄的旮旯里，对着墙壁发呆。偶尔，嘴里说几句只有她自己听得懂的话。民兵们不能说没有采取措施，他们几乎将陆地教给他们的能耐全都使了出来，还是没有用。谷子简直就像掏去了灵魂和流干了血的空壳，对她面前的一切都无动于衷。陆地面对尴尬的局面又出了新招，他在祠堂和仓库的关押人员中开展了互帮互助活动。他的理论是，除了大杠子、毛豆、马天佑这些阶级敌人之外，其余的人全都属于"犯了错误，可以改造好的同志"，同志之间就应该有那种互助友爱的精神。这个号召一经发出，就有愿意积极上进的人站出来表示，一定要在这场洗心革面的运动中做出点成绩来，给小分队献上一份厚礼。
  这帮人中最积极的就是胡子刘，他再三再四地对小分队提出请求，说他愿意去仓库那边做谷子的思想工作，他决心用自己的实际行动将颓废的谷子从"死亡线上"拉回来。民兵们请示了陆地，觉得还可以试一试，就将胡子刘从祠堂换到了仓库里。胡子刘走的时候恭敬地向"同一个战壕里的战友"抱了抱拳，以示几个月来的阶级友谊。屋里的所有人几乎都站起来为他送行，并投过去羡慕的目光。
  胡子刘到了生产队的仓库里，将自己的铺盖卷放到了谷子旁边，然后想着法子靠近她。他发现，谷子其实不是没有知觉，而是将所有的心思全用到了一件事情上，才造成了她的旁若无人和目空一切。胡子刘是粗人，本没有如此敏锐的观察能力和分析能力，是这几个月的苦闷经历锻炼了他。他刚被关进祠堂的时候与谷子差不了多少，同样傻呆呆地望着一个固定的地方，脑子里只想一件事，那就是什么时候才能出去。现在看谷子的神态，虽不能说与自己当时的想法相同，但肯定是在一件事上咬住了，解不脱了。胡子刘有了这种判断之后，胸有成竹地在心里笑了一下，就有定论了，谷子这种病需要的药方只有一个，那就是时间，在这里关上一月两月的，你不去帮她，她自己就

认火了,也就不再胡思乱想了。胡子刘这时候像一位哲人,在脑子里刻上了一句话:时间才是洗刷人痛苦和记忆的魔鬼!

谷子一直不肯吃饭的举动让胡子刘百思不得其解。

饭这东西多好,能让咕咕叫的肚子突然不叫,能让垂头丧气的人突然有了心劲,还能……胡子刘可以举出许多让他提起饭就精神抖擞的事情,谷子活了三十多年,咋就连这点感受都没有?看来事情真的不是他想象的那么简单。胡子刘找了一个机会,往谷子身边凑了凑,说:"还是吃点吧,人是铁饭是钢,不吃怎么行呢?哦,你是嫌饭不好吃?这地方你知道就是这么个样子,你干吗放出去了又自己走进来?进来了就得受罪,将就一点,等在这里时间长了也就啥事也不想了……"胡子刘叨叨了半天,谷子依然一动不动,依然睁着圆圆的眼睛目不转睛地望着墙壁。接下来胡子刘又将刚才说过的话重复了一遍,谷子仍旧没有动也没有回答他。后来的一整天里,胡子刘几乎是过一阵子就劝一次,谷子始终用脊背对着胡子刘,保持着她那固有的姿势。

这件事急坏了陆地。三天不吃饿死人,这是乡下人常说的一句话,也是被人们证实了的事实。60年代初闹饥荒,不就有人饿死了吗?在陆地看来,现在最要紧的事就是将谷子弄出生产队的仓库,那样,即使人死了,也就与他没有了太大关系。在民兵们贯彻了他的所有指示都无济于事的情况下,他突然想到了医院,他要让医院里的人到仓库来给谷子打葡萄糖,以维持她的生命,保证不出事情。

也就在这个时候,单眼罗去找陆地。他脸黑得像翻过来的铁锅。他以前只对村民们使这种态度,对上面的领导以及所有的脱产干部从来都没用过,他今天一反常态,气势汹汹地跑到陆地那里,显然是兴师问罪去了。他开口就像吃了一肚子炸药,说:"谷子有个三长两短,我跟你没完!"陆地没想到被他调教顺了的单眼罗会为了谷子的事炸蹶子,也没有好言语:"你算什么东西,敢包庇装神弄鬼的人,你要想清楚你自己的后果!"单眼罗说:"什么后果?我受够你的要弄了,现在不想受了,我不过一个农民,你能将我怎么样?"陆地说:"你走着瞧!我掌握你的问题多了,苏大脚家打轿子的事是你包庇的对不对?王家堡的迷信活动闹得那么凶没有人管,你才是罪魁祸首!"单眼罗说:"是又怎么样?你不要将缺德事做尽了,遭到报应!"单眼罗的最后一句话是从苏大脚那里学来的,一旦出口,还真激怒了陆地,单眼罗不就是在咒骂驻队干部没有好下场吗?话说到了这个份上,彼此也就不是革命同志了,再不给点颜色,说不定要爬到他头上去了。陆地突然闪出一个念头,因此也就有了一个新的决定,他准备将县里的七人小组再请回来,把苏大脚家的事情揭开,然后让单眼罗上批斗会,然后让单眼罗从大队革委会主任的位子上滚下来。

陆地这么说了,也就这么做了。

这一回从县里下来的却不是七人小组,是刚刚组建起来,还没有来得及冲锋陷阵的"横扫一切牛鬼蛇神战斗队",他们在全县分成了若干个分队,每个分队也就三个人。来西坡大队的是从东风公社"铁姑娘"队抽出来的三个半脱产人员,她们的心劲比陆地还要足,恨不得一夜之间干成一件事,立一个大功,受到县里的肯定和表扬,然后将户口转到城里去,成为像陆地一样的干部。

　　她们到了西坡的当天下午,放下行李就风风火火地冲到了苏大脚家。她们不像下乡驻队的男人,在女人面前总有点瞻前顾后,女人治女人有的是办法,她们才不管哭哭啼啼、拉拉扯扯的那些事呢。她们到了苏大脚家二话没说,就冲进了放着各路神仙轿子的房间里,拿起木棍和榔头,像在"铁姑娘"队那阵子上山打炮眼,把眼前那些东西当成了头顶生疮脚底流脓的美帝苏修,当成了水深火热中的旧世界! 这样,她们先前的那股劲就又焕发了出来,像一团火,在这些没有生命的五颜六色的塑像面前显得特别坚强和果断。她们三下五除二,就将"牛鬼蛇神"横扫了。她们将砸坏的残屑让苏大脚装在架子车上,来回在十一个小队整整走了八天。她们要让所有的村民都来看看,神到底是个什么东西。

　　苏大脚瞬间失去了往日的风光,她拉着架子车走在最前面,跟在她身后的是帮她四处化缘的老太婆们。她们长长地站了一排,大都是小脚,一走一晃悠,加上个个垂头丧气,很像是村里死了人前往吊丧的队伍,凄惨得让人看见就觉得伤感。

　　本来,谷子也要被拉去游街的,按"横扫一切牛鬼蛇神战斗队"的意思,谷子才是这场"造神运动"的主犯,绝不能让她逍遥法外。后来,她们听说谷子好几天不吃饭,已经走不了路了,也就放了她一马,只让其余的人游。

　　待游街的队伍走遍了十一个村子,战斗队的三位姑娘便将她们集中起来,举办起"洗心革面"学习班。战斗队将这个学习班的具体地址放在苏大脚曾经让木工干活的那间屋子里,这样,就给学习班赋予了一个更深的意义。她们要所有参加学习班的人认识到,她们的脚下就是牛鬼蛇神的葬身之地。

　　开班那天,三位姑娘轮番讲了话,意思无非是说,这个学习班没有时间限制,问题交代不清楚,办到哪一天没个准儿,每个人都必须从思想深处认识问题的严重性、复杂性以及反动性,然后在运动中自己解放自己。三位姑娘讲完话过了两天,这些老太婆却一个个缄口不语,一句话也不说。三位姑娘是什么人? 没有毅力就不会叫"铁姑娘",三位姑娘于是别开生面地想出个治老太婆们的绝招。她们从王家堡的祠堂和仓库关押的人员中挑选出了像胡子刘一样有点赖的五六个男人,命令这些男人脱掉裤子,站在老太婆面前,老太婆们要是不好好交代,就往她们脸上撒尿。这些老女人们中间,年纪最轻的也是民国时期的人,能裹着脚自然心里装的全是封建社会里的那些东西,哪里受得了这般污辱? 她们有的将身子扭过去,头往墙上撞;有的干脆将脸捂起来,像孩子一样地哭。这一场下来,效果不错,该认罪的,不该认罪的,全都认了罪。

陆地见形势越来越好，就找到了战斗队的三个姑娘，及时点出了幕后策划在这场"造神运动"中的作用。他说："为什么西坡大队的社员全都对神那么信赖，不是没有原因，想想看，在全国上下都在早请示晚汇报的时候，西坡的人却对的是那些泥塑的牛鬼蛇神说他们心里的话，这能说不是阶级斗争新动向？"三个姑娘想了想，说："绝对是。"陆地说："不光是，简直就是狗胆包天！你们再想想，这么大的动作，作为大队的主要领导，如果不支持，不纵容，社员有那个胆吗？这事我已经调查清楚，王家堡的神其实就是单眼罗闹起来的，打蛇得打七寸，如果将单眼罗这个坏蛋放了，说不定什么时候砸烂的轿子又会重新打起来，扫除了的牛鬼蛇神还要泛滥！"三个姑娘觉得陆地说得非常有道理，决定下一步将单眼罗作为横扫牛鬼蛇神的重点对象。

陆地与战斗队的三个姑娘在一起分析了目前斗争中存在的问题，一致认为，单眼罗是公社管的干部，要想将他拉过来上批斗会，必须先将他革委会主任的头衔摘掉，否则，会像民兵小分队那样，干看着单眼罗为所欲为却没有办法。

陆地思考了半天，突然就有了主意，说："今非昔比，眼下单眼罗自己挑着拣着往粪坑里跳，他不倒霉谁倒霉？这事由我去办。"陆地走了一趟县城，最终还是从县革委会主任八面风那里讨到了上方宝剑。

陆地通过在县里给八面风开小灶的舅舅直接见到了八面风。

他到县城的那天，正逢春暖花开绿树成荫的季节，路上青草如染，街道春意满园，但陆地没有心思去留恋，去欣赏。他已经清楚地意识到，单眼罗也正在准备向他发出猛烈地攻势，这种迹象已经明显地表现了出来，单眼罗从向他发难的那一刻起就开始收集他的材料，还私下里约了人到处串联，到现在早已剑拔弩张。他来县城之前就有了思想准备。他首先对自己的脚下进行了清理，不给单眼罗留下任何把柄。用他自己的话说，那叫放下包袱，轻装上阵，以利再战。

陆地最先要放下的"包袱"就是大翠。那天，他将提包据在手上，准备出发的时候对大翠说："这回我真要远离你了，把单眼罗这个'二杆子'整不下去，危险就永远不可能消除，我们万一被他发现，偷鸡不成反倒蚀了一把米，到那时说不定我就被他给治了。"大翠似乎还要说点什么，陆地已扭头走出大翠家的门。后来，他就坐上了去县城的班车。

走到半道，舅舅上车了。舅舅有点风尘仆仆，说是刚到八面风乡下的家里去了一趟，送了点牛肉、挂面什么的，正准备回县城。陆地一听就来劲了：舅舅啥时同这么一个大人物沾上的？陆地正要问，舅舅倒自己说开了："我在县革委会的大灶上做饭，时不时会给八面风家里送点东西，慢慢也就熟了。"陆地高兴得不得了，舅舅太了不起，握着个勺把，就能与革委会主任挂上钩，简直算得上在"关系学"里创造了奇迹，真是老天为自己帮忙！陆地于是就说明了情况，一定要舅舅引荐一下。舅舅见外甥为难，不忍心，也就将他领到了八面风那里。

进了八面风的办公室，八面风以为陆地也是厨子，高兴地过来握手，说："感谢你们了，现在这等时候，在乡下能吃上牛肉太不容易了。"陆地见八面风认错了人，赶紧解释："我叫陆地，不是厨师，是您上回派下去'对资产阶级实行全面专政'队伍中的一个，我给您写过几份经验材料……我就是挖出了三个现行反革命分子的西坡大队的驻队干部……"陆地啰啰嗦嗦说了一大堆，说到后来，八面风终于望着屋顶的天花板点了点头，如梦初醒地说："哦，想起来了，想起来了……那你同他是……"

陆地揽过话茬，唯恐将关系说得不近："他是我的亲舅舅，从小我在舅舅家长大，舅舅就像我的父亲。"

八面风又"哦"了一声。

陆地知道这时候应该说事情了，就将他目前的处境讲了一遍，讲完了表示，他是要誓死将西坡大队的资产阶级阵营彻底摧毁掉的一名革命战士，达不到这个目标，他决不收兵。八面风这时候好像有什么事情，没有听陆地说话，到最后仅仅问了一句："你到底到这里来有什么事？"陆地说："一张纸条，一张让我和战斗队攻克最后那个顽固堡垒的纸条，它牵扯到大队干部……"八面风很不耐烦，将纸条很快写好，指了指屋门让他们走。八面风的举动弄得陆地的舅舅很不好意思。陆地却很高兴，陆地不失时机地将那张只有二指宽的纸条在空中摇了摇，以抒发他即将成功的那种兴奋。

陆地没有停歇，匆匆赶回西坡"横扫一切牛鬼蛇神战斗队"的住所，将那张纸条交给了战斗队的女将们，然后兴高采烈地回到了王家堡自己的住所。

那天晚上吃饭，他虽与大翠以及大翠的男人铁匠李同坐在一个土炕上，但陆地还是忍不住发出了特殊的信息，吃完饭有意用筷子在碗上敲了三下。这是他与大翠之间常用的一种暗号，他只要这么一敲，大翠夜里定会到他的屋里去。陆地敲碗的声音，大翠自然听到了，她却记起了陆地临走时说的那些话，心里多少有点不高兴，就故意旁敲侧击地说："我好像听见后院里的那头猪又想吃食了？"这话要放在以前，铁匠李肯定又会莫名其妙地问："离得那么远，你咋可能听得到？"这回他没有那么问，他已经知道这话是啥意思了，便一直低着头没有吭声。陆地在一旁见大翠来了这么一句，马上就递过去话了："肯定是饿了呗，猪跟人一样，高兴了就容易饿。"大翠也就明白了，看来陆地是有了高兴的事儿，吃完了五谷想吃"六谷"，就笑了笑，撒娇地将头向后扭了扭。

铁匠李听得清清楚楚，看得同样明明白白，却没有做出任何反应。

大翠与陆地类似这样的对话已不是一遭两遭，从陆地住进王家堡不久就已经开始。起初铁匠李觉得奇怪，饭吃得好好的，老关心那头猪干什么？后来他细细地观察，终于发现，只要大翠和陆地在吃饭的时候说了那样的话，夜里大翠肯定要跑到陆地屋里去。这种难以启齿的事情铁匠李一直窝在心里不敢说。他知道大翠从来就没有看

起过他。大翠动不动就提出要与他离婚,他怕光混汉的那种凄冷,那种落寞。他曾经有意无意地去过向北家,向北一个人冰锅冷灶的,饿了啃吃干馍,渴了喝几口凉水,他一看见心里就一阵一阵地胆寒。他不愿过那种日子,也就对大翠长期以来的不检点睁一只眼闭一只眼了。然而在自己家里当着他公开干那种事,还是将他激怒了,他几次撵到陆地的屋里,哀求他们不要再干那种缺德事了,可人家两人躺在炕上,见他去了,不但不理,反而翻腾得更厉害。他因此气得吐了一口血,以前的老毛病就又加重了。天长日久的,陆地怕他将他们的事说出去,就通过大翠给了他一些钱,让他好好看病。在缺衣少穿的日子里,不少人的目光是盯在生存上的,什么尊严什么荣耻,在生存面前几乎全抛开了。铁匠李也一样,因此也就做了哑巴。

在陆地去县城的那天早晨,单眼罗找到了铁匠李,很关切地破例让生产队的大车拉着铁匠李到公社卫生院看了一趟病。看完了去了街面上一家公共食堂每人要了一碗羊肉泡。这碗羊肉泡让铁匠李吃得满心欢喜。在铁匠李的记忆中,去外面下馆子还是头一遭,更别说吃这么好吃的东西。他含着眼泪对单眼罗说:"好兄弟,我知道你对我这么好是有事让我干,你说吧,我一个病身子,只要拿得起的,就是累死,我也干。"单眼罗拍了拍他的肩膀,说:"老哥,你想错了,我今儿个这么做不是为了我,是为了你呀。"铁匠李听罢这句话,傻呆呆地看了单眼罗一阵,"扑通"一声跪在地上,说:"那我这辈子算是没有办法还你这份情了……"单眼罗赶紧将他扶起,说:"帮人帮到底,你先别激动,听我说。"单眼罗清了清喉咙,用手将头发往后捋了捋,"陆地让你戴绿帽子,咱得想法治他!"单眼罗没有将具体怎么治的办法告诉铁匠李,而是附在他的耳门上,如此这般地悄语了一阵,然后拖着他的手,回到了大车上。

单眼罗的举动对铁匠李来说显然是一件值得振奋的事。这事在他心中压抑了许久一直没有发泄出来,他今天终于等到了机会。他对单眼罗表示,他这就回去,一旦发现有某种迹象,就依照商量好的办法行事。

单眼罗点点头,让大车将铁匠李拉了回去,说他还有点事,就走了。

单眼罗其实没有别的事,他算计的依然是陆地。为了防止村里人到时候扯不开面情,他到别的村子找了几个亲信,转身又回到王家堡,让这些人悄悄地藏在一户社员家里。他对那个社员说:"我们有事要在你家住几宿,这么办吧,每晚让生产队给你计二十个工分,你看怎么样?"这个社员一听,自然愿意,不用上工,只需腾出一个土炕就能拿二十个工分,那简直就是空手套白狼,为啥不干?就答应了。单眼罗躺在炕上,对他的亲信们说:"咱们就在这里住它十天半个月,不信揪不住狐狸尾巴!"

单眼罗对陆地与大翠偷情的事了如指掌。先前胡子刘点点滴滴告诉了他一些,后来他在与陆地的接触过程中,又发现了陆地神情举止方面的一些微妙变化,就心中有数了。单眼罗本来在这方面挺在行,加上稍稍留了点神,便从陆地与大翠对视的眼神

里窥出了他们燃烧起来已经无法遮掩的情火,认定陆地肯定有那种嗜好。后来他到铁匠李跟前一核实,也就更加确定了。

　　陆地并不知道这些。陆地只知道他获取的那张纸条可以治单眼罗于死地,却怎么也想不到单眼罗同时也采取了迅雷不及掩耳的行动。

　　夜里,大翠见铁匠李在一旁打鼾,以为睡熟了,就蹑手蹑脚地起来,偷偷溜了出去。陆地的屋门像以前一样没有插,只是闭着,这是他为大翠故意留着的。大翠轻轻地推开,脱了鞋一跃身就钻进了陆地的被窝。大翠一进被窝就用手紧紧抓住了陆地下身的那个东西,恨不得马上将它放进自己的身体里。他们相互亲热了一阵,大翠就低着声音问了:"不是说不黏了吗,咋又有了兴趣呢?"陆地说:"你不知道,单眼罗马上要完蛋,我高兴,一高兴就又想抱抱你。"大翠故意问:"只想抱抱?"陆地在大翠要紧处捏了一把,说:"还要它。"大翠说:"我就知道你是个馋猫,不可能不想吃腥。"陆地不说话了,只管依偎着压在大翠身上。大翠突然将他推了下去,说:"单眼罗邪劲大着哩,千万得注意点,别上了他的当。"陆地说:"不会,八面风批了条子,我已将条子交给战斗队去办了,说不定明天早晨他就完了,还不该让我庆贺庆贺?"陆地说着,又将大翠拢了过去。也就在这时候,单眼罗带人一脚踢开了陆地的屋门。

　　单眼罗的动作很敏捷,上去就将陆地和大翠的衣服收拢到一起。

　　陆地和大翠没有衣服遮体,躺在炕上扯着被子不敢动。单眼罗冲上前,一把将被子揪到一边,两个裸体的身子像没毛老鼠似的亮在一处。单眼罗喝道:"起来!到外面去,让大家看一看,驻队干部是个啥东西!"

　　单眼罗这么一喊,别的几个人冲了上去,一人揪住一个,将陆地与大翠精光光地拉到了门外。这时候,有人煽动性地对着大门高声喊:"村里的人都来看呀,外乡人到王家堡嫖来了,大家说该不该将他的腿打断!"呼喊的人没有忘记王家堡的习俗,把那句"将他的腿打断"扯得特别长,明显有鼓动的意思。

　　过了一会儿,铁匠李家的院子里陆陆续续走进了一些人,他们见陆地和大翠全都光着身子,有的躲在墙后不愿上前,有的心里憋着火,不管那么多,远远地从地上捡起土块,对着陆地和大翠的隐秘处乱扔,砸得陆地和大翠双手捂着下身,拼命地缩着,动都不敢动。随后"扫除一切牛鬼蛇神战斗队"的三个姑娘闻讯赶到,她们一见抓住的竟然是让她们羡慕的驻队干部陆地,愣了一下,接着就琢磨起该怎么处理这件事了。

　　按她们这回下来的任务,没有要管这种事的职责,但她们很快就觉得,管比不管好。陆地是脱产干部,算是条"大鱼",越大的鱼送上去越显示她们的功劳大,这是八面风在广播喇叭里说过的话。那句话鼓舞了不少人,陆地之所以能在王家堡大刀阔斧地干,也是受了那句话的鼓舞。三位姑娘这么一想,几乎同时起了一种冲动,相互挤弄了一下眼睛,其中一个冲上前,不分青红皂白,上去就给了陆地一记耳光。她们原本都是

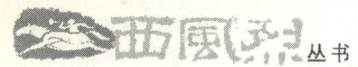

拿大锤的,有的是力气,这一记耳光下去,打得陆地眼冒金星,颤颤巍巍地说:"我是陆地,你们不认识我了?"那个打他的姑娘说:"我打的就是你这不要脸的东西!"

给单眼罗通风报信,将单眼罗等人领到陆地房间里的铁匠李一直藏在一棵大树后面,他不敢闪面,他怕大翠知道是自己出卖了他们事后与他算账。他原本是要亲眼看看单眼罗是怎么处置陆地的,可看着看着就发现上当了。大翠再怎么坏,也是与他躺在一个炕上的老婆,她这么光着身子,羞的不光是大翠,他这个做男人的脸上一样喋血!他这时候也就躁了,恨不得快快地冲过去将大翠救出来。他在心里已经向前冲了,但脚步怎么都迈不动——他更怕在那么多人面前丢人现眼。他于是自言自语地骂起了诡计多端的单眼罗:"这个天杀的东西,口口声声为我出气,谁要你羞我老婆了?为我出气?你们从一开始就没安好心,单眼罗,你这个不得好死的东西呀!"铁匠李这时候简直都想自己将自己狠狠地揍一顿。

第二天,县里来了人,没说什么就将陆地带走了。陆地是被绑着带走的,跟大杠子、毛豆和马天佑一样。陆地被带到县城,与大杠子他们关到了一起。大杠子他们见陆地也加入了他们的行列,忍不住哈哈大笑,笑得嘴都合不拢。陆地生气了,说:"笑什么,我跟你们有本质的不同,我犯的是花案,算是人民内部矛盾,可你们是敌人!"大杠子他们像没有听见,仍旧笑,一直笑到下午看守所里送过来晚饭。

也就在同一天,战斗队也将单眼罗叫了去,一去便宣布了八面风的指示:单眼罗参与并纵容村里的巫婆神汉搞迷信活动,在干部群众中造成了恶劣影响,经县革委会研究决定,撤销他西坡大队革委会主任的职务。单眼罗百思不得其解,他自己的任命是公社发的,怎么不让当了却变成县里宣布?单眼罗去问,那三个女人没有正面回答,像他以前说别的什么人一样仅给了一个字:滚!

后来让单眼罗下台的决定就在社员大会上宣读了,后来西坡大队又重新选定了一位革委会主任。

四十一

　　春天的气候刚刚有了一丝半点的暖意,天突然下起了小雪。西北风虽不很强,却推着冰凉冰凉的雪花漫天飞舞,堵得人不敢迈出家门一步。

　　这是人们记忆里很少有的现象。

　　他们说民国时期的某一个年份,好像出现过这种天气,后来,竟闹起了连续好几载的灾荒。有这样的话说,大家也就从心里冷了一下,大眼瞪小眼地彼此观看,将心里或者叫做征兆的话再不敢畅快地吐出来。他们几乎人人心里明白,却个个口中不言。他们于是又想起神了,便默默地祈祷,希望那种不该发生的事情千万别再发生。

　　单眼罗就是这时候从大队收拾完自己的东西走出来的。

　　说收拾东西,实际仅是为了去拿他已经泛白的那个军用挎包。这个包跟他走南闯北,也算为他壮了门脸,为他立下了不可磨灭的功劳,眼下却要与他一起销声匿迹了。他隐隐觉得浑身都有那么点不舒服。他拿它的时候那只右手明显有点发抖。他将手缩了一下,但没有办法,随后还是伸了出去。他拿起了挎包一想不对,咋能这么轻易地就走了呢?他在屋子里不甘心地转了一圈,在曾经坐了很久的凳子上重新坐了坐,当着新到任的主任,拉开抽屉,一遍又一遍地翻里面的东西。他很想从中翻出一两样什物,以证明自己确实在那里坐过,以彰显坐着的时候的那种辉煌。他翻来倒去,什么也没有翻着,抽屉里只有几张叠放着的旧报纸。他在大队干了五六年,从来都没有写过字,也没有用过一个笔记本。他开会的时候总是想到哪里说到哪里,根本不需要写写画画。后来,他见桌斗里老那么空空荡荡的,怕同行们说三道四,就找了几张报纸放进去。他图的就是鼓鼓囊囊充充实实的那种样子。

　　他心想,不能这么快就将标示着权力的这张桌子让出去,他得让那位"新官儿"知道,即使下台了不干了吹灯灭火了也一样得尊重,一样得看成是一个不可忽视的铺路人!他将报纸拿起来,又小心地放下。放下,再重新拿起来。时间过去了大约半个小时,他觉得还是没有挨到要离开的那种火候上,干脆将报纸从左到右撕成一个绺,堆成垛儿,然后散开,一条一条地往抽屉里放。站在一边新上任的主任看得心里发毛,试探

着问:"老罗是不是还有什么事情没有办完,需要不需要我帮忙呀?"单眼罗扭过头去看了他一眼,一时找不出一个回答的词儿,一生气,站起来走了。

单眼罗没有直接回他在王家堡新盖的那所院子。

他冒着慢下来的小雪,路过池塘的时候顺便在塘边上坐了一会儿,他看见冬天里留下来的浮萍依然罩着大半个水面,却有那么点枯黄了,茂盛说走就走得无影无踪,像他一样,心里填着的全是荒凉。他在塘边捡起了一个土块,想将塘里的败落砸个稀巴烂。他用力将土块抛下去,枯萎的浮萍被砸出了一个洞,他刚刚生出一点满意,那种瞬间被破坏的水面又重合了起来——凋零也会摆出这么一个不驯服的姿态、不驯服的嘴脸?在以往的许多日子里,他最反感的就是这种顽劣状态的呈现,他又从地上捡了几个土块,接二连三地抛下去,结果,不管怎么抛,出现在水面上的那种破碎依然会随着杂物的游动很快愈合,组成一个很大的网,牢牢地盖在水面上。他抛了一阵,没有力气了,就坐在塘边一户社员家的屋檐下喘息起来。

他让游离的目光飘向一排房子的时候,突然看见了谷子的家。那是个没有门楼,残留着几分清冷的院子。谷子的公公王多劳坐在家门口的一块石头上,目光呆滞,无精打采地看着很远的地方,好像那里突然会走过来自己的儿子。这让他马上想到了关在仓库里的谷子。对呀,谷子就关在村东头不远的仓库里,他无论如何得去看一看。他不当革委会主任了,与谷子成亲的事就更没有了希望,但过去的许多岁月,他毕竟是做着那样的梦走过来的,他想他应该让自己的梦再复活一次。

他蹒跚地走到仓库跟前,透过窗户,第一眼就看见了胡子刘。胡子刘正侧身躺在一张破草帘上,面对天花板养神儿。他向胡子刘招了招手,胡子刘没有看见,他又招了一次,胡子刘还是没有看见。他小声去唤,一唤竟将民兵给唤过来了。民兵见是单眼罗,讥讽地一个冷笑,怪声怪气地问:"大主任到这里干啥来了?"单眼罗满脸窘迫,欲仓皇逃走,刚迈了一步,又倒了回来,对那位民兵说:"我要给里面的人说一句话。"民兵仍旧一个讥笑,说:"按规定是不能的,可你毕竟是当过头儿的人,就给你开个后门吧。"单眼罗这时候也不在乎民兵说啥,急急地扶在窗棂上,再次喊了胡子刘一声。

胡子刘这一回听见了,将头抬起来,一看是单眼罗,吓得恨不得钻到老鼠洞里去。他并不知道外面这几天发生了什么事,也不知道陆地和单眼罗的先后完蛋,还以为单眼罗弄清了自己被他出卖的事,找他算账来了,赶紧将头低下去。他在等待单眼罗的一顿臭骂,等待骂完后将要发生的所有让他难堪的事情。

他猜错了,单眼罗不但没有发火,还哀求似的让他将谷子唤起来,说是他要对谷子说几句话。

单眼罗向这边走的时候就已经想好了,他要对谷子说的话仅仅一句,那就是"对不起"。他不将这句话说给谷子就一直觉得心里堵得慌。

胡子刘见单眼罗过来不是向他问罪的,感动得不得了,忽地站起来,急急地走到谷子跟前,高着喉咙喊:"谷子,大队罗主任看你来了。"谷子面朝着墙,胡子刘喊了好几声她都没有答应。大队革委会主任来看她,她都敢不理,太不懂礼貌了。胡子刘正准备骂谷子几句,一想不妥,这是啥地方,何况他如今同样是"阶下囚",怎么可以随便向人发火?他于是走近一步,将谷子拽了一把,想将她拉起来。谁知谷子转了一个向,脸上一点血色也没有。胡子刘吓得不轻,早晨,他还看见谷子动了一下,这会儿是怎么了?他小心地挨向前去,一只手无意间碰到谷子露着的胳膊上,发现谷子早就冰凉了。胡子刘顿时喊叫起来,胡子刘的喊叫惊动了屋里屋外所有的人。

民兵听说死人了,全都赶了过来,将仓库门打开,要看个究竟。单眼罗趁势挤进去,几步跨到谷子身边,急急地跪了下去,嘴一歪一歪的,像一只被人打断了腿的狼那样嗷嗷地叫起来:"我要说给你的话还没有说,你咋就走了,我不是人,是我害了你呀,呜呜呜……"单眼罗哭了一阵,将谷子紧紧地抱在怀里。

谷子死去的消息不胫而走,很快传遍了整个村子。王多劳听了,手里拄着一根木棍,跌跌绊绊地来到了仓库跟前,用木棍敲着屋门,破口大骂:"这是啥世道呀,将人整得都寻了短见,你们这帮狼心狗肺的东西,还不得遭了千刀万剐!"

王多劳一边骂,一边进了仓库大门,却看见单眼罗正抱着谷子,刚才堵在胸口上的气马上变成一团熊熊大火,烈烈地燃起来。他抡起棍子,狠狠地对着单眼罗的脑袋敲过去。谷子能走了这一步,与陆地脱不了干系,与单眼罗的逼迫更脱不了干系。他甚至觉得造成谷子死亡的罪魁祸首就是单眼罗!

王多劳对谷子与山河的事也曾心存怨愤,但那是另一回事,是一件可以"慢慢说"的家务事,只有单眼罗一个接一个的歪点子,才有可能将谷子逼死!王多劳这么一想,棍子就更抡得有力了。单眼罗没有躲,他愿意让王多劳打,他觉得那么打了或者才能洗刷他至今都没有能赎了的罪过。

后来向北来了。向北更让村里的人不可思议,他竟效仿着王家堡的男人对待自己死去的女人的那种样子,用一块白布小心地盖住了谷子的脸,然后慢慢地用手将尸骨托起来,放在一条由他准备好的旧褥上。他显得很笨拙,又相当认真,他的每一个动作几乎都是在悲愤中做出的。做完了,就跪在那里,拿起了一卷纸对着谷子焚烧。

他嘴里一直念叨着什么,旁边的人一句都没有听清。其实他一跪在这里就在问谷子,去阴间的路上还需要些啥,他说他就是拼上命也要满足她。谷子不可能会答应他,然而他在幻觉中却听清了她的遗愿,就下意识地对着谷子点点头,好像是说,他听见了,听懂了,也知道应该怎么做了。

接下来的几天里,向北情绪很低落,他一直在郁闷中干着他想干的事情。人们在这时候方才发现,向北竟然有那么多的钱,他为谷子买了一口上好的柏木棺材。柏木

在乡下,是人们问都不敢问的头等材料,价钱高得让人吃惊,他说买就买了回来。在胡子刘发现谷子咽气那天,王多劳知道了噩耗,执意要将自己的那口棺木拿出来让谷子用。王多劳先前有过一口棺材,被走在他前面的儿子王南原用了,后来谷子拿她自己多年的积蓄,为老人重新做了一口,王多劳想这一回肯定是他的了,谁知儿媳又出了事。他真怀疑放在家里的这副棺木是不是人们常说的那种"灾根",他决定这回让谷子用了就不再做了,免得"克"了自己的亲人,再"克"族里的人。向北却坚持不用他的。向北去了一趟河湾镇就雇了一辆大车将柏木棺材拉了回来。

向北从河湾镇回来的时候还买了一捆白布,送葬那天,他给前往的人每人发了一块,让他们绑在头上或者裹在腰上。他没想到村里的人几乎都来了,不到一个时辰,布便全发了出去。许多村外的人也要来,他接着又急急地上了一趟街,重新买回来一些发给大家,这才算安顿下来。

一直木讷的向北这阵子显得非常有主意,他没有征求王多劳的意见,就将谷子的坟茔挖到了王南原和山河的中间,他自信他不会违背谷子的遗愿,因为王南原毕竟是她的丈夫,她不会背弃妇道;山河是他最爱的人,她为了跟随山河而去,拒绝进食,能活活地饿死,就决不愿意离开他。

起丧的那天,连续飘了两天的雪花突然大了起来,将已经绿出一些春意的枝叶又裹进了冰冷之中。雪落地很快就变成了混浊的泥水,让本来融化了的大地瞬间沉闷和抑郁。田地里,已经挺起胸的麦苗被薄薄的雪花盖了一层,再次低下了头,失去了应有的生机。塄旁的草也一样,在风雪的拍打中相互依靠着,缺筋少骨地竖成一堆。王家堡的人没有看见这些,他们抬起谷子的丧架,在村子绕了一圈,一步一顿地向坳底里的那块"官坟"走去。到了生产队仓库跟前,他们将丧架慢慢放了下来。这是谷子自己了结生命的地方,也是西坡十一个生产队的人时刻都有可能蒙难的地方。他们在这里让谷子失去知觉的躯体停留了片刻。虽然人们并没有刻意要让这种停顿唤起点什么,但还是引来了一阵抽泣和号啕。

抽泣的是社员,号啕的却是谷子的父亲和哥哥。他们是看见了那间关押着许多人的破烂仓库后伤心起来的,人们突然发现,原来曾经储藏着粮食,供养着全队社员,延续着一条条生命的粮仓之地,也能给人带来如此巨大的不幸与悲哀!

灵柩上了老庙台,快要接近坳地的时候,大家突然肃穆了,也就将丧架又一次放在地上。这里曾经有一座庙,庙里供奉着关云长关老爷的神龛,以前,地里缺雨或者村里遇到了什么灾难,人们就会敲锣打鼓地去它那里,将纸糊的羊、牛往神像面前一放,然后放心地回到家里,等待雨的到来,等待灾难慢慢过去。这在长期受迷信思想笼罩的农村,人们实际上寄托的是一种心愿,是自己给自己的心理安慰。后来,庙被单眼罗他们拆了,灾难也就一遍遍地降临到村里人的身上。这种说法正确与否暂且不说,但不容忽略的巧合却一次又一次让大家产生了迷惘:要不是得罪了神灵,咋可能有那么多的人受苦受难?他们于是建议苏大脚也给关老爷打一顶轿子,事情是定下来了,可还没有开始实施,苏大脚家就被砸了个稀巴烂,神的"依托者"谷子也以一种常人不可能有的形式升天而去,这正是人们以习俗丧礼悼念谷子时藏在心里不愿说出来的悲愤。

他们于是在老庙台的一个空旷地方,支起祭坛,点燃了香火,烧起纸钱,希望神灵能让谷子的灵魂再回到村里来,那样,他们肯定会继续过平静祥和的日子。在人们心里,谷子其实就是拯救他们的神。

农村人总喜欢拿一些不属于同一现象的事情作比较,得出他们自己觉得千真万确的结论。谷子既然是神的化身,他们就绝不能用了一般人的葬礼。于是,有人在起丧之前就放出话来,一定要大家凑钱,在谷子的墓前立一座大大的石碑,碑上刻一行字,把谷子的好处都记上去,让王家堡的人世代记住,一个普普通通的女人,却为村里做了那么多的好事。这一计划虽然由于人们的贫穷一直没能实现,但那种群情激昂的情绪却久久在王家堡的上空回荡,像雁鸣,像风啸,在人们的心里翻滚了许多日子。

显然,也有人在起丧的那天大发感慨,说谷子是个有情有义的人,决不会看着王家堡乃至西坡大队的人继续受苦受难,她一定会在一个什么时候丢掉身体,瞬间成神,在王家堡阴冷的天空飘荡,将残留在这里的小鬼降服,将属于王家堡的平静和安宁全都还回来。这种假设几乎受到了全村人的认同,他们说会的,总会有那么一天的。

因此,当人们将谷子的棺材慢慢放进墓穴的时候,大家格外小心,唯恐惊醒了她,打扰了她,连所有的哭声也终止了。墓穴的周围只能听见沉闷的呼吸声。这与平时村子里埋人完全不一样,平时棺材到了墓中,墓上的人立马会放声大哭——没有下葬之前,尽管人确信是死了,却依然看得见,一旦真的入了土,就被残酷的消失永久地隔绝了,哪怕默默相对一瞬也没有可能,因此,也就成了亲人间最悲痛的诀别,不可能不撕肝裂肺地号啕。在谷子的葬礼中却缺少了这样的场面,要说是有一个扑朔迷离的原因。大家在下落棺材的时候,几乎同时看见,墓坑里突然泛起了一股烟尘,这烟尘"噗"的一下腾起来,飞得老高老高。懂得点科学知识的人很快给出一个答案,说是因为墓穴挖好后,雪花飘了进去,棺材太重,猛一放,将那些像是尘灰的东西弹起来,给了人一种烟尘腾飞的假象。但村里的人不这么认为,大家非得将这种现象往"神"那里扯。他们说这是谷子在告诉人们,她到了阴间不是鬼,而是腾飞的神,永远都会同云朵在一起。由此追寻下来,足见谷子在没有死之前就已经做神了。他们于是决定,谷子的身体绝不能以地为床,而要以天为伍。人们就这么停了下来,快快地唤来木工,在那个刚好能放下一口棺材的墓穴里做了一个支架,将棺材高高地放在上面,这才将土填在墓坑里。

这件事以谬传谬也罢,故意渲染也好,过去了也就过去了,按理说不会像人身上受

的伤树身上长的疤，长期留下记忆。谁知事情却并没有那样发展。关于谷子死后升天，在飘动的云朵里做了神的传说，像长了翅膀，在村里村外几十里地的人群中越传越神，弄得大家天天盼着，希望有一天能看到谷子从天上给他们降下来平静和安宁。以致许多人动不动就到了谷子的坟前，将往日献给关老爷的那些纸羊、纸牛烧给她，完了，絮絮叨叨地说一通憋在自己心里的话。

　　过了几天，雪花不再飘了，阴了那么多日子的天也晴了，人们也就看见苏大脚惊慌失措的背影。苏大脚总在天快黑的时候到墓地里去，去了就低着头跪在谷子与山河的坟墓中间一句话也不说，只管一把一把地烧纸钱。有人统计过，这几天苏大脚烧掉的纸钱，比她几十年对自己的父母烧的加起来的总和还要多。苏大脚似乎还嫌不够，几乎每天都去，每天回来得都很晚。有人劝她，说烧纸不是不可以，可那毕竟是一块坟地，阴森森的，让人害怕，还是白天去好一些。苏大脚不说行，也不说不行，她照样还是那个时间去，然后很晚才回来。有心观察她的人发现，她突然消瘦了许多，恍惚了许多，憔悴了许多，走路也越来越慢，都与她的外号苏大脚不怎么相配了。

　　这段时间，在王家堡的"官坟"里，人们常常会看到大家不大认识的三个外村女子，她们也是到谷子墓上去的，但又不是同时而至，或者有时候也能偶尔碰到一起，但彼此却从不打招呼。她们到了墓地并不像苏大脚那样拿了纸钱不停地烧，而是空手过去，傻呆呆地低头站一会，然后红着眼睛悄悄地离开。有人最终还是弄清楚了这些女子的来历，她们都是谷子的朋友，但处境却不怎么好，首先是家庭。这几个女人中，有三十多岁至今未成家的，也有嫁给哑巴瘸子的，成了家却三天两头遭到男人的毒打。她们个个貌若天仙，凡是见过她们的，没有人相信她们会处于那样一种境况，因此人们也就猜测，说谷子这个美人胚子，交朋友也拣漂亮的交，真是物以类聚，人以群分哩。然而人们并不知道，谷子这些年总那么牵肠挂肚地往外跑，原来正是为了接济这几个女人。当然更不曾知晓，她们就是王南原活着的时候曾经糟蹋过的那几个姑娘。谷子几乎花空了自己所有的积蓄，时时照顾她们，其实是兑现"夫债妇还"的那句诺言去了。

　　究竟是怎么回事？这几个女人不会说。由于那段不光彩的经历，她们已处于水深火热之中，她们不会在这样的环境里再选择一个往深渊里跳的路子，因此也就让痛苦和曾经不幸的遭遇死在了心里，烂在了肚里。这样一来，除了谷子和她们，王家堡乃至十村八乡的人也就不知道这桩不是故事的故事了。

　　单眼罗这些天就像喝醉了酒的醉汉一般，走路东倒西歪，也没有固定的方向和去处。但他却每天按时出门，出了门不再可能去大队，却习惯性地在村子走。他变得很健忘，说不定什么时候就将大队革委会主任的架子给端了出来："喂，谁在那边又偷懒了？抓革命促生产，可不能让思想给荒芜了！"听见他说话的人哈哈地笑，说："你已经不当头儿了,咋就忘了呢?"单眼罗眨巴一下仅有的那只眼睛,想了想脸就红了,便继续往前走。他的那种走虽说没有目的,抬脚却免不了要到谷子的坟上去,去了就盘腿坐下来,像展开了田间地头批判会那样絮叨着谷子的不是。他说谷子不该骗他,不该将他看得那么坏,他再坏也不可能将那股劲儿往谷子身上使。还说他所做的一些过头事,只不过想树一树自己的威信,根本就不是发自内心。后来也就怨了,说自己本来不会怕陆地那个坏蛋,都是因为听了谷子的话没有使劣,他如果真的放弃自己在谷子面前许下的诺言,别说一个陆地,就是十个八个,他也不怕,更不会落得今天这样的下场。

单眼罗究竟在谷子的坟前去了多少回,人们早已不去关心,就像不再关心土场里的土挖了一车后还会不会有下一车一样。人们很快就将他看成了一个多余的人。他也就慢慢地觉出了自己的无聊。他后来干脆改变了一下方式,等再到了坳地里,就躺在一架面北朝南的沟坡地上,接受太阳的照耀,接受从谷子的坟上吹过来的轻风。等他觉得躺够了,再伸着懒腰站起来,在坡上采一束野花,拿回去端端正正地插在自己的炕头上。他说那就是另一个谷子,不会执拗,又能遂了他的意的谷子。他只要看着它入睡,睡梦里就一定能体会到醒着的时候体会不到的甜蜜。单眼罗的这种游手好闲延续了一段时间,队长就向他发出最后警告,说是再不下地干活,就将他从村子里赶出去。队长虽这么说了,可仍怜念他曾当过大队干部,也就一天一天地迁就着。

在这一段时间里,苏大脚两个儿子的变化更让人吃惊。天助在谷子死后的第二天就与母亲反目为仇,这在村里人看来很有些出乎意料。苏大脚最爱天助,恨不得什么好事都给了他,天助一定会时时记着母亲的好,咋可能出现那种状况?然而大家看到的却正好相反,天助在与母亲吵了几回架之后,竟不让自己的老婆给母亲往屋子里端饭。老婆问到底为啥,天助不回答,只说他怎么说就怎么办,不要追根问底。地保也变得更加怪诞,眼睛里一下子多了冷漠与愤恨,动不动就将自己总在玩弄的二胡拿到谷子的墓地里去,在那里坐下,拼命地扯着弓子。可不同的是,二胡的声音里已经没有了先前那种凄凄惨惨,却变成了亢奋,而且亢奋里夹杂着仇恨,夹杂着看不见的汹涌澎湃和地动山摇。仿佛他面对了一只饿狼,正在摆开架式要同它拼个你死我活。

奇怪的现象引起了奇怪的议论,村里人私下里说苏大脚肯定干了让两个儿子非常反感的事情,不然,儿不嫌母丑,咋可能出现这样的现象?到底出了什么事,人们最终都没有弄清楚。但从王二拐后来偶然的一次闲谈中,大家似乎听出了某些细小的破绽:"人不能到了世上只顾自己,那样,日子再平坦,也会没滋没味!"

向北自从超出亲属范畴精心安顿了谷子的丧事,却惹来了许多不三不四的闲言碎语。人们没有想到,向北会在谷子的事情上比谷子娘家的亲人还要用心,这就很容易使大家又一次想起向北曾多次为谷子家夜里收庄稼的事:"向北也是的,也不撒泡尿自个照照,都快一把年龄了,还想那些花花绿绿的事情!"向北听了,像没有听见似的,该

干什么仍旧干什么,该到谷子坟上去的时候从来都不回避任何人。他的牛脾气耕田理解,只有耕田在他面前竖过大拇指,说他才是一个真正的男子汉,敢爱敢恨,即使将那种爱永远藏在心里也无怨无悔。向北同样像没有听见似的,脸上没有任何满足的表情。不同的是,他的性格却完全变了,他常常在夜间一个人起来,将屋子里的东西砸得稀巴烂,然后一个人蹲在屋檐下自己将自己弄得泪流满面。

更让人担忧的是,王家堡的奇事怪事又一次接踵而至,搞得大家惶惶不可终日。先是村子里的官井屡屡出事,村民们的水桶几乎每天都有掉在井里的。有人揣测是不是铁算从中作梗,等掉得多了好找来捞桶的,多赚几个零花钱。但大多数人不这么看,他们说井绳在辘轳上缠着,铁算不可能每天在井绳上做文章。他们分析了一番原因之后就觉得与那些年村里闹鬼的情景一样,一切全都莫名其妙!

这话说完不久,果然又发生了一件事,谷子的公公王多劳突然失踪了。他的失踪是铁算的老婆花二秀发现的。花二秀去王多劳家借笸箩,门半掩着,她推门进去,没有看见王多劳。她想可能是出去了,就在家门口等,等到太阳偏了西都没有等回来。第二天,她又去了,仍没有见人,她这才将王多劳两天不在家的事说了出去。王多劳那么大的年纪,走路都站不稳,能到哪里去呢?后来人们就开始留意了,谁知过了三天,过了五天,还不见王多劳回来。大家知道不好,就将这件事告诉了公社革委会,公社贴出了寻人启事,半个多月过去了,依然音讯全无。村里人怕王多劳家丢东西,只好找了一把锁将大门锁了起来。

当然,还有一些诸如孩子跌伤了腿,村里着了火之类的事情,人们甚至觉得,这样的时候出现这样的问题似乎在所难免,村子都要跌进很深的谷壑里了,出点事又有什么呢!他们哀叹着,同时也期盼着,希望天上布满的阴霾快快驱散,希望有那么一天,突然春雷一声,让人们心有余悸的日子能像揭日历一样揭过去。

于是,王家堡的人总在日入中天的时候将头慢慢地抬起来,如饥似渴地窥看天上的云,窥看云中的那轮太阳。

于是,每一个春暖花开的日子,人们只要闲暇,定会聚在向阳坡里,一遍遍地询问,那个变成仙的谷子,会不会是头顶的某一朵飘移的云?

尾　声

王家堡第二次"造神运动"是在许多年后重新掀起的。

奇怪的是已经有了翻天覆地变化的王家堡没有一个人出来反对,相反,却是共同策划共同运作。

那是又一个临近年节的日子,飞扬着黄土的西坡境内落了一场大雪。雪落得很悄然,从夜深人静的那一刻开始,到天亮,给大地铺上了厚厚的一层雪被,即使到了中午,雪花仍旧不停点地飘。临着雪,人们的心情似乎格外爽朗,格外清澈。大概是因为"瑞雪兆丰年"的那句谚语对人们的鼓动吧,大家并没有顾及几天来的忙碌带给人们的困乏,拿起扫把,从自家的门口开始,哗啦哗啦扫出一条宽宽的道路,不约而同地来到苏大脚家的门口。这时,王家堡村民小组组长地保从屋子里走出来,也加入了这支扫雪的队伍。

这几年,屡经改革,中国最基层的社会组织已不再叫生产队,而叫起了村民小组,先前的队长也就改叫组长了。地保与大家一起扫完了雪,将手来回搓了两下,径直去了高高的老庙台上。

他们在一个月前就选定了这个日子。他们要在老庙台上建一所别致的房子。据说这个设想是苏大脚提出的,苏大脚一生都喜欢干点能给人带来惊诧的事情,尽管她已经到了步履蹒跚的年龄,可她不顾儿子天助与地保的规劝,执意要那么做。

她将当年为她打轿子化缘的那些老太婆重新组织了起来。

先前曾由她亲自组织的那帮老太婆队伍中,已有好几个不在人世了,苏大脚就从别的"自愿者"中吸纳了一些,组成了一支比先前更宏大的"化缘"队伍,为自己心目中的宏伟建筑再次四处奔波。

这支队伍出发那天,苏大脚出人意料地到谷子的坟上去了一趟。她是同她当组长的二儿子地保一起去的。到了那里一看,谷子的墓头塌陷了一个洞,墓冢上长满了杂草。这或者也在情理之中,王多劳以及谷子在峪崕村的父母已经去世,谷子的哥哥听说到很远的地方去做工,附近又没有别的亲人,一年年的,除了那几个不知道姓名的外村女子偶尔过来烧点纸钱,人们似乎已经将这座坟茔渐渐淡忘了。苏大脚却刻意要将它修整好。她来时就让儿子带了一把铁锨,她与儿子一起将墓冢上的草铲干净,然后一锨一锨地培上土，修整得像一座新坟一样了，才回到村里，领着那些老姐姐老妹妹们出了门。这在她看来是一件正经八百的事，是她打心眼里愿意做的事。

老太婆们这次出门，已经不再像许多年前那样挨家挨户地跑了，而是有目的地走。这几年改革开放，世事一下子变了，人们瞬间也就没有了顾忌，喜欢做个小生意小买卖的，也不再躲躲闪闪，到处张扬着、炫耀着，唯恐别人不知不晓。县里将这些人当成了宝贝，动不动就让他们上台戴大红花，做发家致富的报告。这样一来，东村谁发了，西村谁富了，方圆几十里地的人全都知道，老太婆们自然也不会不知。

她们第一个去的地方叫胡杨店，也就是单眼罗从小生活的那个村子。前些年，单眼罗还是从王家堡搬了回去，他用了一句"叶落归根"的话，就将以前那些荒唐的日子"打了包"，彻底抛到叫不上名的"寂寞"中去了，只留一个他自己，在胡杨店重新起步。

单眼罗突发奇想，竟然办了一个建筑公司。用他自己的话说，他只有一只眼睛，看别的东西或者不大清楚，看砌起的砖墙，不用水准尺和线绳，都能保证横平竖直。这话或者有点夸张，但单眼罗的建筑公司在西坡乃至河湾镇一带赫赫有名，却是千真万确的。单眼罗自己也盖起了北方农村从未见过的第一座楼房，里外五间，三层，看上去比村里最猛的大树还要高。单眼罗给楼房挂红的那天，将王家堡的人几乎全请了去，比当年苏大脚给神打轿子时"吃神饭"的场面还要热闹十倍。单眼罗到这时候也就跳出了光棍汉的阵营，娶了一位漂亮的老婆。老婆不是别人，却是先前大队医疗站的赤脚医生秀娟。

秀娟在与单眼罗结婚之前，曾经嫁了两个男人。第一个男人是河湾镇一家药店里的年轻店员，秀娟是到镇里为医疗站买药时认识的。那男人叫许刚。他们认识不久，许刚便托人牵线，一定要与秀娟好，后来就结婚了。到了圆房的那天晚上，等他们干完了那桩云雨之事，许刚却翻脸了，骂秀娟是破鞋，是别人厌弃了抛丢的一块馊肉。就这样，草草地结合，草草地分开，一桩还没有暖热的婚姻便匆匆收场了。等秀娟遇到第二个男人，日子又过去两年。那男人看样子知道秀娟已结过一次婚，很有些优越感地对秀娟来个硬下手。那天，秀娟正在医疗站给一位年过七旬的老人包药，一个贼眉鼠眼的男人走进来。秀娟问他是不是看病，他摇摇头。秀娟说不是看病就让一让，屋子小，没个下脚的地方。那男人却不走，秀娟也就不再理他。谁知等看病的老人走后，那男人竟然不顾一切地向她扑去，饿狼一般将她按倒在那张窄窄的医疗床上……后来，那个男人就答应娶她了，好像还说了他就喜欢像秀娟这样懂得做爱的女人之类的话。再后来，男人就拿了许多东西给她，三天两头到医疗站去，送饭送水，无微不至。以这种方式求爱，按常理秀娟或者不会同意，但她还是打了一个回合，觉得那男人虽然鲁莽，也算是一个真心实意的汉子，再说，她自己毕竟已经过了女人找对象的那段风光年龄，再这么苦守下去，只怕村里的人都要将她挤死在闲言碎语里了。她横了横心，就糊里糊涂地嫁了。谁知他们结婚刚两个礼拜,那男人就在一次打群架中被人用刀子捅死。她又孤苦伶仃地开始了一个人的生活。这样的经历,很快在西坡地区起了一些不大好听的议论,说秀娟"克夫",谁娶了她,说不定什么时候就会引来杀身之祸。于是,就没有人再帮她考虑个人的事了。

也就在这时候,单眼罗又一次打破了她生活的平静。

那年,也是临近年节的日子,建筑工地的活儿由于天寒地冻停了下来,单眼罗没事可干,从屋里走出,在村街上来回转悠。他嘴里叼了进口的雪茄,戴了一副时尚的墨镜,与一群刚刚放了学的孩子在一起逗乐子,你一喊他一唱的,将半个街道都弄得热闹起来。也就在这时候,单眼罗看见了秀娟。秀娟从村口走了过来。

秀娟已经不再干医疗站的事情,但她有那门手艺,东村西村的人有个头疼脑热,少不了要请她过去。

单眼罗发现了秀娟,一下子愣住了,他曾经在大队当干部那阵子,虽然也觉得秀娟漂亮,可并没有体会到她的迷人。单眼罗这回看出来了,她简直就像一位仙女,婀娜娜地向他一步步走近。单眼罗聚精会神,却没有动。岁月留在心头的挫折让昔日癫癫狂狂的他稳重了许多,他只管傻呆呆地看,也就让她从眼前飘过去了。他回到家里,秀娟的影子在脑子里一直推之不去,事情过去了三五天,秀娟那一双有神的眼睛以及俊秀的身姿仍一遍遍地折磨着他。他虽然知道眼下这个年代人们已经开始对钱感起兴趣,甚至有人将钱看成了无所不能的怪物,他却一直不怎么自信。他只有一只眼睛,又过了谈婚论嫁的年龄,还是没敢将憋在心里的话大大方方地拿出来。他毕竟是被秀娟拒绝过的人。

但他有一个奇怪的想法,他想学一学向北。向北明明知道他与谷子之间没有缘分,却始终不露他心里保留着的那份爱,日以继夜地呵护着,这样的执著虽然有点傻,但不能说不是一种自我安慰的好方法。单眼罗悄悄地开始了暗恋秀娟的历程。他经常到秀娟办的小诊所里去买药,几乎什么药都买,一次就要送出去几百块。秀娟问他买那么多药干什么,他赖兮兮地回答,有病,自己吃呀。

从那以后,每隔几天,单眼罗就到秀娟的诊所去一趟,去了依然买那么多的药,时间一长,秀娟还是起疑了,冷冷地待他,冷冷抛过去一大堆挖苦讽刺的话。他不在乎,依然坚持那么做。慢慢地,她发现单眼罗并没有什么恶意,加上自己生活拮据,也就一次一次地接受了。久而久之,她对单眼罗有了新的认识,知道他已不再是以前那个他,说话办事虽然仍旧不怎么搭调,但毕竟不会存有恶意,也就慢慢地产生了好感。终于有一天,他们阴差阳错地走到了一起,组成了一个人们怎么也想不到的和睦家庭。他们结合后,单眼罗继续当他的建筑老板,秀娟串街走巷,为村民治病,生活倒也红红火火。

"浪子还真能转回了头!?"这是整个西坡大队的村民对单眼罗的重新评价。一个从小就没有给人们留下什么好印象的人,要变一个样儿,谈何容易。然而农村人都在自家的责任田里忙碌,单眼罗又下了台,不再有吆五喝六的机会,便没有人买他的账了,自己也就在"寂寞"中变得老实了一些。

单眼罗的"变化"显然不是刻意所为,他有钱了,钱虽不可能改变他骨子里的一些习惯,但钱却能将他推到一个讲排场、讲体面的阔绰地步。于是,东家西家的遇着什么棘手的事需要钱,他都能做出一个姿态,将自己跟前的一些闲钱拿出来应急,看上去很有那么点慷慨解囊的做派,慢慢地,村里村外的人便不再计较前嫌,本来埋在胸口的恨也就淡了。单眼罗在人们眼里好赖总算有了一个过得去的形象。

苏大脚之所以领着老太婆们到单眼罗家里去,就是看上了单眼罗的那种"大方"。苏大脚到胡杨店的时候,正值中午,单眼罗见是王家堡的人,那种需要做的样子一下子做得格外到位,他先是笑,笑完了便说,曾经在一起住了那么多年,话语不亲乡俗亲,哪能见外呢。随即招呼吃饭,吃完饭拿出一万元让苏大脚只管带走。

苏大脚的大儿子天助也站出来捐了不少的钱。天助这阵子已不是以前那个胆小怕事的天助了,他虽憨,人却不笨。他拿起了从他爹手里传下来的竹篾手艺,不再披星戴月地出门串乡,而是将活儿成批揽下来,干完了,再发到外地去。他的妻子青蔓帮他专门向外发货。青蔓的娘家在葫芦峪,村子周围几十里地的人们都不会竹篾活,用量很大。庄稼地里,农家院里,哪个角落都少不了,因此也就深受欢迎。青蔓每隔十几天就运过去一汽车货,可还是满足不了需求。

自从天助的父亲王二拐死后,天助对母亲格外照顾,他不光用自己挣来的钱为老人买了面料好看的衣服,还时不时地给些零花钱,说是想吃啥就到河湾镇去买,有班车,又费不了多大的工夫。苏大脚点点头,却一分也舍不得花,一块一块地攒,直到建老庙台上的那座房子,才全部拿了出来。这让天助不由得又想起了许久以前那些不愉快的事情。他突然发现母亲绝不像他当年想象的那样,是一个只顾自己的小人,而是那个年代对人的扭曲,对人的亵渎。于是,先前是不是她出卖山河与谷子的那个疑团也就不重要了。他这时候只有一个想法,就是支持母亲在有生之年干一点她自己愿意干的事情。

房子开始动工那天,村里来的人很多,苏大脚的二儿子地保代表村民小组,像城里人盖大楼那样,举行了一个奠基仪式。但大家心里明白,这种行动从严格意义上讲不能算是奠基,因为并没有需要奠基的基石,也没有人出来兴师动众地讲话,人们只在那里比画了一下,说了声"挖",大家就干了起来。

在土地承包给农户的这种体制里,村里不再记工分,大家都知道干了这样的活儿也是白干,却都来了。他们在不大的一块地方挤成堆。站在最前面的是向北,他的体力明显没有前几年那么壮了,但依然跃跃欲试,慷慨激昂。他从苏大脚的一言一行中,已经猜出了这座房子的用途,举手投足便都有了冲锋陷阵的气势。

铁匠李来得稍晚一点,但他不会不来。他与老婆多年不合,孩子大了一点,大翠也慢慢失去了当年的风韵,又多了些对生活的理解,也就通情达理多了,倒像是一对新夫妻,卿卿我我的,一起来到工地上。

至于别的村民,没人动员,同样饶有兴趣地赶了过来,热闹的场面在人们谈论收成,谈论一年一年的好年景中,沸沸扬扬起来。

胡子刘到得最早,他围着刚刚运来的一堆砖头指手画脚,说是砖的成色不好,会影响房子质量,非要运砖的外乡人拉回去另换一车,地保在一旁三声两声喊他,他才急急地走过来。胡子刘是建造这座房子的设计者和施工者。他是前些年去河湾镇周家胡同学的手艺。按他自己的话说,他算是将活人看清楚了,没有个手艺,就没有好日子过。他能有这种想法,与他那段"蹲祠堂"的经历分不开,在那个备受折磨的环境里,他终于想明白了,解放前当土匪是从别人的饭碗里抢一口饭吃,后来当队长,是踩在社员的身上唬一口饭吃,眼下,几亩责任田承包给了他,吃不成问题,却没有花的,他权衡再三,发现唯一来钱的渠道其实就是学一样手艺。

开始,他很想像村里别的人那样去学编竹,他让老婆煮了七八个鸡蛋包成一包,拿着去求天助教他。自从那一年谷子和解了他们之间的矛盾,又经历了那么多风风雨雨的岁月打磨,到现在他们已成了无话不说的朋友。天助听罢他的话,笑着说:"这算啥事呢,还值得来送礼?"说完,就将包打开,两人一起将鸡蛋吃了个光净,事情就算说定了。

天助说:"你想学就从今天开始,你去拿篾子来。"胡子刘就去拿了,拿来便坐在凳子上一点一点破。他干了三天,自己却提出不干了,他说那是娘儿们干的事,整天窝在屋里,蹲着坐着,他不喜欢。后来,胡子刘就决定舍近求远,到河湾镇去学木匠。木工在这一带最为讲究,大体可分为两种,一种叫做大木匠,一种叫做小木匠。做家具的木匠算是小木匠,要求手巧心细,一丝不苟。大木匠专干立木盖房的活儿,要求稍粗一些,只要将柱子立起来将椽架上去,就算大功告成了。

胡子刘学不了小木匠,最终只学了个盖房子的手艺。想不到没过几年,农民的日子好过了,有积蓄了,家家都酝酿着盖新房,胡子刘一下子火了,今天东家明天西家的,来钱的道儿也就宽了。胡子刘的老婆也在人面前显得雍容华贵起来,动不动为前往争抢胡子刘干活的人抓个纸阄什么的,很有那么点"大管家"的架势。她听说村里要在庙台上盖一座有史以来不曾有过的房子,便让丈夫推掉外面的一切事情,一定要干村子里自家的这桩活儿。尽管她知道工钱一分也不会有。

胡子刘还是没有改变他以前的性格,动不动就粗喉咙大嗓门地说一些酸溜溜的话逗乐子,他说了,大家也就跟着笑,笑完了便没有恶意地骂两句。胡子刘也不生气,继续说,说到后来会唱起来,好像天底下就他一个人无忧无虑。胡子刘偶尔也说一说过去,比如先前坳地里有几座庵房,葬在官坟里的人谁的人缘最好等等。说着说着,难免要提到谷子,可就是一句不提他蹲祠堂的那件事。

铁算三年前被乡里调去当乡办企业的头儿。乡长非常了解他那精打细算的本领,说有这么一个细心的人,何愁企业不能发达。就亲自到了村里,问铁算有什么条件。铁算低着头笑一笑,说:"人家都嫌我太抠,你咋就不嫌呢?"乡长说:"你以前抠是为了你们那小家,我现在要你抠是为了乡里这个大家,不一样。"铁算就去了。后来,乡长经过一年观察,发现铁算确实精明,就直接将他任命为厂长。

铁算虽然每天都早早地去乡里的企业上班,可村里要建房子的事却时时让他牵挂,他对自己的老婆花二秀说:"咱不管在哪里生活,根却扎在王家堡那块泥土上,咱得去参加。"花二秀就去了。她同别的几个妇女一起,为建房的男人们做饭。有她在,不大的厨房里会不时地传出爽朗的笑声,惹得男人们一遍遍地往里边看。

经过两个多月时间的操持,房子终于盖起来了。

苏大脚不辞劳苦,重新请来了十几年前那两个做轿子的木工,在屋子的柱子上、屋檐上雕出了花纹,有古时亭榭楼阁的图案,也有现代的花卉虫鱼,更有凌空飞腾的蛟龙,以及晴空万里的苍穹和千里传情的鸿雁。待需要装点的地方一一到位,人们马上就想到了这座房子里的布置了。

"咱就是要在这屋子里塑像,再造一批活在人们心里的大神!"经苏大脚这么一说,房子一下子又变得神秘起来。

在不讲迷信的现代社会,再去塑神,简直就是一件滑稽的事情,王家堡的人咋就迎合了呢?这个本来在大家心里并不很清楚的问题,在苏大脚那里却早就成竹在胸。后来便是制作,后来也就到了正式"开光"的日子。既然是再次造神,村里的男女老少便都希望看一看神的面目,也好一饱眼福。

"神"看样子立了许多,全都用红绸子盖着,粗略地数数,少说也有六七尊、匀称地摆成"一"字形的队列,从一边排到了另一边。这些塑像仅仅占去了屋子的一半,而另一半虽有基座,却无塑像。大家就猜了,苏大脚先前连孙猴子都能列了神位,可见她要做的塑像多着哩,或者只是还没有想好,才留出了这么多的空位。大家猜归猜,但还是想看一看现在已经竖起来的究竟都是哪些神仙。

过了一会儿,外面的鞭炮就响了,地保喊了一声:"揭牌仪式开始!"屋子门口的那个大红门匾便慢慢地被揭了下来。顿时,一行横着排列的"王家堡历史人物纪念馆"几个金色大字出现在人们眼前。揭匾的是地保从县里请来的文化局局长净云天和乡长黄开理。揭完,他们也便随着拥挤的人们抬头往高处瞅,牌匾虽然不是很大,金字在红底子上一亮，还真显得大方气魄，霞光耀眼。

开始，这间屋子的名字不叫"历史人物纪念馆"，而叫"村神供奉屋"，名字是苏大脚用了几个晚上想出来的。苏大脚说："我这几年慢慢也算明白了，神确实没有，可王家堡祖祖辈辈好人不少，他们才是村里的神哩，得供着，让一代一代人都来学！"地保就数母亲，都啥年代了，咋能老将神挂在嘴上？还是叫"王家堡历史人物纪念馆"好一些，这名儿高雅，既不俗又响亮，能将大家的情感表达出来。儿子说了，母亲也就同意了，后来到村委会上一讨论，大家都赞成，也就定了下来。

揭牌仪式已毕，人们进了屋，苏大脚走在最前面，由她将一尊一尊塑像头顶上覆盖的红绸子慢慢撩开，已经落成的六尊雕像也就先后展现到了人们面前。然而让大家不可思议的是，以前他们看到和听到的塑像大都是穿了古装的，脸面也大致相同；眼前的却全是一个个现代人的模样，穿戴也与现代人差不多。这些雕像的表情非常丰富，虽然都是一副笑脸，却各具情态，各有性格，像活了一般。

一个个活灵活现的塑像，一下子吸引来了许多村里的人，他们凑过来，细细端详，看着看着就惊讶了，这些人物，不都是些曾经为王家堡立了大功的人吗？比如第一尊，是一个手持长矛的黑脸大汉，他就是一直活在传说中的太平天国时为保卫村子一百多口人而英勇献身的王二汉，他的事迹曾被县里办成了展览，让全县的人去观看，可以说是王家堡几代人的骄傲。第二尊也有来历，他戴着红军的八角帽，很威风地站在一块岩石上。据说是出生在王家堡的一个大人物，叫王起新，曾经在红军队伍里当营长，后来牺牲在长征路上。现在在省城里当厅长的王建国是他的儿子。前两年王建国回了一趟老家，让人将村前的那条路铺了柏油，从此，村里不管下多大的雨也不再泥泞了。这样的先烈，这样的后代，人们怎么可能忘得了……

让大家更为惊讶的是最后一尊塑像，她是个女人，模样还很俊，脸粉粉的，嘴唇很薄，活脱脱一个美人胚子。人们挤了过去，围着她看。看着看着，就认出来了，说她是谷子。大家的判断几乎不约而同，从站立在人们面前，脸上露着笑容的情态，从齐刷刷盖到耳根且厚厚的头发，人们怎么会不认识她！他们终于从这观看中醒悟过来，也就马上想起了谷子借助神的力量，曾经给王家堡带来的哪怕只有一年半载的安宁。

是呀，王家堡确实出过几个让人们能出门炫耀的人物，然而平平常常的谷子却也让村里人放进了这间屋子，这并不是人们不分轻重，确切地说是因为谷子的时代正是人们最难忘的时代，谷子的所作所为是实实在在存在于这块土地上的所作所为。这就又让人们细细地回顾了一遍很久以前。

也就在这个时候，不知是谁突发奇想，拿来了几张白纸，快快地剪出了一些纸钱，欲在谷子的塑像面前燃烧。地保马上将他们阻止了，说人死了就是死了，烧那些东西有啥用，只要把她记在心里，死去的人想得到的也就得到了。大家想想也是，他们站在塑像面前，也就觉得谷子又回到村子里，成了他们之中的一员。

后来的许多年里，只要逢年过节，王家堡的人总会走到有点土气的自家的这座纪念馆里去，去了就将年轻人不知道的故事讲给他们听，讲完了告诫说，王家堡的历史，其实是一部心酸的历史，也是一部奋争的历史，我们虽然不能沉重地老背负着它，却不能忘记它！因此村里也就有了一个规矩，谁家的孩子考上大学，村里的什么人要到外面去干事，都要到这里来，对着不断增加的塑像深深地鞠一个躬。

最后要提及的是，苏大脚通过当队长的儿子地保，实现了自己的愿望之后，第二天就病倒了，天助与地保都主张送到县里的医院去，苏大脚却不愿意，说她不是病，是累了，她只是想躺下来休息休息。谁知到了下午就咽了气。她咽气的时候，脸上挂着笑容，在场的每一个人都看到了。

后　记

当我最终将手中的这部书稿慢慢放下，时令已经到了2010年的初秋，它离我动笔写这部小说已足足过去了五年。五年时间不算长也不算短，它完全可以让我满头的黑发突然对着岁月的无情纷纷落雪，让我寄存在年轮中的经历再拧出一滩苦水，也可以将有意义或者没有意义的生活碎片统统收割，在心室的某一个角落小心地垒积成时时反刍的记忆。

但它们却都不能阻挡了我的兴奋。我终于又一次看到了劳作在忙碌之后留在精神土壤里的那棵树又一次伸枝长叶，它们没有超出我真实的感受，而只在画卷一般摆开的陶醉里放了些带糖的东西，让我在回味的一瞬最终尝出了它的甜。这并不仅仅是刻意的操持兑换来的一点可怜的收获，也不能算时间被煎熬之后行走在风中的某种炫耀。它属于灵魂的事情。它借用的不是传说，不是故事，而是血液的流淌。这种切入生命肌肤的体验里除了成长也有锤炼，除了呵护更有关爱，因此我的血也就沸腾了，变成了攀援的理念，对着头颅以及高过头颅的一个地方一路而去。

我要说的是我一直对故乡怀了极大的敬畏，我记住了它身上的每一块伤疤，咀嚼着村子里所有的习俗与美德送给我的营养，体会着一张张笑脸和一幢幢屋舍饱含的温情……然而现实却将我们隔离了将近三十年。三十年里，复杂的心理折磨让我在一声声撕肝裂肺的呼唤之际又遮遮掩掩地将一些七零八落的时间丢失。我知道凡是能够既成的事实都会有一个自圆其说的理由，我为这样的"理由"苦恼了许多年，到了现在我终于可以告慰自己，是一部重现记忆的小说将我与故乡的距离拉近，让我的心紧紧地依附了它，真实地感受到了早就积淀在心窝里到现在依然没有变化的那种别样的温情。它让我流下了几滴属于激动也属于伤感的眼泪。这或者就是我要写这部小说的动机和理由。也正是这个为我故乡镀了金的动机和理由为我小说的诞生铺就了一条窄窄的路。

尽管我真实的故乡并不等于小说里的王家堡。

我用了几年时间细细梳理着留在我意识里的许多乱麻一样的东西，终于发现，在我受苦受难的日子里,故乡的一草一木也在受苦受难,它们全都跌进了深渊,在渺茫的岁月里无奈地徘徊,在痛苦的呼喊中拼命地挣扎。我们几乎是在同一个时间的夹缝里丢失了信仰、志趣和美好,失去了亲和、博爱与互助,没有选择、无法避免地像风一样飘浮在不知去向的荒郊野外。

然而人总是要生存下去的,这是人类最基本的也是最伟大的一个本能,正是这种在血色生命中始终颤动的生存,将王家堡的人们从低级的理想倾向推到了追随"神"的地步。事实是,神性的实质从来都将心灵的内在关怀看得比外在生活更重要,由此而派生出的绝对价值也就成了一种必然的假设。正如施勒格尔所说,"神我们是看不见的,然而我们处处都看见神一样的东西,而且最先、最重要的,是在明智人的心中……"也就是说,明朗的现实总要变得朦胧,而不明朗的神性却会一点一点在丰满的形象中得以呈现,最终用了儿童一般的目光去窥看现实,窥看世界。它企求的不是要找出现实中某种客观规律,而是要制造一种幻境,一种外观,甚至一种假象。这是小说中王家堡人为自己的生活寻找的全部意义,也是一个特定的历史时期人们唯独可以得到抚慰的本相依据。

于是,鬼、人、神三种概念交织在一起,既是对朦胧和明晰的一种界定,也是对堕落与升华在艺术中的颠簸进行的褒贬。人在这里是具象的,而鬼与神就不一样了,它们分别承载了不同的假设:坏与好,错误与正确,邪恶与善良等等。而最重要的关照却在于对精神与肉体、爱怜与憎恶的解析——我一直都想靠近小说写作上从一般故事的叙述上升到灵魂高度的那种抒写和解构,并力图将总也不愿舍弃的物质元素与贯穿于人生整个过程的精神需求有机地链接成一个新的纽带,让假设中的真实重新走向灵魂的自由。向前迈进一步,就会步入被人们赞许和爱戴的神的境界;向后退一步,则会堕入人人唾弃、个个抨击的鬼的魔窟。这种理念的产生正是几千年来俗世间评判善恶的幻象标准,一直到了今天,依然有人或明或暗地遵循着这样的标准,只是没有将虚幻真相化罢了。现实的启示和思考的引领,让我的小说在我自以为客观的思维层面上展现出了它的真实意图:在特殊的年代特殊的日子,灾难不光属于人类,属于一个个辛酸的故事,连假设在幻境里的鬼神都不可能例外!于是,人同鬼神间因此而形成的对立与契合,也就如期被苦苦追寻的本真情感所代替,而作品希图显露出的思想动机也就有了一个贴近人性的渠道,最终促使那些沉沦于奴役之中的非人化境遇很自然地携带了具有冲击力的震颤,从而直达萦绕在思想内核中的根本主题——有限的、夜露销残般的个体生命如何寻得自身的价值意义,如何超逾有情与无情的对立去把握时间在永恒中移动的每一个瞬间。据此,生活现实与理想世界的尖锐对立才有可能凸现出来,艺术在死亡、爱情、安宁等有限的经验中才有可能深刻地去彰显自由、宽容、神性等无限的超验性。

荷尔德林有句名言,他说:"神本是人之尺规……只要良善、纯真尚与人心同在,人便会欣喜地用神性度测自身……"现代世界是一个科学世界,但科学的复位适应的必然是宏大的具有超常魅力的精神领域,而这种复位又不是直接返归,必然要经历一个中间环节,这个中间环节就是神性,就是神秘在灵魂里的真实存在。我庆幸生活在《鬼神劫》中的人们,他们一经从简单的故乡概念里冲突出来,便在那个叫做艺术的竞技场上,把各自的经历摆在繁繁乱乱的叙述里,让语言的脚步不懈地追寻更广阔的寓意。

他们真的追寻到了吗?谁都不可能给这个问题一个肯定的答案。原因很简单,渴望是建立在理想之上的,理想的小木屋里打坐着的并不是一堆数字,不可能通过某种简单的相加就能轻松地收获一个个带着露珠的圆满。也不可能让欲望储藏在岁月的米袋里,只要打开口袋的一角就能看到它一粒一粒滚下来。它是依附在经验之中的枷锁,需要打开它的钥匙,需要发出高亢音韵的喉咙唤醒沉睡,需要一把沉重的大锤敲击灵魂……

也就是说,从伤痛中走过来的人,尽管身后过多的是不堪回首,但心智却又不得不让我们定神审视,这是一对物理矛盾,又是一个难得的化学裂变——从感受到顿悟的裂变。我把它拿了起来,我将所有的人和事统统拿了起来,他们就在电脑的键盘上说起话了,一句一句,直到将我说得泪流满面,说得连我自己也走进记忆中,为主人公们出谋划策,然后站在人生的雕塑室里,用心的嗓门将一个个活生生的人物唤出来。

他们或者是悲哀的,这正是因为他们仅仅依存了我而没有借助更具艺术感染力的头脑去刻画、去展现,因此也就明显地暴露出了那么点先天不足和蹩脚蹩手。但同时也许他们是幸运的,因为有了我朴素与笨拙的探寻,方才让他们与一个时代站在了一起——尽管真实的故事一旦要重新面对真实,历史和我们都会沉重出一身冷汗,但启示却还是有的:人生将怎样通过超越生命的暂时性而达到不朽?精神将怎样通过超越生存的动物性而亲临神性?这是柏拉图们曾经争论和探讨的问题,也是走了一段"市场经济"之路的新新人类需要应对的一个无法回避的问题。

在这样的谋划和写作过程中,我一直坚持着一个固执的判断:环境可以改变人。我不光在别的小说里进行了这样的探究,在《鬼神劫》里同样没有忽视了这一点。小说所有人物的言谈举止,虽然都与自身的思想素养、个体背景有着密切的联系,但大背景下的大环境却没能让任何人逃脱命运的捉弄和左右,他们几乎是在一种不知不觉中将自己抛了出去,将灵魂抛了出去,以致形成了"敌对"的阵营。可一旦环境变了,他们也就如梦初醒,突然发现罪恶和仇恨却原来全都装在一个愚昧的袋子里,只要很快将它撕裂,忠诚也就变成春天的叶子,慢慢地有了生命的血液,有了人与人的亲近。

我就是这么回到了我的故乡。我用了深情的目光和多皱的心灵接纳着曾经被我淡忘了、现今又以赎罪的心态拢在怀里的思念,并一遍遍阅读它,呼唤它。它显然已经回应了,在一个个带了真实感的虚构里,一出现就给文字的队伍挂上了情感的花环;它当然更欢迎我的介入,从开始就接受了一个许久不曾回首,却一刻都没有忘记故乡的游子心里装载着的那份真诚牵挂。

我终于可以将这部作品看成是我的故乡了。

我终于可以将故乡看成是我的这部作品了。

这应该就是我不厌其烦地说了这么多话的唯一目的吧。但一个人的创作之路永远都不同于饶有兴致地拉家常,因此也便作罢,放下不属于我的那些奢望,老老实实做点自己想做的事情。那样,或者才是灵魂的最好归宿。

作　者
2010 年 8 月 30 日